Tout le monde en parle !

Bravo ! Un roman malicieux et intelligent. *France Culture*

Vous adorez les sitcoms ou vous avez aimé le Journal de Bridget Jones, alors ce roman est fait pour vous ! On en redemande ! *Bruxelles News*

L'auteur fait claquer les répliques. Un roman rythmé et jubilatoire. *Télé 2 Semaines*

Joue le jeu avec malice et efficacité. Contrat rempli. *Grazia*

Fans de séries, le roman de Thomas Raphaël est fait pour vous ! *Télé 7 jours*

Un roman qui ferait un excellent script de série, mais qui oserait la produire ? *Marianne*

Le roman de l'été. *TéléCableSat*

Je me suis régalée ! C'est drôle, frais, vif et surtout le personnage de Sophie est très attachant... Avertissement : une fois commencé, impossible de lâcher ce livre ! *Moi, Clara et les Mots*

Sous le joug de la féroce mais touchante Joyce Verneuil, toute une ribambelle de personnages croqués avec amour... Certains appelleront ce livre de la "chick litt" : s'il faut lui coller une étiquette, allons-y, mais c'est bien plus que ça... *Le Blog d'un Littéraire*

J'étais captivée... Éducation, pouvoir, trahison, homosexualité... Mine de rien ce roman aborde un grand nombre de sujets de fond. Sous les paillettes, la vie, la vraie ! *Lectrices and the City*

Tout le monde en parle..., encore.

L*a Vie commence à 20 h 10* se révèle tout aussi addictif qu'une bonne série télé. On enchaîne les chapitres comme les épisodes de nos séries préférées avec une seule idée en tête : VITE la suite ! *Le Blog de Monsieur O.*

Avec plaisir et le sourire aux lèvres. Et ça, ça fait du bien par les temps qui courent. C'est moi qui vous le dis. *Amanda Meyre*

J'ai adoré aussi les touches modernes du roman... Et décortiquer ce petit monde de la télévision, c'est juste un régal... Un bouquin qui se dévore et avec du vrai style dedans. Et ça, c'est beau. *Croqueuse 2 Livres*

La vie commence à 20 h 10

Thomas
RAPHAËL

La vie commence à 20h10

Un rêve vaut bien quelques mensonges.

ROMAN

Ce roman est dédié aux productrices de télévision :
je vous aime.

1

— Il est 20h10 !

Annie a descendu les escaliers en courant, elle a sauté sur le canapé, elle a attrapé la télécommande.

— On a raté le début du journal !

J'ai sorti la tête de mon ordi (je lisais des blogs, petit plaisir du soir) et, à sa tête, j'ai vu que Marc n'avait aucune envie de regarder le journal de 20 heures. Il lisait *Libé*, Annie avait laissé passer l'heure, il s'était bien gardé de l'appeler.

Annie a tendu la télécommande à Marc. Marc l'a pointée vers l'écran. Comme tous les soirs, il est tombé sur la présentatrice de TF1. Il a zappé sur la 2.

Mais ce soir-là, ce n'est pas la tête du présentateur qui est apparue, ni un reportage. C'est un chien : Rex, le chien policier.

— Ah, s'est rappelé Marc, c'est la grève…

J'ai bien vu, il était coincé. Il n'allait pas revenir sur TF1. Il n'allait pas regarder Rex, le chien policier. Il ne pouvait pas non plus éteindre la télé, Annie aurait été trop déçue, déjà qu'on ne lui accordait qu'une demi-heure de télé par jour.

Alors c'est là, pour la première fois, à cette heure en tout cas, que Marc a zappé vers l'inconnu. Un bouton, une pression : il était sur RFT.

La chanson du générique de *La Vie la Vraie* a rempli la maison.

Annie n'en croyait pas ses yeux.

Ce que la vie ne dit pas/Le point de non-retour, le froid, les pleurs/Chacun sur le chemin/Exorciser le pire pour le meilleur/On a foi en la vie/Battement de cœur/C'est mon bonheur/C'est le bonheu-eu-eu-eur…

L'épisode a commencé sur un vieil homme en costume qui tenait une adolescente par le bras. Il la menaçait d'organiser sa disparition si jamais elle révélait le secret que sa grand-mère lui avait confié avant de mourir. Il était question d'une légende dont la véracité ne devait être révélée sous aucun prétexte. Tout de suite après, on a revu l'adolescente en train de récupérer un vieux rouleau dans une consigne à la gare – elle avait noté le code sur un petit papier caché dans sa barrette à cheveux.

Puis on est passé à d'autres personnages, un jeune couple qui devait s'occuper d'un bébé. Les parents leur avaient demandé ce service car ils venaient de rentrer du Sénégal et ils étaient épuisés par le décalage horaire. Le jeune couple disait que c'était un calvaire de garder l'enfant, pour eux qui détestaient l'idée d'en avoir un. Avant la fin de l'épisode, on le sentait, ils seraient prêts pour être parents. La fille était probablement déjà enceinte.

Annie se régalait des images. Marc avait le doigt sur la télécommande. La grotte aux trésors pouvait se refermer à tout instant.

Encore d'autres personnages ensuite, deux jeunes – un Blanc et un Noir – se demandaient comment lutter contre le racisme dans les stades de foot. Le Blanc pensait à un fichier d'interdiction de stades pour les racistes identifiés, mais le Noir aurait préféré une association qui s'occuperait du mal à la racine en organisant des conférences de sensibilisation dans les lycées. Il avait sans doute été lui-même victime de racisme dans les stades car il portait un pansement sur l'arcade sourcilière.

Annie oubliait d'avaler sa salive. Quant à Marc, après huit ans avec lui, je connaissais bien ces moments où son regard se figeait. Son cerveau s'agitait et mobilisait ses neurones en vue d'une critique méthodique, pluridisciplinaire, implacable. La machine était en marche. Et quand – ça n'allait pas tarder – il se mettrait à réfléchir à voix haute, je n'aurais pas besoin d'être d'accord avec lui, ni même de comprendre ce qu'il raconterait, pour le trouver terriblement sexy.

Après le Noir et le Blanc, on est revenu à l'histoire de l'adolescente en danger. Elle est allée chez un prof d'histoire de l'Université de Nice, Sophia Antipolis, pour lui montrer le vieux rouleau. En déroulant le papier, ils ont découvert un texte que l'adolescente a lu et que le professeur a traduit du grec ancien. Ce parchemin authentique du ve siècle avant J.-C. était la preuve de la véracité de la légende des Oxybiens…

— On ne peut pas rester sans rien faire, a dit Marc.

Ses paupières ne clignaient plus.

— C'est de l'argent public tout ça.

Il avait les yeux collés à l'écran, c'était plus fort que lui, comme en voiture quand on voit un chien écrasé.

— On doit écrire à RFT.

Je n'avais pas vraiment envie que Marc écrive à RFT. Parce que je connaissais Marc. Et je savais que la lettre, c'est moi qui allais devoir l'écrire.

Depuis le canapé, il s'est retourné.

— T'es occupée, là ? Tu fais quoi ?

— Je lis des blogs. Y a un dessin super drôle sur celui de…

— Le problème, c'est que si c'est moi qui écris, je me connais, je vais m'énerver.

— T'as raison, mieux vaut ne rien faire. Et ça changerait quoi ?

— Parce que toi, tu trouves ça acceptable ?

Je n'étais pas sûre de savoir de quoi il parlait, mais il valait mieux que je ne trouve pas ça acceptable non plus.

— Évidemment, j'ai dit. Mais c'est juste un feuilleton...

— Juste un feuilleton ?

— Ça pourrait être mieux joué, c'est sûr, c'est cousu de fil blanc, d'accord, mais au fond...

— Au ve siècle avant J.-C. ? Les Oxybiens ? En grec ancien ?

Marc était prof d'histoire à Bordeaux 3.

— Non... C'est sûr que ça, non, ce n'est pas acceptable...

— C'est pour ça, si c'est moi qui écris, je vais m'énerver.

— Pas forcément. Par exemple, tu pourrais attendre demain...

— Tandis que toi, tu sais rester calme et subtile, tu vas trouver les mots qu'il faut pour les culpabiliser sans les braquer, et bien leur faire sentir qu'ils devraient avoir honte.

— Tu me surestimes peut-être un peu ?

— Tu me connais, Bibounette, je ferais jamais aussi bien que toi...

Bordeaux, le 4 septembre

Madame, Monsieur,

Suite à la grève des journalistes de France 2, j'ai vu ce soir sur votre chaîne un épisode du feuilleton intitulé La Vie la Vraie.

Sachez que je regarde la télévision avec un sens de la sélection. La nièce de mon compagnon, qui a sept ans et qui vit avec nous, n'a d'ailleurs pas le droit de la regarder, sauf les informations ou un programme qui peut représenter un intérêt pédagogique et dont nous discutons ensemble.

— T'es sûr que je parle juste en mon nom ? On peut signer à deux. C'est plus logique, c'est ta lettre...

— Si je dis que je suis prof d'histoire, ils vont penser que je suis pas représentatif. Alors que toi, c'est bon...

Je vous écris car, dans l'épisode de ce soir, on a vu un professeur d'histoire déchiffrer ce qui a été présenté comme un parchemin en grec ancien, datant du Vᵉ siècle avant notre ère, retrouvé à Nice, et prétendument vestige du peuple oxybien. Or, notre connaissance des Oxybiens, certes lacunaire, repose néanmoins sur la certitude qu'ils sont restés sans contact avec leurs envahisseurs massaliètes jusqu'au IIIᵉ siècle avant notre ère. Même en admettant qu'il eût été au final falsifié, comment croire qu'un prof d'histoire puisse tenir pour authentique, ne serait-ce qu'une seconde, ce document écrit en grec ancien et non en patois gaulois ?

— Tu tiens vraiment à *il eût été* ?

— On va même en remettre une couche, tu notes ?

Et je ne parle pas du cœur même de votre émission, faite d'histoires formatées pour plaire à tout le monde, de solutions simplistes à des problèmes de société édulcorés, et de romances empruntées sans vergogne (mais affadies) à notre patrimoine littéraire.

Quant aux métaphores, références, et autres niveaux de lecture, l'actuelle doctorante et future professeur de français que je suis n'a même pas essayé de les chercher.

En espérant d'autres temps où la télévision remplirait son rôle,

Bien cordialement,

Sophie Lechat.

J'ai levé la tête de l'ordi.

— Tu vois que t'aurais pu l'écrire toi-même. Y a pas un mot qui est de moi.

— Oh, et le Sénégal, on a complètement oublié !

— Quoi le Sénégal ?

— Ben, oui : le Sénégal !

J'ai remis mes mains sur le clavier.

— Tu me dictes ?

P.-S. : Je m'interroge sur le décalage horaire dont souffrent les amis du jeune couple dans l'épisode. Le Sénégal étant situé sur le même fuseau horaire que la France, leur vol charter a dû être bien long et compliqué...

J'ai enlevé le ruban autocollant, fermé l'enveloppe, collé le timbre et recopié l'adresse depuis le site de RFT. Marc a pris la lettre et l'a posée sur le vieux guéridon près de l'entrée pour que je pense à la poster dès le lendemain. Avec un air de devoir accompli, il est retourné voir Annie au salon et l'a prise dans ses bras. Gros bisou, on se brosse les dents, on file au lit.

Il n'a jamais reparlé de la lettre, ni de *La Vie la Vraie*.

2

Le facteur est passé à 10h16. Trois minutes plus tard que d'habitude. Le courrier est tombé sur le plancher au rez-de-chaussée, et mon cœur s'est un peu accéléré. J'ai écarté mes mains du clavier, j'ai levé les yeux vers la fenêtre et j'ai regardé le rosier du jardin, mais sans vraiment le voir.

Juste un mauvais moment à passer.

À part le courrier, j'aimais ma routine du matin. Marc partait à la fac vers 8h45. Il prenait Annie avec lui pour la déposer à l'école. La maison était toute calme. Je me refaisais du thé et j'écoutais la radio jusqu'après les infos de 9 heures. C'était un peu tricher sur l'horaire que je m'étais imposé (du lundi au vendredi, je devais être à 9 heures au bureau devant ma thèse), mais j'arrivais généralement à éteindre la radio juste au jingle après le flash info, pour être sûre de ne pas être tentée d'écouter l'émission d'après.

Faire le lit, ranger quelques habits qui traînaient : en quelques gestes je transformais la chambre en bureau. Faute de place, nous avions installé deux petits bureaux au pied du lit, un pour Marc, un pour moi. J'avais de la chance, j'avais celui qui donnait sur la fenêtre. Il arrivait souvent que nous travaillions dans la même pièce – pas très confortable, j'avais l'impression que Marc lisait par-dessus mon épaule. Au moins, on se contrôlait l'un l'autre, pas question de rêvasser, c'était l'avantage. Tous les matins à 9h10, le lit devait être fait, les volets ouverts, et la chambre devenait bureau.

Une fois à ma place, le plus dur était de ne pas vérifier mes mails. Je n'en recevais pas beaucoup, et jamais aucun qui soit urgent, mais l'envie de me connecter à ma boîte était parfois trop forte. Le danger, surtout, avec les mails, c'est que ça implique d'aller sur Internet. Une fois le navigateur ouvert, il y a la tentation d'aller voir un site d'information. Puis un blog. Puis un second. J'atterrissais sur Facebook, et là c'était foutu. J'avais assez de retard dans ma thèse pour savoir que si je commençais comme ça, ma matinée était perdue. Sans compter que si je ne me mettais pas au travail avant le déjeuner, j'étais tellement en colère que je ne pouvais rien faire de l'après-midi non plus.

De l'eau chaude dans la théière, direct au bureau à 9h07, et sans vérifier mes mails. Si je franchissais le cap, j'étais sur des rails pour la journée.

Quant au facteur, le mieux, finalement, c'était de ne pas essayer de l'ignorer. J'avais testé plusieurs solutions, et j'avais décidé de ne pas attendre midi pour descendre voir le courrier. À partir du moment où je savais qu'il y avait des lettres au salon, et parmi ces lettres peut-être LA lettre, je n'arrivais plus à me concentrer. Vers 10h15, j'entendais le bruit des lettres qui tombaient sur le plancher (on habitait un quartier calme dans l'ouest de Bordeaux, dans une de ces petites maisons à un étage, collées les unes aux autres, qui n'avaient pas de boîte aux lettres mais une fente horizontale avec un battant en acier sur la porte). Et mon cœur s'accélérait.

Je suis descendue tout de suite et j'ai repéré une lettre avec l'adresse écrite à la main. *Mlle Sophie Lechat, 112 bis, rue du Tondu, 33000 Bordeaux.* Puis j'ai vu le logo *Rive Gauche Éditions* juste au-dessus.

Encore un refus.

Le quatorzième refus.

J'avais lu sur un forum Internet que les réponses positives arrivaient par téléphone – pas par courrier.

J'ai mis les deux autres enveloppes de côté (des pubs) et j'ai ouvert la mienne :

Chère Madame, nous avons bien reçu le manuscrit intitulé Au grenier *que vous nous avez adressé.*

J'avais déjà les yeux au paragraphe suivant, dont le premier mot, à lui seul, résumait la lettre :

Malheureusement, après lecture attentive de votre texte par notre comité, il est apparu que Au grenier *ne correspond pas à ce que nous recherchons pour notre ligne éditoriale.*

La lettre ne disait rien d'autre, juste la phrase standard pour finir :

Nous vous souhaitons bonne chance dans la suite de vos démarches, et vous prions de bien vouloir, etc. Avec le PS en bonus : *Si vous souhaitez récupérer votre manuscrit, merci de nous faire parvenir sous deux mois une enveloppe A4 à soufflets, affranchie à 7,50 euros.*

J'ai voulu déchirer la lettre, mais je me suis retenue. Je me suis assise par terre devant le buffet du salon. On y rangeait tous les dossiers administratifs. J'ai sorti ma chemise en carton bleue. C'était le seul dossier auquel je n'avais pas donné de titre. Pour dire quoi ? « LETTRES DE REFUS » ? « AMBITIONS RIDICULES » ? « ARCHIVES ÉCHECS SOPHIE » ? Théoriquement, j'aurais dû classer mes lettres en haut, au bureau, avec la sauvegarde du manuscrit sur CD-Rom et toutes les notes que j'avais prises pour mon roman. Mais je ne me voyais pas travailler avec ces lettres en permanence à côté de moi.

J'ai remis de l'eau à chauffer. Puis je suis remontée. Difficile de se replonger dans la rédaction de ma thèse après ça, d'autant qu'au bout de trois ans, l'excitation du départ n'était plus exactement intacte... Tous ces mois, tout ce temps perdu, à jongler entre mon roman et ma thèse ! Selon Marc, une bonne thèse se mûrit en quatre ou cinq ans. Il parlait d'un « temps de maturation incompressible » : il disait que même si je n'avais pas écrit mon roman, je n'aurais toujours pas fini ma thèse. Il y avait une part d'inconscient dans toute réflexion, et on ne pouvait pas aller plus vite que son cerveau. Ça ne l'avait pas empêché, lui, de finir sa première thèse en moins de trois ans.

Dans la petite boutique tenue par des Roumains près du campus, j'avais fait tirer quinze exemplaires du manuscrit : autant que de maisons d'édition que j'avais ciblées. (Quinze copies reliées, le tout pour 130 euros, 15 % de mon allocation de thèse.) Je les avais envoyés par ordre de préférence. À chaque fois, j'avais imaginé mon nom sur la couverture dans le format de la collection. Et j'avais gâché plusieurs grosses enveloppes kraft pour que même l'adresse soit parfaite – le bon stylo, le bon endroit, la bonne écriture, la bonne taille.

J'avais attendu plusieurs semaines entre chaque envoi pour que les éditeurs de chaque maison aient assez de temps pour prendre leur décision.

À la poste, à chaque fois que je glissais un manuscrit sous la vitre du guichet, j'avais une émotion bizarre : mes soldats partaient sans moi. Ils partaient loin, tout seuls, quelque part à Paris – et les chances de victoire étaient minces. Je les aurais bien accompagnés pour m'assurer qu'ils débarquent sur le bon bureau, qu'ils soient lus par les bonnes personnes, avec attention et jusqu'au bout. Je les imaginais, mes pauvres manuscrits, oubliés dans des cagibis sans lumière, entassés sous des centaines d'autres manuscrits. Les lisait-on vraiment ? Ou était-ce seulement une secrétaire déprimée qui passait ses journées à imprimer des lettres de refus ?

Elle ajoutait parfois une ou deux phrases à la main pour donner l'impression aux écrivains ratés de la France entière que leur travail avait été étudié. J'imaginais très bien la tête de la secrétaire.

Au printemps, la pile de manuscrits sous mon bureau m'arrivait presque aux genoux. Aujourd'hui, ce n'était plus une pile : il n'en restait qu'un.

— Toi, tu as la tête de quelqu'un qui a reçu du courrier...

Marc est rentré à la maison en début d'après-midi. Il ne donnait pas de cours l'après-midi. Je n'ai pas attendu qu'il vienne vers moi.

— Rive Gauche Éditions, j'ai dit.

Il a serré les lèvres.

— Il restait qu'eux, j'ai ajouté.

Marc a pris son sourire rôdé pour l'occasion : un brin de détachement, un brin d'empathie. Le terrain était tellement miné qu'au gramme d'émotion près il risquait d'être maladroit.

— Ils disent quelque chose de spécial ?

— Rien du tout. Juste *malheureusement*. Et une rançon de sept euros cinquante si je veux revoir mon manuscrit.

Il a laissé passer un peu de temps puis il m'a demandé si je voulais qu'il cuisine. Mais je ne tenais pas à ce qu'on déjeune ensemble. D'ailleurs, la plupart du temps, je ne déjeunais pas. Je me faisais juste une soupe ou une salade rapide que je mangeais à mon bureau pour ne pas perdre le rythme de mon travail. D'autant qu'après je devais arrêter de bonne heure pour ne pas manquer Annie à la sortie de l'école.

— Je vais essayer de rester sur ma thèse. Que je réussisse au moins quelque chose...

J'ai sorti du frigo le reste de salade de riz que j'avais préparée la veille. Marc m'a prise doucement par la nuque pour me rapprocher de lui et il a déposé un baiser dans mes cheveux. J'ai vite grimpé les escaliers sans le regarder. À l'étage, avec ma pauvre salade de riz, je me suis sentie minable (sans compter que j'avais oublié de prendre une fourchette).

Quelle idée j'avais eue de parler à Marc de mon roman et de mon projet d'être publiée ! Mais plus j'avais avancé, plus c'était devenu impossible de le lui cacher. Le soir, il me demandait des nouvelles de ma thèse et je ne pouvais pas inventer à chaque fois un nouveau prétexte pour expliquer que je n'avais pas écrit un paragraphe. Et puis j'étais fière de mon roman, j'étais contente d'avoir un projet en parallèle de ma thèse, je n'aurais pas pu résister à la tentation de partager ça avec Marc. Lui, il était sorti de Normale sup, avec l'agrégation, à vingt-trois ans, avait terminé sa première thèse à vingt-six, enseigné en lycée en parallèle de sa seconde thèse qui avait été publiée quand il avait vingt-neuf ans. Il avait été nommé maître de conférences dans la foulée, puis directeur d'un laboratoire de recherches et professeur des Universités à trente-quatre ans – le plus jeune de Bordeaux 3.

Moi j'avais le CAPES, deux ans de retard dans ma thèse. Et bientôt trente ans.

Alors si j'avais au moins pu donner à Marc la fierté de dire à tout le monde qu'il partageait sa vie avec une femme qui était écrivain…

— Tu sais, Sophie, être publiée, c'est surtout une histoire de relations.

Vers 15 heures, Marc s'apprêtait à partir à la bibliothèque. J'étais devant mon bureau mais je n'arrivais à rien.

— À moins, bien sûr, d'écrire des romans racoleurs, a-t-il continué en enfilant son blouson. Mais quand tu fais de la vraie littérature, pas des romans formatés, que t'as un vrai projet artistique, c'est autre chose. Peut-être qu'un jour tu rencontreras quelqu'un qui croira en ton talent, qui sera capable de voir au-delà des recettes financières à court terme, et qui te mettra le pied à l'étrier.

— Pourquoi tu me dis tout ça ?

— Parce que je t'aime.

J'ai levé les yeux au ciel. (Il était derrière moi, il ne pouvait pas me voir.)

— Et je préfère que tu écrives des romans personnels et exigeants, qui essaient d'apporter quelque chose à la littérature. Tant pis si tu mets des années à être publiée. Sinon quoi ? Écrire des romans bas de gamme pour plaire à tout le monde ? À quoi ça sert d'être publié si c'est pour en avoir honte après ?

Je me suis levée pour me blottir dans ses bras.

— T'en fais pas. Comme tu dis, j'ai le temps. Je vais oublier mon roman, fermer la parenthèse, et me concentrer sur ma thèse. C'est ma priorité. C'est tout ce qui doit compter.

Transitionnels ou symboliques : les objets du quotidien dans le roman français de 1953 à 1978. Depuis quatre ans que je travaillais dessus, l'intitulé de ma thèse était devenu comme un seul mot dans mon esprit. Un mot que je m'étais répété des milliers de fois et qui avait fini par ne plus former qu'un son. Transitionnels-ou-symboliques-les-objets-du-quotidien-dans-le-roman-français-de-1953-à-1978.

Encore un an. Je ne devais pas lâcher. J'étais près du but. Après avoir essayé de faire publier mon roman, j'allais mobiliser mes forces pour essayer de faire publier ma thèse. Avec la compétition, aujourd'hui, il était difficile de trouver un poste à l'Université si sa thèse n'avait pas été publiée.

J'ai attendu que Marc claque la porte, puis j'ai ouvert un site que je n'avais pas enregistré dans mes favoris mais dont je connaissais l'adresse par cœur. J'avais lu que, techniquement, regarder des vidéos en streaming n'était pas illégal – pour les utilisateurs en tout cas. (Pour ceux qui mettaient les vidéos à disposition, c'était autre chose.) J'ai parcouru la liste des nouveautés, et j'ai vu qu'un nouvel épisode de ma série était disponible.

Un seul épisode, je me suis promis. Un peu de réconfort, mais vite tourner la page, et se remettre au travail dans la foulée. Ensuite, il me resterait une heure pour ma thèse, avant d'aller chercher Annie à l'école. Je suis descendue me faire du thé et prendre des Petits Écoliers. Et du Nutella. Chocolat sur chocolat : le plaisir ne serait pas coupable pour rien. J'ai mis tout ça sur le grand plateau en bois et, avant de remonter devant mon ordinateur, je suis passée au salon prendre le vieux plaid tricoté par la grand-mère de Marc. Le lit était trop près du bureau, je ne pouvais pas reculer ma chaise. Je me suis glissée sous le bureau, les pieds sur l'imprimante, la théière à portée de main, j'ai cliqué sur le lecteur vidéo. C'était le premier épisode de la saison 2. Plus de manuscrit, de roman, d'éditeur, de lettre de refus, l'épisode a commencé.

3

— J'ai rendez-vous à 9h30.

— Un instant je vous prie.

La secrétaire s'est levée pour aller frapper à la porte du grand bureau. Elle était toute grise et toute sèche, avec une petite chaîne en plastique autour du cou qui tenait les branches de ses lunettes. Elle a ouvert la porte au quart, s'est mise de profil dans l'ouverture et s'est glissée à l'intérieur. Elle a aussitôt refermé derrière elle. Le secret du bureau de la présidente de Bordeaux 3 était protégé.

Elle est ressortie, quelques secondes plus tard, préférant déchirer son tailleur plutôt que de laisser entre elle et la porte un espace par lequel j'aurais pu apercevoir un bout de mur, voire un bout de présidente. Elle a bien fermé la porte. Elle a fait le tour de son fauteuil en silence, elle s'est assise, puis, enfin, elle m'a regardée.

— Madame la présidente sera disponible pour vous recevoir dans quelques instants. Vous pouvez patienter sur la chaise dédiée à cet effet sur votre gauche dans le couloir.

Elle s'est remise à cocher au stylo-bille plusieurs cases du formulaire qu'elle avait sous les yeux, en surveillant du coin de l'œil que je regagnais bien la sortie de son vestibule.

Une demi-heure plus tard (heureusement, j'avais pris un livre – *Les Gommes*, d'Alain Robbe-Grillet, qui faisait partie de mon corpus et que je commençais à connaître par cœur), il y a eu de l'agitation dans le bureau. J'ai entendu la secrétaire demander à Madame la présidente si elle devait venir me chercher. Mais elle n'a pas eu le temps de terminer sa phrase que Madame la présidente avait déjà traversé le vestibule et se tenait à côté de moi dans le couloir.

— Bonjour Sophie !

Elle était souriante et pleine d'entrain. La voix ensoleillée et un léger accent bordelais. J'ai glissé le marque-page dans mon livre et je me suis levée pour lui faire la bise.

Elle a bondi en arrière. J'ai tout de suite compris mon erreur.

— Je suis désolée, j'ai dit, c'est spontané, c'est plus fort que moi…

J'ai regardé autour de nous. Personne ne nous avait vues.

Ma gêne l'a fait sourire. Elle m'a tendu la main. Je lui ai donné la mienne.

— Je suis désolée, maman, à chaque fois, j'ai le réflexe de t'embrasser et…

— Tt… tt…, aucun problème. Mais je préfère que tu m'appelles Madame la présidente.

Elle a haussé les épaules en riant.

— J'ai horreur des gens qui mélangent tout.

Sans attendre, elle s'est mise à marcher dans le couloir. J'ai pris le livre que j'avais posé sur la chaise, j'ai ramassé ma sacoche, et j'ai couru pour la rattraper.

— On fait pas le rendez-vous dans ton bureau ?

Sans ralentir, elle s'est retournée vers moi avec un sourire plein de reproche, comme font les parents pour faire comprendre à leurs enfants qu'ils viennent de faire une bêtise, mais que ce n'est pas très grave.

J'ai mis plusieurs secondes avant de comprendre.

— Ah, oui, pardon. J'ai fini par réaliser : *votre* bureau. On fait pas le rendez-vous dans *votre* bureau ?

Avec sa main, elle a frotté mon bras.

— Je sais que personne ne nous voit, mais c'est plus déontologique si tu me vouvoies.

J'ai suivi ma mère à travers les couloirs jaunis. On a descendu des escaliers, traversé la pelouse entre deux immeubles, grimpé de nouveaux escaliers et longé des rangées de salles de cours.

— Tu, heu, non, *vous* me dites pas où on va ?

— Une salle nous attend, tu vas voir.

Elle m'a fait un clin d'œil, toujours sans ralentir. Elle n'avait pas besoin de regarder devant elle pour ne rater aucune porte ni aucun couloir. Elle arpentait son territoire. Elle aimait ça. La plupart des étudiants ne semblaient pas la reconnaître, mais les enseignants, eux, la saluaient systématiquement. Même si leurs échanges ne duraient que quelques secondes, elle plaçait toujours un compliment ou un trait d'humour. Elle avait l'esprit vif et l'air jovial, elle était sur ses terres, elle savait faire.

J'entrais déjà dans ma cinquième année de thèse, mais je n'avais pas eu beaucoup de rendez-vous de travail avec ma mère. Il y a cinq ans, c'était elle qui avait suggéré mon sujet. J'avais entamé le travail avec un jeune spécialiste du nouveau roman qu'elle m'avait conseillé. Il avait accepté d'être mon directeur de thèse. Il était très présent, il tenait à me voir une fois par mois pour faire le point sur mes recherches et discuter des orientations que je prenais. Tout allait bien. Jusqu'au milieu de la troisième année. Après, tout s'est compliqué.

Suite à une erreur d'adresse, mon directeur de thèse, un soir où il aurait mieux fait d'aller se coucher, a envoyé le mauvais e-mail à la mauvaise personne. Le bruit a circulé, la rumeur a enflé, et tout le monde a fini par savoir qu'il arrondissait ses fins de mois en écrivant ce qu'il a lui-même décrit par la suite comme des « thrillers techno-érotiques ». À l'époque, justement, ma mère venait d'être élue à la présidence de l'Université. Elle a eu vent de la rumeur et, par je ne sais quelle ruse, elle a obtenu confirmation auprès de l'éditeur que c'était en effet mon directeur de thèse qui se cachait sous le pseudonyme J. B. Poquelesdeux. Deux mois plus tard, « pour le bien et la dignité des lettres modernes à Bordeaux 3 », elle avait obtenu le transfert de mon directeur de thèse à Grenoble 3.

Je me retrouvais sans directeur. Ma mère a demandé à lire les premiers chapitres de ma thèse. Elle a été franche avec moi : elle était très déçue. « En tant que chercheuse », elle ne pouvait pas me laisser continuer dans cette voie. Et « pour le bien de la carrière de sa fille », elle a décrété qu'elle allait reprendre elle-même la direction de ma thèse.

C'était ironique qu'elle prétende vouloir le bien de ma carrière, vu qu'au moment de son élection, elle avait précisé, devant tout le conseil d'administration qui ne lui avait rien demandé, que sa fille ne serait jamais recrutée par l'Université tant qu'elle en serait présidente. « Question de déontologie. »

Une fois les esprits corrompus écartés, et les conflits éthiques désamorcés, ma mère a pu commencer à diriger mes recherches sans crainte. Marc ne m'a pas dissuadée d'accepter la proposition de ma mère : elle était reconnue et admirée parmi ses pairs, elle avait une réputation de femme impartiale, et peu importe notre lien de parenté, c'était une chance d'avoir une directrice de son envergure... Les premiers mois, elle m'a suivie de près, le temps de redresser la barre, puis elle m'a laissée travailler de plus en plus autonome, en ne demandant plus qu'à me voir une fois tous les six mois. Elle m'a beaucoup reproché de ne pas avancer assez vite. Elle aurait voulu que je sois capable de finir ma thèse en trois ans, comme elle pour sa thèse sur *Le Modèle théophanique du mythe chez Pierre Klossowski*.

Quant à moi, il était impensable que je justifie mon retard en lui parlant de mon projet de roman. Elle a fini par se faire une raison de ma lenteur. Ça prendrait cinq ans s'il le fallait.

Tant qu'elle était satisfaite de la nouvelle direction que je prenais...

Au fond, il y avait un avantage à mon retard : le mandat de ma mère à la présidence de Bordeaux 3 expirait dans un an. Il n'y aurait plus d'obstacle à ce que je devienne maître de conférences.

D'après Marc, j'avais toutes les chances d'être recrutée – à condition que ma thèse soit publiée. La compétition était devenue si dure entre les aspirants maîtres de conférences que seuls ceux qui avaient réussi à trouver un éditeur pour leur thèse avaient en pratique une chance sérieuse d'être recrutés. Je n'avais pas trouvé d'éditeur pour mon roman. Mais pour ma thèse, entre Marc et ma mère, niveau relations, j'étais armée.

Ma mère a ralenti. Elle s'est arrêtée devant une porte et a vérifié que son twin-set était en place. Elle m'a regardée de bas en haut, n'a manifestement rien vu de choquant, puis elle a poussé la porte. Elle m'a fait signe de la suivre.

La salle était vaste, avec un pupitre et des gradins en bois. Une petite foule d'étudiants dans les gradins obligeait à parler plus fort.

— Pourquoi tu me fais venir ici ? j'ai chuchoté en courant derrière elle.

— C'est ma conférence de pré-rentrée. Je ne peux plus donner de cours pendant l'année, mais je tiens à ma conférence de méthode.

Elle s'est tournée vers moi en posant la main sur son cœur.

— Chaque année, c'est la même émotion d'accompagner ces jeunes doctorants qui s'embarquent sur le long chemin de la thèse...

— Ça répond pas à ma question, Mam...

Elle ne m'écoutait plus. Elle a sauté sur le pupitre, la tête haute, sous la lumière des projecteurs imaginaires.

— Mesdames, messieurs, je vous demande de gagner vos places et faire silence.

Le calme est tombé sur la salle. Il y avait peut-être une quarantaine d'étudiants. Je leur donnais entre vingt-trois et vingt-cinq ans – mais j'étais influencée puisque je savais qu'ils entraient en première année de thèse. La conférence de méthode de ma mère était destinée à tous les jeunes inconscients de Bordeaux 3 qui embarquaient guillerets dans un travail de thèse. Que leurs recherches portent sur l'archéologie antique et médiévale, la philosophie, ou les langue et culture basques, ma mère se faisait une joie de leur exposer en trois fois deux heures la méthodologie rudimentaire de leur nouvelle vie.

Pour ne pas être la seule personne debout, j'ai pris un siège au premier rang.

Elle parlait sans notes.

— Pour donner une traduction concrète aux conseils théoriques que je vous ai donnés lors de nos deux dernières rencontres, j'ai tenu à ce que vous puissiez vous rendre compte, de façon très pratique, de ce qu'est le processus de rédaction d'une thèse. Même si, je le répète, il n'est pas question de commencer à rédiger quoi que ce soit avant d'avoir accumulé suffisamment d'idées et défini un plan. Ce qui prend généralement au moins deux ans.

Elle a ajusté son micro pour qu'il soit bien à la hauteur de sa bouche.

— Je vous ai donc donné à lire les premiers chapitres de deux thèses. Deux thèses qui sont suffisamment proches pour que la comparaison soit fructueuse.

Elle ne m'avait rien dit. Je n'étais au courant de rien. Si elle m'avait demandé, j'aurais absolument refusé.

À quelques places de moi, une jeune femme qui n'avait pas sorti de quoi noter faisait plus âgée que la plupart des étudiants. Surtout, elle avait le teint de quelqu'un qui n'avait pas vu la lumière du jour depuis plusieurs années : sans doute l'auteur de la seconde thèse dont ma mère venait de parler. J'ai essayé d'accrocher son regard pour lui demander si elle était au courant de ce qui se passait. Mais elle regardait fixement ma mère sur son estrade et n'affichait aucune émotion.

— Avant d'entrer dans la discussion, disait ma mère, je voudrais l'avis de la salle. D'après ce que vous avez lu, estimez-vous que les chapitres aient atteint un niveau satisfaisant, ou pensez-vous qu'un travail soit encore nécessaire ? Essayez de forger votre avis au regard des critères dont nous avons discuté ensemble la semaine dernière.

Elle a laissé quelques secondes de réflexion à ses étudiants. Elle a souri à la jeune fille terne à cinq sièges de moi.

— Commençons par le travail de Mlle Legendre.

D'un geste de la main, elle a demandé à Mlle Legendre de se lever pour saluer les étudiants. La jeune fille s'est brièvement redressée et elle a adressé un petit sourire vers les gradins. Elle était maigre et fatiguée. J'avais peur qu'elle tombe.

— Bon, a dit ma mère, levez la main si vous estimez que les chapitres de Mlle Legendre sont présentables en l'état.

Mlle Legendre regardait ses genoux. Je l'ai vue glisser sa main droite sous ses fesses pour l'empêcher de trembler.

Les étudiants hésitaient. Personne ne voulait être le premier à lever la main. Progressivement, pourtant, quelques mains sont apparues. Puis davantage. Une grosse moitié de la salle a voté favorablement.

Mais ce n'était manifestement pas assez pour Mlle Legendre qui, stoïquement, s'est mise à pleurer. Comme ses larmes coulaient en silence, ma mère lui a adressé un sourire et a continué son cours sans s'en apercevoir.

— Merci. À présent, le travail de Mlle Lechat.

Elle a refait son signe de la main pour me demander de me présenter devant ses étudiants. J'ai consenti à me lever de dix centimètres au-dessus de mon siège, en lui envoyant au passage le regard le plus noir possible. Mais c'était inutile car elle ne me regardait pas. Elle souriait aux étudiants. Elle passait une très bonne journée.

— Levez la main si vous estimez que les chapitres de Mlle Lechat sont présentables en l'état.

Il y a d'abord eu la même hésitation que pour Mlle Legendre. Puis quelques mains se sont levées. Je me suis retournée vers les étudiants, en envoyant quelques petits sourires à droite et à gauche. Peut-être qu'en me voyant ils auraient une sorte de pitié qui susciterait de l'indulgence. Les quelques premières mains qui s'étaient levées sont restées patiemment à la verticale en attendant d'être rejointes. Malheureusement, les premières mains n'en ont pas entraîné d'autres. Par paresse ou par instinct grégaire, un étudiant à lunettes a même changé d'avis et rangé sa main. Lorsque ma mère a repris la parole, un tout petit tiers des étudiants estimaient que mon travail était présentable en l'état.

— Très bien. Merci.

Elle a eu une brève hésitation.

— Bon. Pour que la discussion soit la plus libre possible, je vais demander à Mlle Legendre et Mlle Lechat de quitter la salle une dizaine de minutes... Le temps que vous échangiez avec moi des impressions sincères.

Elle est descendue de son pupitre. Elle a pris Mlle Legendre par l'épaule (ses pleurs silencieux s'étaient transformés en reniflements plus bruyants). Puis elle est venue près de moi et nous a parlé à voix basse.

— Je préfère que vous sortiez – pas longtemps. Je vous inviterai au moment de ma synthèse. Pour le confort de mes étudiants, je préfère que vous ne soyez pas là. Ils s'exprimeront plus librement. Vous allez voir, cet exercice est extrêmement enrichissant. Et pour vous aussi.

Ma mère réinventait les jeux du cirque. J'étais sérieusement tentée de foutre le camp. Sauf que j'avais une doctorante en détresse sur les bras.

— Je m'appelle Sophie, et toi ?

— Je sais que tu t'appelles Sophie.

Elle a fini par trouver un vieux mouchoir au fond de son sac.

— Et toi, tu t'appelles comment ?

— Moi, c'est Jeanne Legendre.

À partir du moment où elle a fini de se moucher, elle a repris le contrôle. Elle ne pleurait plus, elle articulait clairement. Elle n'avait pas l'air particulièrement équilibrée pour autant.

— Tu veux que je te trouve un verre d'eau ?

— Non. Pourquoi ? Tout va bien.

— Regarde, il y a des chaises là-bas, viens.

J'ai pris son bras et j'ai fait quelques pas dans le couloir.

— Je peux marcher toute seule. Je ne me laisse pas abattre. Jamais. Mon travail est perfectible. Je vais le perfectionner. C'est pas grand-chose. Je sais que c'est pas grand-chose. Pas grand-chose.

J'aurais volontiers laissé Jeanne toute seule, mais j'avais toujours peur de son état. Elle a sorti un agenda de son sac et l'a feuilleté. Ses doigts n'avaient presque plus d'ongles.

— C'est pas grand-chose. Mais pour moi, a-t-elle dit, ça signifie deux fois plus de boulot. Mon éditeur me met la pression. Je dois avancer en parallèle à la version vulgarisée de ma thèse. Je dois soutenir en février. Sinon, je tiens pas mes objectifs. Faut que je tienne mes objectifs.

— C'est super rare d'avoir un éditeur avant même d'avoir soutenu. Bravo ! Tu vois, faut pas t'en faire, ça va t'ouvrir plein de portes.

Mon premier élan n'avait pas été d'être contente pour Jeanne. Mon premier élan avait été de la planter sur place, cette cruche qui pleurait alors qu'elle avait déjà un éditeur. J'avais réussi à contenir mon premier élan. J'étais fière de moi.

— Tout va bien se passer, j'en suis sûre.

— Oui, a dit Jeanne. Ce n'est qu'une question de travail. Beaucoup de travail.

Elle a feuilleté son agenda en avant puis en arrière. Elle bougeait un peu ses lèvres, elle devait être en train de calculer.

J'ai repensé à ce qu'avait dit ma mère sur nos thèses qui traitaient de sujets suffisamment proches pour être comparées.

— Si tu veux, on pourra se faire lire nos chapitres. Moi, mon sujet, c'est *Transitionnels ou symboliques : les objets du quotidien dans le roman français de 1953 à 1978*.

Jeanne a fourré son mouchoir dans son sac. Elle n'était pas très emballée. Elle avait toujours les yeux rivés sur son agenda.

Comme elle ne disait rien, j'ai insisté.

— Et toi, ton sujet ?

— Ta mère t'a pas parlé de mon sujet ?

— Je savais même pas qu'elle avait donné mes chapitres aux élèves de sa conférence.

Jeanne a eu l'air ennuyé.

— Depuis le temps qu'elle dirige nos thèses, je pensais qu'elle t'en aurait parlé.

— Parlé de quoi ?

Elle a eu une impatience.

— De ma thèse. Ça fait quatre ans qu'on avance en parallèle.

— Ma mère et sa déontologie...

— Enfin, là, quand même, ça se justifie. Ou pas, j'en sais rien. J'imagine qu'elle a ses raisons.

— Je comprends rien. C'est quoi ton intitulé ?

Jeanne a fermé son agenda et l'a glissé dans son sac.

— *Transitionnelles ou symboliques : les choses du quotidien dans le roman français de 1953 à 1978.*

Je n'ai rien senti. Je ne pouvais plus rien sentir. Rien. Juste un grand vide. Anesthésiée, paralysée, asphyxiée. Projetée dans un trou noir. Je pesais trois tonnes et j'étais aspirée vers le bas. Mon sang quittait mon cerveau. Plus de sang non plus dans mon cœur, ni dans mes bras. Mon sang s'était écrasé dans mes jambes. Il était en train de se figer, de me transformer en statue. Je me solidifiais. J'allais imploser. Un grésillement m'a traversée des pieds à la tête. Ça faisait mal. Je voyais flou.

— C'est une blague ? j'ai enfin réussi à articuler.

Jeanne a fait non de la tête.

J'ai rassemblé mes forces pour une autre phrase :

— On bosse depuis quatre ans sur exactement la même thèse ?

Elle a haussé les épaules.

— Pas tout à fait quand même.

Je voulais articuler, mais je n'ai produit qu'un grognement.

Jeanne a compris que je voulais plus d'explications.

— Il y a quand même une grosse différence entre nos thèses.

Avec de la compassion, elle a posé son regard sur mon visage pour la première fois.

— Moi c'est les *choses*. Toi c'est les *objets*.

Un étudiant interrogeait ma mère sur les différences d'usage, en notes de bas de page, entre *ibid* et *ibidem*.

J'ai marché droit vers l'estrade.

— Mauvaise mère !

Elle a écarté son micro.

J'ai hurlé.

— Ça fait quatre ans ! Quatre ans que tu me laisses bosser cinquante heures par semaine ! Cinquante semaines par an ! Alors que ma thèse est pourrie d'avance ! Et tu le sais depuis le début !

J'ai grimpé sur l'estrade. Pour la première fois, j'ai fait vaciller son regard. On ne pouvait pas dire pour autant qu'il y avait de la peur dans ses yeux – peut-être une lueur de doute…

— Vouvoiement, Sophie, a-t-elle marmonné, vouvoiement…

— Et c'est toi qui as choisi mon sujet de thèse ! C'est ton sujet ! Je t'ai fait confiance ! Tu as donné mon sujet à quelqu'un d'autre, en même temps qu'à moi !

Ma mère a ajusté son gilet qui était pourtant très bien en place.

— Si tu avais mieux creusé ton chapitre sur les définitions, tu ne serais pas en train de te ridiculiser devant mes étudiants.

— Qu'est-ce que t'as à me parler de mes définitions ?

— Les choses et les objets, Sophie, ça ne porte pas du tout sur les mêmes enjeux.

J'ai respiré un grand coup. Ma mère en a profité pour adresser un sourire complice à ses étudiants : dites donc, elle a l'air drôlement remontée celle-là…

Puis elle est descendue de son estrade, elle m'a tirée vers elle et a tenté une explication.

— Je comptais organiser un grand séminaire. Et comparer vos deux thèses. J'ai même mon plan en tête.

— Donc tu le savais bien depuis le début.

— Si je t'en avais parlé, ça aurait brisé ton élan. Et l'intérêt de mon travail de comparaison. Une bonne thèse est une thèse originale, je ne voulais pas que le travail de Jeanne puisse t'influencer. Et vice versa. Jeanne n'est au courant que depuis quelques mois. C'est normal, elle est plus avancée que toi, tu sais.

— Mais Jeanne, elle, elle a un éditeur pour sa thèse. Entre les choses et les objets, tu crois vraiment qu'ils vont faire la différence ?

Elle a fait les yeux ronds en signe d'évidence.

— Ça, un éditeur, c'est sûr, non, il ne verra pas la différence.

— Alors comment veux-tu que j'aie la moindre chance d'être publiée ?

Elle a froncé ses lèvres en réprimande.

— Parce que c'est ça qui te motive ? Une publication vulgarisée, Sophie, ce n'est pas un but dans la vie. Ou sinon ta place n'est pas à l'Université.

— Mais sans publication, tu le sais très bien, on n'a aucune chance d'obtenir un poste !

— Un poste, un poste, les jeunes n'ont que ce mot à la bouche. Où est passé l'amour du savoir ? Et de toute manière, Sophie, puisqu'on en est à tout se dire, je te rappelle que personne ne pouvait prévoir que tu mettrais tant de temps. Cinq ans ! Je te rappelle que ma thèse sur le modèle théophanique du mythe chez...

— Trois ans. Je sais, tout le monde le sait. Trois ans. Mais tu savais bien qu'il y aurait un perdant en lançant deux personnes sur la même thèse.

— Encore une fois, Sophie, ce n'est pas la même...

— Merde, maman, c'est le même sujet ! Tu savais qu'il y aurait forcément l'une de nous deux qui se ferait avoir...

Elle a posé sa main sur la mienne et secoué la tête, un geste de sainte – que ces mots sont vulgaires dans ta bouche...

— La vie est compétitive ma chérie.

— À ton époque, il suffisait de savoir lire et écrire pour obtenir un poste.

— Ça ne sert à rien d'être insultante.

— Comment tu as pu faire ça à ta propre fille ?

— Parce que tu aurais voulu que je renonce à ma déontologie ?

Dans le couloir, Jeanne pianotait à toute allure sur le clavier de son ordinateur portable.

— T'inquiète pas, j'ai dit, je vais pas te doubler.

Je suis sortie du bâtiment. J'ai respiré un grand coup. Pouvait-on perdre quatre années de sa vie ? Pouvait-on tirer un trait sur quatre années entières ? J'ai marché tout droit. J'ai traversé Bordeaux 3, j'ai dépassé des facs dont je n'avais jamais entendu parler. Je voulais marcher droit devant, ne pas tourner, ne pas ralentir, sortir du campus, et ne jamais y remettre les pieds.

4

— Et toi ?

Le souffle encore accéléré, Marc a un peu insisté. J'aimais le sentir encore contre moi, mais j'ai retiré sa main.

— Je te promets, j'ai déjà beaucoup aimé comme ça.

— Mais c'est ton anniversaire…

— Tu sais bien, j'ai murmuré, j'aime pas jouir après toi.

Avec son nez, il a caressé mes seins.

— Arrête, j'ai dit. Tout va bien.

J'étais sur le dos. Il s'est allongé sur le côté, contre moi. Avec ses lèvres, il m'a effleuré l'oreille, la joue, les lèvres. On est resté immobiles un temps. Avant de partir se doucher, il m'a embrassée une dernière fois. Je l'ai retenu :

— Tu tiens ta promesse, hein ?

— Quelle promesse ?

— La seule promesse que je t'ai demandé de tenir.

Il a fait l'idiot trois secondes, comme s'il avait oublié. Puis il m'a rassurée :

— Pas de fête surprise. Pas tant que ta thèse n'est pas finie. Même pas pour tes trente ans.

En partant, il m'a donné une petite claque sur les fesses.

— Mes promesses, je les tiens même quand elles sont stupides.

J'ai terminé mon thé avec le flash info, j'ai nettoyé la table de la cuisine, j'étais dans l'énergie de travailler. Depuis deux semaines, j'avançais beaucoup plus vite. Depuis que j'avais découvert que ma thèse n'avait absolument aucune chance d'être publiée, je me sentais libérée de cette pression-là. Je n'avais plus aucun intérêt à faire la meilleure thèse possible. J'avais juste à la terminer très rapidement et passer à la suite. Pas de roman, pas de poste à la fac, le destin avait choisi pour moi, je serais prof de français.

Marc voulait pourtant que je voie les choses autrement. On faisait le marché, quelques jours plus tôt, quand j'avais enfin trouvé le courage de lui dire que ma thèse ne serait jamais publiée. Il en avait littéralement trébuché. Je lui ai parlé de ma mère, des deux thèses identiques, il s'est comme paralysé. Puis, soudain, il a fait des grands gestes, avec ses épaules, comment a-t-elle pu faire ça à sa fille, il en a renversé une pile de melons et je me suis retrouvée à quatre pattes sous le stand en train de suivre les melons qui roulaient trop vite pour moi, et de dire désolée, pardon, pardon, à la vendeuse qui rampait entre les tréteaux avec moi. Pendant plusieurs jours, Marc n'avait pas décoléré, il avait appelé ma mère, il était allé la voir, chez elle, à son bureau, mais le mal était fait, je le lui répétais, il fallait bien qu'il se résigne comme moi.

— Se résigner ? Certainement pas ! Ton rêve, c'est d'être prof de lettres modernes à l'Université, de faire de la recherche, et on va se battre pour ça ! Ça prendra le temps que ça prendra, peut-être qu'il faudra déménager à Grenoble, à Toulouse, même à Lille, tant pis, si c'est là-bas que tu trouves un poste, je m'organiserai pour partir avec toi. Peut-être que ça prendra une autre thèse, tu ne dois pas avoir peur de ça, peut-être que tu enseigneras dans un lycée en parallèle, je sais pas, on trouvera des solutions. Je t'aiderai, tu travailleras à mi-temps. Ou plutôt, non, tu ne travailleras pas : tu te consacreras à ta nouvelle thèse, tu iras dans des colloques, tu te feras connaître, moi je t'aiderai, tu y arriveras, tu verras, et je serai toujours là pour toi.

J'ai éteint la radio. Avant de monter à l'étage transformer la chambre en bureau et commencer ma journée, j'ai vu que Marc avait laissé un Post-it sur le guéridon : *TGV Julien 17h25*.

Julien, le frère d'Annie, avait passé tout l'été près de Paris, à Sceaux, au lycée Lakanal. Il avait suivi des cours de préparation aux concours d'entrée à Sciences-Po. Marc disait que si Julien allait au bout de son projet ce serait grâce à moi : si je n'avais pas parlé un jour de Sciences-Po et de comment, moi, j'avais raté le concours deux fois, il n'aurait sans doute jamais eu l'idée de le préparer. Si mes échecs pouvaient être utiles à quelqu'un...

La seule distraction que je m'autorisais encore, c'était mon blog. Une ou deux fois par semaine, je dessinais une petite anecdote au trait noir sur une feuille blanche, puis je la scannais et je la mettais en ligne sur ma page, dansmonquartier.fr. Je n'y publiais que des dessins. À part une ou deux lignes de dialogue écrites à la main sous chaque dessin, il n'y avait jamais aucun texte.

Récemment, même Marc m'avait trouvée inspirée...

Deux vieilles dames sont assises sur un banc dans un parc.

— Michel m'a pokée sur Facebook.

Dans une boutique de jouets, une dame se présente à la vendeuse.

— Je cherche une idée pour un enfant de dix ans…

— Emo, Goth, ou Fashion ?

Devant le sapin de Noël, une jeune fille offre un cadeau à sa grand-mère.

— C'est vrai, Mamie, que tu n'as jamais eu aucune préférence entre tes petits-enfants ?

— Absolument. Toi, simplement, ça a demandé plus d'efforts de t'aimer autant.

Mon blog recevait une petite centaine de visiteurs par semaine. Mais je n'y donnais pas mon nom, et très peu de gens autour de moi le connaissaient. J'avais hésité à y mettre mon nom, ou seulement une photo, voire juste une adresse, mais je n'avais pas voulu prendre le risque que ça se sache à la fac. Ma mère, évidemment, n'était pas au courant. Quand on était doctorant, en lettres modernes en particulier, il fallait faire attention à ce qu'on disait aimer, et pas seulement en matière de littérature : en cinéma ou en photographie aussi, il y avait le bon et le mauvais goût. Même dans une conversation informelle, il valait mieux surveiller ses références. François Truffaut et Robert Franck, ça allait. Alfred Hitchcock et Robert Doisneau, c'était déjà risqué : trop populaires.

Quant à tenir un blog dessiné, c'était vraiment flirter avec la vulgarité.

J'ai mis en ligne le dessin que je venais de scanner.

Au salon de coiffure, deux jeunes femmes commentent un magazine féminin.

— Réussir ses trente ans : le deuil des vies qu'on ne vivra jamais.

— Même si on en paraît encore vingt-cinq ?

10 heures. À l'instant même, Julien commençait la dernière épreuve de son concours. Une composition en anglais. Le facteur m'avait torturée deux longs mois avec des lettres de refus qu'il distillait à un rythme imprévisible. Désormais, ce serait au tour de Julien de trembler au bruit des lettres qui tomberaient sur le plancher.

*

Il n'avait jamais terminé l'été aussi pâle. Mais ça lui allait plutôt bien. Il nous a embrassées, sa sœur et moi. Je lui ai proposé de porter son sac, il a refusé. Je lui ai demandé comment s'était passée son épreuve d'anglais.

— Ça va. De toute manière, je suis mauvais juge de moi-même.

Onze ans plus tôt, quand j'avais passé le même concours, il m'avait fallu plusieurs jours pour faire redescendre le stress. Julien, lui, semblait détendu. Il était assez distant - mais, depuis quatre ans qu'il vivait à la maison (Marc était devenu le tuteur d'Annie et de Julien à la mort de leurs parents), nos rapports n'avaient jamais été spécialement fusionnels.

— T'es garée loin ?

— Assez, oui, c'était ça ou la double file.

Il a souri.

— Et la double file, même pour cinq minutes, c'est hors de question, bien sûr...

Dans la voiture, il a préféré monter à l'arrière pour rester à côté d'Annie. Elle était tout excitée de le retrouver.

— Papa et Sophie sont d'accord pour me donner leur vieil ordinateur portable, a dit Annie. Je pourrai même aller sur Internet.

Dans le rétroviseur, j'ai vu Julien tiquer. Comme moi, il n'aimait pas que sa sœur appelle Marc « papa ». Mais il n'a pas relevé.

— Je vois qu'il y a du progrès, a-t-il dit. Mais toujours pas droit à la télé, j'imagine ?

— Si, a dit Annie, pour le journal de 20 heures, j'ai le droit.

Il y avait du monde sur la route, comme tous les vendredis soir.

— En parlant de psychorigidité, a dit Julien, il paraît que tu refuses de fêter tes trente ans ?

— Je refuse pas de fêter mes trente ans, je veux juste pas qu'il y ait de fête.

Silence.

— Tant que ma thèse n'est pas finie, j'ai insisté, je ne vois pas ce que j'aurais à célébrer.

— Je sais pas : tes trente ans ?

— Tu parles d'un accomplissement.

Julien a reçu un SMS et s'est mis à pianoter. La nuit tombait déjà sur Bordeaux.

— Au fait, a dit Julien, bon anniversaire. Marc m'a dit de surtout pas oublier de te le souhaiter.

Annie a pris son bain, Julien a défait sa valise, et j'ai consenti à préparer un gâteau au chocolat, histoire d'avoir quelque chose sur quoi planter trois bougies. Marc est rentré vers 19 heures.

— Dépêchez-vous tout le monde, on est déjà en retard !

Il a directement grimpé les escaliers. Il est redescendu trente secondes plus tard, sans chemise ni cravate, il portait juste un t-shirt noir et sa petite veste de kéké, celle des occasions spéciales. Il m'a regardée avec son sourire de petit garçon.

— T'es prête ?

Évidemment que je n'étais pas prête. Je n'étais prête pour rien puisque le concept de mon anniversaire, cette année, était justement de n'avoir à me préparer pour rien. J'ai protesté, mais il a continué d'appeler les enfants. Il m'a dit que j'étais parfaite telle que j'étais, que je n'avais rien à changer, juste peut-être détacher mes cheveux et éviter de sortir en chaussons. Julien et Annie sont descendus, Marc m'a tendu mon manteau. Il ne voulait pas me dire où on allait.

— Pas de fête, j'ai dit, ça inclut pas de fête à la maison, pas de fête chez des amis, rien qui soit de près ou de loin organisé autour de moi. Tu joues avec le feu, Marc...

La voiture roulait déjà.

— T'aimes pas jouer avec le feu, toi ?

J'ai demandé à Annie et Julien s'ils savaient où on allait, mais ils m'ont dit que non. La voiture a tourné vers Pessac, sur la route de l'Université. Ça excluait donc une soirée au restaurant – pour ça on aurait tourné vers le centre-ville. L'amour est censé être plus fort que ces choses-là, mais si Marc avait organisé une fête sur le campus, je n'étais pas sûre de le lui pardonner. Chacun allait étaler ses lectures formidables, se vanter de ses derniers articles publiés, pour mieux se faire critiquer pendant qu'on irait remettre du mauvais vin dans son gobelet. Avec ses collègues, mes amis thésards, et ma mère sur le gâteau, le cauchemar serait parfait.

Marc n'a rien voulu me dire. On a continué un moment sur la même route. On était encore loin de la fac quand on s'est garés. Il nous a fait descendre pendant qu'il faisait le tour de la voiture, et il a sorti du coffre quatre flûtes en plastique, une bouteille de champagne, et du jus d'orange pour Annie.

— Bon anniversaire, Bibounette.

Autour de nous, les quelques magasins étaient fermés. Il n'y avait que des voitures qui continuaient de rouler.

— Et... c'est tout ? j'ai demandé.

— Non, ce n'est pas tout, a-t-il répondu.

Il a fermé le coffre de la voiture, et il nous a demandé de le suivre. On a marché un peu, puis j'ai compris qu'on était tout près de l'Espace Médoquine. Marc nous emmenait à un concert.

— Yes ! a dit Annie en voyant les affiches. Trop cool, papa, c'est Anaïs !

On écoutait souvent le CD d'Anaïs à la maison. Annie connaissait les chansons par cœur. Les paroles étaient anti-romantiques à souhait, parfaites pour moi.

— Alors, a dit Marc, j'ai mis toute la famille d'accord ?

Il était fier de lui : chez nous, on n'employait pas le mot famille très souvent...

— *Mon cœur, mon amour, mon amour, mon cœur...*

Annie chantait déjà.

— *Ça dégouline d'amour, c'est beau mais c'est insupportable. C'est un pudding bien lourd, de mots doux à chaque phrase...*

Le concert a commencé en retard, mais j'étais bien, peut-être à cause du champagne. Parfois, toute la salle se levait pour danser. Annie montait sur les épaules de Julien et je m'appuyais contre Marc. Je me laissais porter par son rythme.

À la fin d'une chanson, alors qu'on venait de se rasseoir, Marc a glissé sa tête dans mon cou :

— Je suis sûr que tu vas bientôt faire de grandes choses.

Il a serré ma main, puis il a applaudi avec la salle. Il n'y avait aucune raison qu'il me dise ça, à cet instant. La soirée aurait été parfaite sans cette phrase-là.

5

J'ai entendu le courrier tomber sur le plancher. C'était un samedi matin. J'étais à l'étage, dans mon bain. Ce bruit m'avait tellement fait frémir pendant plusieurs mois que je pouvais l'entendre depuis n'importe quel endroit de la maison. Je n'étais pas directement concernée, mais mon cœur s'est accéléré : c'est aujourd'hui que Julien devait avoir ses résultats d'entrée à Sciences-Po. On lui avait dit que les résultats seraient publiés sur Internet au plus tôt samedi à 11 heures et au plus tard le lundi à midi. Il avait aussi entendu que chaque candidat recevait une lettre de refus ou d'admission, et que ces lettres étaient généralement envoyées la veille de la publication des résultats.

Pendant les premières années après la mort de ses parents, quand Julien avait vécu avec nous, il avait voulu être médecin. Dans le bureau qu'on avait reconverti en chambre pour Annie et lui, il nous avait fait accrocher au mur la grande planche d'anatomie, avec les noms de tous les muscles, des nerfs et des os, qu'il avait récupérée dans le cabinet de son père. On avait hésité, on avait eu peur surtout pour Annie : il s'agissait quand même d'afficher un squelette géant dans une chambre d'enfant… Au fil des mois, sauf quand des amis venaient à la maison, et qu'ils avaient un temps d'arrêt en le voyant, on n'avait plus fait attention au squelette.

Quatre ans plus tard, Julien nous avait annoncé son intention de préparer le concours de Sciences-Po.

Il ne nous avait demandé quasiment aucune aide, il s'était inscrit tout seul en prépa d'été, il avait organisé son hébergement sur place. Puisque médecine n'était plus dans ses projets, on lui avait proposé de décrocher le squelette de la chambre qu'il partageait toujours avec sa petite sœur. Il avait accepté, mais cette fois c'était Annie, neuf ans, qui avait protesté : hors de question, elle en avait besoin, elle avait réfléchi, et c'était décidé, ce serait elle qui deviendrait médecin.

— Il y a une lettre de Paris ! a crié Marc.

J'ai plongé la tête sous l'eau et j'ai croisé les doigts. Une enveloppe à ouvrir, et la vie de Julien allait peut-être basculer. Quel changement pour lui ! Vivre à Paris, étudier avec les meilleurs professeurs, rencontrer des étudiants du monde entier. Il y avait peut-être dans cette enveloppe un laissez-passer pour une nouvelle vie. En bas, Marc et Julien étaient en train d'ouvrir la lettre. Dans quelques secondes, ce serait soit des cris de joie, soit un silence plombé. Mon ventre s'est contracté sous l'effet du stress. J'ai levé la tête le temps d'une grande inspiration et j'ai replongé la tête sous l'eau. Je ne voulais rien entendre. Pourvu qu'il soit pris, pourvu qu'il soit pris…

En cas de refus, Julien poursuivrait l'année dans la classe prépa qu'il venait de commencer. Il n'en avait pas envie. Les professeurs traitaient mal les élèves. Leur méthode était de tirer les élèves vers le haut en les rabaissant, ce qui, disait-il, était pour le moins paradoxal. Et beaucoup moins stimulant que ce qu'il avait connu tout l'été au lycée Lakanal. Je ne me faisais pas vraiment de souci pour Julien en hypokhâgne, mais je savais tout le mal que peut causer un échec dans un projet qui demande tant d'investissement.

J'ai attendu d'être à bout de souffle pour me redresser. À l'heure qu'il était, forcément, l'enveloppe avait été ouverte.

J'ai ouvert les yeux. J'ai vu Marc au-dessus de la baignoire. Julien et Annie étaient à l'entrée de la salle de bains.

— C'est pour toi.

Marc me tendait l'enveloppe. Je lui ai demandé si Julien était admis, mais il m'a dit que ce n'était pas Sciences-Po. Il m'a fallu plusieurs secondes pour comprendre que la lettre m'était destinée. J'ai voulu la prendre mais j'avais les doigts mouillés. J'ai demandé à Marc s'il y avait un logo sur l'enveloppe. Il m'a dit qu'il n'y avait rien. Je lui ai demandé de l'ouvrir.

Un éditeur avait-il relu mon manuscrit et changé d'avis ? Il avait remarqué que la secrétaire avait mal fait son travail ? Il avait commencé mon roman. Il avait adoré. Il avait viré la secrétaire pour faute lourde. Et maintenant, il voulait me rencontrer.

Pourquoi croit-on toujours à la solution la plus improbable dans ces cas-là ?

Marc a déplié la lettre.

— Azur Productions, tu connais ?

— Pas du tout. C'est signé qui ?

— Joyce Verneuil.

— Jamais entendu parler.

Azur Productions
1, place du Marché-Saint-Honoré
75001 Paris

Paris, le 24 septembre

Chère Madame,

RFT m'a transmis votre courrier, et je tenais à vous remercier de l'intérêt que vous portez à La Vie la Vraie.

Nous recevons régulièrement des commentaires de nos téléspectateurs. Nous avons à cœur de les considérer avec la plus grande attention.

Nos auteurs développent actuellement un nouveau personnage. Il s'agit d'une jeune trentenaire, prof de français, plutôt psychorigide, qui interdit la télévision à ses enfants.

Nous attachons beaucoup d'importance à l'authenticité de nos personnages. Si vous deviez passer à Paris, n'hésitez pas à nous rendre visite dans nos bureaux, je suis sûre que nos auteurs vous recevront avec le plus grand intérêt.

Je vous prie de croire, chère Madame, en mes sentiments les meilleurs.

Joyce Verneuil
Productrice

PS : Nous tenons à rembourser le voyage des téléspectateurs qui viennent nous rendre visite.

— Pour qui elle se prend ?

J'ai pris la lettre des mains de Marc pour la relire. Tant pis pour mes mains mouillées.

— Comment elle peut se permettre ? Et c'est pas moi qui l'ai écrite, la lettre, c'est toi !

Annie était retournée dans sa chambre mais Marc et Julien, eux, étaient morts de rire.

— *Psychorigide*, a dit Julien, je sais pas où ils ont été chercher ça...

— C'est Marc, je te dis, qui a écrit la lettre. Moi je l'ai juste tapée et signée.

— Tu devrais y aller, a dit Julien, ça serait trop drôle.

— Super drôle, oui. Ça me donne envie de la frapper.

— Qu'est-ce qui te prend, a dit Marc, pourquoi tu réagis comme ça ? On s'en fout !

J'ai relu la lettre.

— *L'authenticité de leurs personnages*... mais t'as vu à quoi il ressemble leur feuilleton ?

J'ai demandé à Marc de me passer mon peignoir et de fermer la porte derrière lui. En me séchant les cheveux devant la glace, je me suis calmée. Mais c'était dur : j'avais espéré la lettre d'un éditeur enthousiaste, au lieu de ça on me proposait de devenir phénomène de foire pour de pauvres scénaristes en mal d'inspiration.

Julien attendait devant la salle de bains, l'air malin :

— Alors, c'est oui ?

— Bien sûr que c'est non. De toute manière, ça les intéressera pas. Je ne suis pas psychorigide, c'est un malentendu.

Julien a eu l'habileté de ne pas me contredire.

— Mais tu peux faire ça pour l'aventure. Ou par curiosité. Après tout, ils écrivent peut-être de la merde, mais ce sont des auteurs. Toi aussi tu veux être auteur, non ?

— Merci pour la comparaison.

J'ai marché jusqu'à la chambre, j'ai fermé la porte derrière moi et j'ai terminé de me sécher. J'étais en train de me changer quand Marc est passé prendre son livre sur la table de chevet.

— La prochaine fois, je lui ai dit, tu signeras tes lettres toi-même.

— C'est juste une lettre, Sophie. Et une bonne anecdote à raconter.

En ressortant, il m'a fait un clin d'œil et il a ajouté :

— Mais si tu y allais, ça ferait peut-être un bon dessin pour ton blog...

J'ai fini d'enfiler mon pull ; je ne sais pas comment je me suis débrouillée, mais j'avais toujours la lettre à la main.

— Je ne sais même pas pourquoi on en parle.

Il m'a souri.

— C'est toi qui en parles, Sophie.

J'ai fermé le dernier bouton de mon jean.

— Voilà, c'est juste une blague, on a bien ri. Et je vois vraiment aucune raison de perdre toute une journée pour aller à Paris.

Soudain, un cri aigu a retenti dans le salon. C'était la voix d'Annie. Marc et moi avons accéléré dans l'escalier.

— C'est Julien ! C'est Julien ! a hurlé Annie.

Annie était assise sur le canapé, son ordinateur portable sur les genoux.

— Il est pris !

Julien est arrivé à son tour dans le salon. Il est passé entre nous en courant et s'est précipité sur le portable. Il a scruté l'écran, mais, dans l'excitation, il ne voyait pas son nom sur la liste.

— Juste là, a montré Annie, dans la fenêtre, en petit. Ils ont marqué ton nom.

— Où ça ? Je vois pas…

Puis Julien est devenu tout blanc. Il a porté le portable vers Marc et moi, plein de précaution, comme si un geste brusque pouvait briser l'écran et dissiper le miracle. On s'est penchés, le cœur à cent à l'heure. Annie avait raison : à peine une centaine de noms, et parmi eux, Julien. Notre Julien. Dans moins d'un mois, il allait entrer à Sciences-Po Paris.

6

— Pour le casting psycho-crime.

Devant moi, un jeune homme avec un casque de scooter et un foulard en lin a tendu sa carte d'identité. L'hôtesse a parcouru une liste, elle a coché son nom, et elle lui a tendu une carte magnétique.

— Troisième étage.

Puis elle m'a regardée, l'air pressé.

Dans leur haut bureau en forme de bulle, les deux jeunes femmes étaient pendues au téléphone. Dès qu'elles raccrochaient, la sonnerie se réenclenchait immédiatement.

Si je ne me lançais pas tout de suite, elle allait décrocher à nouveau.

— J'ai rendez-vous avec Joyce Verneuil. Si elle est…

L'hôtesse ne m'a pas laissée finir ma phrase. Elle a regardé sa collègue en lui soufflant : « Pour Joyce Verneuil. » Elle a consulté son ordinateur, puis elle m'a demandé ma carte d'identité. Elle l'a déposée dans une boîte près de son ordinateur, elle s'est levée et m'a demandé de bien vouloir la suivre. Ses talons aiguilles résonnaient dans tout le hall. Elle a posé une carte magnétique sur un petit boîtier noir près de l'ascenseur, les portes se sont ouvertes et elle m'a invitée à entrer.

— Les bureaux de Joyce Verneuil sont au cinquième étage. Elle dispose de son propre accueil.

Elle est entrée dans la cabine avec moi, elle a appuyé sur le bouton, puis n'a rien dit pendant la montée. Dans l'ascenseur, deux petits écrans de télévision muets passaient des extraits de séries télé. Dans celui de gauche, j'ai reconnu *La Vie la Vraie*.

Les portes se sont ouvertes, l'hôtesse est descendue. Elle m'a tendu la carte magnétique, puis elle est remontée dans l'ascenseur.

— Bonne journée, madame.

J'étais dans un petit sas. Il n'y avait que deux issues : l'escalier pour redescendre – c'était le dernier étage – et une grande porte en bois en face de moi.

*

Julien et moi étions arrivés à la gare Montparnasse vers 10 heures. Comme on avait une heure avant la visite du premier appartement, on a cherché un endroit pour prendre un café. Au début du mois d'octobre, il y avait encore dans l'air une odeur d'été.

J'étais très contente de voir que j'étais mieux habillée – aussi bien en tout cas – que les filles que je croisais. Ça faisait plusieurs années que je n'étais pas venue à Paris, et je commençais à resentir le syndrome de la provinciale qui a peur d'être ringarde quand elle monte à Paris. Au moment de choisir mes vêtements pour la journée, j'avais fait attention d'éviter pire encore : le syndrome de la provinciale qui, se croyant ringarde, en fait des tonnes, et se retrouve pour le coup vraiment ridicule quand elle débarque à Paris. Je m'étais habillée comme tous les jours : des Converse, un jean slim, un tee-shirt blanc Petit Bateau et un blouson en cuir patiné. Seule coquetterie : une paire de petites bretelles Lagerfeld noires que j'avais achetées en soldes sur Internet.

Pour la visite de 11 heures, l'annonce avait oublié de mentionner que le studio était en rez-de-chaussée, et que ce qu'ils appelaient « mezzanine » était en fait un lit qui coulissait sur un gros poteau en métal, de sorte qu'il pouvait être monté jusqu'au plafond pour libérer l'espace. Le « 15 m^2 mezzanine » était en réalité un « 11 m^2 en RdC avec gros poteau en plein milieu ».

— C'est très pratique, nous a dit la jeune femme qui faisait les visites. Le soir, vous rangez votre bureau, vous mettez la planche sur le côté, vous pliez les tréteaux, et hop, vous avez la place pour faire descendre le lit.

Le studio de midi n'était pas franchement mieux. Il y avait plus d'espace, mais une seule fenêtre qui donnait sur une cour très étroite : alors qu'il faisait parfaitement beau, l'agent avait eu besoin d'allumer la lumière pour lire sa fiche et nous confirmer le prix du loyer.

À 13 heures, ça commençait à être presque correct. L'endroit était lumineux, bien équipé, avec une vue dégagée... Mais situé à dix minutes du premier métro dans un quartier lui-même excentré. Julien mettrait cinquante minutes pour aller à Sciences-Po. On a quand même laissé un dossier. Les agents immobiliers nous avaient prévenus que c'était la pire période de l'année. La concurrence serait dure. Il fallait de la patience et un bon dossier.

Avant de se séparer (Julien avait un dernier appartement à visiter pendant mon rendez-vous chez *La Vie la Vraie*), on a déjeuné dans une sorte de boulangerie cafétéria hors de prix, où tout était « bio », « detox » et « spa » – on aurait aimé faire plus simple mais on n'a pas trouvé. C'était peut-être l'excitation de commencer ses études à Paris, où juste le fait d'avoir été trois heures dans un TGV en face de moi, mais je trouvais Julien très ouvert avec moi. Bêtement, j'ai cru que je pouvais en profiter.

— Et Grégory, je me suis risquée, vous êtes restés en contact cet été ?

— On n'est plus ensemble. C'est plus facile, du coup, pour moi, de venir à Paris.

Il parlait d'un ton factuel, détendu. Ça m'a encouragée. J'ai versé le jus de grenade dans nos verres en plastique et je me suis lancée.

— Je comprendrais que tu n'aies pas envie de répondre, mais on n'en a jamais vraiment parlé, et je me demandais si, selon toi, ton homosexualité avait un lien avec la disparition de tes parents ?

Il s'est immédiatement refermé.

— Des cases, des principes, des analyses, des explications. Pour quoi faire ? Y a des raisons valables et des raisons pas valables d'être homo ?

Un an plus tôt, quand Julien nous avait dit qu'il était amoureux de quelqu'un et que c'était un garçon, il nous avait mis devant le fait accompli, sans nous laisser d'espace pour en discuter avec lui. Il nous avait dit qu'il s'appelait Grégory, qu'il était en terminale comme lui, qu'ils allaient au même lycée, qu'il était heureux et qu'on n'avait aucun souci à se faire. Marc n'était pas à l'aise avec les sujets intimes ; il avait enregistré l'information sans vraiment répondre. Quant à moi, bêtement, ma première réaction avait été de dire à Julien de se protéger des maladies. Il m'avait regardée comme si j'avais dit la chose la plus stupide du monde. On n'avait jamais réussi à lui en reparler.

Il a fixé mon regard.

— Qu'est-ce que ça change si la mort de mon père a un lien ou pas avec ma sexualité ? Ça t'arrive jamais de juste accepter les choses telles qu'elles sont, pour ce qu'elles sont ?

Le discours de Julien était rodé. J'ai essayé de lui dire que je ne le jugeais en rien, que je voulais juste me rapprocher de lui en le comprenant mieux. Mais il est resté sur son idée. Même si je voyais de moins en moins le lien logique avec ma question, il m'a redit que j'étais bourrée de principes et que je me restreignais en tout pour des motifs qui n'étaient pas valables. Je n'ai pas cherché à argumenter. Je lui ai juste dit que, quels que soient les cases et les principes dont il parlait, Marc et moi l'aimions exactement pour ce qu'il était.

Dans le métro, quand nos couloirs se sont séparés, il m'a dit qu'avec toutes mes études de lettres, je n'allais faire qu'une bouchée de cette Joyce Verneuil. Je lui ai proposé d'annuler le rendez-vous chez Azur Productions et de l'accompagner à sa dernière visite : vu les studios qu'on avait visités le matin, on ne serait pas trop de deux s'il fallait prendre une décision. Mais il m'a dit que mon rendez-vous était beaucoup trop drôle pour être annulé et qu'il se débrouillerait très bien tout seul. Il était de nouveau égal à lui-même, distant, mais joyeux :

— *You go, girl!*

J'étais contente qu'il ne m'en veuille pas plus que ça.

En sortant à la station Pyramides, quand j'ai eu ma première impression du quartier, j'ai déjà commencé à perdre le peu d'assurance que Julien m'avait donné. Immédiatement, j'ai vu que les gens, dans ce quartier, n'étaient pas les mêmes qu'à Montparnasse. Les filles étaient plus belles, plus lookées. Beaucoup d'hommes aussi étaient très habillés – peu de costume-cravate, surtout des vêtements chics, rock, pop, tendance… peu importe le style du moment qu'il est assumé. Certains auraient été ridicules dans un autre contexte. Là, c'est moi qui étais en minorité.

J'ai déplié mon plan de Paris : c'était facile – cinq minutes plus tard, j'étais place du Marché-Saint-Honoré. C'était une grande place carrée, pavée, avec des façades nobles et harmonieuses, le genre d'endroit où on ne doit pas dire « immeuble », mais « hôtel particulier ». Au milieu de la place, il y avait un grand bâtiment en verre, et je me suis surprise moi-même à le trouver beau : un peu comme la pyramide de Pei devant le Louvre, le mélange de la pierre ancienne et du verre nouveau donnait au lieu une personnalité unique. J'ai repéré l'entrée d'Azur Productions (dans un immeuble ancien, pas dans le bâtiment en verre), et j'ai fait une fois le tour de la place, histoire de me présenter à 15 heures exactement. Au moment d'entrer, j'ai failli renoncer. Quand on avait commencé à en parler, à Bordeaux, *La Vie la Vraie* paraissait loin, c'était juste une blague. Une blague qui avait tant amusé Marc et Julien que je n'avais pas été surprise, dans le TGV, quand Julien m'avait annoncé tout fier de lui qu'il m'avait pris rendez-vous avec Joyce Verneuil. Après tout, pourquoi ne pas faire sponsoriser mon aller-retour par Joyce Verneuil ? Puisqu'elle le proposait si gentiment... Mais, devant la porte de l'immeuble (trois portes en verre géantes), c'était tout de suite nettement moins drôle.

Tant pis pour les billets de train. Pourquoi m'imposer cette épreuve si elle ne me plaisait pas ?

Puis j'ai pensé à Julien. Qu'allait-il dire si je me dégonflais ? La rencontre avec Joyce Verneuil et les auteurs pouvait difficilement durer plus d'une heure. J'ai respiré un grand coup. Et je me suis dit que ça ne ferait de mal à personne que je me montre capable d'un peu d'audace...

Il fallait passer trois rangées de portes vitrées pour entrer. J'ai fait un premier pas, et les trois portes se sont ouvertes, simultanément. Entre chaque porte, et tout autour du hall, qui devait s'ouvrir sur une hauteur équivalente à deux ou trois étages, il y avait de très grandes affiches. Elles étaient glissées entre les murs en pierre et d'immenses plaques de verre, fixées juste devant. Les posters étaient des affiches de feuilletons d'été : *Le Cœur de la garrigue*, *Trois Femmes dans le mistral*, *La Sève des oliviers*. Certaines de ces images me rappelaient des souvenirs d'enfance, mais j'aurais été incapable de raconter le moindre fragment d'histoire, juste peut-être certains détails, comme cette héroïne qui était devenue aveugle, ou cette autre qui, à la fin, révélait qu'en réalité elle était un homme. Plus au fond et en plus petit, dans le même format que les publicités d'arrêt de bus, il y avait des dizaines d'autres posters : des histoires d'avocats, de Résistance, beaucoup de séries policières aussi – pour le coup, j'en ai clairement reconnu quelques-unes. D'autres affiches étaient en noir et blanc et remontaient manifestement à une époque où je n'étais pas née.

Je me suis approchée des deux hôtesses dans le bureau en forme de bulle.

*

Il ne restait qu'à pousser la grosse porte en bois. J'ai attendu que l'ascenseur se referme. J'ai inspiré, j'ai avancé, j'ai posé ma main sur la poignée, j'ai appuyé. La porte n'était pas aussi lourde qu'elle en avait l'air.

De l'autre côté, l'étage était baigné de lumière. Il était vaste, traversé par la lumière du jour, la place du Marché-Saint-Honoré d'un côté, une large cour de l'autre, et entièrement visible d'un seul regard car tous les bureaux étaient dans le même espace. Il y avait deux ou trois bureaux fermés mais ils avaient des cloisons en verre. En face de moi, une hôtesse attendait derrière un bureau-bulle qui ressemblait, en plus petit, à celui du grand hall au rez-de-chaussée.

— J'ai rendez-vous avec Joyce Verneuil.

— Sophie Lechat ?

— Oui.

— Je peux vous proposer de vous asseoir quelques instants ?

Elle m'a montré quatre fauteuils club près d'une fenêtre. Je lui ai souri, puis son téléphone a sonné et elle a décroché. J'ai pris le temps de regarder autour de moi, et j'ai choisi le fauteuil qui donnait la meilleure vue sur l'étage.

Les poutres apparentes, les cloisons en verre, et toute cette lumière... Les gens qui travaillaient ici (j'en ai compté une bonne quinzaine) n'étaient pas mal non plus. La plupart avaient moins de quarante ans et, chacun à leur manière, ils avaient l'air cool. Cool sophistiqué, cool branché ou cool tout-terrain, ils avaient tous une personnalité à affirmer. Pas question d'entrer dans le moule : l'iPod dans les oreilles pour certains, les petites baskets fluo pour d'autres, et une coupe mohawk sur costume trois-pièces pour leur collègue qui regardait la télé les pieds posés sur le rebord de la fenêtre.

Les tables de travail se défendaient bien : pas de néons blafards au plafond, mais des petites ampoules halogènes fixées à des câbles en acier tendus de part et d'autre de l'étage. Chaque bureau était ainsi éclairé par deux ou trois spots, et par une lampe design, jaune, vert ou rouge, à côté de l'écran d'ordinateur. Ma salle de lecture à Bordeaux 3 paraissait très loin.

La Vie la Vraie était partout : sur les écrans de télévision devant chaque bureau, sur les photos de tournage accrochées au dos des écrans et sur les murs. Dans une vitrine, il y avait toute une collection de DVD, de magazines et de vêtements aux couleurs du feuilleton. Tout au fond, sur un grand mur blanc, il y avait des dizaines et des dizaines de petits cadres qui contenaient chacun une couverture de magazine consacrée à la série.

Je n'ai pas eu le temps de me demander quel était le bureau de Joyce Verneuil. Une grande femme, la quarantaine, mince et sophistiquée, est apparue. On ne voyait que ses cheveux, blonds et volumineux, retenus en arrière par une grande paire de lunettes noires. Ses habits, en tissus légers, tombaient avec grâce. Son corps était si svelte que, malgré la légèreté de ses vêtements, on devinait à peine sa silhouette.

Elle était précédée d'un jeune homme, presque un ado, beaucoup plus petit qu'elle, les cheveux hirsutes. Il portait des grosses baskets de skater avec une grosse languette et des gros lacets plats.

La femme se dirigeait vers moi. Difficile de garder son aplomb devant une femme de cette allure.

Le jeune homme m'a tendu la main :

— Bonjour, Sophie. Joyce est prête à vous recevoir.

— Très bien, super, c'est parfait, génial, merci, j'ai dit.

Pourquoi tu te laisses impressionner ? Pauvre fille. Détends-toi. Tu n'as rien à perdre. Rien à perdre. Rien à gagner non plus, d'ailleurs. Si : un aller-retour Bordeaux-Paris en TGV.

Je me suis tournée vers la grande femme blonde et je lui ai tendu la main.

Elle ne m'a même pas regardée.

J'ai gardé ma main tendue pour lui donner le temps de me remarquer.

Elle y a posé les yeux une fraction de seconde et a poursuivi son chemin.

Le jeune homme a fini par intervenir :

— Joyce vous attend dans son bureau.

Lentement, j'ai repris ma main que personne n'avait serrée, et je l'ai mise dans ma poche, l'air de rien, comme s'il y avait la moindre chance que personne n'ait vu mon erreur. Même la standardiste, je crois, était en train de rire. Le jeune homme a attendu que la femme blonde disparaisse dans le sas d'entrée, puis, d'un sourire dont je ne savais pas dire s'il était sincère ou méprisant, il m'a indiqué que je pouvais le suivre.

Il a longé la cloison en verre jusqu'à la porte.

Il est entré avant moi.

Elle était en train de feuilleter *Paris Match*.

— Mohamed, fais en sorte qu'elle ne reprenne plus rendez-vous.

Il a hoché la tête et il est resté immobile à quelques mètres d'elle. Il lui a fallu quelques secondes avant de remarquer ma présence. Je n'avais pas osé franchir le seuil du bureau. Quand elle a levé la tête et qu'elle m'a vue, elle m'a tout de suite souri. J'étais sa meilleure amie et on s'était quitté cinq minutes plus tôt.

— Vous avez croisé Sofia ? Ça fait quarante ans qu'elle réclame des premiers rôles. Quarante ans. Tu peux recompter, je suis bonne en maths. Elle pourra faire tous les régimes de la terre, elle a une mollesse dans le bas du visage, là, entre les lèvres et la mâchoire, et avec ça le public n'en voudra jamais. Ou alors, oui, d'accord, après un gros coup de chirurgie.

Elle a soupiré.

— Et encore, à condition qu'elle accepte les rôles de méchantes.

Elle me regardait fixement. Quelque chose dans ses yeux m'invitait à être sa complice.

— Mais tout ça, a-t-elle continué, c'est à son agent de le lui faire comprendre.

Elle m'a fait signe de m'asseoir.

— Mohamed, tu t'occupes du thé pour Sophie et moi ?

J'ai pris le temps de regarder son visage. Je n'avais jamais été très douée pour deviner l'âge des gens. Mais il était impossible que cette femme ait moins de soixante-dix ans. Elle avait les cheveux dorés, qui enveloppaient son visage d'un halo soyeux. Ses habits, beiges, gris, bruns, étaient simples, les matières étaient délicates, on devinait qu'elle ne s'habillait pas dans n'importe quelle boutique. Une autre chose m'a frappée cette première fois que je l'ai vue : on devinait qu'elle n'avait jamais été une très belle femme. Mais aujourd'hui ses rides lui donnaient une figure empathique et bienveillante.

J'ai soudain senti, littéralement, un regain de lucidité. C'était sans doute son sourire et son âge qui me rassuraient. Tout d'un coup, tout était simple et clair : je rendais une visite informelle à une vieille dame qui avait passé sa vie à produire des feuilletons pour la télévision. Pour une fois, mon stress est retombé plus vite qu'il était monté ; je maîtrisais à nouveau la situation. Si cette vieille dame prenait le temps de me recevoir, moi, c'est qu'elle avait du temps, que son métier était devenu un passe-temps, et que tout cela n'avait pas vraiment d'importance.

— C'est vous, j'ai dit, qui avez été la productrice de tous les feuilletons dont on voit les affiches dans le hall ?

J'ai senti ses yeux, derrière ses petites lunettes rondes, se fixer sur moi. Ma question, apparemment, n'avait aucun intérêt :

— Pourquoi pensez-vous que vous seriez une bonne coordinatrice d'écriture à *La Vie la Vraie* ?

J'ai ri.

— C'est sûr qu'en tant que prof de français psychorigide qui ne regarde pas la télé, je ferais bien l'affaire.

J'aurais dû comprendre que tout ça, évidemment, était un malentendu, que Joyce Verneuil avait autre chose à faire que recevoir en rendez-vous une pauvre téléspectatrice et que, si elle avait accepté le rendez-vous, c'était que quelqu'un dans son équipe avait mal fait son travail. J'aurais dû.

Son sourire s'est un peu rétracté. Elle s'est tue. Ça a duré plusieurs secondes. Comme elle ne parlait toujours pas, j'ai continué, pour préciser au cas où elle aurait oublié :

— Prof psychorigide qui interdit la télévision à ses enfants : c'est ce que vous écrivez dans votre lettre.

Toujours aucune réaction. Le visage immobile. Ça paraissait long. Deux secondes plus tard, elle a posé le doigt sur le téléphone devant elle :

— Mohamed ?

Le haut-parleur a grésillé.

— Ça infuse, a répondu la voix.

— Il paraît qu'on a envoyé une lettre à la jeune femme qui est dans mon bureau. Tu me trouves cette lettre ?

Elle a relâché le bouton, coupant Mohamed qui amorçait une réponse.

— Quel est l'objet de ce rendez-vous ? lui a-t-elle demandé dix secondes plus tard quand il est entré dans le bureau.

— Heu, a-t-il cherché dans l'agenda qu'il tenait à la main, tu as donné rendez-vous à Sophie Lechat en réponse à la lettre qu'elle nous a envoyée.

— Et que disait cette lettre ?

À nouveau, j'ai commencé à me sentir mal...

— Elle expliquait, a dit Mohamed, que madame était prof de français et qu'elle interdisait la télé à ses enfants.

— Et ça justifie un rendez-vous ?

J'avais très envie de commencer à rassembler mes affaires.

— Ben, a dit Mohamed, j'ai pensé que oui : pour le personnage de Rosalie, on aurait pu faire comme pour les Chinois...

Sans perdre son mince sourire, Joyce a expliqué à Mohamed que le témoignage d'une téléspectatrice chinoise qui a risqué sa vie pour s'enfuir de l'atelier clandestin qui la tenait prisonnière n'avait pas la même valeur que le mien.

— Une Chinoise séquestrée, Mohamed, ça n'est pas courant. Une prof de trente ans qui n'aime pas la télé et qui n'a jamais rien fait de sa vie, en revanche... Pour Rosalie, je crois que les auteurs se débrouilleront très bien tous seuls.

— Je suis désolé, Joyce, je croyais que...

— Ce n'est pas ton travail, Mohamed.

— La prochaine fois, j'enverrai juste la réponse type aux lettres d'insulte.

— Quelle lettre d'insulte ?

— Celle de madame, a dit Mohamed en me désignant du menton.

Elle m'a adressé un petit sourire amusé, puis elle a tourné la tête vers Mohamed.

— Est-ce que tu peux aller chercher cette lettre ? Et oublie le thé, il sera trop infusé.

Mohamed a disparu une nouvelle fois. Ça a duré plus longtemps – autant il était facile de retrouver une lettre de réponse dans l'ordinateur de Mohamed, autant il fallait parcourir plusieurs cartons pour retrouver l'exemplaire papier des courriers reçus par Joyce Verneuil.

Elle a levé la tête vers moi avec son plus beau sourire.

— Ce pauvre Mohamed. S'il n'était pas tombé sur moi... Ah ! Que serait-il devenu ? Son seul talent, et je le lui reconnais, je ne suis pas ingrate, c'est d'être la seule personne au monde à avoir vu tous les épisodes de *La Vie la Vraie*. Et de s'en souvenir. Vous me direz, on peut très bien s'en sortir avec un seul talent... Le tout c'est de trouver le bon endroit pour l'employer. Après, de là à dire qu'il ira loin...

Il n'y avait pas grand-chose que je pouvais répondre à ça. Elle a continué :

— Comme ça, vous écrivez des lettres d'insulte ?

— Hein, heu, pas du tout... C'est surtout, comme dit Marc, mon compagnon, qu'on paie la redevance et que, après tout, on peut se demander si un feuilleton, pour la télévision publique, est une dépense qui se justifie...

— J'imagine que vous sauriez allouer l'argent public à des œuvres de vrai mérite ?

— Oui. Disons, je crois. Je suis moi-même romancière. Enfin, j'essaie. J'ai écrit un premier roman, *Au grenier*, et je suis confrontée au marché de l'édition. Je préférerais que ce soit mon mérite qui compte, pas le potentiel commercial. Au moins quand il s'agit d'argent public, j'aimerais que le critère soit la valeur artistique, pas la valeur commerciale.

— J'ai moi-même beaucoup d'amis dans l'édition. Dont un très proche chez Flammarion. C'est un fonctionnement que je connais assez bien.

Elle a eu un sourire presque taquin (c'était bizarre).

— Et je ne sais pas, a-t-elle continué, si je suis d'accord avec votre diagnostic.

À cet instant, alors qu'elle venait de prononcer « Flammarion », j'ai repensé à ce que je venais de dire. Et je me suis sentie terriblement arrogante.

— Je ne sais pas si mon roman mérite d'être publié… Tout ce que j'aurais voulu, c'est qu'on lui donne sa chance.

Mohamed est rentré dans le bureau. Il a tendu la lettre à Joyce Verneuil et il est reparti aussitôt. Elle a pris le temps de la lire du début à la fin. C'était long. J'étais mortifiée. Son sourire, taquin ou non, avait complètement disparu. Au bout d'un moment, j'ai vérifié que je n'avais rien laissé tomber de mon sac, et j'ai commencé à remettre mon blouson. J'étais debout quand elle a posé la feuille devant elle.

— À part *Au grenier,* vous avez écrit d'autres choses ?

— Non, rien, j'ai dit. Enfin si, je publie des dessins sur dansmonquartier.fr, mais c'est juste mon blog.

J'ai soulevé mon sac.

— Internet, j'ai continué, ça, par exemple, c'est un lieu où des gens écrivent et créent sans aucune aide. Certains sont pleins de talent, ils proposent des œuvres de qualité… Et là, pour le coup, je ne parle vraiment pas de moi.

— Très bien, Sophie, je vais vous raccompagner.

Elle s'est levée. Elle devait faire vingt centimètres de moins que moi.

Elle a ouvert la porte. Elle avait toujours la lettre à la main.

— Nous tâcherons de veiller aux *métaphores, références, et autres niveaux de lecture*… Même si je ne vous promets rien.

Je suis passée devant elle.

— Et désolée pour le malentendu, a-t-elle conclu.

Elle m'a tendu la main. J'ai souri.

— C'est que je pensais que vous aviez lu la lettre que vous m'aviez écrite, j'ai dit.

J'ai regretté ma blague. Mais Joyce Verneuil n'a montré aucune émotion. Toujours le même sourire.

— Au revoir, madame.

— Au revoir, Sophie.

Je suis repassée devant la réceptionniste et j'ai marché droit vers la sortie. Cent quinze euros : le prix des billets de train que je ne me ferai jamais rembourser.

*

Julien a dormi tout le voyage.

Le dernier studio qu'il avait visité était pire que les précédents : sur une surface annoncée de 15 m², la moitié était sous la charpente, donc inutilisable, même pour y glisser un lit. Et la fenêtre avait la taille d'une lucarne. On allait devoir poursuivre les visites, et sans doute se résoudre à baisser nos exigences. Faute de pouvoir augmenter notre budget, on allait peut-être réussir à compenser un studio moins agréable en faisant nous-mêmes quelques travaux. On pouvait essayer de diversifier les pistes et essayer d'obtenir une chambre dans un foyer d'étudiants. Julien allait réfléchir aussi à la colocation... Il ne voulait pas le laisser paraître, mais il était déçu. Il avait évoqué la possibilité de trouver un job d'étudiant, mais je n'avais pas besoin de me concerter avec Marc pour lui répondre que c'était hors de question. Il avait la chance de faire de grandes études. Il n'allait pas la gâcher en travaillant pour se loger. On allait forcément trouver une solution.

Le TGV s'est arrêté à Angoulême, mais personne n'est monté. Julien a un peu bougé. J'ai cru qu'il allait appuyer sa tête contre mon épaule, mais il est finalement resté droit sur son fauteuil. J'envie les gens qui arrivent à dormir dans cette position.

Le wagon avait beau être tout silencieux, je n'étais même pas capable de lire. Et je ne pouvais pas faire passer le temps en regardant filer le paysage : il faisait déjà nuit et, dans la vitre, je ne voyais que mon reflet.

« J'ai beaucoup d'amis dans l'édition. Dont un très proche chez Flammarion. » Quand je fermais les yeux, je revoyais le visage de Joyce Verneuil, et j'entendais sa voix. Le souvenir était désagréable. Plus le train s'éloignait de Paris, plus je me sentais démunie. Joyce et ses amis : la télévision, l'édition, la radio, le cinéma, c'était eux, c'était les mêmes, ils tenaient le système. Tout se décidait à Paris, loin de moi, et pour eux je n'étais rien.

J'ai repensé aussi au dernier exemplaire de mon manuscrit, toujours seul par terre sous mon bureau. Et à Marc, qui m'avait dit que, pour réussir, il fallait rencontrer quelqu'un qui croyait en nous et en notre potentiel, et qui voulait bien utiliser ses appuis pour nous mettre le pied à l'étrier.

Joyce Verneuil pouvait-elle être, pour moi, cette personne-là ? Vu ses remarques sur Mohamed et sur la grande actrice blonde dès qu'ils avaient eu le dos tourné, je savais qu'on ne pouvait pas faire confiance à son sourire. En même temps, il y avait quelque chose dans son regard, une forme de bienveillance, qui m'avait touchée, qui m'avait paru destinée personnellement, et profondément sincère.

À Bordeaux, juste avant de me coucher, alors que tout le monde dormait déjà, que j'entendais Marc respirer dans le lit tout près de moi, j'ai avancé à tâtons sur la moquette, je me suis baissée sous le bureau, j'ai tendu la main, j'ai attrapé le dernier manuscrit. Je suis redescendue et je l'ai glissé dans une enveloppe kraft.

Je me suis promis de ne faire imprimer aucun nouvel exemplaire. Quatorze maisons d'édition m'avaient déjà dit non : j'allais m'épuiser si je persévérais dans cette voie.

J'ai glissé une courte lettre dans l'enveloppe, que j'ai adressée à Joyce Verneuil, Azur Productions.

Si je n'avais pas de chance de ce côté non plus, je me le suis promis, c'en serait fini de mon roman. À trente ans, il est l'heure d'être lucide. On doit savoir se résigner.

7

— La maîtresse est stupide, a dit Annie. Elle ne sait même pas la différence entre un logiciel et un site Internet.

Les enfants venaient de sortir de l'école et criaient autour de moi.

J'ai fait les gros yeux à Annie pour lui montrer que j'étais au téléphone. Je ne pouvais pas lui parler.

— Si tu me demandes encore une seule fois de te vouvoyer, je raccroche. Je plaisante pas.

C'était la première fois que je reparlais à ma mère depuis le jour où j'avais découvert qu'elle avait fait travailler Jeanne Legendre sur le même sujet que moi. J'acceptais de communiquer par mail uniquement. Quand je voyais son numéro sur mon portable, je ne décrochais pas. À la maison, c'était Marc qui répondait au téléphone.

Cette fois-ci, elle m'avait piégée. Elle m'avait appelée depuis le portable de mon père.

— N'insiste pas, maman, je ne veux pas y participer, à ton colloque. Te plains pas, grâce à Marc j'ai déjà accepté d'aller au bout de ma thèse. Et je te rappelle que si je continue avec toi, c'est uniquement parce que je suis coincée. Je sais que tu mettrais la pression sur les profs de la fac et que personne n'accepterait de te remplacer.

J'ai ouvert la voiture et j'ai fait signe à Annie de monter à l'arrière.

— Si tu as des remarques qui concernent des chapitres de ma thèse, tu les envoies par mail. Si tu as des remarques qui concernent autre chose que les chapitres de ma thèse, tu les gardes pour toi.

Annie m'écoutait. Elle avait les yeux écarquillés.

— Tu te rends compte quand même que t'as été capable de sacrifier quatre ans de thèse de ta propre fille, tout ça pour présider un colloque sur mesure...

La conversation risquait de durer un moment. Je me suis appuyée contre la voiture, tandis qu'Annie, à l'intérieur, continuait de me tenir la main.

— Quel poste à la fac ? Je croyais que tant que tu serais présidente, aucune place ne me serait attribuée. Ta fameuse déontologie.

Ma mère ne cessait pas de me surprendre.

— Mais c'est pas comme ça que je voulais un poste, moi ! Je voulais le mériter. Trouver un éditeur pour ma thèse. Publier des articles. Et toi tu me proposes d'être pistonnée !

J'ai posé le coude sur le toit de la voiture.

— En même temps, ça ne serait que justice vu que c'est à cause de toi que j'ai absolument aucune chance d'être publiée...

C'est à cet instant que mon téléphone a vibré : double appel. Je l'ai éloigné de mon oreille et j'ai regardé l'écran. Un numéro en 01. Mon cœur s'est mis à battre plus vite. Comme s'il avait pressenti que ce n'était pas un appel ordinaire.

Ma mère continuait d'essayer de me convaincre de participer à son colloque, elle me disait que c'était essentiel pour mon dossier et qu'elle ne pourrait pas l'appuyer sans ça.

On en était déjà à la troisième vibration. La messagerie allait bientôt s'enclencher.

— Je vais raccrocher, maman, j'ai un autre appel.

Elle n'entendait rien. Elle a embrayé sur la bonne réputation de Marc, sur ses travaux qui étaient appréciés, et de l'importance pour lui d'avoir une compagne qui soit à la hauteur...

— Tu recules devant rien, hein ?

Cinquième vibration. Elle en était à me rappeler les espoirs que mon père avait placés en moi.

— OK. D'accord. J'irai à ton colloque. T'as gagné.

Et là, pour la première fois, miracle, j'ai appuyé sur le bon bouton : j'ai coupé l'appel en cours et j'ai basculé sur l'appel entrant. J'ai reposé le portable contre mon oreille.

— Oui, allô ?

— Sophie Lechat ? C'est Joyce Verneuil à l'appareil.

Je devais faire une drôle de tête car Annie m'a demandé ce qui se passait. Comme la rue était bruyante, j'ai lâché la main d'Annie et j'ai marché vers l'entrée du square.

— Sophie, c'est Joyce, vous m'entendez ?

Elle parlait d'une voix chaude et articulée. Rien qu'au ton de sa voix, on savait que ses appels étaient des privilèges.

— Bonjour, madame.

J'étais incapable d'aller plus loin. Mais Joyce Verneuil savait exactement ce qu'elle avait à me dire :

— J'ai reçu votre roman, Sophie. Et je voulais tout d'abord vous remercier pour votre confiance.

— Heu, de rien.

— Écoutez, je vais être franche et directe, j'ai bien aimé ce que j'ai vu. C'est sensible, précis, souvent amusant, et vous savez trouver des choses universelles dans des détails anodins. Vous avez du potentiel, Sophie.

— Merci, je suis touchée.

Autour de moi, tout était flou.

— Si je vous appelle, a-t-elle dit, c'est donc d'abord pour vous encourager. Vous le méritez.

Il y a eu un silence. Puis elle a repris :

— Et je voudrais réfléchir avec vous à ce que je pourrais faire pour vous aider.

J'ai senti une main toucher la mienne. J'étais tellement concentrée sur les mots de Joyce Verneuil que j'en ai sursauté. J'ai baissé les yeux : c'était Annie, elle voulait que je lui donne la main. J'ai posé mes doigts contre mes lèvres pour lui dire « chut », et je l'ai raccompagnée à la voiture. Pendant que je disais à Joyce que j'étais touchée, que je ne savais pas quoi répondre, j'ai fait monter Annie dans la voiture. Mais elle a immédiatement rouvert la portière, mécontente. D'un regard, je lui ai demandé de se tenir sage. Et tout en essayant de ne pas faire tomber le téléphone, je me suis tortillée pour attraper les clés dans la poche. Avec la petite télécommande, j'ai verrouillé la voiture. Derrière la vitre, Annie m'a lancé un regard noir.

J'ai marché une dizaine de mètres. Cette conversation, je n'avais pas intérêt à la rater. Joyce Verneuil était en train de me reparler de son « ami éditeur chez Flammarion ».

— Oui, j'ai dit, je crois me souvenir que vous m'en avez parlé.

— Ça fait déjà trois de ses romans que je fais mentionner dans *La Vie la Vraie*. Je crois comprendre que l'impact sur les ventes n'est pas négligeable. Tout ça pour dire que cet ami peut bien me rendre un service.

Dans mes fantasmes les plus fous, je n'avais pas osé imaginer ce qui était en train de se passer. Non seulement Joyce Verneuil avait lu et aimé mon roman, en plus elle me parlait de son bon ami chez Flammarion qui avait un service à lui rendre. C'était tout simplement irréel.

— En ce moment, a-t-elle dit, vous travaillez à votre thèse si je me souviens bien ?

— Oui, mais c'est un travail souple. S'il le faut, je peux tout à fait me libérer une journée...

À cet instant, j'ai aperçu qu'Annie avait ouvert la fenêtre de la portière avant. Elle avait déjà les deux jambes dehors. Sa robe s'était prise dans la fenêtre, on voyait sa culotte, et ses pieds touchaient presque le trottoir. Je ne pouvais pas la gronder : il aurait fallu que je crie. Je me suis élancée vers elle, j'avais peur qu'elle reste coincée. Mais c'était inutile. Elle a atterri sur le trottoir et elle s'est mise à courir vers moi.

Joyce venait d'expliquer quelque chose à propos d'Azur Productions. Je n'avais pas entendu.

— Excusez-moi, Joyce, mais je n'ai pas bien entendu.

— Si, si, a-t-elle dit, vous avez bien entendu. J'aimerais que vous rejoigniez Azur Productions.

À cet instant, Annie s'est accrochée à moi avec une telle force qu'elle a failli me faire tomber. J'appuyais mon téléphone contre mon oreille pour ne plus perdre un seul mot.

— Ce sera une manière, aussi, de tester votre potentiel. Dans un an, pas un mois de plus, je m'engage à transmettre votre manuscrit à mon ami chez Flammarion. Avec toutes mes recommandations, s'entend.

Il y a eu un sourire dans sa voix.

— Je sais qu'il ne refusera pas.

Évidemment. C'était trop beau...

Ne serait-ce que pour retarder le moment où j'allais devoir raccrocher et enterrer définitivement mon roman, j'ai demandé à Joyce Verneuil en quoi consistait le poste pour lequel elle cherchait à recruter.

— C'est un poste, disons, de coordinatrice de production. Le public a l'impression que ça roule tout seul. Sauf que pour assurer la diffusion, nous, c'est cinq nouveaux textes par semaine qu'on doit écrire, tourner, monter. C'est une très grosse machine. Et elle n'a pas le droit de tomber en panne. Bref, en ce qui vous concerne, j'ai besoin de quelqu'un pour m'assister à l'écriture. Mais qu'on soit bien clair – je précise toujours car les gens se font de fausses idées. Je ne vous demande pas d'écrire les scénarios. C'est un vrai métier, j'ai des gens pour ça. Non, j'ai juste besoin de quelqu'un qui sache lire et écrire. Enfin, vraiment lire et vraiment écrire, on se comprend. Quelqu'un qui ait un sens du récit. Des petits jeunes qui connaissent *La Vie la Vraie* par cœur et qui veulent travailler pour la télé, il y en a à la pelle. Vous avez rencontré Mohamed. Mais des personnes capables d'analyser un texte et de m'apporter des conseils pertinents sur des choix éditoriaux, ça c'est autre chose. En gros, le travail que je vous propose consiste surtout à m'aider au quotidien à suivre le travail des scénaristes. Coordinatrice d'écriture. Appelons ça comme ça.

Lire et écrire ? Le sens du récit ? Suivre le travail des auteurs ? J'étais absolument incapable de visualiser, concrètement, le travail dont elle me parlait… J'avais retenu une chose surtout – et si l'existence de mon roman n'était pas en jeu, j'en aurais éclaté de rire : le travail qu'on venait de me proposer impliquait d'*analyser les textes de La Vie la Vraie.*

Pas de doute là-dessus, ce travail-là n'était pas pour moi.

Dans dix ans, j'en rirais.

Dans l'immédiat, c'était un déchirement, mais je n'avais pas le choix.

— Écoutez, madame, je vous remercie beaucoup, mais…

— Sophie, je ne veux pas de réponse maintenant. J'entends qu'il y a de l'agitation autour de vous. Et je sais que vous avez besoin de réfléchir. Donnons-nous trois jours. Rappelez-moi lundi matin.

Elle ne m'a pas laissée parler.

— Je vais vous dire au revoir, Sophie. Mais réfléchissez bien. J'attends votre appel.

Et elle a raccroché.

— Maman, c'était qui ?
— Dans le genre têtue, toi…
— Hein, c'était qui ?
— C'est pour mon travail.

La réponse lui a suffi. Je lui ai pris la main, alors elle a bien voulu se détacher de ma jambe. Je lui ai proposé d'aller jouer au square. Elle m'a dit qu'elle n'avait pas envie de jouer, surtout si c'était pour rencontrer des élèves de sa classe. J'ai insisté, je lui ai dit qu'elle n'était pas obligée de jouer. Alors elle a accepté, à condition qu'elle ait le droit de rester assise à côté de moi.

Ça marche, je lui ai dit. Avant de reprendre le fil de la journée, j'avais besoin de dix minutes et d'un banc.

Je revivais les quelques secondes de bonheur, quand Joyce Verneuil venait de me dire qu'elle voulait m'aider à faire publier mon roman – les quelques secondes avant qu'elle m'annonce qu'en échange de son aide je devais travailler pendant un an pour *La Vie la Vraie*. Durant ces secondes de bonheur, j'avais tout vu défiler : la signature de mon contrat dans un grand bureau chez Flammarion, la maquette de la couverture de mon roman qu'on m'aurait fait valider par mail, le cocktail de lancement à Paris, et une séance de dédicace dans ma librairie préférée à Bordeaux dans une petite rue piétonne près de la place du Parlement. En deux secondes, j'avais vu tout ça. Comment avais-je été assez naïve pour imaginer qu'il n'y aurait pas de contrepartie ?

Et dire qu'elle attendait une réponse.

J'aurais dû dire non. Sur-le-champ. Lui expliquer que ma vie était à Bordeaux, que ma thèse prenait tout mon temps, que travailler pour son feuilleton était la dernière chose dont j'avais envie.

Avait-elle vraiment lu mon roman ? En quoi ce qu'elle avait lu lui avait-il laissé penser que j'étais la personne dont elle avait besoin ? Sophie Lechat, « coordinatrice d'écriture » pour *La Vie la Vraie*. Le destin avait décidé de s'amuser avec moi. Et il avait le sens de l'ironie.

Joyce Verneuil savait qu'elle m'avait fait une proposition que je ne pouvais pas accepter. Elle le savait forcément. Elle m'avait rencontrée. Elle savait pour ma thèse, elle savait que je vivais en couple avec des enfants. Elle savait aussi que le contenu du travail qu'elle me proposait était contraire à mes convictions. La question que je devais me poser, c'était : pourquoi avait-elle voulu m'appâter avec son ami éditeur ? Était-ce de la vengeance ? Voulait-elle se venger de la lettre que je lui avais envoyée en me laissant toucher du doigt quelque chose que je n'aurais jamais ? Il y avait indéniablement une forme de perversité dans le marché qu'elle voulait passer avec moi. Pour que j'accepte, il aurait fallu que je renonce à qui j'étais, à mes goûts, à mes convictions. Avec sa proposition, elle me prouvait son pouvoir : c'est elle qui décidait qui avait le droit de rentrer dans le système ; et moi je restais dehors. Plus j'y réfléchissais, moins je pouvais croire que sa proposition était sincère. Elle n'avait pas digéré ma lettre, elle savait que je n'avais pas d'estime pour elle, elle me le faisait payer.

Elle voulait que je réfléchisse ? C'était tout réfléchi. Je n'avais pas à réfléchir, juste à me calmer.

— Maman ?

Annie était restée assise en silence sur le banc à côté de moi.

— Je ne suis pas ta maman, ma chérie. Je suis Sophie.

— Sophie ?

— Oui, Annie ?

— À quoi tu penses ?

J'ai caressé ses cheveux.

— À quoi je pense ?

Avec ses fossettes et son air de future femme de tête, elle m'a fait sourire.

— Je me dis que, parfois, il n'y a rien de mieux qu'un bon coup de pied aux fesses.

Elle a réfléchi.

— Tu dis pas ça pour moi ?

— Non, ma petite Annie, je ne dis pas ça pour toi.

Julien est rentré du cinéma vers 20 heures, comme prévu. Marc lui a dit qu'on allait passer à table. Julien a demandé cinq minutes le temps de vérifier ses e-mails.

Quant à moi, je suis sortie de mon bain, j'ai enfilé mon peignoir, et j'ai marché de la salle de bains à la chambre.

En passant devant l'escalier, j'ai entendu Annie, en bas, qui était en train de parler avec Marc :

— Mais toi, disait-elle, tu seras amoureux de Sophie pour toute la vie ?

Marc riait.

— Bien sûr que je serai amoureux de Sophie pour toute la vie. Je serais bien bête de changer d'avis, tu crois pas ?

J'ai reculé d'un pas pour qu'ils me voient pas. J'ai serré la ceinture du peignoir et j'ai tendu l'oreille.

— Mais si le roman de Sophie n'est jamais publié, a dit Annie, est-ce que tu l'aimeras toujours autant ?

Marc était en train de mettre le couvert. Il a eu un petit temps d'arrêt.

— Évidemment que je l'aimerai toujours. Quelle idée ! Et puis tu sais, Annie, la réussite, c'est pas d'être publié, reconnu, célèbre, ou je ne sais quoi. L'important, c'est ce qu'on écrit. La réussite, c'est d'être fier de qu'on fait. Je suis sûr que Sophie est fière de ce qu'elle fait. Alors moi aussi, je suis fière d'elle.

Le temps de me sécher et de me rhabiller, tout le monde était déjà à table quand je suis descendue.

Julien venait de recevoir un mail d'un foyer d'étudiants. Encore une réponse négative. Le foyer était complet pour l'année. Il restait quelques chambres qui n'étaient pas encore attribuées, mais elles faisaient partie du quota réservé pour les étudiants étrangers. Du côté des locations, ce n'était pas mieux. Aucune nouvelle annonce dans ses prix. Maintenant qu'il avait appris à décoder les petites annonces, il se rendait compte qu'il n'y avait quasiment aucune offre acceptable dans notre budget. Heureusement, Sciences-Po était bien desservi par le métro, alors il pouvait chercher un studio dans n'importe quel arrondissement. J'avais réservé le lundi suivant pour une nouvelle journée de visites à Paris, en espérant que quelques studios dans notre budget soient mis en location pendant le week-end. On commençait à se demander si Julien n'allait pas devoir se résoudre à regarder aussi les annonces en banlieue.

— Si vraiment tu ne trouves pas, a dit Marc, il faudra bien qu'on revoie le budget.

— Je peux pas vous demander ça, a dit Julien.

— Tes études vont être longues, ça ne serait pas responsable de puiser davantage tous les mois dans l'héritage de tes parents. Pour un prof, j'ai beau m'en sortir pas trop mal, j'aurais du mal à t'aider plus que ce je te propose déjà... Il y a le loyer, les impôts, les vacances...

On voyait à son regard que Marc faisait des additions dans sa tête.

— Et il y a Annie. Même si, c'est vrai, pour l'instant elle ne nous coûte pas grand-chose.

Il était absorbé par son inventaire.

— Et puis il y a Sophie aussi...

J'étais en train de découper les lasagnes. J'ai senti les regards d'Annie et de Julien sur moi. Marc avait toujours les yeux dans le vague.

— Pour l'instant, Sophie a son allocation de thèse, mais après ? Il faut bien qu'on pense à ça aussi.

Ça lui a pris encore quelques secondes pour finir ses calculs, puis il est revenu à lui :

— Est-ce qu'en ajoutant quatre-vingts euros, tu crois que ça changerait quelque chose ?

Julien s'apprêtait à répondre, mais je l'ai interrompu :

— C'est vrai, ça. Il y a moi, aussi.

J'ai dû parler sur un ton un peu trop virulent parce que Marc, Julien et Annie, au même instant, ont figé leur fourchette à mi-vol. Ils ont tourné la tête vers moi.

— Oui, il y a moi aussi... Et comme tu dis, j'ai encore une allocation pour ma thèse.

— Une petite allocation, a dit Marc. Et tu ne dois pas te sentir responsable de ça.

— Je suis d'accord avec Marc, a dit Julien, tu n'as pas à te sacrifier pour moi.

Ils ont détourné la tête. La conversation s'arrêtait là.

— Je ne parle pas de sacrifice, j'ai repris. Je parle de documentation.

J'ai posé les deux mains sur la table.

— Voilà. C'est ça. Je parle de documentation pour la troisième partie de ma thèse. Et d'un nouvel élan.

— Un nouvel élan ? s'est risqué Marc. De quoi tu parles ? Je comprends pas l'idée...

Julien, lui, devait commencer à saisir l'idée car son visage est soudain devenu tout pâle.

— Moi non plus, je comprends pas...

Marc cherchait mon regard. Moi, au contraire, je voulais éviter le sien. J'étais lancée. Je ne devais pas dévier. J'ai bu une gorgée d'eau. J'ai répété dans ma tête ce que je voulais dire. J'ai inspiré un bon coup. Je me suis forcée à garder un sourire plein de confiance. Et j'ai fixé Julien.

— Pourtant c'est très simple à comprendre. J'aimerais partir à Paris avec toi.

8

Les trois portes en verre se sont ouvertes, simultanément. J'ai senti la fraîcheur du grand hall. C'était ma rentrée des classes – l'école ressemblait à un hôtel quatre étoiles.

9h01 à ma montre. Je n'avais pas voulu être en avance.

Il n'y avait qu'une hôtesse, cette fois, dans le bureau-bulle blanc au milieu du hall. Je lui ai donné mon nom en précisant que c'était mon premier jour et que je travaillais auprès de Joyce Verneuil. Comme je n'étais pas sur la liste des visiteurs de la journée, elle a appelé le dernier étage mais personne ne répondait. Elle m'a montré deux grands canapés rouges et m'a demandé d'y patienter jusqu'à l'arrivée d'un de mes collègues.

Au moment de m'asseoir, j'ai vu mon reflet dans une des grandes plaques de verre contre la pierre des murs. J'étais contente de mon allure. Élégante mais avec un côté sportif, sobre avec des petites touches de fantaisie. Sur mon débardeur blanc, j'avais mis un gilet bleu décolleté, en laine très fine. En bas, un jean serré. Et des salomés un peu rétro, cuir mauve, talon jaune, que je venais d'acheter. Je n'avais pas l'habitude de porter des talons si hauts. Mais des chaussures un peu inconfortables m'aidaient à avoir plus d'aplomb quand j'avais peur de ne pas être à ma place. Elles me forçaient à me tenir droite, à rester attentive et concentrée, et à me souvenir que j'étais aussi bien que les autres et que je méritais d'être là.

Il s'est bien passé une demi-heure avant que je retourne voir l'hôtesse pour lui demander de revérifier sa liste et d'appeler Joyce Verneuil sur son portable. Mais la liste, c'était sûr, ne portait pas mon nom, et le portable de Joyce Verneuil n'était pas dans le répertoire.

Mon téléphone a vibré pendant que je retournais m'asseoir. Je l'ai repêché au fond de mon sac et j'ai regardé l'écran. C'était Marc. Rien qu'à son « Ouais, c'est moi », j'ai compris qu'il était pressé, agacé, inquiet :

— C'est bien le lundi qu'Annie a cours de sport ?

— Oui, j'ai dit, lundi 11 heures. Jusqu'en novembre, c'est natation.

— Parce que ce matin, elle est partie sans ses affaires.

Parmi les trois mille choses que j'avais anticipées en prévision de mon départ à Paris, j'avais imprimé un planning complet de toutes les activités d'Annie, des vacances, des semaines paires et impaires. J'avais aussi préparé des fiches avec les numéros de la maîtresse, du directeur, de l'école de musique, de danse, et de plusieurs parents d'élèves. J'avais acheté une planche en liège, je l'avais installée dans la cuisine, au-dessus du plan de travail, et j'y avais punaisé le calendrier et les fiches. Malgré ça, je me suis immédiatement sentie coupable. Je me suis mise dans un coin du hall, derrière les canapés.

— Tu es où, là ?

— À la fac, je monte en voiture. J'ai cours dans une demi-heure. En m'autorisant dix minutes de retard, je crois que j'ai le temps de repasser à la maison prendre le sac de sport.

On a passé en revue toutes les affaires qui devaient être dans le sac, et les endroits possibles où les trouver si jamais elles n'y étaient pas.

— Et ça va, sinon, toi ? a repris Marc histoire de ne pas trop vite raccrocher. T'es à la BNF déjà ?

— Je suis en train d'arriver, oui. Tout va bien.

— On s'appelle ce soir alors. Ciao, Bibounette.

Il n'avait pas digéré mon départ. Tout était allé si vite. Même d'un point de vue strictement universitaire, il n'était pas convaincu de l'utilité d'être à Paris pour terminer ma thèse. Mais il savait que j'étais très en retard, il ne m'avait pas trop contredite quand je lui avais expliqué que j'avais besoin d'un nouveau lieu, pour un nouveau rythme et une nouvelle concentration. Comme il me restait encore des recherches pour ma troisième partie, et que les documents n'étaient disponibles qu'à la Bibliothèque nationale de France, il y avait une certaine logique à venir à Paris ; mais la vérité, c'est que deux semaines auraient suffi. L'argument décisif, je crois, était d'être auprès de Julien pour sa première année tout seul à Paris. Julien était autonome depuis longtemps, mais Marc, en tant que tuteur, se sentait rassuré de savoir son neveu accompagné.

Il y avait une chose sur laquelle, en revanche, il n'avait pas lâché : il voulait que je rentre à Bordeaux au moins quatre nuits par semaine. Au début, il m'avait même demandé de ne rester à Paris que deux jours – suffisant selon lui pour les recherches et pour aider Julien dans les tâches quotidiennes. Après de longues discussions, j'avais réussi à obtenir de prendre le train pour Paris le lundi matin de bonne heure, et de rentrer à Bordeaux le jeudi soir par le dernier train. Marc avait fini par accepter – puisque c'était ce que je voulais et que ça ne durerait pas plus d'un an.

Pour Marc, c'était une énorme concession. Restait maintenant à m'arranger avec Joyce Verneuil. Au téléphone, je n'avais pas osé lui en parler.

A priori, il n'y avait aucune raison que ça ne marche pas. J'y avais beaucoup réfléchi. Je m'étais dit que Joyce Verneuil m'avait choisie personnellement. Et avec mon roman et bientôt mon doctorat en lettres modernes, j'étais vraisemblablement surqualifiée pour le poste – ça valait bien quelques avantages. Et puis mon objectif n'était pas de briller, de faire du zèle et grimper les échelons. D'ailleurs, dans ce métier – si on pouvait parler de métier –, y avait-il seulement des échelons ? Mon objectif était juste de rester auprès de Joyce Verneuil jusqu'à ce qu'elle recommande mon manuscrit chez Flammarion. Tout ce que j'avais à faire, c'était tenir bon et ne pas la décevoir. Je ferai le travail, ni plus, ni moins, et je remplirai ma part du contrat.

Vu les conditions particulières de mon recrutement – elle en savait quelque chose –, elle pouvait bien accepter que je travaille chez moi le vendredi.

Mohamed est arrivé dans le hall, il m'a reconnue, il s'est approché. Je me suis levée, il s'est penché vers moi. J'ai mis un peu de temps à comprendre qu'il voulait me faire la bise, alors j'ai eu l'air ridicule. D'autant que Mohamed, je ne m'en étais pas aperçue la première fois, était tout petit. Je me suis levée, lui tendant la main, puis retirant ma main, et repliant mes genoux pour baisser mon visage vers le sien et finalement lui faire la bise. Ces contorsions terminées, il m'a souhaité la bienvenue. Il n'y avait aucune chaleur dans sa voix.

On a pris l'ascenseur. Il était habillé moins sobrement que la dernière fois. Il portait des grosses baskets blanches de collégien, avec des lacets jaunes, un jean, et un t-shirt avec des inscriptions en japonais.

— Ça fait longtemps, j'ai dit, que vous êtes stagiaire pour Joyce Verneuil ?

— Tout le monde se tutoie. Nous aussi, il faut qu'on se tutoie.

— Ah. Ça fait longtemps, donc, j'ai repris, que tu es stagiaire pour Joyce Verneuil ?

— Je ne suis pas stagiaire, je suis assistant.

— Oh, excusez-moi. Heu, excuse-moi, pardon.

Les portes se sont ouvertes. Mohamed est passé devant moi.

— Ça fait, longtemps, donc ?

— Bientôt trois ans.

— Et tu arrives toujours à cette heure le matin ?

— Je viens de bonne heure pour être là avant Joyce.

J'ai regardé l'heure sur mon portable : 9h54.

J'ai suivi Mohamed à travers l'open-space. On a salué la standardiste – à part elle, il n'y avait personne. On a dépassé le bureau de Joyce.

— Voilà, a-t-il dit, c'est ici.

On est arrivés dans une pièce avec deux bureaux. Grâce à la grande fenêtre avec balcon et la vue sur les toits de la place du Marché-Saint-Honoré, l'endroit était très lumineux. La vue était magnifique.

— On est les seuls de l'étage à avoir un bureau fermé ? j'ai demandé. À part Joyce Verneuil, bien sûr...

— Joyce déteste qu'on l'appelle Joyce Verneuil. Et surtout pas Madame. Sinon, oui, pour lire, il faut du silence. On est quand même les plus proches collaborateurs de Joyce.

J'ai cherché un sourire ou une trace d'ironie sur son visage, mais je n'ai rien trouvé. Mohamed, vingt-deux ans, trouvait son bureau parfaitement ordinaire.

— Et les autres, ils font quoi ?

— Tout. Y a les comptables, les juristes, le prod exé, la directrice de casting. Y a aussi les gens de la com, des ventes internationales, du merchandising. Bien sûr, Azur Productions a des services pour tout ça au premier étage, mais comme *La Vie la*

Vraie n'arrête jamais de tourner, Joyce a voulu faire monter au cinquième tous ceux qui travaillent pour elle à plein temps. Et puis y a des bureaux réservés aux équipes de prépa. Mais eux, ça change tout le temps.

— Et pourquoi ça change tout le temps ?

Durant ma scolarité, parce que je posais trop de questions, beaucoup d'élèves me détestaient dès la première heure de cours. Mohamed a levé les yeux au ciel.

— Ben parce qu'ils sont intermittents. C'est les réals et leurs assistants. Ils sont là deux ou trois semaines avant leur tournage. La semaine juste avant de tourner, ils descendent à Nice pour leurs repérages. Y a au moins cinq équipes qui se relaient comme ça.

Il a posé son blouson sur un bureau – le plus près de la fenêtre.

— Je vais me faire un café. Je te propose pas de te montrer tout de suite comment utiliser la machine, j'ai tous les textes à tirer pour Joyce.

Des bonjours, des saluts, des bruits d'ordinateur qui se mettent en route, l'open-space a commencé à se remplir. Mohamed est revenu, il a posé son café sur son bureau et il a allumé son ordinateur. Je n'avais pas osé toucher le mien.

— Joyce m'a appelé. Elle ne viendra pas aujourd'hui. Elle déjeune à la chaîne. Je vais lui envoyer les textes par coursier pour qu'elle puisse les lire chez elle.

— À la chaîne ? j'ai demandé.

— À RFT.

Tous les muscles de son visage étaient mobilisés pour ajouter « espèce de grosse débile ».

Depuis mon fauteuil (en cuir, très large et confortable, j'aurais eu la place d'y plier mes jambes en tailleur), j'ai regardé Mohamed s'activer. L'énorme photocopieuse/imprimante dans l'open-space juste à la sortie du bureau s'est mise à cracher des pages et des pages. Elle les empilait par gros paquets agrafés. Mohamed a glissé cinq de ces paquets dans une grande enveloppe et a prévenu la standardiste qu'elle devait « la faire partir dès que possible par coursier ». Puis il est revenu à son bureau avec cinq autres textes qu'il a posés devant lui. Il s'est mis en position de commencer à lire. Il a vu que j'étais immobile devant mon bureau vide. Il a hésité, puis il a dit :

— Il faut que tu lises la bible et les arches.

La bible et les arches ? J'ai préféré éviter de passer à nouveau pour une idiote.

— C'est Joyce qui t'en a parlé ?

— Oui, c'est Joyce qui m'en a parlé.

— Et je trouve ça où ?

— Sur le réseau dans ton ordi.

— Tu peux me montrer ?

Il n'a pas relevé la tête.

— Tu allumes, tu cliques sur réseau, puis sur textes. Tu cherches la bible et les arches, tu ouvres, tu imprimes, tu lis.

Je me suis redressée, je l'ai fixé et, idiote pour idiote, j'ai articulé très clairement :

— Écoute, je ne sais pas de quoi tu parles. C'est quoi une bible et c'est quoi des arches ?

— Je vois : tu es coordinatrice d'écriture et tu ne sais pas ce que sont une bible et des arches…

Cette fois, il a posé son texte et il m'a regardée.

— Moi je suis juste assistant, il a continué, pas coordinateur. Et pas ton stagiaire non plus.

On y était.

— Tu as raison, Mohamed, j'ai dit, c'est vrai : je suis coordinatrice d'écriture et je ne connais pas le jargon.

J'ai pris sur moi.

— Mais je vais faire de mon mieux pour apprendre très vite.

— Tu crois que t'es au-dessus de tout ça, pas vrai ?

— J'ai jamais dit ça. Au contraire, je...

— Tu l'as pas dit mais ça se voit.

— Écoute, non, c'est pas vrai, tu peux pas dire...

— C'est vrai que, comparé à *La Vie la Vraie*, une thèse de littérature, évidemment...

— Joyce m'a embauchée pour faire un travail et quelles que soient mes activités par ailleurs...

— C'est sur quoi ta thèse ?

— Transitionnels ou symboliques : les objets du quotidien dans le roman français de 1953 à 1978.

Il a eu un horrible petit sourire de rat.

— C'est sûr que, là, on peut pas lutter.

J'ai pensé à ce que disait toujours Marc en début d'année : une classe commence toujours par tester le prof. Pour m'imposer, je ne devais pas esquiver l'hostilité de Mohamed.

— Qu'est-ce que tu veux m'entendre dire ? j'ai répondu. Que j'ai jamais réussi à regarder en entier un épisode de *La Vie la Vraie* ? Alors je te le dis. J'ai jamais vu un épisode entier. En même temps, si Joyce m'a recrutée, il doit bien y avoir une raison.

Cette fois, il ne m'a pas interrompue. J'étais lancée, j'ai continué.

— Je suis pas contre la télé, je suis pas contre les séries. Mais si tu veux le fond de ma pensée, oui, peut-être que si la personne qui écrit les scénarios de *La Vie la Vraie* pouvait passer un peu plus de temps à creuser son travail, peut-être que les comédiens pourraient jouer des choses un peu plus variées et un peu plus profondes. Mais c'est juste mon avis, et je suis pas venue ici pour changer le monde.

Mohamed s'est levé. J'ai repris mon souffle. D'accord, je m'étais un peu laissé emporter. En début d'année, il fallait asseoir son autorité... sans pour autant donner des arguments pour se faire battre. Mais qui était ce Mohamed, et pourquoi aurais-je dû avoir peur de lui ? Allait-il se plaindre auprès de Joyce ? Après tout, je n'avais rien dit qu'elle ne savait déjà.

Il est revenu une minute plus tard avec trente centimètres de feuilles A4 sorties toutes chaudes de l'imprimante. Il a tout posé sur mon bureau.

— Ça, c'est la bible. Le document d'origine, il fait trente pages. Il pose les bases de la série, avec les lieux et les personnages.

Il a commencé à fractionner la grosse pile de textes en plusieurs tas.

— Dans cette annexe, de deux cents pages, on a synthétisé les mille premiers épisodes, avec tous les parcours des personnages initiaux et les fiches de nouveaux personnages. Là, ce sont les arches, c'est-à-dire les grandes lignes des histoires en cours d'écriture. Et ça, ce sont les versions les plus récentes des épisodes qui seront tournés dans le mois qui vient. Selon l'avancement du texte, je t'ai imprimé des synopsis, des séquenciers et des continuités dialoguées.

Il a ouvert un grand placard en métal. Il était rempli de DVD. Il en a sorti une grosse pile et l'a posée sur mon bureau.

— Et voilà les trente derniers PAD. Les cinq épisodes du dessus ne sont pas encore diffusés. Ils sont à l'antenne à partir de ce soir.

Il est retourné à son bureau.

— Ce qui serait bien, c'est que tu aies assimilé tout ça dès que possible. Joyce appréciera.

Il est resté silencieux quelques secondes, puis il a ajouté :

— Et les auteurs, Sophie, y'en a pas qu'un, ils sont dix-sept. À plein temps.

Même s'il faisait beau, j'ai allumé la petite lampe de bureau, pour le confort. Et je me suis mise à lire « la bible ». C'était le seul document illustré – c'était sur ces quelques pages que RFT avait commandé la série à Azur Productions.

C'était aussi le seul document de *La Vie la Vraie* qui n'était pas rempli de fautes d'orthographe. Après quelques généralités sur la mixité sociale et le quartier du Vieux-Nice, qui « devait être pensé comme un microcosme de la société française, un village gaulois où chacun mettait un point d'honneur à préserver son identité », il y avait une présentation en une page des vingt personnages principaux. Mais ces fiches, depuis le temps, j'ai fini par le comprendre, étaient largement périmées. Pour avoir une vision complète des parcours des personnages, il fallait lire « l'annexe ». Dans ce document, une dizaine de pages étaient consacrées à chaque personnage. Du maire de Nice au cousin de la sœur de je-ne-sais-qui, tous les personnages qui avaient eu un rôle dans la série avaient leur fiche de personnalité et un résumé, plus où moins long, de tout ce qui leur était arrivé. Avec le temps, les traits de personnalité n'avaient plus rien à voir avec ce que la bible avait fixé au départ. Une mère de famille introvertie était devenue lesbienne, un juge incorruptible croupissait en prison, un jeune analphabète avait réussi le concours de médecine, et la serveuse ingénue avait démantelé tout un réseau de prostitution.

Devant la montagne d'informations à assimiler (et dire que j'étais payée pour ça), j'ai pris un cahier dans le placard derrière moi, et j'ai commencé à noter les grandes étapes dans la vie de chacun de ces pauvres gens. Plus encore qu'avec Joyce et Mohamed, je commençais à le comprendre, c'était avec eux que je me retrouvais coincée pendant un an.

Pendant une demi-heure, j'ai noté scrupuleusement tous les détails de la vie de Jérôme, « jeune apiculteur urbain », pour m'apercevoir en fin de fiche que Jérôme avait été foudroyé en dix jours par un cancer survenu entre les épisodes 940 et 951. J'en ai râlé à voix haute, et Mohamed m'a expliqué que Jérôme avait quitté la série sur ordre exprès de Joyce qui avait lu une interview du comédien dans laquelle il déclarait qu'il était devenu indispensable à la série. J'ai tendu ma copie de la bible à Mohamed qui a soupiré mais qui a bien voulu rayer les noms de tous les personnages qui avaient quitté la série.

Après Jérôme, je me suis attaquée à Nadia.

Au début de la série, Nadia était la seule femme jardinier-paysagiste de la mairie de Nice. Accusée d'avoir volé du matériel municipal, elle avait pris la fuite, ce qui avait alourdi les soupçons. L'enquête qui avait suivi son arrestation l'avait totalement blanchie, mais avait révélé un secret autrement plus grave : Nadia était clandestine et vivait sous une fausse identité. Car Nadia, autrefois, avait fui l'Algérie pour échapper à son père, un commerçant modeste qui l'avait promise à un vieil homme puissant. Après tout un tas de péripéties qui l'avaient conduite à se confronter à son père, elle avait obtenu de vrais papiers, grâce notamment à l'intervention du maire de Nice en personne. Elle avait repris son vrai nom et s'appelait désormais Soraya. Mais, un soir, tandis qu'elle fêtait avec une amie ses nouveaux papiers, elle avait été repérée par un agent de casting qui lui avait promis de faire d'elle un mannequin international. Elle avait fait quelques shootings, dont un pour une marque de vêtements locale, avant de se rendre compte que son agent, à son insu, lui faisait ingérer de l'héroïne pour la rendre progressivement dépendante, dans le but de la contraindre à terme à la prostitution de luxe. Heureusement, elle avait été sauvée in extremis par le propriétaire d'une compagnie de croisières, récemment divorcé. L'homme avait eu pitié d'elle le soir où l'agent de Soraya avait voulu la prostituer pour la première fois. L'homme lui avait donné une nouvelle dignité, et un poste d'hôtesse de croisière en Méditerranée. Elle avait enfin connu des jours heureux. Bientôt, voyant qu'elle s'épanouissait, et devinant son potentiel, son bienfaiteur avait voulu lui confier de plus grandes responsabilités. Mais, à la surprise de tout le monde, le premier jour à son nouveau poste de secrétaire de direction, Soraya s'était enfuie. La raison : elle était incapable de révéler son secret humiliant à l'homme qui l'avait sauvée. Car Soraya, on le découvrait, était analphabète. Contrainte trop jeune à rester à la maison pour s'occuper de ses frères, elle n'avait jamais appris à lire ni à écrire. Coupant alors tout lien avec le propriétaire de la compagnie de croisière, elle s'était fait embaucher dans un bar. Là, elle avait fait la rencontre d'un vieil homme, M. Salvour. Cet homme, fin et généreux, n'avait pas tardé à percer son secret et, jour après jour, discrètement, il lui avait appris à lire et à écrire. Malheureusement, M. Salvour, un soir, avait été retrouvé mort, empoisonné. Soraya avait été immédiatement placée en garde à vue, puis en prison : M. Salvour avait été tué quelques jours après avoir rédigé un testament léguant cinquante pour cent de sa fortune à Soraya, au détriment de ses propres enfants. Incapable de faire entendre son innocence, Soraya s'était de nouveau retrouvée en prison. Heureusement, elle avait pu mener l'enquête depuis sa cellule, grâce à la complicité d'une gardienne. En épluchant patiemment les archives personnelles de M. Salvour, elle avait fini par démasquer l'identité du tueur : il s'agissait de Luc Gérard, petit-fils d'un ami d'enfance de M.

Salvour, également candidat à la mairie de Nice... Luc Gérard avait découvert que M. Salvour avait écrit ses Mémoires. Des Mémoires qui auraient révélé que le grand-père de Luc Gérard n'avait jamais été le résistant qu'il avait prétendu être, mais qu'il avait fait sa fortune pendant la guerre en revendant des biens juifs auxquels il avait eu accès grâce à des amitiés dans la police. M. Salvour avait donc été tué pour empêcher la publication de ses Mémoires... La découverte de Soraya avait convaincu le juge de rouvrir l'enquête et de mettre fin à sa détention. Désormais libre, riche et innocente, elle s'était offert un appartement dans le quartier du Vieux-Nice et avait réussi à gagner modestement sa vie grâce à une association qu'elle avait montée pour venir en aide à des personnes analphabètes. Elle avait aussi rencontré Yohann, un bel avocat, dix ans plus âgé qu'elle – le coup de foudre. Ils s'étaient mariés. Mais le bonheur de Soraya a été, encore une fois, de courte durée. Trois semaines seulement après leur mariage, elle avait découvert que Yohann, qui portait le nom de famille de sa mère, pas de son père, était en réalité le fils de M. Salvour. Depuis le début, il avait séduit Soraya dans le seul but de l'épouser et de récupérer ainsi une partie de l'héritage dont son père l'avait dépossédé au profit de Soraya. C'était le coup de grâce. Lors du divorce, Yohann a pu garder tout son argent, grâce à des placements financiers dans des entreprises offshore, tandis que Soraya, qui avait signé le contrat de mariage aveuglément, perdait plus de la moitié du sien – car Yohann avait des dettes. Elle avait alors été contrainte de vendre son appartement et s'était à nouveau retrouvée à la rue. Traumatisée par ce dernier coup du destin, et épuisée par les montagnes russes qu'était devenue sa vie ces trois dernières années, elle avait confié son association à une ancienne amie et était partie se ressourcer dans son village natal au cœur de l'Atlas en Algérie. (En réalité, la comédienne avait réclamé deux mois de vacances le temps de tourner un téléfilm pour France 3.)

J'ai relu mes notes sur Soraya : il y en avait trois pages. À ce rythme, puisqu'il y avait vingt personnages principaux, il me faudrait un mois pour être à jour dans les histoires. Sans compter que j'étais incapable de mémoriser autant d'informations sur ces personnages dont les parcours, après trois ans de série, étaient parfaitement ridicules.

De son côté, Mohamed en était déjà à son troisième scénario. Il répondait régulièrement au téléphone et donnait efficacement des réponses :

« Régis tutoie Clément depuis l'épisode 1114. »

« Attention, la mère de Priscille est morte d'un cancer du foie, pas d'une tumeur au cerveau. »

« Léa prend du lait chaud au petit déjeuner, c'est son père qui boit du chocolat. »

« Brigitte ne peut pas avoir travaillé à la mairie il y a deux ans, sinon elle y aurait croisé Samir, et quand ils se rencontrent à l'épisode 1070, c'est vraiment la première fois qu'ils se voient. »

Au bout d'une dizaine d'appels, j'ai fini par comprendre que c'était les auteurs des dialogues qui appelaient Mohamed. Il restait très peu de temps au téléphone. Il disait juste « allô », puis il écoutait attentivement, et répondait aussitôt d'un ton factuel, avant de raccrocher sur un simple « à demain » ou « à bientôt ». Parfois, il y avait aussi les équipes du studio, à Nice, qui appelaient Mohamed. Ils vérifiaient qu'un costume, un accessoire ou une réplique ajoutée par un comédien sur le plateau était cohérent avec l'histoire et pouvait être gardé. Mohamed ne donnait jamais son avis sur les textes ou le sens des histoires. Il s'en tenait aux faits. Il était infaillible.

À 13 heures, il s'est absenté du bureau quelques secondes puis il est revenu avec une grande boîte plate en carton, toute dorée. Il l'a posée sur mon bureau. En plein sur la boîte, un grand logo Hédiard.

— Comme Joyce n'est pas là, tu peux prendre son déjeuner si tu veux.

Je l'ai regardé sans comprendre.

— Je la fais livrer tous les midis au cas où.

— C'est gentil, Mohamed, mais je veux pas te priver...

— Je déj à l'extérieur avec Farid, le deuxième assistant réal.

— Merci, Mohamed.

— De rien, Sophie.

J'ai attendu qu'il parte pour ouvrir le carton. Le plateau était compartimenté en plein de petites cases couvertes de feuilles dorées. Et dans chaque petite case, en soulevant la feuille dorée, je découvrais une petite boîte, remplie de caviar d'aubergine, de cake de poisson, de feuilleté de courgette ou de micro-sushis. J'ai déplié une serviette en papier devant moi et j'ai tourné la page de mon nouveau cahier. J'ai attaqué le second personnage que Mohamed n'avait pas rayé : Mathilde, soixante-deux ans, ex-meneuse de revue, à présent propriétaire du restaurant sur la place principale du quartier. Avec des bouchées Hédiard qui fondaient sur ma langue et une vue imprenable sur la place du Marché-Saint-Honoré, déjeuner toute seule n'était pas si désagréable.

*

— Marc, c'est moi, j'espère que tu as pu retrouver le sac de natation, que tu es arrivé à temps pour le lui donner. Ici, tout va bien, je suis assez efficace dans mon travail. Il me tarde de te parler. Je t'embrasse, à ce soir…

Il devait être à la bibliothèque. J'ai rangé mon téléphone dans mon sac.

Avec la chaleur douce du soleil, le bon repas en cours de digestion, et les vies incompréhensibles des personnages de *La Vie la Vraie*, il me fallait un café.

Il était 14h45, Mohamed n'était toujours pas revenu. Dans le reflet de la petite cuillère Hédiard en métal (et néanmoins jetable, comme j'ai pu le constater les jours suivants), j'ai vérifié que je n'avais rien de coincé entre les dents. J'ai remis mon gilet bien droit et j'ai passé la tête hors du bureau. J'avais peur d'avoir du mal à trouver la machine à café, mais avec la dizaine de personnes attroupées au milieu de l'open-space avec un gobelet à la main, elle était facilement localisable.

J'ai fait quelques pas, un homme s'est rendu compte de ma présence, puis un second, ce qui a attiré le regard des autres. En une demi-seconde, il y avait quinze regards braqués sur moi. Silence.

J'ai fait de mon mieux pour sourire, sans trop en faire, et j'ai marché vers le groupe. Avec tout ce monde qui me regardait, j'étais consciente de mes gestes, j'avais peur de trébucher à chaque pas. Il suffit d'être observé, et on perd ses moyens, on ne sait même plus marcher.

J'ai parlé dès que je me suis sentie suffisamment proche du groupe pour le faire sans forcer la voix.

— Je viens chercher un café.

Les deux personnes les plus près de la machine se sont écartées. Mais leur conversation n'a pas repris. Je sentais toujours les quinze regards sur moi. Je me suis approchée de la machine – il fallait bien que je fasse quelque chose. J'ai eu une bouffée de joie quand j'ai vu que c'était la même machine que dans la salle des profs de Marc à la fac : je savais l'utiliser. Avec l'impression que chacun de mes gestes était surveillé, j'ai placé le gobelet et mis un sachet sous le petit capot, et j'ai appuyé sur la touche « allongé ». La machine a commencé à vrombir, puis quelques gouttes sont tombées dans la tasse. C'était très lent. Si elle fonctionnait comme celle de Bordeaux, il y en aurait pour deux minutes. Tout le monde se taisait. Ce serait deux très longues minutes. J'ai fini, maladroitement, par faire pivoter mon corps vers le groupe. Je me suis appuyée contre la machine, et j'ai vu quinze visages scruter le mien.

— Bonjour.

À force de vivre en autarcie avec ma thèse et ma théière, j'avais perdu certains réflexes. D'un coup, la tension est retombée. Quinze visages ont foncé sur moi pour me faire la bise.

— Victor, deuxième assistant réal.

— Sylvette, casting.

— Jérémy, producteur exécutif.

— Karim, comptable.

— Jean, ventes internationales

— Valérie, assistante juridique.

— Antonio, directeur merchandising.

Trente bises plus tard, et pas un seul prénom mémorisé, j'ai pu me présenter.

— Sophie, je vais être coordinatrice d'écriture.

— Avec Joyce ? a dit une quarantenaire qu'on aurait dite prête pour partir en randonnée.

— Tu remplaces Hélène ? a dit un jeune mec complètement efféminé.

Le café a commencé à couler dans ma tasse.

— On ne m'a jamais parlé d'Hélène…

— Elle était super, a dit une femme dans une longue robe à fleurs.

— Intelligente, douce, patiente… Elle a quand même tenu deux ans, a dit la randonneuse.

Je n'ai pas aimé ce « tenir deux ans ».

— C'est si dur que ça ? j'ai fait semblant de plaisanter.

— C'est surtout que ça ne s'arrête jamais. Cinq épisodes par semaines, cinquante-deux semaines par an...

— Et Joyce, c'est Joyce... Je l'adore hein...

Tout le monde a acquiescé : tout le monde adorait Joyce.

— En même temps, Joyce, c'est Joyce...

Là aussi, tout le monde a acquiescé, mais plus discrètement, avec de la culpabilité dans le regard.

— Tu vas voir, tu vas apprendre tellement...

— C'est la prêtresse de l'audience...

— Hélène travaille chez Endemol maintenant...

— Elle produit des télé-réalités...

— Elle est devenue une femme de pouvoir...

Il y a eu un bref silence. Hélène débauchée par Endemol, devenue productrice de télé-réalité, c'était un parcours qui imposait le respect.

— Vous savez, moi, c'est juste mon premier poste à la télévision. Et rien ne dit que ce ne sera pas aussi le dernier.

J'avais essayé de parler avec de l'humour dans ma voix, pourtant certains visages se sont refermés, perplexes. J'ai repensé à ma première demi-heure avec Mohamed, et j'ai essayé de faire marche arrière. Il était encore temps :

— Mais je suis vraiment, vraiment, super contente d'être là. Vraiment. On m'a dit beaucoup de bien de Joyce, et Joyce et Mohamed m'ont dit que vous étiez une équipe géniale...

La randonneuse m'a tendu mon gobelet rempli de café.

— Il faut être soudés. Et puis on a une responsabilité vis-à-vis du public. Chaque soir, c'est six millions de personnes qui nous regardent. Ils comptent sur nous. On n'a pas le droit à l'erreur. On peut pas les décevoir.

Il y a eu à nouveau un bref silence – les paroles de la randonneuse appelaient respect et méditation.

— Et vous, vous faites quoi ? j'ai demandé à la randonneuse.

Cette fois, il y a eu un gros froid. Certains ont baissé les yeux au sol. J'ai cherché une explication dans le regard la randonneuse.

— Il faut que tu me tutoies, Sophie, a-t-elle murmuré.

J'ai indiqué d'un sourire que j'avais compris, et j'ai attendu sa réponse à ma question : que faisait-elle dans la vie ? Mais rien ne venait. Le malaise a duré. Puis j'ai compris : il fallait d'abord que je reformule ma question :

— Et *toi*, *tu* fais quoi ?

La randonneuse a retrouvé le sourire.

Soulagement général.

— Je suis assistante comptable.

— Elle est trop modeste, a protesté la femme en robe à fleurs. Mélanie oublie de te dire qu'elle a déjà fait deux courts métrages en premier assistant et qu'avec le dernier, elle sera peut-être sélectionnée à Clermont-Ferrand.

Le type efféminé m'a désignée avec son gobelet.

— Alors, et toi, tu faisais quoi avant ?

J'ai revu le visage de Mohamed quand il avait entendu mon intitulé de thèse. J'ai tenté autre chose :

— Je suis romancière. Enfin, j'ai écrit un roman, mais il n'est pas encore publié. Je l'ai fait lire à Joyce, et c'est comme ça qu'elle m'a recrutée.

Il y a eu des sourires encourageants, des hochements de tête respectueux.

Puis la conversation s'est prolongée. Je hochais la tête, je riais quand les autres riaient, mon premier café était un succès.

À 15 heures, je suis retournée dans mon bureau. À 18 heures, j'avais pris des notes sur six personnages. J'étais contente de moi... même s'il m'en restait encore 17. Sans compter les « arches », les « storylines », les « séquenciers » et les « continuités dialoguées » des épisodes en écriture. Plus les épisodes « non mixés non étalonnés » en diffusion dans les deux prochaines semaines... Mais Joyce Verneuil ne pouvait quand même pas s'attendre à ce que j'assimile tout dès le premier jour ?

Vu l'heure, j'ai commencé à scruter les signes de départ chez Mohamed. Il ne m'avait quasiment pas adressé la parole de l'après-midi, juste pour me remettre mon badge magnétique qui me donnait accès à tout l'immeuble d'Azur Productions. Il avait précisé que je n'aurais jamais besoin d'aller ailleurs qu'au dernier étage. Aux autres étages, d'autres producteurs, choisis par Joyce, fabriquaient des séries et des téléfilms dont je n'aurais pas à m'occuper.

À 18h30, Mohamed ne manifestait toujours aucun signe de départ. Il était en train de découper la une d'un journal télé consacrée à *La Vie la Vraie*. Il a ouvert un placard rempli de cadres vides, il en a pris un, l'a déballé. Il a glissé la couverture sous le verre, et il a fixé le tout dans le cadre. Puis il est sorti du bureau avec un marteau et un clou.

Vers 19 heures, les premiers départs ont eu lieu dans l'open-space. Mais Mohamed ne bougeait pas. Il était concentré au-dessus d'une boîte à chaussures. Il y piochait des tickets de caisse. Il scotchait ensuite chaque ticket sur une feuille A4. Et il y ajoutait une mention au crayon. Activité réellement créative : il devait trouver une justification professionnelle pour chaque dépense dans la vie de Joyce Verneuil. Un pantalon, un t-shirt et un manteau Marithé François Girbaud, pour 1750 euros : « essayage costumes ». Une paire de fauteuils Flamand à 3 200 euros : « décors ». Un coffret de couverts Christofle en argent, à 2 350 euros : « accessoires ». Pour les dîners, généralement compris entre 150 et 400 euros, Mohamed ajoutait au hasard le nom d'un dirigeant de RFT, et la mention : « représentation ».

À 19h15, un coursier est monté à l'étage avec trois plateaux Hédiard.

— C'est aussi pour Joyce ?

— Elle dîne souvent au bureau.

— Elle va venir ce soir ?

— Non. C'est la commande au cas où.

J'avais comme un très mauvais pressentiment.

— Et les deux autres plateaux, c'est pour qui ?

— On regarde l'épisode dans son bureau. Tout le monde est parti, c'est la bonne heure pour faire le point.

Je n'étais plus à ça près, je pouvais bien poser la question :

— Et tu crois que c'est important que moi aussi je reste ?

— C'est toi la coordinatrice, Sophie, c'est toi qui vois.

Ce soir au moins, Joyce n'était pas là. C'était tout vu.

*

Un quart d'heure plus tard, j'étais au pied de mon immeuble.

Je ne me souvenais pas du code. J'ai fouillé dans mon sac. J'ai dû reculer jusqu'au réverbère pour y voir plus clair. J'ai ouvert mon agenda à la dernière page – j'y avais noté le code, heureusement.

J'ai grimpé les quatre étages (ascenseur en panne), j'ai ouvert la porte, et j'ai retiré mes jolies salomés. Je n'avais jamais passé toute une journée sur des talons. J'ai perdu six centimètres, c'était le meilleur moment de ma journée. Dans l'appartement, il faisait froid. Mais le chauffage de l'immeuble était collectif et la concierge m'avait dit qu'il ne serait allumé qu'à la fin du mois. J'ai posé mon manteau, j'ai passé la tête dans le salon et dans la chambre de Julien. Il n'était pas rentré. Il m'avait laissé un mot sur la table du salon : *Sorti avec un ami du Net. Bise. J.*

Je suis allée dans ma chambre pour me changer : direct en pyjama/gros pull. Avec un grand bol de Floraline, ce serait parfait.

Sauf que l'appartement n'offrait pas grand-chose pour se distraire. On n'avait pas de télévision, pas d'Internet. On avait quand même rapporté le vieux poste de radio de Marc qui remontait à l'époque où on n'habitait pas encore ensemble. Question aménagement aussi, c'était sommaire. Julien et moi étions logés à la même enseigne : chacun son futon. Et un vieux canapé clic-clac récupéré chez les parents de Marc pour le salon. Pas de fauteuils, pas de coussins, pas de table basse. Il faudrait que je remonte quelques plaids.

L'appartement était spartiate, mais il avait du potentiel. Il était haut de plafond, avec une cheminée dans le salon, pas de balcon mais des petites rambardes en fer forgé, et des grandes fenêtres qui laissaient entrer le soleil du matin. Surtout, on avait une chambre chacun, et on était à moins d'un quart d'heure, à pied ou à métro, de *La Vie la Vraie* ou de Sciences-Po. Je m'étais bien débrouillée.

J'avais espéré que Julien ait cuisiné mais, manifestement, il n'avait pas mangé ici. En ouvrant le frigo, j'ai vu qu'il n'avait pas fait les courses non plus. Ses cours, pourtant, ne commençaient que le lendemain ; qu'avait-il fait de sa journée ? On avait terminé le déménagement deux jours plus tôt, et il avait déjà toute une vie sociale à Paris. Il avait pris un abonnement au cyber-café dans la rue, je comprenais qu'il allait sur des sites de rencontres, des forums d'échange, qu'il prenait contact avec des associations d'étudiants – mais à vrai dire ce n'était pas très clair. Il ne répondait pas lorsque je lui posais la question. Je lui avais dit de faire attention, mais il avait pris un air atterré et il m'avait demandé pour qui je le prenais, il n'était pas comme ça. Je m'y perdais dans ces sous-entendus sur ce qu'il était et n'était pas. Je n'étais pas entièrement rassurée, mais je lui faisais confiance. De toute façon, je n'avais pas le choix. Je n'avais pas l'autorité de lui interdire quoi que ce soit.

Faute de Floraline dans le placard (j'avais compté sur Julien ; on avait au moins ce goût en commun), je devais me contenter d'un demi-paquet de pâtes et d'une bouteille d'huile de colza. Entre remettre un pantalon, descendre les quatre étages et marcher jusqu'à la supérette, ou manger des pâtes à l'huile, j'ai choisi les pâtes à l'huile. Mais je me le suis promis : ce ne serait pas une habitude.

Pendant que l'eau chauffait, j'ai pris mon portable pour appeler Marc. J'avais besoin de l'entendre. Je voulais sentir sa chaleur à travers sa voix, et qu'il me dise que tout irait bien.

— C'est pas trop tôt !

À six cents kilomètres, il souriait.

— Je viens de rentrer, je suis crevée.

— Alors, raconte, ta première journée ?

Je me suis assise au milieu du salon sur le vieux plancher. J'aurais voulu me laisser bercer par sa voix et ne plus penser à rien. Mais je ne pouvais pas, je devais rester concentrée.

— Ben, ça s'est passé aussi bien qu'une journée en bibliothèque. La BNF est très confortable. Elle mérite sa réputation. J'ai fait les formalités pour m'abonner. Du coup, j'ai une carte magnétique.

— Je savais pas que ça fermait si tard.

— Il est quelle heure là ? 20h30 ? Si, tu vois, c'est ce que je pensais : la bibliothèque ferme à 20 heures, et avec le trajet en métro pour rentrer dans le Sentier, je suis à l'appartement une demi-heure plus tard.

(J'avais vérifié deux ou trois choses sur le site de la BNF...)

— Ah oui ? a dit Marc. J'étais resté sur l'idée que ça fermait à 19 heures.

— Parce que l'année dernière, tu es juste allé aux salles de lecture en haut-de-jardin. Moi, là, j'ai rempli les formulaires, j'ai montré des documents, j'ai passé l'entretien personnalisé d'accréditation, j'ai tout fait. Du coup, j'ai accès à la bibliothèque de recherche en rez-de-jardin. Et là, ça ferme une heure plus tard. Voilà. Tout s'explique. Sinon, avec Annie, ça s'est bien passé ?

Il m'a donné des nouvelles d'Annie, de ses affaires de piscine livrées à temps avant le départ du bus, il m'a dit deux trois choses sur ses cours de la journée, mais comme je ne pouvais pas parler de la mienne, on est vite arrivé à ce moment où on sent qu'il n'y a plus rien à dire. Sa voix, pourtant, me faisait du bien.

Son dîner allait refroidir, il devait me laisser. Il embrasserait Annie de ma part. J'ai voulu lui dire que l'aimais, mais je me suis retenue car il en aurait déduit que j'avais un coup de blues. Il m'a dit qu'il lui tardait d'être jeudi soir, je t'aime, et on a raccroché.

J'ai sorti quelques scénarios que j'avais rapportés d'Azur Productions. C'était des épisodes qui allaient bientôt être tournés. Mohamed m'avait laissé entendre qu'il était important que je sois au courant le plus vite possible des histoires en cours d'écriture.

Je me suis installée dans mon lit, le dos contre un gros coussin. Il y avait quelque chose d'étrange à être payée pour mémoriser la vie de personnes fictives. À forte dose, les héros de *La Vie la Vraie* avaient quelque chose d'hypnotisant. Ils menaient des vies absurdes de rebondissements, de révélations et de volte-face. Ils souffraient beaucoup, ils vivaient intensément – ça les rendait fascinants et, bizarrement, presque enviables. Après une journée entière consacrée à la lecture de leurs vies, tout se mélangeait. Je me suis surprise plusieurs fois à croire qu'ils existaient vraiment, comme si je ne lisais pas de la fiction mais des biographies étranges.

Je me suis réveillée vers minuit. J'ai réalisé que je m'étais endormie sur un scénario sans éteindre la lumière. J'ai posé les textes au pied du lit. J'ai pensé à mon roman. Joyce avait-elle apporté mon manuscrit chez elle ou l'avait-elle lu au bureau ? Je suis allée boire un verre d'eau. J'ai jeté un coup d'œil dans le salon et l'autre chambre, mais Julien n'était pas rentré.

9

J'ai cherché Marc dans le lit. Je me suis souvenue que j'étais à Paris et désormais coordinatrice d'écriture à *La Vie la Vraie*. Au moment où ça m'est revenu, quand j'ai pensé « *La Vie la Vraie* », une vague de chaleur m'a traversée, comme une montée d'adrénaline quand on marche seule dans la rue la nuit et qu'on entend des pas derrière soi. Un sentiment de danger imminent, une situation qui pouvait mal tourner.

J'ai fixé le plafond quelques secondes avant de sauter hors du lit : quand on a peur, on ne se retourne pas, on fonce.

J'ai jeté un coup d'œil dans la chambre de Julien. Il était dans son lit. Il dormait. Sa rentrée n'était qu'à 14 heures, j'ai refermé la porte doucement.

Il était 9h50 quand Mohamed est arrivé. J'ai été frappée à nouveau de voir à quel point il ressemblait à un collégien. La veille, je n'avais pas remarqué son sac à dos : un vieux truc en toile gribouillée qui lui tombait plus bas que les fesses. Il ne portait pas les mêmes baskets que la veille, mais elles étaient aussi grosses et flashy. Il a posé son sac sur le bureau, à son tour, il a allumé son ordi – tout ça sans un mot. Puis il est venu vers moi pour me faire la bise.

— Joyce m'a appelé. Elle ne sait pas si elle va passer au bureau ce matin. Elle veut que tu fasses les résumés hebdotélé pour ce soir.

Je soupçonnais Mohamed d'utiliser volontairement son jargon pour me prouver que je n'étais pas à la hauteur du job.

— Les quoi ? j'ai dit.

Je devais écrire les résumés des cinq épisodes qui seraient diffusés dans un mois. Les épisodes étaient en train d'être tournés à Nice, ils ne seraient livrés à RFT qu'une semaine avant d'être diffusés. Mais comme les hebdomadaires qui donnaient les programmes des chaînes étaient préparés, imprimés et distribués très en avance, les journalistes n'avaient jamais le temps de voir les épisodes. Ils publiaient les résumés qu'on voulait bien leur envoyer, la plupart du temps mot pour mot.

— Et si on n'a pas les épisodes, je me base sur quoi pour les résumés ?

De tous ses regards de douleur face au spectacle de la bêtise pure, celui que Mohamed a eu à cet instant était de loin le plus expressif. Il a respiré pour garder son calme – en me montrant bien qu'il respirait pour garder son calme.

— Tu vas sur le réseau, tu ouvres le dossier des épisodes 1121 à 1125, puis le dossier des versions de montage, qui sont les versions définitives avec les éventuelles modifications faites au tournage et au montage, tu les lis, tu les résumes, tu fais valider par Joyce et tu les envoies à la personne de RFT qui s'occupe de la presse. Y a tous les numéros et les mails dans le dossier contacts, toujours sur le réseau, tu comprends le principe.

Comme je ne le connaissais que depuis la veille, je me suis dit qu'il était encore trop tôt pour le détester. Sans compter qu'il nous restait cinquante et une semaines et quatre jours à passer dans le même bureau. Je ne suis pas allée à l'affrontement, j'ai même essayé de prendre un air gêné et repentant :

— Mohamed, tu m'en veux pour hier ?

— De quoi tu parles ?

— Quand je t'ai dit ce que je pensais de *La Vie la Vraie*...

Le sujet, apparemment, ne justifiait pas un contact visuel. Il est resté concentré sur son écran.

— Mon travail, comme le tien, comme tout le monde, a-t-il dit, c'est de faire de mon mieux, à mon niveau, pour que les épisodes de la série soient les meilleurs possible. C'est tout. Le reste, j'oublie.

— Parce que, d'accord, j'ai des opinions, mais ça ne veut pas dire que je ne respecte pas ce que...

— Sophie, si Joyce a confiance en toi, j'ai pas de questions à me poser. Du moment que tu fais ton boulot de coordinatrice, tout va bien.

— Ça fait combien de temps que tu travailles ici ?

— Trois ans.

— T'as quel âge ?

— Vingt-deux ans.

— Et tu veux faire quoi dans la vie ?

Il n'a pas levé la tête de son écran.

— C'est ça, ma vie.

Après hypokhâgne, khâgne, une licence, un master et bientôt un doctorat, je me sentais assez à l'aise dans ma mission de résumer cinq épisodes de *La Vie la Vraie* pour *Télé 7 Jours*. Au fil de mes examens, j'avais fait suffisamment de résumés, de contractions, de condensés, à cinquante pour cent, trente pour cent et dix pour cent, pour m'autoriser à penser que l'exercice ne me poserait pas de problème. Ce serait même l'occasion de montrer à Joyce Verneuil – et Mohamed s'il prenait la peine de me lire – qu'il n'y avait pas besoin d'être fan du feuilleton pour faire du bon travail.

J'ai lancé l'impression des scénarios, j'en ai profité pour aller dire bonjour à l'open-space (petite fierté : je me suis souvenue du nom de Sylvette, au casting, et de Jean, aux ventes internationales. Deux sur quinze, c'était un début). Tout le monde a fait la bise à tout le monde. Puis je suis revenue à mon poste avec mes textes et j'ai commencé mes lectures.

Pour avoir un format régulier, je me suis fixé comme contrainte de résumer chaque scène en une phrase. Ça faisait donc dix-huit phrases par épisode, puisque tous les épisodes avaient exactement le même nombre de séquences (et presque d'ailleurs le même nombre de répliques, autour de trois cents, elles étaient numérotées).

J'ai terminé mon premier résumé en un peu moins d'une heure. Il tenait en deux tiers de page. Je me suis relue pour être sûre d'écrire de la façon la plus claire et concise possible. Les journalistes qui s'occupaient des résumés des séries percevraient-ils une différence de qualité dans les prochains textes qu'ils recevraient ? Peut-être aurait-on de meilleures critiques ? Ce n'était pas grand-chose, mais ces résumés, à leur petite échelle, devaient avoir un impact sur l'audience. Je réalisais l'ironie du contrat bizarre que j'avais passé : ça avait commencé par une lettre de quasi-insulte, maintenant je mettais mon énergie au service du succès de *La Vie la Vraie*.

J'entamais mon quatrième résumé quand Mohamed m'a apporté le plateau Hédiard de Joyce. Elle ne déjeunerait pas ici aujourd'hui non plus. Mohamed, quant à lui, était déjà « méga en retard à son déj avec un semi-récurrent dans Julie Lescaut ». Mélanie, l'assistante comptable aspirante réalisatrice, est passée me voir cinq minutes après pour me demander si je voulais déjeuner avec elle. Je lui ai répondu que ça m'aurait fait très plaisir mais que je voulais avancer sur mon boulot. Elle m'a souhaité bon courage avec un grand sourire adorable, et je l'ai remerciée en citant son prénom – ce qui portait à trois le nombre de prénoms que j'avais mémorisés.

En fait, je ne voulais pas prendre l'habitude de déjeuner avec des collègues. Je devais protéger certains moments dans la journée pour avancer sur ma thèse. Le week-end, je pourrais sans doute grappiller quelques heures de temps en temps, mais je me voyais mal expliquer à Marc que je n'aurais aucun temps pour lui alors que, officiellement, je passais mes journées de 10 heures à 20 heures enfermée à la BNF. Je devais apprendre à tirer profit de chaque temps mort, même pour quelques minutes, au bureau ou chez moi. Le calcul était vite fait : pour garantir au moins une à deux heures de travail par jour, je devais déjeuner devant mon ordi et poursuivre mon travail – le vrai.

Mohamed est rentré vers 14h45. J'ai terminé mon paragraphe, j'ai enregistré le fichier sur ma messagerie, et j'ai rouvert le texte de mes résumés. Je venais de comparer le recours aux objets transitionnels dans *Leçon de choses* de Claude Simon et dans *Je m'en vais* de Jean Echenoz. Maintenant je m'attaquais au résumé de l'épisode 1124 de *La Vie la Vraie*. Mes deux sacerdoces étaient tellement différents qu'au moins ils servaient de récréation l'un pour l'autre. Ma capacité de travail en serait-elle augmentée ? Ce serait une bonne chose : j'allais avoir besoin d'endurance.

D'un seul coup, l'open-space est devenu silencieux. Il y avait toujours quelques bavardages à la machine à café, les petites musiques de ceux qui écoutaient leur iPod, ou une ou deux personnes qui riaient en regardant une vidéo sur Youtube. Mais là, d'un seul coup, plus rien. Chacun à sa place.

Mohamed a dû comprendre à ma façon de tendre l'oreille vers l'open-space que j'avais besoin d'une explication.

— Elle vient d'arriver.

Alors c'était le moment. J'ai relu mes résumés une dernière fois, je les ai imprimés. Je suis sortie du bureau. J'ai vérifié qu'il y avait bien toutes les pages. Et j'ai cherché une formule pour demander à Joyce le droit de travailler les vendredis depuis chez moi. Je ne devais pas oublier. Dès qu'elle aurait validé mes résumés, avant de sortir de son bureau, je devais lui demander l'autorisation d'être à Bordeaux le vendredi. J'étais sûre que ça ne lui poserait pas de problème. Elle m'avait fait changer de vie, j'étais encore en droit d'imposer certaines conditions.

Mais avant de frapper à la porte de son bureau, mon cœur s'est serré. C'était seulement la deuxième fois que je voyais Joyce Verneuil – et la première fois en tant qu'employée. Je la connaissais à peine. Une parole d'elle, et j'avais bouleversé ma vie.

Les cloisons de son bureau – comme du mien – étaient en verre dépoli. Elle pouvait voir ma silhouette en transparence. Je ne pouvais pas rester plus longtemps à réfléchir devant la porte.

Dernière inspiration, sourire aux lèvres, attitude énergique. Je suis entrée.

— Bonjour, Sophie, avance. Comment vas-tu ?

Tout était comme dans mon souvenir. Un long bureau d'acier, de verre et de béton posé sur le plancher. Pourtant, à nouveau, j'ai été surprise : au milieu du grand bureau, Joyce Verneuil, inoffensive grand-mère. On se demandait ce qu'elle faisait là.

— Bonjour, madame, comment allez-vous ?

— Quand on travaille à la télévision, Sophie, tout le monde a trente ans. Moi aussi, j'ai trente ans. Ça fait longtemps, maintenant, que j'ai trente ans, mais je te demande néanmoins de m'appeler Joyce et de me tutoyer.

Elle n'était pas très belle. Son nez, surtout, était trop grand. Mais elle avait toujours un sourire rassurant. Je comprenais mal que les employés d'Azur

Productions aient autant de déférence pour cette petite vieille dame.

Je me suis avancée.

— Voilà, Joyce, ce sont les résumés que tu m'as demandés.

Elle a mimé un long soupir de fatigue, très théâtral, comme si la perspective de devoir lire mes résumés l'écrasait littéralement sur son bureau.

— Ah, Sophie, je n'ai aucun temps pour ça maintenant. Vois avec le secrétariat à quelle heure tu peux passer.

À part un magazine *ELLE*, son bureau était vide, la télévision éteinte et le téléphone raccroché. Rien n'indiquait qu'elle était occupée par quoi que ce soit.

Elle m'a fixée, immobile. Comme elle affichait toujours le même sourire bienveillant, j'ai mis du temps à comprendre que j'étais réellement en train de la déranger.

— Je... d'accord... le secrétariat... très bien.

J'ai vite fait demi-tour et j'ai marché vers la porte.

— Sophie ?

Je me suis retournée.

— Oui, Joyce ?

Elle était en train de tourner une page du magazine. J'ai reconnu les couleurs des pages *C'est mon histoire*.

— Bienvenue chez Azur Productions.

— Merci.

Encore son sourire immobile et son regard fixé sur moi. J'ai attendu une ou deux secondes avant de sortir pour être sûre que la conversation était bien terminée.

— T'as une idée du nombre de choses qu'elle doit faire toutes les semaines ? m'a dit Mohamed.

Je voulais qu'il me confirme que la lecture de *ELLE* était réellement une activité planifiée dans l'agenda de Joyce.

— Elle prévoit des plages pour tout, a-t-il dit. C'est pour ça qu'elle ne répond jamais au téléphone, sauf si c'est quelqu'un de la chaîne. Mais pour tous les autres, les filles du standard prennent un message et elle rappelle à des moments prévus pour ça.

— Donc, dans son agenda, si je comprends bien, une secrétaire a bloqué une heure le lundi de 16 à 17 heures, et dans la case elle a marqué *Lecture ELLE*.

Il a eu un de ces regards « pauvre cruche » qu'il maîtrisait si bien.

— Sinon, comment veux-tu qu'elle ait le temps de feuilleter ses magazines et les meilleures ventes librairie de la semaine ? Rien que regarder les vidéos les plus populaires de Dailymotion, ça lui prend une heure tous les lundis matin. C'est essentiel.

J'ai hoché la tête.

— Connaître le public, c'est peut-être un don, mais ça s'entretient. Sinon, comment veux-tu que depuis cinquante ans...

Il a soudain rougi et s'est interrompu, comme s'il avait révélé les codes de la bombe atomique.

— Enfin, trente, quarante, cinquante, je dis ça à titre d'exemple.

Il a jeté un coup d'œil vers la porte qui, soulagement, était fermée.

— Comment veux-tu, a-t-il repris moins fort, qu'elle soit toujours au top si elle n'était pas en permanence au contact des goûts des Français ?

À sa manière de prononcer certaines phrases, on devinait qu'il recyclait des formules qu'il avait entendues et qui l'avaient impressionné. Les comprenait-il vraiment ?

— Ce n'est pas pour rien qu'on l'appelle la prêtresse de l'audience...

— Et à part *ELLE* et Dailymotion, j'ai demandé, elle a d'autres méthodes pour rester au top de l'audience ?

Mohamed était incapable de percevoir l'ironie. Tant mieux, je n'avais pas trop besoin de me surveiller.

Il a réfléchi un temps, puis il s'est penché vers moi.

— Je peux te faire confiance ?

— Je ne connais absolument personne que ça pourrait intéresser.

Il a réfléchi un autre temps.

— Alors d'accord. Parce que Joyce a un secret.

— À bon… Quel secret ?

C'était très amusant.

— Tous les samedis, à 14 heures, je lui prends rendez-vous chez le coiffeur.

Il devait s'attendre à une grosse réaction, car il a eu l'air déçu que rien ne se passe de mon côté.

— Pas n'importe quel coiffeur, a-t-il repris. On alterne entre un salon à La Courneuve et un autre à La Garenne-Colombes.

J'ai froncé le sourcil gauche.

— Mais attention, a dit Mohammed, elle ne révèle jamais où elle travaille. Elle demande au taxi de la déposer à l'écart pour pas se faire repérer, elle arrive à pied. Elle écoute les gens parler. Parfois elle teste des idées. Le samedi c'est parfait, y a des jeunes, y a des dames âgées. Depuis le temps, ils la connaissent, ils se confient vachement à elle.

Il m'a envoyé un petit regard complice, à moi la nouvelle initiée.

— Évidemment, a-t-il dit, c'est pas là qu'elle se fait *vraiment* couper les cheveux. Je réserve juste un brushing.

J'ai repris mon cahier et j'ai continué d'y noter les grandes lignes des parcours des personnages principaux. Toutes les demi-heures, j'essayais de montrer mes résumés à Joyce, mais la secrétaire me disait qu'elle était soit en ligne, soit en visionnage, soit qu'elle était « actuellement indisponible ». La formule était bien sophistiquée pour quelqu'un qui lisait *ELLE* de l'autre côté de la cloison.

À 19h30, j'ai enfin eu le droit d'entrer dans le bureau. J'ai pris mes feuilles, j'ai frappé, je suis entrée. Joyce m'attendait. Elle m'a souri.

— Assieds-toi.

J'ai posé les feuilles sur le bureau, et je me suis assise. J'avais à peine touché mon siège qu'elle me tendait déjà les feuilles.

— Beaucoup trop long. Prends modèle sur ce qu'on envoie toutes les semaines.

— Je me suis dit que les journalistes, si on leur envoyait des textes plus…

— Les journalistes sont habitués à un modèle qui est sur le réseau. Mohamed peut te montrer.

Elle m'a souri et elle a sorti un DVD de son sac. La conversation, une nouvelle fois, était terminée.

Le modèle auquel les journalistes étaient habitués, malheureusement, n'était pas sur le réseau. Mohamed l'a cherché, en vain. Il en a déduit qu'Hélène devait rédiger ses résumés directement depuis sa boîte mail et les envoyer sans enregistrer de copie. La boîte mail d'Hélène avait été entièrement détruite. Elle avait annoncé son départ et, dans l'heure, son carnet d'adresses et son compte Outlook avaient été supprimés. En théorie, tout était sur le réseau. N'importe qui pouvait partir du jour au lendemain sans qu'aucun document ne manque à personne, et la production pouvait se poursuivre comme si de rien n'était.

Quand Mohamed m'a dit qu'il était l'heure d'aller regarder l'épisode dans le bureau de Joyce, je venais juste de terminer de raccourcir le dernier résumé.

Il m'avait conseillé d'essayer un format d'une dizaine de lignes, c'était le format que Jean utilisait pour les ventes internationales. J'ai tout imprimé, et je me suis relue une dernière fois avant de rejoindre Joyce et Mohamed dans le grand bureau. J'avais reçu un SMS de Marc : *Dur dur la maison vide sans Bibounette. Vivement jeudi ! Bisous toi.*

J'ai posé les feuilles devant Joyce, mais elle ne les a pas regardées. Elle était concentrée sur l'écran, l'épisode venait de commencer. Au bout de cinq minutes, Joyce et Mohamed, toujours silencieux, se sont mis à picorer dans leur plateau Hédiard. Je suis allée prendre celui qui restait sur la console près de la porte. Mohamed était installé à côté de Joyce sur le bureau, alors il n'y avait plus de place pour moi. J'ai dû poser le plateau sur mes genoux. Ce n'était pas confortable – mais délicieux.

Joyce n'a fait quasiment aucun commentaire sur l'épisode. À un moment, elle a dit que la couleur de l'image aurait pu être plus belle. Elle a fait aussi une critique sur la musique à la fin d'une scène qui était « mal en phase avec l'émotion ». Pour ma part, c'était la première fois que je remarquais qu'il y avait plusieurs types de musique dans *La Vie la Vraie*.

Vers la fin, une brève séquence de transition entre deux scènes, qui montrait divers points de vue sur Nice, a déplu à Joyce. Elle a demandé à Mohamed le nom de l'« étalonneur ».

— Ils le savent pourtant, a-t-elle dit, même les estas doivent être étalonnés, selon la tonalité de la séquence qui suit. Là, on arrive sur un cliff policier et il nous met des couleurs comédie...

Tandis que j'essayais de décrypter le langage de Joyce, Mohamed a feuilleté un petit carnet. Il a très vite trouvé le nom du responsable. Il l'a noté, avec un numéro de téléphone, sur un Post-it qu'il a collé sur le bureau.

Joyce a jeté un coup d'œil au Post-it.

— Bruno Gilles...

Elle a réfléchi.

— C'est bien celui que j'ai déjà appelé il y a deux semaines ?

—C'est lui, a dit Mohamed.

Elle a soupiré.

— Il m'a tenu la jambe avec ses histoires de déménagement à Nice. On s'est parlé dix minutes. Il en a passé huit à se plaindre de ses voisins et du prix des loyers.

— Tu veux que je l'appelle ?

— Non, non. Ni toi ni moi.

Elle a décollé le Post-it et l'a tendu à Mohamed.

— Appelle Mathilde, dis-lui qu'on ne travaille plus avec Bruno.

Elle a bu une gorgée de vin.

— Il n'était pas content à Nice. Il va revenir à Paris.

Joyce a pris mes feuilles et elle a lu le premier résumé. Ça m'a paru durer trois minutes. Je n'avais pas prononcé un mot depuis une demi-heure.

Mohamed, son sac sur le dos, a passé la tête dans le bureau.

— À demain, Joyce.

— À demain, Mohamed.

Elle m'a regardée.

— Faut vraiment qu'il fasse quelque chose avec ses cheveux. Je sais bien que c'est un jeune, mais là... Tu crois que je devrais lui en parler ? Je pourrais faire venir un coiffeur de plateau...

Vu la manière dont elle avait décidé de virer l'étalonneur, j'étais presque soulagée d'entendre qu'elle pouvait se préoccuper du risque de vexer quelqu'un.

Je n'ai pas eu le temps de trouver une réponse appropriée, elle enchaînait déjà :

— Dis-moi, Sophie, as-tu déjà lu un programme télé ?

— Je suis abonnée à *Télérama*.

Elle a froncé les lèvres et m'a tendu les feuilles.

— Essaie plutôt *Télé Poche* ou *Télé Z*. Et arrête de te prendre pour Proust, je te demande pas une exégèse de *La Recherche*.

Je commençais à savoir lire son visage : son sourire bizarrement bienveillant indiquait qu'il était temps que je me lève.

À la porte de son bureau, je me suis retournée pour la saluer. Elle a parlé avant moi :

— Je te fais confiance, Sophie ?

— Bien sûr, Joyce.

Elle m'a fait un clin d'œil.

— Les résumés doivent être partis demain matin à neuf heures.

Elle s'est levée pour décrocher son manteau qui était pendu sur un cintre dans l'armoire derrière elle.

— Mais ne t'inquiète pas, je lirai tes propositions par mail depuis mon iPhone.

Elle a terminé de se couvrir et elle a hoché la tête.

— À demain, alors.

Il n'y avait plus que le bruit des ordinateurs en veille. J'ai entendu la porte se refermer derrière Joyce. J'étais la dernière à l'étage.

J'ai ouvert la fenêtre, je suis allée sur le balcon, il faisait froid. Je suis restée quelques minutes debout contre la rambarde à regarder les toits du quartier. Qu'est-ce que je faisais là ? À l'heure qu'il était, j'aurais dû être la maison, en train de lire une histoire à Annie, avec Marc dans le salon, son ordi sur les genoux, devant les derniers posts de ses blogs préférés. Il m'aurait proposé une infusion, je lui aurais dit on n'est pas des petits vieux, puis j'aurais changé d'avis, pourquoi pas une tisane douce-nuit de chez l'herboriste de ta mère, te lève pas mon amour, c'est moi qui m'en occupe. Il se serait levé quand même, on se serait retrouvés sur le canapé cinq minutes après, j'aurais trempé mes lèvres dans la tasse, comme tous les soirs ça aurait été trop chaud – une bonne excuse, le temps que ça refroidisse, pour rester à rêvasser, blottie tout contre lui.

Je n'avais qu'à partir, là, maintenant, ce soir, effacer le numéro de Joyce Verneuil et ne pas revenir demain. Aucune trace. Presque aucun souvenir. Je n'aurais rien perdu.

Ou presque.

Juste mon roman.

Je quitte *La Vie la Vraie* ce soir. Je finis ma thèse au printemps. Grâce à ma douce maman, il m'est absolument impossible de la faire publier : la même thèse exactement a été publiée trois mois plus tôt. Je pose ma candidature pour un poste de maître de conférences, mon dossier est refusé. Je touche le chômage pendant les mois d'été. En septembre, je fais ma première rentrée dans un collège. Je suis Mlle Lechat, prof de français des 6e B et 4e C. Quatre années perdues, et le reste de ma vie tout tracé. (Quoique, incontestablement, je suis devenue incollable entre-temps sur les objets du quotidien, transitionnels et symboliques, dans le roman français 1953 à 1978.)

Mon roman, c'était la dernière corde à laquelle mon destin pouvait peut-être s'agripper.

J'ai pris un quart d'heure pour appeler Marc. On n'avait strictement rien d'important à se dire, mais on a quand même trouvé le moyen de se parler un quart d'heure. Il m'a raconté sa journée, je suis restée évasive sur la mienne. Il m'a donné des nouvelles des rivalités à l'Université et il m'a recommandé des blogs politiques qui venaient de publier des articles satiriques « redoutablement bien pensés ». Il m'a fait remarquer au passage que je n'avais rien posté sur mon blog depuis quinze jours – il réclamait mes dessins, c'était dommage, j'étais douée, il les aimait bien.

Il venait d'appeler Julien, il savait que je n'étais toujours pas rentrée à l'appartement, alors qu'il était bientôt 21 heures.

— C'est Hélène, je lui ai dit, on nous a attribué des places côte à côte dans la salle de lecture. Comme elle vient tous les jours elle aussi, on s'est dit que ça serait sympa de faire connaissance. Elle m'attend à l'intérieur du resto, là.

Marc m'a embrassée et m'a souhaité une bonne soirée.

Je devais m'habituer à ce sentiment de culpabilité.

J'ai appelé Julien pour le prévenir de mon retard (il n'a pas cherché à comprendre) puis je me suis remise au travail. À 21h30, j'étais prête pour envoyer mes résumés.

Chaque résumé ne faisait plus que huit lignes. J'avais réussi à conserver quelques petites allitérations et parfois un petit soupçon d'ironie dans la formulation, ce qui, à mon goût, rendait les résumés plus dynamiques et un peu moins premier degré. Ils ne permettaient plus de tout comprendre – celui qui aurait manqué l'épisode de la veille aurait du mal à recoller tous les morceaux. Mais ils donnaient une idée précise des enjeux. Des quatre pages initiales, il n'en restait que deux et demie.

Le mail est parti, et j'ai croisé les doigts pour que Joyce ne m'ait pas oubliée. Il fallait qu'elle ait gardé son iPhone à portée de main. Je me demandais ce qu'une femme comme elle pouvait être en train de faire à cette heure-ci. Entre deux textes, Mohamed m'avait dit que Joyce n'avait jamais vécu avec un homme. (« Avec aucune femme non plus », il s'était senti obligé d'ajouter.)

En attendant une réponse, j'ai surfé sur des blogs dessinés. J'ai failli ouvrir le chapitre de ma thèse que j'étais en train de rédiger, mais je n'avais plus l'énergie de me concentrer. Et puis, d'une minute à l'autre, je pouvais recevoir un feu vert de Joyce et rentrer chez moi. Si seulement elle pouvait penser à moi et ne pas me laisser attendre au bureau toute la nuit…

Dix minutes plus tard, par acquit de conscience, j'ai ouvert ma boîte mail.

Elle m'avait déjà répondu.

Coupe les subordonnées. Et plus simple le vocabulaire. Tout le monde doit pouvoir comprendre.

J'ai soupiré. Vu l'heure, je me suis dit que je n'allais plus m'attacher à aucune formulation dont je pouvais être fière. J'allais juste faire ce qu'elle me disait. En l'occurrence, couper les subordonnées était assez simple. Quoique je ne savais pas si je devais les supprimer purement et simplement, ou scinder les phrases en deux, ou reformuler entièrement. Que préféreraient les journalistes de *Télé 7 Jours* ? J'ai essayé de me mettre dans la peau d'un journaliste de *Télé 7 Jours*, de penser comme un journaliste de *Télé 7 Jours*.

Ça n'a rien donné.

Finalement, j'ai supprimé tout net certaines subordonnées quand c'était encore possible, et j'ai scindé les autres. Pour le vocabulaire, c'était plus long : où était la limite entre le simple et le compliqué ? Et puis il y avait certains mots très précis, auxquels j'étais contente d'avoir pensé, et ça me faisait mal au cœur de les remplacer par des formules bateau. Ça faisait mal au cœur, mais j'ai transigé. Vingt minutes, plus tard, j'ai renvoyé des résumés allégés. Cette fois, c'était bon. Je ne voyais plus vraiment de marge de simplification. J'ai rassemblé mes affaires et j'ai enfilé mon blouson en attendant le mail de validation.

Quinze minutes plus tard, j'ai enlevé mon blouson. Et j'ai commencé à sentir que je n'étais pas près de le remettre. La productrice de *La Vie la Vraie* était autrement plus exigeante que le produit fini le laissait paraître. J'avais quand même du mal à penser en termes d'« exigence » puisque, à chaque message, elle tirait mes résumés vers le bas. En même temps, si le critère était le temps qu'elle consacrait à son travail, Joyce Verneuil était sans aucun doute perfectionniste :

22h05 : *Oublie les intrigues C.*

22h25 : *Ne dévoile pas la fin.*

22h45 : *Résume l'intrigue A puis la B sans les mélanger.*

23h10 : *Le résumé du jour ne doit pas dévoiler la veille.*

23h30 : *Des faits. Pas de second degré...*

23h55 : *Pas de verbe en voix passive.*

00h20 : *Une intrigue = une phrase.*

00h35 : *Ça doit donner envie !*

À 1 heure moins le quart, comme je n'avais pas reçu de réponse, j'ai considéré que Joyce était contente de mon dernier envoi. De toute manière, encore une version et il ne restait rien à envoyer :

Épisode 1121 : Medhi fait une rencontre troublante. Louise a envers Jean des gestes déplacés.

Épisode 1122 : Medhi comprend que Sofia cache sa vraie identité. Jean demande à Louise de quitter la maison de retraite.

Épisode 1123 : Medhi repousse les avances de Sofia. Jean perd son assurance devant le corps dénudé de Louise.

Épisode 1124 : Medhi s'introduit chez Sofia et lui vole un cheveu. Louise parle à Jean d'une célèbre petite pilule bleue.

Épisode 1125 : Medhi détruit les résultats du test de paternité. Jean veut apprendre à effectuer des achats sur Internet.

10

J'étais au bureau à 8h30, ça me laissait une demi-heure au cas où pour modifier les résumés que Joyce n'avait pas explicitement validés. Il n'y avait personne à l'étage, même le petit bureau-bulle devant l'ascenseur était vide. Heureusement, mon badge ouvrait les portes.

Je me suis servi un café. À 8h55, comme Joyce ne m'avait toujours pas envoyé de réponse, j'ai préparé le mail. J'ai trouvé les adresses des responsables à RFT qui étaient notées dans la catégorie « COM/PRESSE » du fichier contacts. J'ai attaché les résumés en pièce jointe. À 8h59, le mail est parti.

Mission accomplie. Je pouvais passer à mon objectif suivant : expliquer à Joyce que je devais rentrer à Bordeaux le jeudi soir, et donc travailler depuis chez moi le vendredi. On était mercredi matin. Il restait trente-six heures avant le dernier train pour Bordeaux le lendemain.

Par la fenêtre, j'entendais le quartier qui commençait à s'agiter. Il y avait les enfants qui allaient à l'école. Les gens qui passaient prendre un café au petit troquet à l'angle. Les boutiques, elles, n'ouvriraient pas avant 10 heures.

Le matin, quand je longeais la rue Étienne-Marcel, vers la place du Marché-Saint-Honoré, je ralentissais devant les belles vitrines. De toute la rue, il n'y avait pas un seul article en vitrine à moins de cent euros. Dans la boutique Paul ET Joe, il y avait un blouson en cuir bleu-gris, sans col, exactement mon style... Mais à quatre cent cinquante euros le blouson, je ne devais pas y penser.

Quoique...

Quinze jours plus tôt, à Bordeaux, j'avais reçu mon contrat de travail. Un employé d'Azur Productions (que je n'avais toujours pas identifié) l'avait rédigé à mon nom et me l'avait envoyé. J'avais accepté la proposition de Joyce sur le seul principe qu'elle m'aiderait à faire publier mon roman. Je n'avais rien négocié. Par chance, le contrat était arrivé à la maison un matin où Marc avait cours. En ouvrant l'enveloppe, et en comprenant de quoi il s'agissait, je m'étais attendue sur le moment à découvrir un salaire situé quelque part entre le SMIC et un traitement de jeune prof. J'ai dû relire la clause rémunération plusieurs fois pour y croire. En salaire net, d'après mes calculs, j'allais gagner deux mille deux cents euros par mois. Ce qui signifiait que, avec mon allocation de thèse, je toucherais chaque mois trois mille deux cents euros. C'était énorme.

Le problème de tout cet argent était que, officiellement, il n'existait pas. Pour Marc, je passais mes journées à la BNF, aucun mensonge crédible ne pouvait justifier mes deux mille deux cents euros. Je n'avais pas le choix : il fallait les cacher. J'avais ouvert un compte sur une banque en ligne et j'avais envoyé le RIB à Azur Productions.

Le petit blouson en cuir bleu-gris de chez Paul ET Joe... Allais-je demander à ma banque en ligne de m'envoyer une carte bleue ? Je n'avais pas envie de gaspiller mon argent. En même temps, je n'allais pas le stocker éternellement. Et comme je ne pouvais pas le justifier, il allait bien falloir que je trouve des moyens de le dépenser sans que Marc s'en rende compte... Non ?

En même temps, le loyer de l'appartement allait déjà largement résoudre le problème… Julien et Marc m'avaient trouvée absolument géniale quand je leur avais annoncé la bonne nouvelle : un T3 plein sud au dernier étage d'un immeuble dans le Sentier ! Ce qu'ils ne savaient pas, c'est que je n'avais pas négocié le loyer à la baisse… mais à la hausse. Le propriétaire demandait mille huit cents euros par mois. Je lui en avais proposé deux mille. C'est comme ça que j'avais pu passer devant les autres candidats et signer le bail dans la journée. Je n'étais pas fière de moi : en faisant monter les enchères, je faisais le jeu des propriétaires sans scrupules. Mais mon projet dépendait tellement de la possibilité de trouver un logement à Paris pour Julien et moi que j'avais été très offensive face à l'agent immobilier. L'arrangement avait été un peu compliqué, mais l'agence avait finalement accepté de recevoir chaque mois l'argent de deux comptes différents. Et de renvoyer deux quittances à deux adresses. Je me découvrais des audaces dont je ne me serais jamais crue capable.

Grâce à moi, Julien était à moins de vingt minutes de Sciences-Po. Il avait assez d'espace pour vivre et réviser dans de bonnes conditions. J'étais juste chagrinée qu'il doive déménager l'année suivante – quand je n'aurais plus de raison d'habiter à Paris, et donc plus mon salaire secret.

Ce qui est pris est pris. L'année suivante, c'était encore dans très longtemps.

Joyce est arrivée vers 11 heures, elle est venue nous saluer dans le bureau. Il y a eu quelques petites politesses, c'était le moment de lui confirmer que j'avais bien envoyé les résumés. Vu sa bonne humeur, c'était aussi la bonne occasion pour lui parler de mes vendredis. Lorsqu'il y a eu un blanc, j'ai voulu me lancer, mais elle a été plus rapide que moi. Elle a fermé la porte du bureau, elle s'est retournée vers nous, franchement guillerette :

— J'ai gagné deux millions d'euros ce matin.

Même Mohamed, spécialiste de l'air blasé, était scotché. De toute façon, devant l'enthousiasme de Joyce, il aurait été impoli de rester stoïque.

— Deux millions d'euros, a-t-elle répété. Une heure trente, montre en main.

Nous avons demandé à en savoir plus.

— J'ai petit-déjeuné avec un directeur de M6. C'est lui qui m'avait invitée, je n'avais rien demandé. Il est venu avec ses lieutenants, ils avaient réservé un salon. Ils sont venus avec un lecteur de DVD portable, ils ont tout bien fermé à clé. Et ils m'ont fait voir un pilote d'émission – encore une émission de coaching. Ça a duré une heure. Ils étaient super sérieux.

— Deux millions le visionnage ? a dit Mohamed.

— On a discuté ensuite. C'est pas la première fois que je fais ça. J'ai jamais produit autre chose que de la fiction, mais on veut même mon avis sur des programmes de flux.

— Deux millions, quand même..., a répété Mohamed.

— Ce qu'ils m'ont promis, c'est de me commander un téléfilm. Je dois leur envoyer trois propositions, ils en choisiront une. J'ai deux comédiennes qui me réclament un prime, c'est très bien, on va leur écrire un rôle, ça m'évitera de les augmenter.

— Et l'émission, j'ai dit, tu as aimé ?

— Aucune chance. Aucune émotion, aucun conflit, aucun enjeu, j'ai été très claire, ils m'ont entendue. Elle ne sera jamais diffusée.

Elle a marqué un temps. Après tout, c'était son métier de ménager des effets. Elle a rouvert la porte, et s'est penchée vers nous, comme pour une révérence de fin de spectacle.

— Que voulez-vous, il n'y a qu'une prêtresse de l'audience.

Mohamed suait d'admiration. Là où tous les autres producteurs mettaient régulièrement deux ans pour vendre un téléfilm à une chaîne, Joyce mettait, elle, une petite demi-journée.

Salut final mais pas de rappel, j'ai couru après elle dans l'open-space.

— Les résumés 1121 à 1125 sont partis à 9 heures ce matin.

— Ah... les résumés.

Elle a soupiré.

— Quelle histoire... J'aurais mieux fait de les écrire moi-même.

Elle m'a souri et elle est repartie vers son bureau. J'ai contourné la photocopieuse pour la rattraper.

— Joyce ?

— Au fait, Sophie, que penses-tu des séquenciers d'hier soir ?

— C'est-à-dire, que... Avec les résumés, je n'ai pas vraiment eu le temps...

— Donc tu n'es pas prête pour la réunion dialogues de cet après-midi.

Elle a réfléchi une demi-seconde.

— Mohamed !

Mohamed a accouru.

— Cette semaine, c'est toi qui viendras à la réunion sur les séquenciers. Tu prendras les notes.

Mohamed n'avait jamais autant souri. On voyait ses dents.

— Et, Sophie, essaie quand même de te mettre à jour dans les textes. Je compte sur toi la semaine prochaine...

Au moment d'entrer dans son bureau, elle s'est retournée, elle a baissé la voix et m'a fait un clin d'œil :

— T'en fais pas, ce coup-ci on embauchera un linguiste pour traduire la syntaxe de Mohamed.

Le temps que je relève la tête – vlan ! – la porte du bureau était fermée.

Trente-cinq heures et trente minutes avant mon train. J'ai lancé les impressions des nouveaux séquenciers. J'aurais pu aller demander à la secrétaire de prévoir un créneau dans l'agenda de Joyce, mais je ne voulais pas prendre rendez-vous pour ça. Je me disais que plus ça resterait informel, plus ça passerait facilement.

Joyce ne m'a pas confié d'autre tâche ce matin-là. Elle n'est pas non plus venue nous revoir dans le bureau. Je tendais l'oreille, à l'affût d'une occasion, pour aller la croiser par hasard dans l'open-space. Mais elle n'a plus bougé de la matinée.

Vers 13 heures, elle est sortie déjeuner. Je me suis précipitée pour rien : elle accompagnait le réalisateur avec qui elle venait d'avoir rendez-vous, ils avaient leur manteau, ils sont montés dans l'ascenseur.

Après le déjeuner, Mohamed a rejoint Joyce directement à la « réunion dialogues ». Cette réunion avait lieu toutes les semaines dans un appartement loué spécialement pour les auteurs pas très loin dans le quartier. J'ai demandé à Mohamed à quelle heure ils pensaient être de retour. Il m'a répondu que la réunion durait généralement entre trois et quatre heures, et qu'ensuite Joyce avait un dîner. Je ne la reverrais pas de la journée.

Il restait des places dans les TGV du lendemain. Je me suis connectée plusieurs fois dans l'après-midi : aucun train n'était complet. C'était déjà ça.

J'ai fini de lire les séquenciers, j'ai avancé sur mes fiches de personnages. Il faisait beau, j'étais au calme, j'allais pouvoir rentrer tôt à la maison. La journée aurait été plutôt correcte si ce n'était cette promesse que j'avais faite à Marc.

Julien avait cours jusqu'à 21h15. C'était sa plus grosse journée de la semaine. Après Azur Productions, j'ai eu assez de temps pour passer faire des courses rue Montorgueil et nous préparer un repas un peu sympa. On n'avait pas de vrai four, juste un micro-ondes, ce qui était une bonne excuse pour le surgelé. En dessert, je nous ai pris des moelleux au chocolat.

Un peu avant 21 heures, j'ai appelé à Bordeaux.

— Bibounette !

Il a décroché à la première sonnerie.

— Comme disait Annie tout à l'heure, on est tous les deux *gavé* impatients de te retrouver à la gare demain soir !

Il avait la voix paternelle qu'il prenait quand il voulait me faire sentir qu'il m'aimait et qu'il serait toujours là pour moi.

— Tu nous as toujours pas dit à quelle heure tu arrivais.

J'en avais l'estomac tordu.

— Tu sais, je crois qu'Annie dormira déjà à l'heure où j'arriverai à Bordeaux.

— Tu seras pas là pour dîner ?

Je savais très bien ce qu'il pensait : manquer un dîner = manquer la soirée. Soit quasiment un jour de moins ensemble à la maison, ce n'était pas ce que j'avais promis.

— Je ne sais pas encore exactement, mais je vais prendre un train assez tard.

— Je pensais que tu aurais pris un train en début ou en milieu d'après-midi. Je vois pas ce qui t'en empêche…

— Tu sais, j'arrive pas à travailler dans le train, ça m'endort…

J'entendais ses efforts pour garder sa bonne humeur.

— T'es trop sérieuse, Sophie. Franchement, t'inquiète pas, elle avance bien ta thèse. Même si tu bosses pas dans le train, tu peux bien t'accorder un après-midi par semaine. Je te connais, de toute façon, même si t'es pas stricto sensu en train de rédiger, tu profiteras du train pour lire des articles ou pour relire ce que t'as écrit la veille.

Il a marqué une pause.

— Même quatre jours, je pensais pas que ce serait si dur de vivre sans toi.

Plus je mentais, plus j'allais avoir du mal à mentir – et plus pourtant j'allais devoir continuer. Malheureusement, malgré toutes ses qualités, et je savais qu'il m'aimait autant que je l'aimais, Marc n'était pas capable de comprendre le risque que j'étais en train de prendre. Il proposait que je recommence une nouvelle thèse depuis le début ? C'était illusoire. Je n'arriverais jamais au bout, pas à mon âge, pas en travaillant à côté, pas avec toute l'énergie que j'avais déjà mise dans la première. Si je ne faisais rien, mon destin était tracé. Dans un peu moins d'un an, je deviendrais prof de français en collège. Dès la rentrée prochaine et pour le reste de ma carrière. Je ne savais pas ce que j'attendais de l'avenir, mais je savais que j'en attendais davantage. Comment être heureuse quand chaque semaine ressemble à la précédente, chaque année à celle d'avant, que le temps se met à passer sans vous laisser la place de construire plus grand ? Il me restait mon roman. Et, à ce stade, Joyce Verneuil était ma seule chance qu'il soit publié. Comment le faire comprendre à Marc ? Lui qui avait toujours tout réussi du premier coup, qui avait avancé vite et brillamment, sans jamais avoir à faire de compromis. Pouvait-il me comprendre ? Moi-même je n'étais pas sûre d'avoir tous les arguments ni toute l'assurance pour aller au bout du risque, alors comment aurais-je pu le convaincre lui que la meilleure décision dans ma situation était de travailler pour *La Vie la Vraie* ? Je ne voulais pas courir le risque

que Marc fasse retomber mon élan. Mon élan était si fragile, il n'en resterait rien si Marc réprouvait mon choix. C'était mon aventure. Ma dernière chance. Mon coup de folie. Le seul. J'avais décidé d'aller au bout.

J'avais peur, aussi, que Marc m'aime un peu moins.

— Fais-moi confiance. Je préfère m'organiser comme ça.

Il a fait durer le silence.

— C'est toi qui vois.

— Je ferai de mon mieux, promis…

Du silence encore.

— Tu me passes Annie ?

— Tu veux que je la réveille ?

— Je suis désolée, j'aurais dû appeler plus tôt…

Julien est rentré, Marc a voulu lui parler. Julien a raconté les profs, les méthodes de travail. Il a défendu le principe de l'exposé oral de dix minutes, contre Marc qui préférait les vrais exposés de la fac qui, en quarante-cinq minutes, donnaient à la pensée le temps de se déployer. J'ai fini de préparer le repas. Je voulais dire au revoir à Marc et lui souhaiter une bonne nuit. Mais je suis revenue trop tard au salon, Julien et Marc avaient déjà raccroché.

*

Tout ce dont j'avais besoin, c'était d'un oui. Techniquement, il fallait dix secondes :

« Joyce, je voudrais travailler le vendredi chez moi.

— D'accord, Sophie, pas de problème. »

Rien de plus facile.

Encore fallait-il pouvoir lui parler. J'avais mon train en fin de journée, et il n'était pas question de partir sans son feu vert. Il fallait que je sois proactive, je devais créer le moment où Joyce aurait dix secondes à me consacrer.

En arrivant au bureau, avec mon gros sac et mes affaires pour le week-end, je lui ai tout de suite envoyé un mail. *Il faut que je te parle dès que possible d'une chose importante concernant l'organisation de mon travail.* Autant il était compliqué de la voir à son bureau, autant elle avait été plus que prompte à me répondre lorsqu'on avait fait un ping-pong nocturne avec mes résumés. Via son iPhone, j'arriverais peut-être à communiquer avec elle avant la fin de la journée.

— Tu sais si Joyce sera là ce matin ? j'ai demandé à Mohamed.

— Ça m'étonnerait. Elle déjeune avec un réal dans le XVIe.

— Mais elle passera dans l'après-midi, forcément ?

— Tu peux pas l'appeler ?

— T'as accès à son agenda, toi, non ? Tu peux pas vérifier, c'est important…

Mohamed m'a regardée du coin de l'œil. Il était trop fier pour me demander pourquoi je voulais voir Joyce. Ç'aurait été reconnaître qu'il s'intéressait à moi.

Depuis son ordinateur, il a ouvert l'agenda en ligne de Joyce.

— Elle a un casting ici à 15 heures. À 15h30 elle a son taxi pour Orly.

Petite fenêtre de tir… Mais ça pouvait encore marcher. De toute manière, je ne pouvais pas ne pas prendre mon train. Je n'envisageais même pas cette hypothèse. Marc ne me pardonnerait pas. Ça devait marcher.

— Elle part en week-end ?

Toujours ce mélange de pitié et d'indignation sur le visage de Mohamed. Dès que j'ouvrais la bouche, rien qu'à son regard, j'avais l'impression d'avoir le syndrome de la Tourette.

— Joyce ne prend jamais de vacances, a-t-il dit. Les deux premières semaines d'août, elle part en Corse. C'est tout.

— Alors c'est pour où son vol ?

— Pour Nice, a dit Mohamed en articulant comme s'il s'adressait à un enfant handicapé. Elle passe tous les vendredis aux studios. Et le jeudi, à chaque fois, elle dîne avec quelqu'un de l'équipe. Les comédiens se sentent écoutés. C'est important.

J'ai vérifié à nouveau ma boîte mail, mais pas de réponse de Joyce.

Du regard, Mohamed a désigné mon gros sac, derrière mon bureau.

— Y a pas de machine à laver chez toi ?

— Si. Enfin, non, j'ai pas de machine. Mais c'est pas du linge sale.

— C'est gros pour un sac de sport, non ?

Il m'a regardée des pieds à la tête.

— Tu fais de la gym, toi ?

— Un jogging le week-end.

— Et c'est tout ?

— Je trouve que c'est déjà bien.

Il y a eu un silence. Mohamed a craqué.

— Mais, ton sac, alors, c'est pour quoi ?

J'avais réussi à susciter de la curiosité chez Mohamed.

— J'ai promis à mon copain de rentrer à Bordeaux tous les jeudis soir. J'en ai pas encore parlé à Joyce. Et mon copain m'attend ce soir à la maison.

Il m'a regardée la bouche ouverte. Puis :

— Heu, dis-lui peut-être que t'es pas sûre de rentrer.

— Il comprendrait pas, j'ai aucun argument…

Il a failli lever les yeux au ciel, mais il s'est retenu, sans doute pour ne pas risquer d'interrompre mes confessions.

— Tu fais un boulot, Sophie. Et quand on fait un boulot, en général, c'est du lundi au vendredi. Ça lui suffit pas comme argument ?

— Marc ne sait pas que je travaille.

— Il croit que tu fais du tourisme toute la semaine ?

— Il croit que j'écris ma thèse à la bibliothèque.

— Hein ?

J'ai hoché la tête.

— Et il sait pas que tu travailles ici ?

Ça l'a fait rire.

— Non, j'ai dit. Et il me répudierait sur-le-champ s'il savait que je suis coordinatrice d'écriture sur *La Vie la Vraie*. La lettre que j'ai envoyée à Joyce, c'est lui qui l'a écrite.

Mohamed a continué de pouffer. Comme Diabolo dans *Satanas et Diabolo*.

Il a repris son souffle.

— Mais faut lui dire, Sophie ! Dis-lui que t'as eu une chance incroyable. Que la plus grande productrice de Paris t'a embauchée comme proche collaboratrice. Qu'elle t'ouvre les portes de son bureau. Qu'elle te fait confiance. Qu'elle t'apprend tout ce qu'elle sait. Il est pas borné ton copain. Il va comprendre que t'as une chance de malade. Que c'est un privilège. Tu veux que je te dise le nombre de CV que Joyce reçoit toutes les semaines ? Je peux les compter, si tu veux, ça calmera peut-être ton copain.

L'enthousiasme de Mohamed m'a laissée sans voix. Un peu plus, et c'était moi qu'il allait convaincre.

— Franchement, a-t-il continué, parle-lui, à Marc. Et dis-lui que la fille qui avait ton poste avant toi a été recrutée par Endemol.

Avec un argument comme ça, ma cause était entendue.

— Et Joyce, tu crois qu'elle acceptera que je travaille chez moi le vendredi ?

Le téléphone s'est mis à sonner mais Mohamed a coupé la sonnerie.

— C'est ce que font tous les auteurs. Et souvent les directeurs de casting, les costumières… Les chefs déco quand ils dessinent leurs plans…

— Tu as raison. Je vais juste lui expliquer que c'est important pour moi de passer du temps en famille à Bordeaux, que c'est une condition essentielle pour mon copain. Elle comprendra.

Là, Mohamed a tiqué.

— Ce n'est pas la même chose de travailler depuis chez soi dans l'intérêt de la série, ou travailler chez soi par confort perso.

— J'ai une relation très franche avec Joyce. De ce point de vue, je ne m'en fais pas.

— Sophie…

Il a souri en inclinant la tête.

— Franche ou pas, tu sais, Joyce n'a qu'un intérêt en tête.

— Elle connaît les conditions de mon recrutement.

— Est-ce que c'est dans l'intérêt de la série ?

— Elle sait que sinon je risque de partir.

— Tu partirais vraiment ?

— Oui… Peut-être… En tout cas elle en sait rien.

Petit sourire mesquin de Mohamed.

— C'est toi qui vois.

La réceptionniste a tenu sa promesse et m'a appelée : Joyce venait d'arriver. Elle commençait tout juste sa réunion, je pouvais aller dans son bureau.

— Je ne vais pas la déranger ?

— Vous ne comprenez pas, Sophie, a dit la réceptionniste. Joyce vous appelle. Elle a besoin de vous. Elle vous attend.

— Elle m'attend ?

— Immédiatement.

J'ai dit à Mohamed que Joyce m'attendait « immédiatement », mais il n'a eu aucune réaction particulière. J'ai ajusté mon débardeur. J'ai pris un calepin et un stylo. Et j'ai pensé à Marc. Il était 15 heures. Plus que cinq heures vingt avant le dernier Bordeaux-Paris.

J'ai marché dans l'open-space jusqu'au bureau de Joyce. La porte était fermée. J'ai deviné à travers le verre dépoli qu'il y avait plusieurs personnes à l'intérieur. J'ai frappé. Une voix inconnue m'a dit d'entrer.

À peine ai-je fait mon premier pas dans le bureau qu'une énorme masse s'est abattue sur moi. Un bras a surgi par-derrière et s'est plaqué sur ma poitrine. J'ai été tirée en arrière. J'ai eu les poumons comprimés. Ils se sont vidés tout d'un coup. La stupeur m'a paralysée, je me suis mise à crier – un cri propulsé par cette force autour de ma poitrine. Le bras qui m'enserrait m'a fait tomber en arrière. J'ai reculé et perdu l'équilibre. Mes jambes ne me tenaient plus. Ma tête est venue se cogner contre quelque chose. J'étais encore verticale, mais je n'avais plus d'appui contre le sol, et je ne pouvais plus bouger. Ni les jambes, ni les bras, j'étais totalement immobilisée. Tout était allé si vite, je n'avais plus de repères. Une première information est parvenue à mon cerveau : la chose contre laquelle j'avais été plaquée avait la consistance d'un grand torse musclé.

— Tu l'ouvres et je te bute...

Une voix rauque chuchotait dans mon oreille. Je sentais la chaleur d'une respiration dans mon cou. Et l'odeur d'un homme.

Au même moment, un second type a surgi face à moi. Il a appuyé un objet métallique contre mon front. Le type était un grand Noir avec une cicatrice dans les sourcils. Il avait l'air très énervé.

— T'as compris ce qu'a dit mon pote ? Un bruit et t'es morte. Et me fais pas répéter.

Quand le grand Noir a armé la gâchette, j'ai compris que la masse noire était un pistolet.

Le type derrière moi me serrait toujours aussi fort. Il devait faire trente centimètres de plus que moi. Je ne pouvais pas voir son visage, il devait se baisser pour parler dans mon oreille. Il avait l'accent des banlieues. Et le souffle chaud.

— On va pas te faire de mal.

— Tout ce que t'as à faire, c'est nous dire où tu l'as planqué.

— Planqué quoi ? j'ai dit.

Entre les deux hommes, je ne voyais rien. Ni à droite, ni à gauche.

— C'est pas compliqué. On t'explique.

— Tu nous dis où il se planque, et ce soir tu dors chez toi.

— C'est une erreur, j'ai réussi à dire, je ne suis au courant de rien.

Il a eu l'air étonné. Il ne comprenait pas ce que je disais. Il s'est encore rapproché.

— Tu nous dis où il se planque, et ce soir tu dors chez toi.

— Mais je vous promets que…

— *Cut* !

La voix d'une femme venait d'intervenir.

— OK. Merci. C'est bon.

À ce signal, les deux hommes m'ont lâchée et se sont écartés. Derrière son trépied et son caméscope, Sylvette leur a fait signe que c'était terminé. Et leur a demandé de sortir et d'attendre dans les fauteuils clubs de l'open-space. En passant devant moi, le grand Noir m'a fait un clin d'œil. Quant au type qui m'avait bloquée contre lui, il est sorti avant que j'aie le temps de voir son visage. Mais je sentais encore son odeur virile sur moi.

Derrière son bureau, Joyce était concentrée. Pendant que Sylvette branchait le caméscope à la télé, elle a réfléchi quelques secondes.

— T'en as pensé quoi ? a-t-elle dit en me regardant.

— Ça secoue pas mal...

Je sentais mon cœur qui continuait de s'emballer.

— Je te parle des comédiens.

J'ai vérifié que mon débardeur et mon jeans étaient toujours à leur place, j'avais l'impression d'avoir été entièrement déshabillée.

— C'est-à-dire que je n'ai pas très bien pu me rendre compte...

— Ils doivent tourner demain. Ils étaient prévus la semaine prochaine, mais on a dû changer le plan de travail. C'est bon, Sylvette, on peut voir l'image ?

Sylvette était en train de démêler les fils du caméscope. Elle a répété plusieurs fois qu'elle y était presque, mais l'image ne venait pas. Elle avait les mains qui tremblaient. Sylvette avait sans doute vingt ans de moins que Joyce, mais après une vie manifestement passée une cigarette à la main, elle était jaune de partout, les cheveux, les dents, les gencives. Son stress donnait une drôle de forme à ses rides, son visage était encore plus fripé. À côté, Joyce, soixante-dix ans, était de toute fraîcheur. Les secondes passaient en silence et l'écran restait noir.

— Tu préfères qu'on fasse appel à un professionnel ?

Lorsqu'elle s'impatientait, les mâchoires de Joyce se mettaient à frotter l'une contre l'autre. Je ne m'en serais pas rendu compte sans l'infime grincement que ça produisait.

— C'est bon, Joyce, c'est bon, une toute petite seconde de rien du tout et c'est tout bon...

La voix, le regard et tout le corps de Sylvette indiquaient l'inverse.

Je me suis assise. Joyce m'a regardée. Parfois, ses sourires étaient indéchiffrables, parfois elle pouvait énoncer toute une phrase d'un clignement des yeux. En l'occurrence, c'était très clair : « Ce vieux débris serait mieux chez elle. »

— Ça me rappelle l'apprentie costumière qu'on avait sur le plateau. Très gentille, très mignonne, mais que veux-tu, elle avait les doigts tout boudinés...

Je lui ai répondu d'un sourire lâche ; je ne l'ai certainement pas encouragée à en raconter plus. Le moment en valait bien un autre, et ce serait peut-être le seul, j'en ai profité pour me lancer. Et Sylvette ne serait pas mécontente que je fasse diversion.

— Joyce, j'ai dit, je ne sais pas si tu vous, heu, si *tu* as reçu mon mail, mais je dois te parler de quelque chose d'important et...

— Je t'écoute.

— J'aimerais avoir ton autorisation de travailler depuis chez moi le vendredi.

Le visage de Joyce n'a rien exprimé. Elle a jeté un coup d'œil vers Sylvette qui n'arrivait toujours à rien.

— Pour quoi faire ? a-t-elle demandé.

— J'en ai beaucoup parlé avec Marc, mon compagnon...

— Et ?

J'ai vu la pauvre Sylvette dans ses fils de caméscope et j'ai repensé à ce que m'avait dit Mohamed. La transparence et la sincérité n'étaient peut-être pas mes meilleurs arguments...

—... et Marc m'a dit que je pourrais mieux me concentrer sur la lecture des textes en travaillant depuis chez moi un jour par semaine. Et j'ai pensé au vendredi.

À cet instant, Sylvette a réussi à mettre en route la vidéo. Joyce, qui s'apprêtait à me répondre, a détourné la tête. Elle a soupiré.

— Reste encore à trouver la fonction retour arrière...

Passé les branchements, Sylvette maîtrisait bien son caméscope. La scène qu'elle venait de filmer a défilé en arrière. Ma performance, au moins, était très réaliste. (J'avais sérieusement besoin d'autobronzant.) Derrière moi, le type qui m'avait tenue serrée contre lui était à son avantage. Un beau mec, la peau dorée, les cheveux ras, la mâchoire carrée, les épaules solides. Et les bras, en effet, particulièrement musclés.

Sylvette a fait jouer la scène en entier.

— Et maintenant, m'a demandé Joyce, qu'en penses-tu ?

— Ils parlent tous les deux clairement. On comprend bien ce qu'ils disent, et ils sont assez crédibles.

Elle a souri.

— Mais est-ce que tu les trouves excitants ?

Sur le coup, j'ai un peu bloqué.

— Je n'ai pas particulièrement réfléchi dans ce sens...

— Pourtant c'est le plus important. Lequel des deux tu trouves le plus sexy ?

J'ai pris le temps de réfléchir – mais je n'en avais pas besoin.

— Celui qui était derrière moi.

En disant ça, l'odeur du type m'est revenue.

— Je suis d'accord, a dit Sylvette. Et de loin.

— Eh bien moi aussi, a dit Joyce. Le problème, c'est qu'on en a besoin de deux et qu'ils peuvent potentiellement rester longtemps dans la série. Il ne faut pas se planter.

Elle a fait un signe à Sylvette.

— L'autre, il a un côté trop gentil. Moi j'y crois pas, on aime les vrais bad boys, pas les bad boys de salle de gym. On ne sent pas qu'il vient de la rue. Tu préviens l'Arabe et tu lui dis de rester ?

Sylvette a eu du mal à déglutir.

— Mais tu crois pas que l'autre pourrait quand même faire l'affaire dans le plus petit rôle ?

— Un petit rôle, ça n'existe pas.

— Mais c'était la dernière minute. J'en ai aucun autre sous la main et vu l'heure...

Joyce a eu un regard suffisamment éloquent pour que Sylvette rentre les épaules, se dirige vers la porte, et ne termine pas sa phrase.

Sylvette est sortie. Joyce m'a regardée en souriant.

— Sacrée performance, hein ?

J'ai bredouillé une réponse qui n'avait aucun sens et qui n'était même pas une phrase. À travers la cloison, on voyait que Sylvette était déjà en train de revenir. Le visage de Joyce s'est refermé.

— C'est d'accord, a-t-elle dit. Tu peux rester chez toi le vendredi.

À cet instant, j'ai senti, physiquement, un poids tomber de mes épaules. J'ai vu le sourire de Marc ce soir quand je franchirais la porte de la maison. Comme Joyce avait un avion bientôt, j'allais même pouvoir partir de bonne heure et éviter de prendre le dernier train.

— La seule condition, a-t-elle continué, c'est de rester joignable. J'en parlerai à la compta, ils t'équiperont. Un iPhone ça marche partout, et sept jours sur sept.

Elle m'a souri.

— On va faire comme ça.

Je me suis approchée de la porte mais Sylvette, en sens inverse, est passée avant moi.

— Il est OK. Il est dispo dès demain, il était super content. Pour l'autre, par contre, on fait comment ?

Joyce avait disparu derrière son bureau. La tête entre les jambes, on sentait que son dos tirait, elle avait retiré ses talons hauts et forçait son pied dans une basket blanche.

— Et bien on continue, on cherche – qu'est-ce que tu veux qu'on fasse ? J'ai besoin d'un beau Noir, viril, sexy, gangster, qu'on y croie. Et prêt sur le plateau demain à midi. Je file, j'ai mon avion. Tu m'envoies par mail la vidéo du comédien. T'en choisis un, je te fais confiance. Tu sélectionnes, je valide.

— Tu te rends compte, Joyce, que j'ai déjà eu un mal fou à trouver le comédien qu'on vient de refuser... Y a le plateau qui m'appelle, ils paniquent, la costumière m'a demandé trois fois les mensurations du comédien...

Joyce faisait vingt centimètres de moins que Sylvette mais elle n'avait aucun problème pour la regarder de haut.

— Je ne te demande que de faire ton travail.

— Mais Joyce...

— Je vous fais confiance ?

Sylvette a baissé les yeux et acquiescé.

J'ai tiqué.

Joyce venait de dire « vous »... Moi je n'ai pas acquiescé. Était-elle repassée au vouvoiement avec Sylvette ? Je me suis efforcée de garder le visage le plus neutre possible. Joyce m'a regardée dans les yeux :

— C'est très difficile de faire un casting toute seule, surtout dans l'urgence. Tu aideras Sylvette. Tu lui donnes tes impressions. On a besoin de faire frémir nos ménagères. De moins de cinquante ans, surtout, et je ne veux vexer personne, mais Sylvette n'est plus exactement dans la cible. Le critère, il est simple, on veut un bad boy sexy. D'accord ?

— C'est-à-dire, Joyce, que…

— Ce que tu as ressenti quand l'Arabe – c'est quoi son nom ?

— Karim Beltar, a dit Sylvette.

— Tu vois ce que tu as ressenti quand Karim t'a plaquée contre lui ? a repris Joyce. Le sang t'est monté aux joues et on a tous vu que ça t'avait pas laissée indifférente. Bon, eh bien tu dois choisir un second comédien. Et le critère, c'est qu'il te fasse le même effet.

Elle a chaussé des lunettes de soleil.

— Y a pire comme job, non ?

Sans attendre ma réponse, elle est partie.

Il restait dix-huit heures, en comptant la nuit, pour trouver un comédien et le mettre dans l'avion pour Nice. Joyce n'avait montré aucun stress. J'aurais pu en déduire que la mission était tout à fait courante. La figure de Sylvette qui s'est décomposée dès que Joyce a fermé la porte indiquait clairement l'inverse.

— J'ai plus qu'à chercher un nouveau job. À mon âge…

Elle s'est pliée, lentement, pour s'asseoir au bord du fauteuil.

— L'avantage de *La Vie la Vraie*, c'est que c'était régulier…

Sylvette pensait à son job, moi à mon train. Ce n'était pas le même enjeu, mais ça nous faisait un gros objectif en commun.

J'ai essayé d'avoir l'air le plus déterminé possible.

— On va le trouver, son bad boy.

Lentement, elle a tourné la tête. Elle m'a regardée sans conviction.

— De toute manière ça fait un moment que je la soupçonne de vouloir trouver un prétexte pour me virer. On n'y arrivera pas. Je sais comment ça va se terminer : elle va demander de réécrire le texte, et ils vont se débrouiller avec un seul comédien.

Comme il s'agissait d'épisodes que je n'avais pas encore lus, je ne savais pas si le rôle était important. Je savais en revanche que Joyce ne plaisantait pas et qu'elle nous laisserait travailler toute la nuit s'il le fallait jusqu'à ce qu'on trouve un comédien. Elle n'accepterait pas notre défaite jusqu'à l'heure du vol Paris-Nice demain matin. Et mon train, à moi, était ce soir à 20h20. Ce qui me laissait quatre heures pour trouver et faire valider un comédien.

— C'est totalement impossible, articulait Sylvette avec ses petites dents jaunes.

Elle pleurait presque. Je me suis baissée pour la regarder dans les yeux.

— On va quand même essayer.

J'ai perdu un premier quart d'heure à remobiliser Sylvette qui voulait rentrer chez elle. Je lui ai dit que moi je n'abandonnerais pas et que j'avais absolument besoin d'elle. Par quoi commençait-elle quand elle devait trouver des comédiens pour un rôle ?

— Mais tu n'imagines pas, a-t-elle dit, le temps que ça prend. Il faut appeler les agents, leur faire un descriptif du rôle, les convaincre que ça vaut le coup qu'ils se mobilisent. Et là, ça ne va pas être facile. En plus, on cherche un Noir, et comme il n'y a pas tellement de rôles pour les Noirs, les agences en ont très peu. Après, pour chaque comédien qui pourrait avoir le profil, il faut vérifier qu'il n'est pas trop cher, qu'il est disponible aux dates de tournage – c'est-à-dire demain et pour un temps indéterminé en fonction de ce que les scénaristes voudront bien inventer. Il faut aussi vérifier qu'il ne soit pas snob et qu'il accepte de faire de la télé. S'il accepte de faire de la télé, il faut aussi qu'il accepte de tourner dans *La Vie la Vraie* et, une fois sur deux, autant demander à Catherine Deneuve de tourner un remake de *La Soupe aux choux*.

Sylvette a allumé une cigarette. J'ai levé la tête mais je n'ai pas vu de détecteur à incendie.

— Une fois que tu as ta liste, il faut leur envoyer le texte, qu'ils l'apprennent, et prendre des rendez-vous pour les essais. Ton casting pour demain matin, crois-moi, tu peux oublier.

— Et parmi les comédiens que tu avais présélectionnés, y en a pas un qui pourrait aller ?

Elle a sorti un dossier avec les photos d'une petite dizaine de comédiens noirs.

— Je suis peut-être hors d'âge, mais je suis sûre que si Joyce n'a pas trouvé le comédien assez sexy, les autres ne vont pas la convaincre non plus.

J'ai parcouru rapidement les photos et je me suis dit qu'elle avait sans doute raison.

— Et tu ne te rappelles pas des comédiens auxquels tu as déjà fait appel et qui seraient disponibles ?

— Je sais faire mon métier, Sophie. Évidemment que j'y ai déjà pensé.

Au dos de chaque photo, il y avait un CV du comédien et le numéro de téléphone de son agent. Je me suis assise à la place de Joyce et j'ai soulevé le téléphone.

— Je vais refaire le tour des agents, on sait jamais.

C'est Sylvette, évidemment, qui avait raison. Aucune agence n'avait de proposition à me faire. Je perdais systématiquement cinq minutes à me présenter et à les convaincre que j'étais sérieuse. J'ignorais le jargon du métier et les noms des agents, et de leurs assistants, j'avais un mal fou à obtenir des standardistes qu'elles me passent quelqu'un qui pouvait m'aider. Une ou deux personnes m'ont donné des noms de comédiens, mais j'allais voir leur CV et leur photo en ligne et ils ne correspondaient pas à ce qu'on cherchait. Au bout d'une heure, je n'avais rien.

De son côté, Sylvette avait repris du poil de la bête. Sur le réseau, elle avait consulté les fichiers de tous les génériques des téléfilms produits récemment chez Azur Productions. Jeune, noir, grand, musclé, beau, sexy, disponible immédiatement, acceptant un petit rôle, acceptant *La Vie la Vraie*, acceptant un tournage à Nice, et pas cher : elle n'avait rien trouvé. Elle avait ensuite appelé les écoles de comédiens, espérant qu'un apprenti comédien pourrait correspondre aux critères. Mais ce qu'elle avait craint s'était confirmé : vu les tarifs de ces écoles, il y avait surtout des jeunes des beaux quartiers, très peu de Noirs. On lui avait donné le portable de trois élèves qui correspondaient peut-être. Mais le premier ne répondait pas, et les deux autres n'ont absolument pas été impressionnés par la proposition. Quand ils ont demandé qui était le réalisateur du film, Sylvette a prononcé *La Vie la Vraie*, ce à quoi ils ont répondu qu'ils ne voulaient pas « se griller avant même d'avoir commencé ».

Il était 16h30, on n'avait toujours rien.

Sylvette avait fait sa carrière dans le cinéma. Mais, passé cinquante ans, elle avait eu de moins en moins de travail. Les vieux cinéastes avec qui elle avait souvent travaillé ne tournaient plus. On faisait encore appel à elle sur quelques films d'époque – on savait qu'elle avait une bonne connaissance des « gueules » parmi les comédiens –, mais ça ne lui suffisait plus pour vivre. Alors elle avait accepté de rejoindre Joyce à Azur Productions, au tout début de la série. Joyce et Sylvette avaient déjà travaillé ensemble sur plusieurs sagas d'été. Elle espérait que ses relations et son parcours pourraient un peu compenser l'aversion spontanée des comédiens pour la télévision – un feuilleton quotidien en plus ! Quelqu'un comme Sylvette, avec une grosse centaine de films d'auteurs sur son CV, aurait quelque chose de rassurant. Elle avait accepté. Pour elle, c'était la fin des années glamour. Mais pour la première fois, à cinquante ans passés, c'était aussi la stabilité et des revenus réguliers. Elle avait baissé son salaire au minimum syndical. Elle était à Paris la seule directrice de casting en CDI.

Au cinéma, les castings étaient bouclés longtemps à l'avance, et Sylvette n'était pas habituée à cette situation. Ça arrivait, bien sûr, qu'un comédien plante le réalisateur au dernier moment. Mais, dans ces cas-là, ce n'était jamais du jour au lendemain, et il y avait toujours la possibilité de gagner du temps en repoussant le tournage de quelques jours. Sur *La Vie la Vraie*, on ne pouvait pas repousser puisque, à peine tournés, les épisodes partaient en montage, à la musique, au mixage, à l'étalonnage, et ils étaient diffusés. L'épisode qu'il fallait tourner le lendemain serait à l'antenne dans moins d'un mois, et s'il n'était pas tourné, alors la continuité de la série serait brisée. Il n'y a pas pire échec pour une production que ne pas livrer à temps. Que se passerait-il sans épisode ? L'écran noir ? Un vieil épisode de *Benny Hill* ? Et la déception chez six millions de Français.

— Le pire qui est arrivé, a dit Sylvette, c'est un changement de décor à la dernière minute. Il fallait trouver vingt figurants asiatiques en vingt minutes. Mais jamais on ne s'est retrouvé sans comédien récurrent la veille du tournage.

— Et dans ces cas-là ?

— Dans ces cas-là, quoi ?

— Quand il te manquait des figurants, qu'est-ce que tu faisais ?

— Ben je fais du casting sauvage.

— Du quoi ?

— On prend pas des comédiens. On prend des gens. Et on va les chercher où ils sont : dans la rue.

Si, déjà, on envoyait à Nice un grand Noir sexy, on aurait déjà fait une grande partie du boulot. Joyce avait bien dit que le rôle pouvait être amené à durer. Ce qui signifiait a contrario qu'il pouvait aussi bien disparaître très vite. Si on trouvait un type qui ne savait pas jouer, au moins l'épisode du lendemain était sauvé. Il serait toujours temps de prévenir les auteurs de ne plus le faire intervenir dans la suite de l'histoire.

Sylvette a accepté de se donner cette chance.

— Il y a les salles de gym, j'ai dit.

— Trop CSP + et trop pédé.

— Comment tu peux dire ça ?

— Non, l'idéal, ce serait d'aller dans une banlieue un peu chaude.

— Parce que Noir, forcément, ça veut dire banlieue ?

— Écoute Sophie, soit on essaie, soit on n'essaie pas. Quand on fait du casting, un Noir est un Noir, un nain est un nain, un pédé fait des manières, et une bimbo a des gros seins. Si on s'appuie pas sur les clichés, le public, après, il comprend rien.

— Alors là, je vois pas le rapport.

— Le rapport, c'est que si tu veux trouver des Noirs, tu vas là où t'as des chances d'en trouver.

À la guerre comme à la guerre.

— Y aurait les entreprises de nettoyage, a-t-elle dit. Mais ils sont pas forcément sexy. Ou alors, mieux, les entreprises de sécurité. Mais là, c'est pareil, ils sont pas sur place, et le temps qu'on les convainque de nous ouvrir leurs fichiers...

— On peut faire les halls des grandes entreprises, et regarder les vigiles ?

— Je me demande si y a des photos de gardes du corps sur Internet...

J'ai eu une idée débile qui m'a fait sourire :
— Ou des sites de gigolos ?
Sylvette n'a pas ri. Ses yeux ont pétillé.
— Ça c'est une bonne idée.
Elle s'est approchée de l'ordinateur de Joyce et elle a commencé à chercher. Elle s'est redressée pour capter mon regard :
— Pourquoi en pensant *Noir* t'as pensé *gigolo* ?
J'ai rougi. Elle a eu un sourire en coin.
— Et ça, c'est pas des clichés ?

Elle a cliqué sur des liens, qui ont conduit à d'autres liens, qui ont fait apparaître des images douteuses.
— T'es sûre, j'ai dit, c'est pas un peu glauque ?
— Regarde-les comme ils posent. Au moins, ceux-là, on sait qu'ils savent jouer la comédie.
Pendant vingt minutes, elle a ouvert des dizaines de pages. Elle a même dû s'inscrire et remplir des formulaires pour avoir accès à certains sites. Je regardais les photos à côté d'elle, mais on n'était pas convaincues. Les types qu'on voyait étaient sophistiqués, avec des musculatures de salle de gym. Rasés de près. Le torse huilé. On ne trouvait pas le bad boy des rues que Joyce voulait. Sur plusieurs pages, on a quand même poussé les recherches un peu plus loin, les photos pouvaient être trompeuses, il fallait peut-être les rencontrer. On a cherché leurs coordonnées. Et là, surtout, on a vu les tarifs qu'ils pratiquaient.
— Putain, a dit Sylvette, t'as vu combien il se fait payer ?
— Y a son numéro de portable juste dessous.
— Laisse tomber, il est trop cher pour nous.
— On peut monter jusqu'à combien ?
— Pour les récurrents, huit cents euros la journée. Max. Pour un rôle comme ça, Joyce n'acceptera jamais.

— Déjà que c'est à la toute dernière minute, elle va pas en plus nous faire suer avec le salaire.

Sylvette m'a regardée avec un drôle d'air. Qui j'étais pour parler comme ça ? Moi aussi, je me le demandais…

En dessous de ses prix, Brad listait ses activités favorites. Golf, opéra, bals de charité. Pas une seule n'était crédible. Si, peut-être la dernière : « Boxe thaï et Kick boxing (trois fois par semaine) ».

J'ai tilté.

— C'est là qu'il faut qu'on aille !

J'ai appuyé mon doigt sur l'écran :

— Vas-y, va dans Google.

Quinze minutes plus tard, j'étais dans un taxi. Sylvette était à l'arrière, avec Mohamed et un caméscope. Sylvette avait demandé à Mohamed de nous accompagner pour donner la réplique à nos éventuelles recrues. Vu les délais, il n'y avait pas d'autre solution que de tester les « comédiens » sur place. Mohamed n'était pas impressionné.

J'ai donné une première adresse au chauffeur, quelque part au fond du XIXe arrondissement. Sylvette avait exclu d'emblée les clubs (pas nombreux) de la rive gauche et des arrondissements à un seul chiffre. On avait retenu en priorité trois clubs dans le nord-est de Paris, ceux qui avaient les pages Internet les moins modernes et les prix les plus bas.

Le taxi nous a déposés dans une petite rue d'anciens ateliers. J'ai sorti mon portefeuille pour payer le chauffeur, mais Sylvette m'a arrêtée : d'abord, il fallait demander une note de frais, et ce n'était pas le moment de laisser partir le taxi, on avait encore besoin de lui. Il a rallumé son compteur.

Sylvette et Mohamed sont directement entrés dans la salle, sans montrer de badge que de toute manière on ne leur a pas demandé. Je me suis arrêtée à la réception. J'avais l'impression d'être dans un commissariat. J'ai souri au vieux monsieur bodybuildé qui était là.

— Je cherche un grand Noir très musclé.

— Il s'appelle comment ?

— Alors vraiment, peu importe.

Mais Sylvette et Mohamed ressortaient déjà, l'air déçu : il n'y avait quasiment personne dans ce club, et pas le moindre début de mec qui pouvait correspondre à nos critères.

J'ai salué le moniteur de la réception – le pauvre n'a rien compris – et on a sauté dans le taxi, direction canal de l'Ourcq, rue de Crimée.

On n'a pas eu plus de chance dans le second club. Il y avait bien un beau mec noir sexy, mais il ne parlait pas français.

Retour dans le taxi. J'ai barré l'adresse dans mon carnet. Il en restait deux.

On a roulé jusqu'à Aubervilliers. Le chauffeur est passé en tarif banlieue. On est entrés dans une sorte de friche industrielle où le nom des rues n'était pas indiqué. Le chauffeur a entré l'adresse du club dans son GPS : on a compris qu'on était passé devant sans le voir. On a fait demi-tour. Il y avait des carcasses de motos devant l'entrée. Rien n'était peint, tous les murs étaient en béton. On avait l'impression d'entrer dans un vieux garage auto.

Un match avait lieu sur le ring. Une petite vingtaine de mecs s'entraînaient sur les machines et sous les poids tout autour.

Rien qu'au premier coup d'œil, on avait déjà cinq ou six candidats potentiels. Un nid.

En nous voyant arriver, plusieurs regards se sont tournés vers nous. Il manquait quarante kilos à Mohamed pour passer inaperçu – Sylvette et moi, aucune chance.

— On te laisse faire, j'ai dit, c'est toi la professionnelle.

— Vous n'imaginez pas le temps que ça prend d'expliquer à quelqu'un en quoi consiste le casting et de le convaincre de tenter sa chance. Il faut qu'on s'y mette tous les trois.

À cet instant, on a été interrompus par un quarantenaire en marcel gris qui laissait dépasser ses tétons. Il avait l'accent du midi, et un cheveu sur la langue qui n'allait pas avec ses muscles. Il nous a dit qu'il était le manager et nous a demandé ce qu'on venait faire dans sa salle. Quand Sylvette lui a expliqué pourquoi on était là, ce qu'on cherchait, et à quel point c'était urgent, il nous a demandé trois fois de confirmer. Il croyait qu'on se moquait de lui. J'ai répété ce que Sylvette venait de dire. Mohamed aussi a dû lui expliquer. Comme les comédiens qu'on voit en couverture du programme télé ? Mohamed a acquiescé d'un air blasé, mais ses yeux brillaient.

— Vous me promettez ? a redit le type avec son accent du midi, je veux pas passer pour un cake.

Il a tapé dans ses mains. Le bruit a résonné dans toute la salle. Il s'est approché du ring, il a fait signe aux boxeurs d'arrêter leur combat. Il a grimpé entre les cordes et il a pris leur place.

— Eh les mecs, on a la visite des gens de la télé !

Le poids de la fonte qui retombait sur le sol a fait vibrer les murs.

— Ils cherchent un boxeur. Ma parole, c'est pour jouer dans *La Life la Vraie* !

Les hommes autour du ring ont commencé à sourire, à faire des blagues. Mais ce n'était pas de la moquerie. C'était de l'excitation.

Le manager a fait signe à Sylvette de monter sur le ring. Un jeune Asiatique a glissé ses épaules entre les jambes de Sylvette pour la hisser entre les cordes. D'un geste rapide, elle s'est recoiffée, et elle a pris la parole. Les gens de la salle se sont rapprochés.

— Bonjour. Je travaille pour *La Vie la Vraie*, et on recherche de toute urgence un comédien. Pour un petit rôle.

De nouveaux rires. L'excitation montait. Sylvette a décrit les critères du rôle, certains ont été déçus. D'autres, encore dans la course, ont posé des questions. Elle leur a promis que ce n'était pas grave s'ils n'avaient jamais été acteurs. Le plus important, c'est qu'ils soient disponibles pour aller à Nice dès demain et la semaine prochaine. Puis elle a demandé s'il y avait des volontaires.

Sept mains se sont levées.

— Formidable, elle a dit, alors mettez-vous là.

Depuis son ring, elle a indiqué aux candidats de se mettre en rang, comme pour le passage en revue des militaires. Ils se sont prêtés au jeu avec discipline. Mohamed souriait de voir une petite femme tout abîmée comme Sylvette donner des ordres à ces grands gaillards baraqués. Elle est restée silencieuse, le temps de les observer un par un.

Autour d'eux, les autres membres du club n'avaient pas repris leur entraînement. Ils regardaient le spectacle et envoyaient des blagues à leurs camarades en rang.

Soudain, implacable, Sylvette a tendu son bras. Quatre fois, sans équivoque, elle a pointé les aspirants comédiens :

— Toi, toi, toi, et toi. Les autres, je vous remercie.

Les perdants se sont fait chahuter par leurs potes, tandis que Sylvette a demandé aux sélectionnés de s'approcher. Elle leur a dit qu'ils allaient devoir passer un essai devant la caméra. Elle a sorti de son sac une dizaine de feuilles qu'on avait photocopiées à Azur Productions juste avant de partir, et elle les a distribuées.

— Vous êtes Abdou. Vous allez jouer face à Mohamed, qui est Samir, aussi un malfrat, faut l'imaginer. Dès que vous êtes prêt, vous montez sur le ring. Et vous inquiétez pas si vous connaissez mal le texte, c'est pas ça qui compte, et je suis là pour vous souffler.

Elle a sorti le pistolet. Les candidats se sont crispés.

— Et vous aurez un accessoire pour vous aider.

À 18h25, Sylvette a demandé un volontaire, mais aucun des quatre boxeurs ne s'est avancé. Elle en a désigné un au hasard. Le manager est venu nous voir et nous a demandé si on voulait plus de lumière pour la caméra. Avec plaisir, lui a répondu Sylvette. Pleins feux sur le ring, le premier essai pouvait commencer.

Mohamed avait déjà pris sa place. Il a fait des petits ronds avec ses épaules, il se concentrait, il voulait bien faire. Sylvette a allumé sa caméra. Puis elle s'est tournée vers moi et elle m'a demandé ce que je faisais. Elle a désigné un coin du ring.

— On a besoin de toi aussi. Tu te mets là, tu fais semblant d'ouvrir la porte, comme tout à l'heure, et tu te laisses faire.

Elle s'est tournée vers les candidats.

— Hein, vous êtes Abdou, vous faites bien comme c'est écrit. Sophie ouvre la porte, vous lui sautez dessus, et hop, comme ça, argh, vous la plaquez contre vous.

Les quatre boxeurs ont hoché la tête.

En montant sur le ring, j'ai vu de plus près les corps et les visages de nos potentielles recrues. C'était plutôt prometteur.

À la guerre comme à la guerre, je me suis mise dans un coin. J'ai réalisé qu'il y avait à peu près quarante mecs qui avaient le regard rivé sur moi.

J'ai senti une vague de stress monter, mes jambes n'étaient pas loin de trembler.

Le premier candidat m'a regardée de haut en bas et m'a fait un clin d'œil. J'ai tourné la tête vers Mohamed. Encore plus que moi peut-être, il avait besoin d'être rassuré. Je lui ai souri en haussant les épaules mais il est resté concentré.

Il faisait très chaud. Sylvette a dit action. J'ai fait un vague geste de porte qu'on ouvre, et le type m'a plaquée contre lui. Il a appuyé son coude contre mes seins. Il avait le souffle chaud. Mohamed a braqué le pistolet vers moi. Il devait tendre ses bras vers le haut.

Le type avait bien appris son texte.

— Tu l'ouvres et je te bute...

— T'as compris ce qu'a dit mon pote ?

— Un bruit et t'es morte.

Pas besoin d'aller plus loin pour comprendre qu'il ne conviendrait pas. Physiquement, il avait tout ce qu'il fallait. Mais il sonnait tellement faux que, même pour une toute petite scène, il ne pourrait pas faire illusion.

Sylvette l'a laissé jouer jusqu'au bout. Elle l'a remercié. Il a mis du temps à desserrer son bras...

On a eu plus de chance avec les boxeurs suivants. Un mec, surtout, sortait du lot. On ne pouvait pas dire qu'il était bon comédien, mais il avait suffisamment de confiance en lui, et son physique correspondait tellement au personnage, qu'il y avait une chance qu'il fasse l'affaire.

Avec Mohamed et Sylvette, on est descendus du ring et on s'est mis à l'écart dans un coin pour regarder les vidéos. Sylvette n'a même pas reculé la bande jusqu'au premier candidat, elle a commencé directement par le second. En me voyant dans l'image sur le petit écran de la caméra, j'étais pétrifiée de honte : dans ce décor de vieux gymnase, sous la lumière crue des lampes halogènes, et prise en sandwich par deux énormes bras luisants, je ressemblais à une débutante de porno amateur.

On a regardé chaque vidéo deux fois. Au final, Sylvette avait la même préférence que moi pour un des candidats. Mohamed ne disait rien. Il ne se sentait sans doute pas autorisé à donner son avis.

— T'es d'accord avec notre choix ?

— Je pense que Joyce aimera.

Sylvette est allée prendre son nom et ses coordonnées et elle lui a fait promettre à nouveau qu'il était d'accord pour aller à Nice dès le lendemain matin.

— Je suis au chômage depuis huit mois, a dit Joseph. Je bricole, je repeins des murs. Avant je portais des briques dans des chantiers. À Nice, j'y suis ce soir si vous voulez.

— Vous comprenez, a insisté Sylvette, que c'est un petit rôle, mais qu'on peut avoir besoin de vous plusieurs semaines. J'ai besoin d'être sûre que vous savez à quoi vous vous engagez.

— J'ai très bien compris, madame, que c'est la chance de ma vie.

Sylvette a posé sa main sur le bras de Joseph.

— Bon. Mais faut pas s'emballer, hein. Ce n'est pas moi qui valide le choix. Et peut-être que le rôle va durer plusieurs semaines, mais peut-être aussi que le personnage va disparaître très vite. Ça dépend des auteurs. Et ça dépend aussi de comment vous serez devant la caméra.

Elle a appelé Joseph sur son portable pour vérifier que le numéro fonctionnait bien.

— Vous me faites le plaisir de surveiller qu'il tombe pas en panne de batterie. Quoi qu'il arrive, je vous rappelle ce soir. Si c'est bon, je vous donne toutes les indications, l'horaire du vol, et demain j'envoie un stagiaire chez vous pour vous donner les billets et vous conduire à l'aéroport.

Joseph a baissé la tête.

— Merci, madame.

Sylvette a remercié les autres pour avoir joué le jeu, le manager pour son accueil, et on a sauté dans le taxi. Direction place du Marché-Saint-Honoré.

À la montre : 19h05. Au compteur : cent cinquante-cinq euros.

J'avais plusieurs appels en absence : Marc, trois fois. J'ai profité du taxi pour le rappeler.

— Qu'est-ce qui se passe, a-t-il dit, t'as plus de batterie ?

— Je suis dans le taxi, là, je t'expliquerai.

— T'es toujours pas dans le train ?

Je lui ai dit qu'il y avait des embouteillages et que je le rappellerais dès que je serais à la gare.

— Parce que t'as un train ? m'a demandé Sylvette dès que j'ai raccroché. Quelle heure ?

— 20h20.

Elle a fait une grimace qui a découvert les petites dents pâteuses qui lui restaient en bas.

Vu le temps qu'il avait fallu à Sylvette pour brancher son Caméscope dans le bureau de Joyce, j'avais une crainte technique quant à l'opération qui devait consister à sélectionner l'essai dans l'appareil, le télécharger, et l'envoyer sur le portable de Joyce. On a eu de la chance : Jean, dans l'open-space, qui s'occupait des ventes internationales, s'y connaissait en vidéo. Une de ses fonctions était de monter des clips avec des extraits de *La Vie la Vraie* : ses bandes-annonces étaient montrées à des chaînes étrangères auxquelles Joyce essayait de vendre la série. Sylvette lui a donné son Caméscope, il a compris l'urgence et il a tout mis en stand-by pour nous aider. En dix minutes, il avait récupéré l'extrait et il l'avait compressé dans un format que Joyce pourrait lire sur son iPhone, il nous l'a garanti. Il avait même incrusté au début de la vidéo un écran avec le nom et les coordonnées de Joseph. C'était la procédure habituelle pour les castings, qui permettait de retrouver les références d'un comédien même longtemps après. Malgré l'urgence, Sylvette avait préparé pour Joyce une vidéo et une proposition de casting qui était tout à fait professionnelle.

Sylvette a récupéré la vidéo sur son ordi. On a tous inspiré un grand coup, et hop, envoyée. En espérant que Joyce réponde vite et que ce soit un oui.

Elle a pivoté sur sa chaise et elle a soufflé un grand coup ; elle se dégonflait comme un vieux ballon.

Son regard s'est posé sur moi.

— T'es encore là, toi ? Tu plaisantes ? Et ton train ?

19h45. Le dernier TGV pour Bordeaux partait dans 35 minutes. Même en imaginant que Joyce nous rappelle dans dix minutes, il serait trop tard. Je ne serais jamais à l'heure à la gare. Je n'aurais pas le dernier train. Je ne serais pas chez moi ce soir. Je n'avais pas tenu ma promesse.

Marc ne me pardonnerait pas.

— T'as encore une chance de l'avoir, a dit Sylvette. C'est un ordre. File.

Elle a fait un geste avec ses mains pour me chasser.

— Et le feu vert de Joyce ?

— T'as encore une chance d'avoir ton train, je te dis. Vas-y.

Elle avait raison : ma seule chance d'avoir le train, c'était d'être déjà à la gare au moment où Joyce rappellerait. Si elle ne rappelait pas avant 20h20, ou si elle refusait Joseph, il serait toujours temps de rebrousser chemin… Mais si, par chance, elle rappelait dans la demi-heure, et qu'elle nous donnait son accord, alors je pourrais sauter dans le TGV.

J'ai couru prendre mon sac dans mon bureau, j'ai dit au revoir à lundi à Mohamed, et j'ai traversé l'open-space à toute allure. J'ai fait promettre à Sylvette de m'appeler à la seconde où elle aurait eu un appel de Joyce. Elle m'a dit au revoir avec sa main :

— Je bouge pas d'ici. Bon voyage !

J'ai trouvé un taxi. Il m'a dit qu'on serait à Montparnasse vers 20h15.

Je me suis rappelée que je n'avais pas de billet. Je me suis tortillée sur le siège pour sortir mon portable de la poche de mon jean. J'ai appelé la maison. Annie a décroché.

— Bonjour ma petite Annie. C'est Sophie. Tu me passes Marc s'il te plaît ? C'est très pressé.

— Ça y est, maman, t'es dans le train ?

— Non pas encore, c'est pour ça que je dois parler à Marc.

— Il est dans la douche. C'est pour quoi ?

— Dis-lui de sortir tout de suite, c'est pour acheter des billets de train.

— Par Internet ? Mais je sais faire moi !

— C'est vraiment urgent Annie, je préfère que ce soit Marc.

— Voilà, je suis sur le site de la SNCF, dis-moi ce que tu veux.

La circulation était fluide. On serait probablement à l'heure à la gare. J'avais dicté mon numéro de carte bleue à Annie ; grâce à elle, c'est bon, j'avais une place. À neuf ans, elle savait naviguer mieux que moi sur le site Internet de la SNCF. Je ne savais pas si je devais la féliciter ou m'en inquiéter.

Je me suis enfoncée dans la banquette du taxi.

Avec Sylvette et Mohamed, on avait trouvé quelqu'un pour le rôle ; vu les conditions, c'était inespéré. Pourvu que Joyce ne gâche pas tout. Si elle refusait Joseph, j'allais devoir faire demi-tour. Je ne me voyais pas passer la nuit avec Sylvette et son Caméscope, à écumer les boîtes et les bars, à rabattre les videurs/comédiens noirs, baraqués, sexy. Et que dire à Marc ? J'arrivais à court d'excuses et à court d'énergie. Je ne voyais pas le moindre début de mensonge que je pourrais inventer.

Mon téléphone s'est mis a vibré. Double appel : Joyce Verneuil.

— Annie, je dois raccrocher. Tu m'as sauvée, ma chérie, merci tout plein, je vous rappelle quand je suis dans le train. Je dois raccrocher. Je t'embrasse.

On était au dernier carrefour avant la gare. J'ai inspiré. J'ai décroché.

— Allô Joyce ?

— Oui, Sophie. C'est Joyce à l'appareil. J'ai très peu de temps, je suis très pressée. J'arrive sur le plateau dans une minute. J'appelle pour le casting.

— Vous... heu, pardon, *tu* as reçu la vidéo ?

— J'ai vu la vidéo, oui. Enfin, c'est un grand mot. On ne voit rien. J'ai des doutes. Et le haut-parleur de mon téléphone est mauvais, j'ai à peine entendu sa voix. Je voulais ton avis avant d'appeler Sylvette.

— Vu les circonstances et les délais, j'ai dit, avoir trouvé Joseph me semble inespéré.

Je devais peser mes mots...

— Il est au chômage, disponible dès demain, il a l'air très motivé...

Il y a eu un blanc. J'ai appuyé le téléphone contre mon oreille pour être sûre de ne rien manquer.

— On ne choisit pas un comédien parce qu'il est disponible, Sophie. Ce ne sont pas des arguments. On va installer une ambigüité sensuelle entre lui et Rosalie toute la semaine prochaine. Il faut qu'on y croie. Sur mon écran, c'est petit, j'ai du mal à me rendre compte. On y croit ou on n'y croit pas ?

— Il mesure au moins un mètre quatre-vingts, il est musclé, mais pas bodybuildé, c'est un boxeur, donc il a un corps carré mais assez sec et naturel. Il passe sans problème pour un mec qui a grandi dans la rue. Il a un visage agréable, à la fois dur et fermé, mais avec un fond bienveillant.

Elle a soufflé.

— Ce n'est pas ce que je te demande. Tu as passé les essais avec lui, il était tout contre toi. Je veux savoir ce que tu as ressenti, toi, Sophie Lechat, quel effet il t'a fait. On fait de la télé, Sophie. Je te parle de désir.

Vu que j'étais engagée dans une vie commune avec Marc depuis plus de huit ans, je n'étais pas vraiment entraînée à me mettre dans une position de désir pour un autre homme. Et si jamais du désir, par hasard, se produisait, je n'étais pas censée l'analyser, encore moins en parler. Que voulait-elle me faire dire ?

— Il a tout d'un mec sexy, j'ai dit, c'est sûr.

Elle ne parlait pas, mais j'ai senti qu'elle avait à ce moment-là son sourire indéchiffrable.

— On ne fait pas un casting avec sa tête, Sophie, pas avec des arguments rationnels. Mets-toi à la place du public, comment crois-tu qu'il réagisse quand un nouveau personnage arrive dans son salon ? Tu crois qu'il pèse le pour et le contre, qu'il analyse les mensurations du comédien ? Et son mérite individuel au regard de son CV ? Tout ce qui compte Sophie, c'est les instincts et les désirs. Rien d'autre.

Par la fenêtre de la voiture, j'ai vu le pied de la tour Montparnasse. On y était presque.

Au fond de moi, j'en étais sûre, autant du moins que mon expérience le permettait, Joseph était un bon choix. J'ai appuyé ma tête contre la banquette et j'ai fermé les yeux. Je me suis concentrée sur mon souvenir de l'essai le Joseph. J'ai repensé au moment où j'étais contre lui, Mohamed avait braqué le pistolet sur moi. Joseph avait posé son autre main sur ma mâchoire pour immobiliser mon visage – comme dans les films justement. Quand la main de Joseph avait touché mon visage, quand il m'avait fait basculer et que je m'étais retrouvée face à lui, j'avais été happée par sa détermination. Et c'est vrai, j'ai ressenti quelque chose qui, si je l'avais laissé grandir, aurait pu se transformer en désir.

— Alors Sophie, je suis en train d'arriver aux studios. Il t'a fait quel effet ?

— Au début, je l'ai senti assez inoffensif. Le genre d'homme dont on se dit qu'il ne ferait pas de mal à une femme. Mais au moment où il a posé sa main sur mon visage, il s'est comme transformé, j'ai senti une vraie force, une vraie détermination. Quelqu'un qui ne plaisante pas, qui peut devenir violent si on ne le respecte pas. Et ça, je reconnais que c'est sexy… Le fantasme d'apprivoiser la bête. Un homme animal, on sent le danger, on joue avec le feu. Et si on franchit le pas, si on décide de lui appartenir, on sait qu'il nous protégera, et qu'avec lui on sera en sécurité.

— Ce côté animal, Joseph l'a en lui ?

— Oui.

— Tu es sûre ?

— Oui.

— J'appelle Sylvette.

Elle a raccroché.

J'ai tendu un billet de vingt euros au chauffeur et, comme dans les films, je suis sortie sans attendre la monnaie. J'ai couru dans la gare, il me restait cinq minutes avant le départ du train. J'ai récupéré mon billet dans un automate, Annie avait bien travaillé. Quand je suis arrivée au niveau du train, et que j'ai vu que les portes étaient encore ouvertes, j'ai continué à courir, mais la panique a diminué, le soulagement a pris sa place.

Je serais chez moi ce soir.

*

Annie devait dormir depuis longtemps. J'ai posé mon sac dans l'entrée et je me suis déchaussée avant de monter. La lampe de Marc éclairait un peu le couloir. Il était au lit, il lisait. Sans prendre le temps de me changer, je me suis allongée sur la couette à côté de lui. Il n'a pas dit un mot, il m'a juste souri. Il a déposé un baiser sur mon front et, avec son bras, il a fait glisser ma tête jusqu'au creux de son épaule.

Il m'a demandé comment j'avais fait pour rentrer si vite de la gare. Il aurait voulu venir m'attendre sur le quai mais j'étais rentrée trop tard, Annie était couchée depuis longtemps, il ne pouvait pas la laisser seule à la maison. Je n'étais plus à un mensonge près ; je lui ai dit que j'avais eu de la chance, le bus était arrivé tout de suite, il était vide, on avait passé plein de stations sans s'arrêter. Tandis qu'il respirait contre moi, j'ai calculé : cent soixante-douze euros de taxi dans la journée (cent cinquante-cinq en notes de frais).

Marc a pris mes hanches pour je vienne m'encastrer dans les siennes, mon dos contre son ventre, ma nuque contre son visage. La maison était silencieuse, je n'entendais que le bruit des draps et la respiration de Marc. Malgré les trois heures de train, il y avait toujours une tension qui me raidissait ; elle ne partait pas. Je fermais les yeux, mais je n'étais pas avec Marc. J'étais dans le bureau de Joyce, un pistolet sur le front ; dans le taxi, Sylvette et Mohamed à l'arrière ; sur le ring, les regards de quarante boxeurs braqués sur moi, le regard de Joseph quand on lui avait dit que ce serait lui, et son odeur qui ne me quittait pas. Je me suis forcée à respirer plus lentement pour revenir au présent et oublier Paris.

On est restés immobiles, comme ça. J'étais reconnaissante à Marc de ne pas poser de questions ; d'être là, simplement, avec son souffle, avec ses bras.

11

J'avais prévu de me consacrer à Annie et Marc. On serait allés ensemble au marché, au cinéma, on aurait pris le temps de cuisiner, et de bouquiner tous les trois dans le salon. J'aurais accompagné Annie à l'école de musique, et on serait passés à la Fnac, sans rien acheter, juste pour le plaisir de voir les livres et les bandes dessinées. Et un moment égoïste : un long bain chaud, la porte de la salle de bains fermée à clé, avec ma radio et un bon roman (Colette ? Romain Gary ?). Jeudi soir, dans le train, j'avais tout anticipé.

Ce n'est pas la faute de Joyce, elle ne m'a absolument pas sollicitée. Vendredi à 13 heures puis à 16 heures, par acquit de conscience, j'ai appelé Mohamed au bureau, tout allait bien. Tout allait tellement bien qu'il n'avait même pas l'air agacé de devoir me parler. Il n'avait l'air de trouver mon initiative ni inutile ni stupide. Un peu plus et il aurait fait la conversation. Aucun mail non plus dans ma messagerie Azur Productions que je pouvais consulter à distance.

Après une petite salade improvisée dans le frigo qui, par chance, n'était pas vide, j'ai consacré quinze minutes à mon blog et le reste de l'après-midi à ma thèse. Je suis allée chercher Annie à la sortie de l'école avec le sentiment d'avoir bien avancé.

Un homme rentre du boulot. Sa femme, en tablier, est en train de mettre la table.
— Tu as passé une bonne journée ma chérie ?
— T'as pas lu mon blog ?

— Mathieu n'est pas un ami, maman, il est trop stupide.
— Je ne suis pas ta maman. Je suis Sophie. Ta maman s'appelle Caroline, et ce n'est pas parce qu'elle n'est plus là qu'elle ne pense pas à toi chaque seconde.
— Mais toi aussi t'es ma maman.
— Des mamans, on n'en a qu'une. En revanche, des gens qui nous aiment, comme moi je t'aime, et qui prennent soin de nous, on peut en avoir autant qu'on veut, et c'est aussi important qu'une maman. Pourquoi tu n'es pas plus gentille avec Mathieu ?
— Je t'ai dit pourquoi, parce qu'il est stupide.
À la sortie de l'école, Mathieu, accompagné de sa mère, avait proposé à Annie d'aller jouer au square. Annie s'était cachée derrière moi en pleurnichant qu'elle était fatiguée et qu'elle voulait rentrer à la maison.
— Mathieu ne m'a pas paru stupide, j'ai dit.
— Si, il est complètement stupide.
Dans le rétroviseur central, j'ai vu Annie, sur son rehausseur, qui levait les yeux au ciel. Ça m'a rappelé Mohamed.
— Il dit que pas avoir de maman, c'est être orpheline, et qu'être orpheline, c'est une maladie. Il dit qu'il a entendu parler à la télé des maladies d'orphelines et qu'il n'y a aucune chance d'en guérir.
— En effet, il n'a pas tout compris...
— Mais tout le monde à l'école est complètement stupide. Et la maîtresse, c'est la plus débile. Elle dit que faire des objets en pâte à sel, ça permet de s'exprimer. Moi je lui ai dit que ce qui permettait de s'exprimer, c'était les SMS et les sites Internet.

Mais elle m'a dit qu'Internet, c'était comme les jeux vidéo, ça rendait fou. Alors je lui ai dit que ce n'était pas vrai, mais après elle m'a dit que j'étais impertinente et que si ça continuait j'allais avoir moins deux points en pâte à sel. Je lui ai dit que si la pâte à sel ça servait à s'exprimer, alors on devait être libre d'exprimer ce qu'on voulait, et qu'on devait tous avoir dix sur dix, parce que s'exprimer, c'est la liberté, mais elle s'est mise en colère et elle m'a mis moins deux points. Les élèves ont ri de moi, mais ça m'a pas étonnée parce qu'ils sont tous complètement stupides, je le savais déjà.

Annie n'a pas aimé que je lui dise que la maîtresse avait raison et qu'il ne fallait pas être impertinent en classe. L'école est un lieu où on écoute, les élèves ne sont pas là pour dire tout ce qui leur passe par la tête. Au dîner, Marc m'a soutenue. Il a fait promettre à Annie de toujours respecter sa maîtresse. D'arrêter de partir du principe que tout le monde à l'école était stupide. Et de faire des efforts pour s'intégrer dans sa classe. Il pensait comme moi : on devait oublier qu'Annie était une petite fille qui avait perdu ses parents, qui avait été recueillie par son oncle et sa copine – il fallait la traiter comme n'importe quel enfant.

J'étais déjà en pyjama, vendredi soir, quand j'ai écouté le message de ma mère. Marc était dans la salle de bains. Quelques secondes plus tôt, le téléphone avait sonné : *Maman* était apparu sur l'écran, je n'avais pas décroché.

Je me suis assise au bord du lit et j'ai écouté ma boîte vocale.

« Ma chérie, c'est maman. Marc m'a dit que tu avais pris tes quartiers à la BNF. Tu verras, il n'y a rien de tel pour avancer. Moi-même, en troisième et dernière année de ma thèse, je travaillais beaucoup en bibliothèque, même si, malheureusement, je n'avais pas le loisir d'y passer autant de temps que toi puisque j'avais eu l'agrégation l'année précédente et j'enseignais à mi-temps au lycée de Pauillac. Bref, je suis ravie que tu prennes les choses en main. Non, je ne t'appelle pas en maman, je t'appelle en directrice de thèse. Je voulais avoir des nouvelles de ta communication pour le colloque. »

Marc m'avait convaincue de participer au colloque de ma mère. Ce n'était pas le grand séminaire consacré exclusivement à nos thèses, à Jeanne Legendre et moi, auquel par ailleurs ma mère n'avait certainement pas renoncé. C'était un petit colloque d'une journée dont elle avait choisi le sujet et les intervenants : « La sublimation du quotidien chez Claude Simon. » Marc était fier de ma participation. Il m'avait fait remarquer qu'à part Jeanne Legendre et moi, tous les autres intervenants seraient des chercheurs, dont plusieurs au CNRS. Mais l'exercice ne m'enchantait pas : j'allais passer deux jours sur le campus, enfermée dans un amphithéâtre gris, à écouter des savants essayer d'impressionner d'autres savants qui de toute manière trouveraient les interventions de leurs collègues « largement partielles » et « somme toute convenues ». À moins bien sûr que le collègue en question soit un décideur clé dans l'avancement de leur carrière – là, ils feraient en sorte de poser des questions pertinentes en apparence et flagorneuses en substance. C'était d'ailleurs justement pour cette même raison que Marc se réjouissait de ma participation : c'était une occasion parfaite pour rencontrer des gens influents à qui je pourrais demander de siéger à mon jury de thèse. À quoi bon, j'avais répondu, puisque de toute façon ma thèse ne serait pas publiée ? Et mon dossier jamais assez bon pour obtenir un poste ?

« Et la fierté intellectuelle d'une soutenance de belle tenue ? » Malheureusement, sur ce point, Marc et ma mère étaient d'accord.

Mlle Legendre et moi devions présenter une étude comparative, « Claude Simon et la mémoire par les détails. Choses *vs* Objets : deux fonctionnalités de la réminiscence. » Après nos interventions, ma mère en ferait une synthèse conclusive. Ce serait le point d'orgue de la journée. Ses colloques étaient à sa gloire et elle ne s'en cachait pas. Dans la suite du message, elle disait :

« J'ai mes conclusions à écrire. Et comme tu le sais, elles vont donner lieu à une publication dans la revue *Michel de Montaigne*. Comment veux-tu que je rédige un article à temps si je n'ai pas ta communication ? Quel intérêt de publier les actes si ma synthèse est rendue trop tard pour y figurer ? »

Comme pour chaque colloque, les intervenants devaient envoyer à ma mère des textes synthétiques (entre vingt mille et trente mille signes, soit une dizaine de pages en interlignes un et demi) qui seraient imprimés et distribués sous la forme d'un recueil relié. L'article de ma mère serait publié par ailleurs dans la revue de littérature de l'Université.

Je n'avais pas rédigé la moindre ligne. J'avais quand même une idée de ce que j'allais raconter. Pour commencer, Mlle Legendre et moi allions nous restreindre à un seul roman de notre corpus, *L'Acacia*, de Claude Simon. Depuis trois ans que je travaillais sur mon corpus, j'avais appris à aimer Claude Simon. Surtout *L'Acacia*. Ce roman, qui traitait principalement de la mémoire, m'avait beaucoup inspirée quand j'avais écrit le mien.

J'ai failli effacer le message de ma mère, pensant qu'elle ne ferait, comme souvent, que répéter ce que je savais déjà. J'ai bien fait de me retenir, car en ce qui concernait mon week-end, c'est la fin qui changeait tout :

« Je te rappelle donc que j'ai besoin du texte de ta communication lundi à 10 heures. Je dois envoyer mon article mardi à 10 heures au plus tard, sans quoi les actes du colloque ne seront pas publiés à temps. L'imprimeur lance l'impression dans la foulée. Jeanne a déjà rendu son texte, mais je ne peux rien faire sans le tien. J'ai bloqué ma journée de lundi pour y travailler. »

Le calcul était vite fait. Pour respecter les délais, j'allais devoir y passer mon samedi et mon dimanche. Ça ne me laissait aucune marge – au mieux, je pourrais sauver une heure ou deux de mon week-end en gardant la dernière relecture pour le TGV de lundi matin... C'est surtout pour Marc que j'étais désolée. Le temps qu'on passait désormais ensemble était rare, j'allais devoir le décevoir encore.

Il n'était jamais arrivé à Marc de travailler le week-end. Il s'était toujours organisé pour tout faire la semaine. Il gérait son temps sans jamais un sacrifice... et il était suffisamment psychologue et intelligent pour ne pas exiger que j'en fasse autant. Depuis huit ans qu'on vivait ensemble, il n'avait jamais fait la moindre critique sur mon organisation. Il savait que des reproches auraient conduit à reconnaître qu'il était meilleur que moi. Ce qui était vrai, évidemment. Mais s'il y avait un tabou entre nous, c'était bien celui-là : on savait qu'il était meilleur que moi, plus rapide, plus brillant, mais il m'encourageait et il m'admirait exactement comme s'il ne le savait pas.

Il m'a laissée travailler tout le week-end, sans se plaindre, sans montrer son agacement. Il était peiné, je l'ai quand même senti à sa manière de me demander si j'avais le temps de l'accompagner faire un jogging.

Comme tous les samedis en fin d'après-midi, on est allés courir au jardin de la Béchade, derrière le stade Jacques-Chaban-Delmas. Julien n'était plus là pour garder Annie, mais Annie était assez grande pour nous accompagner à vélo. Marc devant. Annie au milieu. Et moi derrière, avec mon baladeur, et Mika à fond dans les oreilles.

Dimanche après-midi, Marc et Annie sont allés au cinéma. À 18 heures, quand ils sont rentrés, le texte de ma communication était presque prêt. J'ai enregistré le fichier, j'ai imprimé un exemplaire du texte, et je suis descendue. Marc et Annie m'ont aidée à faire des crêpes. Quand Annie s'est souvenue qu'elle avait école le lendemain, elle m'a reproché de repartir à Paris. Elle m'a dit qu'elle préférait quand j'étais à la maison avec elle. Je lui ai expliqué qu'il fallait bien que quelqu'un s'occupe de son frère. Mais elle a répondu qu'elle lui en voulait, à lui aussi, d'être parti à Paris. Marc lui a tendu le téléphone : à ce propos, n'avait-elle pas promis qu'elle appellerait Julien au moins deux fois par semaine ? Elle a accepté d'appeler, après s'être plainte que c'était lui qui était parti, normalement c'était à lui d'appeler. À 19 heures, elle a regardé pour la centième fois *Mon Voisin Totoro* en DVD. Par habitude plus que par peur, elle s'est caché les yeux quand Mei et Satsuki sont dans la forêt, au moment où le chat-bus surgit.

Avant de s'endormir, Marc m'a serrée dans ses bras et il m'a murmuré à l'oreille qu'il était fier de moi.

Mon téléphone a vibré à 5 heures. J'ai désactivé l'alarme, je suis sortie du lit. Marc dormait toujours quand je suis remontée une demi-heure plus tard pour me laver les dents. J'ai fermé la porte de la chambre, de la maison, sans faire de bruit.

En comptant le chauffeur, on n'était que quatre dans le bus. Il y avait une femme noire et un homme d'une cinquantaine d'années, tout gris, qui avait une valise et qui devait aller à la gare comme moi. À un moment, le bus s'est arrêté mais il n'y avait personne qui attendait dehors, et aucun de nous trois n'avait appuyé sur le bouton pour demander l'arrêt. Les portes se sont ouvertes. Dehors, c'était la nuit. Le chauffeur a attendu comme ça plusieurs secondes. Était-il en avance sur l'horaire ? Voulait-il de l'air frais ? On n'a jamais eu l'explication. Soudain, il y a eu une pulsion en moi. J'ai voulu descendre. J'étais comme appelée vers l'extérieur. J'étais à moins d'un kilomètre de la maison. Je tenais la barre en métal devant les portes ouvertes. J'avais trois marches à descendre, c'était tout, et ce serait fini. Je faisais demi-tour, je rentrais à la maison et je me rendormais au chaud contre Marc. C'était la première fois que j'avançais sans savoir où j'allais. J'étais dans la jungle, avec ma machette, je taillais mon propre chemin. Peut-être que je n'allais pas dans la bonne direction. J'étais peut-être en train de reculer. J'étais seule et terrifiée.

Les portes se sont refermées, le bus est reparti.

Ma vie, je le sentais, était en train de changer.

Je ne voulais pas manquer le spectacle.

*

Comment ça je ne savais pas où j'allais ? Je maîtrisais la direction, le point de sortie et le temps de trajet : mon roman sera publié dans cinquante et une semaines. Et dans cinquante et une semaines, je rentrerais travailler à ce que j'aime : la littérature.

— C'est étonnant, a dit Joyce, les CDVdef sont dans ta boîte mail depuis hier 20 heures. Et tu n'en as lu aucune ?

— *Les CDVdef* ? j'ai fait semblant de ne pas comprendre.

— Les continuités dialoguées version définitive. Tu as tes premières réunions d'écriture cette semaine, j'ai besoin que tu maîtrises au moins la base. Vois avec Mohamed.

Elle a décroché son téléphone :

— Avance mon rendez-vous de 11 heures, fais venir Jean dans mon bureau.

Elle a pendu sa fourrure dans le placard derrière elle, elle a sorti des Louboutin de son cabas en daim, elle a retiré ses baskets dès qu'elle s'est assise et elle les a poussées du pied sous son bureau.

— Les CDVdef doivent être validées le lundi à 16 heures pour être imprimées dans la foulée en une centaine d'exemplaires et distribuées sur le plateau avant la fin de la journée. Ça laisse une semaine à tout le monde pour maîtriser les textes. C'est essentiel, surtout pour les comédiens. Depuis plusieurs semaines, c'est moi qui fais ce travail, mais c'est le tien. À cette étape, les textes sont suffisamment avancés, il ne reste qu'à relire et valider. Considère que c'est ta priorité. Viens me voir quand tu es prête.

Je suis retournée dans mon bureau en espérant que l'humeur de Joyce ce matin ne présageait pas du reste de la semaine.

Mohamed en était déjà au troisième texte sur cinq. Il vérifiait que les auteurs n'avaient pas commis de fautes de cohérence dans les histoires. Je lui ai demandé ce qu'il en pensait, et il m'a dit qu'il n'avait rien trouvé qui n'était pas raccord, tout se tenait, c'était cohérent.

— Au fait, si tu as imprimé les textes pour toi, pourquoi tu ne les as pas imprimés pour moi ?

Il a levé la tête et m'a regardée, perplexe. C'était la première fois qu'il m'entendait, disons, insinuer un ordre.

— Je ne savais pas si tu préférais lire sur l'écran ou en version papier.

— La semaine dernière, tu m'as déjà vue lire un texte sur l'écran ?

— Non, mais...

— Et si tu as un doute, tu peux me demander.

Joyce m'avait énervée. J'étais de mauvaise humeur. J'aimais l'effet que ça avait sur Mohamed. Il a hoché la tête et baissé les yeux.

— Tiens, Sophie, on a déposé ça pour toi.

Il a marché jusqu'à mon bureau pour me tendre une petite boîte en carton. J'ai ouvert. À l'intérieur, un beau téléphone noir avec un écran qui prenait toute la surface de l'appareil.

— Ils m'ont dit que le numéro est marqué au feutre dans la boîte. Vu que l'abonnement est un forfait illimité, tu peux l'utiliser pour tes appels perso.

Il a haussé les épaules.

— Autant rentabiliser.

En prenant l'appareil, j'ai repensé à Marc et à toutes les fois où il s'était moqué des types qui ne pouvaient pas lâcher leur iPhone. Au restaurant ou au cinéma, ils passaient leur temps à vérifier leurs e-mails. La théorie de Marc était que, en réalité, ils n'en recevaient pas : ils ne consultaient leur messagerie que pour le prestige du geste. Et leur copine, en face ou à côté, ne s'en plaignait pas : pour le prestige de sortir avec un type qui doit traiter des e-mails le samedi soir, on pouvait bien tolérer les e-mails le samedi soir.

Même à la fac, tout le monde avait un iPhone. Sauf Marc et moi.

Mon iPhone s'est allumé. Le menu sur l'écran s'est mis à défiler lorsque j'y ai posé le doigt. J'ai été traversée par un frisson de joie.

Via la réceptionniste – encore une nouvelle, elles changeaient tout le temps –, j'ai prévenu Joyce que j'avais fini mes lectures et que je pouvais la voir dès qu'elle le souhaitait. Elle m'a appelée dans son bureau vers 13h30. Elle était en train de regarder des photos d'un comédien dans différents costumes. En m'approchant, j'ai reconnu Joseph. Il n'avait plus rien à voir avec le type en tenue de boxe que j'avais rencontré le jeudi précédent. Il était habillé en homme d'affaires. Ça lui allait très bien.

— J'ai lu les CDVdef, j'ai dit. Je n'ai pas de commentaire particulier, elles m'ont paru très bien. Enfin, aussi bien que ça peut l'être vu les délais.

Le visage de Joyce s'est fermé. Qu'est-ce qui m'avait pris de parler comme ça ?

— Et Mohamed, j'ai ajouté, n'a vu aucun problème de raccord.

Elle n'a pas répondu, elle a eu un mouvement de la tête, vers l'avant, pour que je lui en dise plus. C'était un test. J'ai hésité.

— À vrai dire, je dois même reconnaître que j'ai senti comme une amélioration. Un je-ne-sais-quoi de plus pétillant. C'est peut-être juste que je m'habitue, mais il y a plusieurs moments où j'ai souri spontanément. Les histoires sont ce qu'elles sont, mais certaines formules m'ont bien amusée.

— La bonne nouvelle, a-t-elle dit en faisant glisser vers elle la pile des textes, c'est que tu t'en es aperçue.

Elle a soupiré.

— La mauvaise, c'est que tu en tires exactement la mauvaise conclusion. Assieds-toi.

Elle a commencé à feuilleter le premier scénario. Il y avait quelques annotations en rouge, mais elle ne s'arrêtait sur aucune page en particulier.

— On a essayé cette semaine un nouvel auteur pour le dernier lissage. On le connaît bien, il travaille aux séquenciers depuis bientôt un an. Et je suis très déçue. Il n'a rien compris.

La secrétaire est entrée sans frapper, un grand verre d'eau à la main. Elle a pris le plateau Hédiard qui était déjà sur la console près de la porte, elle a sorti d'un tiroir un set de table qu'elle a étalé devant Joyce, et elle y a déposé le verre et le plateau. Elle a retiré le couvercle du plateau puis elle est ressortie sans un mot.

— Il y a un principe auquel j'ai toujours tenu dans les dialogues de mes fictions. C'est la *platitude*. Je veux des dialogues plats. Prends ça pour de la provocation si tu veux, mais je crois pouvoir dire que ça a fait ses preuves. Et j'ai besoin de toi pour l'appliquer.

— La platitude ?

Marc aurait bu du petit-lait.

— S'il y a une chose qui est primordiale quand on fait des histoires pour le grand public, c'est le principe de réalité. Le public doit adhérer au maximum aux personnages, à aucun moment il ne doit se dire que ce n'est pas vrai. Il doit finir par penser que la fiction existe vraiment. Pour arriver à ça, il faut être impitoyable et chasser tout ce qui vient se mettre entre le public et les personnages. C'est pour ça que je demande aux auteurs d'écrire des dialogues plats. C'est-à-dire des dialogues simples, comme dans la vraie vie, avec un vocabulaire ordinaire, des phrases courtes. Et jamais, jamais, mais alors jamais, plus de deux phrases par réplique. Comment va-t-on se reconnaître dans des personnages qui sortent des répliques si parfaites qu'on sent qu'elles ont été peaufinées par un auteur pendant une demi-heure ?

Du bout des dents, elle a croqué une tomate cerise.

— Les textes qu'on a reçus hier soir sont truffés de mots d'auteur. Ce n'est pas acceptable. Un bon auteur pour la télévision est un auteur qui ne se remarque pas. Dans certains types de comédies, ou de films d'auteurs qui se veulent spirituels, pourquoi pas. Moi aussi j'aime Woody Allen. Mais quand tu écris un soap, que tu t'adresses à tout le monde, tout doit être immédiat. Jamais de second degré. Attention, quand je dis platitude, je ne parle que des dialogues, pas des histoires. Le public vient pour des histoires fortes et des personnages vrais. Ne laisse jamais passer une réplique qu'une personne réelle ne dirait pas.

Elle a regardé sa montre.

— On va avoir du mal à tout corriger. Reprends les textes, repère les répliques d'auteur, barre-les quand tu peux, reformule en gras quand tu peux pas tout couper, et si t'es coincée, surligne en jaune. Je demanderai à Françoise de voir ce qu'elle peut faire. Mais je veux qu'on envoie au plateau aujourd'hui les textes les plus définitifs possible, après j'ai des problèmes avec les syndicats.

J'ai regardé l'heure sur mon iPhone : ça faisait plus de huit heures que je n'avais rien mangé. Plus que deux heures et demie pour enlever tous les mots d'auteur des épisodes 1125 à 1129 de *La Vie la Vraie*. J'ai pensé un instant que je pourrais tenir jusqu'au dîner, mais rien qu'en marchant du bureau de Joyce au mien, je me suis sentie trop faible. Je devais me nourrir. J'allais avoir besoin d'énergie ne serait-ce que pour comprendre ce que Joyce attendait de moi. Que le concept de « mot d'auteur » puisse s'appliquer à *La Vie la Vraie* était déjà un bouleversement en soi.

Heureusement, maintenant je connaissais à peu près les personnages. Si j'avais retenu une chose de ce que m'avait dit Joyce, c'était qu'il ne fallait pas mettre dans la bouche d'un personnage simple et premier degré des répliques spirituelles et ironiques.

Autrement dit : ne pas rendre les personnages beaucoup plus intelligents que les gens à qui ils sont censés ressembler – juste ce qu'il faut de flatteur, sans briser l'identification. J'ai passé en revue dans mon cahier la liste des personnages. J'en ai déduit qu'à part deux ou trois jeunes qui faisaient de hautes études ou qui étaient définis par leur impertinence, les traits d'esprit devaient être bannis. Facile à dire en théorie, mais en pratique... Où était la frontière entre ce qu'un personnage pouvait dire spontanément et ce qui lui était soufflé par un auteur ?

J'ai repensé à ma première impression des textes – d'ailleurs je ne m'en étais pas cachée à Joyce : j'avais eu plus de plaisir à les lire que d'habitude. J'en ai déduit que j'avais aimé ce que Joyce n'aimait pas. Je n'avais qu'à relire les dialogues en scrutant mes réactions : si quelque chose me paraissait bien, il fallait le supprimer.

La souris dans la main droite, et mon sandwich poulet-soja dans la main gauche (huit euros cinquante au café bio équitable du bas), j'ai commencé à faire défiler le texte de l'épisode 1125 à la recherche des répliques qui me paraissaient bien.

Dans une démarche qui consistait, de mon point de vue, à détériorer les épisodes, il ne fallait surtout pas que je commence à me poser des cas de conscience. Mais même en mode cynique, l'exercice était difficile. Pendant l'écriture de mon roman, il m'était arrivé de bloquer, et de passer un temps fou à remanier cent fois la même réplique. 18 séquences, 30 pages, 300 répliques : j'imaginais le travail que ça représentait, en temps et en effort. J'avais conscience de commettre un sacrilège. Même si je doutais que les scénaristes puissent mettre autant de soin et d'attachement dans des dialogues de *La Vie la Vraie* que j'en avais mis dans mon roman, j'avais mal pour eux. Moi, je passais derrière et j'aplatissais tout...

À la fin du premier texte, j'avais modifié à peu près une réplique par scène, soit une petite vingtaine. J'espérais que ça suffirait. J'avais supprimé des répliques ou des bouts de répliques qui n'avaient pas vraiment de fonction narrative, c'était surtout des traits d'humour, des clins d'œil, rien d'indispensable. Aller plus loin aurait été compliqué, j'aurais touché à la logique de l'histoire, il aurait manqué des éléments de compréhension. Il aurait fallu les remplacer, produire de nouvelles répliques, et je n'en avais ni le temps, ni les compétences, ni la légitimité.

J'ai mailé mes premières modifications à Joyce pour qu'elle puisse me donner son avis tandis que j'avançais sur la suite.

Je faisais aussi vite que possible, mais l'heure tournait. Chaque fois que je regardais l'horloge en bas de mon écran, mon cœur se serrait. Il était impossible que je sois prête à 16 heures.

Trois quarts d'heure après avoir envoyé à Joyce le premier texte, j'ai ouvert ma boîte mail pour lui envoyer le second, et j'ai vu qu'elle m'avait répondu.

Tu apprends vite, je suis soulagée. J'ai fait quelques changements. Merci d'envoyer les épisodes au plateau au fur et à mesure que je te les renvoie. Ils ont prévu une heure sup ce soir, c'est toujours ça de pris.

J'ai relu plusieurs fois pour être sûre de comprendre. En substance, donc, elle me félicitait. Je maîtrisais la platitude – hourra.

J'ai ouvert le fichier que Joyce venait de me renvoyer. Sauf une ou deux fois, elle n'avait pas retouché aux changements que j'avais apportés. En revanche, elle avait encore modifié une dizaine de répliques. Sur le moment, j'ai été déçue d'avoir laissé passer ces erreurs. Pour m'améliorer et comprendre ce que Joyce attendait, j'ai relu chaque passage qu'elle avait remanié – des jeux de mots, des références, des formules gratuites mais plutôt amusantes. Parmi ces répliques, il y en avait certaines que j'avais repérées. J'avais hésité, mais j'avais préféré les garder. Je les avais trouvées adroites et je m'étais dit qu'elles pouvaient rester.

Au fond, j'étais soulagée de ne pas avoir été aussi radicale que Joyce. Il y avait certaines techniques que je n'étais pas pressée de totalement maîtriser.

*

La vitrine de la boutique Paul ET Joe avait été refaite. J'ai changé de trottoir pour mieux la voir. Les couleurs étaient plus automnales, mais les tissus toujours légers. Mon beau blouson bleu-gris sans col était toujours là. De la précédente sélection, c'était le seul vêtement qui était resté en vitrine.

Il était tard. Il faisait nuit. Joyce m'avait confié une mission et je l'avais accomplie dans les délais.

À cet instant, j'ai été assommée par le souvenir du texte de ma communication.

Il était 21 heures. Ma mère attendait mon texte depuis 10 heures ce matin. Elle avait prévu de passer la journée à écrire (pomper ?) son article à partir de ma communication. Je ne lui avais rien envoyé. J'ai fouillé dans mon sac pour sortir mon téléphone perso. Sans surprise, j'avais reçu cinq messages et vingt-neuf appels en absence. Si je me rappelais bien, l'imprimeur devait avoir reçu les textes demain avant 10 heures. Je me suis mise à courir.

Tout était prêt pourtant. Dans le train, le matin, j'avais lutté contre le sommeil, j'avais relu mon texte, qui m'avait paru correct, j'avais corrigé l'orthographe et remanié deux paragraphes. Je n'aurais pas eu besoin de plus d'un quart d'heure pour taper les modifications dans le fichier et l'envoyer à ma mère. Mais en arrivant au bureau, j'avais été happée par l'urgence des cinq épisodes à aplatir. J'avais complètement oublié le colloque.

La version papier était dans mon sac, avec mes corrections. Le fichier était enregistré sur ma boîte mail. À la maison, on n'avait pas de connexion à l'Internet… Sauf que j'avais un iPhone maintenant…

Être efficace : j'arrive à l'appartement, je corrige mon texte directement sur mon iPhone, j'envoie le fichier à ma mère. Je l'appelle pour m'excuser et lui dire que le fichier vient d'arriver dans sa boîte mail.

En remontant la rue du Louvre, déjà à bout de souffle, les bras usés par mon sac de voyage, j'ai appelé ma messagerie. J'allais devoir parler à ma mère, autant me faire une idée de son humeur.

« Message reçu aujourd'hui à 10h05. »

« Sophie, c'est madame Lech… enfin, maman. Il est 10 heures passées et je n'ai pas ton texte. J'espère que tu n'as pas eu de problème de train. Je t'embrasse. »

« Message reçu aujourd'hui à 11h30. »

« Oui, Sophie, c'est encore moi. Je suis à la maison, j'ai annulé tous les rendez-vous aujourd'hui pour mon article et je ne peux rien faire si je n'ai pas le contenu de ta communication. Rappelle-moi. »

« Message reçu aujourd'hui à 14h07. »

« Je ne sais plus comment te le dire Sophie. J'ai déjà perdu toute la matinée. À quoi joues-tu ? Est-ce une vengeance ? Je ne peux pas m'appuyer uniquement sur la communication de Jeanne, c'est extrait d'un chapitre de sa thèse, il va être publié, je ne veux pas être accusée de plagiat. Même si tu n'as qu'un brouillon, envoie-le-moi. »

« Message reçu aujourd'hui à 16h07. »

« Sophie, c'est moi. »

C'était la voix de Marc.

« Je sors de cours, j'ai deux messages de ta mère, elle me dit que t'es injoignable. Elle attend ton texte, elle est furieuse. Elle a appelé la BNF, ils ont passé un appel mais tu ne t'es pas présentée à l'accueil. J'espère qu'il ne t'est rien arrivé. Rappelle-moi. Je suis un peu inquiet. Bisous. »

« Message reçu aujourd'hui à 19h35. »

« Ma Sophie. Tu me fais la tête, c'est ça ? »

Ma mère.

« Je comprends que ça peut être dur, parfois, le système à la fac, que tu aurais voulu publier ta thèse, que tu as peur de ne pas avoir de poste de maître de conférences. Mais même si tu n'es que prof en lycée, voire en collège, ton père et moi serons quand même fiers de toi, tu sais. Alors ne mélange pas tout. Envoie-moi ta communication. L'imprimeur refuse de décaler le tirage. Je suis prête à travailler toute la nuit. Tu sais comment sont les professeurs d'Université, à mon niveau, pour se maintenir, il faut publier... Tu sais que j'estime beaucoup ton travail. Notamment ce que tu es en train d'écrire sur Claude Simon. Envoie-mon ton travail, hein ma chérie, s'il te plaît. Je suis à la maison. J'attends ton appel. Je t'embrasse fort. »

J'étais au niveau du croisement de la rue du Louvre et de la rue Montmartre. Des jeunes branchés riaient devant les cafés de la rue piétonne. Ils prenaient des bières, certains en chemise et en veste, d'autre en baskets et t-shirt de designer.

J'ai cherché un banc. Il n'y en avait pas. Je me suis appuyée contre une porte cochère.

J'ai pianoté un SMS : *Bonsoir amour, tout va bien. Pour ma communication, je t'expliquerai. Suis au ciné avec Hélène. T'embrasse fort.*

J'ai sélectionné Marc dans les contacts. Le message est parti. J'ai posé mon gros sac sur le trottoir et j'ai fouillé à l'intérieur pour retrouver, au milieu de mes habits propres pour la semaine, le brouillon de ma communication. Je l'ai sorti de sa pochette. J'ai refermé le sac et je l'ai remis sur mon épaule. J'avais les muscles en feu. Au lieu de continuer la rue d'Aboukir, j'ai pris la rue Montmartre vers les Halles. J'ai marché devant les cafés branchés et leur musique électronique. J'ai changé mon sac d'épaule, mon petit paquet de feuilles A4 toujours à la main. Je n'ai pas mis longtemps à trouver ce que je cherchais.

Elle était verte et légère. Suspendue à son cerceau en métal, elle volait au vent.

J'ai déchiré les feuilles et je les ai laissées tomber dedans.

Poubelle.

J'ai continué tout droit. J'ai traversé la rue Étienne-Marcel, j'ai dépassé l'église Saint-Eustache, et j'ai pris les escaliers jusqu'au Forum des Halles. Vingt-deux salles : le plus grand cinéma d'Europe, m'avait dit Mohamed.

J'ai coupé mon vieux téléphone.

La prochaine séance était à 22 heures ; en effet, j'avais le choix. Et suffisamment d'applications à découvrir sur mon iPhone pour m'occuper d'ici là.

12

J'avais insisté pour que Julien accroche une copie de son emploi du temps sur le mur de la cuisine. Histoire au moins d'avoir une vague idée des jours où il était probable qu'on dîne ensemble. Son premier réflexe avait été de refuser : ce n'était pas parce que j'avais tenu à vivre avec lui à Paris qu'il avait des comptes à me rendre.

Le thé, les biscuits, la confiture, tout était prêt, même le jus d'orange pressé. Ce matin, il avait cours à 10h15, on allait prendre le petit déjeuner ensemble pour la première fois.

En ouvrant la porte sous l'évier pour accéder à la poubelle, j'ai eu droit à une autre première fois, on ne voyait que ça : à cheval entre un pot de yaourt et des feuilles de thé de la veille, un préservatif usagé.

J'ai entendu les pas de Julien qui sortait de sa chambre. Encombrée par les demi-oranges vidées qui me mouillaient les mains, j'ai vite recouvert ce que j'aurais préféré ne pas avoir vu.

J'ai préparé mentalement un « Bonjour Julien » ni trop grave ni trop aigu, pour rester neutre et ne rien laisser paraître tant que je n'aurais pas décidé de l'attitude et du discours que je devais tenir. J'ai pris mon inspiration et je me suis lancée, ni trop fort ni trop lentement, et là, j'ai vu que ce n'était pas Julien qui venait d'entrer dans la cuisine.

Le type faisait à première vue quinze centimètres et cinq ans de plus que Julien.

— Sophie ? il m'a dit en me tendant la main. Moi, c'est Benjamin.

— Bonjour, j'ai dit.

— Je suis désolé, je peux pas rester. C'était pas prévu hier soir, il faut absolument que je repasse chez moi.

Il a marché jusqu'à l'évier, s'est servi un verre d'eau et l'a bu d'une seule traite. Il était brun, les cheveux coupés, très propre, la chemise rentrée dans un pantalon de costume. Dès qu'il a pu, il m'a fait un grand sourire.

— Bonne journée.

— Bonne journée, j'ai répondu en hochant la tête très vite.

Il est sorti de la cuisine. Trois secondes plus tard, la porte de l'appartement claquait.

Julien s'est servi une tasse de thé et il a bu d'une traite le jus que je lui avais préparé.

— Bien dormi ? a-t-il dit.

— J'ai croisé Benjamin, j'ai dit d'un ton qui n'avait aucune chance de passer pour désinvolte.

De tous les comportements possibles, il avait choisi celui qui ne pouvait que m'énerver : faire comme si de rien n'était. Légitime ou pas dans mon rôle d'adulte à ses côtés, habilitée ou pas à parler avec lui de choses intimes, j'avais quand même le droit de me renseigner quand un inconnu dans ma cuisine m'appelait Sophie et me souhaitait une bonne journée.

— Sacrée carrure, j'ai dit, ce Benjamin…

— Tu peux oublier son prénom, tu ne le reverras pas.

— Vous vous êtes disputés ?

Il a eu un petit sourire plein de compassion : il me trouvait mignonne.

— Non, on n'a pas vraiment eu le temps de se disputer.

— Alors pourquoi on ne le reverra pas ? Il a l'air très bien, non ?

— Parce que c'était pas vraiment l'idée. Et s'il avait voulu qu'on se revoie, il m'aurait laissé son numéro.

— Jusqu'à hier soir, tu veux dire, vous ne vous connaissiez pas ?

La tête au-dessus de sa tasse, Julien a serré ses lèvres et levé les sourcils : bravo championne, t'as tout compris.

À trente ans, je savais qu'il fallait prendre le temps d'inspirer et d'expirer au moins une fois avant de réagir dans ce genre de situation. J'ai pris sur moi pour respecter la règle.

— Comment tu peux être aussi… détaché ? Sans compter que c'est une drôle de manière de se comporter avec les gens.

— Tu parles de quoi ? Coucher avec quelqu'un qu'on vient de rencontrer ? Ou pas prendre le numéro de quelqu'un avec qui on vient de coucher ?

J'ai inspiré, j'ai expiré, et je me suis assise en face de lui.

— Je n'ai aucune leçon à te donner, je sais. Ça ne m'empêche pas d'avoir une opinion. Et peut-être des conseils. Après, tu en fais ce que tu veux. Mais je ne trouve pas ça très prudent.

Julien a ouvert la bouche pour protester mais je ne l'ai pas laissé parler.

— Et non, je ne parle pas d'être prudent avec les maladies. Dans la poubelle, j'ai vu de quoi me rassurer. C'était pas discret.

L'espace d'un instant, j'ai vu de la gêne sur son visage. Un point pour moi.

— Ce n'est pas très prudent parce qu'on ne sait jamais sur qui on peut tomber. C'est émotionnellement, à mon avis, que ce n'est pas prudent.

Surtout à ton âge. Comment tu seras dans dix ans si tu commences déjà à voir les autres comme des objets de consommation ? Je te dis pas de rester vierge, je te dis juste que certaines expériences peuvent mal se passer, elles peuvent être salissantes... Il ne suffit pas de prendre une douche pour tout laver, il y a toujours des traces qui restent.

— Qu'est-ce que tu en sais, toi ?

— Je veux bien croire que tu sois précoce, mais j'ai quand même douze ans de plus que toi.

— Je suis sûr que tu n'as jamais connu personne à part Marc.

— Parce que tu crois que c'est uniquement le nombre qui fait l'expérience ?

— Quoi d'autre ?

— Je ne sais pas, savoir observer, par exemple, écouter, se renseigner, ressentir.

— T'as connu qui à part Marc ?

— Ce n'est pas le sujet.

— Tu n'as jamais été avec personne d'autre.

J'aurais pu acquiescer, ç'aurait été plus simple. Au lieu de ça, je me suis levée, j'ai vidé ma tasse dans l'évier.

— C'est quoi ton conseil ? Je quitte ton oncle, je couche avec dix inconnus, et j'accède à la sagesse universelle ?

J'ai fait claquer ma tasse contre la table, j'ai marché jusqu'à la salle de bains et j'ai commencé à me laver les dents, vexée à m'en faire mal aux gencives. Je détestais que Julien m'interdise de l'aider. Il n'avait jamais accepté que je parle avec lui, que je le conseille. Il partait toujours du principe que j'étais coincée, que je n'étais pas légitime. Il brandissait sa sexualité comme un bouclier. C'était son identité, sa liberté, sa prérogative, il fallait l'accepter tel qu'il était et le moindre doute, la moindre marque d'intérêt étaient perçus comme une attaque ou une remise en cause. Il n'avait rien compris.

La porte de la salle de bains s'est ouverte. Il avait un sourire gêné.

— Tu sais, Sophie, hier soir, c'était vraiment bien.

Il a étalé du dentifrice sur sa brosse à dents.

— D'accord, je le connaissais pas. Mais c'était aussi ça qui était beau. Et il était très doux avec moi. On est allé prendre un verre dans le quartier, c'est quelqu'un de très intelligent, très drôle, je savais que je pouvais avoir confiance. Et, tu sais…

Une sonnerie inconnue s'est déclenchée. Des petits bips crescendo. Ça venait de mon sac. Quand je me suis souvenue que ça ne pouvait venir que de mon iPhone, j'ai craché le dentifrice dans le lavabo et j'ai couru dans l'entrée jusqu'à mon sac pour faire taire l'appareil. Il ne fallait pas que Julien le voie. J'ai mordu ma brosse à dents pour me libérer les deux mains et j'ai fouillé dans mon sac. Les bips ont cessé avant que je retrouve le téléphone. Alors j'ai refermé mon sac et j'ai dit que j'avais reçu un SMS, j'étais en retard, je le lirais dans la rue, cette nouvelle sonnerie, finalement, elle ne me convenait pas.

Sauf que l'iPhone n'était pas dans mon sac. Il était posé sur ma table de chevet. Ce qui n'a pas échappé à Julien. Il avait suivi les bips, il avait attrapé l'appareil.

Il me l'a tendu, malicieux.

— Qu'est-ce que tu fais avec ça, toi ?

— Oh, ça, c'est rien. C'est juste pour recevoir l'Internet. Mes mails surtout.

Je lui ai repris l'iPhone. Pour me donner le temps de réfléchir à mon mensonge, j'ai appuyé sur l'écran. Je venais de recevoir un mail : *Audiences Médiamétrie*.

— Oui, voilà, j'ai dit, c'est pour être connectée à Internet.

— La Bibliothèque nationale de France n'est pas connectée à Internet ?

— On capte mal.

Il a plissé les yeux de suspicion.

Le mensonge était trop énorme, c'était mal enclenché. Je me suis rincé la bouche pour gagner du temps.

— On capte, mais pas toujours bien. Le problème, c'est ici, à l'appart, on n'a pas de connexion et les voisins ont verrouillé leur wifi. C'est pour ça.

— C'est bête, j'ai fait les démarches hier. Dans au maximum un mois, on aura tout, le téléphone, la télé et l'Internet.

— Un mois *minimum*, tu veux dire. On les connaît les fournisseurs d'accès.

— Ça coûte combien ce truc ?

J'ai soufflé. Changer de stratégie.

J'ai pris un ton de confidence.

— La vérité, c'est surtout que j'en avais envie... J'ai craqué.

Son visage s'est éclairé. Il a ouvert la bouche mais je savais exactement ce qu'il allait dire. Je l'ai devancé.

— Non, Marc n'est pas au courant.

J'ai rentré la tête dans les épaules et j'ai fait un sourire d'enfant.

— Alors si tu pouvais éviter d'en parler...

Il a écarquillé les yeux.

— Comment ça ? Tu veux que je mente à Marc ?

— C'est pas vraiment mentir, c'est plus...

— C'est tout à fait un mensonge, et en plus tu veux que je sois ton complice.

— Je crois que tu es en train d'exagérer quelque chose qui...

— Tu devrais avoir honte, Sophie.

Il m'a regardée dans les yeux en fronçant les sourcils, mais il n'a pas tenu longtemps. Le masque a craqué, il riait presque.

— Bien sûr que je dirai rien. C'est bizarre, je suis presque fier de toi.

Mon sac, mes clés, mon manteau. Julien a fini de se laver les dents et il est revenu pour m'ouvrir la porte. Pour la première fois depuis qu'on habitait à Paris, il m'a fait la bise pour me dire au revoir. Il avait l'air ennuyé.

— Ça va Julien ?

— Oui, oui.

— Il y a quelque chose que tu voulais me dire ?

— Non, non, c'est rien.

— Je te promets, je te jugerai pas.

Son regard était flou. Il a eu un petit mouvement d'anxiété au coin des lèvres.

— C'est juste que, tu sais, quand on parlait du numéro de téléphone de Benjamin...

Il m'a regardée avec ses grands yeux bleus.

— C'est juste que...

Il a baissé les yeux.

— ... c'est pas faute de le lui avoir demandé.

Il a eu un petit mouvement vers l'avant. C'était infime. Pas un pas, même pas un geste, un élan immobile. Juste assez pour comprendre qu'il avait besoin que je le prenne dans mes bras.

*

— Le plus important, c'est qu'ils t'aiment bien.

Pour son âge et pour sa taille, Joyce marchait étonnamment vite. Elle portait des baskets Chanel blanc et or.

— Tu verras, ils sont très soudés.

Plus tôt dans la matinée, Mohamed avait employé le même ton quand il m'avait parlé des auteurs : des mots lâchés en confidence, j'étais initiée au grand secret de *La Vie la Vraie* : « Tout le monde pense que *La Vie la Vraie* est fabriqué à Nice, dans les studios. C'est faux. Tout se joue à Paris, au 66 de la rue Jean-Jacques-Rousseau. »

De ce que j'avais compris, les auteurs étaient répartis en deux catégories : ceux qui écrivaient les séquenciers, c'est-à-dire le fil conducteur des épisodes, et ceux qui écrivaient les dialogues. Les auteurs des séquenciers travaillaient en équipe dans l'appartement de la rue Jean-Jacques-Rousseau. Les auteurs des dialogues travaillaient chez eux. Les cinq séquenciers qui sortaient chaque semaine de l'atelier étaient envoyés aux dialoguistes qui avaient alors chacun une semaine pour écrire les dialogues de leur épisode. Entre deux cent quatre-vingts et trois cents répliques numérotées par épisode, tout était calibré.

Joyce a pianoté sur le digicode. C'était un immeuble bourgeois, classique, avec les boîtes aux lettres dans le hall, la loge de la gardienne, un ascenseur microscopique et un long tapis rouge dans l'escalier. Elle a choisi l'escalier.

— Les auteurs que tu vas rencontrer aujourd'hui ne travaillent pas du tout de la même manière que les auteurs des dialogues. Comme l'histoire qu'on raconte feuilletonne, ils ont besoin d'être toujours ensemble, de se coordonner, de vérifier régulièrement que tout est raccord.

Entre deux paliers, Joyce a eu une hésitation. Elle m'a regardée :

— Tu vas voir, ce n'est pas moi qui mène la réunion. C'est Françoise, notre directrice de collection. Il y a quatre ans, quand la chaîne a lancé un appel d'offres pour un feuilleton quotidien, je l'ai choisie pour créer l'univers de la série. Depuis, c'est elle aussi qui écrit les arches.

Avant d'arriver au troisième, elle s'est accrochée à la rambarde, elle s'est assise sur une marche et elle a plié ses jambes pour retirer ses baskets. Elle les a remplacées par des bottines à talons qu'elle a mis longtemps à lacer. Je me suis demandé si je devais l'aider.

— La réunion à laquelle je participe dure une ou deux heures, continuait-elle. Françoise présente la partie des arches auxquelles ils vont s'atteler dans la semaine. J'interviens sur les grandes décisions éditoriales. Je ne voudrais pas qu'on n'écrive que des histoires policières, ou que des histoires d'amour. Ou des intrigues qui n'impliquent que des jeunes, ou que des vieux. Tout le monde doit y trouver son compte.

On était les dernières arrivées. Il y avait une grande table dans le salon, mais personne n'était assis. Plusieurs auteurs bavardaient dans la cuisine en faisant le thé et le café. D'autres discutaient dans les canapés du salon ou fumaient sur le balcon.

Quand Joyce est entrée dans la grande pièce, ils ont tout de suite parlé moins fort. Tout le monde est venu lui faire la bise. On l'a félicitée pour une interview qu'elle avait donnée dans la presse spécialisée, à propos d'un téléfilm qu'elle avait produit et qui venait d'être rediffusé. Ceux qui, sur le moment, étaient moins inspirés, lui faisaient un compliment sur ses chaussures ou sur son gilet. À chaque fois, au coin de leurs lèvres, il y avait la même petite rigidité qui trahissait leur envie de plaire – et leur peur, soudain, que Joyce ne leur donne plus son affection.

Puis ils sont venus me faire la bise. Bienvenue, Sophie, moi c'est Julia, moi c'est Carine, moi c'est Mike et moi Michel. Ils me faisaient de grands sourires, la bise appuyée, enchantée Sophie, la main sur mon épaule, le bras autour du cou. Je n'avais pas à donner mon prénom, ils le connaissaient déjà. Ils ont pris mon manteau, ils m'ont aidée à brancher mon ordinateur, et ils m'ont servi du thé. C'était un sentiment nouveau pour moi, et je ne l'avais vraiment pas anticipé : soudain et pour la première fois, à la manière dont on me traitait, je sentais que j'avais de l'importance.

Pourtant, concrètement, je n'avais à aucun moment le sentiment d'exercer un pouvoir particulier. Pendant la réunion, je n'étais même pas censée intervenir. Mon travail était seulement de prendre des notes et d'envoyer ensuite à tous les auteurs et le plus vite possible la synthèse de ce qui avait été décidé. Mais, apparemment, travailler auprès de Joyce conférait par ricochet une forme d'influence qui suffisait à susciter le respect.

À moins peut-être qu'ils soient tous naturellement chaleureux ? Qu'instantanément, ils m'aient trouvée éminemment sympa ? Par précaution, je préférais m'en tenir pour l'instant à la première hypothèse : je travaillais pour Joyce Verneuil, donc ils étaient gentils avec moi.

Il a fallu quelques minutes pour que l'agitation retombe et que tout le monde finisse assis autour de la grande table. J'ai compté, en plus de Joyce et moi, il y avait sept personnes. Trois hommes, quatre femmes, entre vingt-cinq et quarante-cinq ans. Rien qu'à leurs habits, et à leur attitude, on voyait qu'ils cultivaient leur personnalité. La baba à turban (et cheveux pas forcément bien lavés) ; l'homo déluré, bracelet en cuir, petit t-shirt blanc ; la séductrice anorexique en ensemble noir ultramoulant ; l'intello branché, empâté, à grosses lunettes rétro, t-shirt Pink Floyd ; le macho bodybuildé, chemisette ouverte sur torse velu, manches trop étroites pour ses biceps ; la jeune élève modèle, rescapée d'une école de commerce, petites lunettes rectangulaires et col Claudine. Restait, en bout de table, la plus âgée des auteurs, et la plus invisible. Madame-tout-le-monde : un jean, un gros pull, les cheveux châtains en queue-de-cheval, aucun bijou. Et un visage sans âge qui ne révélait rien, juste peut-être qu'il appartenait à une femme qui n'avait jamais pris soin d'elle et qui avait beaucoup vécu. C'était la seule qui n'était pas venue me dire bonjour.

Joyce lui a fait signe.

Contrairement aux autres auteurs autour de la table, Françoise n'avait ni papier ni stylo.

— Tout d'abord, bienvenue à Sophie, a-t-elle dit sans tourner la tête vers moi. C'est sa première réunion, mais elle a eu le temps depuis plusieurs jours de se familiariser avec notre fonctionnement.

J'avais les mains sur le clavier, prête à tout prendre en notes, mais je me suis dit que ce préambule n'avait pas besoin de figurer dans ma synthèse. J'ai écarté les mains du clavier, levé la tête, et j'ai souri, discrètement.

— Je propose que tu te présentes, que tu nous dises d'où tu viens et comment tu es arrivée ici. Joyce m'a dit que tu écrivais une thèse en littérature ?

— En lettres modernes, oui, j'ai répondu en pensant que les présentations s'engageaient mal. Mais je refuse de vous dire mon intitulé de thèse.

Ils ont cru que je plaisantais.

— Je ne préfère pas, vraiment, vous allez rire, ça va être un désastre.

— Ben au moins pour qu'on s'amuse alors…

— Peut-être que ça nous donnera l'idée d'une blague…

— Tu peux pas faire mieux qu'Agnès Jaoui et ses chevaliers paysans de l'an mil au lac de Paladru.

— C'est dans quel film déjà ?

— *On connaît la chanson.*

— Ah oui, j'adore.

— Allez, Sophie, dis-nous !

— Sophie ! Sophie !

La pression était trop forte, je ne pouvais plus résister.

— Bon, OK… Je travaille sur les objets quotidiens dans le…

— La thèse de Sophie, a interrompu Joyce, n'a aucune importance.

Tout le monde s'est tu. On souriait toujours mais on ne riait plus.

— Tout ce que vous avez besoin de savoir, c'est que Sophie veut être auteur. Elle est ici pour apprendre.

Immédiatement, un paquet de protestations se sont bousculées dans ma tête. Merci à Joyce de m'avoir empêchée de donner le titre de ma thèse, mais d'où sortait-elle que je voulais être « auteur » ? Ils allaient penser que mon ambition était d'intégrer les équipes. C'était ridicule. J'avais déjà écrit un roman. La publication de ce roman : le voilà mon projet.

— Puisqu'on a terminé l'arche trafic de diamants radioactifs la semaine dernière, a repris Françoise, Joyce a choisi de nous faire embrayer cette semaine sur l'arche que j'ai écrite avec Noémie, dans laquelle Christophe va être hanté par le fantôme du père qu'il n'a jamais connu.

La séductrice anorexique a fait des yeux de biche quand tout le monde s'est tourné vers elle pour la féliciter. Françoise a poursuivi, avec la bienveillance d'une institutrice devant sa classe :

— Dans un premier temps, les gens du quartier vont le prendre pour un fou. Lui le premier, il va même vouloir un temps se faire interner. Parce que dans cette arche, l'expression *être hanté par le fantôme de son père* est à prendre au premier degré… En attendant, fou ou pas, la voix qu'il entend va l'inciter à reconstituer son arbre généalogique. Il va découvrir que l'accident qui a tué son père il y a vingt ans était en réalité un meurtre. Il a été organisé par un prof de sport pédophile que le père de Christophe s'apprêtait à dénoncer.

Elle parlait vite, la voix chaude et enjouée, avec une facilité captivante. Les auteurs autour de la table l'écoutaient scrupuleusement. Régulièrement, ils notaient un ou deux mots dans leurs ordinateurs portables ou sur les feuilles de brouillon devant eux.

— Au bout de son enquête, Christophe découvrira que ce prof de sport, désormais à la retraite, n'est autre que le père de Béatrice, la jeune prof de français qu'il s'apprête, comme vous le savez, à épouser. Il devra alors choisir entre dénoncer le bourreau de son père et risquer de perdre la femme qu'il aime. Ou enterrer définitivement le passé par amour pour Béatrice, quitte à laisser des crimes impunis, et continuer de vivre à côté d'un homme pédophile et meurtrier.

Je ne prenais toujours pas de notes car l'arche que Françoise résumait existait en un texte d'une dizaine de pages qu'elle avait envoyé aux auteurs la veille.

Les consignes que Joyce a données ensuite, en revanche, étaient inédites. J'ai tapé aussi vite que possible.

Avec ses références à la psychogénéalogie, la nouvelle arche sur la pédophilie visait principalement un public féminin et âgé. C'était un public qu'on avait besoin de mieux servir car il risquait de ne pas se reconnaître dans l'autre grande arche en cours. (Des ados skaters se filmaient en train de réaliser des cascades de plus en dangereuses. Ils mettaient leurs vidéos en ligne sur Internet, et c'était à qui attirerait sur son site le plus grand nombre de visiteurs.) Joyce rappelait également aux auteurs l'obligation de traiter le thème de la pédophilie avec suffisamment de précautions pour que les épisodes ne soient pas classés interdits aux moins de 12 ans. À 20h10 sur RFT, la classification moins 12 aurait rendu les épisodes tout simplement indiffusables.

Pour Françoise, la question ne se posait pas pour l'instant puisqu'ils n'écriraient cette semaine que « les trois premiers points de l'arche » : la pédophilie à proprement parler n'arriverait que la semaine suivante. Pour l'instant, l'arche serait « traitée en intrigue B », ce qui signifiait qu'on lui consacrerait cinq scènes par épisode. Après, elle « monterait en A » et deviendrait l'intrigue principale, avec huit scènes par épisode, et « l'arche skaters descendrait en B ».

Je prenais les notes aussi fidèlement que possible, sans être sûre de comprendre le jargon que j'étais censée synthétiser. Certains paragraphes que je notais étaient des suites de chiffres et de lettres, scène 3, intrigue B, points 4 à 9 de l'arche amorcée à l'épisode 1041... Il me faudrait un temps fou pour remanier mes notes télégraphiques et les rendre lisibles même par des initiés.

Après la nouvelle arche sur la pédophilie, Françoise a tracé les grandes lignes de ce qui arriverait cette semaine dans l'intrigue des skaters cascadeurs sur Internet. Dans les épisodes qui avaient été écrits la semaine précédente – épisodes qui venaient d'être envoyés aux auteurs dialoguistes –, les jeunes skaters avaient passé un deal avec Abdou, un caïd, pour gagner de l'argent grâce à leurs vidéos.

Quand Françoise a dit « Abdou », je me suis revue contre Joseph, entre son torse et son bras, sur le ring dans le club de boxe. Mohamed pointait le pistolet vers moi tandis que Joseph me plaquait contre lui, il m'avait retournée, m'avait tenue par la nuque et avait approché son visage menaçant.

Depuis le jour du casting à la salle de boxe, je ne lisais plus les textes de la même manière. Dès qu'il était dans une scène, dès que je lisais ABDOU en majuscules au-dessus d'une réplique, je visualisais immédiatement la scène. Mieux que ça : je me voyais dans la scène. Joseph était face à moi, j'imaginais comment il allait jouer.

La veille, en urgence, j'avais modifié plusieurs scènes dans lesquelles il intervenait. J'avais eu un sentiment étrange en reformulant les répliques – un sentiment, je le reconnais, de puissance. C'était amusant sur le moment mais assez intimidant quand on y réfléchissait : je choisissais de taper certains mots dans le fichier, et Joseph, ensuite, sur le plateau, devant toute l'équipe et les caméras, allait devoir les prononcer tels quels. On ne demandait pas son avis. Il allait devoir se les approprier et se débrouiller pour qu'ils aient l'air réel. Et encore, je n'étais intervenue que sur de tout petits changements de formulations, c'était la surface de la surface, ça ne changeait rien au fond.

Françoise, elle, avait un pouvoir total sur les personnages – et donc sur les acteurs qui les incarnaient. Une idée jaillissait dans sa tête, et Joseph allait devoir se mettre torse nu, plonger dans le port de Nice, se déguiser en détective, embrasser une comédienne, deux comédiennes, voire un comédien, se raser la tête, danser le paso-doble, ou n'importe quoi qui serait nécessaire à l'histoire que Françoise avait envie de raconter.

Il y avait quelque chose de grisant à être autour de la table où se décidait tout ce qui allait lui arriver. Il m'avait tenue dans ses bras comme une poupée. Maintenant c'était nous qui tirions les fils et il était la marionnette. (Je ne tirais pas grand-chose mais je m'associais à Françoise par proximité.)

Je tapais aussi vite que possible. Je laissais certains mots incomplets pour ne pas perdre le fil.

Françoise a donné des détails sur le deal qu'Abdou allait passer cette semaine avec les skaters. Les jeunes, expliquait-elle, continueraient d'enregistrer leurs cascades, sur l'autoroute, sur des toits d'immeubles. Mais au lieu de les mettre en ligne gratuitement, ils les confieraient désormais à Abdou. Il s'occuperait de les vendre à un site étranger spécialisé dans les vidéos extrêmes. Le site générait des revenus en insérant de la publicité dans ses vidéos exclusives. Les jeunes toucheraient le gros de l'argent et Abdou une commission de 25 %. Dans les épisodes de cette semaine, Françoise et ses auteurs devaient raconter comment les jeunes allaient toucher leur premier argent et le gaspiller aussitôt.

— Je le sens pas, a dit Joyce. On va être mou. Il se passe rien.

— Je suis pourtant les arches telles qu'elles ont été validées, a dit Françoise.

— Je te dis qu'on va s'ennuyer. Il faut accélérer.

— Je peux pas accélérer. L'étape d'après, c'est Soraya qui se rend compte du danger que courent les jeunes et qui va les sauver. La comédienne est en vacances : dans le planning qu'on m'a donné, elle n'est disponible qu'à partir de la semaine d'après. On est obligé de délayer.

Joyce a tapé sa main sur la table. C'était la première fois qu'elle montrait de l'impatience.

— Si on ne peut pas accélérer, on corse. Trouvez autre chose. J'ai besoin de rebondissement. On s'ennuie.

Certains auteurs ont baissé la tête. D'autres ont regardé le plafond, peut-être pour inventer une solution. Pas de débat. Il fallait changer l'histoire.

— Ils pourraient se faire voler leur argent, a proposé Noémie.

Personne n'a réagi. Le silence, apparemment, valait désapprobation. Noémie a de nouveau regardé le plafond.

— Ou alors, a dit l'intello branché, ils se disputent sur le partage. Celui qui a eu l'idée de la cascade, celui qui l'a réalisée, celui qui l'a filmée : ils pensent tous mériter plus d'argent que les autres.

— Sauf qu'ils se sont expressément mis d'accord la semaine dernière sur un partage à parts égales, a dit la rescapée d'HEC.

À nouveau le silence. Proposition rejetée.

Cette fois, le silence a duré. Autour de la table, les auteurs avaient l'air inquiet. Joyce, elle, était parfaitement sereine.

— Je suis sûre que vous allez trouver une idée, a-t-elle fini par dire. Vous m'appelez dès que vous avez une proposition.

Les auteurs ont tourné une page de leur cahier, mis une feuille de côté, se sont resservis en thé et café ; fin du chapitre, au suivant.

Au milieu de l'agitation, Françoise n'avait pas bougé.

— Ou alors on pourrait imaginer les choses autrement.

Les regards autour de la table sont revenus sur Françoise.

— On pourrait imaginer que les vidéos des jeunes font un tel buzz que le propriétaire du site Internet, un Russe d'une quarantaine d'années, fait le voyage à Nice pour les voir en personne. Au cours de la discussion, les skaters se rendent compte qu'ils se sont complètement fait avoir par Abdou. Il leur a menti, il a caché la moitié de la somme qu'il a perçue grâce aux vidéos. S'ensuit une dispute, qui éclate en plein tournage d'une cascade. Abdou commence à se battre avec un des skaters. Voyant ça, l'autre arrive pour aider son copain. Ils sont sur le toit d'un immeuble. En arrivant à toute allure, le second skater dérape et se cogne contre Abdou. Abdou bascule, tombe dans le vide. Et meurt.

Abdou meurt ?

Et Joseph, était-il d'accord ?

Françoise parlait à toute allure, comme on récite une histoire par cœur. Pourtant, elle était en improvisation totale. On la regardait comme on aurait regardé un écran de télévision.

— Abdou est mort, mais la caméra a tout filmé. Les jeunes vérifient qu'il n'y a eu aucun témoin. Ils s'enfuient. Choqués, ils décident de tout arrêter, leurs vidéos et leurs cascades. Mais le Russe, le propriétaire du site Internet, les retrouve. Et il le prend très mal quand ils lui annoncent qu'ils laissent tout tomber. Espérant pouvoir publier au moins une dernière vidéo, il arrive à voler la cassette dans le Caméscope. Il découvre alors le film de la mort d'Abdou. Dès le lendemain, il revient voir les jeunes, tenant à la main un DVD avec une copie de la vidéo. Il est très clair : s'ils refusent de coopérer, s'ils n'exécutent pas sagement toutes les cascades qu'il leur commande, la vidéo risque d'atterrir aussitôt sur un bureau au commissariat…

Il y a alors un nouveau silence. Il n'avait rien à voir avec les précédents. Ce n'était pas un silence de désapprobation. C'était un silence de respect et d'admiration.

Joyce avait son léger sourire immobile qui n'exprimait pas la moindre émotion.

— Donc Abdou est mort.

— Il n'y a pas eu de mort depuis quatre semaines, a dit Françoise.

— On n'avait rien prévu pour lui ?

Françoise a désigné le macho bodybuildé.

— Avec Jérôme, on est en train d'écrire une arche où il serait intervenu. Mais on peut très bien faire venir un autre comédien, rien n'oblige à ce qu'on garde le même personnage.

Joyce a réfléchi quelques secondes. À cet instant, Joseph était à Nice, sur le plateau, c'était son troisième jour. Il ignorait ce qui était en train de se jouer. Dans quatre semaines, le temps que les textes des épisodes qu'on préparait arrivent sur le plateau, il allait peut-être apprendre la mort de son personnage. Et donc, sans discussion possible, son départ de la série. Retour au chômage et à Aubervilliers.

Selon Mohamed, les comédiens principaux de la série pouvaient se construire de vraies fortunes. En plus de leur cachet, ils touchaient de l'argent des ventes à l'étranger et des produits dérivés. Mais ils avaient intérêt à bien gérer cet argent car la plupart ne trouvaient pas de nouveau rôle quand, du jour au lendemain, ils disparaissaient de la série...

— Il faut bien surprendre un peu notre public, a dit Joyce. Ce qui m'embête, c'est qu'il est beau...

Elle a soupiré.

— Ça me va. On fait comme ça.

Après le long paragraphe où j'avais retranscrit l'histoire que Françoise venait d'inventer, et qui se terminait pas ces mots : « Abdou bascule, tombe, il meurt », je suis allée à la ligne et j'ai tapé : « VALIDÉ. »

*

À la pause, on a refait du thé et du café, tout le monde a quitté la table. Moi je suis restée à ma place, devant l'ordi, pour commencer à mettre de l'ordre dans mes notes. Joyce a disparu dans une chambre de l'appartement. C'était une pièce vide, avec seulement un bureau et deux chaises, qui servait aux auteurs quand ils travaillaient en sous-groupes.

Deux minutes plus tard, elle est revenue s'asseoir autour de la grande table. Elle a fait signe à Françoise, qui était en train de fumer sur le balcon avec Noémie et la baba à turban.

— Je viens d'avoir la chaîne au téléphone, ils ont eu un appel du ministère de la Santé. Le cabinet du ministre, apparemment. C'est bientôt la journée nationale de la prostate, et ils seraient *très heureux qu'on y participe*.

Le visage de Françoise s'est assombri. Joyce a confirmé.

— Et quand le ministre dit à RFT *on serait très heureux*, ça veut dire *vous n'avez pas le choix*. J'ai donné mon accord. C'est dans un mois jour pour jour.

— La journée de la prostate ? C'est quoi cette horreur ?

Joyce a haussé les épaules.

— Si ça doit être à l'antenne dans un mois, on doit tourner cette semaine.

Joyce a confirmé : elle savait. Elles parlaient toutes les deux à voix basse, avec la solennité de deux chefs d'armée.

Françoise n'a pas insisté, même pas soupiré.

— C'est quoi le brief ?

— Rien. Juste ça. *La journée de la prostate*. J'imagine qu'ils veulent encourager le dépistage des cancers.

Françoise était visiblement ennuyée. Ils venaient déjà d'augmenter leur travail en décidant de complètement changer l'intrigue des skaters cascadeurs. Pour faire plaisir au ministère, ils devaient en plus réécrire un des épisodes qui étaient tournés cette semaine.

Elle s'est tournée vers moi :

— Tu es là pour apprendre, non ?

— Heu...

— Essaie de trouver une idée d'histoire.

— De prostate ?

J'ai écarquillé les yeux pour l'apitoyer. Ça n'a pas marché.

— On ne peut plus toucher aux intrigues longues, a-t-elle dit, ça désorganiserait tout. Il faut changer l'intrigue C. Après la réunion, regarde quelle est l'intrigue C qu'on avait prévue ce jour-là, vérifie qu'on puisse la supprimer sans problème de raccord pour la suite, et trouve une idée d'intrigue prostate à la place. D'accord ? Je passerai te voir en fin de journée.

La réunion a repris, et on a parlé des intrigues C, justement. Il y en avait une dans chaque épisode, racontée en trois scènes. Le principe de ces petites histoires en trois temps était d'évoquer une chose du quotidien, le plus souvent sous l'angle de la comédie. Elles devaient être bouclées, c'est-à-dire démarrer et se conclure dans le même épisode, sans conséquence sur les suivants. J'avais lu dans la bible que ces petites vignettes avaient été conçues dans un but bien calculé : elles permettaient aux spectateurs qui prenaient la série en cours de pouvoir comprendre au moins une des trois histoires qui étaient racontées chaque jour. Les autres histoires, « feuilletonnantes », étaient difficiles à suivre quand on voyait la série pour la première fois. Grâce aux intrigues C, les nouveaux spectateurs avaient quelque chose à se mettre sous la dent, tandis qu'ils raccrochaient progressivement les wagons sur les histoires longues.

C'était une technique de dealer de drogue. La première fois, on vient pour du cannabis. Au passage, on nous offre une petite dose d'une drogue plus dure. Les fois suivantes, les doses sont plus grosses et les drogues plus dures. Et on finit complètement accro.

Avant le début de l'atelier, chaque auteur avait dû réfléchir à une intrigue C. Les intrigues A et B étaient pensées de façon collégiale, mais chaque auteur était autonome pour l'intrigue C de son épisode. À la fin des trois jours d'atelier, les cinq auteurs des séquenciers rentraient chez eux. En fonction de ce qui avait été décidé en groupe, chacun devait écrire un résumé des dix-huit scènes de l'épisode qui lui avait été attribué : huit scènes pour l'intrigue A, cinq scènes pour l'intrigue B, et au milieu de tout ça, les trois scènes de l'intrigue C.

Qui a dit que les artistes ne savaient pas compter ?

On a fait un tour de table des propositions pour les intrigues C des cinq épisodes de la semaine. Les auteurs avaient fait leurs devoirs.

Une grand-mère devait vaincre sa pudeur pour aller à un cours d'aquagym.

Deux jeunes draguaient la même fille puis y renonçaient pour sauver leur amitié.

Un bibliothécaire en panne de voiture avait besoin de son père garagiste avec qui il était fâché depuis plusieurs semaines.

Une mère avait l'impression que le meilleur ami de son fils était amoureux d'elle.

Une prof de français passait le permis de conduire avec comme examinateur le père d'un élève qu'elle venait de faire redoubler.

Françoise a validé la dernière proposition – l'intrigue du permis de conduire – tandis que Joyce rassemblait ses affaires. La réunion touchait à sa fin, mais Noémie n'avait toujours pas présenté son intrigue C. Je me suis tournée vers elle et j'ai eu ma première parole spontanée :

— Et toi, Noémie, quelle est ton intrigue C ?

Tous les visages se sont tournés vers moi. Ils exprimaient différents niveaux d'atterrement.

— Il y a cinq épisodes par semaine, Sophie, a dit Françoise. Donc cinq auteurs de séquenciers, et cinq intrigues C. Relis tes notes, tu verras, le compte est bon. Noémie est auteur relisseur. Son travail est de relire les cinq séquenciers pendant le week-end, de les harmoniser, et de faire en sorte que tout soit logique et s'enchaîne bien. Pas trop perturbée ?

J'ai serré les lèvres, baissé les yeux et ravalé mon orgueil. Pour qui se prenait-elle ? Auteur principal de *La Vie la Vraie*, ce n'était pas exactement ce dont on rêvait pour son CV.

J'allais montrer à Françoise à qui elle avait affaire. Avec une bonne intrigue prostate, j'allais lui prouver que je n'étais pas une dactylo sortie de l'école après le brevet.

Une bonne intrigue prostate.

Mon objectif, malheureusement, était un oxymore en soi.

Parce qu'il n'y avait pas de temps à perdre, je me suis interdit d'analyser ce que signifiait, politiquement, qu'une productrice impose à ses auteurs d'obéir à un ministre. En matière de propagande, on ne pouvait pas faire mieux. Et si ma conviction personnelle était que le dépistage de la prostate faisait plus de mal que de bien ? Qu'il entraînait au nom du principe de précaution de nombreuses ablations inutiles ? Et donc de nombreux cas d'impuissance et d'infertilité chez des hommes pourtant en parfaite santé (j'avais lu un article là-dessus) ? Au nom de quoi pouvait-on imposer à des auteurs de mettre leur talent au service d'un programme politique ? Autant pour la liberté de parole. Autant pour l'autonomie de la création. Et personne ne s'était même posé la question.

Si j'avais pu raconter ça à Marc...

J'ai gribouillé sur des feuilles volantes les idées qui me passaient par la tête. Malheureusement, ça ne prenait pas beaucoup de place. Quand j'avais écrit mon roman, j'avais eu moins de problèmes d'inspiration. Déjà, j'avais moi-même choisi le sujet. Et surtout, j'avais cherché à reproduire le flux de pensée de mon héros, pas directement à traiter d'un thème ni à truffer mon récit de rebondissements.

À 18h30, j'avais eu l'idée d'une histoire avec Abdou (autant faire travailler Joseph avant qu'il finisse écrasé sur le bitume). Son père viendrait de mourir d'un cancer de la prostate, on encouragerait Abdou à se faire dépister, mais Abdou nierait la part de génétique dans la maladie. Le thème du déni me plaisait bien. En revanche, ça ne me donnait pas de découpage en trois scènes.

— Oublie tout de suite, a dit Françoise.

Elle m'appelait depuis l'appartement de la rue Jean-Jacques-Rousseau. Après la réunion, ils avaient commencé à travailler en atelier. Je les entendais débattre derrière Françoise.

— Les intrigues C, ce sont des intrigues comédie. Le père qui vient de mourir, le fils dans le déni, comment veux-tu raconter une histoire amusante avec ça ?

Elle ne m'a pas laissé le temps de répondre.

— Déjà, est-ce que tu as appelé le plateau pour avoir les disponibilités des décors et des comédiens ?

— C'est-à-dire que...

— On n'est pas à Hollywood, on a des contraintes à respecter. Attends, bouge pas, j'ai le tableau dans mon classeur...

Je l'ai entendue fouiller dans son sac. Elle pestait de sa voix de fumeuse : son sac était trop plein, la table était bancale, son classeur mal classé.

— Voilà. Bon, alors, c'est quoi le numéro de l'épisode ?

— Le numéro de l'épisode ?

— C'est la première chose à faire ! Comment veux-tu, sinon... La journée de l'anus, de la prostate, de ce qu'ils veulent, c'est quelle date ?

J'ai vite cherché sur Internet. Je me sentais minable de ne pas l'avoir fait plus tôt.

— C'est le 15 septembre, j'ai dit, contente au moins de maîtriser Google.

— Donc, laisse-moi voir, c'est l'épisode 1242. Et, attends, je vérifie... Oui c'est ça, il est tourné cette semaine. À l'heure où on se parle.

Elle s'est mise à crier dans l'appartement :

— Est-ce que quelqu'un a la Vdef du 1242 ?

Quelques secondes plus tard, Françoise avait un ordinateur et le texte de l'épisode sous les yeux. Moi aussi, j'avais ouvert le fichier depuis le réseau.

— Tu vois, c'est l'intrigue C de cet épisode que tu dois remplacer. Laisse-moi me souvenir... Ah oui, on avait Mamie qui apprenait à Capucine comment fabriquer des antisèches. Elles font en sorte que Béatrice, la mère de Capucine, ne s'en rende pas compte. Au final, Capucine a tellement recopié sa leçon sur des bouts de papier de plus en plus petits qu'elle connaît sa leçon par cœur de toute façon.

J'ai entendu le crépitement d'une cigarette sur laquelle on tire une longue bouffée.

— Bon, ben tout ça, ça saute. Attends, je vérifie les numéros de scènes... OK, on a de la chance, elles n'ont pas encore été tournées. Elles sont prévues pour demain.

J'avais une montée de stress chaque fois que je me souvenais que toute une équipe de techniciens et de comédiens, à Nice, subissait les conséquences de ce qu'on décidait en quelques coups de fil à Paris. Françoise parlait à toute vitesse.

— Donc, ton travail, c'est d'inventer une histoire qui sera tournée demain. T'inquiète pas pour les dialogues et les détails, je ferai ça ce soir. Mais une idée, déjà, ça serait bien. Sachant qu'on ne peut absolument pas modifier le plan de travail. Les comédiens ont pris le train pour Nice, d'autres sont rentrés à Paris, les décors ont été installés. Tu dois raconter ton histoire uniquement avec ce qui est disponible.

Une nouvelle bouffée de tabac. Autant elle parlait vite, autant elle prenait son temps quand elle tirait sur sa cigarette.

— Ce qui signifie, si je ne me trompe pas, que tu as trois décors possibles. Tu notes ?

Je notais.

— Tu as le salon de Mamie, la boutique de layette, et la piscine. Comme comédiens, tu as Mamie, Capucine, le père de Capucine, et le garagiste. Abdou, tu vois, n'est pas prévu demain sur le plateau. À tous les coups, il n'est plus à Nice, il a dû rentrer à Paris. Tu peux enterrer ton idée… Bon, on peut pas dire non plus qu'elle était irremplaçable.

Je l'entendais qui marchait à nouveau vers la table des auteurs.

— Et n'oublie pas, on veut une intrigue prostate *comédie*.

Elle a marqué un temps, sans doute pour que je puisse parler. Mais elle aurait pu attendre dix minutes, j'étais sans voix.

— Je passe te voir quand on a fini. Ciao, ciao.

Un conseiller du ministre qui n'a jamais vu *La Vie la Vraie* lit quelque part que le feuilleton est très suivi par les Français. Il veut réussir sa journée de la prostate. Il a soudain une idée géniale. Il décroche son téléphone et passe un coup de fil à RFT, qui dans la foulée appelle Joyce Verneuil. Comme elle tient à ses bonnes relations avec ceux qui la font vivre, elle dit oui à tout ce qu'ils veulent. Et moi, en bout de chaîne alimentaire, je me retrouve à devoir inventer une intrigue prostate comédie en trois scènes bouclées. Elle doit avoir lieu à la piscine, dans le salon de Mamie et dans la boutique de layette. Elle doit se jouer entre Mamie, Capucine, son père, et le garagiste. Elle sera tournée demain.

Et Mohamed s'était indigné quand j'avais douté de la qualité artistique de *La Vie la Vraie* ?

— La contrainte libère la créativité, a dit Joyce.

J'ai croisé Joyce en allant chercher de l'eau à la fontaine de l'open-space et je n'ai pas pu m'empêcher de m'étonner des conditions dans lesquelles on devait déconstruire tout un épisode pour faire plaisir au ministre.

— On n'est jamais aussi inventif que sous la contrainte, tu sais.

Merci, Joyce, pour le cours de littérature. Les surréalistes, l'Oulipo, dans un an, c'est moi qui allais l'enseigner…

— Pour le coup, j'ai dit, ça risque d'être vraiment surréaliste. Parler de prostate avec Mamie et le garagiste dans la boutique de layette, c'est pas ça qui va relever le niveau de la série.

— On n'est pas là pour révolutionner la marche de l'humanité.

— Parce que là, moi, je me sens pas capable.

— Qui peut le plus peut le moins. Si le niveau est bas, ça devrait être à ta portée…

Elle a dû regretter son insinuation parce qu'elle a ensuite posé sa main sur mon bras et elle m'a regardée dans les yeux avec un sourire complice.

— Mais laisse faire Françoise, si tu préfères.

Elle m'a fait signe d'entrer dans son bureau. Elle a fermé la porte derrière elle et elle s'est assise dans un des deux fauteuils pour ses invités. Elle m'a fait asseoir en face d'elle.

— Françoise est une femme exceptionnelle. Tu vas voir.

Elle murmurait presque.

— Il n'y a pas cinq ans, elle était maraîchère au Guilvinec. Un jour, elle a tout plaqué pour un cascadeur russe qui tournait un film dans la région. Elle a changé de vie, ils se sont installés à Paris, elle s'est mise à écrire pour le *Nouveau Détective*, puis des polars genre *SAS* et des nouvelles qu'elle a publiées à compte d'auteur. Je l'ai rencontrée à une avant-première avec son cascadeur et j'ai tout de suite vu qu'elle avait quelque chose.

Le sourire de Joyce s'est un peu durci.

— Mais qu'on soit bien clair, ce quelque chose, je n'appelle pas ça du talent. Le vrai talent... c'est autre chose.

Elle a enlevé ses boucles d'oreilles à pince et les a fait disparaître dans une boîte en nacre sur son bureau.

— En attendant, ce qu'elle a est encore plus rare que le talent : elle sait captiver. Tout le monde sait raconter des histoires, il suffit de débrider deux secondes son imagination, c'est pas sorcier. D'ailleurs, les histoires de Françoise ne sont pas originales. Elle pioche des choses à droite à gauche, c'est toujours mille fois déjà vu. Sauf qu'elle, quand elle raconte, ça plaît. Les ingrédients sont ordinaires, mais elle en fait une sauce qui, je sais pas... qui plaît. J'ai senti ça et je l'ai immédiatement fait travailler. Je vais te dire un truc, Sophie. Tu vas me trouver arrogante, mais un jour tu comprendras que j'ai raison : le vrai talent, ce n'est pas de raconter des histoires. Le vrai talent, c'est d'anticiper quelles histoires plairont au public. Et moi j'ai immédiatement senti que Françoise était une femme qui racontait des histoires que le public allait aimer.

Elle s'est relevée, elle a fait le tour du bureau et s'est assise dans son fauteuil. Elle a commencé à feuilleter *ELLE*.

— Elle n'y peut rien, mais c'est comme ça. Ses histoires plaisent, que veux-tu.

— Première scène. Mamie a traîné Bruno, son fils, à la boutique de layette. Elle doit trouver un cadeau pour le petit-fils d'une amie toute jeune grand-mère.

Joyce et Mohamed étaient en train de regarder l'épisode du soir dans le bureau d'à côté. Françoise était devant moi, elle faisait des allers-retours entre la porte et la fenêtre. Elle était arrivée trois minutes plus tôt et elle avait eu un sourire que j'avais pris pour de la satisfaction quand je lui avais dit que je n'avais pas eu d'idée. Elle s'était tue une petite minute, près de la fenêtre, puis elle m'avait fait signe de noter.

— Mamie raconte qu'elle a entendu à la radio que c'était la journée de la prostate. Elle dit à son fils d'aller se faire dépister. Mais Bruno refuse l'idée même de parler de sa prostate avec sa mère. C'est un sujet dont on ne peut parler qu'entre hommes. De toute façon, il est bien trop jeune. Mamie insiste : ça prend juste le temps d'un petit doigt dans… Stop ! dit Bruno, il ne veut pas entendre la suite. Mamie insiste mais il n'y a rien à faire.

Nouvelle cigarette.

— Scène deux. Comme tous les mercredis midi, Bruno va nager à la piscine. Il y rencontre M. Curioni, le garagiste. M. Curioni a un comportement très bizarre. Il suit Bruno, nage derrière lui, à côté, et ramène sans cesse la conversation à sa prostate. Il se fait dépister tous les trois ans, c'est très important, son père a été sauvé grâce à un dépistage. Il colle Bruno et revient à la charge, avec tout un tas d'histoires inquiétantes. Il insiste tellement sur sa prostate que Bruno en vient à se demander si M. Curioni ne serait pas en train de le draguer, même si la méthode est pour le moins étonnante. Pour se débarrasser de lui, Bruno lui promet d'aller se faire dépister.

Françoise s'est arrêtée devant la fenêtre. Elle a regardé l'immeuble en verre au milieu de la place.

— Scène trois. Au café, Mamie offre une glace à sa petite-fille. Arrive M. Curioni. Mamie demande à sa petite-fille de l'attendre quelques minutes. *Qu'est-ce que vous me forcez à faire!* dit M. Curioni à Mamie. *Depuis le temps qu'on est amis, ça fait bien longtemps que vous auriez dû changer de garagiste et venir chez moi. Et sans me forcer à me ridiculiser en contrepartie. Un marché est un marché,* répond Mamie à M. Curioni. Dès qu'elle aura vu le test de dépistage de Bruno, c'est promis, elle apporte sa voiture à réviser. Avec sa reconnaissance et tous ses remerciements.

*

J'ai croisé Joyce dans l'ascenseur en partant.

— Françoise a eu une idée pour la prostate. Mais il lui reste tous les dialogues à écrire pour demain matin.

Joyce avait changé de chaussures. Ni des baskets, ni les bottines en galuchat qu'elle portait plus tôt, mais des talons aiguilles léopard qui découvraient ses pieds jusqu'au début des orteils. Pour son âge, elle avait les pieds remarquablement fins.

— Ne t'en fais pas pour elle. Elle travaille vite.

— Je ne m'en fais pas pour elle.

J'ai eu peur d'avoir parlé sèchement.

— Même si je comprends qu'elle travaille beaucoup...

— Tu sais, vu ce qu'elle gagne...

Le sourire de Joyce a frisé en coin.

— Si ça peut t'aider à mieux dormir, sache que Françoise gagne...

On traversait le hall. Il y avait encore une hôtesse dans le bureau-bulle. Joyce a baissé la voix.

— Disons que, tous les mois, je donne à Françoise le même salaire que celui du président de RFT.

Tandis que j'étais en train de me figurer les sommes dont on parlait, Joyce a levé sa main et l'a fermée sur mon poignet. C'était la première fois que nos peaux se touchaient. Je me suis rendu compte qu'on ne s'était jamais fait la bise ni serré la main. Tenait-elle mon poignet parce que ses chaussures lui faisaient mal ? Ou avait-elle pour moi de l'affection ?

— Avec les droits d'auteur que lui verse la SACD à la diffusion de chaque épisode, a-t-elle soufflé, tu peux doubler la somme. Alors quand on pense qu'il y a quatre ans elle était au RMI...

Ses pas étaient tout petits mais elle marchait presque plus vite que moi.

— Qu'est-ce que t'as pensé d'elle ?

— C'est juste un premier contact.

— Tu n'es pas obligée de l'aimer. Du respect ça suffit. Ça suffit mais c'est important. Elle en a besoin pour bien travailler.

Sur le trottoir, elle a levé la main pour appeler un taxi.

— Quand je suis venue la chercher, son mari cascadeur venait d'avoir son accident. Elle était veuve. Elle n'avait plus rien. Aujourd'hui ses histoires sont regardées chaque jour par plus de cinq millions de personnes et elle est l'auteur le mieux payé de France.

— Si la série s'arrête, j'ai plaisanté, ça fait de sacrées indemnités de licenciement...

Elle a hélé un taxi et m'a souri.

— Françoise est auteur, pas salariée. Je peux me séparer d'elle du jour au lendemain, sans indemnités.

Elle a ouvert la portière arrière et s'est glissée dans la voiture.

— Île Saint-Louis, s'il vous plaît.

— À demain, Joyce.

Elle n'avait pas encore claqué la portière. Elle m'a fixée.

— Le seul talent qui compte, c'est savoir détecter ce qui va plaire au public.

Elle m'a fait un clin d'œil : « N'est-ce pas, Sophie ? »

Je lui ai fait un signe de la main. Elle a fermé la portière. Derrière la vitre, elle m'a répondu d'un grand sourire. J'ai lu le reste sur ses lèvres :

— À demain, Sophie.

13

Deux femmes sont assises sur un banc, dans un square où jouent beaucoup d'enfants.

— Mère au foyer, c'est pas si mal.

— Le problème, après, c'est les enfants.

Au retour du jogging, Marc a voulu acheter *Le Journal du Dimanche*. Annie a garé son vélo sur le trottoir et on s'est arrêtés à la maison de la presse. Pendant que Marc payait, j'ai suivi Annie au rayon des magazines.

Marc avait eu rendez-vous quelques jours plus tôt avec l'institutrice d'Annie. Ce n'était pas la première fois qu'on lui parlait des problèmes d'intégration de sa nièce. Annie parlait peu avec ses camarades, elle ne cherchait que la compagnie des adultes, elle disait que l'infirmière et le moniteur de natation étaient les seules personnes qu'elle aimait bien à l'école. Elle ne prenait pas la parole en classe, et quand la maîtresse la forçait à s'expliquer sur son attitude, elle disait qu'elle trouvait que les enfants de la classe étaient stupides, tous. L'institutrice avait suggéré qu'on emmène Annie chez un pédopsychiatre. Marc connaissait suffisamment sa nièce pour savoir qu'elle avait du caractère, aucun problème de niveau scolaire, et qu'il ne fallait pas la stigmatiser en la montrant à un médecin parce qu'elle avait une plus grande maturité que les enfants de sa classe. Le rendez-vous avec l'institutrice ne s'était pas très bien fini.

Annie a repéré une image du dernier dessin animé de Miyazaki en couverture d'un magazine. Elle l'a feuilleté quelques secondes puis l'a reposé. Je me suis approchée.

— Ma petite Annie, j'ai dit, est-ce que tu savais que j'avais des pouvoirs magiques ?

Elle m'a regardée perplexe – qu'est-ce que je racontais ?

Je lui ai tendu *Télé 7 Jours*.

— Si, c'est vrai. J'ai le pouvoir de prédire les résumés de *La Vie la Vraie*.

Elle a réfléchi.

— Ça sert à rien comme pouvoir.

— En attendant, c'est quand même un pouvoir magique. Tu paries ?

Je lui ai dit de choisir n'importe quel jour de la semaine et de me lire la première phrase du résumé de l'épisode de *La Vie la Vraie*.

— Tu me lis la première phrase et grâce à mon pouvoir, je vais deviner la phrase d'après.

Elle a reculé pour être sûre que je ne pouvais pas voir l'intérieur du magazine et elle a ouvert la page du mercredi. Elle a déchiffré la première phrase d'un ton blasé.

— Théo suspecte Abdou de l'avoir arnaqué.

J'ai fermé les yeux pour me concentrer. Faute de pouvoirs médiumniques, c'était pour le coup un vrai exercice de mémoire.

— Attends, je visualise... Je mobilise mes pouvoirs... Théo suspecte Abdou de l'avoir arnaqué... Et... *Christophe décide de parler à Béatrice de la voix qui le hante depuis plusieurs nuits* !

Sur le moment, Annie n'a pas réussi à retenir son sourire. Mais elle s'est vite reprise :

— Ça veut rien dire. Peut-être que tu as tout prévu et tu as appris les résumés par cœur.

— Tu m'as déjà vue lire *Télé 7 Jours* ?

— Moi, à Paris, je sais pas ce que tu fais. Peut-être que tu en profites pour regarder la télé tous les soirs.

Marc est arrivé son journal sous le bras. Annie lui a pris la main.

— Sophie dit qu'elle a le pouvoir le prédire les épisodes de *La Vie la Vraie*.

Il a ri.

— Tout le monde a le pouvoir de prédire les épisodes de *La Vie la Vraie*.

— Essaie, a dit Annie, tu vas voir.

Elle a ouvert le magazine au vendredi et l'a tendu à Marc.

— Lis la première phrase du résumé. Elle va deviner la suite.

— Voyons voir..., a dit Marc en plissant les yeux. Suite à la mort d'Abdou, les jeunes skaters se disputent violemment.

Marc a baissé le magazine pour qu'Annie vérifie en même temps.

— Je vois, je vois, j'ai dit en refaisant mon petit numéro de voyante... Je vois... *Christophe se résout à consulter un psychiatre*.

Marc m'a fait un clin d'œil. Annie m'a regardée suspicieuse.

— Moi, je dis que t'as un truc.

— Et moi, je vous dis que j'ai des vrais pouvoirs.

Marc a reposé le magazine et m'a embrassée dans le cou.

— Arriver à lire *Télé 7 Jours*, c'est déjà un pouvoir en soi.

Depuis bientôt deux mois que je travaillais chez Azur Productions, j'avais pris suffisamment d'assurance pour m'autoriser à jouer parfois avec le feu. Avec mon blouson, par exemple. Le lendemain de ma première feuille de paie, j'ai craqué, je suis entrée dans la boutique. Mon argent, officiellement, n'existait pas, je n'avais aucune manière de le justifier auprès de Marc ; il fallait bien que je trouve des moyens de le dépenser incognito... J'ai montré le blouson du doigt, pas besoin de l'essayer une nouvelle fois, la vendeuse l'a emballé, j'ai tapé mon numéro de carte bleue – la secrète – et je suis vite rentrée à l'appartement, juste le temps de déballer le blouson de son papier de soie et de jeter le sac dans la poubelle de l'immeuble. Julien n'était pas là. Dans la cuisine, avec des ciseaux, j'ai décousu l'étiquette Paul ET Joe. Et, le week-end suivant, j'ai dit à Marc que j'avais trouvé un mignon petit blouson dans une brocante par hasard dans la rue. Il m'a dit qu'il m'allait très bien, c'était une belle affaire. La preuve qu'on pouvait s'habiller correctement sans tomber dans le piège des marques.

Le matin, en marchant au boulot, je lisais différemment les prix dans les vitrines. Je n'avais plus l'impression d'être une intruse dans le quartier. Quatre cent cinquante euros pour un blouson, bien sûr que c'était trop cher, Marc avait raison. Mais il fallait prendre ces boutiques pour ce qu'elles étaient : des enseignes de luxe, qui ne vendaient pas des habits mais des petits bijoux qu'on s'offrait de temps en temps comme des récompenses. J'avais beaucoup travaillé, j'avais perçu un salaire. Mon blouson était beau. Je l'avais mérité. C'était mon armure glamour, il me rendait plus forte.

Pour l'instant, j'arrivais à tout mener de front. En contrepartie, je travaillais absolument tout le temps. Quand ce n'était pas *La Vie la Vraie*, c'était ma thèse. J'y consacrais mes pauses déjeuner, mes soirées, mes trajets dans le TGV, mes samedis et mes dimanches jusqu'à 16 heures. C'était dur, mais le rythme me donnait de l'énergie. Autant je n'aurais pas pu écrire deux thèses à la fois, ni travailler sur deux feuilletons en parallèle – j'aurais explosé –, autant passer de *La Vie la Vraie* à ma recherche sur le roman contemporain était supportable : chaque activité me reposait de l'autre. Le temps que je passais avec Marc s'était nettement raréfié, mais on s'appelait tous les jours, et on s'organisait. Lui comme moi, on faisait nos corvées pendant la semaine – on ne passait ensemble que les bons moments. Je n'avais manqué aucun week-end. J'étais rentrée à Bordeaux tous les jeudis soir. Comme Joyce partait à Nice, je n'avais pas à rester tard au bureau et j'arrivais généralement à prendre le train de 19h25 qui arrivait à Bordeaux à 22h30. Marc acceptait qu'Annie se couche plus tard ce soir-là, ils venaient en voiture me chercher à la gare.

Bien sûr, Marc avait été déçu que je ne participe pas au colloque organisé par ma mère. Quel dommage, une si belle occasion d'exposer ton travail à des grands noms de l'Université… J'avais prévu un cataclysme à la fac, une contre-attaque de ma mère, qui avait mobilisé Marc pour qu'il l'aide à me mettre la pression. J'avais attendu le cyclone mais je n'avais affronté qu'une petite tempête. Ma mère m'avait rappelée, évidemment, elle avait encombré ma boîte vocale de messages, un coup flagorneurs, un coup comminatoires. Elle en terminait certains « en tant que directrice de thèse et présidente d'Université », les autres par « ta maman qui t'aime ». J'avais tenu trois jours, puis je l'avais rappelée, la voix assurée mais les mains tremblantes. À ma surprise, la conversation avait été très brève :

— N'as-tu, Sophie, aucun respect de la parole donnée ?

— Peux-tu me dire, maman, quel intérêt j'aurais à me défoncer pour une thèse dont je sais déjà qu'elle ne me donnera aucun poste ni ne m'ouvrira aucune porte ?

Elle s'était sentie désarmée. J'étais suffisamment vulgaire pour brandir l'argument de l'utilité. Et comme elle savait aussi bien que moi que ma thèse ne serait pas publiée et que mon dossier ne déboucherait sur aucun poste à la fac, elle n'avait plus aucune carotte pour me faire avancer.

— Un universitaire qui a de la dignité, Sophie, ne travaille pas pour la carrière mais pour le goût du savoir.

— Mais n'est-ce pas pour ta propre carrière, maman, que tu voulais reprendre *mes* conclusions pour *ton* article ?

Depuis ce coup de fil, on ne s'était plus rappelées. Ma mère s'était appuyée dans ses conclusions sur la thèse de Jeanne Legendre. Lesdites conclusions n'avaient donné lieu à aucune publication dans la revue de Bordeaux 3.

À Paris, dans la grosse mécanique de *La Vie la Vraie*, mon rôle s'était clarifié. Mon travail était plus agréable dans la mesure où je ne perdais plus de temps à comprendre qui faisait quoi, dans quels délais, et ce qu'on attendait de moi. Je connaissais par cœur les dates des réunions et des remises de textes, je m'organisais pour lire à temps toutes les versions de tous les textes. Ce n'était pas mon rôle de critiquer artistiquement les histoires et les dialogues, mais Joyce demandait régulièrement mon avis. On en discutait avant les réunions en allant à l'appartement de la rue Jean-Jacques-Rousseau, le soir avant la diffusion de l'épisode sur RFT, ou en pleine journée quand elle m'appelait dans son bureau. Elle me demandait aussi un avis de temps en temps sur le casting. Parmi mes missions régulières, il n'y en avait qu'une qui avait un impact direct sur le contenu des épisodes : j'étais la seule à relire les toutes dernières versions des épisodes, celles qui devaient être validées à 16 heures pour être distribuées sur le plateau à Nice avant la fin de la journée. Le lundi, Joyce était débordée, alors j'étais la seule à vérifier que l'auteur qui avait relissé les dialogues n'avait pas changé le sens de l'histoire. Et je devais supprimer les éventuels mots d'auteur qui se seraient glissés dans le texte au cours des étapes précédentes. Joyce me faisait confiance.

La rédaction des résumés ne me prenait plus que deux heures dans la semaine. Ce travail n'avait pas d'impact sur les épisodes, mais mes textes se retrouvaient dans les journaux et sur les sites Internet ; c'était considéré comme une activité éditoriale.

Mais la grosse partie de mon job était de faire en sorte qu'à chaque étape les textes soient remis en temps et en heure. C'était la chose la plus importante : même si les textes étaient, disons, « imparfaits » (j'arrivais à ne plus sourire quand Joyce employait le terme), ils devaient être livrés au plateau pour être tournés et diffusés dans la foulée. C'était une production en flux tendu. Le moindre retard, à n'importe quelle étape de la chaîne, mettait en danger la diffusion. C'était la pire chose qui pouvait arriver à la télévision – Joyce, pourtant stoïque en toutes circonstances, pâlissait quand quelqu'un évoquait la possibilité qu'un épisode ne soit pas livré à temps. RFT avait commandé des épisodes inédits cinquante-deux semaines par an, donc la production ne devait jamais s'arrêter.

Un samedi, un auteur m'a laissé un message pour dire qu'il avait quarante de fièvre et qu'il ne pourrait pas rendre son texte à l'heure. J'étais donc tenue de trouver en urgence un auteur qui était disponible pour se mettre au boulot immédiatement et rendre un épisode entièrement dialogué le mardi suivant à 11 heures. Depuis le jardin, pendant que Marc cuisinait, j'ai appelé les auteurs qui n'étaient pas prévus dans le planning cette semaine-là, mais aucun n'était disponible au pied levé. J'ai eu beau insister, aucun des trois scénaristes en question n'a accepté. Alors j'ai retrouvé sur le serveur d'Azur Productions la liste de tous les auteurs qui avaient travaillé sur la série, avec Mohamed j'ai écarté ceux que Joyce avait virés, pour n'appeler que ceux qui étaient partis de leur plein gré. Par chance, l'un d'entre eux avait du temps et suffisamment besoin d'argent pour accepter d'enchaîner deux nuits blanches. Il avait eu deux jours et deux nuits pour faire un travail qui prenait habituellement une semaine entière.

Quant à l'auteur que j'avais remplacé, il était resté au lit pendant dix jours. Il avait perdu deux semaines de travail et n'avait touché aucun argent pour l'épisode qu'il n'avait pas pu terminer.

La gestion de la disponibilité des auteurs prenait plus de temps que je l'avais cru. Les équipes d'auteurs tournaient : chaque semaine, il fallait convoquer cinq auteurs à l'atelier séquenciers et cinq auteurs pour les dialogues. Être appelé pour travailler était un enjeu important pour les auteurs. La plupart d'entre eux développaient des projets personnels à côté, mais ils avaient rarement d'autres sources de revenus que *La Vie la Vraie*. Ils faisaient pression sur moi pour que je les inscrive aux ateliers aussi souvent que possible. Selon leur ancienneté, ils touchaient entre mille cinq cents et deux mille euros par épisode, puis autant via la SACD au moment de la diffusion. D'un mois à l'autre, en fonction du nombre d'épisodes qu'on leur confiait, leurs revenus pouvaient donc beaucoup varier – de rien quand ils ne travaillaient pas à plus de seize mille euros pour les seniors qui travaillaient quatre semaines consécutives. Ils se plaignaient aussi de ne jamais être prévenus de leur participation plus d'une semaine à l'avance. Ils ne pouvaient jamais organiser leurs vacances, à moins d'accepter le risque d'un gros manque à gagner.

J'avais fini par en avoir assez de leurs plaintes, et du stress de devoir reconstituer chaque semaine une nouvelle équipe pour les cinq épisodes suivants.

Car autant les auteurs voulaient travailler autant que possible, autant je ne pouvais pas me permettre de ne faire appel qu'à une poignée d'auteurs réguliers : il suffisait que plusieurs d'entre eux soient indisponibles une semaine (hypothèse très plausible pendant les vacances scolaires) et je n'avais plus assez de monde pour les séquenciers et les dialogues des cinq épisodes de la semaine. J'étais donc obligée de faire tourner des auteurs parmi une équipe un peu plus large que nécessaire pour être sûre de ne jamais me retrouver en sous-effectif.

En compensation, pour améliorer le confort des auteurs, j'avais pris du temps pour préparer un planning. Jusqu'à présent, ils ne savaient qu'une semaine à l'avance s'ils allaient travailler sur les épisodes suivants. Le nouveau système venait juste d'être mis en place, on ne l'avait pas encore testé : désormais, ils auraient un planning deux mois à l'avance. J'avais prévu un roulement équitable. Ils travailleraient tous le même nombre de semaines sur la période donnée, et j'avais regroupé les semaines où ils ne travaillaient pas pour qu'ils aient le temps de se plonger dans leurs projets personnels, voire partir quinze jours en vacances s'ils le souhaitaient. Plusieurs auteurs m'avaient appelée dans l'heure pour me remercier. Ça faisait longtemps qu'ils attendaient un planning qui leur permettrait de s'organiser. Pour une fois, ils se sentaient considérés.

Le téléphone a sonné : *Réception Joyce* s'est affiché sur l'écran. La jeune hôtesse qui travaillait ce jour-là m'a dit que Joyce m'attendait dans son bureau.

J'ai terminé de lire mon paragraphe (Françoise venait de nous envoyer une nouvelle proposition d'arche A). J'ai ouvert la fenêtre pour rapprocher la vitre de mon visage et vérifier dans le reflet que je n'avais rien de coincé entre les dents. Depuis une semaine, je travaillais près de la fenêtre, avec une vue directe et imprenable sur la place. Un soir, Joyce était entrée dans le bureau, juste avant le début de l'épisode sur RFT. Sans amorce, ni rien ajouter, elle avait dit :

— Mohamed, tu donneras ton bureau à Sophie. C'est elle ma coordinatrice.

Elle était ressortie aussi vite, laissant un grand froid dans le bureau. J'avais cherché le regard de Mohamed pour lui faire signe que ça m'était égal et qu'il pouvait garder sa place. Mais Mohamed ne m'a pas regardée. Sur le moment, je n'ai rien osé dire. Ensuite, on est allé visionner l'épisode du soir dans le bureau de Joyce, comme si de rien n'était. Le lendemain, je suis arrivée vers 10 heures, il était déjà là. Il travaillait à mon ancien bureau. Mes affaires étaient installées sur le bureau près de la fenêtre. L'ordinateur, mes cahiers, mes dossiers, mes textes, étaient positionnés exactement comme je les avais laissés la veille - sur l'autre bureau.

Rien entre les dents. J'ai refermé la fenêtre et j'ai marché jusqu'au bureau de Joyce.

— Re-bonjour Joyce, j'ai dit en entrant.

Joyce a souri.

— Installe-toi.

— Pour le 1165, j'ai continué en écartant le fauteuil, j'ai vu avec Françoise, elle va trouver quelque chose pour booster le cliff.

Elle a enlevé ses lunettes et les a posées devant elle sans les plier.

— Je viens justement de parler avec Françoise, a-t-elle dit. Elle a mentionné un tableau qui prévoit la présence des auteurs deux mois à l'avance.

J'ai souri : en effet, c'était moi qui étais à l'initiative de ce tableau ; la jeune thésarde montrait enfin des signes d'implication.

— Donc, c'est bien ça, ce tableau existe, et c'est toi qui l'as envoyé aux auteurs.

À sa manière de planter son regard dans mes pupilles, Joyce pouvait sans doute voir la couleur de mon cerveau.

— Imagine ma position, a-t-elle repris, lorsque Françoise a mentionné ce tableau dont je n'avais jamais entendu parler.

— Je l'ai envoyé jeudi dernier. Et depuis, c'est vrai, on n'a pas eu l'occasion de…

— Laisse-moi te poser une question, Sophie, a-t-elle dit sans bouger un seul muscle de son visage. Quel est ton titre, ici, dans la production ?

— Coordinatrice d'écriture.

— Et crois-tu que *coordonner* et *diriger* soient des synonymes ? Vu ton parcours, j'imagine que tu perçois une différence sémantique. Je me trompe ?

Ce n'était pas dans mon caractère de me laisser infantiliser. Je n'allais pas répondre à cette question. Je me suis tue.

— Je suis déçue, Sophie.

J'ai continué de la regarder, sans bouger ni rien dire. J'avais fait du bon travail, je n'avais rien à me reprocher.

— Si tu ne sais pas quoi répondre, a-t-elle dit, tu pourrais commencer par t'excuser.

À la moindre insolence de ma part, elle était capable de me demander de quitter l'immeuble et de ne jamais y remettre les pieds. À force de dîner tous les soirs avec elle, et de l'entendre décider de virer tel auteur, tel réalisateur ou tel comédien parce qu'il avait osé lui tenir tête, je savais qu'elle était prête à beaucoup de sacrifices pour protéger son autorité. Même si elle avait investi en moi, même si je lui étais devenue utile, elle n'hésiterait pas.

J'ai pensé à mon roman et j'ai baissé la tête. Le signe de soumission l'a immédiatement apaisée.

— Si tu veux prendre des initiatives, tu dois m'en parler avant.

— Je ne pensais pas que ça pourrait avoir des conséquences pour vous. Chaque semaine, je constitue une équipe parmi les auteurs disponibles, vous n'intervenez jamais. En s'organisant à l'avance, on est sûr de ne jamais manquer d'un auteur au dernier moment.

— Je t'interdis de me vouvoyer.

— Désolée, c'est la situation qui...

— Depuis que tu travailles chez Azur Productions, combien d'auteurs ont quitté les ateliers ?

J'ai réfléchi.

— Deux.

— Pour quelle raison ?

— Parce que tu n'étais plus satisfaite de leur travail.

— Et comment je suis censée me débarrasser d'un auteur maintenant qu'on s'est engagé sur cinquante épisodes à l'avance ?

— Même s'ils ne te satisfont plus, tu peux peut-être leur accorder un préavis ?

Elle a haussé le ton.

— Parce que tu crois qu'un auteur qui sait qu'il est viré va donner le meilleur de lui-même ? Et tu penses que le public mérite qu'on lui donne des épisodes qui ont été écrits par des auteurs dont on n'est plus satisfait ?

— C'est un tableau indicatif. Tu peux toujours changer les auteurs si tu le souhaites.

— As-tu précisé que le tableau était donné à titre indicatif ? As-tu marqué en bas du tableau que la production se réservait le droit le modifier à tout moment le planning et la composition des équipes ?

J'ai fait non de la tête.

— On a des contrats-cadres avec les auteurs.

Elle a fermé les yeux d'impatience.

— Et le document que tu as envoyé à tous les auteurs, contractuellement, vaut commande. Les agents des auteurs pourront me poursuivre si je n'honore pas ces commandes.

— Je voulais juste faciliter le travail de tout le monde…

— Nos auteurs sont très bien payés. Il y a des contreparties ? Tant pis. La vie est dure.

Elle s'est versé une tasse de thé. Un léger sourire mystérieux a recouvert son visage.

— Depuis quand défends-tu les auteurs de *La Vie la Vraie* ? Je croyais qu'ils n'étaient pas de vrais artistes ? Que leur travail ne reflétait pas une vision du monde singulière ?

— Je ne me permettrais pas de…

— C'est ce que tu penses, non ?

J'ai fait ce qu'il fallait pour abréger le face-à-face :

— Comme je te disais, Joyce, je voulais juste faciliter la vie de tout le monde. Mais mon rôle n'est pas de prendre des initiatives. J'ai compris.

La journée s'est poursuivie sans particularité. J'ai revu Joyce à 20h10 quand Mohamed et moi sommes allés dîner avec elle devant l'épisode du soir. À 20h35, le temps d'aller chercher mes affaires, j'ai repassé la tête dans son bureau pour lui dire au revoir. Elle était en train de se glisser dans son manteau de fourrure. Elle m'a souri, l'air de rien.

— Tu es intelligente, Sophie, tu as du talent et du potentiel. Mais si tu vas trop vite, tu vas te brûler les ailes.

« *Si tu vas trop vite, tu vas te brûler les ailes*. » J'ai ressassé les mots de Joyce de la place du Marché-Saint-Honoré jusqu'à la rue d'Aboukir. En montant les escaliers de l'appartement, j'étais toujours aussi furieuse. Qu'elle me prête je ne sais quelle ambition – pire que ça : qu'elle me prête de viles intentions pour réaliser mon ambition – était insupportable. N'avais-je pas été claire ? N'avait-elle pas compris que je n'en avais rien à faire de son feuilleton ? De son petit royaume qui vivait sur le talent des autres ? De son modèle industriel fondé sur la médiocrité ? Avait-elle oublié que j'étais là pour autre chose ? Comment cette femme qui se targuait de savoir lire les gens pouvait-elle autant se tromper sur moi ? Un jour, en réunion, elle s'était pourtant autoproclamée « experte en empathie »...

En poussant la clé dans la serrure, j'ai entendu la musique de *La Vie la Vraie* de l'autre côté de la porte. J'ai cru halluciner. J'étais poursuivie. J'ai ouvert la porte en espérant que le mirage se disperserait. De l'autre côté, dans le salon, Julien et un garçon de son âge étaient devant la télé. La fenêtre était ouverte en grand, il faisait froid, ils étaient assis par terre. Sur l'écran : l'épisode de *La Vie la Vraie* qui avait été diffusé une demi-heure plus tôt sur RFT.

Julien était mort de rire.

— Tiens, Sophie, a dit Julien, je te présente Vincent.

Il ne s'est pas levé pour les présentations.

— Sophie est la copine de mon oncle. Elle vit ici aussi.

Vincent s'est levé et m'a fait la bise.

— Bonsoir, madame. J'espère qu'on dérange pas.

— J'ai rencontré Vincent sur Internet, a dit Julien en toute décontraction. T'es étudiant en quoi déjà ?

Vincent a éclaté de rire. Je n'ai rien compris à ce qu'il essayait d'articuler.

— Ah oui, a traduit Julien, étudiant en mode. Ou en couture. Je sais pas comment on dit. Et il est fan de *La Vie la Vraie*. C'est dingue, hein ? Je lui ai enregistré l'épisode d'aujourd'hui sur le nouveau disque numérique, c'est cool, non ?

— Vous restez regarder avec nous ? a dit Vincent.

Je me suis retenue de dire ce qui me venait spontanément à l'esprit.

— C'est gentil, j'ai dit, mais c'est pas le bon moment. Vous n'imaginez pas à quel point…

J'avais envie de prendre la télévision et de la balancer par la fenêtre. Ce qui signifiait que j'avais besoin d'une tisane et d'un bon livre. J'ai filé dans la cuisine mais le bruit de *La Vie la Vraie* dans l'appartement était insupportable. Il me restait des boules Quiès dans mon sac de voyage.

Julien m'a suivie dans la cuisine.

— Qu'est-ce qui t'arrive ? T'as l'air toute tendue.

— C'est rien, c'est le boulot.

— Le boulot ?

Aïe. J'avais parlé trop vite… J'ai préféré faire la morte et ne pas répondre. Julien a réfléchi une seconde mais, heureusement, n'a pas insisté. Il s'est dandiné en faisant des yeux de chien battu. Il était presque affectueux, c'était bizarre.

— T'es sûre que tu veux pas venir avec nous ? C'est bon esprit franchement.

— Depuis quand tu regardes *La Vie la Vraie*, toi ?

— T'as pas vu ?

— Vu quoi ?

— Ben le joint !

— Quel joint ?

— Vincent fait pousser de l'herbe chez lui, il a une lampe à sodium, c'est bio, il en a apporté.

— Et t'en as pris ?

— Ben oui.

J'ai vérifié derrière nous que Vincent n'était pas entré dans la cuisine. Je me suis approchée de Julien et j'ai baissé la voix.

— Et tes études ?

— Ça va, c'est juste un joint. J'ai fini mon exposé aujourd'hui, j'ai pas cours demain, tout va bien.

J'ai soupiré.

— Si je te dis que c'est très mal et que tu devrais pas, ça changera rien ?

Il a souri. Je n'avais pas l'énergie de me battre. J'ai versé l'eau chaude dans ma tasse.

— Vite Julien ! a crié Vincent depuis le salon. Y a Abdou et Théo qui vont se battre sur le toit de l'immeuble !

Julien m'a prise par le poignet et m'a tirée devant la télé. J'ai renversé de la tisane partout sur mon passage. Je me suis laissé faire, c'était plus facile que de lutter.

Il m'a assise sur le canapé entre Vincent et lui. Les mains de Vincent étaient vides, mais j'ai senti une odeur étrange, puis j'ai aperçu une petite volute de fumée du côté de la fenêtre. Dans une petite soucoupe sur le plancher, en effet, il y avait un joint en train de se consumer. Machinalement, sans détourner les yeux de la télé, Vincent l'a saisi entre son pouce en son index. Il l'a porté jusqu'à sa bouche, il en a tiré une bouffée. Puis, tout aussi machinalement, il me l'a tendu.

J'ai fait non de la tête. Il l'a passé à Julien.

— Abdou, il est trop beau, a dit Vincent. Il vous fait pas trop penser à Harry Roselmack ? Moi, ce que je kifferais trop, c'est qu'en fait il tombe amoureux du barman homo.

— Abdou homo ? j'ai lâché en laissant traîner mon regard par la fenêtre, ça m'étonnerait, c'est pas du tout son personnage.

— Christiane, la femme du maire de Nice, a rétorqué Vincent, elle a bien eu une aventure avec une femme.

Sauf que Christiane avait toujours eu une relation ambiguë avec sa meilleure amie. On n'avait jamais rien traité d'équivalent avec Abdou. (J'ai su garder l'argument pour moi.)

Julien m'a regardée :

— Qu'est-ce que t'en sais, toi, qu'Abdou n'est pas homo ?

Le sourire aux oreilles, il a soufflé la fumée de son joint sur mon visage. J'ai toussé. J'ai voulu me lever mais Vincent a sursauté en écartant les bras, comme en voiture pour protéger le passager quand soudain on doit freiner.

— Putain, ça chauffe ! Ils vont quand même pas le faire tomber !

Théo et Abdou s'approchaient du bord de l'immeuble. Ça faisait quelques minutes qu'ils échangeaient des coups de poing. Au moment du tournage, il y avait eu des heures supplémentaires car la scène avait été longue à tourner. Joyce avait beaucoup râlé. Dans quelques secondes, Abdou allait tomber. C'était sa dernière scène.

— Mate ce torse, a dit Vincent. Comment j'adore ce type.

Il m'a regardée en souriant et m'a tendu le joint que Julien venait de lui repasser. Il l'a posé sur mes lèvres.

— Franchement, il est pas trop sexy ?

Avec son sourire innocent et son regard passionné, Vincent m'a fait rire. J'ai aspiré une toute petite fois sur le joint qu'il tenait entre ses doigts. Il y a eu une vague de chaud dans mon ventre.

— Allez, Abdou, bats-toi ! a dit Vincent.

— Mais t'es censé être pour Théo, j'ai dit, pas pour Abdou ! Abdou les a arnaqués…

— Oui, mais au-delà du fait qu'il est absolument sublime-sexy-magnifique, Abdou a des raisons de vouloir de l'argent tout de suite. Sinon les types de la mafia vont le buter. Et puis il n'a jamais mis les skaters en danger, il les a toujours encouragés à se protéger, il leur a imposé des limites pour leurs cascades. Alors on peut pas vraiment lui en vouloir, c'est pas un vrai méchant.

Vincent m'a tendu le joint. J'ai inspiré à nouveau. Cette fois, j'ai gardé la fumée dans mes poumons.

— Ben de toute façon, j'ai dit en expirant, il va mourir. Alors gentil ou méchant…

— Hé ! a crié Vincent. Dis pas ça ! Tu vas lui porter malheur !

Julien m'a regardée fixement.

— Qu'est-ce que tu racontes ?

J'ai rendu le joint à Vincent, mais il m'a fait signe de le garder. J'ai aspiré encore une fois. Je me suis laissée tomber contre le canapé. J'avais l'impression de peser cent kilos.

— C'est pas une question de chance, j'ai répété, dans trois secondes, c'est sûr, il va tomber, et tu le reverras jamais.

Vincent a ouvert la bouche en grand, révolté.

J'ai éclaté de rire. Julien a mis sa main sur mon épaule pour me forcer à le regarder.

— Attends, a-t-il dit, tu bluffes ou pas ? Tu reviens de la bibliothèque, comment t'aurais pu déjà voir l'épisode ?

Vincent a repris le joint de mes mains et l'a porté à sa bouche.

— Si tu savais tout ce que je te cache…

Je voulais prendre un air mystérieux, mais je ne me suis pas trouvée convaincante. Alors j'ai ri. Fort. La bouche trop grande ouverte.

C'est là, juste à cet instant, qu'Abdou a basculé dans le vide. Disparu. Théo s'est figé. Terrorisé.

— Oh Putain ! Elle savait ! a crié Vincent.

Il était abasourdi. Il est resté prostré, la mâchoire pendante, tandis que le joint se consumait entre ses doigts.

On a vu un paysage de Nice à la tombée de la nuit. La scène suivante a commencé. Béatrice voulait comprendre à quoi ressemblait la voix que Christophe entendait.

— Et après, alors, a réussi à articuler Vincent, il se passe quoi ?

— Tu veux savoir ce qui se passe à la fin de l'épisode, ou dans les épisodes suivants ?

— Tu connais même les épisodes pas diffusés ? Il s'est penché en avant, il a secoué la tête. La mort d'Abdou avait du mal à passer.

— Attends, c'est du délire ta tante. Vous êtes une famille de voyants ou quoi ?

J'ai éclaté de rire. C'était incontrôlable. Julien aussi est parti en fou rire.

— Qu'est-ce que tu veux nous dire, Sophie ? a-t-il lâché entre deux convulsions. T'es abonnée au fan-club de *La Vie la Vraie* ? Vous avez des infos en exclusivité ?

— Mieux que ça : je connais tous les gens de *La Vie la Vraie*.

— Ça y est, a dit Vincent qui lui ne riait pas, on a perdu ta tante.

Julien appuyait sur son ventre pour s'empêcher de rire, mais ça ne marchait pas. J'ai pris le joint des mains de Vincent et cette fois j'ai aspiré un grand coup.

— Non seulement je les connais, mais je les ai au téléphone tous les jours.

Julien était plié en deux et n'arrivait plus à parler. Il s'accrochait à la toile du canapé pour ne pas se renverser. Moi je m'accrochais en riant à ne plus pouvoir respirer. Il faisait des signes à Vincent : il n'avait aucune idée de ce qui m'arrivait.

Vincent m'a repris le joint des mains. Abdou venait de mourir, on ne plaisantait pas avec ça.

— Vous avez qui au téléphone tous les jours ? Abdou, Théo, Béatrice ? Vous avez un téléphone magique ?

J'en avais mal au ventre.

— Mais non... Je travaille à *La Vie la Vraie*. Même Julien, il croit que je vais à la BNF, mais c'est n'importe quoi ! La BNF, je l'ai jamais vue en vrai.

Je me suis mise à rire tellement fort que mon nez a fait des petits bruits de grognement, comme un cochon. J'ai eu honte en m'entendant, mais je n'arrivais plus à m'arrêter – au contraire, ça m'a fait rire encore plus fort.

Julien s'est accroupi en face de moi. Il a pris mes bras et les a écartés pour me forcer à le regarder dans les yeux. Comme il riait encore, il avait du mal à tenir droit.

— Attends, Sophie, c'est vrai ou pas ?

— Mais oui, j'ai réussi à articuler, pourquoi personne me croit quand il y a quelque chose d'un tout petit peu inhabituel qui se passe dans ma vie ?

— Là c'est pas inhabituel, c'est carrément une double vie.

J'ai repris un peu de souffle et je me suis redressée. J'ai coincé derrière mes oreilles les cheveux qui étaient tombés sur mon visage.

— Appelle ça comme tu veux. Mais c'est vrai. La journée, je suis pas à la BNF. En vrai, je suis salariée d'Azur Productions et je travaille tous les jours à l'écriture de *La Vie la Vraie*.

*

J'étais devant mon thé quand j'ai entendu la porte de la chambre de Julien qui s'ouvrait. Il est venu directement à la cuisine.

— Bien dormi ? il m'a demandé.

Il avait une petite voix mais il était bien réveillé.

— Oui et toi ?

Il s'est assis en face de moi. J'ai tendu le bras pour attraper une tasse et je l'ai servi. Vincent n'avait pas dormi à la maison. La première fois qu'ils s'étaient vus en vrai, ils avaient décidé qu'ils seraient « juste copains ».

— L'appartement, a dit Julien après quelques secondes de silence, c'est grâce à *La Vie* qu'on peut se le permettre ?

J'ai hoché la tête.

— Au moins c'est original. Du moment que tu aimes ce que tu fais.

— C'est un peu ça le problème…

— Pourquoi tu le fais alors ?

Je ne lui avais pas tout dit.

— Parce que j'ai passé un deal avec la productrice. Après le rendez-vous que tu m'avais pris avec elle, je lui ai envoyé mon roman. Elle l'a lu, elle l'a aimé, mais comme elle est productrice et que son métier est de pomper le talent des autres, elle m'oblige à travailler un an pour elle avant de recommander mon manuscrit. Elle connaît quelqu'un chez Flammarion et il paraît qu'il ne pourra pas lui dire non.

C'était la première fois que Julien avait l'air sincèrement intéressé par quelque chose que je lui disais.

— C'est incroyable… Je me doutais de rien.

Il a réfléchi.

— Ton iPhone, quand même, je trouvais ça bizarre, surtout que tu veuilles le garder depuis qu'on a Internet…

Il a croqué dans sa tartine.

— Mais du coup, quand il sonne tous les matins à 9 heures, c'est vraiment la météo ?

— 9h02. L'heure des audiences de la veille.

Il a bu une longue gorgée de thé. À son regard hésitant, je savais quel sujet il allait aborder.

— Et Marc, a-t-il fini par dire, il se doute vraiment de rien ?

— Je crois pas.

— Mais il y a forcément un moment où…

— Je sais pas. Mais j'ai besoin d'aller au bout de mon projet, et j'ai trop peur de sa réaction. Même si c'est une fausse impression, j'ai pas envie de lire dans ses yeux qu'il a honte de ce que je fais.

— C'est sûr qu'il a ses idées...

Il a glissé sa main à travers la table. Il l'a posée sur la mienne.

— En tout cas, tu peux compter sur moi.

Il a souri.

— Tu vas encore dire que je fais rien comme les autres. Mais moi, je suis fier de toi.

*

Grâce à Julien, j'ai retrouvé de l'énergie. Les jours suivants, quand je lui décrivais la production, les auteurs, Joyce Verneuil et son sermon humiliant quand j'avais pris l'initiative de donner un planning aux auteurs, il me disait sois comme elle, sois cynique. Il me rappelait que je n'avais aucun intérêt à me faire bien voir ni à me faire aimer. J'avais un seul objectif : honorer mon contrat et travailler un an pour Joyce Verneuil. Ensuite mon roman serait publié, et c'était tout ce qui comptait.

Je le savais déjà, tout ça, mais l'entendre dit par Julien était galvanisant. Je n'étais ni folle, ni parano, ni machiavélique. Avec Julien dans la confidence, je voyais les choses à distance et j'étais plus solide face à Joyce. Il m'aidait à rationaliser mon projet sans me laisser emporter par je ne sais quels sentiments.

Mes résolutions de mercenaire ont tourné court. Dix jours plus tard, un lundi matin, en arrivant de la gare, l'atmosphère dans l'open-space était plombée. L'effet lundi matin ? J'en ai plaisanté avec Sylvette, en lui disant que j'avais l'impression de débarquer au milieu d'un enterrement ou d'une gueule de bois collective.

— C'est à peu près ça, elle m'a répondu. On est convoqués dans le bureau de Joyce dans dix minutes.

Quand j'ai vu que même Mohamed faisait une sale tête, j'ai compris qu'il se passait vraiment quelque chose. À la photocopieuse, il a confirmé :

— Oui, tout le monde est convoqué.

J'ai laissé tomber mon sac sur le sol.

— Mais qu'est-ce qui se passe ?

— T'as pas une petite idée ?

J'ai improvisé un air pénétré.

— Si, bien sûr…

Il a hoché la tête et m'a regardée, solidaire dans l'adversité.

— Et ce coup-ci, c'est vraiment la crise.

14

Près de la fenêtre, un homme élégant discutait avec Joyce. C'était la première fois que je voyais un homme en costume à Azur Productions. (Il ne portait pas de cravate.) Il était en contre-jour, on ne voyait que sa silhouette – grand, cheveux courts, la mâchoire carrée. Joyce était tellement petite à côté qu'elle s'éloignait pour pouvoir le regarder dans les yeux ; plus près, elle se serait brisé la nuque à trop devoir lever la tête.

Mohamed était à côté de moi, adossé contre le mur. On attendait que tout le monde ait fini d'entrer.

— Il paraît que c'est quelqu'un de la chaîne. Du marketing. Il va nous parler des courbes.

— Quelles courbes ?

Ça faisait plusieurs semaines que Mohamed n'avait pas baissé les sourcils et levé les yeux en signe de total atterrement. Il n'avait pas perdu la main :

— Ben les courbes. Tu regardes pas les courbes ?

— Peut-être que si, j'en sais rien, je sais pas de quoi tu parles.

— De l'audience. Des chiffres que tu reçois tous les matins sur ton iPhone tandis que moi, qui suis juste assistant, je dois aller les voir sur l'ordi de Jean dans l'open-space.

Dans le corps du message que je recevais tous les matins à 9h02, il y avait toute une série de chiffres auxquels je ne comprenais rien. Je n'avais jamais cliqué sur le document en pièce jointe.

— Tout ça, la crise, j'ai demandé en désignant l'homme près de la fenêtre, c'est à cause de l'audience ?

— Oui Sophie, c'est à cause de l'audience. Normalement, on est à vingt-trois pour cent. Vendredi on est tombé à dix-neuf virgule cinq. Huit cent mille spectateurs de moins en une semaine.

Huit cent mille en moins, c'est vrai que ça faisait beaucoup de monde.

— Il en reste combien qui continuent de regarder ?

— Quatre millions deux.

Mohamed parlait encore plus bas. Il ne voulait pas être surpris en train de devoir m'expliquer ça.

— Même ma grand-mère, a-t-il marmonné, est au courant des résultats.

Tout le monde était réparti en demi-cercle autour de la fenêtre ; Joyce a pris la parole.

— La plupart d'entre vous ne connaît Oscar Catelano que de nom. On a lu l'interview qu'il a donnée il y a quelques semaines dans *Écran total*. En tant que directeur des études à RFT, il a été chargé depuis ce week-end de mettre ses compétences au service de *La Vie la Vraie*. Il va nous aider dans la crise que nous traversons.

Oscar Catelano s'est avancé pour nous saluer. Il avait un très beau sourire.

— Je vous interromps, Joyce, a-t-il dit alors qu'il ne l'interrompait pas, parce que je veux d'emblée mettre tout le monde à l'aise.

Il était sûr de son charme et de son importance, il n'avait pas besoin de trop en faire, on l'écoutait religieusement.

— Les compétences, le talent, c'est vous qui les avez. Loin de moi l'idée de me substituer à votre travail. J'en serais incapable. Je suis simplement là pour mettre à votre disposition mon expertise sur l'audience et sur les attentes du public.

— Aussi je vous demande d'aider Oscar à accéder à tous les documents qu'il souhaite consulter, a dit Joyce, et de faire tout votre possible pour faciliter sa mission. Pour l'instant, on n'a pas de diagnostic, mais l'objectif est de mettre en place une stratégie forte dès les prochains jours.

D'un hochement de tête, elle a indiqué que la réunion était terminée.

— Mohamed ? a dit Joyce alors que le bureau était en train de se vider.

Il s'est retourné.

— Pour l'instant, Oscar va utiliser ton bureau. Tu peux t'installer aux postes des assistants réal. Tu récupéreras ta place dès que tout ira mieux.

Il a acquiescé poliment, mais tout le monde a compris qu'il était vexé.

Pendant deux semaines, rien n'a changé. Le travail s'est poursuivi comme avant. Aucune consigne particulière n'a été donnée. Ni à Françoise et ses auteurs, ni aux équipes sur le plateau. On était juste plus fébriles le matin en regardant les audiences. Et il y avait ce type de RFT, en costume, qu'on voyait aller et venir avec tout un tas de dossiers sous le bras...

Objectivement, Oscar était ce qu'on appelle un beau mec. Je lui donnais un peu moins de quarante ans, très aimable, toujours attentionné et souriant. Un profil typique de gendre idéal des grandes écoles. Il parlait de « focus group », de « contrat spectateur », de « panels profilés », de « taux de rémanence de marque ». L'annonce sur sa messagerie de portable était en français et en anglais, et il « calait des déj au Costes ». Marc l'aurait détesté.

Rien n'avait changé – sauf pour moi. Oscar avait pris la place de Mohamed, et je me retrouvais en tête-à-tête avec lui dans le bureau.

Joyce avait dû lui expliquer que je serais disponible vingt-quatre heures sur vingt-quatre pour répondre à la moindre de ses questions. Dès le premier soir, il m'a appelée sur mon iPhone, un peu avant 23 heures. (Je ne lui avais pas donné mon numéro.) Il voulait que je lui explique combien il y avait de temps entre le moment où les auteurs rendaient leur première version dialoguée et le moment où l'épisode était tourné. Je lui avais répondu trois semaines, ce qui avait entraîné toute une chaîne de questions ; on ne pouvait pas lui reprocher de ne pas s'impliquer.

— Merci pour tout Sophie, faites de beaux rêves.

— Je vais essayer, Oscar. À demain.

Il était presque minuit quand il avait raccroché.

Tous les matins, il déposait un petit quelque chose sur mon bureau – parfois des miniviennoiseries, parfois des magazines, une invitation pour des soldes privés, une barquette de framboises qu'il venait lui-même d'aller rincer… En contrepartie, en plus de mon travail habituel, je devais lui imprimer toutes les versions de tous les épisodes en cours d'écriture, faire venir des copies des épisodes au fur et à mesure du montage, organiser une série d'entretiens avec des gens qu'il voulait rencontrer. Il m'interrompait pour la moindre chose qu'il ne comprenait pas, que ce soit sur l'organisation des ateliers d'écriture, sur le passé des personnages ou sur les contraintes de tournage sur le plateau. À partir du moment où il était présent dans le bureau, je n'avais pas une seconde pour souffler. Plus question de travailler à ma thèse entre midi et deux.

Le mercredi soir, il avait pris l'avion pour Nice. J'avais cru pouvoir me reposer. Grosse erreur. Depuis l'aéroport, les studios, sa chambre d'hôtel, il a continué de m'appeler plusieurs fois par heure. Il voulait que je lui maile un compte rendu de réunion, il fallait que je lui fasse préparer une copie des rushes, il avait besoin que je le renseigne discrètement sur le nom et le rôle d'une personne de l'équipe qu'il avait déjà rencontrée mais qu'il ne voulait pas vexer en lui demandant à nouveau de se présenter...

— Je crois qu'il t'aime bien...

Joyce rentrait de son second week-end avec Oscar. Cette fois, ils étaient même restés le samedi et le dimanche à Nice pour rencontrer individuellement des comédiens et des techniciens qui occupaient des postes clés dans la production.

— C'est une très bonne chose qu'il s'appuie sur toi. Préviens-moi si jamais tu l'entends dire quelque chose qui te semble, disons, important.

Je n'avais jamais autant vu Joyce. Elle arrivait dans mon bureau dès qu'Oscar s'absentait. À chaque fois, elle espérait de nouvelles informations. Elle était de nouveau complice avec moi, mais je ne me faisais pas d'illusion : j'étais ses oreilles dans le bureau d'Oscar Catelano, elle avait besoin de moi.

— Rien de nouveau, j'ai dit. Juste qu'il passe toujours autant de temps au téléphone pour son étude quali.

La veille seulement, j'avais compris que « quali », abréviation de « qualitative », désignait les études dans lesquelles les gens s'exprimaient librement face à un enquêteur. C'était la première chose qu'Oscar avait lancée. Pour douze mille euros, l'institut de sondage avait réuni trois groupes de téléspectateurs de tous âges et de tous milieux sociaux – à Paris, à Tours et à Beauvais. De ce que j'avais compris, on leur avait montré à la suite cinq épisodes de *La Vie la Vraie*. Une enquêtrice était venue les faire parler. En ce moment, elle était en train de rédiger la synthèse de leurs réactions. Et Oscar espérait qu'il sortirait de tout ça l'explication, et la solution, à cette chute d'audience brutale et mystérieuse.

— Je veux que tu sois là, demain, à la présentation. Tu prendras les notes.

Encore un jour où je n'aurais pas le temps d'avancer sur ma thèse.

— Bon, et il ne t'a toujours pas invitée à dîner ?

J'ai choisi de croire que Joyce plaisantait. J'ai souri. Joyce aussi – mais un peu moins.

— Et par hasard, a-t-elle continué, tu n'aurais pas entendu Oscar mentionner quelque chose sur la grille de janvier ?

— Il en aurait parlé à propos de quoi ?

— S'ils nous enlèvent de la grille, il faut bien qu'ils mettent autre chose à la place.

J'ai eu un temps d'arrêt.

— C'est si grave que ça ?

Le visage de Joyce s'est figé. Je reconnaissais les moments où elle faisait en sorte qu'on ne puisse pas lire ses émotions. Elle bloquait son sourire, elle contractait ses pommettes. Elle fixait une figure plaisante et totalement inexpressive.

Elle a fermé la porte du bureau et elle a traversé la pièce jusqu'à venir s'asseoir contre la fenêtre, tout près du sol, sur la petite marche qui menait au balcon. Vu son âge, je n'aurais pas imaginé qu'elle soit si souple. Elle avait presque les genoux contre la poitrine. Elle était tout près de moi, juste de l'autre côté de la table de mon bureau. Elle regardait les terrasses des cafés sur la place. Elle semblait toute petite. Je ne l'avais jamais vue dans cette position d'intimité.

Le masque a légèrement craqué. Elle a contracté ses lèvres ; un mélange de peur et de lassitude.

Elle ne parlait pas.

— Tu es inquiète, j'ai dit, c'est à cause du renouvellement de ton contrat ?

Elle a souri, presque ri.

— Non, ce n'est pas à cause du contrat. Il est déjà négocié, presque signé.

— Tu vas signer pour combien de temps ?

— Trois ans. Sept cent quatre-vingts épisodes. Plus douze épisodes exceptionnels par an qui seront diffusés en prime. Je suis la seule. Il n'y a pas d'autre producteur en Europe qui ait un contrat de ce volume-là.

— Bravo. Je savais pas.

J'étais surprise, sur le coup, de la sincérité de ma propre joie.

— Pas de raison d'être inquiète, alors ?

Elle a posé une main sur le sol pour prendre appui et se relever. Elle a ouvert la fenêtre en grand. Un vent d'air froid a rempli le bureau.

— Comme dans la plupart des contrats de gros volumes, RFT a fait mettre une clause d'audience. La clause existe dans le contrat qui se termine et elle existera dans le prochain. Si je descends sous dix-huit pour cent, ils sont libres de se retirer du contrat.

Difficile de trouver le bon registre pour manifester mon soutien sans aller vers un excès de complicité qui, vu notre relation, aurait sonné totalement faux. Une femme comme elle avait-elle besoin de qui que ce soit – surtout d'une fille comme moi ?

— On est encore au-dessus de dix-huit pour cent… j'ai tenté. Et je n'ai pas l'impression qu'ils aient envie de perdre leur série emblématique…

— Je n'ai aucune idée de ce qui se passe. Je réfléchis, je revois les épisodes, je me raconte les histoires. Je ne vois pas.

Au lieu de fermer la fenêtre, elle a remonté le col de son gilet.

— Je ne comprends pas le public. C'est la première fois.

— Avec les conclusions de l'étude quali, Oscar Catelano te donnera peut-être des pistes ?

Comme si un hypnotiseur venait de claquer des doigts, Joyce est sortie soudain de sa langueur... Elle a fermé la fenêtre. Elle a fermé son visage aussi.

— Je ne crois pas une seconde à tout ça. Ces Oscar Catelano et compères, ils ont des diplômes mais ils n'ont pas la télé chez eux. Ils font tous la même erreur. Ils croient que le public est mesurable. Que pour plaire il suffit de mesurer les besoins, la tendance, de coller à l'air du temps. Alors ils font des études, des panels, des graphiques, ils donnent des noms à des concepts fumeux, ils te parlent d'*adulescents* et de *génération porno-love*.

D'un geste agacé, elle a rouvert le col de son gilet. Le bouton du haut ne voulait pas céder.

— La vérité, c'est que les gens ne changent pas. En surface, peut-être, mais pas en profondeur. Sinon comment expliquer qu'Hollywood plaise dans le monde entier ? Chez les Inuits et au Baloutchistan ? Les hommes préhistoriques se racontaient déjà les histoires qu'on raconte aujourd'hui. Le contexte change, mais les angoisses et les aspirations seront toujours exactement les mêmes. Raconter une histoire, c'est parler à l'âme humaine. L'âme humaine, il n'y en a qu'une, et elle ne change jamais.

*

— L'étude est décevante.

Il nous a dit ça d'emblée, entre solennité et décontraction.

— L'étude est décevante car l'étude est plutôt bonne.

Oscar était content de son effet. Il m'a fait un clin d'œil. Joyce a serré les dents.

— Les téléspectateurs, a-t-il continué, aiment le programme. Ils en disent globalement du bien. Ce qui, paradoxalement, est un problème pour nous : sans critique, comment trouver des solutions ?

Joyce et Françoise étaient assises côte à côte. Elles luttaient d'un même effort pour ne pas livrer à Oscar le fond de leur pensée.

— Autorisons-nous au moins à accepter les compliments du public, a dit Joyce dont l'ironie, heureusement, pouvait passer pour de l'inquiétude.

Oscar a branché un projecteur à son ordinateur. Comme les murs du bureau de Joyce étaient en verre, il devait projeter le document entre les deux fenêtres, sur le seul espace blanc. Joyce avait quitté sa place habituelle et se retrouvait de l'autre côté de son bureau. Tandis qu'Oscar était debout à la place qu'elle occupait habituellement.

— Les points positifs sont les mêmes qu'il y a deux ans. Lors de la précédente étude sur le programme, et Joyce je parle sous votre contrôle, les Français adhéraient à *La Vie la Vraie* car la série met en scène des personnages dans lesquels les Français se reconnaissent facilement. Et car les histoires que vivent ces personnages sont riches en rebondissements. On a un beau verbatim d'une orthophoniste de quarante-cinq ans qui dit…

Il a appuyé sur sa télécommande et une phrase entre guillemets s'est affichée sur le mur :

« J'aime la série car les personnages me ressemblent, et en même temps ils vivent des choses plus intenses et plus trépidantes que moi. »

Il nous a laissé un temps pour mesurer la profondeur de l'assertion. Puis il est passé à l'image suivante.

— Les points forts de la série sont synthétisables en trois points. L'identification très forte aux personnages. La qualité des histoires et des rebondissements qui tiennent en haleine à chaque épisode. Et le fantasme d'un quartier, comme un village, qui concentre tous les contrastes de la France, mais où tout le monde arrive à vivre ensemble.

Il a pris un air pénétré.

— Par ailleurs, et contrairement à ce qu'on peut entendre dans nos dîners en ville, les gens que nous avons interrogés disent aussi que les acteurs et les dialogues sont bons. Ils sonnent vrai.

Il a marqué une pause.

— Alors... si tout va bien... comment expliquer la baisse d'audience ?

Il a posé une fesse sur le rebord du bureau.

— Eh bien, a-t-il dit, on ne l'explique pas.

Il a souri de toutes ses belles dents.

Joyce luttait contre l'envie d'appeler la sécurité.

Quant à Françoise, elle n'avait pas l'air de comprendre la moitié de ce qu'Oscar racontait.

— Du moins, a-t-il poursuivi, on ne l'explique pas par un seul facteur. Pour commencer à avoir des explications, il faut prendre en compte une pluralité d'éléments convergents.

Joyce s'est violemment gratté le cou. Françoise a fait défiler les pages de la synthèse « confidentielle » qu'Oscar nous avait remise.

Il a pris le geste de Françoise pour une marque d'intérêt.

— Ne cherchez pas dans le document, a-t-il dit, j'ai modifié ce matin les diapos pour vous les rendre accessibles en première lecture. Et comme l'étude qualitative, à mes yeux, ne suffisait pas, je l'ai croisée avec l'analyse quantitative des courbes d'audience. Et voici ce que l'on peut dire.

Il s'est mis à articuler davantage.

— La série est actuellement en phase accélérée de vieillissement. Vieillissement car beaucoup de personnages sont âgés. Vieillissement car bon nombre des histoires en cours ont déjà été vues, sous une forme ou sous une autre, dans les saisons précédentes de la série. Et vieillissement car les chaînes de la TNT continuent de grandir et nous prennent surtout des téléspectateurs jeunes, qui sont les plus prompts à partir. Je constate que la baisse de l'audience coïncide notamment avec le lancement d'une nouvelle émission sur la TNT où on voit des gens filmés en flagrant délit d'adultère. Cette émission fonctionne particulièrement sur les quinze/vingt-quatre ans qui nous font défaut.

— En un mot, donc, a dit Françoise, il faut rajeunir.

— Voilà. Rajeunir les personnages. Renouveler les histoires. Attirer les quinze/vingt-quatre ans avec un ton et des problématiques qui parlent aux jeunes de cet âge-là.

— Merci, Oscar. Douze mille euros pour ça. Heureusement que c'est RFT qui paye.

Joyce venait de me rejoindre dans le bureau. À la fin de la présentation d'Oscar, la discussion s'était prolongée sans moi.

Elle s'est appuyée contre le mur.

— Nous avons pris une série de décisions en vue de rajeunir la série.

Elle parlait de façon administrative, mécanique.

— Françoise va travailler dès aujourd'hui à l'écriture de nouvelles arches, avec des héros et des enjeux plus jeunes. Elle va aller aussi vite que possible et on fera au mieux la transition avec les épisodes en écriture dès que les nouvelles arches seront prêtes. Il faut se préparer à des semaines d'écriture un peu compliquées.

Mohamed écoutait Joyce, l'air grave.

— Quant à moi, je vais m'atteler dès aujourd'hui à recruter un nouveau comédien. On s'est dit qu'il fallait faire parler de nous. On veut créer un événement pour réveiller la curiosité du public. On inventera le personnage en fonction.

— Tu as des idées ? a demandé Mohamed.

— Téléréalité, chanson, animateur, mannequin, je ne m'interdis rien. Je vais aussi organiser des réunions avec les réalisateurs, les monteurs, les costumières, tous les corps de métier, pour trouver des moyens, à tous les niveaux, de moderniser l'image de la série.

Le portable de Joyce a sonné. Elle a fait basculer l'appel vers sa messagerie.

— Toi, Mohamed, j'ai besoin que tu prépares une quinzaine de dossiers incluant la bible, l'annexe, les arches en cours, et les dix derniers épisodes dialogués. Mets tout ça dans des cartons prêts à partir par coursier dès que je te donne les adresses.

— On recrute aussi des auteurs ?

Il notait consciencieusement les consignes de Joyce dans son carnet.

— C'est aussi comme ça qu'on pourra rajeunir la série.

Un sentiment de malaise est apparu sur le visage de Mohamed – il l'a aussitôt réprimé.

— Ça sera prêt ce soir.

— Et toi, Sophie, j'ai besoin que tu préviennes les auteurs concernés.

— Que je les prévienne ?

— Que tu les préviennes, a dit Joyce avec impatience, qu'on renouvelle l'équipe et qu'ils n'en font plus partie.

— Mais...

Je mettais du temps à comprendre.

—... on sait qui sont les auteurs qui partent ?

— Tu notes ?

J'ai attrapé le premier crayon tandis que Joyce commençait déjà à me dicter des noms. Je les ai notés entre deux répliques dans le texte que j'étais en train de lire.

J'ai recompté.

— Six en tout ?

Les plus âgés.

— Trois séquenceurs et trois dialoguistes. En temps normal, ce serait à Françoise de leur expliquer. Mais avec tout le travail qu'elle va avoir pour réécrire les arches et faire passer des tests à des nouveaux auteurs, je veux la protéger. Et puis je sais que tu sauras faire ça bien.

J'avais la gorge nouée.

Juste avant de sortir, elle s'est retournée.

— Rassure-moi, Sophie, tu ne comptes quand même pas leur dire la vérité ?

— Quelle vérité ?

— Qu'on n'en veut plus parce qu'ils sont trop vieux. Ça s'appellerait de la discrimination. C'est du pénal.

Je suis restée immobile, incapable de répondre.

— Compris ? a-t-elle insisté.

—... Je leur dis quoi ?

— Qu'on réoriente la ligne éditoriale et qu'on cherche des auteurs plus en phase avec des problématiques contemporaines.

J'ai hoché la tête pour confirmer que j'avais compris.

Il y a eu un bref silence, que Mohamed a comblé :

— T'as pas peur qu'on perde en qualité ?

Pour la première fois, j'ai eu de l'estime pour lui. D'autant que, moi, je n'avais pas eu le réflexe, ni l'aplomb, de mettre en doute la décision de virer ces six auteurs qui avaient toujours bien fait leur travail.

Face à Mohamed, Joyce n'a montré aucun agacement. Avec son visage naïf d'adolescent, Mohamed pouvait sans doute s'autoriser plus d'impertinence que je ne l'avais cru.

— Je n'ai pas le choix. Vu les chiffres, et vu la pression que nous met RFT, la priorité est de sauver la série. Tous les producteurs de Paris rêvent de récupérer la case. RFT reçoit déjà des propositions pour nous remplacer.

— Déjà ?

— Les rumeurs vont vite. On doit montrer qu'on est mobilisé et qu'on réagit. Quitte à sacrifier des matelots pour sauver le navire.

*

— Vous allez les remplacer par qui ? a dit Julien.

— On sait pas encore. C'est Françoise qui doit recruter de nouveaux auteurs. Françoise, c'est la directri…

— De collection, je me rappelle.

Il s'était levé avant moi et avait joliment préparé la table. Nos deux bols l'un en face de l'autre, les tranches de pain tartinées et les verres remplis de jus d'orange qu'il avait lui-même pressé.

— Refuse. C'est pas à toi de faire ça.

— Que je le fasse ou non, ça ne changera rien. Ils seront au chômage de la même façon.

— Je croyais que pour les auteurs il n'y avait pas d'assurance chômage ?

— T'es pas obligé de te souvenir de tout ce que je dis…

J'ai pris le presse-agrumes qu'il était en train de nettoyer sous le robinet.

— Je vais finir, t'en fais pas.

— Si tout le monde raisonne comme toi, on n'améliorera jamais le monde. Évidemment qu'il y a toujours un salaud qui acceptera de faire le sale boulot.

— Je te remercie.

— Je suis sérieux. Ils ont bien fait leur travail, ces gens, oui ou non ?

— C'est pas moi qui juge, j'ai dit.

— C'est dégueulasse.

— Depuis quand t'es si moral, toi ? Je croyais qu'il n'y avait que le bonheur personnel qui comptait ?

Il a versé le thé dans les deux tasses.
— Pas quand ça fait mal aux autres.
Il me restait encore deux jours. J'avais repoussé l'annonce au jeudi. Je préférais laisser passer les réunions du mardi et du mercredi pour avoir le temps de convoquer les auteurs un par un.
J'ai approché mes lèvres du verre de jus d'orange.
— Hé ! a dit Julien, qu'est-ce que tu fais ?
— Ben je bois mon jus d'orange.
Il me l'a pris des mains et l'a reposé sur la table.
— C'est pas pour toi, c'est pour Xavier.
— Xavier ?
— Xavier ! a crié Julien, le p'tit déj est prêt !
Il m'a souri.
— Mais il reste du thé si tu veux.
Le temps d'ouvrir le frigo et de me rendre compte qu'il ne restait plus d'oranges ni de jus en bouteille, un homme est apparu dans la cuisine, torse nu, musclé, grand, carré, bronzé. Et il avait vraisemblablement trente-cinq ans – disons au moins le même âge que moi.
Et des poils sur le torse.
Xavier a eu un mouvement de recul en me voyant. Puis il m'a souri, m'a saluée, il s'est rapidement excusé.
— Désolé, je croyais qu'on était seuls. Je reviens tout de suite, je vais passer une chemise.
— Il est beau, hein ?
Julien prenait ma surprise pour de l'admiration.
— Mais tu l'as vu ? Il a quel âge ?
— Je l'ai vu d'assez près oui…
J'ai levé les yeux au ciel. (Mohamed, sors de mon corps !) J'ai rempli une tasse de thé, j'ai volé la tartine de Julien, et je me suis dirigée vers la porte. Avant de sortir de la cuisine, quand même, je me suis retournée. C'était plus fort que moi.
— Tu crois pas que tu… rencontres un peu trop de monde depuis que tu es à Paris ?

— Tu peux dire *coucher*, tu sais.

— La preuve que tu m'as comprise.

Il a soupiré.

— C'est juste un effet optique.

— Un effet optique ?

Julien avait de nouvelles expressions depuis qu'il était à Sciences-Po.

— Puisqu'on habite ensemble, a-t-il dit, tu vois absolument tout le monde. Alors que si tu habitais à Bordeaux, et moi à Paris, tu ne rencontrerais que les garçons avec qui c'est vraiment sérieux. C'est un effet grossissant.

On a entendu les pas de Xavier qui revenait vers la cuisine.

— Je te juge pas, j'ai dit en me baissant vers Julien, et puis je sais que c'est pas sérieux.

— Sérieux ou pas, ça ne regarde que moi.

— Je te dis juste de faire gaffe.

Il a planté ses yeux dans les miens.

— Je fais gaffe si j'ai envie de faire gaffe. Et mes choix, moi, ils ne font de mal à personne.

Ils étaient encore dans la cuisine lorsque je suis partie.

— Au revoir, Julien. Au revoir, Xavier.

Encore un prénom que j'avais mémorisé pour rien.

Un préavis pour les auteurs, c'était le minimum qu'on pouvait faire. Ce n'était même pas comme s'ils avaient mal travaillé. Ils méritaient bien, disons, trois semaines pour se retourner. Si j'arrivais à négocier trois semaines, ce serait déjà bien.

Pour une fois, elle était matinale. Autant en profiter pour la voir tout de suite, avant qu'elle commence à enchaîner ses rendez-vous. J'avais encore mon manteau sur le dos, j'ai marché directement vers son bureau, j'ai frappé, et j'ai passé la tête.

— Bonjour, Joyce, j'espère que…

J'ai cherché le regard de Joyce mais je ne l'ai pas trouvé ; à sa place, Françoise, et en face d'elle, une jeune femme athlétique.

— Oh, pardon, désolée, je pensais voir Joyce et...

— Ah, Sophie, tu tombes bien.

Françoise s'est levée. La jeune femme en face d'elle l'a imitée.

— Margot, je te présente Sophie, notre coordinatrice d'écriture. Sophie, je te présente Margot, qui devrait nous rejoindre très vite.

Margot a tendu sa main pour serrer la mienne. Elle avait un très beau sourire – le genre qui met immédiatement à l'aise et donne l'impression qu'on se connaît déjà.

Françoise s'est écartée du fauteuil de Joyce et m'a fait signe de m'y asseoir.

— Joyce a eu un empêchement ce matin, des histoires de contrats à RFT. Elle m'a demandé de recevoir Margot, mais il est déjà 10 heures et je devrais être avec l'équipe à l'appartement.

Elle a souri à Margot.

— J'espère que vous le visiterez très vite.

Elle a enfilé son manteau.

— Margot a encore plein de questions mais je dois filer. En ce moment, c'est la guerre, chaque minute compte.

Encore quelques politesses, et Françoise a refermé la porte derrière elle.

— Je ne veux surtout pas vous retarder, a dit Margot. Mais c'est tout nouveau pour moi. Ça fait une heure que je bombarde Françoise de questions. Ce serait pour commencer dès la semaine prochaine... J'ai pas beaucoup de temps pour réfléchir.

Je me retrouvais à devoir faire la cour à un auteur pendant que les autres ne savaient toujours pas qu'ils allaient être virés.

Je me suis assise dans le fauteuil de Joyce.

— Si j'étais vous, je n'hésiterais pas. Ça dépend de vos objectifs. Mais si, au départ, l'idée de travailler pour *La Vie la Vraie* vous tente, alors profitez-en, n'hésitez pas. Dans le secteur, de ce que je comprends, il y a peu de séries qui offrent un travail aussi régulier. Une fois que vous êtes dans l'équipe, vous pouvez y rester très longtemps.

(Ou pas.)

— J'avais une crainte par rapport aux histoires et aux personnages, que je ne connais pas du tout. Je n'ai jamais regardé la série. Mais Françoise m'a dit que vous aviez du matériel pour se mettre rapidement à jour. Elle m'a parlé aussi d'un Mohamed qui était là pour répondre à toutes les questions ?

— Mohamed est justement en train de préparer les dossiers. Comme ils sont un peu lourds, on préfère les faire porter par coursier plutôt que les donner en main propre. Mais si vous voulez, on peut déjà vous donner la bible et l'annexe des personnages ?

Il y a eu un silence. J'ai souri fixement en laissant entendre qu'à moins qu'elle ait d'autres questions, je ne voyais pas ce que je pouvais ajouter – et j'avais du travail qui m'attendait.

Margot a coincé ses cheveux derrière ses oreilles. Ses mains étaient parfaitement manucurées. J'ai plié mes doigts pour cacher mes ongles.

— Pour être complètement transparente, a-t-elle dit, j'ai des doutes en termes d'image. Comment dire ? Je veux pas du tout avoir l'air méprisante, ni quoi que ce soit, mais j'ai peur qu'être passée par votre série soit considéré comme… une tache.

Elle a eu un sourire adorable.

— Vous m'en voulez pas ?

— Il ne faut pas réfléchir comme ça.

J'ai essayé d'avoir un visage encourageant.

— Pensez plutôt à l'expérience accumulée. Il y a tant d'épisodes à écrire et à tourner – un par jour !

– que vous pouvez vous permettre de tenter plein de choses, de tester des idées, de prendre des risques… Tous les jours, vous avez une nouvelle occasion de vous perfectionner.

Un peu plus et j'allais m'autoconvaincre.

— Si vous me dites que c'est vraiment professionnel… Ce serait un virage pour moi. Je n'aurais plus le temps de rien faire à côté. Et je veux pas être cataloguée ringarde, ou je ne sais quoi.

Elle s'est penchée en avant et a posé une main sur la mienne.

— Encore une fois, je dis ça en toute modestie et sans mépris pour ce que vous faites.

J'ai retiré ma main.

— Vous savez quoi ? j'ai dit. Oui. *La Vie la Vraie* embauche beaucoup de débutants. J'en suis un exemple. Et pour autant tout le monde se défonce pour la série. Joyce Verneuil, dont on peut dire beaucoup de choses mais pas qu'elle manque d'expérience, valide absolument toutes les étapes, tous les jours. Au final, c'est quand même plus de cinq millions de personnes qui suivent la série tous les soirs. Individuellement, *La Vie la Vraie* n'embauche peut-être pas des stars, mais collectivement, je trouve qu'on s'en sort pas trop mal.

— Oh, vous inquiétez pas. Mes neveux adorent *La Vie la Vraie*. Je serais pas là sinon.

Elle a souri.

— Parmi les acteurs aussi vous embauchez des débutants ?

La question m'a paru étrange.

— Certains comédiens sont là depuis le lancement. Donc, eux, depuis le temps, je ne crois pas qu'on puisse les appeler des débutants. Mais ça arrive, oui. Et ce sont les meilleures surprises. Il y a un peu moins de deux mois, on a recruté en catastrophe un type la veille du tournage. On avait besoin d'un beau mec viril et sexy, on est allé le chercher dans une salle de boxe. Il était au chômage et il avait jamais parlé devant une caméra avant. Ce type, il s'appelle Joseph Kanaga, et il y a deux semaines, il avait deux pages dans *Télé Poche*.

(Pour être poussé dans le vide et quitter la série la semaine d'après ; d'ailleurs il devenait quoi, Joseph, depuis ?)

Margot a décroisé ses jambes et m'a souri fixement, presque tendrement.

— D'abord Françoise, maintenant vous. Vous êtes tous aussi passionnés par votre métier ?

— Heu, c'est-à-dire...

— En tout cas, merci.

Avant qu'elle parte, on lui a donné la bible et l'annexe et je lui ai demandé si on avait bien ses coordonnées pour qu'on lui fasse parvenir le reste du dossier. Elle m'a dit que Joyce avait toutes les informations.

J'ai laissé un Post-it sur le bureau de Joyce : *J'aimerais donner un préavis aux auteurs remplacés. Peut-on en parler dès que possible ? S.*

Elle devait arriver d'une minute à l'autre.

En effet, j'étais à peine assise à ma place que j'ai entendu dans l'open-space tout le monde éteindre la musique, regagner son siège et ranger son bureau, Joyce venait d'arriver. Le temps qu'elle sorte de l'ascenseur, qu'elle entre dans son bureau et qu'elle voie mon Post-it, trente secondes plus tard, elle était debout devant moi.

Mohamed et Françoise étaient là ; avant de courir rue Jean-Jacques-Rousseau, Françoise terminait de dicter à Mohamed les coordonnées d'autres jeunes auteurs qu'elle espérait recruter.

En voyant Françoise, Joyce a eu un mouvement d'arrêt. Elle ne devait pas s'attendre à la voir ici. Elle a vite retrouvé son élan :

— Je viens d'avoir Margot au téléphone.

— Alors ? Elle dit quoi ?

Françoise et moi avions parlé d'une seule voix.

Joyce faisait une sale tête.

— Alors elle a dit non.

Françoise a grogné. Elle a sorti un paquet de cigarettes.

— Ce qui, comment dire, me chiffonne, a dit Joyce en ne regardant que moi, c'est qu'hier soir, quand je l'ai eue au téléphone, elle m'avait semblé totalement acquise. Ce matin, elle passe ici une heure pour être briefée. Même pas sortie de l'ascenseur, elle me rappelle pour tout annuler.

— Elle fait sa star, a dit Françoise en soufflant la fumée par les narines, elle veut juste qu'on la supplie.

— J'ai l'habitude des capricieuses, a dit Joyce. Là, c'est plus grave que ça. Si c'était un caprice, elle m'aurait donné des indices sur ce qu'elle voulait négocier. Là, rien. Juste non, mille excuses, et elle a raccroché.

À nouveau, c'est moi qu'elle a regardée.

— Enfin presque. Elle a juste pris le temps d'évoquer une jeune femme qui lui aurait raconté le recrutement de Joseph. Elle ne veut pas à être associée à des amateurs.

— Pour qui elle se prend ? a dit Françoise.

— Ce n'est pas la seule question que je me pose, a répondu Joyce.

Il y a eu un silence. Manifestement, je n'avais pas le choix, c'était à moi de dire quelque chose.

— Je comprends ta déception, j'ai dit. Mais on ne peut pas forcer un auteur qui n'est pas motivé. Je crois que Margot a entendu ce qu'elle a bien voulu entendre.

Du regard, j'ai désigné la pile de dossiers que Mohamed s'apprêtait à faire partir.

— Et puis j'ai l'impression que Françoise a déjà plein d'autres pistes... Non ?

Il y a eu un autre silence. Joyce avait de la rage dans les yeux.

— Est-ce que tu peux répéter ce que tu viens de dire ? a-t-elle articulé lentement.

L'expression « marcher sur des œufs » m'est venue en tête, sauf que c'est Joyce qui marchait, et moi, j'étais les œufs.

— J'ai l'impression, j'ai répété le plus timidement possible, que nous avons beaucoup d'autres pistes ?

Joyce ne clignait plus des yeux.

— Des pistes de quoi ?

— De nouveaux auteurs, j'ai dit.

Françoise s'est figée. Mohamed a baissé la tête. Joyce a mordu sa lèvre.

— Parce que tu as cru que mon objectif était de recruter la seconde personnalité préférée des Français, à deux mille euros par jour, pour co-écrire des scénarios ?

— Je... je comprends pas...

Puis, si, tout d'un coup, j'ai compris. Ça m'est venu comme un éclair. J'ai compris pourquoi, en voyant Margot, j'avais eu l'impression de déjà la connaître.

— Margot Saint-André... j'ai bredouillé.

— Triple médaille d'or de natation, a dit Joyce. Qui vient de quitter Gaëtan Lanord, capitaine du Stade Français. Deux réconciliations, trois ruptures, cinq fois la une de *Paris Match* l'été dernier.

Je me suis appuyée contre le bureau, je n'étais plus sûre de mon équilibre.

— C'est-à-dire que cet été... avec ma thèse... en phase de rédaction en plus, sans compter les démarches pour mon roman, j'ai pas eu beaucoup de temps pour...

— Je veux bien prendre le temps de former des gens en qui je crois, tolérer des erreurs, mais si tu n'as pas la moindre notion de...

— C'est moi, a déclaré Françoise.

Elle a parlé d'une voix claire et franche, sans nervosité.

— C'est moi qui ai raconté à Margot le recrutement de Joseph. Sophie est arrivée après. J'étais débordée. D'ailleurs, je *suis* débordée. Je lui ai demandé de prendre le relais.

— C'est une faute grave, a dit Joyce.

— Quand tu dis *faute grave*, a répété Françoise, tu veux dire *motif de licenciement* ?

L'intervention de Françoise avait immédiatement fait baisser le ton de Joyce, mais pas la colère dans ses yeux.

— À moi d'en juger.

— Parce que si tu penses à quelqu'un d'autre capable de reprendre la veille pour le lendemain des arches parfaitement convenables, tout en assurant la suite de l'écriture des épisodes en cours, tout en se séparant de la moitié de l'équipe qui jusqu'à preuve du contraire a toujours parfaitement fait son travail, tout en devant former de tout nouveaux auteurs qui ne connaissent rien à la série, dis-le-moi clairement. Dis-le-moi. Ça m'évitera probablement d'exploser en vol et de poser moi-même ma démission.

Françoise regardait Joyce dans les yeux avec une détermination que je ne lui avais jamais vue.

Joyce n'a pas cédé. En tout cas, elle n'a pas détourné son regard.

— Concentrez-vous sur la recherche de nouveaux auteurs.

Avant de disparaître derrière la porte, elle s'est adressée à moi.

— J'ai vu ton Post-it. Pas de préavis. Hors de question. Comment veux-tu qu'ils fassent bien leur travail s'ils savent qu'ils vont partir ? Je te l'ai déjà expliqué, je crois ? Chaque semaine de préavis, c'est une semaine de perdue pour la série. C'est non. Et attends mardi pour leur parler. Tu leur parleras une fois qu'on aura reçu leur dernier texte.

J'ai voulu accrocher le regard de Françoise, mais elle est partie dans la foulée de Joyce, sans me donner une chance de la remercier.

*

— Sophie ?

Marc m'appelait depuis la chambre. J'avais les mains dans la pâte à pizza.

— Qu'est-ce qu'il y a ?

— Viens voir.

— J'ai les mains dans la pâte à pizza.

— Tu peux pas venir ?

Je me suis essuyée sur le tablier et j'ai monté les escaliers. Je n'aimais pas quand Marc me forçait à tout laisser tomber pour venir le voir.

— Qu'est-ce que c'est que ça ? a-t-il dit quand je suis entrée dans la chambre.

Il tenait un livre à la main. Juste au-dessus de mon sac de voyage. Heureusement qu'il souriait, sinon je lui en aurais vraiment voulu : non seulement il fouillait dans mes affaires, en plus il me demandait des comptes.

Puis j'ai reconnu le livre et une vague de stress m'a brûlé le visage.

— Oh, ça, c'est rien, j'ai improvisé en me forçant à sourire. J'ai dû l'emporter sans faire attention.

Marc a souri encore plus. Il a lu le titre du gros livre qu'il tenait des deux mains.

— *Le Manager face au collaborateur licencié : psychologie de la rupture de contrat.*

— Ça doit être à Julien.

J'ai pris le livre et je l'ai ouvert à la première page.

— Tu vois, regarde, j'ai dit victorieuse, le tampon de Sciences-Po. Tout s'explique.

Marc a secoué la tête, il souriait moins.

Comme lui, j'ai secoué la tête, j'ai fait la moue : lèvres pincées, air dépité.

— T'avais raison, j'ai dit, Sciences-Po, c'est vraiment plus ce que c'était.

— Ça fait quoi ? Même pas trois mois ? Et ils leur apprennent déjà à licencier. Dans quel monde…

Il a repris le livre. Il a fait défiler les pages sans vraiment les regarder.

— On croit qu'on les envoie à Sciences-Po pour apprendre les humanités et ils se retrouvent dans une business-school… Ni plus ni moins.

— C'est scandaleux.

Je lui ai repris le livre des mains et je l'ai fait tomber dans mon sac de voyage. J'ai tiré la fermeture Éclair.

— Je m'occupe de prévenir Julien pour son bouquin. Il risque de le chercher, faudrait pas qu'il s'inquiète.

— C'est quelque chose que je n'aurais jamais pu faire, moi, a dit Marc. Éviter d'être dans la position de licencier quelqu'un, c'était même une motivation importante quand j'ai choisi l'Université.

La minuterie du four a sonné.

— Annie ! j'ai dit, lâche ton ordinateur et viens dîner avec nous, les pizzas sont chaudes.

— Tu te verrais, toi, a-t-il dit, annoncer à quelqu'un que du jour au lendemain il n'a plus de boulot.

— Je crois que parfois on n'a pas le choix, j'ai dit. Ton article, ça avance bien au fait ?

— On a toujours le choix.

J'ai versé l'eau dans les verres.

— Tu feras comment, toi, j'ai dit, le jour où tu devras gérer toute une équipe d'enseignants ?

Il a froncé les sourcils : ce que je disais n'avait aucun sens.

— La question se pose pas, on est des fonctionnaires.

— Et les vacataires, t'appelles ça comment ?

— C'est différent.

— C'est tellement différent, j'ai dit, qu'eux ça vous gêne pas de leur donner leur emploi du temps d'une semaine à l'autre, de leur refiler les pires cours, de moduler leur nombre d'heures – et donc leur salaire – du simple au double en fonction de vos besoins. Tout ça sans congés payés et avec un service de paie tellement efficace qu'ils sont payés au mieux avec un an de retard. C'est clair que c'est différent.

— On est tous passés par là.

— Non. Pas moi. Moi je n'aurai pas le *privilège* d'être retenue pour passer par là.

Je n'aime pas les gens qui font le geste « entre guillemets » quand ils parlent, mais là c'est venu tout seul quand j'ai prononcé « privilège ».

— Parce que pour avoir le *privilège* de passer par là, j'ai répété, il faut au minimum une thèse publiée. Donc, en ce qui me concerne, je ne suis même pas digne d'être traitée comme de la merde par l'Université.

— Qu'est-ce qui te prend ? T'énerve pas comme ça.

— Je suis pas énervée.

J'ai posé la seconde pizza sur la table et j'ai retiré mes gants de chaleur.

— Annie ! Tu le lâches ton ordi, oui ? Ça va refroidir !

Marc a rempli le silence.

— En parlant de ça, ta thèse, ça avance ? Tu m'as rien dit ce week-end.

— Oui, oui. Ça avance.

— Bien ?

— Vite et bien. Et je crois que je vais très vite pouvoir avancer encore mieux.

Car ma décision était prise. Tant pis.

— Joyce, j'ai dit en entrant dans son bureau le lendemain matin, j'ai beaucoup réfléchi tout ce week-end, et je crois que ce n'est pas à moi d'annoncer aux auteurs qu'ils ne font plus partie de la série.

Je ne ressemblais plus à rien. Cinq nuits que je retournais le dilemme dans tous les sens. Mais même si je n'étais qu'exécutante, je ne pouvais pas. Ce n'était ni un caprice ni de la politique, c'était une incapacité physique. Mécanique. Je ne pouvais pas. Je m'étais imaginée devant les auteurs. Moi qui n'avais pas la moindre légitimité. Mon cerveau, mes mâchoires, mon corps seraient tétanisés. Les mots ne sortiraient pas.

Joyce a mis sur pause l'essai de casting qu'elle était en train de visionner. Elle a levé la tête et elle m'a regardée, sans rien dire, immobile. Comme elle savait faire. Elle ne bougeait pas.

J'étais obligée de combler le vide.

— Je me suis dit que, par respect pour les auteurs, ce serait mieux que ce ne soit pas moi qui le leur annonce.

J'ai fait un pas en avant.

— Je peux organiser les entretiens, si tu le souhaites, et être présente pendant la conversation, ou après pour les voir quand ils sortiront de ton bureau, ou quand ils sortiront d'un entretien avec Françoise, si tu préfères que ce soit elle.

J'ai aperçu une petite goutte de sang qui perlait au bord de l'ongle sur mon pouce droit. J'ai fermé mon poignet pour empêcher mes ongles de continuer à se battre entre eux.

— Mais moi toute seule, leur annoncer ça, je ne crois pas que ce soit une bonne idée.

Dans le TGV, même pas une heure plus tôt, j'avais répété la scène dans ma tête des dizaines de fois. À cet instant, justement, après ma tirade, j'avais anticipé un blanc. Après lui avoir dit que je ne pouvais pas, je me taisais. C'était typiquement un de ces moments où Joyce allait se concentrer pour ne laisser paraître aucune émotion. Elle ferait durer l'attente. Elle laisserait traîner le suspense à cet instant où, à discrétion, elle pouvait choisir entre le coup de grâce ou une seconde chance. Quelle meilleure preuve de pouvoir que l'angoisse sur le visage de celui qui implore votre clémence ?

J'avais anticipé un blanc et un regard fixe, mais ce n'est pas ce qui est venu. Elle a enchaîné. Elle m'a à peine écoutée.

— Je voulais te voir à ce propos.

Il n'y avait que du pragmatisme dans sa voix.

— Tu n'as prévenu aucun auteur, n'est-ce pas ?

— Non, tu m'avais dit d'attendre demain midi.

— Très bien. Parce que j'ai mis le renouvellement de l'équipe en stand-by.

— Le... hein ?

Le moment n'avait plus rien de solennel, je me suis autorisée à m'asseoir.

— J'ai passé mon samedi au téléphone avec l'agent de Margot Saint-André, a-t-elle continué, qui a fini par accepter de tourner dans quarante épisodes, soit deux mois, ce qui est une très bonne période pour relancer la série.

— C'est formidable...

— Oscar Catelano a eu la même réaction que toi. Françoise l'a appelé dans la foulée pour plaider en faveur des auteurs. Jusqu'à nouvel ordre, l'équipe est maintenue.

— C'est formidable...

— Tu l'as déjà dit.

— Mais c'était à propos de...

— Y a-t-il autre chose dont tu voulais me parler, Sophie ?

— Donc, les auteurs, j'ai bien compris, on les maintient...

— Voilà. Maintenant, je crois qu'on a toutes les deux beaucoup de travail.

Mon soulagement était forcément visible. Joyce aussi souriait, à sa façon.

Elle m'a laissée faire quelques pas vers la porte, puis, quand j'ai posé la main sur la poignée, elle m'a appelée. Je commençais à avoir l'habitude de ses effets.

— Oui, Joyce ?

— Sache que j'ai entendu ce que tu es venue me dire.

— Merci, Joyce.

Ses lèvres n'ont pas bougé, mais quelque chose s'est durci dans son regard.

— Ne me remercie pas.

— Pour moi c'est important de…

— Tu ne comprends pas. J'ai bien noté ce que tu es venue me dire et j'en suis très déçue.

— Je…

— Il n'y a rien à ajouter, Sophie. Juste à entériner, pour qu'entre nous les choses soient claires, que c'est déjà la deuxième fois.

15

— Sophie, tu aideras Mohamed avec le courrier des téléspectateurs.

À quelques détails, je devinais que je n'étais plus dans les petits papiers de Joyce.

Quant aux audiences, elles ne remontaient pas. La série était passée sous la barre des 18 %. Contractuellement, RFT pouvait l'annuler du jour au lendemain.

Cela dit, depuis le début de « la crise » (tout le monde utilisait pudiquement le même mot), j'étais plutôt épargnée. Il y avait toujours Oscar qui me prenait pour son assistante, mais, à part ça, pour moi, c'était quand même la routine : les comptes rendus de réunions, les textes à lire, les résumés à envoyer à la presse…

C'est Françoise et Joyce qui avaient doublé leur temps de travail. On recevait des e-mails au milieu de la nuit : Joyce qui expliquait point par point tout ce qu'il fallait revoir dans l'épisode 1185 ; Françoise qui renvoyait à tout le monde, cinq heures avant le tournage, une cinquième version de l'épisode 1173.

Je me faisais discrète et j'obéissais – quitte à aider Mohamed avec les courriers s'il le fallait. Depuis que j'avais refusé de virer les auteurs, Joyce ne semblait plus croire en moi. Mieux valait faire profil bas.

Autant, mes premiers jours à Paris, je m'étais sentie assez forte pour lui tenir tête – je pouvais partir du jour au lendemain, je n'aurais pas perdu grand-chose. Autant, à présent, après avoir déjà investi plusieurs mois dans ce travail, je ne pouvais plus brandir la menace de ma démission : j'avais déjà fait une trop grande partie du chemin vers la publication de mon roman. Désormais, si je devais partir, j'aurais l'impression de m'être sacrifiée pour rien. Je rêvais de mon roman, je l'imaginais en vitrine quand je passais devant une librairie, j'avais des idées de couverture pour l'édition en format poche. Pas question de renoncer.

Joyce s'apprêtait à prendre son taxi pour l'aéroport quand elle a tendu son doigt vers la pile de lettres. Depuis le début de la crise, Mohamed les laissait s'entasser dans un coin du bureau.

— Je suis désolé, Joyce, a-t-il dit, mais avec les changements de textes, tes notes de frais à Nice avec Margot Saint-André...

— Je vous donne une semaine. À tous les deux.

Avant de sauter dans un taxi à mon tour – pour la gare – j'ai tassé un bon quart du courrier dans une enveloppe à soufflet que j'ai glissée dans ma valise. J'ai dit au revoir à lundi à Mohamed, je lui ai souri, je n'ai même pas râlé.

Et c'est toujours de bonne grâce – ou disons avec la même résignation disciplinée – que j'ai ressorti l'enveloppe de mon sac, le lendemain matin, dès que Marc a claqué la porte de la maison.

D'habitude, le vendredi, j'arrivais à travailler le matin pour *La Vie la Vraie* et l'après-midi sur ma thèse. Aujourd'hui, vu le volume de courrier, plus les textes qu'il me restait à lire, plus Julien que je devais aller chercher à la gare avant d'aller prendre Annie à l'école, je savais que ma thèse allait passer à la trappe.

J'ai fait le lit, j'ai mis mes chaussures (je n'aimais pas travailler en chaussons), et j'ai aéré la chambre pour finir de la transformer en bureau. Dehors, sous la fenêtre, le rosier était en piteux état.

J'aimais bien le vendredi matin. Ça me rappelait quand je travaillais à ma thèse, à mon rythme, sans risque à tout instant d'être convoquée dans le bureau de Joyce Verneuil.

Mohamed s'était déjà amusé à me faire lire le courrier. C'était un matin où on était tous les deux de bonne humeur et où il n'y avait pas d'urgence par ailleurs – ça n'était arrivé qu'une fois. Il était allé chercher un énorme carton dans l'open-space. À l'intérieur, il y avait des lettres avec des cœurs, des portraits des comédiens de *La Vie la Vraie* au feutre ou au crayon de couleur, avec des photos découpées dans les magazines puis collées un peu partout. Beaucoup étaient adressées à des comédiens (dans ce cas, on renvoyait un courrier de remerciement en disant qu'on avait bien transmis la lettre). D'autres étaient adressées non pas au comédien, mais au *personnage* (pour celles-là on répondait directement sans transmettre). Il y avait plusieurs modèles de réponse, avec une place à chaque fois pour une ou deux phrases personnalisées.

Et puis il y avait les fous. À eux, on renvoyait un remerciement « pour l'intérêt qu'ils portaient à *La Vie la Vraie* ». Mohamed m'avait fait lire une lettre envoyée par un type qui se disait « victime d'un complot, tel qu'en témoignait la couleur souvent rouge des chemisiers de Béatrice, couleur de la colère et de la vengeance ». Il terminait en ordonnant à Azur Productions, « sous peine de poursuites, de cesser sa participation dans cette machination orchestrée contre [lui] par RFT, *Les Dernières Nouvelles d'Alsace* et le musée du Kochersberg ».

Selon les statistiques de Mohamed, on recevait chaque semaine une à deux lettres envoyées par des schizophrènes paranoïaques. J'espérais que c'était les mêmes schizophrènes paranoïaques qui réécrivaient souvent – sinon, en proportion de la population générale, ça faisait beaucoup.

J'ai défini une stratégie : classer le courrier en plusieurs tas, selon le modèle de réponse type qu'il faudrait envoyer. J'ai fait de la place sur le bureau, et j'ai commencé à parcourir chaque lettre pour identifier à quelle catégorie elle devait appartenir.

Il y avait les fans ados. Il y avait les fans adultes. Il y avait aussi une catégorie dont Mohamed ne m'avait pas parlé : à la première lettre, je n'ai pas réagi, à la seconde non plus. À la troisième, j'ai repensé à la réaction de Vincent, le pote fumeur de joint de Julien, le soir où il avait assisté à la mort d'Abdou à l'appartement. Au bout de la dixième, j'ai compris que je tenais quelque chose de très important.

J'ai tout de suite appelé Joyce, je n'ai pas réfléchi.

Elle a eu l'air surprise de m'entendre. D'habitude, si j'avais quelque chose à lui dire, je lui envoyais un mail – je ne risquais pas de la déranger.

— Oui Sophie, je suis sur le plateau, je t'écoute.

— Joyce, c'est Sophie…

— J'ai compris, oui…

— Je t'appelle car je crois que je sais pourquoi le public est parti.

— Tiens donc.

Il y a eu un blanc, puis elle s'est reprise, sans ironie cette fois.

— À quoi penses-tu ?

— Je suis en train de lire les courriers des téléspectateurs, je ne suis pas allée au bout, je voulais t'appeler avant. J'ai dû lire, quoi, trente lettres, et il y en a au moins le tiers qui parlent de la même chose. Y a les lettres de fans, comme d'habitude, sauf qu'il y a aussi plein de lettres de plaintes, de gens qui disent qu'ils sont déçus et qu'on n'aurait pas dû.

— Dû quoi ?

— Excuse-moi, je suis juste un peu stressée car je crois que c'est important. Dans deux lettres sur trois, les téléspectateurs sont en colère parce qu'on a tué Abdou. Ils disent que c'était leur nouveau personnage préféré, et qu'on n'a pas le droit de faire disparaître un héros du jour au lendemain alors qu'il venait d'arriver dans la série et qu'il avait plein de choses à vivre.

J'aurais pu continuer, Joyce ne m'écoutait plus. Son cerveau était en train de faire défiler tous les épisodes depuis l'arrivée d'Abdou dans la série jusqu'à l'épisode où on l'avait fait tomber du toit.

Je collais mon téléphone fort contre mon oreille pour être sûre qu'il n'y avait rien à entendre.

— C'était un rôle secondaire... disait Joyce. Un méchant en plus...

— Le comédien était super sexy, j'ai dit, il avait un côté naturel hyper-attachant.

Je répétais ce que Vincent m'avait dit en me tendant le joint.

— Il avait pas complètement un rôle de méchant. Il avait des raisons de vouloir gagner de l'argent avec les vidéos de skaters. Il était coincé. Sinon les types de la mafia allaient le tuer.

Elle ne disait rien. J'ai continué.

— Et malgré ça, il n'a jamais mis les skaters en danger, il a toujours fait attention à ce qu'ils répètent leurs cascades, à ce qu'ils se protègent. Il a posé des limites, et il a carrément interdit les figures trop dangereuses. C'était un homme, au fond, qu'on pouvait vraiment aimer.

Je n'arrivais pas à interpréter le silence de Joyce.

Il y a eu quelques bruits bizarres dans le téléphone, des bips et des frottements. Puis une nouvelle voix :

— Allô ?

C'était Françoise.

— Oui, Françoise, c'est Joyce, on est en conf call avec Sophie. On pense avoir identifié le problème. Grâce au courrier des téléspectateurs. Des dizaines de lettres. Ils ne nous pardonnent pas d'avoir tué Abdou.

— Et merde.

Puis elle s'est tue.

— Françoise, tu nous entends ?

— Oui, oui, je vous entends. Mais pourquoi c'est pas ressorti dans l'étude d'Oscar ?

— Ils ont projeté des épisodes d'*après* la disparition d'Abdou. Il était déjà mort, ça ne pouvait pas entrer dans la discussion.

— On est battues.

Un long silence à nouveau. J'ai appuyé mon oreille contre le téléphone, j'ai cru qu'elle avait raccroché.

— C'est dans quel épisode qu'on retrouve son corps ? a dit Joyce.

— Le 1155.

Elle a calculé.

— On l'a pas vu à l'antenne.

— Non, on l'a pas encore vu.

— Tu sais quand il est diffusé ?

Françoise a calculé.

— Dans dix heures et quinze minutes.

— Et merde.

— Mais il est mort !

Joyce m'a rappelée dix minutes plus tard. Il y avait beaucoup d'agitation autour d'elle.

— J'ai donné l'ordre à Françoise de faire revenir Abdou dans la série. Je refuse qu'il meure.

— Mais il est *déjà* mort...

— Pas tant qu'on n'a pas vu le cadavre.

— Et après on a encore trois semaines d'épisodes déjà tournés. Dans toute l'intrigue des skaters, on ne parle que de la mort d'Abdou, et de comment ils s'organisent pour cacher le corps.

— Françoise a eu une idée. Écoute bien, je n'aurai pas le temps de répéter. Après dix jours d'hésitation, Théo et ses amis décident de retourner sur les lieux du crime. C'est la scène du terrain vague, ils devaient retrouver le corps et l'enterrer. Sauf que dans la nouvelle histoire, ils retrouvent Abdou vivant. Il a été recueilli par un vieil SDF à moitié fou qui l'a soigné et nourri après sa chute du toit. Car, miracle, sa réception a été amortie par un arbre. Il est vivant. Vivant mais amnésique. Il ne se souvient de rien. Passé l'effroi de découvrir Abdou vivant, Théo et sa bande ont donc de quoi se réjouir : il ne se souvient de rien. Ce qui nous permet de garder presque intacts les épisodes de la semaine prochaine : mort et enterré, ou SDF et amnésique, c'est la même chose. Ils font croire à tout le monde qu'Abdou est parti en Afrique. Ils organisent sa disparition. C'est la semaine suivante que les choses se compliquent : Abdou va être recueilli par une association. Il va être pris en charge par une thérapeute formidable qui va se battre avec lui pour qu'il retrouve la mémoire. On lui cherchait un rôle, maintenant on l'a : c'est Margot Saint-André qui va jouer la thérapeute. Ils vont connaître un amour passionnel et impossible.

Tout ça, c'était un peu grâce à moi. Je regagnais des points d'estime.

— Tu n'imagines même pas le cataclysme que ça implique sur le plateau, a dit Joyce. Pour raccrocher les wagons, on doit jeter deux semaines d'intrigues B. En essayant de sauver quelques scènes, on doit quand même retourner plus de trente scènes, d'après le premier calcul de Françoise. On va payer trois heures supplémentaires pendant deux semaines, RFT accepte de faire un effort financier, moi aussi. Et il faut bien continuer en même temps de tourner les épisodes suivants. Françoise a délégué les ateliers à Noémie et va se consacrer jour et nuit à la réécriture. On a tous les réalisateurs sur le coup, tous les assistants, tous les comédiens, c'est un capharnaüm.

— J'imagine, j'ai dit en me resservant une tasse de thé.

J'étais touchée qu'elle veuille me tenir au courant. Mais elle avait mieux à faire, j'avais presque envie de lui dire de raccrocher et de ne pas gaspiller son temps avec moi.

— Pour toutes ces raisons, Sophie, pour ce soir, je n'ai plus que toi.

— Pour ce soir ?

— Oui, je t'ai dit, pour ressusciter Abdou.

Elle était fébrile.

— Tu n'as pas écouté ce que je t'ai dit ?

— Si, si, j'ai dit, mais je suis à Bor...

— Je n'ai personne, Sophie, on n'a plus le temps, je ne peux pas recruter quelqu'un dans la minute, lui expliquer la série... Toute l'équipe est accaparée par la réécriture et le retournage des trente scènes dès lundi avec Abdou ressuscité. Alors pour l'épisode de ce soir, je te mets aux commandes. Dépense tout ce que tu dois dépenser. Pas de limite de budget. Ce soir, dans la dernière scène, Abdou ne doit pas être mort. Il doit être vivant. Je compte sur toi.

Et elle a raccroché.

J'ai reposé mon iPhone sur le bureau. La maison m'a paru effroyablement silencieuse. J'ai descendu l'escalier comme un zombie. Mes jambes tremblaient. Chaque marche semblait faire un mètre de haut. En bas, j'ai pris un verre. Je l'ai placé sous le robinet. J'ai ouvert le robinet. J'ai attendu que l'eau déborde du verre. J'ai tout bu d'une seule traite. J'ai voulu inspirer un grand coup mais mes poumons étaient trop contractés. J'ai reposé le verre dans l'évier. L'horloge du micro-ondes affichait 10 : 03.

Mon regard s'est figé sur l'écran de télévision. Dans dix heures et sept minutes, sur ce même écran, l'épisode numéro 1155 de *La Vie la Vraie* allait être diffusé. À la fin de cet épisode, tourné, monté, mixé, étalonné et livré à RFT depuis une semaine déjà, le cadavre d'Abdou était retrouvé. Dans la scène finale, on voyait clairement le cadavre. Il apparaissait à la toute fin, quand Théo écartait les branches d'un buisson.

Cette scène ne devait pas être diffusée. Elle devait être remplacée par une nouvelle scène qui n'existait pas – qui à cette heure n'avait pas été tournée, même pas écrite – dans laquelle Abdou devait être découvert vivant et amnésique.

Et on comptait sur moi pour faire tout ça.

J'ai dû appeler cinq fois avant de réussir à avoir Mohamed.

Tout le monde était en train de l'appeler. Les auteurs, les réalisateurs, leurs assistants, ils avaient tous besoin de textes et d'informations sur les personnages et les histoires : il était le seul qui était fiable à 100 %.

Je n'ai rien eu à lui expliquer, il connaissait la situation.

— Je t'envoie le texte, a-t-il dit.

— Quel texte ? j'ai eu le temps de demander avant qu'il raccroche.

— Ben la scène qui doit être retournée.

Il a eu un temps d'arrêt.

— T'es sûre que tu maîtrises ? Parce que t'as juste une équipe de trois cent cinquante personnes qui compte sur toi.

— Merci de me rassurer, Mohamed. Merci.

Il a de nouveau failli raccrocher.

— Attends, j'ai dit, attends ! Qui est-ce qui est en train de réécrire la scène ? Joyce m'a pas dit.

Silence.

— C'est toi, Sophie, qui es en train de réécrire la scène.

— Quoi moi ?

— Françoise a mobilisé tous les auteurs. On m'appelle, je te laisse. Je bouge pas du bureau.

Une chose après l'autre. Je suis remontée, j'ai rallumé mon ordi en tremblant, et j'ai trouvé le texte de l'épisode 1155 dans ma messagerie. Je suis allée directement à la dernière scène. Je ne voyais que des lettres, pas des mots, encore moins des répliques ni des personnages. Il m'a fallu du temps pour me calmer, me concentrer, et arriver à faire sens de ce qui était écrit sur ces pages. En plus de Théo, de son ami Clément et d'Abdou (son cadavre pour l'instant), il fallait que j'ajoute le personnage du SDF qui avait soigné et recueilli Abdou amnésique. Je n'avais jamais écrit le moindre bout de scénario, juste reformulé quelques répliques trop « mot d'auteur ». J'ai relu la scène plusieurs fois. Je me suis rassurée en pensant qu'il n'y avait pas grand-chose à écrire, c'était l'affaire de trois ou quatre répliques.

Il était un peu moins de 11 heures quand, avant de commencer à réécrire la scène, j'ai appelé sur le plateau pour être sûre qu'il y aurait bien un comédien de disponible pour jouer le rôle du SDF. On m'a passé la première assistante du réal à qui Joyce avait demandé de retourner la scène de ce soir. Elle m'a expliqué qu'ils tournaient aujourd'hui des scènes en extérieur. En en reportant une à la semaine prochaine, ils avaient dégagé un créneau à 15 heures. Elle m'a prévenue que, le temps d'aller avec toute son équipe jusqu'au terrain vague où on devait retrouver Abdou, ils n'auraient qu'une demi-heure pour tourner la scène.

— Pour le SDF, pas de problème, on a des silhouettes en rabe, on va grimer un type en SDF, no souci. C'est pas grave si c'est pas un bon comédien ?

— On le reverra jamais, je crois. Donc non, j'ai dit, c'est pas très grave.

Elle m'a retenue avant de raccrocher :

— Au fait, on sait toujours pas à quelle heure atterrit Joseph Kanaga. Tu nous tiens au courant pour qu'on envoie une voiture ?

— Comment ça, vous savez pas à quelle heure il atterrit ?

— Non, on sait pas. Joyce nous a dit que c'était toi qui pilotais.

— Attends, il est prévenu, au moins ?

— Prévenu de quoi ?

J'ai raccroché sans prononcer une syllabe de plus et j'ai cherché le numéro de Sylvette dans mon répertoire. Mes mains tremblaient, j'appuyais sur les mauvaises touches. Après la calculatrice, c'est mon application météo qui s'est ouverte. J'ai tout fermé et j'ai appelé Mohamed en touche rapide. Il a répondu du premier coup.

— Mohamed, c'est moi, j'ai besoin de parler à Sylvette.

— Sylvette ? T'es pas au courant ? Joyce veut rajeunir notre approche du casting. Elle l'a virée la semaine dernière ?

— Merde. Merde. Merde.

— Tu voulais quoi ?

— Le numéro de Joseph Kanaga.

— Il est pas sur le plateau ?

— Je sais pas où il est. Personne sait où il est.

Trois secondes plus tard (ça m'a paru long), Mohamed avait ouvert le répertoire en ligne du réseau et me dictait le numéro de Joseph.

— T'as son adresse, aussi ?

J'ai pris l'adresse aussi et, avant d'appeler Joseph, j'ai cherché dans mon téléphone le numéro d'un taxi. Par chance, le premier était disponible. Je lui ai donné l'adresse de Joseph en lui demandant d'y aller en urgence. Puis, j'ai rappelé Mohamed.

— Encore moi. Je sais que c'est pas à toi de faire ça, que tu ne t'occupes que de Joyce, pas des comédiens, mais je sais pas qui d'autre appeler, j'ai pas le temps de chercher, et il faut d'urgence que tu me réserves un Paris-Nice pour Joseph.

— Quelle heure ?

Il était 11h12.

J'ai réfléchi.

— Prends une place sur tous les vols Air France entre maintenant et 16 heures.

— T'es sûre que…

— C'est dur à croire, je sais, mais je te promets que je sais ce que je fais.

Hum.

Maintenant, Joseph. Une, deux, puis trois sonneries. Les sonneries les plus longues de ma vie. Évidemment, ça n'a pas répondu. J'ai laissé un message. J'ai dû avoir l'air complètement hystérique – au moins, s'il avait mon message, ça lui donnerait la mesure de l'urgence.

Les Pages Blanches. Sur le site, grâce à l'adresse, j'ai trouvé son numéro de téléphone fixe. Mais pas de chance de ce côté-là non plus : j'ai attendu douze sonneries, j'ai raccroché.

À court d'idées, j'ai pris la liste des voisins qui étaient listés dans les Pages Blanches à la même adresse que Joseph et je les ai appelés un par un.

La plupart des numéros sonnaient dans le vide. Avec les rares personnes qui décrochaient, j'ai perdu un temps fou à me présenter, à expliquer ce que je cherchais, pourquoi, et à convaincre les gens qu'ils pouvaient me faire confiance. Tout ça pour entendre au final qu'ils auraient été contents de m'aider mais qu'ils ne voyaient pas de qui je voulais parler. J'ai eu deux ou trois gentilles grand-mères qui avaient manifestement assez envie de bavarder, mais qui n'avaient absolument aucune information récente sur « le monsieur du cinquième qui faisait un peu peur mais qui est gentil en fait, surtout depuis qu'on l'a vu à la télé, mais quel dommage qu'ils l'aient tué, ça fait mal au cœur ». Au moins j'étais à la bonne adresse.

J'ai hésité à poursuivre la liste, mais je n'avais aucune autre piste, alors j'ai continué. J'ai bien fait, je suis tombée au numéro suivant sur un vieux monsieur qui, enfin, m'a donné des éléments rassurants : 1/Joseph habitait toujours l'immeuble ; 2/On l'avait vu ce matin qui sortait de chez lui.

— Et vous n'auriez pas une idée d'où il aurait pu aller ?

— Je ne suis pas un paparazzi, moi, madame, je ne révèle pas d'informations de nature privée.

— C'est vraiment super important. C'est pour son bien, je travaille pour *La Vie la Vraie*, et Joseph doit impérativement…

— De toute manière, je vous arrête tout de suite, madame, je ne sais pas où il allait.

J'ai soupiré.

— Merci quand même, bonne journée monsieur.

D'un coup, j'ai eu une intuition :

— Attendez, monsieur, attendez ! Quand vous l'avez vu sortir ce matin, est-ce que, par hasard, il avait avec lui un sac de sport ?

J'ai rappelé le chauffeur de taxi.

— Changement d'adresse. Je vais vraiment avoir besoin de vous. Il faut que vous alliez à Aubervilliers, quelqu'un à aller chercher dans une salle de boxe. Quittez pas, je cherche l'adresse exacte sur Internet

J'ai appelé la salle de boxe. J'ai ressenti une joie intense, comme je n'en avais pas ressenti depuis longtemps, quand le manager – qui se souvenait de la « mignonne jeune femme de *La Vie la Vraie* qui avait pas l'air bien à l'aise sur le ring » – m'a coupée au milieu d'une phrase et s'est mis à crier :

— Joseph, c'est pour toi, c'est urgent, c'est *La Life la Vraie* !

Le temps que Joseph arrive au téléphone, il répétait :

— Ils vont remettre Joe dans *La Life la Vraie* ! Yallah, c'est obligé, c'est une star !

J'entendais des cris de joie qui résonnaient jusqu'au fond de la salle de boxe.

— D'accord, mais si vous avez besoin de moi, il faut m'augmenter.

Je venais de lui raconter la scène qu'il devait retourner pour ressusciter son personnage avant la diffusion de ce soir.

— Joseph, j'ai dit, ce n'est pas moi qui m'occupe de ces choses-là, et je ne crois pas que ce soit le moment…

— Je veux cinquante pour cent.

— Cinquante pour cent de quoi ?

— En plus.

— Joseph !

— OK, quarante pour cent.

— Ton retour dans la série, c'est une chance énorme pour toi. Tu ne veux pas la laisser passer ?

— T'as vu comment ils m'ont traité ? Tu meurs, tu dégages. C'est pas une manière de traiter les gens.

— Mais là tu deviendrais vraiment récurrent, pour de bon ! D'accord ?

— Quarante pour cent.

— Pense à ton intérêt à long terme…

— Tu ne m'as pas dit que les audiences ont baissé à partir du moment où le public a vu que j'étais mort ?

— Si, mais, disons que, oui, mais ce n'est qu'une hypothèse...

— Quarante pour cent.

Joyce m'avait bien dit : pas de limite de budget.

— Trente pour cent, j'ai dit.

— Trente-neuf.

— Joseph...

— Trente-cinq.

— OK.

J'ai soufflé tout ce que j'avais à souffler quand j'ai entendu le bruit du taxi qui démarrait.

12h07. J'ai rappelé Mohamed. Il m'a donné les horaires d'avion et on a bien compris que c'était raté pour le vol de 12h30. Le temps d'arriver à Orly, Joseph ne pourrait prendre que le vol de 14h30. Soit une arrivée à 15h45. J'ai appelé la première assistante réal, qui refusait de revoir son planning à nouveau. Je lui ai rappelé (gentiment) que, si la scène n'était pas tournée dans l'après-midi, tout le travail supplémentaire qu'ils étaient en train de faire pour modifier les épisodes suivants n'aurait plus aucun intérêt, et qu'on serait tous plantés. Elle a dit OK pour 16h30. On a convenu qu'elle mettrait une habilleuse et une maquilleuse dans la voiture qui irait chercher Joseph à l'aéroport. Il y aurait un gros travail pour le rendre crédible en miraculé-qui-vient-de-survivre-deux-semaines-dans-un-buisson.

— Pour Théo et Clément, j'ai demandé, c'est bon ?

— Pour Théo, oui, il est sur le plateau aujourd'hui. Pour ton SDF, on y travaille. Pour Clément, c'est raté, il est pas là.

— Faut l'appeler !

— Il est à New York avec sa copine.

J'ai pris le temps de fermer les yeux pour garder mon calme.

— Alors faut retourner toute la scène, j'ai dit, mais sans lui.

— Ça va pas ! On n'a même pas une demi-heure ! Le temps de tout installer, d'éclairer, impossible de tout reprendre. On ne peut tourner qu'un seul plan. Et pas un de plus. On explose, là, Sophie, on explose !

— C'est foutu alors, j'ai dit.

— Écoute, tant pis si c'est bizarre, Clément finira la scène hors champ. Le réal fera gaffe pour que le nouveau plan soit raccord et qu'on ait juste l'impression que Clément est hors champ. Pas le choix. Tu nous as envoyé le texte ?

— J'ai pas commencé à l'écrire.

J'ai entendu le bruit des clés dans la serrure. La porte s'est ouverte. Marc était de retour.

— Je dois y aller, j'ai chuchoté, je fais au mieux.

— Tu peux pas lâcher ton iPhone deux secondes ?

(Version officielle : mon iPhone était un cadeau de mon opérateur après trois ans de fidélité. « On les connaît leurs cadeaux, avait dit Marc, à tous les coups ils t'ont remis ni vu ni connu une clause de vingt-quatre mois où tu peux pas résilier... »)

Avant de s'asseoir, il m'a prise par la taille et il m'a embrassée dans le cou.

— C'est quoi ces messages que tu reçois ? Je vais finir par croire que tu as un amant...

Il a parlé. De la fac, des étudiants, de tout. Il tenait à prendre son temps car « les moments à deux rétrécissaient comme peau de chagrin depuis quelque temps ». J'avais tout mis sur la table, la salade, les yaourts et le steak-haché-petits-pois que j'avais préparé en pilote automatique.

— J'ai l'impression que tu n'es pas concentrée sur ce que je te dis ?

— Si, bien sûr, j'ai répondu. Tu as prévu de voir quelqu'un à propos de ton syllabus.

— Pas *quelqu'un*. Un homologue de la fac de Toulouse.

— Du coup, est-ce que ça veut dire que tu dois partir dès qu'on a fini de déjeuner ?

Marc a expliqué grosso modo que, si j'avais écouté, j'aurais compris qu'il devait repartir un peu avant 14 heures. Pendant ce temps, les SMS s'accumulaient sur mon iPhone. Le sel, le poivre, un plus grand verre, de l'eau gazeuse, tout prétexte était bon pour me lever et y jeter un coup d'œil. Heureusement, c'était des bonnes nouvelles : on avait un comédien pour le SDF ; Joseph était dans l'avion ; une voiture avec maquilleuse et costumière attendait déjà à l'aéroport.

— N'oublie pas Julien, m'a dit Marc en enfilant son manteau.

— Bien sûr que j'oublie pas.

— Je me méfie, a-t-il dit avec son sourire en coin, aujourd'hui tu me rappelles l'époque où t'étais à fond dans ton roman et qu'on pouvait plus te parler.

Je lui ai fait un petit baiser sur les lèvres.

— Je vois pas où tu vas chercher ça.

J'ai eu un mal fou à me lancer. Je n'avais jamais écrit de scénario et c'était paralysant de savoir que les quelques répliques que j'allais écrire devaient se retrouver ce soir sur RFT.

En étant lucide, il fallait un miracle pour que ma scène arrive effectivement à l'antenne ce soir. Bizarrement, c'est cette idée qui m'a désinhibée. La chose était si improbable, je pouvais bien me lâcher.

J'ai envoyé le texte à 15h16 (oui, c'est long une heure et quart pour dix répliques…) et j'ai sauté dans la voiture, direction la gare, le train de Julien arrivait à 15h24.

Je suis arrivée avec dix minutes de retard, Julien est monté dans la voiture, et c'est là que j'ai reçu un nouveau coup de fil de la première assistante réal :

— Ça va pas du tout, Sophie, ce texte.

J'ai eu honte et je me suis sentie coupable – un coup de pied dans le ventre.

— C'est-à-dire que ce n'est pas mon métier, je ne suis pas vraiment scénariste…

J'essayais de poser ma voix pour ne pas laisser entendre à quel point j'étais dépassée.

— Scénariste ou pas, j'en sais rien, a-t-elle dit, on tournera ce que tu voudras. À condition que ça tienne en un plan. Là, tu nous les fais courir à travers le terrain vague, Théo qui se tord la cheville en partant, le SDF qui sort de sous son abri. Tu crois qu'en une demi-heure on va construire un abri ? Il sera maquillé, ton SDF, t'as déjà de la chance. L'avion a atterri. Il est dans la voiture. On a besoin du texte dans vingt minutes pour la mise en place. Après, je te jure, catastrophe ou pas, c'est trop tard.

Elle a raccroché.

J'ai arrêté la voiture à plusieurs rues de l'école d'Annie. Pas de temps à perdre à me battre pour une place de parking plus près – de toute manière, je n'étais pas en état de faire un créneau. Je me suis mise en double file et Julien, à qui je venais d'expliquer la situation, est parti attendre Annie à la sortie de l'école. Il est parti en courant alors que les enfants ne sortaient de l'école que dans vingt minutes. Il avait absorbé mon stress. Ça m'a fait chaud au cœur.

Dans la voiture, les bruits de l'extérieur m'arrivaient tamisés. J'imaginais le plateau à Nice, les ordres qui fusaient, les gens qui couraient. J'ai mis un temps fou à taper, lettre après lettre, un nouveau texte pour la scène du terrain vague. Je n'ai pas de si gros doigts, pourtant, mais une fois sur trois, c'est la mauvaise lettre qui s'affichait. Plus je perdais du temps, plus ça me stressait et plus je continuais d'appuyer sur les mauvaises touches. Sans parler des problèmes de mise en pages : je ne savais pas afficher les bonnes fonctions de traitement de texte sur mon iPhone. De toute façon, c'était ça ou rien. Je n'avais absolument pas le temps d'être de retour devant mon ordi. J'avais un quart d'heure pour envoyer une scène simplifiée. J'ai perdu plusieurs minutes à mettre le texte en forme, histoire au moins qu'ils ne confondent pas au tournage les répliques avec les didascalies. Vu les délais, je ne pouvais pas compter sur eux pour avoir le moindre recul sur ce que j'avais écrit. Le texte serait tourné exactement comme je l'avais écrit.

À 16h18, j'ai appuyé sur ENVOI.

1055/18 — EXT. JOUR. TERRAIN VAGUE
THEO – CLEMENT – ABDOU – SDF

Théo et Clément sortent d'une camionnette et avancent dans le terrain vague. Ils sont armés de bâtons.

284. THEO
C'est ici normalement.

Ils lèvent les yeux vers le ciel. Puis Théo désigne des buissons.

285. THEO
Il a dû tomber là.
(*masque sa peur et regarde autour de lui*)
C'est pour ça qu'on l'a pas retrouvé.

Théo s'approche des buissons. Il s'écarte pour laisser passer Clément. Avec son bâton, il écarte quelques branches.

286. THEO

Vas-y mec, je te suis.
(*voyant la réticence de Clément*)
Quoi, tu vas pas me dire que tu flippes ?

Clément passe devant. Théo pose soudain sa main sur son épaule.

287. THEO
Bouh ! !

Clément sursaute.

288. CLEMENT
P'tain, t'es con, mec !

Théo rit, c'est nerveux. Ils avancent à nouveau dans les buissons. Cette fois, Théo passe devant. Il écarte encore une branche et, soudain, il fait un bond de trois mètres en arrière : on découvre le corps d'Abdou.

Théo maîtrise sa peur et s'approche à nouveau d'Abdou. Par prudence, il le tapote avec son bâton. Abdou ne bouge pas. Mort.

DEBUT DU NOUVEAU PLAN A TOURNER :

Un SDF surgit derrière eux.

289. SDF
Vous êtes qui, vous ?

Théo est terrifié. (Clément aussi, mais on ne le voit pas. Le comédien étant absent, on considère qu'il est désormais hors champ.)

290. THEO
On se promenait, et…

291. SDF
(*l'interrompt. Parle à quelqu'un derrière eux.*)
Ça va, Gabriel ?

C'est alors qu'apparaît Abdou ! Il sort des buissons, debout, mal en point. Il a l'air de souffrir beaucoup.

292. ABDOU
Ça va. Ça va. J'ai soif.

Théo est tétanisé. Il se fige un temps. Puis il hésite et se lance :

293. THEO
Abdou ?

294. SDF
Laissez-le tranquille. Il est tombé du ciel. Il s'appelle Gabriel. Il avait pas de nom, ni rien. C'est un ange. Comme il venait du ciel et qu'il savait rien, il fallait que je choisisse pour lui. Pas vrai Gabriel ?

Théo regarde Abdou, terrifié.
La caméra zoome sur le visage d'Abdou.
Le regard vide, Abdou hoche la tête, lentement…

FIN DE L'ÉPISODE 1155

*

La première assistante réal m'a rappelée pendant que je versais le lait chaud dans le bol d'Annie.

— Joyce a vu les images. Elle valide. C'est bon. Bravo.

Je me suis dégonflée comme un ballon percé.

— Le nouveau plan va bien s'enchaîner ?

— C'est pas tout à fait la même météo, comme raccord on a vu mieux, mais vu les circonstances, on va pas se plaindre.

— Merci encore, j'ai dit, à deux doigts de raccrocher.

— Et sinon, les images, j'en fais quoi, moi, maintenant ?

Je ne comprenais pas le but de sa question.

— Ben… vous les envoyez à RFT ?

Ce n'était tout de même pas à moi de faire ça. De toute façon, matériellement, je ne voyais pas ce que j'aurais été en mesure de faire.

— Écoute Sophie, organise-toi, je veux bien faire ce que vous voulez, mais des images, c'est beaucoup trop lourd pour être transféré sur le serveur. Pour les PAD, on utilise FedEx, mais là, vu l'heure… Et c'est pas mon job, je croyais que c'était toi qui faisais la réception à Paris ?

— Ben non, moi je suis à Bordeaux.

— Qui s'occupe de monter les nouvelles images à la place des anciennes ? Et de vérifier qu'elles soient calées au bon moment ?

— C'est-à-dire…

— Écoute, j'ai les images validées. J'en fais ce que tu veux. Là, j'ai encore deux scènes à tourner, on est à la bourre, rappelle-moi quand t'es au clair.

Si j'avais été un ballon, là, j'aurais éclaté.

Après avoir parlé à Mohamed, Joyce et Françoise, et m'être secouée plusieurs fois pour ne pas pleurer, j'ai compris que j'étais loin d'être en week-end. En toute probabilité, d'ailleurs, vu comment Joyce m'avait parlé, ce soir à 20h30 je ne serais pas en week-end, mais au chômage.

J'avais identifié les obstacles. À 18h20 (plus qu'une heure cinquante), il s'avérait qu'on comptait encore sur moi pour :

– faire parvenir les images à RFT ;

– monter les images à la place de la scène à supprimer ;

– retirer le PAD (prêt à diffuser) initial ;

– le remplacer par le nouveau PAD.

À 18h42, j'avais parlé avec la moitié de RFT, je m'étais fait raccrocher au nez au moins dix fois, et j'avais la gorge irritée à force de crier « *La Vie la*

Vraie », « Chaque seconde compte » et « C'est un ordre direct d'Oscar Catelano ». J'ai enfin réussi à parler au responsable de la « régie finale ». Apparemment, c'est lui qui appuyait sur le bouton en direct pour lancer une émission, la pub, ou n'importe quoi.

— Enfin, pas tout à fait, a-t-il corrigé, maintenant tout est géré par l'informatique, moi je suis juste ici pour surveiller. Le conducteur de ce soir est validé depuis plusieurs heures, tout est calé à l'image près. Et des images, vous savez, il y en a vingt-cinq par seconde.

— Ce que je veux comprendre, c'est comment on peut y arriver.

— C'est absolument impossible.

— C'est un ordre direct d'Oscar Catelano, j'ai dit.

— Impossible. Oscar Catelano ou qui vous voulez, quand c'est validé, c'est validé. À part le président de RFT, y a personne qui me fera bouger le moindre time-code de mon conducteur. C'est clair comme ça ou vous voulez à nouveau que je répète ?

Au crayon, sur mon calepin devant moi, j'ai écrit : « Contact président ».

— Mais quand y a un truc énorme, j'ai dit, genre la mort du Pape ou de Michael Jackson, vous avez bien le droit de changer le programme en direct ?

— Là c'est pas moi, c'est la régie de l'info. Je leur laisse la main sur l'antenne. Sur l'ordre uniquement du président.

— De RFT ?

— De RFT.

J'ai souligné et entouré trois fois la dernière ligne de mon calepin : « Contact président ».

Puis j'ai encore perdu dix minutes à obtenir le contact de la régie de l'information.

À 18h53, Marc est rentré à la maison.

À 18h56, j'ai pris mon calepin, j'ai enfilé mon manteau et j'ai embrassé Marc en lui disant que je n'avais plus de lait pour la quiche de ce soir.

À 18h56 et trente secondes, Annie m'a attrapé la main et m'a demandé de quoi je parlais au téléphone avec tous ces gens depuis tout à l'heure et si je travaillais en secret pour *La Vie la Vraie*.

À 18h57, j'ai balancé Annie à l'arrière de la voiture et je lui ai fait promettre de ne jamais, jamais, sous aucun prétexte, reparler de *La Vie la Vraie* en présence de Marc. J'ai roulé trois cents mètres, j'ai pris la première à gauche et je me suis garée à la première place où je n'avais pas besoin de faire de créneau.

À 19h01, j'ai appelé Julien pour lui demander de sortir du frigo la bouteille de lait et de la vider dans l'évier. Surtout que Marc ne le voie pas faire.

À 19h02, j'ai réussi à parler à la régie de l'information.

À 19h12, le type a compris que ce n'était pas une blague.

À 19h14, il m'a rappelée en me disant qu'Oscar Catelano avait confirmé que ce que je lui disais était sérieux et urgent et qu'il était prêt à coopérer.

— Mais tant qu'on n'a pas les images, madame, on ne peut rien faire.

Comme le journal de RFT était en cours, ce n'était pas le responsable qui me parlait, mais un de ses assistants.

— Et comment on peut faire ? j'ai dit, les images sont à Nice.

— C'est ce que je dis, madame, c'est embêtant.

— Mais vous faites bien des directs d'Afghanistan et de New York, vous devriez bien être capables d'obtenir des images de Nice ?

— Encore faut-il qu'on nous les envoie.

Il a réfléchi.

— À Nice, vous dites ?

J'ai confirmé.

— Bon. Alors apportez en urgence les images dans les locaux de RFT Nice. J'appelle leur régie. Il faut juste espérer qu'on cale un créneau pour un faisceau satellite.

Je ne comprenais pas tout, mais le sens général était rassurant.

— Je vous rappelle dans deux minutes, a-t-on conclu tous les deux en même temps.

Je l'ai rappelé à 19h22.

— C'est bon, j'ai dit, les images seront dans les locaux de RFT Nice au plus tard à la demie. Un stagiaire est parti en moto.

— De mon côté on a un faisceau à 19h40.

— Yes ! Merci merci merci. C'est bon alors, cette fois je peux souffler pour de vrai ?

— C'est quoi votre prénom, madame ?

— Sophie. Et vous ?

— On va avoir les images, Sophie. Oscar Catelano a parlé avec mon directeur. Si la régie finale nous donne bien la main pendant l'épisode de *La Vie la Vraie*, on pourra balancer les images en direct au moment que vous voulez.

— Parfait.

— Il faut encore, Sophie, que vous nous indiquiez le moment que vous voulez.

— C'est facile, c'est dans la dernière scène, quand Théo dit « Bouh » à Clément, ils sont dans un terrain vague, avec son bâton, il écarte des branches, et il découvre le cadavre d'Abdou. En tout cas, à ce moment, on croit que c'est un cadavre. Bon, tout ça, il faut le garder. Il recule puis revient vers le corps, et ça aussi il faut encore le garder. Mais c'est juste après qu'il faut mettre les nouvelles images. Juste avant que Théo ait l'idée de creuser un trou pour enterrer Abdou, il faut couper et enchaîner sur le nouveau plan avec le SDF qui arrive par-derrière et qui les surprend. Je me suis bien exprimée ?

— Le time-code.

— Pardon ?

— Je peux rien faire sans time-code. Théo, Abdou, le SDF, ça me parle pas, moi. On travaille à l'image près. Et dans une seconde, il y a...

— Vingt-cinq images, je sais...

J'ai tapé ma nuque contre l'appuie-tête.

— Mais je le trouve où, le time-code, moi ?

Le type s'est agité quelques secondes, il a décroché un autre téléphone, je n'entendais pas ce qu'il disait.

— Il faut se caler sur le time code de notre PAD, a-t-il fini par dire. Je vais vous passer le technicien qui va réceptionner les images. Voyez avec lui. Mais il faudrait vraiment que vous veniez dans nos locaux, on peut pas prendre le risque de balancer des images si le time-code n'est pas validé par quelqu'un qui connaît le programme.

— Mais je suis à Bor...

Il avait déjà basculé la ligne vers le poste du technicien. Sans prendre le temps de lui expliquer toute la situation, je lui ai demandé son nom et son numéro, que j'ai notés sur mon calepin, et je lui ai promis de le rappeler immédiatement.

19h29.

— Allô, Mohamed ?

— Oui, Sophie.

Il était au bureau.

— Écoute-moi bien, je n'ai pas le temps de répéter. Il faut que tu...

— On dirait Joyce quand tu...

— Laisse tomber tout ce que tu es en train de faire, prends ton manteau, et saute dans un taxi pour RFT.

— Qu'est-ce que...

— Fais ce que je te dis, c'est pas pour moi, c'est pour la série.

— C'est quoi ton numéro de portable ?

— Je comprends pas, qu'est-ce...

— Donne-moi ton numéro !

— C'est bon, crie pas comme ça.

Il restait dix minutes avant la connexion satellite et l'envoi des images de la dernière scène à la régie info de RFT.

Je devais encore :

– rappeler Mohamed pour lui expliquer toute la situation ;

– idem avec le technicien qui recevrait les images et avec qui il faudrait trouver le bon time-code ;

– rentrer à la maison et préparer une quiche.

J'ai démarré la voiture, j'ai dit à Annie que tout allait bien et j'ai commencé par le plus urgent. J'ai appelé Julien. Je n'aime pas téléphoner en conduisant, mais là, je n'avais pas le choix.

— J'ai besoin d'un nouveau service. Est-ce que tu peux monter à la salle de bains, faire couler un bain, mettre le best-of de U2 dans le vieux lecteur portable, mettre le lecteur dans la salle de bains, l'allumer, et dire à ton oncle qu'il a une sale tête et qu'il a besoin d'un bon bain ? S'il te demande tu lui dis que je viens d'appeler, qu'il y avait plus de lait Barrière de Pessac, que ce soir ce sera surgelés, je suis partie chez Picard.

Annie a donné des coups de pieds dans mon siège.

— J'ai raison ou j'ai pas raison, alors, tu travailles à *La Vie la Vraie* ?

J'ai dit à Julien que je devais y aller. J'ai posé mon téléphone sur le fauteuil passager, j'ai arrêté la voiture devant un Abribus. J'ai détaché ma ceinture, j'ai posé le genou sur le frein à main et je me suis retournée entre les sièges pour parler à Annie en la regardant dans les yeux.

— Oui, j'ai dit, c'est vrai.

Elle a ouvert les yeux et la bouche en souriant.

— Et tu fais quoi ?

— J'aide les scénaristes à écrire les histoires.

— Et tu travailles aussi avec les personnages ?

— Les acteurs sont à Nice, moi je ne travaille qu'à Paris.

Elle a eu l'air déçu.

— Je te promets, je vais tout te raconter, mais là, justement, on a une grosse urgence, il faut changer la fin de l'épisode de ce soir, et c'est beaucoup de travail. Je te raconterai après, d'accord ? Je te promets.

Elle a hoché la tête, un vrai petit soldat fier de partir au combat.

— Il faut juste que tu me promettes une chose, j'ai dit.

Elle m'écoutait.

— Ça doit rester un secret. Il ne faut pas parler à Marc de *La Vie la Vraie*.

Elle a avalé sa salive et elle a hoché la tête à nouveau.

— Tu sais pourquoi ? j'ai dit.

— Parce que c'est de la merde ?

— C'est pas beau d'utiliser ce mot-là.

— C'est pas moi, c'est papa.

— Tonton, pas papa.

Avec les appels que j'ai ensuite passés à Mohamed et au technicien chargé de réceptionner les images, Annie avait désormais une idée précise de ma vraie nouvelle vie.

— C'est notre secret. Promis ?

— Promis.

Le temps de charger les images, de les vérifier, elles étaient disponibles dans la régie du journal de

RFT à 19h49. Mohamed avait suffisamment parlé avec Joyce, Françoise et tous les auteurs pour savoir exactement comment l'épisode 1155 devait se terminer. C'est lui qui devrait choisir le bon time-code pour lancer le nouveau dernier plan.

Il est arrivé à RFT à 20h05. Je suis restée en ligne tout son parcours depuis le hall d'accueil jusqu'à la cabine du technicien. Il a dû demander son chemin plusieurs fois, puis il a eu un choc.

— Il est là, je le vois !

Il était dans le couloir, il cherchait la cabine de montage, et dans l'entrebâillement d'une porte, il venait d'apercevoir Abdou vivant.

J'entendais son souffle dans le téléphone.

— Tu sais quoi, a-t-il dit, c'est hyper-émouvant. Si on m'avait dit un jour que j'aurais, moi, le privilège de ressusciter un personnage de *La Vie la Vraie* en quasi-direct...

Puis il s'est repris. D'une voix pro et affirmée, il a dit :

— Bon, le time-code maintenant.

Il est entré dans la cabine de montage, il s'est présenté au technicien, j'ai filé chez Picard.

Julien m'a fait un clin d'œil : comme sur des roulettes, Marc était dans son bain, la musique à fond. À mon tour j'ai fait un clin d'œil à Annie. Elle a ri et elle a couru dans sa chambre. J'ai déballé la quiche et je l'ai mise dans le micro-ondes. Je pouvais souffler.

Deux minutes plus tard, Mohamed m'a rappelée.

— Sophie, on a un problème.

Double appel. Joyce Verneuil.

— Quitte pas, Mohamed, je te reprends tout de suite.

J'ai switché.

— Oui, Joyce ?

— Sophie, juste pour te dire qu'on est tous rassemblés devant une télé, dans le studio, on s'accorde une pause avant de reprendre en nocturne. Tout est calé ?

J'ai allumé la télévision, j'ai zappé sur RFT et j'ai été prise à la gorge par une vague de stress quand j'ai vu les images du générique de *La Vie la Vraie*. Annie et Julien se sont installés sur le canapé. Ils avaient chacun un paquet de chips sur les genoux. J'ai baissé le son.

— Tout va bien. Je te rappelle.

J'ai re-switché.

— Mohamed, c'est quoi le problème ?

— On a le time-code, mais ça fait super bizarre. À vingt-deux zéro quatre trente-cinq, il fait super beau, et à vingt-deux zéro quatre trente-six, il pleut des trombes.

— Pardon ?

— Ils t'ont pas dit qu'il pleuvait cet après-midi à Nice ?

La première assistante réal avait parlé d'un petit problème de météo… Joyce avait pourtant vu les images et les avait validées.

— C'est ridicule ? j'ai demandé.

Il a hésité.

— Honnêtement ?

— Honnêtement.

— Ça fait vraiment super bizarre.

— T'es rentrée Bibounette ? a crié Marc depuis la salle de bains. C'est toi qui regardes la télé ?

— Je suis rentrée, mon amour, mais prends ton temps. C'est pas prêt, repose-toi, je t'interdis de descendre avant 20h30.

J'ai pris le temps d'inspirer. J'ai recollé l'iPhone contre mon oreille.

— Et le technicien qui est avec toi, il a pas une solution ?

Je n'ai pas entendu ce qu'ils se sont dit, mais ça a duré une bonne minute.

— Il y aurait bien un truc, il a fini par m'expliquer, on peut étalonner le nouveau plan pour l'éclaircir et qu'il s'enchaîne un peu plus naturellement avec celui d'avant. On peut aussi rajouter un bruit de tonnerre pour faire croire que tout à coup il y a un orage. Ça sera pas parfait, mais ça peut faire la blague. Par contre, il nous faut quinze minutes. Qu'est-ce que t'en penses ?

— Quinze, c'est quinze-quinze ? Ou c'est quinze-seize-dix-sept ?

Nouveau conciliabule avec le technicien.

— Quinze-quinze.

Il était 20h08. L'épisode avait commencé depuis trois minutes. Il fallait insérer le nouveau plan en direct au minutage 22 : 04 : 35. Dans mon état, j'étais absolument incapable de faire un calcul mental. J'ai couru dans la cuisine et j'ai attrapé mon crayon et mon calepin.

22 - 3 - 15 = 4

À moins d'avoir mal compris, ça nous laissait quatre minutes de marge - enfin, trois minutes, vu le temps qu'il m'avait fallu pour calculer.

— Vous me garantissez que c'est faisable en quinze minutes ?

Ils ont perdu dix nouvelles secondes de plus à discuter entre eux.

— Oui, c'est faisable.

— Alors faites-le.

J'ai rappelé Joyce. Je lui ai expliqué pour le problème de raccord à cause de la pluie.

— Comment ça tu as demandé à faire truquer l'image ?

— Ils m'ont garanti que ce n'était pas grand-chose et qu'ils avaient le temps de le faire.

— C'est trop dangereux !

— Mohamed et le technicien ont vu qu'il y avait un trop grand décalage de lumière d'une image à l'autre et que ce n'était pas diffusable en l'état.

— Le plus important, c'est qu'Abdou soit vivant, on s'en fout qu'il pleuve ou qu'il fasse beau !

— Ils m'ont promis que…

— Je m'en fiche de leur promesse Sophie, ce qui compte…

— Attends !

Mes yeux venaient de tomber sur mon calepin, posé sur la table basse du salon.

— Pardon ?

— Passe-moi Oscar, c'est urgent !

Sur mon calepin, en haut de la page, souligné trois fois : « contact président ».

Joyce était furieuse.

— Je t'ordonne de m'expliquer ce qui se passe.

— Je n'ai pas le temps, Joyce, s'il te plaît…

— Sophie, explique-moi.

J'ai raccroché.

J'ai sélectionné le numéro d'Oscar dans la liste des appels récents. Il a décroché à la deuxième sonnerie.

— Oscar, c'est Sophie.

Il y avait déjà Joyce qui me rappelait en double appel.

— Joyce est à côté de vous ? j'ai dit.

— Oui.

— Faites-lui signe que vous m'avez au téléphone. Et écoutez bien, on a un énorme problème. Les images sont prêtes, la régie de l'information est au courant, ils ont le time-code et ils sont OK pour balancer les images au bon moment.

— Super !

— Mais la régie de l'information ne pourra lancer les images que si la régie finale lui laisse la main. Or ce n'est pas prévu dans leur conducteur.

— Moi et la technique…

— Je sais. C'est pour ça que je vous explique. On a un gros problème. Si ce n'est pas prévu, la régie finale ne laissera pas la main à la régie de l'information. Il faut qu'ils soient autorisés.

— D'accord, je les appelle tout de suite.

— Non ! Non ! Attendez ! Je les ai déjà eus. Mais de ce que j'ai compris, pour changer le conducteur en direct, il faut un événement super grave, genre la mort de Michael Jackson. Et dans ces cas-là, ce qu'ils m'ont dit, c'est qu'il n'y a que le président de RFT qui peut donner l'autorisation.

— Il est au courant ?

— Non, il est pas au courant ! Je suis juste coordinatrice d'écriture, moi, j'ai pas le numéro du président !

— Mais il est 20h22 !

— Je sais, et il reste plus que huit minutes. Mais je peux plus rien faire, moi, j'ai fait mon maximum. C'est à vous maintenant.

Silence.

— On diffuse un match amical demain, France-Canada, a dit Oscar. À Montréal. Je crois qu'il avait son avion ce soir.

De part et d'autre de la ligne, j'entendais l'écho des postes de télévision, dans le studio à Nice et à côté de moi dans le salon, qui diffusaient le même son. Soraya était sur un banc avec Rosalie : solennelle, elle lui donnait des instructions si jamais il devait lui arriver malheur.

Et Joyce qui criait derrière Oscar pour savoir ce qui se passait.

— Je suis désolée, j'ai dit, j'ai fait tout ce que j'ai pu.

Je me suis laissée tomber dans le canapé. Annie m'a tendu son paquet de chips. À son regard, j'ai compris qu'elle avait compris.

— Ça n'a pas marché ?

J'ai haussé les épaules en essayant de me convaincre que tout ça n'avait pas d'importance. J'ai pensé à Joseph, qui s'était réveillé chômeur à Aubervilliers, et à qui j'avais laissé croire que finalement son personnage n'allait pas mourir. Il avait traversé le pays pour ressusciter. Les cinq millions de fidèles de *La Vie la Vraie* allaient voir le cadavre d'Abdou dans quelques minutes. Cette fois, ce serait la mort définitive du personnage. Tout ça pour ça. Quand on croit avoir trouvé la solution, quand on se démène pour tenter sa chance, qu'on se projette déjà dans l'après, le choc est rude de finalement rater le coche. Le retour d'Abdou était-il la solution à la crise d'audience ? On ne le saurait jamais. J'aurais préféré parier et perdre plutôt que ne pas pouvoir jouer du tout.

Si ça n'avait tenu qu'à moi, j'aurais éteint la télé – ou, disons, coupé le son. Chaque réplique qui nous rapprochait du moment fatidique achevait de ronger ce qui restait de mes nerfs. Mais Julien et Annie étaient complètement absorbés dans l'épisode. À chaque changement de décors, Julien m'envoyait un regard ou me frottait l'épaule, en signe de compassion. Annie devait ressentir la même tension car elle s'est blottie contre son frère, qui a passé son bras autour d'elle pour la protéger. J'étais à deux doigts de me lever pour marcher, bouger, faire n'importe quoi pour passer le temps et extérioriser le stress. Mais Annie a tendu son bras vers moi et, sans quitter l'écran des yeux, elle a cherché ma main. Quand elle l'a trouvée, elle l'a serrée fort et l'a ramenée vers son visage, comme on s'accroche à un doudou.

Soraya a quitté son appartement les larmes aux yeux. La caméra s'est attardée sur la table du salon : Soraya avait laissé une lettre (on en découvrirait le contenu dans le prochain épisode). Puis on a vu un paysage panoramique de Nice. Puis une camionnette, et Clément et Théo qui en sortaient.

J'ai serré la main d'Annie, qui a compris, et qui s'est tournée vers son frère en murmurant : « C'est là, c'est là. » Julien m'a adressé un petit sourire plein de compréhension. J'ai jeté un coup d'œil à mon téléphone : aucun message.

Dans ces moments, on ne sait pas si le temps passe vite ou s'il passe lentement, c'est un gros élastique qui se tend, se tend, se tend, et va claquer – à n'importe quel instant.

Théo a fait signe à Clément de passer devant lui. Clément s'est approché du buisson, et Théo lui a fait « Bouh ! » J'ai sursauté. Ça a fait sourire Julien. Pas Annie, qui s'est agrippée plus fort à ma main.

Puis Théo est passé devant Clément. Avec son bâton, il a écarté les premières branches du buisson, puis il a commencé à s'y enfoncer. On a changé de plan, la caméra était à la place de Théo : on voyait ce qu'il voyait. Il a écarté une dernière branche, et on a découvert le corps d'Abdou. Théo l'a touché avec son bâton, mais Abdou n'a pas bougé.

— Il est mort... Oh non..., a soufflé Annie.

Julien m'a regardée, l'air désolé.

J'ai inspiré un grand coup, en me concentrant sur l'écran, comme si ça pouvait changer quoi que ce soit.

L'image s'est mise à trembler, l'écran a été traversé par un éclair, un coup de tonnerre a retenti.

C'était maintenant.

Time code : 22 : 04 : 35

On a vu Théo de dos, la pluie s'est mise à tomber. Une silhouette est entrée dans le champ. Théo s'est retourné et a sursauté en voyant le SDF. « Vous êtes qui, vous ? » a dit le SDF. Clément n'était plus dans le champ.

Annie mangeait l'écran des yeux.

Le SDF s'est adressé à Gabriel. Ça m'a fait bizarre d'entendre ce prénom, c'était mes mots, mon prénom, moi seule qui l'avais choisi. Je l'avais choisi il y avait trois heures de ça, et il résonnait à cet instant dans des milliers de maisons.

Puis il est apparu. Debout, fatigué, mais vivant. Le visage trempé par la pluie, mystérieux et dramatique.

Théo a été pris d'effroi.

Annie a bondi et s'est mise debout sur le canapé.

— C'est Abdou ! Il est vivant ! C'est grâce à maman ! C'est elle qui l'a sauvé ! Il est vivant !

Elle criait avec tellement de joie qu'on n'a pas entendu les dernières répliques.

— C'est maman, il est vivant !

La caméra a zoomé sur le visage d'Abdou. Il y a eu un nouveau coup de tonnerre, un nouvel éclair, et le générique de fin a commencé.

— Bravo Sophie ! C'est grâce à toi qu'Abdou a ressuscité !

Elle m'a sauté dans les bras.

— Oui, j'ai dit, il est vivant, c'est grâce à moi !

— J'ai manqué quelque chose ? a demandé Marc en peignoir derrière nous.

— On regardait *La Vie la Vraie*, a dit Annie.

Elle avait de la culpabilité dans la voix. Mais c'était crédible puisque, à la maison, regarder la télé était en soi une raison de se sentir coupable.

L'air de rien, j'ai pris mon iPhone qui depuis une minute n'arrêtait pas de sonner et je l'ai glissé sous un coussin.

Marc m'a souri en fronçant les sourcils.

— Et il est vivant... c'est grâce à toi ?

Je me suis forcée à rire en haussant les épaules.

— Qui est vivant ? a dit Marc.

— Oh, personne, j'ai dit. Un personnage. Abdou, je crois.

— Et tu l'as sauvé ?

— Voilà.

Marc avait un sourire bizarre. Je n'arrivais pas à savoir s'il voulait se mêler à ce qu'il croyait être un jeu, ou s'il menait vraiment l'enquête.

— Toi aussi tu as été témoin, Julien ? C'est Sophie qui a sauvé Abdou ?

— On croyait qu'il était mort, a dit Julien, et puis au final, non, il était vivant.

— Grâce à Sophie ?

— Grâce à Sophie. Hein, Annie ? a dit Julien en faisant un clin d'œil à sa petite sœur.

Annie m'a regardée, puis s'est tournée vers Julien, puis vers Marc, embarrassée. Elle a ouvert la bouche pour parler. Je l'ai prise contre moi et l'ai devancée.

— On s'est bien amusés, j'ai dit. C'est très prévisible, ces histoires-là. Pendant tout l'épisode, on nous fait croire qu'Abdou est mort. Mais c'est pas sorcier, il suffit de se mettre à la place des scénaristes pour deviner qu'il n'était pas vraiment mort. Hein, Annie ?

J'ai enchaîné sans lui laisser le temps de répondre.

— Au début de l'épisode, j'ai parié qu'Abdou n'était pas vraiment mort, et Annie m'a dit que si j'avais raison, ça voulait dire que je l'avais ressuscité. Hein, Annie ?

Elle a hoché la tête. J'ai souri à Marc.

— Et j'ai gagné ! Abdou était vivant. C'est moi qui l'ai ressuscité... On passe à table ?

— On passe à table, a confirmé Marc. Juste le temps de me changer.

Il a disparu en haut des escaliers, j'ai récupéré mon téléphone dans les coussins du canapé. Quatre messages. J'ai regardé la liste des appels en absence : Joyce, Mohamed, Joseph et l'assistant de la régie information. Comme Marc redescendait déjà, j'ai glissé l'appareil dans la poche de mon manteau.

— Tu viens, Annie ? a dit Marc. Tu éteins la télé ?

16

Dans une voiture : le papa, la maman, les enfants et le GPS.

— Papa, hein, papa, quand est-ce qu'on arrive ?

— Dans deux heures dix-sept, les enfants.

Ce week-end-là, après la résurrection d'Abdou, je n'ai pas touché ma thèse. Je me suis offert deux jours 100 % détente. J'ai posté sur mon blog – que je n'avais pas alimenté depuis plusieurs semaines. Et, surtout, on a passé du temps tous les quatre, avec Annie, Julien et Marc.

Honnêtement, ce n'était pas notre meilleur week-end. Julien a passé son temps à envoyer des SMS à Xavier (le type de trente-cinq ans – ils se voyaient encore). Marc a vexé Annie en lui parlant de l'importance de se faire aimer de ses camarades. Marc avait reçu un nouveau coup de fil de la maîtresse qui s'inquiétait du comportement de plus en plus asocial d'Annie. Elle refusait de parler aux autres enfants – à la récréation, elle ne parlait qu'aux dames de service. Annie s'est braquée ; impossible de la décoller de son ordinateur. Elle n'a même pas voulu nous accompagner à vélo pendant notre jogging du samedi soir.

Marc et moi aussi, on avait connu mieux. Sans que rien ne soit dit explicitement, je sentais qu'il m'en voulait de ne pas échanger davantage avec lui sur ma vie à Paris, et sur la progression de ma thèse. Puisque j'y passais toutes mes journées avec une discipline monacale, pourquoi n'avais-je pas plus de choses à en dire, d'interrogations à partager ?

Les jours qui ont suivi, *La Vie la Vraie* m'a totalement accaparée. La quantité de travail a doublé, littéralement. Non seulement il fallait continuer de tourner les épisodes prévus, mais il fallait aussi retourner de nouvelles scènes (toute la nouvelle arche sur la rééducation d'Abdou recueilli dans l'association de la jeune femme interprétée par Margot Saint-André). Toutes les scènes qui découlaient directement de la mort d'Abdou ont été jetées à la poubelle, et il a fallu remonter, remixer, réétalonner tous les épisodes qui étaient pourtant déjà PAD. Tout ça sans arrêter, en parallèle, le travail habituel d'écriture et de préparation des tournages – la machine ne devait pas prendre de retard.

Le calendrier des ateliers d'écriture a été bouleversé, entre les ateliers « réguliers » désormais dirigés par Noémie, et les ateliers « exceptionnels » dont s'occupait Françoise. Le planning des auteurs était un casse-tête, les auteurs qui avaient été approchés pour remplacer les auteurs trop âgés ont finalement été recrutés en complément. Dans cette pagaille, le rôle de Mohamed est devenu crucial : avec sa mémoire et sa connaissance des personnages, il était le seul qui s'y retrouvait dans toutes les versions de tous les épisodes et qui pouvait garantir que les histoires restent cohérentes.

Les réunions s'ajoutaient, se déplaçaient, se montaient du jour au lendemain : je ne pouvais plus rentrer à Bordeaux le jeudi soir. Ma présence le vendredi était devenue indispensable. Trois fois de suite, j'ai dû mentir à Marc pour justifier que je ne rentrerais à Bordeaux que le samedi matin. Il ne disait rien explicitement, mais je sentais que je commençais à abuser de sa patience.

Oscar ne venait plus travailler à Azur Productions mais il passait tous les soirs faire le point dans nos locaux. Avant d'aller voir Joyce, il faisait un crochet par mon bureau. Il me faisait la bise, une ou deux plaisanteries, et posait devant moi des invitations pour des avant-premières de cinéma organisées par RFT. Il ne m'invitait pas explicitement à l'accompagner, mais ça s'en approchait. Je le sentais à son regard, et à sa manière de répéter qu'il espérait m'y voir, j'avais son numéro de portable, je n'avais qu'à l'appeler si je voulais synchroniser nos heures d'arrivée. N'importe quelle fille avec un peu d'ambition aurait sauté sur l'occasion, d'autant qu'Oscar, il faut bien l'avouer, était quand même le genre de mec par qui on est plutôt contente d'être invitée. Pour l'instant, j'avais trouvé des excuses pour me dérober. Il y avait quelque chose de troublant dans l'idée de voir Oscar seule, sans Joyce, le soir, hors du cadre de *La Vie la Vraie*. Mais ma vie était déjà assez dure à gérer… Les invitations d'Oscar flattaient mon ego, mais je n'avais rien à y gagner – à part, peut-être, quelques paillettes et quelques moments fugaces de légèreté… Et la confirmation, c'est vrai, que je n'étais plus tout à fait une étrangère là où j'étais. Une porte s'était ouverte. Si je voulais, je pouvais entrer.

Côté audience, il n'y avait pas eu de rebond miraculeux. En même temps, toute la semaine suivante, même si le public savait désormais qu'Abdou était vivant, il ne l'avait pas encore revu à l'antenne. On l'avait ressuscité sur le terrain vague, mais il fallait du temps pour écrire et tourner des nouvelles histoires – c'était déjà un exploit d'avoir réussi à ce qu'il soit présent dans plusieurs scènes la seconde semaine après sa résurrection. D'ailleurs, la première rencontre entre Abdou et Margot (Joyce avait décidé que le personnage devait avoir le même prénom que la nageuse) était très émouvante.

Trois semaines après le retour d'Abdou, les audiences n'étaient pas remontées, mais elles avaient cessé de descendre. Elles s'étaient stabilisées à un peu plus de 18 %, soit au-dessus de la clause d'audience dans le contrat que Joyce s'apprêtait à signer avec RFT.

Pour cette raison sans doute, Joyce était rayonnante. Absolument tout son temps était consacré à *La Vie la Vraie*. On recevait des e-mails, voire des coups de fils, à n'importe quelle heure du jour et de la nuit. Le stress, l'urgence, les enjeux, le combat : elle était galvanisée. Le soir de la résurrection d'Abdou, j'avais eu peur qu'elle m'en veuille de lui avoir raccroché au nez. Mon cœur s'était accéléré avant d'écouter le message qu'elle m'avait laissé. Mais son message était le même que ceux des autres : elle me félicitait, je pouvais être fière de moi. Après ça, il n'y a pas vraiment eu de changement tangible dans nos rapports, mais certains regards, plus complices, me disaient qu'on avait franchi une étape. Par exemple, en atelier, elle avait salué mon travail devant les auteurs. Elle leur avait dit que j'étais celle qui avait « redonné vie à Abdou ». Après la réunion, en rentrant à pied à Azur Productions, je lui avais répondu que je n'avais rien fait, que j'avais juste passé des coups de fil. Elle avait ri :

— Comment ça juste des coups de fil ? Ça s'appelle être productrice.

Cette autodérision en ma présence était totalement nouvelle et montrait bien – en tout cas je l'ai pris comme ça – que quelque chose, sous la surface, avait changé entre nous.

— Sophie, Mohamed, est-ce que vous pouvez venir dans mon bureau ?

Mohamed et moi avions cessé de nous inquiéter quand Joyce nous appelait dans son bureau. Il se passait tout le temps quelque chose, et c'était souvent nous, puisque nous étions justement chargés de diffuser les informations, qui étions les premiers informés.

Dans le bureau, Françoise était là aussi. Ce qui était déjà plus étonnant vu tout le travail qu'elle avait.

Joyce ne souriait pas.

— Oscar m'a convoquée ce matin de bonne heure à RFT.

Nous avons hoché la tête en silence.

— La semaine dernière, il a commandité…

— Pas très joli, ce mot, *commandité*, a dit Françoise.

—… une nouvelle étude.

— Une nouvelle étude ?

— Oui, Françoise, une nouvelle étude. Dans le but d'évaluer la cote d'affection de chaque personnage. Il se trouve que je n'étais pas au courant. Il m'explique que l'objectif initial de cette étude était d'identifier les personnages chéris du public pour ne pas recommencer la catastrophe qu'a failli être la mort d'Abdou.

— Pourquoi tu parles d'objectif *initial* ? a dit Françoise.

— Parce que, ce matin, Oscar m'a fait part d'un autre objectif, que j'ignorais.

— Et ?

— Et je ne sais pas si vous avez compris qui est Oscar, d'où il vient, ce qu'il veut…

Françoise a eu un geste d'impatience.

— Oscar est non seulement un ambitieux, a dit Joyce, il fait aussi partie de ces gens dont la motivation ultime est de peser sur le contenu des programmes. Oscar vient du marketing mais, je le sais, il veut se rapprocher de l'éditorial.

Françoise a serré les lèvres pour se retenir de demander à Joyce d'accélérer. Mais Joyce avait réfléchi à ce qu'elle voulait nous dire, comment elle comptait nous le dire, elle ne dévierait pas.

— Quoi de plus efficace pour devenir légitime sur l'éditorial que de s'afficher en grand sauveur de *La Vie la Vraie* ?

Mohamed écoutait Joyce attentivement. Pour ma part, j'aurais trouvé ses propos très ennuyeux, si ce n'était l'air grave que Joyce affichait.

— Je veux bien lui laisser tous les honneurs qu'il veut dans la presse et dans les salons. Le problème, c'est qu'il a décidé d'aller plus loin.

— Plus loin ? a dit Mohamed.

— On a stabilisé les audiences, maintenant il veut les faire remonter.

— Les audiences, ça chute vite, ça grimpe lentement, a grogné Françoise. Il faut attendre qu'on reconstruise.

— Oscar pense autrement.

— Il pense comment ?

— Il a fait tester les épisodes d'avant la mort d'Abdou, et il a constaté qu'Abdou avait une cote d'affection de 90 %. Il est parti de ce constat, il en a déduit qu'on aurait évité beaucoup d'erreurs si on avait écrit les histoires en s'appuyant sur les cotes d'affection des personnages.

On sentait monter la colère de Françoise.

— Oscar a classé les personnages en deux catégories, a dit Joyce. Ceux qui ont plus de cinquante pour cent d'affection. Et les autres.

Joyce a posé vers nous une feuille en deux colonnes.

— Les moins de cinquante pour cent sont au nombre de six, ils représentent un peu plus de trente pour cent du casting récurrent. Oscar veut qu'on recentre la série sur les autres.

Françoise a eu un rire nerveux.

— Bien sûr. Et ceux qui restent, on en fait quoi ?

Joyce nous a regardés tous les trois, chacun son tour, derrière un masque impassible.

— Pour les autres, Oscar suggère un incendie.

Difficile de reproduire la passion et la fureur de Françoise dans les minutes qui ont suivi. Elle a littéralement bondi contre le bureau de Joyce, elle l'a pointée avec son doigt, elle a crié que Joyce devrait avoir honte ne serait-ce que de répéter cette suggestion lamentable, désastreuse, criminelle. On avait déjà mis la série en danger en réécrivant trois semaines d'épisodes sur le plateau au fil du tournage, maintenant Oscar voulait qu'on tue six personnages en même temps ? En se fondant sur quoi ? Sur des études marketing ! Les mêmes études qui n'avaient pas été capables de détecter l'attachement du public pour Abdou ! Ce n'est pas parce que certains personnages ne sont pas aimés qu'ils ne sont pas utiles aux histoires. Il y a des personnages qu'on aime détester – et on fait comment pour raconter des histoires si on n'a plus de méchants ? Sans compter que faire disparaître des personnages impliquerait de changer une fois de plus toutes les arches en écriture. Certaines histoires ont besoin de plusieurs mois pour se déployer, on ne peut pas les avorter du jour au lendemain, sans résolution, c'est grave, c'est un affront total fait au public, et une négation du concept même d'histoire.

Elle a allumé une cigarette. Puis elle a demandé combien de temps Oscar nous laissait.

Quand Joyce a répondu qu'il avait suggéré trois semaines, Françoise n'a pas répliqué. Elle a mis son manteau et elle est partie en claquant la porte.

Joyce a soupiré. Elle a regardé Mohamed.

— Attends trente secondes et pars en courant la rattraper. Montre-lui bien que tu es essoufflé. Et dis-lui que je t'envoie, qu'elle est la meilleure, qu'on a besoin d'elle, et qu'à moins de recevoir sa lettre de démission en bonne et due forme, c'est elle qui dirige l'écriture de la série, et personne d'autre.

On est restés silencieux tous les trois, puis Joyce a fait signe à Mohamed « vas-y maintenant ». Il est parti en courant. La silhouette de Mohamed a disparu derrière la cloison de verre

— Ça y est, a dit Joyce, elle se prend pour un Auteur, avec un A majuscule.

— Vous l'avez signé, finalement, le contrat de renouvellement pour les trois prochaines années ?

— T'as tout compris.

— C'est pour ça que...

— Avec tous nos problèmes, on a perdu du temps. Et Oscar a bien manœuvré pour reculer la signature et garder le pouvoir. Aujourd'hui, j'ai un contrat négocié, mais il n'est pas signé. Tu sais qu'à RFT tout le monde croit que c'est lui qui a sauvé la série ? Que sans lui on n'aurait jamais eu ni l'idée ni l'énergie de faire revivre Abdou...

Ces luttes d'influence m'échappaient complètement.

— Mais t'as pas peur, j'ai dit, que cette histoire d'incendie fasse du mal à la série ?

Joyce m'a fixée quelques secondes avant de répondre.

— Si, j'ai peur. Mais là, tout de suite, j'ai surtout pas le choix. Oscar nous tient. Soit c'est ça, soit c'est plus de série du tout. Je préfère prendre le risque d'abîmer la série. Je saurai la réparer ensuite.

— Il n'y a pas des gens, je ne sais pas, au-dessus d'Oscar, à qui tu pourrais parler ?

Elle a souri.

— Le métier rentre vite...

Je n'ai pas vraiment apprécié le compliment. Je n'ai ni souri ni répondu.

— Bien sûr que j'y pense, a repris Joyce, mais une réputation, ça chute plus vite que les audiences. Et en ce moment, ce n'est pas ma meilleure période. Alors jusqu'à nouvel ordre, on doit tout faire pour aller dans le sens d'Oscar. On n'a pas le choix.

J'ai hoché la tête.

— J'ai besoin de Mohamed et toi pour être présents auprès de Françoise. Elle a besoin de se sentir soutenue, aimée, aidée, et toujours indispensable.

Le regard de Joyce s'est perdu dans le vide quelques instants. Ses lèvres ont eu un petit mouvement nerveux. Puis ses yeux se sont figés dans les miens.

— Et j'ai besoin de vous pour la surveiller aussi. Avec ce genre de réaction, je ne sais pas combien de temps je vais pouvoir lui faire confiance. Si elle continue de prendre ses histoires pour du grand art, et de discuter mes choix stratégiques, je dois le savoir.

— Pour l'instant, on fait comment avec les textes en cours ?

— Pour l'instant on ne change rien. On poursuit l'écriture comme prévu.

Elle a baissé la tête. J'ai cru que la conversation était finie, alors j'ai commencé à me rapprocher de la sortie.

— Sophie, as-tu remarqué la différence entre Françoise et moi ?

J'avais tout intérêt à ne pas répondre à cette question. J'ai fait signe que je n'avais rien remarqué.

— Moi, a dit Joyce, je ne me fais pas d'illusion sur le produit que je fabrique.

*

— Je sais exactement ce que je fais, a dit Julien.

Il était en train de jeter des habits d'hiver dans son sac de voyage.

— D'accord, on n'est pas un couple idéal, mais je suis amoureux et j'ai pas envie de m'interdire quoi que ce soit.

J'ai attrapé au vol ses gants de sport d'hiver, et je les ai brandis sous ses yeux.

— Et tu veux me faire croire que c'est improvisé ?

— Mais je m'en fous, Sophie, de ce que tu crois ou pas.

— Si tes gants sont là, ça veut dire que tu as pensé à les apporter de Bordeaux, donc ça veut dire que ces vacances étaient déjà prévues entre vous depuis au moins trois semaines.

D'un coup sec, il a repris ses gants et les a fourrés dans son sac.

— On avait parlé de la possibilité de partir ensemble, on n'avait rien décidé. Et je vois pas ce qu'il y a de mal à partir au ski avec son copain.

— Partir en vacances avec Xavier, c'est une chose. Que je n'encourage pas, certes, mais pourquoi pas. Ce qui m'inquiète, Julien, c'est quand tu me parles de l'année prochaine et que tu me dis que tu envisages déjà d'habiter chez lui.

— Et là tu vas me dire qu'on a dix-sept ans d'écart.

J'ai mis un point d'honneur à le regarder dans les yeux.

— Parfaitement. C'est parfaitement ce que je vais te dire. Je m'en fiche de tenir le mauvais rôle, déteste-moi si tu veux, dans quelques années tu comprendras.

— Tu es consciente de choisir pile les mots pour me mettre hors de moi ? Où t'es juste complètement à côté de la plaque ?

— Tu as dix-huit ans ! Dix-huit. Point. C'est une raison suffisante. On n'emménage pas avec quelqu'un quand on commence à peine ses études et qu'on a dix-huit ans.

— Un : je te parle de l'année prochaine. Deux : je mets ma main à couper, à frire, à tout ce que tu veux, que tu dirais pas la même chose si Xavier était une fille et qu'elle avait dix-huit ans.

— S'il était une fille de dix-huit ans, il n'habiterait pas un duplex à Odéon. Alors la question de vivre ensemble, si tu vois ce que je veux dire, elle se poserait assez différemment.

Il a pris un air niais.

— Non, Sophie, je ne vois pas ce que tu veux dire. Je veux bien l'entendre encore plus clairement. En plus de pédé, de gérontophile, tu me traites aussi de prostitué ?

J'ai sauté sur Julien, je l'ai pris par le col. Il a eu un mouvement de recul qui m'a entraînée moi aussi. On est tombés sur le lit, l'un sur l'autre. J'ai basculé sur le côté pour m'écarter, mais je le tenais toujours à bout de bras.

— Je t'interdis. Là, c'est toi qui vas trop loin. Répète jamais ces mots. Tu sais très bien que si j'entendais quelqu'un dire ça en parlant de toi, je lui tomberais dessus et je lui casserais la gueule.

Ça l'a fait rire.

— C'est vrai que tu fais super peur.

J'ai tourné le col de sa chemise pour resserrer mon étreinte.

— Ça ne me fait pas rire, Julien.

— Arrête de faire la sainte. Tu sais très bien que ça te fait chier que je sois homo et avec un mec de dix-sept ans de plus que moi.

J'ai lâché son col et je me suis laissée rouler sur le côté, au milieu des pulls.

On est restés silencieux et immobiles.

Quand j'ai tourné la tête pour le regarder, je l'ai vu essuyer rapidement une larme au coin de ses yeux. Je me suis sentie coupable.

— C'est peut-être vrai, j'ai dit. Peut-être que je réagirais différemment.

Il n'a rien répondu.

— Est-ce que tu t'es déjà demandé pourquoi ? Pourquoi je réagirais différemment ?

Il a fait non de la tête. J'ai fixé le plafond.

— La vérité, c'est que ça me fait mal de penser que tu ne serais sûrement pas devenu le garçon que tu es aujourd'hui s'il n'y avait pas eu la mort de tes parents.

Il ne disait rien. J'avais peur de le regarder – je ne voulais pas surprendre une émotion qu'il n'avait pas envie de me montrer.

— Mets-toi à ma place, j'ai continué. Avec Marc, je me sens responsable de toi, j'ai envie que tu deviennes l'homme le plus épanoui. Ça fait cinq ans qu'on vit ensemble, et depuis cinq ans, j'ai peur que la disparition de tes parents t'empêche de devenir qui tu es vraiment, ou qui tu aurais dû être. La personne qu'il était prévu que tu sois. Tu comprends ?

J'ai tourné la tête vers Julien. Mais il n'a rien dit, ni fait aucun geste. Il y avait juste le souffle de sa respiration.

— J'ai peur qu'on ait mal fait notre travail, avec Marc. On aurait dû être là pour compenser le malheur qui t'est arrivé. Et te permettre de devenir la personne qui était inscrite en toi.

J'ai avalé ma salive le temps de reprendre le contrôle de ma voix.

— Et que veux-tu, oui, quand je te vois avec Xavier, je ne peux pas m'empêcher de penser que tu n'es pas vraiment la personne que tu aurais dû être. Que tu n'es pas toi.

Peut-être à cause de la position, j'avais du mal à avaler ma salive.

— Mets-toi à notre place… Xavier a l'âge de Marc.

J'étais lancée, autant le dire :

— Alors oui, c'est con, mais c'est difficile de ne pas penser que tu essaies de retrouver le père que tu n'as plus.

Julien s'est redressé. En silence, il s'est remis à remplir son sac. Quand il n'est plus resté que les pulls sur lesquels j'étais assise, il a tiré dessus sans prendre la peine de me demander de me lever.

— Tu rentres quand ? j'ai dit.

— Samedi dans dix jours.

Il a levé les yeux vers moi.

— Je me sens hyper-chanceux d'avoir trouvé Xavier. J'y tiens à cette chance. Je veux la tenter jusqu'au bout.

Julien est parti un peu avant 21 heures. Il dînait chez Xavier. Ils devaient partir dans les Alpes en voiture le lendemain matin. Je me suis réchauffé une soupe. J'ai dîné la cuillère dans une main, Marc au téléphone dans l'autre. Je me suis couchée de bonne heure. J'étais en train de lire les résumés des nouvelles parutions aux Éditions de Minuit quand Joyce a appelé.

Je me suis redressée.

— Oui, Joyce ?

— Françoise est revenue à la raison, ça y est. Toujours pareil avec elle. Elle explose, elle s'emporte, elle crie au scandale. Et puis la vapeur retombe et elle se remet gentiment au travail. Quoiqu'aujourd'hui, j'ai vraiment dû lui faire la danse des sept voiles. Je sors du Plaza Athénée. On vient de se quitter.

— Une bonne nouvelle, alors, j'ai répondu en attendant la suite.

Joyce a donné des instructions à un chauffeur de taxi.

— Par conséquent, elle repart à Nice dès demain matin. Maintenant que Noémie a fait ses preuves pour s'occuper des ateliers à Paris, on a décidé de repartir sur le schéma qu'on a mis en place il y a trois semaines quand il fallait retourner des scènes au fur et à mesure qu'on les réécrivait. Avec cette histoire d'incendie, Françoise va reprendre certains textes quasiment au moment du tournage. C'est bien qu'elle soit sur place pour dialoguer avec toute l'équipe.

— On n'a pas le temps d'écrire une vraie arche et de la tourner normalement ?

— Trois semaines, je t'ai dit. On a trois semaines pour tourner l'incendie. On doit reprendre une partie des textes déjà écrits, et complètement revoir les arches qui n'étaient pas encore arrivées aux ateliers.

Je n'avais certainement pas toutes les données de l'équation, mais ma petite expérience à Azur Productions était suffisante pour avoir la certitude que Joyce mettait sa série en danger. Elle imposait trop de pression, trop longtemps, à ses équipes. On allait tout juste revenir à un rythme normal. Raté : il fallait reprendre le rythme épuisant des trois dernières semaines pour faire plaisir à Oscar et tuer presque la moitié des personnages...

— Je veux que tu accompagnes Françoise.

— À Nice ?

Je me suis laissée couler sous la couette. Je voyais déjà dix raisons de refuser. À commencer par Marc : avec Nice maintenant, mes mensonges allaient vraiment devenir trop compliqués.

— Tu verras, on a des bureaux libres dans les studios, tu pourras continuer de faire ton travail habituel. Pour les comptes rendus de réunion, Mohamed te remplacera le temps que ça dure. Une semaine, ou deux, pas plus, je ne crois pas. C'est bon pour toi ?

— Mais par rapport à Bordeaux, j'ai dit, est-ce que...

— Rien ne devrait changer. On prendra en charge tes billets d'avion pour le week-end.

(Sauf que c'est à la gare que Marc venait me chercher.)

— Je suis pas sûre, j'ai dit, d'avoir bien compris ce que tu attends de moi là-bas.

— Officiellement ?

— Heu, oui, officiellement...

— Que tu t'occupes de Margot Saint-André. Il était prévu que j'aille moi-même la chouchouter. Les comédiens continuent de mal se comporter avec elle, ils lui reprochent de ne pas savoir jouer, de ne pas être professionnelle, c'est une nageuse, pas une actrice, tu connais la chanson. Si on veut la garder, il faut la protéger et la bichonner. Tu feras ça très bien.

Si elle le disait.

— Bon ça, donc, c'est officiellement.

— D'accord.

— Tu as compris ?

— Oui.

— Et officieusement, a dit Joyce, tu ne veux pas savoir ce que j'attends de toi ?

— Si, si, j'ai dit, absolument.

Elle s'est raclé la gorge.

— J'ai besoin que tu surveilles Françoise de près. Après la crise qu'elle nous a faite aujourd'hui, j'ai peur, la pauvre, qu'elle n'ait atteint ses limites. Je ne suis plus sûre de pouvoir lui donner ma confiance. Et tu sais à quel point c'est important, pour moi, la confiance ?

— Je sais.

— Alors c'est à toi que je fais confiance pour être mes yeux et mes oreilles auprès d'elle. J'ai besoin de savoir qu'elle travaille dans le bon sens. J'aimerais aussi éviter au maximum que l'information passe directement entre Françoise et les auteurs. J'ai besoin que tout passe par nous, d'être au courant de tout. Imagine, on ne sait jamais, qu'un nouveau problème survienne et que Françoise doive être remplacée au pied levé. On ne peut pas se permettre qu'elle parte sans qu'on soit au courant précisément de toutes les directions qu'elle est en train de donner aux histoires. Tu as compris ce que je veux dire ?

— Je crois que j'ai compris, oui.

— Tu sais, je n'oublierai pas tout ce que tu fais pour la série. Je peux compter sur toi ?

Joyce, si j'avais bien compris, me demandait de passer désormais mes semaines sur le plateau de *La Vie la Vraie*, officiellement pour chouchouter Margot Saint-André, officieusement pour surveiller la loyauté de l'auteur principal de la série.

À la perspective des nouveaux mensonges que j'allais devoir faire, du retard qui s'accumulait dans ma thèse, et de la mission d'espionnage la plus absurde qui ait existé, je me suis enfoncée dans mon oreiller.

— Oui, Joyce, tu peux compter sur moi.

17

En termes de luxe et de confort, les studios de *La Vie la Vraie* à Nice ne tenaient pas la comparaison avec les bureaux d'Azur Productions à Paris. Pareil pour les gens que j'y croisais : ici, pas d'escarpins pour les filles ni de petites baskets branchées pour les garçons, tout le monde en grosses godasses (sauf peut-être les comédiens).

— On a les mains dans le cambouis, nous, on est là pour fabriquer, a dit Bruno, le directeur de production, lorsqu'il nous a accueillies à la sortie du taxi.

Je parlais à Bruno au moins une fois par jour au téléphone mais c'était la première fois qu'on se voyait.

Il nous a guidées au pas de course jusqu'à notre bureau, au second et dernier étage. Juste après qu'Abdou avait ressuscité, c'était dans cette pièce que Françoise avait réécrit, au jour le jour, presque en temps réel, toutes les nouvelles séquences de la nouvelle arche avec Abdou vivant. Les bureaux de production étaient regroupés dans le même couloir. C'est là qu'on établissait le plan de travail, qu'on commandait les costumes, qu'on dessinait les nouveaux décors, qu'on décortiquait les textes en anticipant tous les accessoires dont on aurait besoin sur le plateau. Avec cinq épisodes à tourner chaque semaine, tout le monde travaillait dans un état d'urgence continu. C'est pour cette raison que Joyce avait demandé à Françoise de venir reprendre les textes directement dans les studios : une fois que le tournage d'un épisode était lancé, le moindre changement dans le texte, ne serait-ce que d'un adjectif, pouvait avoir de lourdes conséquences pour les équipes. Françoise bougeait un mot, et tous les corps de métier défilaient dans son bureau : la costumière n'aurait pas le temps de se procurer une camisole de force d'ici demain, le réalisateur ne pouvait pas tourner cette scène de nuit sans devoir payer des heures supplémentaires à toute son équipe, le directeur de production ne pouvait pas faire rentrer dans le même jour de tournage une scène dans le décor hôpital et une scène dans le décor hôtel, vu que le premier décor était dans le studio 73 et l'autre dans le studio 66, que le planning était déjà super chargé et qu'ils ne pouvaient pas perdre une demi-heure à transporter toutes les caméras d'un studio à l'autre. Sur un plateau, disait Françoise, un scénariste n'écrit pas, il sauve les meubles. Il fait du marchandage à la virgule près.

Bruno nous a ouvert le bureau et nous a donné deux jeux de clés. La pièce était sommaire mais on avait au moins chacune une table. Il y avait aussi une grosse imprimante, posée directement sur le sol, et correctement reliée à nos deux ordinateurs.

Françoise était déjà installée sur son fauteuil tandis que je n'avais toujours pas retiré mon manteau.

— Bienvenue sur le terrain ! N'hésite pas à me demander si tu as besoin de quoi que ce soit.

Sa sollicitude m'a d'autant plus touchée que c'était elle qui abattait le boulot le plus énorme. Et le même pour la troisième fois : pour faire de la place à l'incendie, elle devait à nouveau tout revoir dans ce qu'elle avait pourtant déjà réécrit en urgence.

Cette semaine, son travail devait consister à condenser les intrigues : elle devait tout accélérer pour que les histoires en cours soient à peu près bouclées au moment de l'incendie. Un seul impératif : l'incendie devait être tourné dans trois semaines. Pour la cohérence de l'histoire, elle tenait à ce que les personnages qui allaient mourir quittent la série en ayant plus ou moins eu le temps de vivre ce qu'ils avaient à vivre.

En même temps, elle devait écrire « l'arche incendie ». Elle s'était mise d'accord avec Joyce pour l'écrire en arche A, qui serait une enquête policière. Françoise devait inventer un criminel, un mobile, un mystère, une enquête, une révélation, une vengeance. Joyce et Françoise étaient d'accord sur ce point : l'incendie ne pouvait pas être accidentel, ce devait être le point de départ d'une enquête passionnante.

Et Françoise devait toujours garder un œil sur ce qui se faisait à Paris. Noémie dirigeait les ateliers avec tous les séquenceurs et les dialoguistes. Cette semaine, ils avaient la consigne de préparer les intrigues B et C pour les épisodes d'après l'incendie. À Françoise de veiller à ce que, dans ce casse-tête, toutes les histoires s'emboîtent bien.

Évidemment, l'incendie était classé secret défense. À Paris, seuls Mohamed et les auteurs concernés avaient été mis au courant. Joyce leur avait fait signer le matin même un accord de confidentialité, c'était la première fois qu'elle faisait ça. À Nice, il n'y avait que Françoise et moi qui savions. Joyce n'avait qu'une peur : que les comédiens apprennent leur disparition. Tuer un personnage, c'était facile. On faisait un pot d'adieu au comédien – c'est la vie, à la prochaine. Six personnages en même temps, c'était une autre histoire. À tuer un tiers du casting à la fois, il y avait un risque réel que les comédiens fassent front. Ils se mettaient en grève ne serait-ce que deux jours et c'était l'écran noir à l'antenne.

— Je vais culpabiliser, j'ai dit, à te voir travailler autant… Parce que chouchouter Margot Saint-André, je veux bien croire que ce soit un job important, mais de là à prendre tout mon temps…

Françoise a souri (un sourire attendri qui suggérait que j'étais naïve et que j'ai détesté).

— D'autant que, du coup, je n'aurai même pas à m'occuper des comptes rendus de réunion.

Elle m'a demandé si je voulais un café. J'ai hoché la tête et je lui ai dit que je m'en occupais. Mais elle m'a fait signe de rester assise. Elle a décroché son téléphone, elle a appuyé sur deux touches. Elle a passé la commande.

— C'est l'avantage ici, ils savent plus quoi faire de leurs stagiaires.

Françoise jouait avec son collier, comme aux ateliers quand elle devait improviser une nouvelle histoire.

— Tu sais déjà ce que tu vas écrire ? j'ai dit.

— Aucune idée.

— Ça te vient en écrivant ?

— Non, d'habitude ça me vient avant. J'en n'ai pas dormi de la nuit.

Elle parlait d'un ton factuel, plein d'évidence, tout en sortant de son sac une série de feuilles volantes sur lesquelles elle avait pris des notes.

— Mais, j'ai dit, ça te fait pas peur ?

— J'ai accepté de l'écrire, cette arche incendie. Il paraît que c'est le seul moyen de sauver la série. Mais j'ai l'impression de trahir le public. Ça me bloque. Je te promets, j'ai honte de ce que je m'apprête à faire.

Elle a cliqué plusieurs fois sur la souris.

— Bon, il s'allume, oui ?

— Joyce m'a dit que tu avais beaucoup hésité…

Elle a secoué la tête.

— C'est le moins qu'on puisse dire.

Elle jouait avec un Post-it. Joyce nous avait interdit d'écrire sur quelque document que ce soit la liste des personnages qu'on allait supprimer.

Léa + son père. Soraya. Clément. Théo. Rosalie.

Aucun mail, aucun dossier, aucun compte rendu, juste le Post-it rose que Françoise gardait collé sur son paquet de cigarettes.

Un jeune homme de l'âge de Julien est entré sans frapper. Il a déposé deux cafés sur un coin du bureau de Françoise et il est parti presque en courant.

— Mais tu vas y arriver, j'ai dit, à l'écrire, cette arche... non ?

— Je dis ce que je pense et je tiens mes engagements.

Elle a eu un sourire amer.

— Alors oui, je l'écrirai.

À force de jouer avec le Post-it, il ne collait plus. Elle l'a ramassé, elle l'a froissé et elle l'a jeté dans la corbeille.

Un peu avant midi, après avoir terminé la lecture des derniers séquenciers, je suis allée voir Bruno, dans le bureau d'à côté, pour la visite qu'il m'avait promise. Il m'a fait attendre une dizaine de minutes (il était en train de négocier un cachet de comédien), puis il est venu vers moi, s'est excusé en me donnant une grosse tape dans le dos et m'a dit, clin d'œil à l'appui, qu'il était tout à moi.

On a commencé par les salles techniques dans lesquelles des techniciens se relayaient jour et nuit pour fabriquer les épisodes (montage, mixage, étalonnage). Pour rentabiliser les machines, ils faisaient les trois-huit. Ou presque : ils laissaient les machines refroidir quatre heures par nuit, de 2 à 6 heures. Il m'a montré les loges, la salle de maquillage. Toutes ces salles étaient réparties du même côté du couloir. Et pour cause : de l'autre côté, au cœur du gigantesque bâtiment, il y avait, à proprement parler, les studios.

Il y en avait trois : le studio 45, le studio 66 et le studio 73. Ils portaient le nom de leur année de construction. Sauf quand l'ampoule rouge au-dessus de la porte était allumée, tous les membres de l'équipe étaient autorisés à entrer dans les studios. D'ailleurs, ça n'arrêtait pas d'entrer et de sortir.

J'avais une certaine curiosité, mais je ne m'attendais pas à ressentir une vraie émotion quand j'ai vu les décors. Je les connaissais par cœur, à force de voir les rushes et les épisodes tous les jours à Paris. C'est une impression étrange d'entrer pour la première fois dans un lieu qu'on connaît déjà.

Et j'étais amusée de découvrir, par exemple, que la porte du fond dans le bar de l'hôtel donnait sur la chambre de Béatrice. Dans le monde fictif de la série, Béatrice n'habitait même pas dans le même quartier.

C'était beaucoup plus grand en vrai. J'en ai fait la remarque à Bruno qui m'a répondu que c'était justement pour ça qu'il préférait les studios à la réalité : quand on fabrique un décor, on prévoit la place pour la caméra.

Une autre impression qu'on ne peut découvrir qu'en y étant : avec la lumière des centaines de projecteurs accrochés au plafond, il faisait au moins vingt-cinq degrés – tous les techniciens travaillaient en t-shirt (des t-shirts noirs pour ne pas risquer de refléter la lumière).

Ce matin, ils tournaient une scène dans le décor hôpital. Cinq jours plus tôt, la scène n'existait pas : c'était une de ces scènes de la nouvelle arche Abdou que Françoise avait dû écrire de toutes pièces au dernier moment. Ça se passait dans la salle de rééducation : la jeune Margot avait demandé à un hypnotiseur d'essayer de raviver la mémoire d'Abdou (qui avait repris des forces mais ne se souvenait toujours de rien).

Bruno m'a fait signe que je pouvais avancer. Je l'ai suivi et on s'est mis derrière des écrans qui affichaient le retour des deux caméras. Quand la prise a été finie, le réalisateur a dit qu'on la gardait. Margot et Joseph sont sortis de leur personnage. Un type a crié « Pause déjeuner ». Tout le monde a posé ses affaires. Margot et Joseph ont échangé quelques mots et ont filé vers la sortie.

J'ai retrouvé Margot dans sa loge. Je n'ai pas eu de mal à la repérer, c'était la plus bruyante. Une petite dizaine de comédiens y buvaient du champagne dans des gobelets en plastique. Il était 1 heure et quart.

Je me suis approchée de la porte, j'ai rapidement passé une tête, mais les comédiens riaient entre eux et ne me voyaient pas. Margot était au fond, elle remplissait les verres. Elle ne m'avait rencontrée qu'une fois, il y avait peu de chance qu'elle se souvienne de moi. Ce n'était pas le bon moment, je repasserais plus tard. Bruno m'avait dit qu'elle avait encore deux scènes à tourner dans l'après-midi.

Au moment où je me suis éloignée, j'ai entendu crier mon nom. Je me suis retournée. C'était Joseph, il me courait après.

— Salut, Princesse !

Il m'a souri, il m'a fait la bise. Il a mis ses bras autour de mes épaules, il m'a soulevée, je lui ai dit que moi aussi ça me faisait plaisir de le revoir. Il m'a reposée par terre, il m'a prise par la main, il m'a tirée jusqu'à la loge. Et il m'a présentée en levant ma main comme pour une victoire.

— Je vous présente Sophie Lechat ! C'est grâce à elle que je suis vivant !

Tout le monde a ri et applaudi. Margot est venue vers moi. Elle m'a fait la bise, elle m'a prise dans ses bras, elle m'a mis un gobelet dans la main que Joseph ne tenait pas. Elle m'a dit qu'elle était super contente de me revoir.

— J'aime beaucoup les gens qui parlent avec leur cœur.

Elle devait parler du brief que je lui avais fait dans le bureau de Joyce, mais elle n'a pas eu le temps d'en dire plus, Joseph a posé sa main sur mon épaule et m'a demandé de raconter la désormais fameuse journée au cours de laquelle Abdou avait ressuscité. Les comédiens m'ont posé des questions, ils m'ont félicitée, ils m'ont demandé comment les auteurs décidaient quand un personnage allait mourir et s'il était déjà prévu que certains personnages disparaissent de la série. Comme par hasard, c'est Amélie qui posait la question, elle qui jouait le rôle de Soraya et qui était sur le Post-it de Françoise. J'ai répondu que je n'étais pas auteur et que je ne m'occupais pas de ces choses-là.

Lorsqu'un type en t-shirt noir est passé pour nous dire que le déjeuner était en cours et que tout le monde devait être prêt pour la reprise dans trois quarts d'heure, la loge s'est vidée. Je suis restée avec Margot pour l'aider à ranger.

— Ça a l'air de super bien se passer, j'ai dit en versant les restes de champagne dans le lavabo.

Margot s'est tournée vers moi. Elle m'a regardée sans bouger. Je lui ai souri. Puis elle s'est approchée et elle a posé sa tête sur mon épaule.

— Merci d'être venue. Ça me touche beaucoup. Vous pouvez pas savoir ce que je dois endurer.

Je suis restée immobile au début, puis j'ai tapoté son épaule pour la consoler.

— Endurer ? Parce que, je sais pas, tout à l'heure, vous aviez tous l'air de vous entendre...

— Ce que vous voyez, c'est la surface. Mais vous croyez que je suis invitée, le soir, quand ils vont prendre des pots sur la Promenade ?

— C'est peut-être parce que vous venez juste de commencer ?

— Et Béatrice ? Je sais pas son vrai nom... La blonde qui joue Béatrice, elle a organisé une fête pour la Sainte-Béatrice justement, à laquelle je n'étais pas invitée, et on m'a raconté qu'elle a fait des blagues sur la natation et sur la fois où la caméra sous-marine m'avait filmée au moment où j'avais perdu la bretelle de mon maillot. Elle se permet de dire ça, alors que franchement, elle, pour trouver une comédienne qui joue comme elle, je veux pas citer de noms, mais faut remonter aux sitcoms de Dorothée. Vous pouvez pas savoir tout ce qui se dit dans le dos des autres.

Elle reniflait dans mon oreille.

— C'était quand, j'ai dit, cette fête qu'elle a organisée ?

— La Sainte-Béatrice ? Je sais pas, il y a un peu plus de trois semaines.

— Vous étiez déjà à Nice ?

— Je pouvais pas être à Nice. On venait juste d'annoncer mon arrivée dans la série.

Elle s'est écartée.

— Qu'est-ce que vous insinuez ?

— Non, rien... j'ai dit. Juste qu'à une semaine près, vous auriez sans doute été invitée... Non ?

— Parce que vous prenez son parti ?

— Je ne prends le parti de personne, j'ai dit en essayant de garder mon sourire, je suis juste là pour que tout se passe bien. Si vous avez des questions sur les histoires, sur votre personnage, n'hésitez surtout pas.

— Je croyais que vous étiez là pour me remonter le moral ?

— C'est Joyce qui vous a dit ça ?

— Pas avec ces mots-là, mais c'est ce que j'espérais...

Les larmes lui sont à nouveau montées aux yeux. Elle a incliné la tête vers son épaule, comme un enfant qui a besoin qu'on le berce en lui disant que tout va bien.

J'ai pensé à ma mission. J'ai écarté mes bras.

— Je suis désolée, j'ai dit, je comprends. Je comprends.

Margot Saint-André a reniflé deux petits coups puis elle est venue se blottir dans mes bras. Ce n'était pas facile, elle avait les épaules deux fois plus larges que les miennes.

J'ai revu Margot une fois sur le plateau l'après-midi, et à la cantine le lendemain. Elle me souriait à chaque fois comme si j'étais sa meilleure amie. En fin de journée, quand j'ai eu Joyce au téléphone, je lui ai dit qu'elle n'allait pas si mal que ça. Pas très structurée pour une athlète de haut niveau ; pour une comédienne, en revanche, elle correspondait au schéma.

C'était avant que le téléphone sur la table de chevet ne me réveille à deux heures du matin.

Comme Margot avait un traitement de « guest », elle n'était pas défrayée comme les autres comédiens qui devaient s'organiser tout seuls pour le logement (la plupart des récurrents avaient fini par acheter un appartement en centre-ville). En tant que star invitée pour une vingtaine d'épisodes, Margot était logée au Negresco, le plus bel hôtel de Nice selon son agent. Par ricochet, Joyce nous y avait aussi fait prendre nos chambres, à Françoise et moi. Nous avions une vue sur la mer.

Je m'étais couchée assez tôt. Françoise avait pris un taxi avec moi. On s'était arrêtées en chemin pour acheter des sushis à emporter et on était montées chacune dans notre chambre. Elle avait plusieurs scènes à réécrire maintenant qu'elle avait une petite idée de ce qu'elle voulait mettre en place avant l'incendie.

Quant à moi, j'avais dîné au téléphone avec Marc. Il m'a parlé d'un article sur lequel il était tombé par hasard à la bibliothèque, il avait pensé à moi, c'était dans mon sujet, il l'avait mis de côté, ça m'intéresserait peut-être pour ma thèse. On a longuement parlé d'Annie. Il venait de recevoir le bulletin du second trimestre, et ses notes étaient en baisse. L'appréciation de la maîtresse aussi. Ses problèmes d'intégration devenaient d'autant plus préoccupants qu'ils avaient à présent des conséquences sur la qualité de son travail. J'avais suffisamment fait ses devoirs avec elle pour savoir que ce n'était pas un problème d'intelligence ni de capacités, mais un problème de motivation et d'implication. Manifestement, le problème était qu'elle perdait le goût de l'école et l'envie de bien faire. Marc ne l'a pas dit, mais il pensait comme moi : vivement l'année prochaine que je rentre à Bordeaux. Annie était plus heureuse quand on vivait tous à la maison.

Avant de raccrocher, il m'a demandé s'il faisait beau à Paris. Ce n'était pas son genre, pourtant, de parler de la météo. Je lui ai dit que je n'en avais aucune idée : entre l'heure à laquelle j'arrivais à la bibliothèque et l'heure où j'en sortais, je ne voyais jamais, pour ainsi dire, la couleur du ciel. Puis il m'a dit que je lui manquais, qu'il commençait à trouver le temps long, et qu'il n'avait pas prévu que ce serait si dur que ça.

Avant de me coucher, j'ai écouté Radio classique dans un bain chaud. Il y avait une grande fenêtre en face de la baignoire. Tant pis pour l'air froid, j'ai ouvert la fenêtre et j'ai couru me replonger dans l'eau chaude. Dans la nuit, on ne voyait pas la mer, mais j'entendais le bruit des vagues qui se mêlait à la musique.

À 2h12, quand le téléphone a sonné, ça faisait longtemps que je dormais.

J'ai d'abord pensé qu'il se passait quelque chose de grave à Bordeaux. Puis j'ai réalisé que Marc ne pouvait pas m'appeler à ce numéro – ou alors c'était encore plus grave que ce que je pensais.

J'ai tâtonné pour allumer la lampe et j'ai décroché.

— Sophie, j'en peux plus, j'ai besoin de toi.

— Margot ?

— C'est la lampe, l'ampoule. Je sais pas la remplacer.

J'ai secoué la tête pour me réveiller.

— Quelle ampoule ?

— Ma lampe de chevet.

— Tu as appelé la réception ?

(Puisque maintenant on se tutoyait.)

— J'ai peur de les déranger.

Elle avait peur de les déranger.

— Ils sont payés pour ça, Margot. Si tu as besoin de changer ton ampoule, c'est la moindre des choses que tu puisses les appeler. D'accord ? Tu n'as pas à hésiter.

Il y a eu un silence dans le téléphone. J'ai lutté pour ne pas raccrocher.

— Margot, j'ai fini par demander, tu es toujours là ?

— Ça te dérange pas de les appeler ?

J'ai appelé le type de la réception, je lui ai demandé de bien vouloir monter en urgence une nouvelle ampoule pour la lampe de chevet de Mlle Saint-André. Il m'a promis que ce serait fait dans la minute.

À 2h30, de nouveau, le téléphone a sonné. Pas de chance, je venais de me rendormir.

— Sophie, c'est moi. Ils comprennent rien. Je sais plus quoi faire. Je te promets. Je sais plus.

Ses paroles étaient noyées dans ses sanglots, j'avais du mal à déchiffrer.

— Calme-toi, j'ai dit. Calme-toi. Ils t'ont monté une ampoule ?

— Oui. Mais ça ne va toujours pas.

— Tu n'arrives pas à la visser ?

Elle s'est mise à pleurer pour de bon.

— J'ai besoin de toi.

— Tu leur as demandé de la visser ? C'est à eux de faire ça. N'hésite pas à demander. La personne qui t'a monté l'ampoule avait peut-être peur de te déranger…

— Il est entré, il l'a vissée. C'est ça le pire.

— Et il t'a laissée avec une nouvelle ampoule qui ne marchait pas ?

Après ça, elle a continué à prononcer des phrases, mais je n'étais plus capable de les déchiffrer.

Alors je me suis levée. J'ai enfilé un peignoir et des chaussons. J'ai passé un coup de brosse dans mes cheveux, et j'ai pris l'escalier pour monter à l'étage au-dessus. J'ai frappé à la porte de la chambre de Margot – évidemment, elle avait raccroché sans me donner le numéro, j'avais dû rappeler la réception pour l'obtenir.

Elle avait les yeux tout rouges. J'ai pensé au boulot de la maquilleuse le lendemain (et je me suis dit que Joyce aurait été fière de savoir que j'avais eu le réflexe de penser à ça).

Elle m'a pris la main et elle l'a serrée dans les siennes.

— Merci.

Je l'ai suivie à l'intérieur, et j'ai constaté que ses deux lampes de chevet fonctionnaient parfaitement.

J'ai eu l'intuition que ce n'était pas vraiment une bonne nouvelle.

— Ça y est, j'ai dit, tu as pu visser l'ampoule ?

— Regarde ça, comment veulent-ils qu'on se concentre dans cette lumière-là ?

Il fallait y aller prudemment.

— Tu as expliqué ton problème à la réception ?

— J'ai répété, je ne sais combien de fois, et en plusieurs langues, que j'avais besoin de quarante watts en verre dépoli. Et regarde ça : des soixante watts transparentes.

Elle s'est remise à sangloter.

— Je les ai laissés faire, je voulais pas faire un scandale, tu comprends. Mais franchement, qui arriverait à focaliser son énergie dans cette lumière-là ?

J'ai focalisé mon énergie pour ne rien faire, rien dire, juste hocher la tête en regardant la lampe.

— J'en ai fait des compétitions à très haut niveau. Et quand je dis très haut, je sais que tu sais que je sais de quoi je parle.

J'avais du mal à me concentrer.

— Le hasard, Sophie, n'a pas sa place dans l'excellence. Je ne vois pas comment je pourrais être en état de jouer demain.

J'ai continué de hocher la tête, et j'ai fait signe à Margot de s'asseoir sur le lit. J'ai inspiré deux fois, puis je suis allée chercher dans la salle de bains deux petites serviettes blanches que j'ai installées sur les abat-jour pour atténuer la lumière.

— Pour cette nuit, je n'ai rien de mieux à te proposer. Mais je te promets que, demain, on demandera à la régie de te trouver exactement les ampoules dont tu as besoin. D'accord ?

Elle a fait oui d'un signe de la tête.

J'ai posé ma main sur son épaule.

— Tu crois que ça va aller ?

Elle a fermé les yeux sans répondre. Dans le désordre de la chambre, j'ai vu que des dizaines de feuilles étaient étalées sur le lit. Elles étaient annotées de plusieurs couleurs. Il y en avait aussi sur le sol, partout sur la moquette entre la fenêtre et le lit.

— Ce sont les scènes que tu tournes demain ?

À nouveau, elle a fait oui de la tête.

— Tu étais en train de répéter ?

Là, elle s'est remise à pleurer.

— Je suis nulle. J'arrive à rien. Elle a raison, Béatrice. Je suis pourrie comme comédienne. Je suis nageuse, pas comédienne. Je suis en train de me ridiculiser.

Je me suis accroupie à côté d'elle. Ça risquait de durer un moment.

— Tu ne peux pas dire ça. Si tu veux, je te montrerai le site Internet de RFT, tu as plein de fans. Les gens sont très contents de te retrouver. Tu leur manquais depuis que tu as arrêté la compétition. Ils écrivent dans des forums de discussion spécialement pour toi.

— Ces sites, c'est pour les enfants. Qu'est-ce qu'ils en savent les enfants si je suis bonne comédienne ?

— Moi, je regarde tous les épisodes. Et je trouve que tu t'en sors très bien. Tu fais des progrès chaque jour. Et avec Joseph vous formez un couple très beau, très glamour.

— Tu vois, c'est ce que je dis. J'ai des tonnes de progrès à faire. Je suis en train de m'humilier.

J'ai essayé de capter son regard, mais elle a tourné la tête.

— Tu peux pas savoir ce que j'endure, a-t-elle dit en faisant des nœuds avec la ceinture de son peignoir. J'ai été triple championne d'Europe, deuxième mondiale pendant quatre ans. Et regarde où je me retrouve ? Second rôle dans *La Vie la Vraie*.

— On parle de toi dans tous les journaux.

— Encore heureux. Tu crois que je fais ça pour quoi ? Comment veux-tu que des grandes marques continuent à vouloir de moi comme égérie si j'arrive plus à exister ?

— Je comprends, j'ai dit. Je comprends.

On est restées silencieuses quelques minutes. Je me suis assise sur la moquette, et j'ai attendu le temps nécessaire pour qu'elle soit sûre de mon soutien et de ma sympathie.

Elle s'est calmée. Elle a pleuré à nouveau. Je lui ai pris la main. Elle s'est calmée pour de bon.

— Tu crois que tu vas réussir à dormir ? j'ai chuchoté.

— J'ai envie de tout annuler pour demain.

Une boule s'est formée dans ma gorge. Je n'avais pas anticipé ça. Ce n'était que ma mission officielle, ma couverture, mais je n'avais pas envie de tester la réaction de Joyce si je devais l'appeler pour lui dire que Margot avait décidé qu'elle ne jouerait pas.

— Tu entends ce que tu dis ? Je ne connais pas ton entraîneur, mais je suis sûre que si tu étais à la veille d'une grosse compétition, et qu'il t'entendait dire ça, il te secouerait un bon coup. Il te dirait que ce n'est pas comme ça qu'on devient championne.

Effectivement, ça sonnait faux. Pendant que je parlais, il y avait une voix dans ma tête qui se demandait pour qui je me prenais et quel mauvais film j'étais en train de refaire…

En attendant, ridicule ou pas, mon speech a fait effet. Il faut dire aussi que Margot était réellement épuisée. Lentement, elle a enlevé son pull. Elle s'est hissée jusqu'aux oreillers. Elle s'est glissée sous les draps.

— Et pour mon texte, je fais comment ? Il y a une scène que je connais même pas.

— T'es convoquée à quelle heure demain ?

Elle a reniflé.

— 11 heures. Je crois.

— Je passe à 9 heures et on répète ensemble ?

Elle a hoché la tête et elle a remonté les draps jusqu'à son cou. Alors j'ai éteint la lampe de chevet. J'ai fait le tour du lit pour éteindre la seconde. Je le lui ai dit bonne nuit, j'ai marché vers la porte, je l'ai refermée tout doucement. J'ai même glissé la carte de ma chambre entre la porte et l'encadrement pour éviter de faire claquer le loquet.

*

Sous la véranda, au petit déjeuner (mon moment préféré), j'ai fait rire Françoise en lui racontant ma nuit.

— Le comédien, a-t-elle dit, le meilleur ami de l'homme.

Elle a trempé sa tartine au beurre dans son double expresso puis elle a tourné son regard vers la mer. Le bruit des vagues.

— Y a des moments comme ça, on a envie de tout plaquer.

Sa phrase m'a soudain rappelée à ma mission. Des envies de désertion ? L'indice était-il sérieux ? Était-il susceptible d'intéresser Joyce ?

— Comment ça avance, au fait, j'ai dit, ton arche incendie ?

Elle a ri.

— On ne peut même plus prendre son petit déjeuner en paix ?

Elle a eu un regard espiègle. Je ne m'attendais pas à ce qu'un visage si – comment dire – *marqué par la vie* puisse produire une expression si enfantine...

— Non, on va parler de toi plutôt.

Elle s'est mise à jouer avec son collier.

— Je ne sais rien. Je ne sais même pas si tu vis avec quelqu'un.

— Je partage ma vie entre deux hommes : mon fiancé à Bordeaux, et son neveu à Paris.

J'avais parlé sans réfléchir. Son regard m'encourageait à en dire plus :

— Avec Julien, le neveu de Marc, je suis un peu la tante, un peu la belle-mère, un peu la colloc. Ça fait beaucoup à la fois.

— Tant mieux. C'est plus drôle quand c'est plus compliqué. Je me suis toujours débrouillée pour vivre avec des amis, des cousins plus ou moins lointains, pour héberger des amis de mes enfants... Quand tout est clair et carré, c'est étouffant, non ?

J'ai souri.

— Tu aimerais Julien. À dix-huit ans, il a plus de vie sexuelle que j'en aurai dans toute ma vie. En ce moment, il est en vacances au ski avec un homme de trente-six ans chez qui il veut partir vivre l'année prochaine.

Françoise a eu un regard taquin.

— Je me disais bien que tu avais besoin de parler.

J'ai dû rougir. J'ai senti mes joues chauffer. En temps normal, j'aurais menti. J'aurais fait semblant de ne pas comprendre. Là, sur le moment, je me sentais en confiance.

— C'est vrai que ma vie s'est assez compliquée ces derniers mois...

— Cet homme de trente-six ans, tu l'as rencontré ?

— J'ai vu qu'il avait un très beau torse et qu'il était poli. Léger comme présentations.

— Et tu te sens coupable d'avoir laissé partir Julien avec lui. Julien, il s'appelle, c'est ça ?

— Coupable de l'avoir laissé partir. Et coupable de lui avoir dit de ne pas y aller. Ça ne serait pas drôle si je n'étais pas contradictoire.

Les mots sortaient tout seuls. Je réalisais que ça faisait des mois que je n'avais personne à qui parler – vraiment parler. Je m'efforçais de prendre un air et un ton aussi détachés que possible, histoire quand même de ne pas faire totalement désespérée.

— Quand je t'ai vue, le premier jour, a dit Françoise, c'est la première chose que je me suis dite. Que tu étais le genre de fille à se sentir coupable de beaucoup de choses.

Elle s'est resservie du jus d'orange.

— De quoi tu serais coupable envers Julien ?

— Il a perdu ses parents il y a cinq ans. Alors je ne peux pas m'empêcher de penser qu'il n'est pas vraiment amoureux de ce type, qu'il est juste en train d'essayer de retrouver le père qu'il a perdu.

— Je vois.

— Mais ce sont des histoires perso, j'ai pas à t'ennuyer avec ça.

— Il t'a répondu quoi ?

— Qu'il était amoureux et qu'il voulait aller au bout de son histoire, ou quelque chose comme ça. Bref, ça n'est au fond pas très grave. Mais je ne peux pas m'enlever de la tête que Julien ne serait pas devenu le même, qu'il ne ferait pas tout ça, si ses parents étaient encore là.

— En dramaturgie, a-t-elle dit, il y a une règle secrète qui dit qu'on ne doit jamais essayer d'expliquer pourquoi un personnage est comme il est. On peut donner un vague contexte, dans lequel chacun peut puiser les hypothèses qu'il veut. Mais on ne doit jamais vouloir expliquer un trait de caractère par une cause précise. Tu sais pourquoi ?

J'ai fait non de la tête. Elle s'était redressée, elle s'animait, comme en réunion d'écriture quand elle tenait une bonne idée.

— Parce que c'est pareil dans la vraie vie. Moi, pourquoi est-ce que j'ai changé de vie trois fois ? Pourquoi est-ce que je n'ai jamais réussi à rester plus de cinq ans avec le même homme ? Pourquoi est-ce que je suis capable de me consacrer corps et âme à un projet et tout plaquer le lendemain ? D'où vient mon inconstance ?

Elle a fait un mouvement amusant avec ses sourcils.

— Est-ce que c'est parce que j'ai surpris mon père tromper ma mère quand j'avais dix ans ? Est-ce que c'est parce que j'ai cru mourir dans un accident de la route à dix-huit ans, et que depuis ce jour-là je me dis que la mort, littéralement, peut surgir à n'importe quel instant ? Est-ce que, génétiquement, je suis programmée comme ça ?

Elle a bu une gorgée de jus d'orange en regardant la mer. Je me suis demandé si elle parlait de sa vraie vie ou si c'était seulement des exemples comme ça.

— La vérité, Sophie, c'est qu'on s'en fout. Quand on raconte une histoire, ça n'intéresse personne de savoir quel traumatisme a provoqué telle faille, tel besoin. Au fond de nous, on sait très bien que ça ne marche pas comme ça. Ce qui nous intéresse, c'est ce qu'on arrive à faire, à construire, à partir de nos failles et de nos besoins. Ce qui nous intéresse, c'est comment on gère qui on est. Comment on arrive à construire la meilleure vie possible à partir de ce qu'on a.

Elle a tourné son regard vers moi.

— Et si les choses s'étaient passées autrement ? Et si j'avais été différente ? Tout ça, on s'en fout. C'est vrai, à quoi ça sert de se poser des questions si les réponses n'existent pas ? La seule question qui compte, c'est : voilà qui je suis, maintenant j'en fais quoi ?

Elle avait bien dit « tout plaquer du jour au lendemain » ? J'aurais dû lui demander si elle s'était sentie de cette humeur récemment... Sur le moment, je me suis dit que ça aurait été maladroit.

On marchait vers les chambres, quand mon téléphone a sonné. Françoise était à côté de moi, elle entendait ma conversation. Joyce venait d'avoir

Margot au téléphone. Margot avait dit des choses très gentilles sur moi.

— Joyce veut que je reste demain. Margot est hyper-fragile, elle voudrait que je sois avec elle sur le plateau tout demain.

— Tu devais pas rentrer à Bordeaux, ce soir ?

J'ai soupiré :

— Tu m'étonnes qu'on ait envie de tout plaquer parfois...

Je me suis sentie un peu coupable de lui dire ça.

— Tu trouves pas ça bizarre, a-t-elle dit, qu'elle te demande, à toi, de t'occuper de Margot ? D'habitude, c'est le genre de chose qu'elle fait elle-même. Surtout qu'elle descend sur le plateau tous les vendredis.

Elle a appuyé sur le bouton de l'ascenseur.

— Comme s'il y avait quelque chose qui la retenait à Paris...

Sa chambre était au même étage que la mienne, quelques portes plus près de l'ascenseur. Elle a eu du mal à faire fonctionner la clé magnétique dans la serrure de sa porte.

— T'as entendu parler de quelque chose, toi ?

— Non, j'ai dit, je n'ai rien entendu.

Je n'avais rien entendu.

Mais, désormais, j'avais tout compris.

J'ai failli ressortir de ma chambre pour la rejoindre dans la sienne et lui en parler. J'ai failli aller frapper à sa porte, et lui faire part de ce qui, pour l'instant, n'était qu'une hypothèse et n'engageait que moi. Après notre conversation sous la véranda, j'éprouvais une nouvelle solidarité envers Françoise. J'étais à deux doigts d'aller la voir, mais je me suis dégonflée. Françoise avait bien dit qu'elle en avait marre. Qu'elle voulait quitter la série. Moi, j'avais beaucoup à perdre en lui disant ce que j'avais compris. Qu'est-ce que ça aurait changé, pour

Françoise, de savoir dès aujourd'hui que Joyce, c'était ma conviction, avait décidé de la remplacer ?

*

Je suis passée voir Margot pour l'aider à répéter ses scènes de la journée. Elle avait bonne mine et elle connaissait son texte par cœur. Un peu avant 10 heures, elle est descendue à la salle de fitness. Françoise m'attendait dans le hall. Nous avons partagé un taxi pour aller aux studios.

Il y avait un attroupement devant les grilles. Cinq ou six jeunes filles riaient fort et se pressaient autour de l'entrée. Françoise a réglé le taxi. J'ai reconnu Amélie, elle distribuait des bises aux jeunes filles qui sautillaient autour d'elle.

— Eh ! madame, madame, a dit une des jeunes filles qui courait en tendant son téléphone portable vers Françoise, vous pouvez pas nous prendre en photo ?

Françoise a souri et a accepté de prendre le téléphone, pendant que le reste de la troupe se mettait en rang bras dessus bras dessous à côté d'Amélie.

— Voyons voir, comment ça marche ces trucs-là ?

— Vous vérifiez l'image ici, vous attendez que ça clignote…

— Et j'appuie ici, c'est ça ?

Près de grilles, Amélie hésitait à prendre la pose. Quelque chose la gênait. Elle a quitté le rang et elle a marché jusqu'à Françoise. Ses fans la suivaient des yeux et riaient d'excitation.

— Tu sais, a-t-elle dit à la jeune fille un peu ronde qui expliquait à Françoise le fonctionnement de son téléphone, ce n'est pas moi que vous devriez photographier…

— Non, c'est vous, je vous jure, je suis trop fan, en plus vous êtes encore plus belle en vrai.

Amélie a désigné Françoise.

— La vraie star de *La Vie la Vraie*, c'est elle…

— Oh, je suis trop désolée, madame, je savais pas. Mais je vous jure, je vous ai pas reconnue…

— Bon, on la prend ou on la prend pas, cette photo, a dit Françoise amusée, allez, on se met en place !

— Françoise est l'auteur de la série, a continué Amélie. C'est elle qui écrit tout.

— Sérieux ?

Les fans d'Amélie s'impatientaient, toujours en rang pour la photo. « Soraya ! » criaient les unes, tandis que les autres les rabrouaient : « Vous êtes bêtes ou quoi, elle s'appelle pas Soraya, c'est Amélie en vrai. »

— C'est Françoise qui écrit tout, a répété Amélie. Tout ce qui nous arrive, c'est elle qui l'invente. C'est notre maman, on est tous sortis de sa tête.

La jeune fille a réfléchi. Elle s'est tournée vers Françoise.

— Sérieux, alors vous avez pas des scoops ? Franchement, Soraya et Abdou, y a un truc qui va se passer entre eux, c'est obligé, non ?

Françoise a souri.

— Alors, cette photo, on la prend ou pas ?

— S'vous plaît, madame, juste un scoop, on dira rien à personne…

Amélie ne disait rien, elle n'aurait pas été contre un indice sur les histoires que Françoise était en train de préparer.

Françoise, qui devait penser fort à l'incendie, a fait non de la tête, l'air nostalgique. Soudain, elle s'est composé une mine joviale :

— C'est le suspense qui est excitant. Les histoires, c'est secret !

— Moi je suis sûre que Soraya, dans la série, elle va avoir un bébé.

La jeune fille s'est tournée vers Amélie.

— Hein, madame, c'est obligé que vous ayez un bébé, non ? Hein, ça vous irait trop bien, franchement, faut lui demander !

Il y a eu un échange de regards entre Françoise et Amélie. Françoise a baissé les yeux. Amélie a compris qu'elle était gênée. Elle a fait signe aux filles.

— Hop, en place !

Elle m'a regardée.

— Ça vous embête pas de nous prendre tous ensemble ? Avec Françoise ?

Françoise a protesté mais Amélie a gagné. Elle a pris le téléphone des mains de Françoise et me l'a donné.

— Cool ! Merci ! a dit la jeune fille. Mais après on en fait une juste avec Amélie et nous.

Françoise et Amélie ont souri devant l'appareil photo. Pendant que je vérifiais que tout le monde tenait dans le cadre, et que je reculais jusqu'à ce que personne ne soit coupé, j'ai vu Françoise qui serrait Amélie contre elle, presque joue contre joue. Elle avait passé son bras derrière sa nuque, elle lui frottait l'épaule avec la main. Le geste était maternel et affectueux, Amélie devait penser que Françoise la remerciait d'avoir insisté pour qu'elle soit sur la photo. Elle ne pouvait pas se douter – comment l'aurait-elle pu ? – que Françoise lui demandait pardon.

*

Dos à la fenêtre, dans le bureau, Françoise ne relevait pas la tête. Elle avait les mains sur le clavier, elle était concentrée. Parfois, entre deux paragraphes, sans quitter l'écran des yeux, elle lâchait un commentaire sur ce qu'elle écrivait. Plusieurs fois, j'ai essayé de saisir l'instant. J'ai essayé d'orienter la conversation. J'aurais aimé qu'elle comprenne sans que j'aie à lui expliquer. J'ai laissé entendre que Joyce avait insisté pour que Françoise ne rentre pas à Paris sans avoir terminé l'arche incendie. Je me suis étonnée d'avoir été envoyée à Nice avec elle alors que j'avais à faire des choses apparemment plus importantes à Paris… J'ai suggéré que les ateliers étaient désormais organisés de telle façon que sa présence était moins indispensable… Mais elle n'a pas saisi mes perches. Elle était plongée dans son arche, elle n'écoutait pas vraiment ce que je racontais. Ses réponses en forme de traits d'esprit étaient des respirations, elle se replongeait aussitôt dans l'écriture de l'arche incendie, sans rompre sa concentration.

D'un côté, je n'aimais pas la méthode de Joyce, qui consistait – si mon hypothèse était bonne – à éloigner Françoise pour qu'elle rende une dernière arche gentiment, tandis qu'elle était tranquille à Paris pour organiser son remplacement. D'un autre côté, j'étais bien obligée de reconnaître que Joyce n'avait pas vraiment le choix : Françoise avait effectivement perdu son enthousiasme, elle n'approuvait pas le virage que prenait la série, elle était susceptible de partir à tout instant. Qu'aurais-je fait à la place de Joyce ?

À midi, en marchant vers la cantine, j'ai demandé à Françoise par quel vol elle comptait rentrer à Paris. Elle m'a répondu que Joyce lui avait réservé sa chambre d'hôtel jusqu'à dimanche soir, pour qu'elle puisse « finir l'arche incendie d'ici lundi matin dans le meilleur confort possible ».

— C'est habituel que Joyce te fasse rester à Nice tout le week-end ?

— Refuser un week-end offert dans un si bel hôtel, c'est ça qui serait inhabituel. Et puis je le mérite bien, non ?

Mon téléphone a sonné. Joyce à nouveau.

— Sophie c'est Joyce. Françoise est à côté de toi ?
— Oui, j'ai dit, tu veux lui…
— Tu peux t'isoler ? Discrètement s'il te plaît ?
J'ai fait signe à Françoise que j'entendais mal et que je la retrouvais à la cantine.

Je suis entrée dans la première pièce que j'ai trouvée. Elle était très profonde, sans fenêtre, avec quatre interminables rangées de rayonnages. Des centaines de costumes y étaient suspendus. Des étiquettes sur chaque section portaient le nom d'un personnage.

J'ai marché au fond de la pièce pour jeter un coup d'œil dans chaque rangée et m'assurer qu'il n'y avait personne.

— C'est bon, Joyce, je suis…

Soudain, j'ai entendu du bruit. Je me suis tue. Ça venait près de la porte. J'ai murmuré dans mon téléphone pour demander à Joyce de patienter encore quelques secondes. Il y a eu des bruits de pas et j'ai vu des chemises bouger. J'ai tendu l'oreille. Il y a eu des petits rires, des chuchotements, un bruit de bisou et des petits rires à nouveau. « Attends », a murmuré une voix ; « Arrête, bêta », a répondu une autre.

Ils ont dû penser que j'étais plus au fond dans les rayonnages. Or, je n'avais pas avancé, j'avais seulement bougé de quelques mètres. Et j'avais toujours vue – de loin mais vue quand même – sur l'unique porte de la pièce.

J'ai donc pu voir sans difficulté une première silhouette s'avancer, dos courbé, vers la porte. Une silhouette d'homme. Il a ouvert la porte, prudemment, puis il s'est redressé. J'ai cru que je ne pourrais pas le reconnaître, mais il a tourné la tête derrière lui juste au moment où son visage entrait dans la lumière du couloir. Joseph s'est éloigné en laissant entrouvert derrière lui.

Quelques secondes plus tard, une seconde silhouette s'est avancée jusqu'à la sortie. Cette fois-ci, comme la porte était restée ouverte et éclairait l'entrée de la pièce, je ne pouvais rien manquer. J'ai même reculé d'un pas pour être sûre de ne pas être vue. Margot Saint-André a replacé ses cheveux derrière ses oreilles, puis elle est sortie à son tour comme si de rien n'était.

Je n'ai même pas essayé d'analyser ce que je venais de voir. J'ai remis le téléphone contre mon oreille.

— C'est bon, Joyce, je suis seule.

— Françoise n'est plus avec toi ?

— Elle est partie déjeuner.

J'ai marché jusqu'à la porte. Margot ne l'avait pas fermée derrière elle.

— En vérité, a dit Joyce, et c'est le motif de mon appel, je me sens un peu coupable depuis ce matin.

Joyce se sentait coupable. Et elle l'avouait. À moi. L'heure était grave.

Elle a continué :

— Je me dis : Joyce, pourquoi est-ce que tu n'en parles pas à Sophie ? Tu as confiance en elle, elle travaille avec toi, il faut l'impliquer...

Elle a marqué un silence.

— Et tu as sans doute compris par toi-même, je me trompe ?

— Compris quoi ? j'ai dit.

— Ce qui est en train de se passer.

— À propos de l'arche incendie ?

— Tu ne vois pas ce que je veux dire ?

Il y avait presque de la déception dans sa voix.

— Et de Françoise ? j'ai dit.

— Donc tu as compris ?

— Compris quoi ?

— N'aie pas peur, tu peux tout me dire, tu sais.

C'était plus fort que moi, je ne voulais pas la décevoir.

— Tu as pris une décision, j'ai dit, c'est ça ?
— Tu vois que tu as compris.
— Tu vas la remplacer ?
Elle a marqué une pause. Puis :
— Oui. Je crois. Le plus tôt possible.
Depuis plusieurs jours, les meilleurs scénaristes télé de Paris devaient se succéder dans le bureau de Joyce tandis que Françoise était à Nice, loin des premières rumeurs qu'elle aurait pu entendre dans un couloir, et des regards fuyants des auteurs de son équipe qui allaient très vite comprendre, par leurs amis ou leurs agents, ce qui était en train de se passer.
— Sophie, tu m'entends Sophie ? Tu es toujours là ?
Je suis sortie de mes pensées.
— Oui, oui, j'ai dit, je suis toujours là.
— Tu disais quoi ? J'ai rien entendu...
— Heu, non, rien. Je disais juste que pour l'intégration de Margot, vraiment, je crois qu'il n'y a aucune raison de s'inquiéter.

Tant que ça n'avait été qu'un doute, une hypothèse, le dilemme s'était posé différemment. Mais maintenant que Joyce m'avait informée officiellement, je ne pouvais plus faire l'innocente. Je ne pouvais plus amener Françoise, l'air de rien, à se poser les bonnes questions. Désormais, soit je lui disais, soit je me taisais. À jouer l'ambiguïté, j'aurais fini par les trahir toutes les deux, Françoise et Joyce à la fois.
Françoise nous avait gardé une place à table avec Joseph et Margot, qui faisaient comme s'il n'y avait rien entre eux.
— Foutu téléphone ! a dit Françoise en le laissant tomber sur la table, ça fait trois fois que je le redémarre. Mon ex-mari, celui qui n'est pas mort, attend que je lui envoie un numéro de vétérinaire, mais

rien à faire, depuis hier soir, y a plus aucun numéro qui marche.

— Tiens, a dit Joseph en tendant son téléphone, tu peux utiliser le mien.

— Merci, a dit Françoise en pianotant. Sophie, tu pourras prévenir Mohamed ? Dis-lui que ça doit être un problème avec la carte SIM. Ça peut griller ces trucs-là ?

*

Vendredi soir, 18 heures, c'était la première fois que je recevais deux appels en même temps. Pile en même temps. J'étais à l'aéroport de Nice, dans la salle d'embarquement. J'attendais le dernier vol pour Bordeaux. Mon iPhone a sonné. Le temps que je le sorte de mon sac, l'écran affichait deux appels entrants. La manipulation était plus simple qu'avec mon ancien téléphone, je n'avais qu'à appuyer sur l'écran.

J'avais le choix : Marc en haut, Joyce en bas.

Marc avait déjà essayé de m'appeler dans la journée. Mais les choses s'étaient enchaînées, entre les textes à relire, les résumés à reprendre en urgence (Joyce les avait confiés à un stagiaire des ventes internationales, mais le résultat était mauvais), Margot qui m'avait fait descendre deux fois sur le plateau (elle s'ennuyait entre deux prises), je n'avais pas pris le temps de le rappeler. Sans compter que Françoise était avec moi dans le bureau – pas idéal pour l'intimité. Comme il n'avait pas laissé de message, je m'étais dit qu'il n'y avait rien d'urgent.

La veille, cela dit, il avait mal réagi quand je l'avais appelé pour lui dire qu'Hélène, ma voisine de table à la BNF, fêtait ses trente ans le soir même et que ça m'ennuyait beaucoup de manquer son anniversaire, la pauvre, elle n'avait pas beaucoup d'amis. C'était une fête surprise organisée par sa cousine qui avait eu le plus grand mal à trouver mes coordonnées. Elle avait finalement trouvé mon adresse mail sur Facebook et je n'avais été prévenue qu'au tout dernier moment. Je rentrerais à Bordeaux un jour plus tard seulement, vendredi soir au lieu de jeudi soir, ce n'était pas grand-chose.

Parmi les réjouissances de la journée, il y avait eu ma mère aussi. J'avais eu le droit à un mail aussi clair que succinct, écrit dans le style comminatoire qu'elle maîtrisait bien : si dimanche soir, à 20 heures, elle n'avait pas reçu un nouveau chapitre de ma thèse, c'était fini, elle n'était plus ma directrice de thèse. Je n'avais pas pris la peine de répondre.

Heureux week-end en perspective : colère larvée de Marc, et ma thèse qui mangerait tout mon temps.

Marc et Joyce vibraient en même temps ; ils se battaient sur l'écran de mon téléphone. Pensant garder le meilleur pour la fin, j'ai choisi Joyce. Avec l'intention de vite m'en débarrasser : vendredi, 18 heures, le week-end avait commencé.

— Oui, Joyce.

— Sophie. Ah. Ouf. J'ai besoin de toi.

— Oui, Joyce.

J'ai fixé les lumières d'un avion qui venait de décoller, en espérant que Joyce n'avait besoin de moi que le temps d'un coup de fil.

— J'ai trouvé quelqu'un. Il commence lundi. Un auteur avec qui j'ai beaucoup travaillé à la fin des années quatre-vingt-dix, beaucoup de talent, complètement oublié, gros besoin d'argent, il a accepté.

— Bonne nouvelle, alors ?

J'avais laissé Françoise quelques minutes plus tôt. Elle travaillait dans la véranda de l'hôtel. Son téléphone, j'avais été forcée de lui mentir, ne pouvait pas être réparé à distance. Mohamed était tout aussi désolé, elle allait devoir attendre lundi...

— Évidemment que c'est une très bonne nouvelle. Il est un peu plus jeune que Françoise, ce qui plaît à Oscar. Et puis, tu verras, il est très bon. Le problème, évidemment, c'est notre arche incendie. Nicolas, c'est son nom, prend le relais au niveau des ateliers, mais j'ai impérativement besoin de l'arche incendie de Françoise. Vu les délais, il n'y a qu'elle qui peut boucler les histoires en cours et inventer le polar autour de l'incendie. Le calendrier est trop serré. Nicolas débarque, il n'aura jamais le temps d'écrire ça. T'as vérifié où elle en est ?

— Elle m'a dit qu'elle finissait l'arche ce week-end. Elle bosse à fond, ça a l'air en bonne voie.

— Bon. Alors, lundi matin, je compte sur toi, il faut absolument qu'elle te rende l'arche incendie avant que je la voie. Je vais lui parler de l'arrivée de Nicolas et de, tu vois, son avenir avec nous. Hein, d'accord, tu pourrais faire ça pour moi ?

L'appel de Marc avait basculé sur ma messagerie. J'étais étonnée de ne pas entendre le petit bip qui aurait indiqué qu'il avait enregistré un message. J'étais impatiente de le rappeler, j'avais envie d'entendre sa voix, en attendant encore quelques heures d'être dans ses bras, lui, l'homme pour lequel je voulais briller, pour lequel je m'étais embarquée dans tout ça.

— Tu sais Sophie, a dit Joyce, je mesure tout à fait ce que tu fais pour moi. Ta disponibilité, ta rapidité, ton sens des responsabilités. Avec l'arrivée de Nicolas, j'espère qu'une page va se tourner et que les choses vont enfin se calmer. Bref, je tenais sincèrement à te remercier.

Je n'ai pas eu le temps de répondre, elle a continué :

— D'ailleurs, pour ton roman, Sophie, je trouve que c'est injuste que je te fasse encore attendre. Tu as largement prouvé ce que tu avais à prouver, et il est temps que je tienne ma promesse.

Mon ventre s'est serré. Je n'entendais plus les bruits de la salle d'embarquement, je ne voyais plus ni les avions sur la piste ni mon reflet dans la vitre, je n'entendais plus que la voix de Joyce dans le téléphone. Et je n'allais certainement pas l'interrompre.

— Dès lundi, a-t-elle dit, si tu es toujours d'accord, je vais recommander ton manuscrit à mon ami chez Flammarion.

Depuis le temps que je travaillais avec elle, j'avais pu mesurer la réalité de son influence. D'autant qu'elle n'en abusait pas. Les services qu'elle demandait étaient suffisamment rares pour qu'on ne puisse pas les lui refuser. Je savais ce que signifiait une recommandation de sa part.

— C'est... formidable, j'ai dit, merci. Merci.

J'en avais la voix coupée.

— Alors c'est entendu, je fais partir ton roman lundi.

Soudain, je n'avais plus aucun regret. Que de la reconnaissance. Mes mois de mensonges et d'allers-retours, et de week-ends gâchés à cause du retard que je prenais dans ma thèse, tout était oublié. J'avais eu raison. Mes sacrifices avaient payé. Mes risques étaient justifiés. J'avais tout concilié. Mon pari était gagné.

J'allais retrouver Marc et Annie, et je revenais vers eux transformée. J'avais accompli quelque chose. J'allais être publiée.

— Juste une chose, a dit Joyce. Je t'appelle depuis Orly, ce week-end je vais en Corse, c'était prévu depuis longtemps. L'embarquement vient de commencer. Bon, tu comprends que je suis ennuyée pour Nicolas, qui doit être opérationnel dès lundi, mais qui pour l'instant ne connaît rien au fonctionnement des ateliers. Je ne peux pas être là, mais je lui ai dit que tu te chargerais de tout lui expliquer, que tu le brieferais sur les auteurs, les relations avec le plateau, les arches en cours. Il est très inquiet.

C'est un challenge, pour lui. Il ne veut pas rater son coup. Nicolas est un garçon créatif mais très appliqué, adorable, tu vas voir. Mohamed t'a réservé un billet sur le prochain Nice-Paris. Il me dit que tu es déjà enregistrée.

— C'est-à-dire que je suis déjà en salle d'embarquement…

— Ah, il t'a déjà prévenue ? Parfait. Il fait des progrès celui-là. Je dois filer. Je reste joignable. À lundi.

Elle a raccroché.

J'ai appuyé sur la touche rapide et j'ai posé l'appareil contre mon oreille. Première sonnerie. En attendant que Marc décroche, j'ai réalisé que je n'avais aucune idée de ce que je devais lui dire. Mon cœur battait fort.

Deux, trois, quatre sonneries. Sa messagerie s'est enclenchée. J'ai raccroché avant le bip.

Je venais entre-temps de recevoir un SMS – de Mohamed. Je l'ai ouvert : vol Paris-Nice, une image en forme de code-barre, ma carte électronique d'enregistrement.

J'ai levé les yeux vers les écrans : pour Paris, je n'avais même pas à changer de salle d'embarquement.

Lundi. Dans deux jours. Flammarion allait recevoir le manuscrit de mon premier roman. Plus que deux jours, j'étais au bout du parcours. Quarante-huit heures, c'était tout ce qu'il restait.

Quant à ma thèse… Je réussirais bien à trouver un autre directeur. Après ce que ma mère m'avait fait, je n'allais tout de même pas lui faire l'honneur de la regretter. Ce n'était pas elle qui ne voulait plus de moi, c'était moi qui ne voulais plus d'elle. Et puis tout était différent à présent. Dans plusieurs mois, quand je soutiendrais ma thèse, l'Université ne serait plus mon seul horizon. Il y aurait des choses plus importantes. Des honneurs et des espoirs autrement plus excitants. Un premier accomplissement derrière moi, et des projets qui me ressembleraient vraiment. Je serais une romancière publiée.

J'étais dans la passerelle entre la salle d'embarquement et l'avion quand j'ai laissé un message sur le répondeur de Marc. Je me suis arrêtée près des journaux, juste avant d'entrer dans l'avion. Je me suis écartée pour laisser passer les passagers derrière moi. C'était ma troisième tentative, il ne décrochait pas.

« C'est moi. Il est un peu plus de 18 heures, j'étais à la gare, j'ai reçu un appel d'Hélène, tu sais, c'était son anniversaire hier soir. »

J'ai croisé le regard de l'hôtesse à l'entrée de l'avion, elle m'a souri. J'ai tourné la tête vers la petite fenêtre qui donnait sur la piste.

« Son copain vient de la plaquer, d'un coup, sans prévenir. Elle est dévastée. Elle connaît personne sur Paris, j'ai pas pu la laisser toute seule. Je suis en route vers chez elle. Rappelle-moi dès que tu peux. Je suis désolée. C'est juste un week-end. Je t'aime. »

18

Je suis arrivée la première lundi matin à Azur Productions. Dans moins d'une demi-heure, Françoise serait dans le bureau de Joyce. Heureusement que Joyce lui avait donné rendez-vous ici – dans l'appartement de la rue Jean-Jacques-Rousseau, devant son équipe d'auteurs, l'humiliation aurait été pire.

La veille, j'avais appelé Françoise plusieurs fois. Comme son portable avait été bloqué, je l'obligeais à se déplacer pour prendre l'appel. Elle travaillait sous la véranda, un des employés du Negresco allait la chercher, elle arrivait à la réception, on lui tendait le combiné, elle s'énervait :

— Tu l'auras ton arche. À condition juste que tu me laisses la finir. Demain matin. 10 heures. Joyce m'a demandé de passer. Tu l'auras à ce moment-là.

J'avais honte mais je n'avais pas eu le choix. Joyce m'avait appelée tout le week-end pour savoir comment les choses se passaient avec Nicolas, et si j'avais des nouvelles de l'arche incendie. Chaque fois, elle me disait de rappeler Françoise et de lui mettre la pression, il nous fallait l'arche avant qu'elle apprenne qu'elle était virée. Nos conversations se terminaient toujours pareil :

— Oui, Joyce, je comprends, Joyce, je la rappelle tout de suite.

*

Nicolas était un homme d'une petite quarantaine d'années, chauve, laid, mal habillé, et extrêmement rapide et cultivé. Samedi matin, à 9 heures, je l'ai attendu sur les pavés de la place du Marché-Saint-Honoré, devant les trois portes vitrées d'Azur Productions. En le voyant arriver, je l'ai d'abord pris pour un semi-clochard – peut-être un type qui venait mendier dans le quartier ? Quand il s'est approché de moi, j'ai eu un sourire fermé, j'étais prête à lui dire que je n'avais pas de monnaie. Quand il m'a dit qu'il était Nicolas et que je devais être Sophie, je me suis sentie tellement confuse que j'en ai fait des tonnes, des sourires, une petite accolade, comment allez-vous, je suis extrêmement contente de vous rencontrer. J'espérais qu'il n'avait pas compris le sens du premier regard que j'avais posé sur lui. J'ai déclenché l'ouverture des portes vitrées avec la clé que Mohamed avait fait porter chez moi. J'ai posé la main sur l'épaule de Nicolas pour l'inviter à me précéder. Il portait une veste en tweed toute vieille et déformée – je n'y ai pas laissé la main longtemps, elle m'a paru grasse lorsque je l'ai touchée. Drôle de dégaine pour le nouveau scénariste le mieux payé de France.

J'espérais que Nicolas me demanderait de lui sortir des textes et des DVD ; je l'installerais tranquillement dans le bureau de Joyce et il me laisserait tranquille pour profiter du reste de mon samedi.

Mais non. Nicolas, comme il s'est présenté lui-même, était « un partisan de l'écriture à l'oral », en équipe, dans l'échange : il allait avoir bien besoin de moi. Je lui ai dit que je n'étais pas scénariste, il m'a répondu qu'aujourd'hui lui non plus, il était là comme spectateur, pour s'imprégner de la série, ses personnages, son ton, son rythme, et « capter la nature de son lien avec le public ». Il était là « comme manager aussi », car dès lundi il allait devoir encadrer des auteurs qui étaient rompus au fonctionnement des ateliers. Il ne pouvait pas débarquer sans en savoir autant qu'eux. Je lui ai promis de faire de mon mieux.

Il a tenu à ce qu'on consacre une grosse partie de nos deux jours ensemble à regarder des épisodes. (Heureusement que Marc ne connaissait pas la véritable raison de mon absence : « Je dois rester à Paris, mon chéri, et regarder vingt épisodes emblématiques de *La Vie la Vraie.* ») Il ne lâchait pas la télécommande. Il appuyait sur pause au moins une fois par scène pour poser une question sur le personnage, sur le style des dialogues, sur la construction des intrigues, sur les règles immuables dans la mécanique de la série. Il comprenait du premier coup et ne posait jamais deux fois la même question. Quand il a mieux cerné les personnages et les histoires en cours, il s'est renseigné sur les comédiens, sur l'organisation du tournage, sur le rôle des réalisateurs, sur les délais de montage, sur les rapports entre l'écriture à Paris et le plateau à Nice. Samedi soir, il est rentré chez lui avec une trentaine de textes sous le bras. Il habitait à la campagne à une heure en voiture de Paris. Le lendemain, à 9 heures, il m'attendait déjà et il avait tout lu. On a regardé de nouveaux épisodes puis, après le déjeuner, il m'a demandé de lui dessiner sur plusieurs feuilles toutes les étapes de la fabrication, en écrivant dans des cases le nom de gens qui étaient impliqués. Pour chaque personne, il m'a demandé ses qualités, ses défauts et « les traits dominants de sa personnalité ».

Je n'avais pas imaginé qu'il y ait tant de questions à poser sur *La Vie la Vraie*. Plus surprenant encore, j'étais désormais capable d'y répondre.

Mais tant que Nicolas n'appuyait pas sur pause, tant que l'épisode continuait de défiler, mes pensées allaient à mon roman.

Maintenant que mon roman allait être publié, je n'avais plus de raison de rester à Azur Productions. Joyce le savait, forcément. C'était bien le sens de notre accord depuis le début. Non ?

Nicolas me posait une question, j'y répondais aussitôt, en robot bien programmé. C'était ironique que je m'apprête à partir, maintenant que j'étais opérationnelle. J'aurais de loin préféré passer le week-end à Bordeaux, être avec Marc et Annie. Cuisinier, aller courir, embrasser Annie, sentir l'odeur de Marc. En même temps, symboliquement, il y avait un certain sens à ce que je briefe Nicolas. Je rendais un dernier service précieux à Joyce, je retransmettais ce que j'avais appris. Je bouclais la boucle, je rendais ce que j'avais pris, on ne pourrait pas m'accuser de partir comme une voleuse. J'avais rempli mon engagement. Joyce décidait d'y mettre un terme à moins d'un an ; en attendant, elle avait eu toute ma loyauté.

Plus on avançait dans le week-end, plus je répondais aux questions de Nicolas de façon mécanique. Je pensais à Marc, qui ne répondait toujours pas à mes appels, et j'essayais de trouver une raison crédible et optimiste pour expliquer qu'il soit injoignable. On ne s'était pas parlé depuis jeudi soir. Dès que j'avais l'occasion de sortir du bureau, je l'appelais. Mais je tombais toujours sur son répondeur. Au début, je laissais des messages, je restais neutre, je lui demandais juste de me rappeler. À partir de dimanche matin, quand la voix de la messagerie s'enclenchait, je raccrochais. On n'avait jamais pris la peine de brancher de téléphone fixe sur le boîtier de notre fournisseur d'accès à Internet à Bordeaux ; je n'avais que son portable pour le joindre.

Dimanche soir, j'ai appelé Julien. Il était toujours en vacances dans les Alpes. Il a décroché. Au moins un qui acceptait de me parler.

Il n'était au courant de rien.

— T'as essayé Annie ?

— Comment veux-tu que je la joigne ?

— Ben tu la skypes.

— Elle skype ?

— C'est vrai que ça fait longtemps que tu passes moins de temps à Bordeaux, hein...

— Tu peux parler. J'y suis trois jours par semaine.

— Même ces derniers mois ?

— C'est quoi son adresse Skype ?

Le temps que je termine ma conversation avec Julien, qui s'était mis au snowboard pour la première fois et qui adorait ça – Xavier aussi, ils prenaient deux heures de cours particuliers ensemble tous les matins –, que je télécharge le logiciel sur mon ordi et que j'apprenne à m'en servir, il était plus de 21 heures quand j'ai entré l'adresse d'Annie dans l'onglet contacts.

LaPetiteAnnie était bien inscrite sur Skype. Mais elle n'était pas connectée.

Je lui ai envoyé un mail, je m'excusais de ne pas avoir pu passer le week-end avec eux. Elle me manquait, je l'embrassais, je pensais à elle très fort.

*

Mohamed était sûr de lui : sauf nous deux, personne ne savait pourquoi Joyce avait demandé à Françoise de passer la voir à 10 heures ce matin.

Elle est arrivée avant Joyce, quelques minutes trop tôt. L'hôtesse lui a ouvert le bureau et lui a demandé d'y patienter. C'est en allant chercher des textes à l'imprimante que Mohamed a vu qu'elle était arrivée. Il est venu me prévenir, droit et laconique, avec le regard solennel de celui qui connaît son rôle dans la conspiration.

— Joyce n'est pas encore là, a-t-il dit tout bas, tu devrais en profiter.

Je ne faisais qu'obéir aux ordres de Joyce. Il y avait des enjeux qui nous dépassaient de beaucoup. Par ailleurs, ce n'était que de la télévision, au fond, ça n'avait pas d'importance. Et Françoise n'approuvait pas l'idée de l'incendie de toute façon...

J'ai marché vers le bureau de Joyce en me forçant à inspirer et expirer à fond, lentement. Il ne fallait pas que j'aie l'air louche, Françoise allait le remarquer.

Elle feuilletait le dernier numéro de *ELLE* qui traînait sur le bureau de Joyce. Elle portait un pull marin en cachemire qu'on avait aperçu à un feu rouge, vendredi matin, depuis le taxi qui nous avait amenées aux studios. Donc elle n'était pas restée enfermée tout le week-end à l'hôtel. Elle était maquillée. Elle avait détaché ses cheveux. Elle était plus élégante et plus féminine que d'habitude.

Elle s'est levée pour me faire la bise, elle a posé la main sur mon épaule en plaisantant – on ne se quittait plus ! Elle m'a demandé si j'avais fait bon voyage jusqu'à Paris.

— Pas de problème, j'ai dit, le vol s'est très bien passé.

— Je croyais que tu venais en train ?

J'ai bégayé. Le temps de faire le tri dans mes mensonges.

— Heu, oui, non, si, je parlais du vol Nice-Bordeaux de vendredi. Le TGV Bordeaux-Paris, j'y pense même plus, c'est un métro pour moi.

— Tu as passé un bon week-end, il faisait beau à Bordeaux ?

J'ai tenté un sourire qui ne disait ni oui, ni non, juste merci de penser à moi et de prendre des nouvelles.

Elle a hoché la tête en souriant elle aussi. Elle s'est rassise dans un des deux fauteuils face au bureau de Joyce et m'a invitée à en faire autant.

— Je parie que tu t'apprêtes à me demander des nouvelles de l'arche incendie.

Elle a dit « incendie » à voix basse, en prenant un faux air mystérieux. Toute la confidentialité autour de l'incendie la faisait rire – et devait un peu l'agacer aussi.

— Je suis désolée d'avoir insisté ce week-end, j'ai dit, je sais que tu en as eu marre, mais tu connais Joyce mieux que moi…

— Ça oui, je la connais, a-t-elle dit en plongeant la main dans le bazar de son énorme sac. Depuis le temps, je crois même que je peux lire dans ses pensées.

Elle fouillait dans son sac. Je ne voulais pas l'interrompre. J'espérais qu'elle en ressorte une clé USB avec l'arche incendie – une poignée de pages froissées auraient fait l'affaire, tant pis s'il fallait retaper tout le texte, du moment qu'on l'avait…

— Au fait, mon nouveau téléphone, il est prêt ? L'autre est totalement grillé.

— J'ai vu Mohamed ce matin mais il ne m'en a pas parlé. Je penserai à lui redemander.

Toujours penchée vers son sac, elle a relevé la tête. Elle m'a fixée un temps, avant de m'envoyer un large sourire.

— Oh, tu pensais que j'étais en train de chercher l'arche ?

— Non, non, j'ai dit.

Elle a sorti une boîte de Tic Tac. Elle en a fait tomber deux dans sa main, me les a proposés.

— J'essaie d'arrêter de fumer, a-t-elle dit.

J'ai fait non de la tête. Elle a croqué les Tic Tac.

— Tu penses bien que si j'avais l'arche, je vous l'aurais déjà envoyée.

Je marchais sur un fil :

— Mais tu as avancé ? Je veux dire, quand est-ce que tu penses qu'elle sera finie ?

— Oh, très vite.

Je lui ai souri.

— C'est juste que ce n'est pas facile de trouver l'inspiration quand on écrit une histoire à laquelle on n'adhère pas. Dont on pense qu'elle est en train de gâcher la série. Que c'est une trahison pour le public. Un mauvais calcul marketing qui au final va tout planter.

Elle avait un ton factuel, sans passion, le sourire posé sur les lèvres.

— Donc, très vite, pour l'arche incendie, j'ai récapitulé comme si tout était normal. Dans la journée tu crois ?

— J'espère. Dans la semaine en tout cas.

Une semaine ? C'était trop long. Elle le savait.

Je l'ai regardée en continuant de sourire, mais en écarquillant les yeux pour suggérer que j'avais sans doute mal compris.

Elle m'a renvoyé le même sourire.

— Tu sais, Sophie, c'est difficile de rester motivée quand on sait qu'on va être virée.

J'avais le choix entre jouer la naïve offusquée ou faire tomber le masque et lui parler franchement. Faute d'avoir le temps de peser le pour et le contre, j'ai opté pour la pire des solutions : dans mon état de liquéfaction avancée, j'ai fait comme si je n'avais rien entendu.

J'ai regardé ma montre.

— Il est presque cinq. Joyce devrait bientôt arriver maintenant.

Il y a eu un blanc.

— Je devrais peut-être l'appeler ?

Je n'arrivais plus à regarder Françoise dans les yeux.

— Oui, c'est ça, je vais l'appeler, je me suis répondu à moi-même, je vais l'appeler sur son portable.

Je me suis penchée vers le téléphone. J'avais commencé à pianoter lorsque Françoise a dit :

— Un rendez-vous comme celui-là, je ne crois pas qu'elle l'oublierait. Ne t'inquiète pas, elle ne va pas tarder.

J'hésitais entre une dizaine de choses que j'aurais pu lui dire, mais toutes étaient pathétiques, et aucune n'aurait compensé ma lâcheté. Pourquoi Joyce n'avait-elle pas fait confiance à Françoise ? Pourquoi n'avait-elle pas parlé avec elle, au lieu de prendre les décisions dans son dos et de me forcer à la trahir ? Françoise aurait écrit l'arche incendie même si on lui avait dit qu'elle allait devoir quitter la série. Seulement, maintenant qu'elle se sentait trahie, je n'étais plus certaine qu'elle allait nous la rendre. À la place de Françoise, j'aurais planté Joyce et je ne lui aurais certainement pas rendu ma dernière arche.

Elle a pointé du doigt le téléphone sur lequel j'étais en train de taper le numéro de Joyce.

— C'est d'ici que tu m'as appelée ce week-end, non ?

J'ai serré les lèvres. J'ai reposé le combiné. J'ai fait oui de la tête, sans arriver à lever le regard jusqu'à ses yeux.

— La prochaine fois, utilise ton portable si tu veux me faire croire que tu es à Bordeaux. Maintenant, il y a l'affichage du numéro tu sais, même dans les hôtels.

Je me suis forcée à croiser son regard.

— Je suis désolée, vraiment.

J'avais du sable dans la gorge.

— Tu sais que ce n'est pas ma décision.

— En arrivant, j'avais encore un doute. Mais quand tu as voulu me faire croire que tu avais passé le week-end à Bordeaux, j'ai compris. Avec cette histoire de portable soi-disant cassé pour couronner le tout. Ce matin, normalement, Mohamed aurait dû se précipiter sur moi avec un téléphone flambant neuf et mille excuses.

Pour la première fois depuis qu'elle était arrivée ce matin, la tristesse de Françoise a paru sur son visage.

— M'envoyer à Nice et couper ma ligne pour m'empêcher de communiquer avec mes auteurs…

Elle a saisi la lanière de son sac et s'est levée.

— La prêtresse de l'audience… J'imagine qu'on ne devient pas Joyce Verneuil sans payer le prix.

Elle a marché vers la porte. D'habitude, elle faisait dix ans de plus que son âge. Là, curieusement, et malgré ses efforts pour être élégante, il y avait ces cernes, il y avait ce poids qui lui voûtait le dos, on lui en aurait carrément donné soixante.

— Je suis désolée, Françoise. J'ai beaucoup aimé travailler avec toi. Et je t'admire. J'admire ton talent. Vraiment. Je suis ridicule de te dire ça maintenant, mais je le pense.

J'ai voulu la rattraper.

— Quand j'ai commencé à bosser ici, avec ma thèse de lettres et tout, je pensais pas qu'un auteur…

— De télé ? Un pauvre auteur de feuilleton ?

— Je suis sincère, Françoise.

Un temps infime, nos regards se sont croisés. Cette fois, c'est elle qui s'est détournée et qui ne voulait plus me regarder.

— Pour l'incendie, tu peux rassurer Joyce. Elle l'aura son arche. J'ai sans doute beaucoup de défauts. Et je comprends que mon talent, certes admirable, soit totalement périmé. Mais je tiens mes promesses. Je suis persuadée que tuer tous ces personnages est la pire idée qu'on pouvait avoir. Mais j'y tiens, moi, à ces personnages. Alors quitte à les tuer, je préfère le faire moi-même, et leur écrire la plus belle fin possible.

— Tu es sûre que tu ne veux pas attendre Joyce ?

— Le message est très bien passé.

— Encore une fois, Françoise, je suis désolée.

— Ne le sois pas. Tu es jeune, tu as de l'ambition, on n'a rien sans rien. Tu as déjà vu *Ève*, de Mankiewicz ? C'est un de mes films préférés.

Elle s'est retournée une dernière fois.

— Au moins, j'ai vu un peu de honte dans tes yeux. Avec Joyce, je n'aurais même pas eu droit à ça.

*

Marc n'a pas répondu à mes appels de la journée. Presque une fois par heure, j'appelais sur son portable. Il ne décrochait pas. Ma mère lui avait-elle parlé ? Lui avait-elle dit que je n'avais pas rendu mon chapitre dans les délais ? Qu'elle n'était plus ma directrice de thèse ? Pouvait-il m'en vouloir pour ça ? Ou alors il me reprochait d'avoir annulé mon week-end au dernier moment. Mais pouvait-il m'en vouloir à ce point d'être restée consoler une amie – imaginaire, mais il ne pouvait pas le savoir – au lieu de rentrer à Bordeaux ?

J'ai passé la journée dans un état second, sonnée par le dernier regard que Françoise m'avait lancé, comme une gifle, et par la réaction de Joyce qui n'avait fait aucun commentaire en arrivant cinq minutes plus tard, qui s'était seulement précipitée dans son bureau pour appeler Noémie. Elle lui avait demandé d'écrire une arche incendie de secours au cas où Françoise ne rendrait pas la sienne. Noémie avait hésité car c'était trahir Françoise. Puis elle avait accepté. Car on ne dit pas non à Joyce Verneuil.

À 20h50, j'ai allumé mon ordinateur. J'ai attendu que Skype se charge en priant pour qu'Annie soit connectée. Éteindre son ordinateur, c'était la dernière chose qu'elle faisait avant de se coucher : j'avais encore une chance de la croiser. Malheureusement, lorsque la fenêtre de Skype s'est ouverte, LaPetiteAnnie était en gris. À côté de l'icône qui signalait qu'elle n'était pas en ligne, il y avait un nouveau statut : *Il pleut je mange du chocolat*. Le statut d'Annie apparaissait sur mon interface, ça signifiait que je faisais désormais partie de ses contacts. Elle m'avait acceptée, donc elle s'était connectée dans la soirée.

Je me suis fait décongeler des lasagnes en surveillant l'ordinateur. Parfois, Marc autorisait Annie à rester debout jusqu'à 21 heures.

Connecte-toi, connecte-toi, connecte-toi.

J'ai allumé la radio et j'ai avalé une première bouchée de lasagnes quand, soudain, j'ai réalisé. J'ai senti des gouttes de sueur poindre à la racine de mes cheveux. Si Marc ne voulait plus me parler, c'est parce qu'Annie n'avait pas tenu sa langue. Elle s'était trahie. Consciemment ou par accident, elle avait prononcé un mot, un détail qu'il ne fallait pas, Marc en avait été interpellé, il avait insisté, il avait creusé pour en savoir plus, et Annie avait bien été obligée de lui livrer mon secret. À l'heure qu'il était, et depuis plusieurs jours, Marc savait que je lui mentais. Un mensonge qui durait depuis plus de six mois. Il savait que je n'étais pas venue à Paris pour ma thèse, que je travaillais pour *La Vie la Vraie*. D'abord, il avait voulu m'en parler : il m'avait appelée vendredi plusieurs fois et il n'avait pas laissé de message. Je l'avais rappelé, je lui avais laissé pour ma part des messages dans lesquels je m'étais enfoncée dans mes mensonges, avec ces histoires d'Hélène à qui on avait fêté un anniversaire surprise, puis qui s'était fait plaquer et que j'avais dû consoler. Depuis, il ne voulait même plus me parler.

Quand j'ai vu l'icône de LaPetiteAnnie passer en vert, j'ai lâché ma fourchette, j'ai sauté sur l'ordi et j'ai lancé un appel. La webcam s'est enclenchée et mon image est apparue en miniature dans un coin. Un message d'attente disait que LaPetiteAnnie venait de décrocher, l'image et le son étaient en train de charger.

Je ne devais pas en vouloir à Annie. D'ailleurs, je ne lui en voulais pas. J'avais été coincée, je n'avais pas eu le choix, mais je n'aurais jamais dû l'impliquer dans mon mensonge. Il s'était trouvé qu'elle était avec moi le jour où j'avais dû ressusciter Abdou en direct. On ne demande pas à un enfant de neuf ans de porter un tel secret. D'autant que c'était à Marc qu'elle avait dû le cacher.

Le son s'est enclenché avant l'image.

— Tu m'entends, a dit Annie, coucou Sophie, tu es là ?

Puis l'image est apparue.

— Bonjour ma petite Annie, j'ai dit. Tu n'es pas couchée ?

Annie ne souriait pas vraiment. Elle ne faisait pas la tête non plus. Et ce n'était pas de l'indifférence. J'ai scruté son regard. J'y ai deviné de la tristesse – qu'elle ne voulait pas montrer.

— Papa est en train de nous préparer une tisane. J'y ai goûté la semaine dernière, c'est trop bon. On est en retard à cause de la conférence à la fac. J'ai fait mes devoirs avec la nounou.

— Tu as l'air en forme, dis-moi.

— Sauf que ce week-end, c'était nul. Il a plu tout hier. Et à la danse j'aime pas la nouvelle musique qu'on a choisie pour le spectacle. Comment t'as eu mon adresse Skype ? C'est Julien ?

J'ai dit oui avec la tête. Je ne savais pas comment continuer.

— Tu as eu mon mail ? j'ai dit.

— Je l'ai reçu ce matin avant d'aller à l'école.

— Je suis désolée pour ce week-end. Tu m'as manqué, tu sais. Mais c'est presque terminé, je vais bientôt rentrer à Bordeaux pour de bon. Ce sera fini les allers-retours à Paris.

Elle n'a rien répondu.

— Dis-moi, Annie, je me posais une question aujourd'hui. Tu sais, mon travail, que je fais à Paris en plus de ma thèse, tu sais, qui est un secret... Est-ce que tu crois que Marc est au courant ?

Elle a rapproché son visage de l'écran. Un petit sourire est apparu dans ses yeux.

— J'ai rien dit, je te promets.

— Tu es sûre ? Tu n'as rien dit qui aurait pu lui donner une petite idée ?

— Une promesse, c'est le plus important. J'ai pas le droit de regarder *La Vie la Vraie*, alors je vois pas pourquoi je lui aurais dit.

Avait-elle peur de me dire la vérité ? Ou avait-elle vendu la mèche sans s'en rendre compte ? Elle avait pourtant l'air sincère et sûre d'elle quand elle disait que Marc n'était au courant de rien. Alors pourquoi refusait-il de me parler ?

— En tout cas, j'ai dit, c'est bientôt fini. Je vais bientôt tout raconter à Marc, d'accord ? Ne lui dis rien, je vais tout lui expliquer. Ce n'est pas bien de garder un secret trop longtemps.

Annie s'est agitée, elle a bougé son ordinateur, puis elle s'est levée de sa chaise et elle a disparu de l'écran.

— Annie, où tu vas ? Annie ?

J'ai approché l'oreille des haut-parleurs près de mon clavier. Annie était en train de parler à Marc. Je ne comprenais pas ce qu'ils disaient, mais ils n'avaient pas l'air d'accord.

Le visage d'Annie a réapparu. Elle a vérifié qu'elle était dans l'axe de la caméra avant de parler :

— Est-ce que tu veux parler à papa ?

Une boule s'est formée dans ma gorge.

— Bien sûr que je veux parler à Marc.

— Tu vois, a dit Annie en tournant son visage hors caméra, tu vois qu'elle veut te parler.

Elle s'est levée et elle a disparu de l'écran. Quelques secondes plus tard, elle est revenue, en tenant Marc par la main. Je ne voyais pas son visage, juste son jean, ses mains, et le pull Zadig ET Voltaire dont j'avais décousu l'étiquette avant de le lui offrir.

— D'accord, a-t-il dit, mais alors tu vas te laver les dents.

Annie s'est éloignée. Marc a posé une main sur le bureau puis il s'est assis sur le fauteuil d'Annie. Je voyais son col, mais toujours pas son visage. Il a tendu ses bras vers la webcam. L'image a tremblé. Puis les sursauts ont cessé, et je l'ai vu. Il était mal rasé. Il ne souriait pas.

— Coucou, j'ai dit.

— Comment ça va ?

Ni sourire, ni chaleur. Ni sur son visage ni dans sa voix.

— Ben, pas très bien… j'ai essayé de dire en souriant. Tu me manques et je comprends pas pourquoi ça fait trois jours que tu réponds pas quand je t'appelle.

Je n'étais pas à mon avantage sous la lumière de la cuisine. J'ai pivoté pour renvoyer dans la webcam une image plus flatteuse. La boule dans ma gorge ne décroissait pas.

— Excuse-moi, a dit Marc, je suis nul dans ces cas-là.

— Dans quels cas ?

— Dès que ça se complique. Je comptais t'en parler vendredi soir, j'avais appelé une baby-sitter, j'avais fait une réservation au resto… Pour nous…

Il s'est frotté la tête avec sa main. Il a baissé son regard. Il cherchait ses mots.

— Je veux pas parler de ça au téléphone. Et en même temps, je sais, c'est nul, mais je crois que j'avais besoin du week-end pour réfléchir.

— Marc, je sais pas ce qui se passe, je comprends rien. J'ai besoin que tu me parles.

— Justement. Comme on dit dans ces cas-là…

Il a relevé les yeux vers la caméra.

—… j'aimerais qu'on parle.

J'entendais les sons qui sortaient de l'ordinateur mais je ne les comprenais pas. « J'aimerais qu'on parle », il a redit une fois, puis il a dit des choses dans le lointain que mon cerveau a refusé de recevoir. Je n'ai plus pu parler, rien pu articuler. Je ne voyais plus le visage de Marc sur l'écran, je voyais des pixels qui scintillaient, des masses de couleurs qui ne voulaient rien dire. Ce n'était pas Marc, ce n'était pas la réalité, c'était juste des images et du son. J'aimerais qu'on parle. J'aimerais qu'on parle. J'aimerais qu'on parle. Ma main s'est levée, elle a rabattu l'écran, elle a fait taire la machine. L'écran a fait clic en s'emboîtant dans le clavier.

19

Je n'ai pas prévenu Marc que je venais. J'ai réglé le taxi sans lâcher des yeux la porte de la maison. Il n'y avait pas de lumière. À cette heure-ci, Marc devait être à son bureau, dans la chambre, côté jardin. Je ne l'avais pas prévenu : je savais qu'il travaillait à la maison le mardi matin. Je suis sortie du taxi, j'ai couru sous la porte d'entrée pour éviter la pluie. Le taxi est parti. Qu'allais-je trouver derrière la porte ? J'ai regardé ma montre : il n'était même pas 10 heures.

J'avais vu mon visage dans le rétroviseur du taxi, et ce n'était pas beau à voir. J'avais peut-être réussi à dormir trois heures – et encore. Au milieu de la nuit, j'avais pris la décision de rentrer à Bordeaux pour voir Marc. Le premier train partait à 6h20. J'avais mis mon réveil à 5 heures. En ouvrant les yeux, le souvenir du visage de Marc hier dans la webcam s'était abattu sur moi. Je suis sortie du lit sur-le-champ, poussée par l'envie de le voir, devant moi, d'entendre sa voix, de scruter ses gestes, d'essayer de lire dans ses yeux. Dans le premier métro, ligne 4, j'ai envoyé un mail à Joyce. Un impératif familial, je devais m'absenter vingt-quatre heures. Je serais de retour demain.

La veille, on s'était à peine croisées. Depuis vendredi soir au téléphone, on n'avait pas reparlé de mon roman.

À l'heure qu'il était, l'open-space commençait à se remplir à Azur Productions. Rue Jean-Jacques-Rousseau, Nicolas allait animer son premier atelier.

Annie était à l'école. Julien à la montagne. Où était Françoise ? Sans doute chez elle. Dormait-elle ? Écrivait-elle sa dernière arche ? Disait-elle adieu à ses personnages ? Moi, j'étais sur le seuil de la maison. Et je me demandais si j'avais le droit d'utiliser ma clé ou si désormais je devais sonner avant d'entrer chez moi.

J'ai lâché le trousseau sur le vieux guéridon. Le tintement des clés suffisait à prévenir Marc de ma présence. La maison était silencieuse. J'ai marché jusqu'à la table de la cuisine, j'y ai posé mon manteau. J'ai levé les yeux vers l'escalier. Était-il à l'étage ? Pourquoi ne descendait-il pas ? Était-il sorti ? À cette heure, il n'y avait aucune raison. J'ai marché jusqu'à l'escalier. J'ai levé la tête.

— Marc ?

Silence. Juste le bourdonnement du frigo.

— Marc ?

J'ai entendu un bruit de tissu froissé. Puis les vibrations d'un pied qui touche le sol, puis d'un corps qui se redresse et qui quitte le lit. Les pas se sont rapprochés, il y a eu un bruit d'eau dans le lavabo, un visage qu'on éclabousse, une serviette qu'on tire de son portant. Une porte qu'on referme – puis j'ai vu sa main se poser sur la rambarde. Ses jambes, son buste, son visage. Lui non plus, il n'avait pas dormi.

— Annie est à l'école ? j'ai dit.

Il a hoché la tête.

— Je me suis rendormi.

Il a passé sa main plusieurs fois dans ses cheveux pour aplatir son épi. Il est arrivé en bas des marches, près de moi. Je me suis écartée pour le laisser passer. Il a marché vers le salon. Au passage, il a tendu la main pour me caresser la nuque. Sa main m'a brûlé la peau. J'ai voulu l'attraper, la tenir dans la mienne, mais je n'ai pas été assez rapide, elle a fui dans mon cou, elle est tombée dans mon dos, tandis qu'il partait s'asseoir. Le fauteuil était trop étroit pour que je vienne à côté de lui. Je me suis assise en face, sur le bord du canapé.

On s'est regardés en silence, puis il a dit :

— Merci d'être venue.

« C'est normal », j'ai failli répondre, mais on avait mieux à dire que des politesses.

— Tu ne pensais pas que je viendrais ?

— Si. Toi t'es parfaite. Moi, j'ai honte de moi.

Il n'y avait pas d'ironie dans sa voix, je ne comprenais pas.

— Marc, j'ai besoin que tu me parles.

Il a baissé les yeux.

— J'ai besoin que tu me dises ce qui ne va pas. Sois sincère. Et non, je ne suis pas parfaite. Si j'étais parfaite, je ne serais pas partie à Paris.

— J'ai pas le droit de t'en vouloir. Tu t'es jamais interposée, toi, entre moi et mes recherches.

Il y avait de l'agitation au fond de son regard. Il savait exactement ce qu'il devait dire mais il n'osait pas.

Je me suis levée.

— Tu veux du thé ? j'ai dit. Je vais faire du thé.

— Je t'ai trompée.

J'avais envisagé toutes les hypothèses, je m'étais repassé en boucle notre conversation sur Skype. Il avait dit : « Je suis nul dans ces cas-là », et je m'étais demandé de quel « cas » il voulait parler. J'avais commis des fautes, je le savais, j'avais menti, j'avais été égoïste, ambitieuse, mais je n'avais jamais cessé de l'aimer. Au contraire, tous les risques que j'avais pris, ils étaient pour lui. Sans amour pour lui, je n'aurais pas eu l'ambition de mon roman. Je n'aurais peut-être même pas eu la persévérance de poursuivre ma thèse. Ma seule ambition était d'être à sa hauteur. J'avais cru que mon amour pour lui était un amour indépassable, mais quand j'avais commencé à écrire mon roman, j'avais découvert que mes sentiments pouvaient encore grandir. Et maintenant que la publication de mon roman se concrétisait, j'en aimais Marc davantage. J'allais pouvoir l'aimer sans arrière-pensée, sans croire qu'il valait mieux que moi, sans baisser la tête pour passer inaperçue.

Mais il m'avait trompée. Je n'avais pas eu le temps de m'accomplir, il avait trouvé mieux que moi.

Je ne suis pas allée à la cuisine faire du thé.

Je ne savais pas trouver mes mots. Mes premiers mots *après*. Je me suis rassise.

— Avec qui ? j'ai dit.

En vérité, je n'avais aucune curiosité de savoir avec qui Marc m'avait trompée. Avec qui ? C'était seulement trois syllabes à prononcer ; rester factuelle pour ne pas laisser mes émotions déborder.

— Peu importe, vraiment, avec qui. Ça ne veut rien dire.

— Qu'est-ce qui ne veut rien dire ?

— Elle. Elle et moi. Je t'aime, et j'ai jamais arrêté de t'aimer.

— Ça fait combien de temps que tu couches avec elle ?

— On n'a même pas couché une fois.

— Vous n'avez pas couché une seule fois ?

— On a un peu couché.

— Un peu couché ? Tu te fous de moi ?

— On n'a pas vraiment couché.

— Je comprends pas ce que ça veut dire.

— Je t'aime Sophie. J'avais besoin de t'en parler. Mais c'est rien. C'est vraiment rien.

J'avais envie que Marc se jette sur moi. Qu'il m'embrasse en me disant qu'il m'aimait. Je l'aurais repoussé. Il serait revenu, il aurait essayé de me reprendre. Je l'aurais repoussé, il m'aurait serrée. Je l'aurais repoussé, de tous les muscles de mon corps. Il serait revenu à la charge, je l'aurais chassé, il aurait insisté avec une rage que rien n'aurait pu arrêter. J'aurais pleuré des larmes d'amour et de fatigue, j'aurais cédé, épuisée, il m'aurait regagnée.

Il portait le t-shirt gris que j'aimais mais dont il disait qu'il était trop petit pour lui, qu'il le serrait trop.

Il était beau.

Il n'a pas bougé.

— Je veux pas que tu m'en veuilles, a-t-il dit.

— Comment veux-tu que je ne t'en veuille pas ?

Il y avait la table basse du salon entre nous. On parlait sans se regarder.

— Ça s'est passé quand ?

— Vendredi soir.

— Ce vendredi ?

Il n'a pas répondu.

— En fait, tu t'es vengé parce que je ne suis pas rentrée ?

— Elle me tourne autour depuis plusieurs mois. Jeudi soir, à la bibliothèque, elle a eu un geste plus ambigu, elle m'a invité le lendemain dans un bar pour fêter son premier article. Je lui ai dit non.

— Avec une étudiante. Merci pour le cliché.

— En partant, elle m'a embrassé. Je voulais t'en parler vendredi, mais t'étais pas là, tu répondais pas à mes messages. Le soir, j'avais prévu qu'on soit juste nous deux, la baby-sitter était là, et toi tu me dis que tu restes à Paris tout le week-end. Alors au lieu de rentrer à la maison, je suis allé à la fête qu'elle organisait dans ce café. À la fin, elle m'a dit qu'elle avait pas de voiture et elle m'a demandé si je voulais bien la raccompagner.

— Et toi, évidemment...

— Je suis pas entré chez elle.

— Vous avez baisé dans la voiture. Grande classe.

— Je te dis, on n'a pas vraiment couché...

J'allais au conflit, je m'en voulais. Mais il y avait des mots que j'étais incapable de prononcer, la colère me servait de rempart.

— En résumé, tu m'as pas vraiment trompée. On n'est pas vraiment en train d'avoir cette conversation. Et j'ai aucune raison de me sentir vraiment trahie.

— Merde, Sophie, j'aurais pu ne rien te dire, t'aurais jamais rien su. J'ai besoin d'être sincère avec toi. Je veux pas glisser ça sous le tapis. Il me semblait qu'on avait une relation suffisamment adulte pour se faire confiance et tout se dire.

Il a pris appui sur les accoudoirs pour se redresser.

— OK, alors d'adulte à adulte, maintenant que je suis au courant, qu'est-ce que je dois en faire ?

Il mesurait l'impact de ses mots.

— Même si j'assume tout – je suis pas en train de me chercher des excuses –, je rumine ça depuis trois jours, et je me dis qu'il y a quelques mois, ça ne me serait jamais arrivé.

— Donc c'est de ma faute.

Il a posé ses coudes sur ses genoux, il s'est penché vers moi.

— Arrête, Sophie, essaie juste de comprendre. C'est vrai, quoi, depuis six mois, depuis que t'es à Paris, t'es différente. Je te reproche pas de vouloir avancer, de te donner les moyens, c'est pas ça. Quand t'as commencé à écrire ton roman, t'y as consacré beaucoup de temps, parfois au détriment de ton travail, t'étais dans ton monde, pas toujours de bonne humeur, mais j'ai rien dit. Ça ne me dérangeait pas, parce que je comprenais. J'étais heureux pour toi.

Il s'est raclé la gorge.

— Depuis six mois, c'est autre chose. Je sais pas, t'es plus distante. Tu me parles jamais de ce que tu fais, on échange moins. Je ne suis même plus au courant d'où t'en es dans tes recherches. Avant, t'avais toujours une chose, une découverte, une citation, une coïncidence amusante sur laquelle t'étais tombée, et tu m'en parlais. T'avais plein d'idées de films à aller voir, de romans à me conseiller. On avait des débats. On avait une vraie complicité. C'est ça, aussi, qui me manque.

— C'est ironique, tu vois, parce que j'allais justement te dire que j'allais bientôt rentrer.

Il n'a rien dit.

— Je suis très concentrée sur mon travail, en ce moment, mais c'est presque fini.

Il a serré la mâchoire.

— Encore une fois, je ne cherche pas à excuser ce que j'ai fait. Mais même là, Sophie, quand tu me dis que t'es concentrée et que c'est presque fini, j'ai du mal à te suivre. Ta mère m'a appelé hier matin. Elle m'a dit que tu ne lui rendais plus ton travail, qu'elle considérait que c'était une démission de ta part, et qu'elle n'était plus ta directrice de thèse.

Sur l'instant, je suis restée bloquée.

La seconde d'après, j'étais debout, le doigt pointé vers Marc, avec une voix que je n'avais jamais entendue, qui sortait de mon ventre et qui était pleine de douleur :

— Tu sais quoi, moi non plus j'en peux plus. Je passe tout mon temps, toute mon énergie, à te plaire, à être à la hauteur de tes exigences. À lire les bons livres, les bonnes revues, à décrocher les bons diplômes. Avant de te dire que j'ai envie de voir un film au ciné, je vérifie qu'ils ont aimé dans *Télérama*. Et pour les romans, j'attends la bonne critique dans *Le Magazine littéraire*, et je vérifie qu'il est pas dans le top ten des ventes à la Fnac, ce serait trop populaire. T'es comme ma mère au fond. Tu te rends pas compte de la pression que tu me mets avec ton réflexe de tout juger.

Il s'est levé, il m'a pris la main.

— Je comprends pas, Sophie, je t'ai jamais reproché tes goûts. C'est pas du tout la question...

Il a passé son bras derrière ma nuque et s'est approché pour me serrer contre lui.

Je me suis dégagée, j'ai marché jusqu'à la table de la cuisine, j'ai pris mon manteau, j'ai commencé à l'enfiler.

— C'est exactement ça, la question. Quand je t'écoute, tout ce que je comprends, c'est que t'es allé voir ailleurs parce que soudain j'étais plus la gentille petite Sophie modèle qui vit exactement dans ton monde, qui aime les mêmes choses que toi, qui mène la même vie, qui s'épuise après les mêmes diplômes, en espérant la même carrière que de toute manière elle n'aura jamais.

— Encore une fois, je vois pas du tout en quoi...

— Écoute-toi : au final, ce qui t'inquiète le plus, c'est que je ne finisse jamais ma thèse. T'as peur de quoi ? D'avoir parié sur le mauvais cheval ? Que je ne sois pas à ta hauteur ?

Je n'ai pas réussi à retenir mes larmes.

— Parce que moi, j'ai dit, je vis dans la peur de te décevoir. Et là, toi, tu me prouves que j'ai raison de flipper.

J'ai pris les clés sur le guéridon.

— Moi non plus je peux pas continuer comme ça.

Il ne pleuvait plus, juste des gouttes très fines qui ne mouillaient pas. Évidemment, pas de taxi dans la rue. J'ai dépassé le premier arrêt de bus, qui était trop près de la maison, je ne voulais pas que Marc puisse me voir s'il lui venait l'idée de sortir sur le trottoir. J'ai accéléré jusqu'à l'arrêt suivant. J'avais juste un petit sac, pas de valise, et des baskets aux pieds – je pouvais marcher vite.

Le bus s'est rempli un peu plus à chaque arrêt. Avant d'arriver à la gare, il ne restait plus qu'une ou deux places assises tout au fond. Le chauffage marchait à plein, les vitres étaient recouvertes de buée. J'ai su qu'on était à la gare grâce à la voix électronique qui annonçait les arrêts. On ne voyait plus l'extérieur – sans la voix, je ne serais peut-être pas descendue.

J'ai levé la tête vers le panneau d'affichage. Le prochain TGV pour Paris était dans dix minutes, quai numéro quatre. J'ai jeté un coup d'œil en bas vers les guichets : il y avait la queue, je n'avais pas le temps d'attendre. Tant pis, je monterais sans billet. Je parlerais au contrôleur, j'essaierais de m'arranger avec lui. Je n'attendais que de me laisser tomber dans un fauteuil, que le train avance et que le paysage défile.

J'ai pris le passage souterrain vers le quai numéro quatre. Ma colère était retombée. Elle avait fait place à un sentiment paradoxal qui était presque du soulagement.

J'avais dit à Marc des choses que j'avais sur le cœur. Au fond, c'était une bonne chose qu'il les ait entendues. Je le savais, on se reverrait dans quelques jours, ce serait étrange au début, puis tout irait mieux – mieux qu'avant. Pour l'instant, c'était trop tôt, on avait chacun beaucoup de choses à digérer. Il m'avait trompée, mais il m'en avait aussitôt parlé, et on ne pouvait pas en dire autant de tous les hommes. J'avais de la chance d'avoir Marc dans ma vie. Je n'aurais pas dû réagir si vivement. Je n'aurais pas dû me braquer. J'aurais aimé être comme ces Parisiennes qu'on voit dans les films d'auteurs, qui maîtrisent parfaitement leurs émotions et qui, à ma place, sans hausser la voix, auraient été capables sur-le-champ de pardonner à Marc. J'aurais dû. J'aurais aimé pouvoir. Mais on n'est pas conditionné pour pardonner l'infidélité. J'avais bien le droit à quarante-huit heures. Deux jours pour prendre de la distance, avant de mieux se retrouver. L'essentiel était intact, je pouvais m'y accrocher : Marc n'avait pas cessé de m'aimer.

Et puis il y aurait mon roman, aussi, qui nous redonnerait de l'énergie.

En haut des escaliers, sur le quai, le train était là, j'ai regardé le numéro du wagon et j'ai eu le réflexe de sortir mon billet – mais la poche de mon manteau était vide, aujourd'hui je voyageais sans billet. J'ai grimpé par la première porte. Mes larmes avaient séché.

J'ai senti la chaleur du wagon, et cette odeur de velours typique des TGV, et là, soudain, j'ai entendu mon nom. Je devais rêver, je n'étais pas concernée. Mais on a crié Sophie à nouveau, plusieurs fois, de plus en plus près. Je suis revenue sur mes pas, jusqu'aux marches à la porte. Marc était là, devant moi, sur le quai. Il s'est avancé pour attraper ma main, il n'osait pas monter.

— Heureusement que j'ai l'œil, t'as filé direct, j'étais posté à l'autre sortie.

Il avait son sourire de petit garçon.

Comme je l'aimais.

— Tu descends ou faut aussi que je vienne te kidnapper ?

J'ai redescendu les marches. À la dernière, il m'a soulevée et m'a serrée longtemps contre lui. Puis mes jambes ont touché le quai. Dans le froid de la gare, je soufflais de la buée. Mais il faisait chaud contre son torse. Il m'avait ouvert son manteau, j'étais protégée.

— Je sais que je me répète, a-t-il dit, mais je suis désolé. Et je t'aime.

— Moi aussi, j'ai dit, je suis désolée.

— Je veux rien t'interdire. T'as le droit de faire et d'aimer ce que tu veux. T'as pas à te sentir jugée. Jamais. C'est pas pour ta thèse que je t'aime, pas pour tes diplômes, ça me fait mal que tu puisses le penser. Ce jugement, je te promets, tu te trimbales avec, il est seulement à l'intérieur de toi, il vient peut-être de tes parents, j'en sais rien, mais il viendra jamais de moi, je te le promets.

Doucement, je me suis écartée de Marc. J'étais heureuse de le regarder dans les yeux.

J'ai inspiré.

— Il y a quelque chose d'important qu'il faut que je te dise.

On s'est éloignés du wagon pour libérer le passage.

— Voilà. Je pensais attendre encore quelques jours pour t'en parler, mais ça sert plus à rien d'attendre.

C'était sorti tout seul, j'étais lancée, je ne pouvais plus reculer.

— C'est à propos de Paris.

Il a hoché la tête en souriant pour m'encourager à parler. Il m'écoutait.

— Je t'ai dit que j'avais besoin d'aller à Paris pour mieux me concentrer et me faciliter l'accès à certains documents, pour ma thèse. Ben c'est vrai... seulement en partie. J'ai pas laissé tomber ma thèse, mais la journée je travaille pas vraiment à la BNF. Enfin, pas du tout en fait. J'y suis jamais allée.

Il a eu un mouvement de recul.

— Comment ça jamais ?

J'ai forcé mon sourire pour convaincre Marc que ce n'était rien de grave – c'était plutôt amusant, même, quand on y réfléchissait...

Le sourire de Marc, lui, s'était légèrement crispé.

— Mais attends, j'ai dit, tu vas voir, c'est positif. Ça va te paraître bizarre, au début, mais tu vas vite comprendre.

— Aujourd'hui, je suis prêt à tout entendre, a-t-il dit en s'efforçant de rester léger.

— Comme j'avais peur de ce que tu allais en penser, j'ai pas eu le courage de t'en parler. J'avais peur de ton jugement.

Il hoché la tête d'un air coupable. Coupable et compréhensif.

— Tu te souviens de Joyce Verneuil ? j'ai continué. La productrice de *La Vie la Vraie* ?

Il a mis plusieurs secondes à se rappeler.

— Ben elle m'a proposé de travailler avec elle, j'ai dit.

Il a eu un rire nerveux.

— De travailler pour *La Vie la Vraie* ?

J'ai fait oui de la tête.

— Mais t'as accepté ?

J'ai serré les lèvres.

— Toi, pour *La Vie la Vraie* ?

Il avait du mal à croire que je ne blaguais pas.

— Et tu fais quoi ? C'est toi qui leur inventes leurs scénarios ?

— Il y a une directrice de collection pour ça. Et vingt auteurs qui travaillent avec elle.

— Ouah. C'est pas une blague.

Il a lâché ma main.

— Et ça fait six mois ?

— Oui. Mais c'est bientôt fini. Parce que le deal de départ…

— Donc c'est à cause de *La Vie la Vraie* que tu vas planter ta thèse ? Je pensais au moins que tu faisais ton maximum.

J'ai reculé.

— Tu vois, là, juste à l'instant, c'est quoi si c'est pas du jugement ?

— Deux secondes. Je suis en train d'encaisser que tu me mens depuis six mois. Que tu travailles à *La Vie la Vraie*. Que t'as mis ton avenir en danger pour ça…

— Laisse-moi juste t'expliquer pourquoi j'ai…

— Mais c'est pas juger, ça, Sophie, c'est juste vivre à deux. C'est juste être un couple. À moins que j'aie rien compris et que tu sois en train de te foutre de moi.

Il se retenait pour ne pas hausser la voix.

— Non je suis pas en train de me foutre de toi. Je travaille vraiment pour *La Vie la Vraie*. Je suis coordinatrice d'écriture. C'est moi qui valide les dernières versions des textes avant qu'ils soient envoyés sur le plateau. C'est moi qui convoque les auteurs aux ateliers. C'est moi qui écris les résumés pour la presse.

Il avait le regard vide, il ne répondait plus rien.

— T'aurais jamais accepté que je parte si je t'avais dit la vérité.

Sur le quai, les contrôleurs commençaient à se placer près des portes et se faisaient des signes qui indiquaient que le train allait démarrer.

J'ai fait un pas vers Marc pour attraper sa main.

— J'aurais trouvé ça bizarre, a-t-il dit, c'est sûr, on en aurait parlé, on en aurait discuté. Franchement, dans quoi tu t'es embarquée ?

— Dans quoi je me suis embarquée ? Depuis six mois, je découvre ce que c'est que de se sentir utile, d'avoir des responsabilités, de faire partie d'une équipe. Et faire un travail qui soit apprécié, genre bravo Sophie, c'est utile ce que tu fais. Et merci, aussi, sans toi on sait pas comment on aurait fait.

Marc avait le regard perdu. Il a serré sa main autour de la mienne. Le train pouvait partir sans moi. Je n'étais plus à une heure près. Il y avait beaucoup plus important, là, sur le quai, qui était en train de se jouer.

— J'imagine que Julien est au courant ?

J'ai haussé les épaules.

— Il a bien fallu. Quand je lui ai dit, il m'a dit que j'avais du courage et que c'était la première fois qu'il était fier de moi.

Il avait toujours le même regard absent.

— Et Hélène, elle a jamais existé ?

— Non.

J'avais la gorge sèche.

— C'est pas ma plus grande fierté… Mais ce qu'il faut que tu saches, aussi, c'est que j'avais un accord avec Joyce Verneuil et…

— Et Annie, elle le sait ?

J'ai baissé les yeux.

— Pas depuis longtemps, non. Mais il y a quelques semaines, j'ai dû la mettre dans le secret.

Un coup de sifflet a annoncé le départ. De la main, Marc m'a guidée vers la porte du wagon et m'a fait grimper sur la première marche.

— Je voudrais pas que tu te fasses renvoyer.

— Si tu veux que je reste, je peux rester.

Il a levé vers moi un regard plein de dégoût.

— Je peux essayer de tout comprendre. Mais Annie ? Elle a neuf ans !

Il a lâché ma main.

— Comment t'as pu lui demander de me mentir ? À moi ? Qu'est-ce que je suis pour toi ?

Je suis redescendue d'une marche, mais il a tendu son bras pour m'empêcher de continuer.

— Marc ? qu'est-ce que tu…

— Manque pas ton train. T'as plus rien à sauver ici.

Le long bruit sourd de la sirène a retenti dans le wagon, puis le bruit de la mécanique qui s'enclenche, et le sifflement d'air compressé. La porte a coulissé. Le sol a tremblé, la porte a recouvert la marche sur laquelle, une seconde plus tôt, mon pied était posé. Le hublot devant moi, je voyais à nouveau l'extérieur. Marc n'était plus sur le quai.

20

Un contrôleur, dans un wagon quasiment vide, regarde le billet d'une jeune femme bougonne.

— Je crains, madame, que vous ne soyez...

— Pas à ma place. Je sais. Pas à ma place.

— J'entends bien, Nicolas, disait Mohamed, mais dans l'épisode 1042, Rosalie a dit à son prof de piano que sa mère avait été choriste pour Claude François. Sur Wikipédia, ils disent que Claude François est mort en soixante-dix-huit. Alors, même si la mère de Rosalie n'a été Claudette que sur la dernière tournée, et qu'elle avait dix-huit ans à ce moment-là, c'est pas possible qu'elle ait moins de cinquante ans aujourd'hui.

Il a vu que je venais d'entrer.

— Excuse-moi, Nicolas, deux petites secondes.

Il a posé sa main sur le combiné et il a tourné la tête vers moi.

— Joyce veut te voir dès que tu arrives.

J'ai lâché mon manteau sur le bureau et je suis allée frapper à la porte de Joyce. Dans le TGV, j'avais traité mes mails et constitué les équipes pour la semaine suivante. Mais Mohamed avait été obligé de me remplacer à la première réunion de Nicolas avec les auteurs. J'espérais qu'elle ne m'en voudrait pas. Déjà que mon histoire avec Marc ne tenait qu'à un fil... Si je perdais Joyce, je perdais mon roman, je n'avais plus rien. Pour quelques jours encore, j'avais besoin d'elle.

— Bonjour Joyce, tu voulais me voir ?

Elle a mis sur pause les essais de casting qu'elle était en train de visionner.

— Assieds-toi.

— Je te l'ai déjà dit par mail et sur ton téléphone, mais je suis vraiment désolée pour ce matin, c'était une urgence familiale. Mais j'ai fait mon maximum. J'aurais dû rester plus longtemps, mais avec Nicolas en plus qui vient d'arriver je voulais pas...

— Des problèmes avec ton compagnon ?

— Ben... oui, en fait. Mais des vrais problèmes, sinon j'aurais pas...

Elle a secoué la tête.

— Les hommes auront toujours du mal à accepter notre liberté.

Elle a posé ses lunettes devant elle puis a fait le tour de son bureau pour venir s'asseoir sur le second fauteuil à côté de moi. Elle m'a souri. Lentement, elle a cligné des yeux, elle comprenait.

— Tu fais le bon choix.

Elle a levé sa main et l'a approchée de mon visage. Elle l'a posée sur ma joue, le pouce calé dans mon cou. Et elle l'a fait glisser pour terminer sa caresse.

— Je ne sais pas où tu en es avec ton compagnon, mais personne n'a le droit de te demander de renoncer à quoi que ce soit.

— On traverse un moment difficile...

Malgré moi, j'appréciais de sentir la main de Joyce sur ma peau.

—... Mais je pense que ça va s'arranger. Il n'y a pas de raison.

— Quand on sait vraiment ce qu'on veut, on finit toujours par l'obtenir.

J'ai serré les lèvres et hoché la tête, faute de savoir quoi répondre.

— Après, a-t-elle dit, qui ne doit pas faire certains sacrifices ? Mais ce ne sont pas vraiment des sacrifices s'ils permettent d'avancer...

— J'en suis pas là, heureusement.

Elle s'est redressée.

— Tant mieux. Quoique, tu sais, parfois, les sacrifices, ça fait déjà longtemps qu'on les a faits, mais on ne s'en rend compte que beaucoup plus tard.

— Mohamed m'a dit que tu voulais me voir ?

Elle a souri.

— Oui, pour m'excuser.

J'ai froncé les sourcils pour lui montrer mon étonnement.

— Oui, m'excuser, a-t-elle dit d'une voix badine. Hier, j'ai complètement oublié de te reparler de ton roman. Pourtant, je sais à quel point c'est important pour toi.

— Faut pas t'excuser, en ce moment, on est tous débordés...

— Donc, ça y est, c'est fait. Cet ami en Corse chez qui j'ai passé le week-end, c'est lui justement, l'éditeur. Je lui ai remis ton manuscrit. En mains propres donc. C'était l'occasion, non ? Bref, je voulais te prévenir pour que tu ne sois pas étonnée si Flammarion prend contact avec toi. Ils ont tes coordonnées. Tu vois, hein, je tiens mes promesses !

— Je sais pas comment te remercier... Avant toi, personne n'avait donné sa chance à mon roman.

— Tu n'as pas à me remercier. On avait un accord. Tu as travaillé pour moi. Moins d'un an finalement, mais tu as été plus qu'à la hauteur.

— Merci.

— Ça suffit maintenant, les mercis, a-t-elle dit le sourire aux lèvres. D'ailleurs, en tant que chef d'entreprise, je n'aime pas perdre mes bons éléments. C'est pour ça aussi que je voulais te voir.

Elle s'est levée pour retourner derrière son bureau.

— En ce moment, tu es bien placée pour le savoir, *La Vie la Vraie* connaît un nouveau départ. Avec Nicolas, on réfléchit à certains ajustements dans le fonctionnement de l'écriture. Tu lui as fait bonne impression ce week-end. Pour l'instant, rien n'est décidé, on envisage plusieurs possibilités. Mais j'espère pouvoir te proposer un poste plus valorisant, où tu pourras mieux exprimer ton talent. On en reparlera. Mais je tenais à poser un petit jalon dès aujourd'hui car quand tout va s'enclencher, j'aurai besoin d'une réponse très vite.

Marc qui ne voyait plus ce qui « restait à sauver » entre nous. Joyce qui avait transmis en mains propres mon roman à un éditeur de chez Flammarion. La meilleure et la pire nouvelle de ma vie le même jour. Je suis sortie du bureau de Joyce avec la tête qui tournait, dans un imbroglio d'émotions que je ne savais plus maîtriser. J'ai traversé l'open-space jusqu'aux toilettes en me retenant pour ne pas courir. Je me suis enfermée dans une cabine, je me suis appuyée contre la porte, et je me suis autorisée à pleurer. Mes yeux gonflaient, je craignais un torrent. J'ai soufflé, cligné des yeux... Aucune larme. Évaporées, disparues sans déborder. Sans doute car on pleure pour ce qui est irrémédiable, pas quand tout reste encore à jouer.

*

Et si le destin avait choisi pour moi ? La proposition de Joyce, même si elle n'avait pas été formulée de façon définitive, était tombée le jour où Marc m'avait repoussée. Quelques mois, voire quelques semaines plus tôt, j'aurais ri devant l'absurdité du projet. Joyce voulait me convaincre de poursuivre mon travail sur *La Vie la Vraie* après la publication de mon roman. Alors que, dans notre accord initial, travailler pour *La Vie la Vraie* était justement la contrepartie pénible à laquelle j'avais consenti en échange de la publication de mon roman. C'était absurde.

La boîte aux lettres était vide. De toute manière, on n'y recevait que des prospectus et, une fois par mois, le relevé bancaire de mon compte secret. L'ascenseur était encore en panne. J'ai mis mon sac en bandoulière et j'ai commencé à grimper.

La veille, un peu avant minuit, j'avais appelé Marc. Il avait répondu.

Après m'avoir jetée dans le train, il n'avait pas essayé de me rappeler. Je lui avais menti, certes, mais lui m'avait trompée. Était-ce à moi de tout assumer ? Mon mensonge (dans lequel je ne me serais pas embarquée si Marc avait été moins prompt à tout juger), mon départ à Paris (dans le but de faire publier mon roman et donner une bonne raison à Marc d'être fier de moi), et la quasi-liaison de Marc qui s'était soi-disant senti abandonné (alors que, sauf exception, je m'étais toujours débrouillée pour rentrer le jeudi soir) : étais-je seule coupable de tout ? C'était lui qui avait corrompu notre histoire. C'était lui qui avait cassé quelque chose qui ne pouvait pas être réparé. Et c'était à moi de me sentir coupable ?

Il était en train de lire dans le lit quand il avait décroché. La conversation avait été plus que brève, il n'avait voulu aborder aucun sujet. Je lui avais dit qu'il me tardait de le revoir ce week-end, qu'après deux jours chacun de son côté, on y verrait tous les deux plus clair. Il pourrait me poser toutes les questions qu'il voudrait, je lui répondrais sans rien lui cacher. Il m'avait répondu qu'il s'était arrangé pour passer le week-end chez des amis à lui à Montpellier. Annie, évidemment, venait avec lui. Car, pour sa part, deux jours ne suffisaient pas. Il lui faudrait beaucoup plus de temps pour faire l'état des lieux.

— Tu parles comme un locataire qui rend son appartement.

— Bonne nuit, Sophie. Annie t'embrasse. Elle t'a pas vue sur Skype, elle voulait que je transmette le message.

Cette façon de parler d'Annie, en me faisant bien sentir qu'en le perdant lui, je la perdais elle aussi, m'avait totalement révoltée. Le temps que je tourne une phrase cinglante à lui renvoyer, il avait raccroché.

Pour la première fois, la rancœur prenait la place de l'amour. Ce n'était pas juste une vexation passagère. Quelque chose était brisé.

Alors, soudain, dans ces conditions, la proposition de Joyce paraissait moins fantaisiste. Ce n'était pas la route que je m'étais imaginée, mais les circonstances n'étaient-elles pas en train de décider pour moi ? Auteur pour *La Vie la Vraie* : et si c'était ça la place que le destin m'avait assigné ? Plutôt que tout perdre, c'était une branche à laquelle me rattraper. Au moins, chez Azur Productions, je me sentais utile et appréciée. En vérité, j'étais fatiguée de devoir lutter pour être acceptée. Par la fac, par mes parents – par Marc à présent. J'étais arrivée au bout de ce que j'étais capable de leur donner. Tant pis s'ils ne voulaient pas de moi : une autre famille voulait bien m'adopter – telle que j'étais.

En grimpant l'escalier, j'ai réalisé l'horrible facilité avec laquelle Marc et moi pouvions nous séparer. J'avais déjà mon appartement, mon job, mon compte en banque. Mes habits préférés étaient à Paris. Mon roman, mes photos, et tous les documents auxquels je tenais étaient dans mon ordinateur. Je pouvais commencer une nouvelle vie sans le moindre obstacle, dans l'instant même, et ne jamais revoir Bordeaux.

Je me suis accrochée à la rambarde et j'ai pleuré.

J'ai poussé la porte. Il y avait de la lumière dans l'appartement. La télévision était allumée sur une émission de télé-réalité américaine mal doublée.

— Sophie ?

— Julien ?

Il s'est levé du canapé et s'est approché pour me débarrasser de mon sac.

— Qu'est-ce que tu fais là ? j'ai dit. Tu devais pas rentrer dimanche soir ?

— Et toi, on est jeudi, t'es pas rentrée à Bordeaux ?

Il s'est penché pour me faire la bise. Son visage est passé sous la lumière de l'ampoule dans l'entrée. Il avait les yeux tout rouges. Il s'est immobilisé et m'a dévisagée :

— T'es en train de pleurer ?

J'ai secoué la tête.

— Et toi, tu t'es pas vu ?

On a souri, l'air bête, et on s'est serrés l'un contre l'autre.

— On a pris la décision hier soir, a dit Julien en attrapant la tasse de chocolat chaud que je lui tendais, ce matin j'ai rendu mon snowboard et j'ai pris le bus, après j'ai pris le train. J'ai mis deux fois plus de temps qu'en voiture à l'aller.

Il a bu une gorgée.

— C'est la première fois que je pleure pour un garçon.

— De ce que je me rappelle, c'est plus un homme qu'un garçon…

Il m'a fait une grimace.

— Ça change rien à mon chagrin.

— Tu sais quoi, j'espère que c'est pas le dernier.

— Chagrin ?

J'ai hoché la tête en respirant l'odeur de mon infusion. Julien a pris une voix définitive.

— C'est dégueulasse de me dire ça.

— Non, non, je me suis reprise, je dis ça de façon positive ! Je te souhaite de connaître de vraies histoires d'amour, avec des vrais sentiments.

— Il y a deux semaines tu voulais pas que je sorte avec Xavier, maintenant tu me pousses à la polygamie.

— C'est pas du tout ce que je dis, je dis juste que…

— Je plaisante, Sophie, panique pas, je plaisante.

Puis, devant un plat de pâtes trop cuites, il m'a raconté ce qui s'était passé :

— J'ai réfléchi à ce que tu m'avais dit sur la différence d'âge entre Xavier et moi, ça m'a trotté dans la tête, j'ai voulu en parler à Xavier, et c'est à partir de ce moment-là que ça a commencé à mal tourner. Il se pose les mêmes questions que toi. Le fait que je lui en parle, ça l'a encore plus fait douter. Et moi, à force, je me suis dit : et si c'était elle qui avait raison ? Peut-être qu'inconsciemment, j'ai besoin de Xavier parce qu'aujourd'hui je cherche un père de substitution. Peut-être ? C'est inconscient, ces choses-là, alors on peut rien exclure. Mais si, avec le temps, ce besoin disparaît, je fais quoi de Xavier ? On s'est séparés sans se disputer, ni rien. Je suis conscient qu'il y a un risque, et je ne veux pas le lui faire courir. C'est un type génial, Xavier. Il mérite d'être avec quelqu'un qui apporte des certitudes.

Julien parlait avec une assurance qui n'était pas de son âge et qui m'a rendue triste – ce n'était pas la première fois que j'éprouvais ce sentiment en l'entendant. Il a posé sa tasse sur le plancher.

— Je repense à Marc : il a dit quoi quand tu lui as expliqué que c'était pour ton roman que tu travaillais à *La Vie la Vraie* ?

— Je lui ai pas dit.

Il a écarquillé les yeux.

— T'es bête, pourquoi tu lui as rien dit ?

Je me suis levée.

— J'ai plus vraiment envie d'en parler. Et puis c'est ton oncle, c'est bizarre que je te parle de tout ça.

— Oh, ça suffit maintenant, avec mon âge.

J'ai marché à la cuisine et j'ai attrapé deux clémentines au-dessus du frigo. J'en ai lancé une à Julien.

— Je veux plus avoir à me justifier de tout. J'ai pas à m'excuser. Il se trouve que j'ai travaillé à *La Vie la Vraie* pour que mon roman soit publié. Soit. Mais si j'avais voulu y travailler juste parce j'aimais ça ? Si c'était le métier que je voulais ? Est-ce que ça aurait donné à Marc le droit de ne plus m'aimer ?

— T'aimes ça, travailler à *La Vie la Vraie* ?

— C'est pas la question.

— Ben si. Peut-être que c'est ça, au fond, la question.

J'ai soupiré.

— Je vais me faire couler un bain, j'ai dit en emportant ma clémentine.

J'étais déjà penchée au-dessus de la baignoire en train de régler la température du jet lorsque Julien a crié :

— Regarde dans l'entrée, au fait, y a du courrier pour toi.

J'ai enclenché la bonde de la baignoire, et je me suis enroulée dans une serviette. Julien coinçait le courrier près du compteur électrique, entre le mur et le tuyau d'eau chaude.

De la publicité. Un nouveau restaurant japonais qui distribuait son menu complet. Quand j'ai attrapé les feuillets, une enveloppe blanche a glissé. Elle dépassait suffisamment pour que je reconnaisse le logo : Flammarion.

— Julien, j'ai crié en courant à la cuisine, regarde ce qu'il y avait dans le courrier !

C'était une lettre en format A5, assez épaisse. Je l'ai montrée à Julien avant de commencer à l'ouvrir. J'avais le cœur qui battait fort.

— Si c'est une lettre, a dit Julien l'air grave, ça veut dire que c'est un refus ?

Je me suis immobilisée.

Comment avais-je pu ne jamais y penser ? Et si c'était un refus ? Le pouvoir de Joyce me paraissait tellement certain que je n'en avais pas envisagé la possibilité. Non... Ce n'était pas possible. Joyce était trop importante, on ne lui aurait pas refusé un manuscrit d'une simple lettre via la Poste. On l'aurait appelée personnellement. Elle m'en aurait parlé. Elle m'aurait prévenue. À moins qu'elle ne sache pas comment m'annoncer la nouvelle ?

Là, j'ai repensé à la proposition qu'elle m'avait faite de me confier plus de responsabilités dans l'écriture de *La Vie la Vraie*. Ça m'avait paru précipité, maintenant, je comprenais : elle avait voulu s'assurer de ma fidélité avant que je reçoive le refus de Flammarion – refus dont on l'avait déjà informée. Qu'est-ce que je m'étais imaginé ? Avais-je déjà reçu autre chose qu'un refus par courrier ?

J'ai resserré la serviette autour de ma poitrine. Je me suis assise. J'ai tendu la lettre à Julien.

— Tiens, ouvre-la, toi. Moi, je ne peux pas

— T'es sûre ?

Il a déchiré le bord de l'enveloppe ; au moment où il a commencé à en extraire le contenu, je la lui ai reprise des mains.

— Non, attends, c'est à moi de le faire.

D'un geste sec, j'ai terminé de déchirer l'enveloppe.

Elle contenait plusieurs feuilles. Elles étaient agrafées. C'était une différence par rapport aux autres lettres que j'avais reçues des éditeurs : leurs refus tenaient sur une seule page.

Je tenais les feuilles pliées en deux dans ma main. J'ai posé l'enveloppe vide sur la table. Et j'ai regardé Julien.

— Ça change rien d'attendre, a-t-il dit. Ouvre.

Alors j'ai ouvert.

— *Chère madame,* j'ai lu à haute voix en essayant de ne pas m'étrangler, *Joyce Verneuil m'a témoigné une grande confiance en me transmettant votre manuscrit intitulé* Au grenier. *Malheureusement, je serai éloigné de Paris dans les jours qui viennent. Je ne manquerai pas, cependant, de prendre contact avec vous dès mon retour, et me permets de vous faire parvenir dès aujourd'hui une proposition de contrat d'édition. Veuillez recevoir... etc.,* signé *Guillaume Chaumeil, éditeur. PS : Pour vous faciliter la lecture parfois fastidieuse du contrat ci-joint, je précise que la proposition est conforme en tout point à nos usages pour un premier roman : un tirage initial à trois mille exemplaires, et un pourcentage sur les ventes correspondant à huit pour cent du prix public hors-taxe.*

*

— Au petit déjeuner ?

— Je l'ai coupé avec du jus d'orange. C'est plus du champagne, c'est du mimosa.

Il a posé le plateau et il s'est assis au bord du lit. L'argument était suffisant. Le jour n'était pas ordinaire. Et l'attention de Julien était trop touchante pour refuser.

— T'as signé le contrat ?

J'ai fait non de la tête. Il est parti chercher un stylo et le contrat que j'avais laissé dans la cuisine.

— Après tout ce que t'as fait pour y arriver !

— J'avais rêvé ça autrement.

— Arrête de penser à Marc, ça va bien se terminer, j'en suis sûr. Laisse-lui deux jours.

— Pourquoi tout le monde considère que c'est à lui de me pardonner ? Et pas l'inverse ?

— Qui ça tout le monde ?

— C'est lui qui m'a trompée…

— Bon, tu signes ?

Il a étalé le contrat sur le plateau et m'a tendu le stylo. J'ai pris le stylo et je l'ai posé à distance sur la table de nuit.

— Tu boudes, a dit Julien, ou tu fais durer le plaisir ?

— J'accepte ce petit déjeuner au lit si tu le prends avec moi.

Il m'a embrassée sur le front.

— J'ai cours à 8 heures, je suis en retard. Tu me rapportes ton manuscrit ? Dès ce soir. Promis ?

— Pourquoi tu me l'as jamais demandé avant ?

— Pourquoi tu me l'as jamais proposé ?

— Là non plus je te l'ai pas proposé.

Il a boutonné son gilet.

— Maintenant, c'est différent. Ton roman a été repéré par Joyce Verneuil et adoubé par Flammarion. Succès populaire et critique garanti. Je veux lire en avant-première la sensation de la rentrée.

Il est allé chercher ses chaussures dans le couloir.

— On va se faire un bon petit week-end tous les deux, d'accord ?

— Pourquoi t'es gentil avec moi ?

— J'ai toujours été gentil avec toi.

Il a terminé de nouer ses lacets, enfilé son manteau, et il est parti en courant. Ses pas résonnaient dans la cage d'escalier.

J'ai attrapé le verre de mimosa, j'ai fait couler le jus, il a pétillé sur ma langue. Je n'avais envie de rien. Rester allongée toute la journée. Dormir aussi longtemps qu'il le faudrait. Quand je me réveillerais, Marc serait à côté de moi.

J'ai tendu la main vers la table de nuit pour attraper le stylo. J'ai appuyé sur le bouton pour enclencher le mécanisme et la mine est sortie. J'ai paraphé chaque page. Je me suis redressée pour ne pas rater ma signature au bas de la dernière.

Signé.

Je détestais Marc : cet instant aurait dû avoir le goût du bonheur, pas le goût de la revanche.

J'ai replié le contrat, et je me suis laissée retomber dans l'oreiller. Je m'accordais un quart d'heure pour savourer l'effet du champagne.

*

En passant les trois grandes paires de portes en verre au rez-de-chaussée d'Azur Productions, je n'ai rien ressenti de particulier. En fait, si : j'ai ressenti une grande confusion. J'étais incapable de dire si c'était le dernier jour d'une parenthèse, ou le premier jour de ma nouvelle vie.

Joyce n'était pas allée à Nice cette semaine car il y avait plus brûlant à Paris : Noémie devait rendre aujourd'hui l'arche incendie qu'on lui avait commandée en urgence. Il était même possible qu'on en reçoive deux : Françoise avait dit qu'elle tenait toujours ses promesses – et elle était suffisamment blessée dans son orgueil pour que je la croie. Il y aurait sans doute une réunion en nocturne avec Nicolas autour du texte de Noémie, qui serait réécrit durant le week-end avant de commencer à être transposé en épisodes aux ateliers de la semaine prochaine.

Je suis entrée dans son bureau sans frapper. Je me suis rendu compte en le faisant que c'était la première fois que je ne frappais pas.

Elle a levé la tête avec le regard de quelqu'un qui s'apprête à dire une vacherie, mais ce matin-là j'avais assez d'aplomb pour la devancer :

— Regarde, j'ai reçu mon contrat !

J'ai posé le contrat devant elle. Elle a retiré ses lunettes et m'a dévisagée. Puis elle a souri, immobile, en scrutant je ne sais quoi au fond de mes yeux.

— Je te remercie sincèrement pour ce que tu as fait pour moi, j'ai dit.

Elle a donné une petite tape sur la table, des deux mains, comme pour marquer la fin de l'intermède.

— Fort bien.

— Et sinon, je me demandais si tu avais gardé une copie de mon manuscrit...

Elle a regardé sa montre et constaté qu'elle était en retard. Elle a pivoté sur son fauteuil. Elle s'est baissée pour retirer ses Louboutin. Elle les a fourrés sans son sac à main et s'est penchée encore plus bas pour faire entrer ses pieds dans les baskets qui traînaient sous son bureau.

— Mon neveu aimerait lire le texte, j'ai expliqué, il est ravi pour moi, mais je n'ai que le texte chapitre par chapitre, j'ai supprimé le fichier global avec toute la mise en page parce que je m'étais promis ne pas imprimer de nouveau manuscrit au-delà des quinze premiers...

Joyce était en train d'enfiler son manteau.

—... Du coup, j'ai continué, ce serait plus simple pour moi si je pouvais juste faire une copie du manuscrit que tu avais, plutôt que de refaire toute la mise en pages et de l'imprimer, mais sinon, ne t'inquiète pas, je peux toujours...

— Je ne comprends rien à ce que tu racontes. Vois avec Mohamed, c'est lui qui s'est occupé d'envoyer ton manuscrit. Tu as signé ton contrat ?

— Je vais l'envoyer aujourd'hui.

— Passe quand même voir Guillaume chez Flammarion, c'est la moindre des choses.

Elle avait la main sur la poignée lorsqu'elle s'est retournée :

— Pendant que je te vois : il va falloir être particulièrement vigilant dans les jours qui viennent. Maintenant que l'arche incendie va arriver aux ateliers, il faut qu'on évite absolument tout risque de fuite. Je compte sur toi pour briefer les auteurs. Qu'ils ne disent rien à leur conjoint, rien à leurs enfants, rien à leurs plans cul. Bon, je suis un peu vulgaire, mais c'est pour marquer le coup. Répète-leur bien : secret absolu.

Elle a fait tomber ses lunettes dans son sac.

— C'est pour les comédiens, surtout, que j'ai peur. Si jamais tous ceux qui vont mourir l'apprennent avant qu'on tourne l'incendie, ils risquent de se mettre en grève. Je les connais, ils se ligueront, ils refuseront de tourner les derniers épisodes avant qu'on les tue, ce serait une catastrophe. Prépare bien les auteurs que tu convoques aux ateliers de la semaine prochaine. On entre dans une phase critique.

Elle a baissé la poignée, prête à quitter le bureau, lorsqu'elle s'est de nouveau retournée vers moi.

— Je vois Nicolas à midi. À mon retour, je pourrai te faire une proposition concrète pour ton avenir ici.

Elle a posé sa main sur mon épaule.

— Pardonne-moi pour ce délai. Et félicitations pour ton roman.

Elle a eu un sourire en coin, s'est penchée vers moi, et elle a chuchoté :

— Tu sais que chez Flammarion, ils n'ont pas lu ton texte. Oh, ils vont le lire, t'en fais pas, ne serait-ce que pour les coquilles...

Elle m'a fait un clin d'œil avant de partir.

— Quand je te disais que Guillaume ne pouvait rien me refuser.

Mon ordinateur était en train de se mettre en route.

— Joyce m'a dit que c'est toi qui as envoyé mon manuscrit chez Flammarion ? Ce serait super si tu en avais gardé une copie...

— Comme si je pouvais prendre le risque d'envoyer un document sans en garder une copie ?

Il m'a envoyé un sourire ironique.

— Même si c'est un document à toi. Félicitations au fait. Tu vas être romancière alors.

Mohamed a ouvert le placard juste derrière lui.

— Ça y est, ton sacerdoce parmi les ringards de la télé est terminé ?

— Sacerdoce ? Où t'as appris ce mot ?

— Je te promets, a-t-il dit en déposant le manuscrit devant moi, c'est pas en lisant ton roman.

Pour la première fois, j'ai pensé que Mohammed allait me manquer si je choisissais de partir.

— Fais gaffe, j'ai dit, il se pourrait que je reste plus longtemps que prévu.

J'ai réussi à provoquer dans ses yeux une forme de surprise, voire d'intérêt.

— Mon copain m'a larguée, j'ai dit.

— Je suis désolé.

Il avait l'air sincère.

— Mais tu vas quand même changer de poste, non ?

Ça m'a fait sourire.

— T'inquiète pas, je vais te la laisser, ma place.

Il a fixé l'écran de son ordinateur et s'est mis à pianoter.

— C'est vraiment pas du tout pour ça que je disais ça.

J'ai passé la main sur la couverture en plastique transparent. Mohamed avait gardé l'original et envoyé une copie. Je me souvenais de la petite boutique près du campus à Bordeaux où on avait le choix entre une couverture plastifiée et une couverture cartonnée. Le plastique coûtait plus cher, mais c'était marginal dans le coût des 250 pages à reproduire quinze fois. Je n'avais pas revu mon manuscrit depuis plus de six mois. La quinzième copie. Ma dernière chance. Celle que Joyce avait lue. Puis qui s'était dédoublée, et qui avait atterri chez Flammarion.

Je me suis assise. J'ai regardé les gens aux terrasses des cafés en bas.

J'ai feuilleté machinalement le manuscrit, je suis tombée sur des phrases que je ne me rappelais plus avoir écrites, d'autres – je m'en souvenais comme si c'était hier – que j'avais passé des heures à défaire et à reconstruire avant de trouver la formulation et le rythme qui me plaisaient.

Je me souvenais de ce soir-là : Marc dormait déjà, c'était le jour où j'avais vu Joyce pour la première fois ; sans faire de bruit ni allumer la lumière, j'avais sorti le manuscrit de sous le bureau. J'entendais le souffle de Marc à côté. J'étais descendue dans la cuisine et j'avais écrit une lettre à Joyce Verneuil. J'avais glissé le manuscrit dans une grande enveloppe, puis l'enveloppe dans mon sac, avant de remonter me faufiler sous les draps tandis que Marc dormait toujours. À présent, je pouvais reconstituer ce qui avait suivi : Mohamed avait réceptionné mon courrier, il l'avait transmis à Joyce, elle avait eu un moment de faiblesse, elle avait lu la première page. Elle n'avait pas trouvé ça nul. Elle avait poussé plus loin. Elle y avait vu quelque chose ; quoi exactement – je ne savais pas. Assez en tout cas pour qu'elle me fasse déménager à Paris, qu'elle investisse du temps sur moi et qu'elle me forme à l'écriture de sa série.

Tant pis si Guillaume Chaumeil, chez Flammarion, n'avait pas lu mon roman. Il faisait confiance à Joyce. Moi aussi. Si elle avait aimé mon roman, il allait plaire aux gens.

— C'est rare, j'ai remarqué à haute voix, que Joyce ne fasse aucune annotation.

J'ai parcouru les pages en regardant les marges.

— C'est toi qui as tout gommé avant de faire la copie ?

Mohamed m'a regardée en plissant les yeux. Il ne comprenait pas ma question.

— Est-ce que, j'ai articulé, avant de copier le manuscrit, tu as effacé les remarques que Joyce a écrites au crayon dans la marge ?

Mohamed a penché la tête sur le côté d'un air méfiant.

— Non.

— Non quoi ?

— Non… je n'ai rien effacé.

Je me suis précipitée vers la fenêtre. Du balcon, j'ai vu Joyce qui attendait son taxi sur le trottoir. J'ai couru vers la porte. Mohamed m'a barré le chemin.

— Attends, Sophie, Joyce va me tuer si elle apprend que je te l'ai dit.

— Tu ne m'as rien dit.

J'ai réussi à ouvrir la porte mais il s'est accroché aux montants pour m'empêcher de passer.

— Je savais pas que tu savais pas.

— Que je savais pas quoi ?

Je me retenais pour ne pas crier.

— Tu lui dis rien, tu promets ?

Il a cédé. J'ai traversé l'open-space en courant. L'ascenseur n'était pas à l'étage, j'ai pris les escaliers. Plusieurs fois, j'ai failli me tordre la cheville en sautant les quatre dernières marches avant le palier. Mais à chaque étage, je recommençais. Je courais après Joyce, je n'avais rien à lui dire, j'avais juste envie de la cogner.

Elle n'avait jamais lu mon roman.

J'ai traversé le hall. À travers les portes coulissantes, je l'ai vue, elle était en train de monter dans un taxi. J'allais trop vite pour le détecteur de mouvement, j'ai failli rentrer dans la porte. Les portes se sont écartées, j'ai repris mon élan, mais je suis arrivée trop tard, le taxi avait démarré.

21

— Quelle salope…

— Viens, a dit Julien, on va pas rester dans le froid.

On a marché jusqu'au café à l'angle de la rue.

— Ça s'appelle Le Basile, c'est ici que les étudiants de Sciences-Po viennent déjeuner. Enfin, ceux qui ont les moyens de se payer plus qu'un sandwich.

La salle était bruyante. Les jeunes autour de moi étaient beaux et bien habillés, sérieux avec une touche décalée – une vieille broche, des lunettes rétro, un t-shirt Obama. Certains parlaient en anglais, un couple parlait en chinois. Ils faisaient de grands gestes et ils riaient fort. Ils étaient exactement à l'endroit où ils voulaient être et ils avaient la vie devant eux.

— Je déteste ces gens.

— Qui ?

— Eux. Tous. Tous ces gens qui réussissent tout sans effort.

— Qu'est-ce que t'en sais, a dit Julien, qu'ils font pas d'efforts ?

— Ils ont l'air de faire des efforts ?

Deux tables plus loin, un jeune homme en jean slim a agité sa main en l'air en criant d'une drôle de voix : « La main invisible ! Arg ! La main invisible ! » Toute la table a éclaté de rire. Julien aussi, ça l'a fait rire. J'ai souri pour faire semblant d'avoir compris.

Julien a fait signe au serveur.

— Tu crois, j'ai dit, que je pourrais passer pour une étudiante de Sciences-Po ?

— Y a des programmes avec des doctorants de plus de trente ans.

J'étais trop lasse pour répondre. On a commandé deux brandades de morue.

— Mais ton roman, a dit Julien, il sera toujours publié, hein, ça change rien ?

— Ce qui change, c'est que Flammarion va publier un roman que personne n'a lu. Direct en librairie.

— C'est ce que tu voulais, non ?

— Elle m'avait dit qu'elle avait lu mon livre et que j'avais du talent.

J'ai bu une gorgée d'eau. J'avais besoin de le dire à voix haute :

— Alors que j'ai peut-être écrit de la merde.

— Mais non…

— Je l'ai pas relu depuis plus d'un an. J'ai trop peur, j'en serais incapable.

Julien a fait un signe de la main à plusieurs personnes qui marchaient sur le trottoir de l'autre côté de la vitre.

— Mais Joyce, si elle t'a embauchée, elle avait bien une raison…

— Depuis le début, elle s'en fout complètement, de moi. Qui je suis, ce que je veux dans la vie ? Y a pas un gramme d'altruisme dans cette femme. Elle m'a vue débarquer, elle avait besoin d'une coordinatrice, j'étais pile ce qu'il fallait : débrouillarde mais obéissante, travailleuse mais docile. Surtout, elle savait exactement comment m'appâter et me tenir en laisse : en échange de la publication de mon roman, elle pouvait faire tous ses caprices, et moi je fermais ma gueule.

— Je te comprends plus, Sophie. C'est pas nouveau pourtant. Et puis t'as pas fait tout ça pour elle, tu l'as fait pour ton roman. Et maintenant que t'as ce que tu voulais...

— J'ai pas ce que je voulais, OK ?

Malgré moi, j'avais haussé la voix.

— Je voulais que Marc m'aime, je voulais terminer ma thèse avec les honneurs, je voulais qu'elle soit publiée, qu'on m'attribue un poste de maître de conférences. C'est ça que je voulais. Mon roman, ça devait être le bonus. Raté : c'est le coup de grâce. Je vais publier un roman minable que personne ne va lire, sauf Marc et ma famille, et tous les futurs directeurs de thèse potentiels qui ne voudront jamais plus m'approcher tellement je me serai ridiculisée.

— Personne te force à le publier. T'as renvoyé ton contrat ?

— Merde, quoi, après tout ce que j'ai fait ! J'ai tout sacrifié. Comment elle a pu me faire ça ? Je lui faisais confiance.

— Tu vas démissionner ?

J'ai fermé les yeux de rage à l'idée de devoir continuer à obéir aux ordres de Joyce.

— J'ai plus d'allocation de thèse. Marc ne veut plus de moi à Bordeaux. J'ai plus rien. Je peux pas démissionner.

Le serveur nous a apporté les deux plats et a déposé le sel et le poivre entre nous deux.

— En fait, Sophie, je te comprends pas. Joyce a tenu sa promesse. Elle t'a obtenu un contrat.

Il a avalé une première bouchée de brandade.

— J'espérais, j'ai dit, que tu me soutiendrais un peu plus...

Il a cogné sa fourchette contre l'assiette.

— Tu veux savoir ce que je pense vraiment ou juste que je te dise ce que t'as envie d'entendre ?

Je n'ai pas répondu.

— Mon avis, c'est que tu te plains d'avoir obtenu exactement ce que tu voulais.

— C'est pas ce que je voulais.

— Tu voulais que ton roman soit publié. T'as pris des risques pour ça. Aujourd'hui, t'as un contrat d'édition et un job qui paie bien. Il y a des tonnes de gens qui aimeraient être à ta place. Je voudrais pas faire le coup du petit orphelin qui vient de passer à côté de la seule vraie histoire d'amour de sa vie...

— T'as dix-huit ans, Julien...

— Désolé, mais aujourd'hui, tes problèmes, Sophie, je suis pas vraiment d'humeur à les entendre.

J'ai coincé trente euros sous la carafe et je suis partie.

Tu me manques.

J'ai sélectionné Marc dans mes contacts et j'ai appuyé sur *envoyer*.

Les portes de l'ascenseur se sont ouvertes. J'ai glissé mon portable dans mon sac. J'ai posé mon badge sur le boîtier noir pour enclencher l'ouverture de la porte. À l'autre bout de l'open-space, Mohamed sortait du bureau de Joyce. Il avait mon manuscrit à la main.

J'ai respiré un grand coup et j'ai foncé. Joyce s'est retournée. Elle s'appliquait du rouge à lèvres en tenant un petit miroir en nacre devant son visage.

— Ah, Sophie, Mohamed vient de me parler de ce malentendu à propos de ton roman.

— C'est plus qu'un malentendu, j'ai dit en essayant de tenir ma promesse de rester calme. Je pensais que tu avais lu et aimé mon livre avant de le recommander.

— Sophie... Tu vois bien comment on travaille. Je l'ai feuilleté, bien sûr, mais le lire d'un bout à l'autre, comment j'aurais trouvé le temps ?

Elle a fermé son miroir et resserré l'écharpe en soie qu'elle portait autour du cou. Sa voix était assurée.

Son sourire avait presque sa neutralité habituelle. Par deux fois, pourtant, j'ai perçu une légère crispation sur sa lèvre inférieure. J'étais maintenant suffisamment entraînée pour y lire un signe de culpabilité.

— Je comptais sur toi, j'ai dit. Je risque de perdre beaucoup si mon roman est publié alors qu'il est mauvais.

Je restais debout devant elle. J'avais les genoux qui tremblaient. Je bouillais de déverser ce que j'avais sur le cœur. Mais il y avait la peur de perdre mon job, la seule chose qui me restait. Aujourd'hui, je n'avais plus le luxe de me passer de *La Vie la Vraie*.

Elle s'est assise dans son fauteuil.

— Fais-toi confiance, a-t-elle dit. Et je vais te dire, pas de pression : bon ou mauvais, personne ne lira ton roman. L'histoire d'un homme dont le père est mort, tu m'avais dit, qui s'enferme dans le grenier de son père, et qui se promet de ne pas redescendre avant d'en avoir mémorisé tous les objets ?

J'ai hoché la tête. Elle a haussé les épaules :

— Qui voudrait d'une histoire pareille ?

Elle a souri, les yeux pleins de compassion...

— Tu vois que je m'en souviens... a-t-elle repris. Le plus dur, dans l'édition, c'est de percer. T'en fais pas pour ta réputation. Pense au prochain roman. Celui que tu pourras écrire en sachant que désormais les maisons d'édition te recevront.

— Mes collègues à l'université, et mes proches, ils le liront.

— Tu vis pour toi ou pour les autres ?

Il y a eu un silence. Il y avait quelque chose que je voulais dire mais ça ne sortait pas. Je me suis lancée à l'instant où j'ai senti que Joyce prenait son inspiration pour parler. J'ai été plus rapide qu'elle.

— Depuis ce matin, Joyce, j'arrive pas à me sortir de la tête que tu m'as un peu utilisée...

Elle a eu un drôle de regard – presque de la curiosité. Elle était intriguée par ce qui était en train de se passer.

— Et toi, tu ne m'as pas utilisée ?

—... et que tu m'as manipulée.

Elle a posé les deux coudes sur le bureau. Elle s'est penchée en avant. Son visage s'est durci.

— Écoute-moi, Sophie, avant de dire des choses irrémédiables. J'excuse ta colère aujourd'hui. Mais si tu veux continuer de travailler avec moi, il va très vite falloir que tu tournes la page.

J'ai serré les dents.

— J'ai vu Nicolas à midi, j'ai une proposition à te faire. Mais je ne veux pas perdre mon temps si tu n'es pas disposée à l'entendre.

Le silence a duré. L'air du bureau s'est épaissi. Elle a planté ses yeux dans les miens.

— Alors, Sophie, ai-je raison de te garder auprès de moi ?

Je n'avais qu'elle. Elle était tout ce qui me restait. Je n'avais pas d'autre choix que de lui offrir ma docilité. J'ai acquiescé.

Un sourire a transparu dans le fond de son regard.

— Tu verras, c'est une très belle proposition. Je serais étonnée qu'après ça tu doutes encore de ma confiance en ton talent.

Elle a appuyé sur son téléphone. « Oui, Joyce ? » a répondu Mohamed dans le haut-parleur ; elle lui a demandé une tasse de thé vert, Sencha Ariake. Elle s'est redressée, elle a passé sa main dans ses cheveux, elle m'a souri, il ne restait rien de la conversation que nous venions d'avoir.

— J'aimerais que tu deviennes responsable des intrigues C.

Elle a dû lire sur mon visage que je ne voyais pas de quoi elle parlait.

— C'est un poste qu'on voudrait créer. Les auteurs des ateliers séquenciers sont débordés. Tu le sais aussi bien que moi, ils passent toute la semaine sur les rebondissements des intrigues A et B. Et les C passent toujours en dernier. Ce ne sont pas les plus palpitantes, mais ce sont elles qui font l'âme de la série. Ce sont elles qui créent la proximité avec les personnages. Tu connais bien *La Vie la Vraie*, tu as de l'humour, je crois. Je te fais confiance pour inventer nos petites situations de comédie du quotidien. Nicolas sera là pour t'aider. Mais attention, pas de chronique, que des histoires. Et il ne s'agit pas d'écrire les dialogues : tes histoires seront intégrées dans les séquenciers qui seront évidemment envoyés comme d'habitude à l'équipe des dialoguistes.

— Je ne serais plus coordinatrice ?

— Tu plaisantes ? Tu auras trois à quatre scènes à inventer chaque jour, pour tous les épisodes. Quinze à vingt scènes par semaine. C'est un épisode entier, autant que pour n'importe quel autre auteur de la série. C'est un job à plein temps.

Je travaillerais du lundi au mercredi dans l'appartement de la rue Jean-Jacques-Rousseau, le reste de la semaine chez moi. Sauf une fois par semaine pendant la réunion de lancement des nouveaux séquenciers, Joyce et moi ne nous croiserions plus : l'argument était écrasant.

— Tu ne serais plus salariée, non plus. Tu serais payée comme un auteur. Il faudra d'ailleurs qu'on s'occupe de te trouver un agent.

Trop d'informations en une journée – je n'étais plus capable d'absorber. J'essayais de mémoriser tout ce qu'elle me disait, je réfléchirais plus tard.

— Bon, après, Sophie, tu dois accepter le fait que tu es un jeune auteur. Roman ou pas, je ne peux pas te payer autant que nos auteurs confirmés. Ils ne le comprendraient pas. D'autant que c'est une création de poste, donc un poids en plus sur le budget.

Elle s'est redressée, les avant-bras sur le bureau, les mains jointes, comme un banquier.

— Je te propose un contrat de deux cent cinquante euros par épisode. Soit mille deux cent cinquante euros par semaine. Disons en moyenne cinq mille euros par mois. Je ne sais pas si tu as eu la curiosité de te renseigner, mais la SACD verse une rémunération supplémentaire aux auteurs au moment de la diffusion. Grosso modo, ça double l'argent que tu perçois. Soit, dans ton cas, en vitesse de croisière, un revenu global d'une dizaine de milliers d'euros par mois.

Elle a eu beau préciser ensuite que la somme était brute, que les auteurs n'avaient pas d'allocation chômage, qu'ils devaient constituer leur propre retraite, que je ne percevrais pas d'argent quand je serais en vacances, mon esprit est resté bloqué sur ce chiffre que je n'aurais jamais imaginé : dix mille euros par mois.

— Je peux te demander de me donner une réponse avant la fin de la journée ? Tu commencerais mardi à l'atelier.

— Je peux te répondre tout de suite.

La proposition était tentante. Elle m'imposait de changer de vie. Il fallait abandonner tout ce que j'étais avant, recommencer à zéro, une nouvelle identité, tout laisser derrière moi sans le temps d'y revenir une dernière fois. Je devais embarquer sur-le-champ, sans au revoir, ni bagages, sur un navire qui ne reviendrait peut-être pas. Et si, par hasard, il revenait, l'expérience m'aurait transformée. Je serais une autre désormais. J'en avais la tête qui tournait.

— C'est oui.

*

Dans une boutique de vêtements chic, la vendeuse s'adresse à une cliente.

— Je peux vous aider?

— Je cherche un petit quelque chose très simple pour commencer une nouvelle vie.

La sonnerie de l'interphone m'a traversée comme une décharge électrique. Il a fallu plusieurs secondes pour que je rassemble mes pensées. Je m'étais endormie sur le canapé. Je n'avais pas dîné. Julien n'était pas là. On était dimanche. Je n'avais pas quitté l'appartement depuis vendredi soir.

Je me suis redressée. La sonnerie a retenti de nouveau. J'ai espéré que ce soit Marc.

Ça n'avait aucun sens : à cette heure-ci, Marc était en voiture, avec Annie, il rentrait de chez nos amis à Montpellier, il approchait de Bordeaux, il avait mis *Le Masque et la Plume* sur France Inter. Au moment d'ouvrir, je me suis dit que ça devait être Julien – il était sorti sans ses clés...

— Xavier ?

Il avait le visage bronzé et les lèvres gercées.

— Je peux entrer ?

J'avais le cerveau qui fonctionnait au ralenti, j'ai mis du temps à comprendre la situation et à m'écarter pour le laisser entrer.

— C'est pas le bon moment peut-être ? Je suis désolé, je sais que j'aurais dû appeler mais...

— Entrez, entrez, je vous en prie.

À la cuisine, je nous ai préparé du thé rouge.

Puis on s'est retrouvés dans le salon, debout, une tasse dans une main, l'autre bras ballant.

— Julien n'est pas là, j'ai dit pour confirmer l'évidence. Il avait un exposé à préparer avec des étudiants de sa classe. Je ne l'ai presque pas vu du week-end.

Xavier était un grand type, carré, qui prenait de la place. Il avait une barbe de plusieurs jours et la marque des lunettes de ski qui faisait ressortir le vert de ses yeux. Il portait un gros pull camionneur.

— Vous n'avez pas chaud ?

Il a souri en tirant sur son pull.

— Ah, ça... Je suis venu directement. J'ai encore mes bagages dans la voiture. On peut se tutoyer, non ?

— Pourquoi tu n'as pas appelé Julien sur son portable ?

— Je peux m'asseoir ?

J'ai retiré la feuille sur laquelle j'avais dessiné un post pour mon blog (il allait falloir que j'achète un scanner à Paris) et je lui ai proposé le canapé. Il m'a laissé la place, il s'est assis sur le plancher. J'ai pensé à mon nouveau salaire et je me suis promis d'acheter un fauteuil hors de prix avant la fin du mois. Et s'il ne s'accordait pas avec le vieux canapé difforme, je changerais aussi le canapé.

— Il répond pas à mes appels. Il voulait réfléchir, mais il a eu le temps maintenant, je ne comprends pas.

— Peut-être qu'il n'a pas vraiment eu le temps...

— Il t'a parlé de moi ?

Ce grand type qui avait l'âge de Marc attendait que je prononce une phrase, un mot, qui lui redonnerait l'espoir de retrouver Julien.

— Écoute, Xavier, tout ce que je peux te dire, malheureusement, c'est que Julien assume sa décision, je crois. On n'en a parlé qu'une fois, il n'est pas très à l'aise sur le sujet, mais il ne m'a pas donné l'impression de regretter.

— Il a dit quoi ?

Il était assis en tailleur. Il tenait sa tasse des deux mains pour en sentir la chaleur. Il parlait sans masque. Pourtant, il ne me connaissait pas. Il avait dans le regard cette perte de pudeur qui m'a fait comprendre que Julien avait raison : Xavier l'aimait vraiment.

— Ben, je sais pas… j'ai réfléchi à voix haute sans savoir si j'avais intérêt à dire la vérité. Il m'a dit ce que tu dois savoir déjà : que vous avez une vraie différence d'âge, que tu cherches un engagement, et qu'il est trop jeune pour s'engager.

— Et t'étais d'accord avec lui ? Tu lui as dit quoi ?

— Il m'avait l'air d'avoir réfléchi… Parfois, il faut savoir accepter que certaines choses sont impossibles. Il vaut mieux se résigner dès le départ, et pas perdre des années à faire tenir quelque chose qui est condamné à s'écrouler…

Xavier a posé sa tasse sur le plancher. Machinalement, il l'a fait glisser, lentement, le regard vague, jusqu'à ce que son bras ne puisse pas la pousser plus loin.

— C'est vrai, j'ai continué, c'est pas parce qu'on aime quelqu'un qu'on peut nécessairement faire sa vie avec. Aimer, ça ne suffit pas.

Il m'a envoyé un sourire désabusé.

— Les filles, c'est plus ce que c'était… Et le romantisme alors ?

Il s'est levé, il a remis son manteau, il m'a tendu la main.

— Tu lui diras quand même que je suis passé ?

J'ai fermé la porte et j'ai vu sur mon iPhone qu'un message m'attendait. C'était Oscar. *Bravo pour ta promotion, Joyce m'a raconté. Fêtons ça ! Un dîner ?*

Je me suis laissée tomber dans le canapé.

Puis, en un coup d'œil sur mon ordi, que j'avais laissé allumé sur le canapé, j'ai vu que je venais de rater Annie. Elle venait forcément de se connecter, car son statut avait changé. Quelques secondes plus tôt, il disait : *À Montpellier avec papa*. Maintenant on lisait : *Demain le grand jour*. Elle avait dû se dépêcher de faire le changement avant d'aller se coucher. Il était 21 heures passées, connaissant Marc, il n'y avait aucune chance pour qu'il la laisse se reconnecter. J'ai eu un pincement au cœur en réalisant qu'Annie parlait d'un « grand jour » et que je ne savais même pas de quoi il s'agissait. J'ai envoyé un SMS à Marc pour me plaindre de son attitude, il n'avait pas le droit de me priver de contact avec Annie, c'était dégueulasse. Il m'a répondu immédiatement : *Elle dormait dans la voiture, elle s'est tout de suite couchée.* Rien d'autre. Malgré tous mes messages, c'était les seuls mots qu'il avait daigné m'adresser depuis qu'on s'était séparés à la gare. J'ai jeté mon iPhone à l'autre bout du canapé. Je devais apprendre à penser à lui au passé.

J'étais toujours sur le canapé quand l'iPhone, de nouveau, a vibré. Oscar encore ? Je n'avais envie de rien – ni de rester debout, ni d'aller me coucher. Je me forçais à visualiser ma nouvelle vie. J'étais parisienne. J'allais rencontrer du monde. Je ne serais pas vraiment seule, il y aurait Julien. Si je m'organisais bien, en plus de *La Vie la Vraie*, j'aurais du temps pour écrire un nouveau roman. À partir du moment où je quittais Marc et la fac, je quittais aussi toutes les raisons pour lesquelles j'avais peur de publier un mauvais roman. Joyce savait de quoi elle parlait, le plus important était le premier pas. Après la publication de *Au grenier* chez Flammarion, les éditeurs me recevraient. La pompe serait amorcée. Avec *La Vie la Vraie*, je serais à l'abri du besoin et j'allais pouvoir initier de nouveaux projets. Julien avait raison : beaucoup d'aspirants auteurs donneraient gros pour être dans ma situation.

L'iPhone a vibré deux fois puis s'est calmé. C'était soit un mail soit un SMS.

Pourvu que ce soit Marc. Il se sentait coupable. Il faisait enfin un pas vers moi.

J'ai appuyé sur l'écran pour faire apparaître le message.

C'était un mail de Françoise. Il ne m'était pas adressé, j'étais juste en copie :

Chère Joyce,

Personne ne meurt dans cette arche incendie.
Bonne réception,

Françoise.

PS : j'imagine que Noémie a déjà remis son arche. Les ateliers ne commençant l'arche incendie que mardi, j'estime toutefois avoir travaillé dans les temps.

Comment Françoise avait-elle appris que Joyce avait commandé une arche incendie de secours à Noémie ? Noémie qui n'avait d'ailleurs toujours pas rendu son arche… Joyce m'avait laissé un message la veille pour me convoquer à une réunion arche incendie avec Nicolas : Noémie avait promis, sans dédit possible cette fois, que nous aurions son texte lundi matin à huit heures. Nous aurions quelques heures pour la commenter, et Nicolas moins de vingt-quatre heures pour l'améliorer avant le début de l'atelier. Ce serait ma dernière réunion en temps que coordinatrice.

Je me suis levée pour attraper mon ordinateur. Je me suis rassise aussitôt dans le creux resté chaud près de l'accoudoir et j'ai relevé l'écran. Je me suis connectée à ma messagerie pour afficher le texte de Françoise en pleine page. Si personne ne mourait dans son arche, alors il n'y avait aucune chance qu'elle soit retenue – ce n'était pas les consignes qu'Oscar nous avait imposées. Mais Joyce s'attendrait forcément à ce qu'on l'ait parcourue et qu'on ait un avis. Après tout, il y avait peut-être des choses à prendre.

J'étais surtout curieuse de découvrir ce qu'elle avait fait.

Depuis les malversations commises par un soi-disant ami au sein de l'association qu'elle avait fondée pour lutter contre l'analphabétisme, Soraya, l'héroïne de cette arche, était dans une situation financière plus que délicate. Sa rencontre avec un jeune Algérien clandestin allait bouleverser sa vie.

Un jour, une cousine à elle, qui vivait toujours dans un petit village en Algérie, la contacte pour lui demander de venir en aide à Zouheir, un jeune homme de dix-neuf ans. Zouheir a cru pouvoir déclarer son amour à un autre jeune homme du village. Mais ce dernier, vexé d'avoir été pris pour ce qu'il n'était pas, a immédiatement dénoncé Zouheir à tout le village. Zouheir, depuis, est persécuté par ses voisins et rejeté par sa famille. Il n'ose plus sortir dans la rue et craint pour sa vie. Touchée par la détresse de Zouheir, avec qui elle s'est mise à échanger plusieurs lettres, Soraya décide d'entreprendre des démarches pour lui obtenir un visa français. Après plusieurs revers, Soraya se résout, avec la détermination qu'on lui connaît, à tenter le tout pour le tout : elle déclare aux autorités que Zouheir est son fils. Ça marche. La situation se débloque enfin : il obtient des papiers français au titre du regroupement familial. Un faux passeport (Zouheir aura officiellement quinze ans), un visa, un billet d'avion... Zouheir arrive en France.

Il habite désormais à Nice dans le F2 de Soraya. Un lien d'affection indéfectible est né entre Zouheir et Soraya. Zouheir entreprend des études pour devenir électricien et s'intègre parfaitement à Nice. Il se tisse très vite tout un réseau d'amis…

Tout bascule le jour où Zouheir rencontre Clément. (Clément, trente-six ans, cadre dans une banque, personnage récurrent de la série depuis plus de trois ans et menacé comme Soraya de périr dans l'incendie programmé, faute d'atteindre le quotient de popularité dicté par Oscar Catelano.) Soraya, qui a compris que Zouheir est un ancien enfant battu, regarde avec beaucoup de méfiance cette nouvelle relation. Zouheir se cherche un père, se dit-elle, il cherche le père protecteur qu'il n'a jamais eu. Par des mots prudents et choisis, elle essaie de faire comprendre à Zouheir que, avec quinze ans de différence d'âge, sa relation avec Clément est sans doute malsaine et destructrice. Certains faits, d'ailleurs, ne lui donnent pas tort : Zouheir, qui n'a jamais été aimé, ne sait pas aimer en retour. Et son amour pour Clément, aussi profond soit-il en vérité, est un amour tourmenté, parfois même violent…

Croyant bien faire, Soraya encourage alors Léa (elle aussi menacée par l'incendie) à se rapprocher de Zouheir. Léa a rencontré Zouheir à l'anniversaire de Soraya, elle a tout de suite été sous le charme. Accordant une confiance infinie aux paroles de sa bienfaitrice, Zouheir accepte les avances de Léa. Et si Léa était la bonne étoile de Zouheir ? Un cœur sincère qui le révélera enfin à sa véritable nature ? Zouheir quitte Clément et décide de se donner une chance avec Léa.

On pense alors, Zouheir le premier, qu'il a enfin trouvé la paix et l'équilibre. Soraya est heureuse pour lui. Toutefois, elle ne peut s'empêcher de remarquer que Zouheir a perdu un peu de la joie et de la spontanéité qui l'animaient auparavant. Elle le trouve de plus en plus éteint, étrangement mélancolique – incapable en somme d'oublier Clément.

C'est alors que les choses se précipitent : le père de Léa, gravement malade, pousse sa fille à se marier le plus rapidement possible. Et Léa, qui aime son père plus que tout, convainc Zouheir de l'épouser au plus vite – c'est une question de jours, tant que son père garde encore quelques dernières forces pour l'accompagner jusqu'à l'autel de la cathédrale de la Major. Du même coup, le destin s'accélère aussi pour Soraya : le père de Léa lui promet d'effacer ses dettes et de rembourser le prêt qu'elle a contracté pour son F2 – et qu'elle a les plus grandes peines à rembourser depuis qu'elle doit subvenir aux besoins de Zouheir. Tout irait donc pour le mieux, si ce n'était cet étrange pincement dans le cœur de Soraya. Son cœur se serre chaque fois qu'elle voit Zouheir croiser Clément : dans leurs regards faussement légers, il y a quelque chose de déchirant.

Vient le jour du mariage. Clément arrive en retard. Il est presque aussi beau que Zouheir dans son costume de marié. Il s'assoit au dernier rang. Dans ses yeux, il y a la même tristesse que celle que Soraya a appris à lire derrière les sourires de Zouheir. Lorsqu'elle le voit seul au fond de l'église, elle est bouleversée.

Alors, soudain, sans plus réfléchir, quelques secondes avant que le sort ne soit scellé, Soraya se lève. Elle se lève, en pleine cathédrale, juste au moment où les grandes portes s'ouvrent et que Léa, ravissante dans la robe de mariée, apparaît au bras de son père. Consciente de la gravité de son geste et de la souffrance qu'elle s'apprête à infliger à tout le monde, à la famille, à Léa, à son père, Soraya court pourtant jusqu'à Zouheir. Le bruit de ses talons résonne dans l'église et rompt le silence solennel de l'assemblée. Elle arrive à l'autel, elle attrape Zouheir par la main, elle tente de l'éloigner du prêtre. Zouheir proteste, résiste, traite Soraya de folle. Jusqu'à ce qu'il croise le regard de Clément au dernier rang. Alors Zouheir cesse de se débattre, il s'abandonne à la détermination de Soraya. Elle l'entraîne jusqu'à une porte dérobée et le fait sortir de l'église.

Sur la promenade des Anglais, la Méditerranée à perte de vue, à leurs pieds, Soraya demande pardon à Zouheir. Tout est de sa faute, c'est elle qui l'a poussé vers Léa. Elle n'aurait jamais dû, c'était un mariage pour de mauvaises raisons. Zouheir hoche la tête, l'air grave, les joues humides – mais ses yeux brillent d'une lueur retrouvée. Soraya caresse la joue de Zouheir. C'est Clément qu'il aime, tant pis si la route sera plus longue, plus incertaine, plus compliquée. Il ne peut espérer parvenir au bonheur que s'il écoute ce que lui dit son cœur. « Et tes dettes, et ton appartement ? » demande Zouheir à Soraya qui, par son geste, était en train de tout perdre une nouvelle fois. « Tu ne crois pas que ta vie vaut plus que tout ça ? répond Soraya qui tient toujours la main de Zouheir dans la sienne. Clément peut être ton père, ton sauveur, ton amant, ton mari, du moment qu'il te rend heureux, et pour aussi longtemps qu'il soignera tes blessures et donnera un sens à ta vie. J'ai voulu te transformer en ce que tu n'étais pas, à force de vouloir oublier ton passé et nier les malheurs qui font partie de toi. Pardonne-moi. »

(Et en effet, indiquait Françoise dans un dernier paragraphe, le chemin serait encore long et tortueux pour Zouheir et Clément : le père de Léa, plein de rancœur à l'article de la mort, démasquerait leur relation et accuserait Clément de détournement de mineur – Zouheir a dix-neuf ans, mais le faux passeport que Soraya lui a obtenu pour justifier le regroupement familial indique en revanche qu'il n'a que quinze ans. Le dilemme qui va s'imposer à eux sera terrible : soit Clément risque la prison pour détournement de mineur, soit Zouheir doit révéler sa véritable identité d'immigré clandestin, subir une procédure d'expulsion du territoire et retrouver l'enfer de son village. La prison pour Clément, ou l'exil pour Zouheir : dans un cas comme dans l'autre, leur amour semble condamné…)

J'avais les larmes aux yeux en terminant la vingtaine de pages qu'avait rédigées Françoise.

Ses phrases étaient pleines de clichés, de fragments de répliques larmoyantes et d'expressions toutes faites. Mais j'étais habituée au style de Françoise, je savais qu'elle utilisait les lieux communs pour exprimer rapidement des émotions que tout le monde autour de la table comprendrait. Elle écrivait un condensé dramatique et, en la lisant, je voyais les images et les scènes derrière les mots, les épisodes se jouaient devant moi, je visualisais les personnages que je connaissais par cœur, et ressentais l'intensité de ce qu'elle leur donnait à vivre.

Mon émotion était d'autant plus forte qu'ils ne vivraient jamais cette histoire – qui avait été écrite pour eux, qui leur allait parfaitement, qui était la leur mais qui ne serait jamais tournée.

Évidemment, je pleurais aussi de découvrir ce que Françoise avait fait de ce que je lui avais confié. Elle avait mis de moi dans Soraya, de Julien dans Zouheir, et de Xavier dans Clément. Elle avait transposé nos bouts de vie en drame romanesque, avec une telle sincérité qu'il était impossible de lui en vouloir. Au contraire, elle avait respecté les dilemmes sans jugement. Les rebondissements, nécessaires à l'écriture d'un feuilleton quotidien, étaient parfois exagérés, mais les sentiments de ses personnages ne perdaient jamais la complexité et les nuances de la réalité.

À travers cette dernière arche, il y avait sans doute plusieurs messages que Françoise avait voulu nous faire passer. Le principal, en ce qui me concernait, avait atteint sa cible : j'étais coupable de ne pas m'être rebellée. Françoise n'aurait pas dû partir. *La Vie la Vraie* était sa série. Elle seule connaissait intimement ses personnages. Elle seule avait le droit de choisir parmi eux qui vivait et qui mourait ; l'incendie ne devait pas avoir lieu. À moins de trahir la série et les millions de personnes qui chaque soir la regardaient, personne ne devait décider pour Françoise. Personne ne pouvait la remplacer.

*

Quand j'ai soulevé la couette, j'ai vu quelque chose dépasser de l'oreiller. Un livre. J'ai poussé l'oreiller.

C'était un livre de la collection littérature française chez Flammarion. Son titre : *Au grenier*. Une fois que je l'ai eu entre les mains, j'ai compris que Julien avait pris un vrai livre de la collection et qu'il y avait collé un faux titre. L'étiquette reprenait les bonnes couleurs et la bonne police. De loin, l'illusion fonctionnait.

Un Post-il était collé au dos du livre : *Tu l'as bien mérité. Je suis impatient de te lire! Julien.*

J'ai posé le faux livre sur ma table de nuit, à côté du manuscrit – le vrai – que j'avais rapporté du bureau. Je me suis glissée sous la couette et je suis restée immobile, la lumière allumée, jusqu'à ce que mes yeux finissent par se fermer.

Mon manuscrit était à portée de main. Pour le troisième soir consécutif, j'étais incapable de l'ouvrir. Comme les nuits précédentes, j'allais mal dormir, j'allais me réveiller plusieurs fois. Au milieu de la nuit, épuisée de chercher le sommeil, je me lèverais pour un verre d'eau, je chercherais à tâtons l'interrupteur de ma lampe de chevet. Ma main toucherait le manuscrit. Le contact du film en plastique de la première page me procurerait du dégoût, raviverait mes pensées et m'empêcherait d'autant plus de trouver le sommeil.

J'aurais pu éloigner mon manuscrit, hors de portée, le sortir de la chambre. Je me l'interdisais. Pas question de le cacher dans la cuisine, ni où que ce soit. Il devait rester près de moi. Je devais m'y confronter. Je devais répondre seule, objectivement, à la question de mon propre talent.

22

Mohamed aussi avait été convié. Je prenais les notes. Lui, il avait la consigne d'intervenir si une proposition n'était pas raccord avec ce qui avait été dit ou vu dans les épisodes précédents. Ni lui ni moi, avait précisé Joyce avant de nous faire entrer dans son bureau, n'étions supposés intervenir.

Nous étions un peu à l'écart. J'avais approché ma chaise de la console pour y poser mon ordinateur. Du coup, je tournais quasiment le dos à Joyce. En face d'elle, de l'autre côté de son bureau, se tenaient, l'air grave, Oscar et Nicolas. C'était la première fois qu'ils se voyaient. En arrivant, Oscar était venu me faire la bise ; il avait posé sa main sur mon épaule, son pouce était remonté discrètement vers mon cou.

On avait eu un peu moins d'une heure pour découvrir l'arche de Noémie. Elle était arrivée à 8 heures précises, ce qui signifiait que Noémie s'était levée très tôt pour se relire, voire qu'elle avait passé la nuit à la terminer. Elle avait une journée pour se reposer avant d'attaquer demain les ateliers.

C'était ma dernière journée en tant que coordinatrice – à voir le sourire de Mohamed ce matin, j'en déduisais que Joyce lui avait enfin accordé la promotion que je lui avais volée en septembre dernier.

Demain, je deviendrais responsable des intrigues C. Drôle de métier. Dix mille euros par mois pour apprendre à raconter des histoires et continuer d'écrire à côté. Ce n'était pas la vie que je m'étais souhaitée. Mais à y réfléchir, j'étais en passe d'obtenir ce que l'Université, même au bout de quarante ans de carrière, ne m'aurait jamais offert. Je pouvais bien savourer mes victoires : je ne l'avais pas volé.

En substance, Oscar était satisfait. Il l'a dit dans un préambule que je n'ai pas pris en notes car je ne retenais pour mes comptes rendus que les décisions spécifiques qui concernaient le déroulé de l'histoire. Il a remercié Joyce pour sa réactivité : l'arche répondait à toutes ses demandes. Léa et son père, Soraya, Clément, Théo et Rosalie perdaient la vie le même jour dans l'incendie de l'hôtel. L'incendie arrivait très vite dans l'arche, il pourrait être en diffusion à l'antenne dans un gros mois. Oscar s'est tourné vers Nicolas en se félicitant de « l'appel d'air » dont bénéficiait le casting maintenant que six héros récurrents allaient disparaître. Il était impatient de découvrir dans les semaines prochaines les nouveaux personnages et les nouveaux comédiens qu'on allait lui proposer pour repeupler *La Vie la Vraie*. Il se donnait six mois pour tester leur popularité. Il espérait bien sûr qu'ils obtiendraient une meilleure cote que les personnages qu'ils allaient remplacés ; son pari serait alors gagné. (Et Oscar pourrait se revendiquer grand sauveur de *La Vie la Vraie* et prendre plus de pouvoir à RFT, a pensé Joyce – je l'ai lu dans ses yeux à l'instant où je me suis retournée.) En tout cas, avait-il insisté en conclusion, il était à présent rassuré. Tel qu'il lui semblait, cette arche entérinait le virage éditorial de la série. « De nouvelles bases » étaient posées, qui donnaient à la série de quoi se « déployer pour au moins trois nouvelles années ».

Mohamed m'a envoyé un regard entendu : il avait compris la même chose que moi. Oscar venait d'adresser à Joyce un message discret mais capital. Il lui disait qu'avec cette arche-là, elle s'était montrée suffisamment docile et méritait qu'on lui signe enfin son contrat de production pour les trois prochaines années. Le contrat était négocié depuis longtemps, mais Oscar – ainsi il ne s'en cachait presque pas – avait personnellement bloqué le processus de signature à RFT. À l'instant, il avait dit « trois années », et Mohamed et moi, d'un seul mouvement, nous étions tournés vers Joyce. Nous avions scruté sa réaction. Elle avait gardé le même visage impassible, son éternel sourire indéfini. Pourtant, au fond de ses yeux, nous savions la deviner, brillait la flamme de la victoire. L'année n'avait pas été facile. Il y avait eu des sacrifices. Mais aujourd'hui, elle avait gagné.

— Merci, Oscar, pour ta lecture encourageante de cette nouvelle arche, a dit Joyce qui jubilait de son propre euphémisme. Puisque tu es si bien parti, je propose que nous commencions par tes remarques. Nicolas entame l'arche demain aux ateliers. Que valides-tu ? Y a-t-il des aspects de l'histoire que tu préfères que nous gommions ? Ou que nous accentuions ?

Je partageais à cet instant le soulagement de Joyce. Oscar avait aimé l'arche, le travail pourrait reprendre son cours normal. Plus d'urgences, plus d'acrobaties. La série allait retrouver son rythme de croisière, avec des histoires validées et un nouveau directeur de collection installé.

Pourtant, quelque chose était en train de bouillir en moi. Je ne savais pas dire quoi précisément, mais j'étais impatiente de découvrir ce qui allait se dire à présent.

Car l'arche de Noémie, à mon avis, était plus que mauvaise. À la place de Joyce, je n'aurais pas accepté qu'elle parte aux ateliers. Dans l'histoire de Noémie, après l'incendie, le deuil laissait vite place à une enquête au cours de laquelle tous les survivants, à un moment ou à un autre, allaient être soupçonnés. On comprendrait au final que l'incendie n'était dû qu'à un banal court-circuit. Mais seulement après une longue investigation dans les secrets intimes de tous les personnages récurrents. Et s'ils allaient tous finir par être innocentés, on aurait découvert entre-temps que chacun avait un intérêt à éliminer au moins une des victimes de l'incendie. L'arche s'achevait ainsi dans un gris amer : techniquement, il n'y avait aucun responsable ; symboliquement, chacun des survivants était coupable. Le texte de Noémie n'était pas nul, il y avait des rebondissements et du mystère. Mais il abîmait selon moi les personnages. Il mettait des cadavres inutiles dans leur passé, et laissait planer le doute sur la sincérité de leurs intentions, à tel point qu'on finissait par se méfier des héros qu'on croyait avoir appris à connaître aussi bien que les membres de sa propre famille. On était pourtant censé s'identifier à eux, pas découvrir trois ans après qu'ils nous mentaient depuis le début... Six personnes étaient mortes pour rien, sans raison qui ait du sens, à cause d'un banal accident électrique. Les survivants en sortaient tous salis – par des suspicions qui ne correspondaient même pas intrinsèquement à la nature de leur personnage.

J'étais peut-être encore sous le coup de l'émotion que m'avait procurée le texte de Françoise, mais cette arche-là ne me plaisait pas. Je pensais au public et j'avais de la peine en imaginant la déception qu'il allait ressentir. Cinq millions de fois.

— Eh bien ça ira très vite ! a dit Oscar fier d'apporter tant de bonnes nouvelles le même jour. Tout me va.

Joyce a laissé quelques secondes de silence pour s'assurer qu'Oscar n'avait réellement rien à ajouter.

— Les délais sont très serrés, je ne te le cache pas. Mais Nicolas a encore jusqu'à demain pour revoir l'arche.

D'un sourire, Oscar a confirmé que son intervention était finie. Joyce s'est tournée vers Nicolas, qui n'a rien dit non plus. Il a haussé les épaules d'un sourire qui signifiait : « Puisque le chef valide... » J'ai cru un instant que Joyce allait faire une remarque ; finalement elle a souri à son tour. Elle a appuyé ses deux mains bien à plat sur le bureau et s'est levée.

— Nous sommes donc d'accord, nous amorçons demain l'écriture de l'arche incendie.

Comme elle était petite, son visage était toujours au même niveau que celui d'Oscar – qui était pourtant resté assis. Ça ne l'empêchait pas de le regarder de haut.

— Oscar, nous avançons à ton initiative, avec ton feu vert. Demain, la machine sera lancée, et je refuserai de revenir en arrière. Nos équipes sont trop fatiguées et trop fragilisées pour leur demander de nouvelles révisions en cours de route. D'autant que l'incendie, qui est lourd en termes de production, va nous imposer de travailler très en amont. Tout ça en équipe réduite pour des questions de confidentialité. Si tu as quelque chose à dire, c'est maintenant. Après, il sera trop tard.

Oscar s'est levé et a tendu sa main à Joyce.

— Au risque de me répéter, j'en suis déjà pour ma part à l'étape suivante. Je suis comme un petit garçon, je suis impatient de découvrir les surprises du nouveau casting. Six nouveaux personnages... Quelle opportunité unique !

Il a enfilé son manteau en serrant la main de Nicolas et en lui souhaitant la bienvenue dans l'aventure. Joyce a fait le tour de son bureau pour raccompagner Oscar à la porte. Avant de franchir le seuil, Oscar s'est souvenu de ma présence. Il s'est tourné vers moi.

— Sophie, a-t-il dit en souriant, on ne t'a pas entendue. Tu réfléchis déjà à tes intrigues C ?

Je n'ai pas eu le temps de trouver une réponse, il a tourné son regard vers Mohamed.

— Tant que les piliers sont toujours là, on n'a aucun souci à se faire.

Il a marché vers Mohamed, il lui a serré la main. Puis il s'est penché vers moi et il m'a fait la bise, en posant sa main sur le bas de mon dos. Près de mon oreille, il a murmuré :

— J'attends ton SMS… Tu as oublié de répondre oui à mon invitation…

Il m'a fait un clin d'œil, il a resserré son écharpe autour de son cou. Il a fait un pas vers la sortie. Il s'est retourné.

— Donc, Sophie, ton impression, à toi, sur cette arche ?

Mon regard a été aspiré par celui de Joyce. Son sourire était clair : un début d'opinion personnelle et je serais foudroyée.

— Ce n'est pas dans mon rôle…

— J'insiste, a dit Oscar.

— Vraiment, Oscar, je n'ai pas à...

— Tu dis ça parce que tu n'as pas aimé ?

Cette arche incendie me paraissait une si mauvaise chose pour la série que je n'étais pas capable de prétendre que je l'avais aimée. Je ne savais pas faire.

— Je l'ai lue rapidement, j'ai dit, et je ne me sens pas autorisée à…

— Donc tu l'as lue ? Même rapidement, a insisté Oscar, tu as donc bien une réaction, ne serait-ce qu'en tant que public…

J'étais à deux doigts de formuler un début d'indice d'opinion personnelle, lorsque Joyce a posé son bras sur celui d'Oscar.

Elle a ri.

— En tant que public !

Elle a ri encore plus fort.

— Je ne sais pas si Sophie est la spectatrice moyenne !

Elle a entraîné Oscar de nouveau vers la porte.

— Et quand bien même, a-t-elle continué, quand on travaille à temps plein sur une série, comment pourrait-on garder de la distance ? Évidemment que Sophie ne peut pas lire un texte *juste en tant que public*. J'espère que son regard est un peu plus élaboré que ça.

Elle a frotté affectivement le dos de Nicolas.

— Nicolas, je te laisse descendre avec Oscar ?

Elle a regardé sa montre sans prendre le temps d'y lire l'heure.

— Il doit être l'heure que tu rentres chez toi lire les séquenciers V2. On a dû les recevoir à l'heure qu'il est. Ta première semaine ! Pas de modifications sur l'arche incendie, voilà qui tombe très bien. À demain, Nicolas.

Elle a fait la bise à Nicolas, puis à Oscar, qui a juste eu le temps de me sourire et de me redire au revoir d'un geste de la main. Joyce avait déjà refermé la porte de son bureau.

Je me suis approchée de la porte, Mohamed était juste derrière moi.

— Attends, Sophie, a dit Joyce. Laisse partir Oscar. Je ne voudrais pas qu'il te voie sortir. Tu ne sais pas mentir.

De l'autre côté de la cloison de verre, on voyait toujours les silhouettes d'Oscar et Nicolas qui avançaient vers l'ascenseur.

Sans un mot, Mohamed s'est approché de la console du fond et a commencé à trier le courrier que Joyce avait fini de lire. Joyce et lui avaient un code : elle gribouillait quelques signes sur le papier et il savait exactement ce qu'il était censé faire de chaque document.

Joyce a chaussé ses lunettes et a approché son visage de l'écran de l'ordinateur – elle plissait les yeux comme à chaque fois qu'elle regardait ses mails. Elle ne m'avait pas fait rester pour me dire quoi que ce soit – juste pour m'empêcher de parler.

J'étais debout au milieu du bureau. Je ne savais pas quoi faire.

— Toi non plus, j'ai demandé pour meubler l'attente, tu n'as pas aimé l'arche incendie ?

Elle a eu un sourire qui semblait vaguement indiquer de la complicité. J'en ai déduit qu'elle non plus n'avait pas aimé l'arche incendie.

J'ai fait un pas vers son bureau.

— Mais… j'ai dit, tu n'as pas peur que le public…

Elle a enlevé ses lunettes et m'a lancé un regard qui m'a incitée à continuer.

Mais je ne trouvais pas les mots.

— … qu'il se sente déçu ? a dit Joyce. Trahi ? Qu'il nous quitte ?

Elle a tourné la tête vers le fond du bureau.

— C'est bon, merci Mohamed.

Mohamed est sorti en refermant la porte derrière lui. Elle a planté son regard dans le mien.

— Pour réussir, il faut prendre des risques. Et faire des sacrifices. Ce sens du risque, je l'ai tout de suite repéré chez toi. Alors que tu ne savais pas toi-même que tu l'avais en toi.

J'ai hoché la tête faute de savoir quoi répondre.

— Tout est une question de priorité. Qu'est-ce qui est le plus important ? Ne jamais décevoir le public ? Ou continuer d'exister ? Je te pose la question mais je sais que tu es d'accord avec moi. Si on prend le risque aujourd'hui de critiquer l'arche incendie, on met en péril le renouvellement du contrat pour trois ans. Si on suit l'arche incendie, on garantit le renouvellement du contrat et on rend

Oscar responsable d'une éventuelle crise d'audience. Je dis *éventuelle* mais je suis comme toi : je sais qu'on va perdre des spectateurs dans cette histoire. À nous ensuite de les récupérer. Mais, à ce moment-là, le contrat sera signé. Aux yeux de sa hiérarchie, Oscar sera le seul responsable. Même en dessous de dix-huit pour cent d'audience, RFT n'aura aucun argument contre nous, ils seront obligés de nous redonner une chance. Oscar aura échoué. Nous, on aura récupéré le pouvoir.

J'ai serré les lèvres pour me forcer à réfléchir avant de dire ce que j'avais sur le cœur :

— Mais est-ce que ça ne pose pas un problème que…

Elle a eu un rire plein de tendresse.

— Je ris parce que je me reconnais à ton âge. Est-ce que ça pose un problème que Françoise ait été sacrifiée dans la bataille ? Qu'on sacrifie encore six comédiens ? Et des comédiens populaires, malgré ce que disent les graphiques d'Oscar… Plus grave encore : qu'on sacrifie six personnages complexes, riches, utiles à la série, qu'on a mis trois ans à construire ? Et qu'on déçoive des millions de téléspectateurs fidèles qui considèrent ces personnages comme des membres de leur famille ?

C'était bien ce à quoi je pensais.

— Chacun son rôle, Sophie. Et chacun son ambition. On ne peut pas se maintenir à ma place pendant si longtemps si on ne fait pas des compromis. Connaître le public, c'est une force. C'est mon pouvoir. Ça ne veut pas dire que je me suis engagée à le respecter corps et âme. C'est comme en amour, ce n'est pas la sincérité qui compte, c'est seulement le désir. Le public, il est infidèle, il est ingrat, il prend, il jette. Pourquoi devrais-je me comporter différemment ? Il consomme. Moi j'utilise son désir. Tu sais quand j'ai commencé à réussir ? Le jour où j'ai compris qu'il ne servait à rien d'être sincère avec le public.

Son ordinateur a fait un petit bruit. Elle a remis ses lunettes et s'est penchée sur l'écran. Elle a eu un geste vif avec sa souris qui ne devait pas obéir assez rapidement.

Tu sais quand j'ai commencé à réussir? Le jour où j'ai compris qu'il ne servait à rien d'être sincère avec le public.

La phrase de Joyce se répétait dans ma tête.

— Ça y est, les séquenciers sont là, a-t-elle dit.

Elle a appuyé sur son téléphone.

— Tu as vu, Mohamed, les séquenciers sont là. Ne te mets pas la pression, je suis là pour que tu apprennes. Applique-toi, j'ai confiance en toi.

Elle a reposé ses lunettes. Elle a soupiré.

— Je suis trop tendre. En même temps, il vit pour la série, difficile de lui dire non. Mohamed coordinateur d'écriture – qui aurait cru ? Pour les résumés, je vais prendre un stagiaire. Pour ce qui est de lire les textes et d'apporter un avis, il va s'en sortir, je le sais. Il sent ce qui est émouvant, il sent quand ça fonctionne. Il t'a dit qu'il avait arrêté l'école à quinze ans ? Il avait seize ans quand il a commencé régisseur pour nous.

Elle s'est penchée pour décoincer son talon qui ne voulait pas sortir de ses escarpins.

— Ah, foutues chaussures...

Elle est restée pieds nus.

— Ça fait trois ans que je lui paie six heures de cours particuliers par semaine. Tous les samedis. Beaucoup de français, de la comptabilité, un peu d'histoire. Et de la production exécutive, c'est lui qui m'a demandé...

Elle a ri.

— Bon, au moins, il sera plus docile que toi.

D'instinct, je me suis retournée pour vérifier qu'Oscar et Nicolas n'étaient plus de l'autre côté de la cloison.

— Oui, a dit Joyce, ils sont partis, tu peux y aller.

Elle a eu un temps d'hésitation. Elle a posé ses deux bras sur le bureau, paumes vers le ciel, et s'est penchée vers moi.

— Tu sais Sophie, si je t'ai nommée aux intrigues C, c'est parce que je crois en toi. J'aurais pu te proposer d'être auteur comme les autres sur les intrigues A et B, mais je ne veux pas te griller en te faisant aller trop vite.

Elle a continué de se pencher, de tendre ses mains vers moi. Elle découvrait la chair détendue de ses bras, près des aisselles, qui flottait sous des os qu'on devinait très fins. C'était la partie de son corps qui trahissait le plus son âge.

Elle a agité ses doigts, un petit mouvement, de moi vers elle, pour m'inviter à poser mes mains dans les siennes. Le geste était totalement incongru chez cette femme qui déployait habituellement tant de ruse pour dissimuler ses émotions. Je me suis retenue plusieurs fois de porter mes mains jusqu'aux siennes, de peur d'avoir mal interprété son geste et de me trouver ridicule à toucher ses mains sans qu'elle m'y ait invitée. Elle a insisté. D'un rapide mouvement des yeux, elle a désigné ses mains, confirmant ce que j'avais cru comprendre. Alors j'ai levé les miennes jusqu'au bureau, et je les ai posées dans les siennes. Ses doigts se sont immédiatement refermés. Elle avait la peau fine, fragile, et froide.

— Je reconnais beaucoup de mon potentiel en toi. Et... je suis à un âge... où on pense à ces choses-là.

Son sourire et son regard étaient parfaitement maîtrisés – les mêmes qu'elle avait adressés à Oscar quelques minutes plus tôt. Sa voix, en revanche était moins assurée. Elle n'était pas nouée – mais il y avait un léger tremblement, comme une contraction très au fond de sa gorge, qui serait passée inaperçue pour quiconque aurait rencontré Joyce pour la première fois. Mais moi, maintenant, je la connaissais. Et ce tremblement, aussi léger soit-il, ou justement parce qu'il était à peine perceptible, a réussi à me toucher.

— J'ai des choses à transmettre… pour autant qu'on veuille rester avec moi.

Mon portable a vibré. Marc ? Joyce tenait ma main, je ne pouvais pas répondre. Les vibrations ont duré quelques secondes puis elles ont cessé.

Joyce a souri.

— J'ai l'impression qu'Oscar t'aime bien.

— Heu… Oui, sans doute… Je l'ai beaucoup aidé les premiers jours à se repérer sur la série…

— Je pense qu'il t'aime même un peu plus que ça.

J'ai souri en haussant les épaules. Qu'étais-je censée répondre à ça ?

— Si tu le souhaites, a-t-elle dit, on pourrait vous organiser un dîner ?

Elle m'a fait un clin d'œil. Elle s'est redressée. Mes mains ont glissé hors des siennes.

— Je te propose de laisser passer quelques jours, le temps que l'arche incendie soit derrière nous, et je me débrouille pour organiser ça. Je serai adroite, ne t'en fais pas.

Pour une fois, je n'avais pas besoin d'elle.

— Joyce, tu sais, je ne cherche pas spécialement à… Enfin, je ne voudrais pas donner l'impression de tout mélanger…

— Donner l'impression à qui ?

Elle s'est avancée.

— Te rapprocher d'Oscar, je crois que ça serait bien pour toi.

Elle a eu un geste vague de la main, comme pour dissiper une volute de fumée par-dessus son épaule.

— Après, vie professionnelle, vie privée… Il arrive toujours un moment où on ne fait plus la différence…

Il y a eu un sursaut d'enthousiasme dans sa voix.

— Ce qui est une bonne chose : ça signifie que les choses avancent.

J'ai bredouillé quelques mots incohérents qu'elle a interrompus. Elle a planté son sourire dans mes yeux.

— Si tu ne le fais pas pour toi… fais-le pour moi.

Une nouvelle vibration de mon portable dans ma poche. En temps normal, je n'y aurais pas touché. Mais dans la confusion des émotions que les paroles de Joyce déclenchaient en moi, mes mains se sont jetées sur mon jean, l'une pour écarter la poche, l'autre pour se glisser jusqu'au portable. J'ai souri à Joyce pour m'excuser. Du pouce, j'ai allumé l'écran, trop contente de gagner ces quelques secondes de diversion.

Je m'attendais à ne trouver qu'un message m'indiquant qu'un message vocal m'attendait sur la messagerie. Au lieu de ça, j'ai lu « Marc » – c'était un SMS de lui.

Mon corps s'est glacé quand j'en ai découvert le contenu : *Annie a disparu. Rappelle-moi.*

23

J'ai pris un siège au hasard. L'homme sur la banquette de l'autre côté du couloir m'a dit que le TGV arrivait à St-Jean à 16h30.

Dans le taxi, puis dans la file d'attente au guichet, Marc m'avait mise au courant de la situation. Il avait fallu plusieurs coups de fil pour que je recolle les morceaux. Il était interrompu par des appels de la police, de l'école, des grands-parents, auxquels il répondait, trop impatient d'avoir peut-être une bonne nouvelle, sans me prévenir qu'il devait raccrocher.

Il avait accompagné Annie à l'école, comme tous les matins. Comme tous les lundis, elle avait pris son sac de piscine en plus de son cartable, et Marc lui avait donné deux barres de céréales au lieu d'une seule puisque c'était jour de sport. Il avait embrassé Annie devant l'école. Il avait réussi à se garer pas trop loin, mais il était quand même descendu de voiture et il avait marché avec elle jusqu'à la grille. Il l'avait bien vue entrer dans la cour. Les derniers souvenirs que Marc avait d'Annie n'étaient pas cruciaux puisque la maîtresse confirmait bien qu'Annie avait été présente en classe toute la matinée. Les vingt-quatre élèves de la classe étaient allés en bus à la piscine. Ils étaient revenus un quart d'heure avant la pause du déjeuner. La maîtresse en avait profité pour demander aux élèves de terminer d'illustrer le poème qu'ils avaient recopié la semaine précédente dans leur cahier de poésie. Non seulement la maîtresse avait fait l'appel, et aucun élève n'était absent, mais elle se souvenait précisément d'avoir fait une remarque sur le dessin d'Annie, qui lui avait répondu que c'était de « l'art abstrait ». Puis la sonnerie avait retenti et les élèves étaient sortis. Annie, qui faisait partie des élèves qui restaient manger à la cantine, avait laissé son cartable et son sac de piscine à l'intérieur de la salle de classe, comme d'habitude. Pourtant, ensuite, elle ne s'était pas présentée à la cantine. Comme on ne faisait pas l'appel à la cantine, on aurait pu ne se rendre compte de l'absence d'Annie qu'à la reprise de la classe, à 14 heures. Mais un élève s'était étonné de ne pas la voir dans le réfectoire. Il l'avait signalé à une première dame de service qui lui avait dit de ne pas s'inquiéter pour rien. Puis il avait été en voir une seconde qui s'était renseignée auprès de la maîtresse d'Annie, qui à son tour avait vérifié dans le réfectoire, puis dans la cour, avant d'appeler Marc et de réaliser qu'Annie avait effectivement disparu.

Marc avait immédiatement appelé la police. Le temps qu'il arrive à l'école, deux policiers étaient déjà sur place. En l'absence de tout indice, on ne pouvait pas déclencher le plan alerte enlèvement. Au moment où je montais dans le train, Marc était de nouveau en route pour l'école. Il m'appelait avant de reprendre le volant. Il venait de passer à la maison : Annie n'y était pas non plus.

Quand il a raccroché, j'ai réalisé qu'il s'était passé six jours depuis la dernière fois que j'avais entendu sa voix.

En cherchant une place dans le train, j'ai appelé Julien. Marc ne l'avait pas prévenu car il ne voulait pas l'inquiéter inutilement. Je l'avais convaincu qu'il fallait tout dire à Julien, ne serait-ce que pour le mettre à contribution : il aurait peut-être une idée de ce qui avait pu se passer. Et si jamais les choses finissaient mal, il ne nous pardonnerait jamais de ne pas lui avoir permis d'aider. Il n'a pas décroché ; je lui ai laissé un message en essayant de garder une voix posée. J'ai dit qu'il y avait un problème avec sa sœur et qu'on espérait qu'il pourrait nous rappeler très vite. J'ai essayé de me rappeler le fonctionnement des heures de cours à Sciences-Po. D'après ce que j'avais compris, s'il était en cours en ce moment, il ne serait pas joignable avant 14h30.

J'ai ouvert la tablette devant moi pour y poser mon téléphone. Je le garderais sous les yeux pour ne pas risquer de manquer un appel. J'ai vu le petit autocollant en forme de téléphone endormi collé sous les porte-bagages. Tant pis pour les consignes de convivialité, dans certains cas on doit avoir le droit de décrocher. J'étais contre la fenêtre, il n'y avait personne à côté de moi. J'ai enlevé mon manteau, et je m'en suis voulu d'accomplir ce geste pour mon confort alors qu'au même instant Annie avait disparu. J'ai réalisé l'horreur qu'allaient être les trois heures de trajet jusqu'à Bordeaux. J'étais coincée sur mon siège, incapable d'aider aux recherches, absente et inutile, j'allais fixer mon regard sur l'écran de mon iPhone en espérant qu'il se mette à vibrer. Je voulais être à l'école, avec Marc, en voiture, interroger cent fois toutes les personnes qui avaient été en contact avec Annie ce matin, répondre à toutes les questions des policiers, tout dire et redire dans les moindres détails, refaire en voiture tous les itinéraires, et toutes les fausses routes possibles, entre l'école et la maison, entre la maison et l'école de musique, entre l'école et le jardin de Béchade où, jusqu'à récemment encore, Annie nous accompagnait en vélo, Marc et moi, pendant notre jogging du samedi soir.

— Oui, Marc ?

— On a interrogé les parents qui sont venus chercher des enfants à midi. Il y a une mère qui dit avoir vu Annie sortir de l'école. Elle est passée devant elle en courant. Alors elle s'est dit qu'elle savait où elle allait, elle ne s'est pas inquiétée.

— Elle a vu vers qui elle courait ?

— C'est tout ce dont elle se souvient. Il y avait de l'agitation, comme d'habitude. De ceux qu'on a interrogés, elle est la seule personne à avoir vu Annie.

— Et les enfants de l'école ?

— Personne n'a rien vu.

— Ils se foutent de nous ? Y a tellement de monde le midi qu'on a du mal à avancer, et personne n'a rien vu ? Vous avez vérifié s'il y a des caméras de surveillance ? Ou des parents qu'on aurait oublié d'interroger ? Des grands-parents ? Ou des nounous ?

Marc ne répondait pas. J'ai regardé l'écran du portable : je n'avais plus de réseau, le signal était rompu.

J'avais mal au ventre à me taper la tête contre la vitre. J'ai serré très fort mon téléphone entre mes doigts. Je n'osais pas rappeler Marc, il avait forcément mieux à faire. J'espérais sentir l'appareil vibrer à nouveau.

J'ai repensé à toutes les connaissances d'Annie en dehors de l'école, les quelques personnes qu'Annie fréquentait régulièrement, et tous ceux qu'elle avait rencontrés ne serait-ce qu'une fois au cours des derniers mois. J'ai griffonné ma liste sur la dernière page de mon agenda. Il n'y avait qu'une trentaine de noms, les grands-parents, la prof et les dix élèves de la classe de solfège, la prof de danse et la quinzaine de filles qui de toute manière étaient inscrites à la même école primaire qu'Annie. Il y avait les commerçants du quartier. La nounou que Marc faisait venir certains soirs depuis que j'étais à Paris. Pas de cousins. Pas d'oncles. Nos amis de la fac, à Marc et moi. Deux trois anciens copains du lycée.

C'est tout. Pendant que je faisais la queue à la gare, Marc m'avait déjà donné sa liste par téléphone, celle qu'il avait dictée aux policiers, et je ne trouvais aucun nom à ajouter.

Au fur et à mesure que je faisais l'inventaire de ce qui constituait la vie d'Annie, ma culpabilité grandissait. Le cercle d'Annie était tout petit, sa vie était faite de pas grand-chose. Un grand frère, un oncle, sa copine, des grands-parents – rien d'autre. Plus de père ni de mère, pas de cousins, ni du côté de Marc ni du mien. Quelques camarades, aucun ami. Elle n'aimait pas les enfants de sa classe, mais ça allait lui passer, elle était intelligente et précoce à plein d'égards, elle allait grandir et finir par rencontrer des enfants avec qui elle aurait des affinités. Le malheur des enfants qui grandissent trop vite : ils doivent attendre ensuite que les autres les rattrapent. Vu le drame qu'elle avait connu il y a cinq ans, on pouvait penser que dans l'ensemble elle n'allait pas si mal. Nous n'avions pas fait avec Annie, Marc et moi, un si mauvais travail que ça.

Pourtant la culpabilité me prenait à la gorge. Je voyais la vie d'Annie résumée sur une page arrachée à mon agenda : dans cette petite vie que le destin avait déjà malmenée, j'avais sous-estimé la place que je prenais. J'avais sous-estimé mon importance. Annie m'avait appelée « maman » suffisamment de fois pour comprendre ce qu'elle attendait de moi. Mais je n'avais pas pris la mesure de ma responsabilité. Marc, Julien, et moi : trois êtres seulement – le périmètre des certitudes sur lesquelles Annie devait pouvoir compter. Or, cette année, Julien avait quitté la maison. Et moi aussi. J'avais beau rentrer tous les week-ends, aux yeux d'Annie, je n'étais plus une certitude, je ne tenais plus mon rôle qui ne consistait pourtant qu'à être là. Elle avait été la première victime de mon ambition. J'avais alimenté son angoisse de l'abandon, elle qui avait appris trop tôt que ceux qui veillent sur nous peuvent nous être retirés à tout instant et ne jamais revenir. Elle avait voulu m'appeler maman. Je lui avais fermé mes bras. Je m'étais enfuie.

L'appeler. Entendre sa voix. Lui faire entendre les nôtres. Si seulement elle avait un téléphone. Notre refus de lui acheter un portable avant le collège, par principe d'éducation, alors que la plupart des élèves de sa classe en avaient déjà un, était criminel. J'ai fermé les yeux et j'ai fait le vœu de poser mes lèvres sur son front. Je descendais du train, elle était là, sur le quai. Je prenais ses joues rondes dans ma main, je voyais son sourire, celui qui finissait toujours par percer quand elle essayait de bouder. Je passais mes doigts à travers ses cheveux épais, dans lesquels elle refusait qu'on attache des barrettes. Ses yeux plissaient légèrement et la trahissaient, comme à chaque fois qu'elle récitait un mensonge auquel elle essayait de nous faire croire.

« Demain le grand jour. »

J'ai été électrocutée par le souvenir qui, soudain, m'a traversée. Oui, c'était bien hier soir, sur Skype, son statut, je revoyais l'écran, elle avait marqué : *Demain le grand jour.*

Tandis que j'étais déjà en train d'essayer de me connecter sur Skype depuis mon iPhone, je me suis laissé aller à un instant d'espoir. Si Annie avait annoncé sur Skype que demain – aujourd'hui – était un grand jour, il y avait forcément un lien avec sa disparition. Elle avait donc prévu ce qui était en train d'arriver. Elle était sortie volontairement de l'école. Elle n'avait pas été attirée à l'extérieur par un inconnu qui l'aurait enlevée.

J'ai immédiatement regretté mon optimisme. L'espoir était factice, les hypothèses sordides s'imposaient toujours. Annie avait annoncé sur Skype qu'aujourd'hui était le grand jour – alors oui, elle savait de quoi elle parlait, et le message était probablement adressé à quelqu'un qui était dans la complicité. Un de ses contacts sur Skype. Un inconnu derrière un pseudo. Le même inconnu qui aurait pu l'appâter derrière la grille de l'école. Qu'Annie ait prévu de s'échapper de l'école primaire ne la protégeait pas du pire.

Mon téléphone ne m'aidait pas, je n'arrivais pas à comprendre l'interface de Skype, qui ne semblait pas être faite pour être utilisée depuis un iPhone. De toute façon, la connexion était trop mauvaise depuis le train pour que je puisse télécharger l'application. J'ai fermé le navigateur pour appeler Marc et partager ma découverte.

L'appel de Julien m'a interrompue.

Je l'ai mis au courant aussi vite que j'ai pu avant que je perde le réseau et qu'on soit coupés. Une vieille dame quelques rangées devant moi devait avoir compris car elle m'écoutait parler avec un air de compassion. Julien était tout aussi démuni que moi. Il ne voyait pas avec qui Annie avait pu être en contact sur Skype, à part lui et moi, et il n'avait aucune idée de ce qu'était le « grand jour » dont Annie parlait. Il était en train de courir dans un couloir de métro.

Sa voix a été recouverte par le bruit du métro qui arrivait.

— Il faut le mot de passe, a-t-il répété.

Il m'a dit de prévenir Marc, on devait réfléchir tous les trois à une liste de mots de passe pour entrer dans le compte d'Annie sur Skype. Avec un peu de chance, on aurait l'historique de ses conversations. Au pire, on verrait la liste des gens – leurs pseudonymes en tout cas – avec qui elle communiquait. Il rappellerait dès qu'il serait dans un train.

Marc a immédiatement sauté dans la voiture d'un policier. Ils allaient voir ce qu'ils pouvaient trouver dans l'ordinateur d'Annie.

Je ne pouvais pas rester sans rien faire. La vieille dame m'a regardée en serrant les lèvres. Elle voulait me parler mais n'osait pas se lancer. Au sol, à ses pieds, un chat s'est mis à miauler. Je remarquais la cage pour la première fois. La dame s'est penchée en tenant son petit chapeau d'une main et en frottant la cage de l'autre. Elle a murmuré à son chat des mots que je n'ai pas entendus mais qui ont réussi à le calmer.

Je me suis levée. J'ai hésité entre l'avant et l'arrière du train. J'étais en voiture 17. C'était en marchant du côté de la voiture 16 que je croiserais le plus de passagers. D'autant que je finirais par arriver aux wagons des premières classes, et puisqu'il fallait que je trouve un ordinateur équipé d'une carte 3G, ce n'était pas un mauvais endroit où chercher.

J'ai dérangé plusieurs jeunes hommes, en cravate la plupart, qui avaient un ordinateur devant eux. Mais soit ils n'avaient pas d'accès à l'Internet, soit pas installé Skype, soit aucun des deux. L'homme de la voiture 13 avait une cinquantaine d'années. Il portait une barbe – c'est tout ce dont je me souviens. Il a été méfiant au début, il a gardé ses mains posées sur son ordinateur, comme si j'allais le saisir et partir en courant. Mais dès que je lui ai dit que ma fille avait disparu, il a accepté de m'aider. Il a levé les yeux vers mon visage et, immédiatement, avec pudeur, il les a rebaissés. Je me suis assise sur le siège vide de l'autre côté du couloir, juste à côté de lui – preuve que je n'avais l'intention de le voler.

Je me suis d'abord connectée depuis mon compte, en espérant sans y croire qu'Annie ait modifié son statut le matin même et qu'elle ait laissé un nouvel indice. Mais LaPetiteAnnie n'était pas connectée et son statut n'avait pas changé : *Demain le grand jour.*

La connexion s'est interrompue.

— Et merde !

L'homme d'une cinquantaine d'années m'a demandé s'il y avait un problème avec son ordinateur et s'il y avait la moindre chose qu'il pouvait faire pour m'aider.

Je restais rarement connectée plus de cinq minutes consécutives. À chaque fois, il fallait attendre de retrouver le réseau avant de pouvoir relancer Skype. Je mettais l'attente à profit pour réfléchir à de nouveaux mots de passe. J'ai promis à l'homme à côté de moi de lui rembourser le temps d'utilisation de sa carte 3G. Il m'a répondu qu'elle était prise en charge par sa boîte. Il avait plusieurs magazines à côté de lui mais il n'y a pas touché. Il regardait droit devant lui. De temps en temps, il jetait de rapides coups d'œil vers moi. Je crois qu'il ne voulait pas être intrusif, sans pour autant paraître insensible à mon angoisse.

Julien, annie, LaPetiteAnnie, la-petite-annie, annie2002, annie02, 09/08/02, 090802, 09082002, 09-08-02, 09-08-2002, sophie, marc, sophieanniejulienmarc, sophieanniemarcjulien, sophiejulienmarcannie, sophiejulienanniemarc, sophiemarcjulienannie, sophiemarcanniejulien, papa, maman, papi, mamie, avec tiret, sans tiret, tiret du 6, tiret du 8, dans tous les sens, mais ça ne donnait rien. J'ai essayé Caroline et Christophe, les parents d'Annie, j'ai essayé avec les noms de famille, les dates de naissance, la date de l'accident, mais ça ne donnait toujours rien. Musique, solfège, danse, école, le nom de l'école primaire, le nom de notre rue, l'adresse de l'école, mais rien à faire, Skype ne s'ouvrait pas. Il y avait bien l'option « mot de passe oublié » en bas de l'interface, mais ça ne m'aidait pas, au contraire : Skype envoyait le mot de passe par mail vers l'adresse d'Annie que je ne connaissais pas et qui était protégée par un autre mot de passe que j'ignorais également.

J'ai rappelé Marc. Il a tout de suite décroché. J'ai dû le décevoir : je venais aux nouvelles mais je n'en avais aucune. Pas de mot de passe de son côté non plus. Il avait essayé tous les noms et prénoms des élèves de la classe d'Annie, mais ça n'avait rien donné. Il avait eu Julien en ligne et testé ses idées de mots de passe, toujours en vain. Le policier avait appelé un expert qui allait venir forcer le logiciel. Il devait arriver bientôt, mais la manipulation mettrait du temps et il n'était pas sûr de réussir. C'était la seule piste qu'on avait pour l'instant... J'ai reçu un SMS de Julien qui disait que son train venait de partir et qu'il serait à Bordeaux à 18h45. Je l'ai lu à Marc. Il venait de recevoir le même message.

— Je suis désolée, Marc. J'ai peur.

— Je sais. Moi aussi...

J'ai continué à tester des mots de passe encore et encore. L'icône de la batterie, en bas à droite de l'écran, est devenue rouge. J'ai approché le curseur, une jauge est apparue : il ne restait plus que onze minutes d'autonomie. J'ai regardé l'heure : encore vingt minutes de trajet.

J'ai pensé à mon contrat d'édition, resté sur mon bureau, au dernier étage d'Azur Productions. J'ai pensé aux ateliers qui commençaient demain, avec un nouveau poste pour moi : auteur des intrigues C. Dans quelques heures, j'étais censée être à Paris, tourner la page, commencer une autre vie. J'aurais dû être chez moi, apprendre l'arche incendie de Noémie par cœur, préparer des idées d'intrigues C que je soumettrais demain à Nicolas et aux auteurs de la semaine. Au lieu de ça, je filais vers Bordeaux, le cœur broyé, ne pensant qu'à Annie. *La Vie la Vraie* était très loin.

La Vie la Vraie.

Je l'ai tapé en un seul mot : lavielavraie.

Skype s'est ouvert.

Huit minutes d'autonomie. J'ai envoyé « lavielavraie » par SMS à Marc et j'ai inspecté un à un les contacts d'Annie dans son compte Skype. Malheureusement, et je n'en revenais pas, il y en avait plus de quarante : agns1043 ; wangzhaoming ; -fleur- ; mounirrr ; firsthony ; soraya2000 ; legoman43 ; teeedy_du_44 ; qg06, lagrenouille ; dynamo ; adri1 ; marquepage, darkside01... Aucun n'était connecté. J'ai cliqué sur chacun des noms mais la plupart n'avaient pas enregistré leurs infos personnelles. Certains donnaient leur prénom, leur adresse mail et leur âge : Maéva, dix ans ; Théo, treize ans ; Paul, onze ans... c'était plutôt rassurant – mais que signifient un prénom et un âge quand le reste est caché dernière un pseudo ? À première vue, pour ce que j'en comprenais, les statuts associés aux pseudos ne contenaient aucune information intéressante : « @legoman : PTDR !!!! » ; « Tro for l'episod hiér !!! » ; « malade : — (((» ; « janpeuplu 2 mon frer !!!!! » ; « ♥ a prendre » ; « Rosalie = manipulatrice » ; « Viva Algeria »...

Pourtant, j'en étais certaine, la clé de la disparition d'Annie se cachait derrière un de ces contacts.

J'ai changé de stratégie. Au lieu de chercher des indices dans les profils des contacts d'Annie, j'ai regardé les informations qu'Annie donnait sur son profil. J'ai cliqué sur LaPetiteAnnie et je suis arrivée dans la page où elle pouvait renseigner différents champs : prénom, nom, âge, adresse, etc. Elle n'avait presque rien rempli, même pas d'adresse mail. Juste son prénom, et 33 pour le département.

Cinq minutes d'autonomie. J'étais habituée à mon ordinateur qui basculait automatiquement en veille, par sécurité, lorsque la batterie n'avait plus que deux minutes d'autonomie. Je ne voulais pas perdre le temps qui me restait à interroger le propriétaire du portable sur le fonctionnement de sa machine – ce n'était plus, de toute façon, qu'une question de secondes. J'ai failli revenir en arrière dans la page d'accueil pour repasser en revue tous les contacts, lorsque j'ai remarqué, tout en bas de l'écran, qu'Annie avait laissé sur son profil une autre information. En face de « site Internet », elle avait rempli : www.myspace.com/danslequartierdeLaPetiteAnnie. Je me suis penchée pour distinguer les mots dans l'adresse qu'elle s'était choisie : dans-le-quartier-de-la-petite-annie. J'ai cliqué.

Une autre page s'est ouverte. Le logo MySpace est apparu, avec une bannière de publicité. Puis une photo de *La Vie la Vraie* – le titre de la série superposé à une vue panoramique de Nice – s'est affichée sur tout l'écran. Les différents modules de la page ont commencé à se mettre en place. Annie n'avait pas chargé de photo. Là où la plupart des gens mettaient leur portrait, il n'y avait qu'une silhouette grise. Juste à côté, les seules informations qu'elle avait remplies : LaPetiteAnnie, fille, neuf ans, Gironde, France. Rien d'autre.

Le module central n'était toujours pas chargé. Allez, allez, je priais pour que la connexion ne soit pas interrompue et que la batterie tienne. Annie avait peut-être publié récemment sur sa page une explication sur ce qu'elle avait prévu de faire aujourd'hui ? J'avais du mal à croire qu'Annie se soit inscrite toute seule sur MySpace, qu'elle y ait ouvert sa page. C'était là sans doute qu'elle avait rencontré les quarante personnes avec qui elle discutait sur Skype. À neuf ans.

C'est à cet instant, en attendant que le reste de la page charge – je ne comprenais pas que ça soit si long – que j'ai relu l'adresse du site et que j'ai fait le rapprochement. C'était pourtant évident.

L'adresse de mon blog était www.dansmonquartier.com, Annie avait choisi comme adresse sur MySpace danslequartierdeLaPetiteAnnie : elle avait voulu faire comme moi. La page a fini de se charger et les images qui sont apparues à cet instant ont confirmé mon intuition. La page d'Annie était une collection de petits dessins faits à la main, avec un feutre noir, sans couleur, comme sur mon blog, qu'elle avait scannés, puis publiés. J'ai fait défiler la page, il y avait peut-être une quinzaine de dessins, sans date. Comme sur mon blog, les dessins étaient très simples, un ou deux personnages, presque pas d'éléments de décors. Sous les personnages, il y avait une ou deux lignes de dialogues. À la différence des dessins de mon blog, Annie n'avait pas écrit les dialogues au clavier, elle les avait écrits directement au feutre sous les dessins. Les fautes d'orthographe, pas si nombreuses que ça, m'ont bouleversée. Elles témoignaient à la fois de la maladresse et de la détermination d'Annie à bien faire, comme une grande. Les dessins étaient propres, les personnages étaient reconnaissables à des détails bien réfléchis, les lettres des dialogues étaient droites et sans rature. Je passais assez de temps à aider Annie pendant ses devoirs pour deviner le nombre de feuilles qu'elle avait dû jeter avant d'obtenir des dessins de cette propreté.

En étudiant les images, j'ai reconnu que tous les personnages dessinés par Annie étaient des héros de *La Vie la Vraie*. Chaque dessin était tiré d'un épisode ; j'ai reconnu certaines séquences : Théo faisait une démonstration de skate devant Abdou ; Soraya demandait à Clément de se déguiser en père Noël pour les enfants de son association ; Léa faisait les yeux doux à son père pour qu'il lui achète la même robe qu'une actrice dans un magazine…

LEA : S'il te plaît papa, ces la robe d'Angélina !
LE PAPA : Tu est déja la plus belle, ma chérie, même en pijama !

Comment Annie avait-elle vu ces épisodes ? Comment avait-elle réussi à scanner ses dessins ? Sans que Marc ne la voie ? Je croyais à peine ce que je voyais, et j'avais du mal à réaliser qu'Annie, ma toute petite Annie, à neuf ans seulement, avait toute cette vie que j'ignorais.

J'ai passé la souris sur l'icône de la batterie : trois minutes d'autonomie. L'ordinateur pouvait s'éteindre à n'importe quel instant. Je faisais défiler la page d'Annie tandis que des larmes commençaient à troubler ma vision. J'essuyais mes yeux et je continuais de découvrir ces dizaines de dessins qu'elle laissait derrière elle comme autant de reproches – à moi qu'elle avait prise comme modèle mais qui n'avais pas su être là.

Tout en bas de la page, après le dernier dessin, il y avait un espace pour les commentaires. Je les ai fait défiler rapidement ; la batterie ne me laisserait pas le temps de tous les lire. Ils étaient signés avec des pseudos – j'en reconnaissais certains que j'avais vus dans Skype. Il y avait peut-être une cinquantaine de commentaires. La plupart tenaient en un smiley et plusieurs points d'exclamation. Les plus élaborés disaient « Trop foooorte ta page ! » ou « moi ossi je suis fan ! ! ! j'ai mem mon site regarde » avec ensuite un lien vers une autre page MySpace, Skyblog, etc.

Un pseudo revenait souvent dans les commentaires : « Adri1 ». Il était le seul à laisser régulièrement des commentaires. C'était le seul aussi qui faisait des phrases complètes, et celui qui faisait le moins de fautes d'orthographe : « J'ai adoré l'épisode, il m'a fait penser à la fois ou Léa a fait le mur en cachette pour aller voir Théo » ; « Tes dessins sont de plus en plus bôôô ! » ; « Tu trouves pas que Clément, c'est un papa rêvé, même s'il a pas d'enfant ? »

Deux minutes.

J'ai cliqué sur Adr1 et je suis arrivée sur une nouvelle page MySpace, à nouveau illustrée de photos de *La Vie la Vraie*.

Adrien, garçon, neuf ans, Gironde, France.

Pas de photos.

Au centre de la page, il n'y avait pas grand-chose : des photos de personnages et quelques petites animations qu'il avait dû trouver sur la page officielle de la série. (C'était Jérôme, dans l'open-space, qui était chargé d'alimenter le site. Il créait souvent les applications à la demande des fans, comme par exemple ces déroulés des dix meilleures photos de Clément et de Soraya, et il les concevait pour qu'elles soient faciles à installer sur ce genre de sites personnels justement.) À droite de l'écran, Adri1 avait mis un lien qui a attiré mon attention : en plus de MySpace, il avait aussi une page Twitter. J'ai immédiatement cliqué dessus : des messages mis à jour en temps réel, c'était potentiellement une mine d'informations. Je ne connaissais pas le site, j'en avais juste entendu parler, et je ne savais pas si les messages publiés par les membres étaient accessibles à tout le monde ou s'il fallait d'abord faire une demande et être accepté par le titulaire de la page. J'ai eu de la chance : les messages d'Adr1 se sont affichés.

À cet instant, l'écran de l'ordinateur a tremblé, la luminosité a baissé, l'image s'est figée. J'ai crié non, non, non, l'homme de l'autre côté du couloir s'est penché vers moi, il m'a dit sincèrement désolé que l'ordinateur était en train de passer en mode veille et qu'il n'y avait plus rien à faire. La machine a vrombi, un voyant vert a clignoté, puis le bruit a cessé et tout s'est éteint.

Juste avant le noir, j'ai eu le temps de lire le dernier message d'Adr1 : *Vivement la fontaine des grands chevaux.*

Marc était aussi fébrile que moi. Avec l'informaticien de la police, ils avaient réussi à entrer dans la messagerie d'Annie. Ils avaient trouvé beaucoup d'échanges de mails entre elle et un certain « Adrien ».

— Adrien ! j'ai crié, justement, j'ai...

Mais Marc était trop absorbé par sa découverte pour m'écouter. À toute allure, il m'a expliqué que les messages entre Annie et cet Adrien ne disaient presque rien. Ils consistaient surtout en des rendez-vous qu'ils prenaient pour se connecter sur Skype à la même heure. Dans deux messages récents, il y avait une allusion qui pouvait laisser entendre qu'ils avaient entrepris de se rencontrer aujourd'hui.

— Je crois que je sais où ils devaient se retrouver, j'ai dit.

Marc ne comprenait pas.

— Il faut que vous vous rendiez le plus vite possible à la place des Quinconces, à la fontaine de la colonne des Girondins. Tu te souviens, à la Foire aux plaisirs, l'année dernière, Annie avait posé plein de questions sur les sabots de chevaux, les sabots palmés, je crois que c'est là qu'ils se sont donné rendez-vous.

Le train approchait de la gare. L'homme qui m'avait prêté son ordinateur m'a tendu une carte de visite en me demandant de lui donner des nouvelles. J'ai couru à ma place prendre mon manteau et j'étais la première devant la porte quand elle s'est ouverte. J'ai rappelé Marc en sortant du passage souterrain pour lui expliquer comment j'avais pensé à la place des Quinconces. J'ai couru jusqu'aux taxis.

Annie était sortie de l'école à midi, combien de temps lui fallait-il pour aller jusqu'à la place des Quinconces ? Avait-elle pris le bus toute seule ? Elle en aurait eu pour une demi-heure, une heure maximum. Mais comment aurait-elle payé son ticket ? Ou était-elle partie à pied ? Le chemin était beaucoup trop compliqué, elle allait se perdre. Des passants l'auraient forcément interrogée, ils auraient trouvé nos coordonnées dans son cahier de correspondance, ils nous auraient déjà appelés. Et puis pourquoi Annie avait-elle été vue en train de courir à la sortie de l'école ? Malheureusement, il était déjà 17 heures, même si la fontaine des Girondins était le lieu du rendez-vous, l'heure était forcément dépassée.

— Vous pensez qu'on y sera dans combien de temps ?

— À cette heure-ci, avec en plus tous ces tramways…

Le chauffeur a fait un geste vague et n'a pas terminé sa phrase. J'ai préparé l'argent, que j'ai déposé sur l'accoudoir central dès qu'il m'a paru judicieux de terminer à pied.

J'ai couru jusqu'à la place des Quinconces, puis je l'ai traversée, la plus grande d'Europe à ce qu'il paraît, j'ai eu le temps de m'en rendre compte, tandis que j'essayais de scruter, tout au bout, la fontaine au pied de la colonne des Girondins, les gens, les enfants, les silhouettes – celle d'Annie ? Mais la distance était trop grande, et la terre blanche de l'esplanade, même sous un soleil d'hiver, était trop éblouissante pour que je puisse voir aussi loin. Mes chaussures étaient recouvertes de poussière blanche, je sentais les coutures de mon blouson, le bruit du cuir qui frottait et qui ralentissait le mouvement de mes bras. J'entendais mon souffle qui résonnait au milieu de cette grande place vide, et mon cœur qui criait dans ma poitrine et réclamait tant de choses à la fois.

J'ai d'abord vu la voiture de police garée près de la fontaine, puis deux silhouettes : un uniforme... et Marc. Pas d'enfant. Ni avec eux, ni dans la voiture. Il y avait quelques personnes qui marchaient près de la fontaine, dont plusieurs enfants, mais Marc et les policiers n'avaient pas l'air d'être en train de chercher. Ils avaient sans doute déjà fait le tour de la place, en vain.

J'ai terminé ma course devant Marc, le visage grave, qui m'a juste fait non de la tête : ils ne l'avaient pas trouvée.

Soit le rendez-vous avait déjà eu lieu, soit j'avais mal compris et le dernier message sur la page Twitter d'Adrien n'avait rien à voir avec Annie. Dans les deux cas, tout était possible, et Annie pouvait être n'importe où. Elle avait maintenant disparu depuis plus de cinq heures.

Faute de piste alternative, nous sommes restés près de la fontaine. Deux policiers étaient chez nous, l'un pour fouiller la chambre, l'autre l'ordinateur. Deux autres encore étaient à l'école pour interroger les parents à la sortie des classes. Et une voiture parcourait le quartier depuis le début de l'après-midi. Elle étendait à présent ses recherches sur les itinéraires possibles entre l'école et la place des Quinconces. Les chauffeurs de bus des lignes concernées avaient été prévenus, on leur avait montré une photo d'Annie, mais aucun ne se rappelait l'avoir vue.

Le policier parlait au téléphone. Marc ne le quittait pas des yeux.

J'avais chaud, je transpirais.

— C'est qui cet Adrien ? Tu penses que ça peut vraiment être un garçon de l'âge d'Annie ?

— Ses mails sont très courts, a-t-il dit sans tourner les yeux vers moi. Difficile à dire, ils parlaient surtout par Skype.

— Mais sur Skype, on voit les visages, Annie n'aurait jamais discuté avec un adulte...

Son regard alternait entre le policier, toujours au téléphone, et le portable qu'il frottait dans ses mains.

— Pas forcément, on peut aussi parler sans l'image.

— Rien qu'à la voix on fait la différence entre un adulte et un enfant...

— Le flic dit qu'il existe des modulateurs de voix. De toute manière, on peut aussi se servir de Skype comme d'MSN, en envoyant du texte seulement.

— Je suis désolée, Marc, je...

Il s'est tourné vers moi. Il a posé ma tête contre son épaule. Il respirait fort.

— L'informaticien a retrouvé le site où Annie a rencontré Adrien. C'est un site de fans de *La Vie la Vraie*, Annie participait à un forum sur un des personnages, une fille qui s'appelle Léa. J'imagine que tu connais. L'informaticien a remonté toutes les contributions d'Annie sur le site, et ce serait dans ce forum qu'Adrien lui aurait parlé pour la première fois. Il y a presque deux mois.

Deux enfants ont couru vers la fontaine, main dans la main. Nous nous sommes tournés vers eux, avant de voir leur mère arriver derrière eux, avec une poussette, leur disant de ne pas se pencher au-dessus de l'eau...

— Cette Léa, a dit Marc, dans votre histoire, elle a perdu sa mère, c'est ça ?

— Oui. Elle a toujours son père, mais sa mère est morte quand elle avait dix ans...

— C'est ça le lien.

— Pourquoi tu dis ça ? j'ai demandé.

— Dans le premier mail qu'il a envoyé à Annie, Adrien lui a dit que lui aussi il était orphelin.

Le policier nous encourageait à rentrer chez nous. Il disait qu'il était plus de 18 heures, il faisait nuit, ça ne servait plus à rien. Les indices que nous avions étaient plus que minces, rien ne permettait de penser qu'Annie viendrait ici. Chez nous, au moins, nous pourrions répondre aux questions des enquêteurs. Peut-être qu'en étant dans la chambre d'Annie, en voyant ses affaires, de nouvelles idées viendraient.

J'ai réclamé cinq minutes, le temps de faire le tour de la fontaine, plus pour respirer à vrai dire que pour vérifier une dernière fois.

J'ai contourné la colonne, je suis montée sur le promontoire. Je me suis appuyée contre la rambarde en pierre. Malgré les lampadaires, on ne voyait presque plus rien.

La voix de Marc, ses gestes, ses regards ; tout s'ajoutait à ma douleur.

Soudain, il a crié mon nom.

J'étais derrière la colonne, je ne pouvais pas le voir.

— Sophie !

J'ai descendu les marches trois par trois, j'ai couru jusqu'à lui. Il tenait son portable de ses deux mains comme un oiseau tombé d'un nid.

Le policier courait vers la voiture.

— Allez, on y va !

Marc s'est mis à courir à son tour.

— On va où ? j'ai crié sans arriver à le rattraper.

— On a retrouvé Annie ! Elle est chez Adrien !

Il parlait sans se retourner, j'avais du mal à l'entendre.

— Elle va bien ? Tu lui as parlé ?

— Oui, elle va bien, elle est avec Adrien.

— C'est Adrien qui t'a appelé ? Je comprends pas…

Dans la voiture, le policier a allumé son GPS et s'est tourné vers Marc.

— 7, rue Francis-Martin, c'est ça ?

Marc a répété l'adresse pour confirmer. La voiture a démarré.

— C'est tout près, a dit le policier.

À l'avant, Marc penchait son buste vers le pare-brise, comme pour faire avancer la voiture plus vite.

— Marc, s'il te plaît, dis-moi ce qui se passe !

— Vos ceintures, a dit le policier.

Nous nous sommes attachés. Marc s'est tourné vers moi.

— Adrien habite dans le quartier, il a donné rendez-vous à Annie à l'heure où il sortait de classe. On les a manqués de peu. Ils viennent de rentrer. C'est la grand-mère d'Adrien qui m'a appelé.

— Elle est où Annie ? Elle est chez la grand-mère ?

Il ne m'a pas répondu. Il comptait les rues et vérifiait à chaque virage que le policier suivait le GPS. Il m'a serré la main.

La rue Francis-Martin était tout près. On s'est garés en double file devant le numéro 7. Le policier a sonné. Marc et moi étions juste derrière lui.

— C'est au fond de la cour au rez-de-chaussée, a dit une voix de femme dans l'interphone.

La porte s'est ouverte. Marc était passé devant.

— Allez-y, m'a dit le policier en me laissant le doubler.

J'ai enjambé le seuil de la porte cochère. On a traversé la cour en courant. Une dame d'une soixantaine d'années s'est avancée dès qu'elle nous a vus. Elle sortait d'une petite maison comme posée sur les pavés de la cour.

— Comme j'ai eu peur ! disait-elle, d'habitude, il est toujours rentré à 5 heures. Là, à 6 heures, il était toujours pas à la maison. J'ai appelé l'école, tout le monde, rien à faire...

Marc a continué jusqu'à la porte.

— Elle est à l'intérieur ?

— Ça, on peut dire que je les ai disputés. À neuf ans, on n'a pas idée !

— Merci, madame, j'ai dit en suivant Marc qui était déjà entré, vous ne pouvez pas savoir comme on était inquiets.

L'entrée donnait sur un vestibule, qui donnait dans un petit salon. Il y avait un escalier sur la droite, une véranda au fond, deux portes sur la droite. Marc était au milieu du salon.

— Annie ? Annie ? Tu es là ?

Il a avancé jusqu'à la véranda. Par une des portes sur la gauche, j'ai aperçu la cuisine, il y avait de la lumière. Marc est ressorti de la véranda. Il continuait d'appeler.

— Annie, on est là, où es-tu ?

J'ai poussé la porte de la cuisine.

Annie était à genoux sur la chaise, les coudes sur la table, la bouche pleine de biscuit. En face d'elle, un garçon, à peine plus grand, était en train de préparer une tartine de Nutella.

Marc est arrivé derrière moi. Quand elle nous a vus, elle est descendue de sa chaise. Adrien nous dévisageait. Nous étions sur le point de plonger vers elle pour la serrer dans nos bras, mais ses gestes étaient si précis, elle avait un tel aplomb, que nous avons été stoppés dans notre élan.

Elle s'est arrêtée à deux mètres de nous. Avec sa main, elle a essuyé la commissure de ses lèvres. Elle s'est tenue au radiateur.

— Je sais que j'aurais pas dû rater une demi-journée d'école. Mais sinon j'aurais été en retard à mon rendez-vous, et c'était trop important.

La grand-mère d'Adrien, suivie du policier, est entrée dans la cuisine.

— Je vous ai appelés dès que je les ai vus arriver. Ils étaient au jardin public, on y va avec Adrien par la place de Longchamps, c'est juste au bout de la rue. Vous savez ce qu'ils m'ont dit ? Qu'ils sont rentrés à cause de la nuit parce qu'ils n'y voyaient plus rien. À neuf ans ! Elle est si mignonne pourtant… Ça, je les ai disputés. Hein, Annie, que je vous ai disputés ?

Annie s'est jetée vers moi. Elle a enfoui sa tête entre mon pull et mon blouson.

*

Josée, la grand-mère d'Adrien, a insisté pour qu'on reste dîner.

— Oh, pas grand-chose, juste des spaghettis bolognaise, et je mettrai la viande à part pour ceux qui n'en prennent pas le soir.

Elle a invité plusieurs fois le policier, dont je n'avais pas remarqué à quel point il était jeune. Mais il a préféré nous laisser car c'était à présent « un temps pour la famille ». Il a tendu sa main à Annie, il l'a appelée Mademoiselle, il lui a dit que sa disparition avait mobilisé huit personnes, tout le monde avait eu très peur. Il espérait qu'elle ne recommencerait jamais. Il a senti que sa présence suffisait à impressionner Annie, il n'a pas insisté.

Julien est arrivé un peu avant 20 heures. Il a embrassé sa sœur. Il l'a grondée. Elle a pleuré. Elle lui a demandé pardon.

Marc était éteint. Il s'est appuyé contre le mur pendant que l'eau des pâtes chauffait. Il ne quittait pas Annie des yeux, il parlait peu, seulement lorsque Josée s'adressait à lui directement. Que faisait-il dans la vie ? Où habitions-nous ? En tant que locataires ? Elle, elle était née dans cette maison, c'était son seul bien, ses grands-parents avaient travaillé pour les anciens propriétaires, à l'époque c'était un hôtel particulier. Ils sont restés au service des mêmes gens plus de quarante ans et ils ont fini par hériter de la petite maison dans la cour. Elle a sorti les assiettes, elle les a confiées à Adrien et lui a dit d'aller avec Annie préparer la table dans le salon. Marc les a suivis. Josée a posé les tomates sur la table et elle m'a proposé de l'aider à les éplucher. Elle m'a tendu un couteau. Elle a gardé le sien et elle s'est penchée au-dessus des tomates en face de moi. Pour la première fois depuis qu'on était arrivés, elle s'est tue. Puis, sans lever la tête, elle m'a dit qu'elle était « une femme divorcée assumée ». Vivre seule ne la dérangeait pas, mais c'était une responsabilité envers son petit-fils : il n'avait qu'elle. Depuis l'accident, elle avait constamment « une boule dans le ventre pour Adrien ». Elle a fait le geste contre son ventre avec ses poings. Un peu plus tard, elle a mentionné « l'accident » à nouveau, sans aller plus loin, comme si c'était un mot qui disait tout. Entre nous aussi, j'ai pensé, on parlait de « l'accident » ; et on s'en tenait toujours là.

— C'est vrai que c'est toi qui décides toutes les choses qui se passent dans *La Vie la Vraie* ?

Adrien avait attendu pour se lancer que sa grand-mère laisse un blanc dans la conversation. On sentait qu'il avait préparé sa question.

Quand il a dit « *La Vie la Vraie* », Annie a fait les gros yeux. Elle a froncé les lèvres pour lui demander de se taire, c'était un secret, il ne fallait pas en parler. Elle m'a regardée pour me demander pardon et a jeté quelques coups d'œil furtifs vers Marc.

— T'inquiète pas, j'ai dit de la voix la plus neutre possible, en forçant un sourire, ce n'est plus un secret, on peut en parler. Marc est au courant.

Annie a cherché confirmation dans le regard de Marc, qui lui a souri mais qui n'a pas dit un mot.

Adrien en a profité pour revenir à la charge.

— Alors, c'est vrai ? C'est toi qui décides les choses dans *La Vie la Vraie* ?

— Je travaille avec les auteurs, mais moi, je n'écris pas.

Il a réfléchi. Des auteurs ? Il y avait des auteurs à la télévision ?

— Mais qui décide, par exemple, quand quelqu'un arrive dans *La Vie la Vraie*, s'il va devenir gentil ou s'il va devenir méchant ?

— Cette personne, on l'appelle le directeur de collection, j'ai dit en réprimant une pensée amère pour Françoise. On peut dire aussi le chef des scénaristes. Parce qu'il y a tellement d'épisodes à écrire, qu'il y a plein de scénaristes qui écrivent les épisodes et qui inventent les histoires. Mais pour les choses les plus importantes, comme l'arrivée d'un nouveau personnage, c'est le chef des scénaristes qui décide.

Il a mordu sa lèvre et a hoché la tête pour me dire qu'il avait bien compris. Son regard indiquait plutôt le contraire.

— Mais, par exemple, toi, tu as déjà décidé quoi ?

— Moi, tu sais, rien de spécial, je ne suis pas là pour décider...

J'ai jeté un coup d'œil vers Marc. Les questions d'Adrien me faisaient sourire, mais j'avais peur d'agacer Marc en restant sur le sujet.

— Je peux te poser une question ? a dit Adrien.

— Je t'écoute...

— Est-ce que c'est vrai qu'Abdou aurait dû mourir et que c'est toi qui as décidé qu'il fallait qu'il continue à vivre ?

Il a tourné la tête vers Annie, qui s'est tournée vers moi.

— Dis-lui que c'est vrai. J'ai tout entendu, j'étais même là !

— C'est vrai, j'ai dit, c'est moi.

Il a laissé percer un sourire. Celui d'Annie débordait de satisfaction. Une drôle de chaleur est montée dans mon ventre. Ils étaient fiers de moi.

— Il est 20h10 !

Adrien a laissé tomber sa fourchette dans son assiette. Il a sauté de sa chaise et il a couru jusqu'à la télécommande. Il a zappé sur RFT. Il s'est enfoncé dans le canapé et il a crié à Annie de le rejoindre.

— Ça va commencer !

Annie n'osait pas descendre de sa chaise. Elle m'a regardée en premier, ce qui ne m'arrangeait pas. J'ai tourné mon regard vers Marc, qui a vu qu'elle avait fini son assiette et qui, d'un petit mouvement du menton, a donné son accord. Elle a couru jusqu'au canapé et s'est assise à côté d'Adrien.

Ce que la vie ne dit pas/Le point de non-retour, le froid, les pleurs/Chacun sur le chemin/Exorciser le pire pour le meilleur/On a foi en la vie/Battement de cœur/C'est mon bonheur/C'est le bonheu-eu-eu-eur...

Quand j'ai vu les premières images, je me suis rappelé l'épisode. Abdou, à la clinique, allait enfin se souvenir de son prénom, grâce à la persévérance de Margot. Pour l'instant, tout le monde continuait de l'appeler Gabriel, comme l'avait décidé le SDF qui l'avait recueilli après sa chute du toit. Le souvenir de son vrai prénom serait son premier pas hors de l'amnésie. De son côté, Soraya allait demander une aide juridique auprès de Clément car le bail pour le local de son association avait été mal rédigé et les propriétaires sans scrupules lui réclamaient un argent qu'elle n'avait pas, ce qui signifiait la mort de son association. L'intrigue C, en revanche, je ne m'en souvenais pas.

Tandis qu'elle rassemblait les assiettes, Josée nous a expliqué qu'Adrien avait pris l'habitude, deux fois par semaine, d'envoyer à Annie des épisodes de *La Vie la Vraie*. C'était les soirs où il allait au basket, il ratait la série, du coup il avait le droit d'acheter les épisodes en VOD. Josée ne savait pas qu'Annie n'avait pas le droit de regarder la télé sans autorisation, sinon, elle n'aurait pas laissé Adrien lui envoyer des épisodes. Marc a secoué la tête, Josée ne devait pas s'en faire pour ça, il n'y avait rien de grave, il ne lui en voulait pas.

Annie ne savait toujours pas qu'on avait découvert sa page MySpace, ses dessins, ses contributions sur les forums... Pendant le dîner, ni Marc ni moi ne lui avions vraiment parlé de la gravité de ce qu'elle avait fait. C'était Julien qui avait été le plus véhément. Pour l'instant, il y avait Adrien, sa grand-mère, on était sous le coup de l'émotion. Marc pensait comme moi : ce n'était pas le moment d'insister.

Josée et Julien sont allés dans la cuisine préparer la Ricoré, et j'ai rejoint Marc dans la chambre d'Adrien. Il avait demandé à Josée l'autorisation de s'isoler quelques minutes. Il était assis contre la baie vitrée, sur la moquette, le dos contre le verre. De l'autre côté, il y avait un grand mur gris, et un minuscule jardin.

— Quelle journée... j'ai dit.

Il y avait des posters de *La Vie la Vraie* sur tous les murs. Au-dessus de son lit, Adrien avait accroché un collage avec les visages des héros de la série : Rosalie, Soraya, Michel... Abdou était sur le côté, il avait été ajouté plus récemment. Plus bas, juste au-dessus de l'oreiller, il y avait une photo de Clément.

Je me suis assise à côté de Marc, juste assez près pour que nos bras se frôlent. J'espérais qu'il écarterait le sien et qu'il me ferait une place sur son épaule.

— T'aurais su prendre le bus, toi, à neuf ans ?

Il a pris son inspiration.

— Faut pas que tu rentres à Paris ?

Il avait la voix abîmée.

— Je sais pas. Je suis fatiguée. Tout ce que je sais, là, c'est que j'ai envie d'être avec toi.

— Moi aussi, a-t-il dit, je commence à comprendre ce dont j'ai besoin.

J'ai souri. J'ai posé la tête sur son épaule. J'avais envie de vide, de ne plus penser à rien, de nous écouter respirer.

Il s'est écarté.

— Non, Sophie, tu ne comprends pas.

Du dos de sa main, il a essuyé sa joue.

— Hein, qu'est-ce qu'il nous faut de plus ?

Il ne bougeait pas.

— Je t'ai trompée. Tu m'as menti…

Il a fait un geste vague vers le salon.

— Et regarde Annie.

Par la porte de la chambre, on apercevait un bout du canapé et les pieds d'Annie et d'Adrien qui dépassaient sans toucher le sol. On entendait les voix des personnages de *La Vie la Vraie*.

— Alors quoi ? j'ai murmuré.

— Alors je crois qu'on est arrivés au bout.

J'étais toujours par terre contre la baie vitrée quand l'épisode s'est terminé. Mon dos était transpercé par le froid. Marc s'était levé, il était l'heure d'y aller, il a dit à Annie de mettre son manteau. Malgré le froid, je ne trouvais pas la force de bouger. Je pensais à la nuit qui m'attendait, qui ne pouvait être que la pire de ma vie. Il faudrait que je suive Marc jusqu'à chez nous, qui n'était plus chez nous, juste chez lui, que je partage son lit, faute de train à cette heure-ci qui m'aurait ramenée à Paris. J'allais dormir à côté de lui, je serais une intruse dans mon lit. Au matin, je me lèverais, je sentirais la chaleur du drap, voluptueuse, puis je me souviendrais que j'avais dormi à côté de Marc pour la dernière fois, j'en aurais la nausée, je tournerais la tête pour ne pas croiser son regard. Je soulèverais la couette et je m'éloignerais en silence. Il ferait semblant de dormir. Je prendrais ma douche, j'irais embrasser Annie, je prendrais une voix de tous les jours, qui me rendrait encore plus triste, puis je sortirais dans la nuit, le ventre vide, et je ne reviendrais pas, plus jamais, ou seulement pour remplir des valises, devant Annie, qui, je le savais, ne me pardonnerait pas.

J'ai posé mes mains sur la moquette et j'ai pris appui sur le montant de la baie vitrée, comme on suit un rail, pour me hisser. Je ne devais pas pleurer.

J'ai vu Adrien à la porte de la chambre. Il avait passé la tête, il hésitait à avancer.

Il me regardait assise sur le sol, j'ai fait de mon mieux pour lui sourire.

C'était lui, ce petit bonhomme, qui avait accroché tous les posters de sa chambre. Avec ses ciseaux et sa Patafix, il avait découpé les images des magazines, il avait grimpé sur le lit, il avait réfléchi aux meilleurs endroits où installer ses héros, il avait appuyé sur les points de colle pour que ça tienne bien. Il était descendu du lit pour admirer le résultat.

Il s'est approché. Il avait une drôle de manière de tenir ses mains : il frottait ses doigts les uns contre les autres par timidité.

— Qu'est-ce que tu as, Adrien, tu veux me dire quelque chose ?

Comme à table tout à l'heure, on voyait à son air qu'il préparait une question. Je lui ai montré une place à côté de moi.

Il a fait encore un pas et s'est accroupi.

— Je sais que c'est pas toi qui décides, pour les histoires, parce que le chef c'est quelqu'un d'autre…

Il ne savait pas comment continuer.

— Mais demain, a-t-il dit, tu vas y retourner ?

— Je crois bien que oui…

Il a hoché la tête, l'air satisfait.

— Mais dans ces cas-là, est-ce que tu peux quand même, par exemple, avoir toi-même des idées ?

— Je sais pas, ça dépend. Tu en as une à me proposer ?

Il a fait non de la tête.

— Alors, j'ai dit, qu'est-ce que tu voulais me dire ?

Il a baissé le regard.

— Enfin, si, peut-être. J'ai peut-être une idée.

Ça a réussi à me faire sourire.

— Ben dis-la-moi, j'ai chuchoté, on sait jamais.

— Tu sais, Clément, dans *La Vie la Vraie*…

Sa voix s'est étouffée avant qu'il finisse sa phrase.

— Regarde, j'ai dit, viens, assieds-toi, tu seras mieux.

Il est venu s'adosser contre la vitre. J'ai glissé mon bras derrière sa tête, pour l'amener contre mon épaule, comme j'avais espéré que Marc le fasse avec moi.

— Clément, tu disais ? Raconte-moi.

Il a regardé la photo de Clément au-dessus du lit. Il a avalé sa salive.

— Il aime bien les enfants. Quand il va à l'association de Soraya, il s'entend bien avec les enfants.

— C'est vrai, il est très gentil avec eux.

— Sauf que Clément, il a jamais été papa.

— Il est jeune encore, et puis il vit seul.

Il a réfléchi.

— Tu crois qu'un jour il sera papa ?

— Tu crois qu'il devrait ?

— Ben, je sais pas…

— Faut qu'on y réfléchisse alors…

J'ai incliné ma tête, je voyais son grand front, soyeux, et ses yeux grands ouverts. Je me suis sentie responsable de lui.

— C'était ça ton idée ?

— Non, je sais pas. Mais je me disais, par exemple, que ce serait une bonne idée si Clément, au lieu de…

Sa voix s'est perdue dans sa gorge.

— Qu'est-ce que tu proposes ? j'ai chuchoté.

— Il pourrait peut-être adopter un enfant qui n'aurait pas de papa ?

Il me regardait dans les yeux. Je l'ai serré contre moi.

— C'est une très bonne idée, j'ai dit. Je te promets de faire de mon mieux.

On a échangé un regard solennel. Adrien avait rempli son devoir, à moi de remplir le mien.

Il s'est levé, il a couru au salon. J'ai plongé ma main dans la poche de mon jean, j'ai sorti mon iPhone. Ma décision était une évidence, il n'y avait pas à réfléchir. C'était comme si elle avait été prise avant même que j'en aie eu l'idée.

J'ai parcouru mon répertoire et j'ai appelé Joseph.

Il a décroché à la première sonnerie.

— Hé hé ! Sophie ! C'est pas souvent que t'appelles ! Mais c'est toujours des bonnes nouvelles, hein ! Comment tu vas ? C'est quoi le drame cette fois ?

— Joseph, est-ce que tu as les adresses mail des comédiens ?

Il a réfléchi.

— J'ai jamais écrit aux collègues, mais je pense que j'ai juste les contacts en copie quand la prod nous envoie les textes… Mais qu'est-ce que tu me racontes ? C'est toi la prod !

— Je suis pas au bureau, c'est vraiment une urgence, là.

— Tout ce que tu veux, Princesse.

— Tu vas pouvoir m'envoyer la liste maintenant ? T'y as accès depuis ton téléphone ?

— T'as oublié de nous inviter à ton anniversaire ?

— Voilà, quelque chose comme ça... Tu me l'envoies tout de suite ?

— Tu raccroches et je te l'envoie. Il est canon le téléphone que vous nous avez filé. Je te dis les choses, tu vois, quand elles sont bien, je suis pas rancunier. Parce que l'hôtel, par contre...

— T'as qu'à demander à Margot de t'inviter dans le sien. Elle a une très belle chambre, avec une très belle vue. Mais je dis ça, t'es peut-être déjà au courant...

Ça l'a fait rire.

— Vas-y, Princesse, sois pas jalouse...

— J'attends la liste.

— Sérieusement, tu le sais depuis quand pour Margot et moi ?

Josée a passé la tête dans la chambre.

Je lui ai fait signe que j'arrivais. Elle m'a souri.

— Je te laisse, Joseph. J'attends la liste. Je t'embrasse.

Il a tenu parole. Vingt secondes plus tard, j'ai reçu un mail avec les adresses. Léa, le père de Léa, Théo, Rosalie, Soraya, Clément : ils y étaient. Pour les autres, je n'ai pas vérifié.

On y était. J'ai inspiré.

Tout sélectionner. Tout copier.

Puis je suis allée dans ma boîte de réception. J'ai fait défiler les messages de la journée. Jusqu'à celui de 08h02.

Objet : CONFIDENTIEL.

Bonne réception,

Noémie.

Pièce jointe : PFLV-arche-1161-1191

L'arche incendie.

Joyce m'avait prévenue. Personne ne devait connaître l'arche incendie avant le tout dernier moment. Grèves, fuites à la presse, ce serait la révolution sur le plateau si les comédiens apprenaient qu'ils allaient mourir. L'incendie devait être la dernière scène qu'ils tourneraient, ils seraient prévenus le jour même. Et on ne leur dirait pas qu'ils seraient retrouvés morts dans l'épisode suivant.

Transférer le message.

Coller.

Toutes les adresses des comédiens sont apparues dans la case destinataires. En dessous, j'ai juste écrit :

Bonne réception,
Sophie.

J'ai fermé les yeux. Je pouvais annuler le message d'un clic. Pas de témoins. Pas de conséquences. Rien. Un fantasme. Tout continuait.

Ou je terminais de l'envoyer.

J'ai ouvert les yeux et j'ai ajouté Françoise à la liste des destinataires. Quand j'ai vu son nom en toutes lettres, j'ai su que je ne pouvais pas reculer.

Tu sais quand j'ai commencé à réussir, Sophie? Le jour où j'ai compris qu'il ne servait à rien de vouloir être sincère avec le public.

J'ai ajouté Joyce aussi.

J'ai expiré. J'ai bloqué ma respiration. Plus d'air dans mes poumons tant que ça ne serait pas fait. J'ai serré les lèvres, j'ai tendu mon index. Juste un gramme, il ne restait qu'à appuyer.

J'ai laissé tomber mon doigt sur l'écran.

J'ai respiré.

*

J'ai fait la bise à Josée, Julien et Annie sont entrés dans le taxi, j'ai fermé la portière derrière eux. Marc aussi était assis sur la banquette arrière, il était entré de l'autre côté. Il a pris Annie sur ses genoux. Le chauffeur a débarrassé le siège avant et m'a fait signe que je pouvais m'asseoir. J'ai fait un dernier sourire à Josée et à Adrien, j'ai claqué la portière, la voiture a démarré.

Je faisais tourner mon iPhone dans ma main, j'avais le cœur qui battait fort. On roulait. J'étais là, immobile, silencieuse, je venais d'accomplir le geste le plus radical et Marc l'ignorait. Aurait-il pu mesurer la portée de ce que je venais de faire ? Aurait-il compris ce que ça signifiait ? L'arche était dans les boîtes mail. À Nice et à Paris, dans les chambres d'hôtel, dans les appartements, on était peut-être déjà en train de la lire. J'avais appuyé sur le bouton, l'onde de choc se propageait, on ne pouvait pas la retenir.

J'ai aperçu la maison au bout de la rue, j'ai sorti mon porte-monnaie pour payer le chauffeur et j'ai regardé dans le rétroviseur. À l'arrière, Annie dormait contre son frère. Marc avait les yeux fermés.

J'avais mon iPhone dans la main. Pour l'instant, il n'avait pas vibré.

24

Pas un bruit dans l'appartement. Dans la salle de bains, j'ai jeté de l'eau froide sur mon visage. J'ai marché jusqu'à la chambre. Je me suis déshabillée, j'ai passé de nouveaux vêtements. Sur le lit, qui n'était pas fait, il y avait toujours le faux livre que m'avait fabriqué Julien. *Au grenier*, version Photoshop – et le manuscrit sur la table de nuit.

Manquait juste le contrat. Il était au cinquième étage d'Azur Productions, sur mon bureau, dans la bannette qui me servait pour les documents à traiter en priorité. J'avais posé l'agrafeuse par-dessus, en presse-papier, pour le protéger d'un courant d'air. C'était pour lui que j'avais pris le premier train, que je m'étais levée au milieu de la nuit. Je devais repasser à Azur Productions. Rapidement. Je ne voulais pas que Joyce ait le temps de trouver mon contrat. Elle était capable de tout.

J'ai fait les comptes pendant que je tournais la clé dans la serrure. J'avais un peu moins de six mille euros sur mon compte. Trois mois de loyer.

Je n'avais même pas essayé de chercher le sommeil. Je m'étais allongée, mais je savais que je ne pourrais pas dormir. Entre Marc qui ne m'aimait plus, et l'arche incendie que j'avais envoyée aux comédiens, les angoisses s'étaient bousculées dans ma tête, mon cerveau produisait en continu des images de ce qui était en train de se passer, à Nice, à Paris, sur le plateau, à RFT, dans ma vie. Pendant la nuit, j'avais entendu plusieurs fois mon téléphone vibrer, ce qui avait confirmé que des choses étaient en train de se passer. Je ne m'étais pas levée. Mais, dans le bus, le matin, j'avais fait défiler la liste des appels en absence : ils avaient tous essayé de me parler. Joyce, Françoise, Joseph, ils avaient laissé des messages. Je ne les avais pas écoutés. Je les avais effacés.

Pourtant, j'avais envie de savoir ce qui s'était passé. Mais je n'avais pas le courage d'affronter ce que j'avais fait. J'avais déstabilisé tout un tournage, peut-être déclenché une grève ; les comédiens, toujours avides de savoir ce qui allait arriver à leur personnage, avaient forcément lu l'arche incendie dès qu'ils l'avaient reçue. Ils avaient dû s'appeler les uns les autres, une traînée de poudre, Joyce avait été alertée, elle risquait un arrêt de tournage, le noir à l'antenne. Son premier appel, j'avais regardé, remontait à 23h20. Elle avait dû me laisser un message ; comme les autres, je l'avais effacé. Je n'aurais pas été capable de l'écouter. Sa fureur, son mépris, rien qu'à sa voix je me serais décomposée.

— J'ai un problème avec mon badge, j'ai dit à l'hôtesse qui n'avait pas l'air de me reconnaître. Vous pouvez me faire un badge visiteur s'il vous plaît ?

J'avais posé mon badge comme tous les matins sur le boîtier noir au fond du hall mais l'ascenseur ne s'était pas ouvert. J'avais essayé plusieurs fois, j'avais frotté mon badge contre mon jean, mais les portes ne s'ouvraient pas.

— Votre nom s'il vous plaît ?

— Sophie Lechat, mais je travaille là, je vous vois tous les matins, mon badge doit être abîmé...

— Je ne vous vois pas sur la liste des invités.

— Je vous dis que je travaille ici.

— Vous avez rendez-vous avec qui ?

— J'ai pas rendez-vous, je travaille ici.
— Sophie Lechat ?
Elle a entré mon nom, essayé plusieurs orthographes, mais ne m'a pas trouvée.
— Je viens tous les matins, vous vous souvenez vraiment pas ?
— Auriez-vous le nom d'un collègue que je pourrais appeler ?

Mohamed est sorti de l'ascenseur deux minutes plus tard. Il a bloqué les portes avec sa main, et sans un mot, ni un sourire, il m'a fait signe de le précéder. Je crois qu'il ne m'a même pas regardée.
Dans le sas du haut, seulement, il a ouvert la bouche.
— J'ai mis tes affaires dans un carton. Je me suis permis.
Il a ouvert la porte avec son badge et m'a devancée dans l'open-space, comme il le faisait lorsque Joyce recevait des visiteurs trop importants pour les confier aux hôtesses.
Il a ouvert la porte, tous les regards étaient sur moi. Soit Mohamed les avait prévenus avant de descendre, soit ils avaient passé la matinée à surveiller mon entrée.
J'entre dans l'open-space et aussitôt le silence se fait.
On est passés devant le bureau de Joyce. La porte était fermée.
Il ne restait que quelques mètres avant mon bureau, mais je n'ai pas tenu, les regards étaient plus forts que moi. J'aurais voulu rester droite et fixer les regards. Mais j'ai baissé la tête.
Mohamed s'est assis à mon bureau. Le mien. Près de la fenêtre. Il y avait installé toutes ses affaires.
— T'as pas perdu de temps, j'ai dit.
Il a frotté ses yeux. Il avait l'air fatigué.
— Pourquoi t'as fait ça ?

— J'aimais plus ce qui était en train de se passer.

Il m'a fixée puis il a désigné une boîte à chaussures Louboutin posée sur le sol.

— Y avait pas grand-chose. Tout est là.

Je me suis baissée pour la ramasser mais je ne l'ai pas ouverte. Il avait dû plier mon contrat et le ranger dedans. J'étais trop fière pour ouvrir la boîte tout de suite, je ne voulais pas qu'il pense que je n'étais revenue que pour mon contrat.

— Je suis sûre que toi aussi tu la détestais, l'arche incendie.

— Je suis coordinateur d'écriture, pas producteur.

— Tu vois que tu la détestais.

— J'aurais jamais mis la série en danger.

J'ai marché vers lui, il a eu un mouvement de recul, à croire qu'il pensait que j'allais le frapper. J'ai tendu la main jusqu'à l'angle du mur et de la fenêtre et j'ai décollé la photo de Marc et moi, à la plage à Arcachon avec Annie et Julien. Le scotch a laissé une marque.

Mohamed savait forcément ce qui s'était passé dans la nuit. J'aurais voulu lui demander, mais je n'étais pas sûre d'avoir les nerfs assez solides pour assumer la responsabilité.

J'ai ouvert la boîte pour y glisser la photo : des mouchoirs, des biscuits, un baume à lèvres. Rien d'autre. Ça m'a glacée.

— Et mon contrat ?

Il n'a pas levé les yeux de son écran. J'ai haussé la voix.

— Je suis sûre qu'il était sur ce bureau hier midi. Juste là.

Il continuait ses clics sur la souris. Il lançait des impressions.

— Ton contrat, a dit Mohamed, c'est Joyce qui l'a.

— Tu peux aller le chercher ?

— Si elle me l'a demandé, ce n'est pas pour que j'aille le rechercher.

J'ai fait demi-tour, j'ai pris la boîte à chaussures, j'ai accéléré et je suis sortie du bureau. Mohamed n'a pas sauté de son fauteuil, il n'a pas essayé de me retenir et de m'empêcher d'entrer dans le bureau de Joyce.

Il avait déjà décroché son téléphone.

— Elle arrive.

J'ai essayé de deviner la silhouette de Joyce derrière le verre dépoli mais je ne la voyais pas. Elle était là, pourtant, forcément, sinon Mohamed ne l'aurait pas prévenue. Je sentais à nouveau les regards de l'open-space sur ma nuque. Plusieurs téléphones sonnaient, mais on ne répondait pas. S'attendaient-ils à ce que je crie, que je tombe, que des colosses jaillissent de nulle part, qu'on me traîne à plat ventre et qu'on me jette dans l'escalier ?

J'ai ouvert la porte sans frapper.

— Je suis venue récupérer mon contrat.

Elle était là, derrière son bureau. Ses lunettes sur le nez. Quand elle m'a vue, elle ne les a pas enlevées. Ça en disait beaucoup, je le savais : elle retirait toujours ses lunettes, sauf lorsqu'on n'était qu'un valet et qu'on la dérangeait. Elle a eu un petit grognement et elle a désigné du menton, à quelques centimètres du bord du bureau, bien en évidence, mon contrat d'édition.

— Sans ce bout de papier, tu ne serais même pas venue t'excuser… J'ai ce sentiment.

— M'excuser de quoi ?

Elle a avancé sa main, lentement, et l'a laissée tomber sur le contrat. J'ai failli me précipiter pour le prendre avant elle. Mais elle était déjà en train, lentement, de le faire glisser vers elle.

J'ai avancé jusqu'aux fauteuils pour lui montrer qu'elle ne me faisait pas peur.

— Rendez-moi mon contrat.

— Tu devrais utiliser un autre ton. C'est mon opinion.

— Rendez-le-moi.

— Le tutoiement... T'auras jamais réussi à t'y mettre, hein ?

— Vous voulez quoi ?

— Rien.

Elle a planté ses petits yeux ridés dans les miens.

— Si : comprendre dans tes yeux pourquoi tu as fait ça.

Je ne devais pas avoir peur. Au contraire, c'est elle qui devait avoir peur de moi. Si elle faisait cette tête, c'est que les choses étaient graves, j'avais déclenché une rébellion. Elle allait devoir annuler l'arche incendie ; Clément, Soraya, Théo, Léa, son père, les personnages allaient être sauvés. J'ai mis un point d'honneur à soutenir son regard. Je ne devais pas avoir peur, c'était moi qui avais gagné.

Elle est restée immobile, les yeux plantés dans les miens.

— Je ne sais pas si je dois t'admirer ou avoir de la pitié pour toi.

— Choisissez ce que vous voul...

— Déçue. Je suis sûre au moins de ça.

— Donnez-moi mon contrat.

— Pourquoi t'as tout gâché ? T'as eu peur de quoi ?

— Gâcher quoi ?

— Ton talent. Tu crois vraiment qu'on donne une deuxième chance aux filles comme toi ?

— Vous l'avez jamais lu, mon roman, comment vous pouvez savoir qu'il y a quelque chose à gâcher ?

Elle a enlevé ses lunettes.

— C'était quoi ton plan, Sophie ?

— Arrêter de me laisser manipuler.

— Tu crois vraiment qu'en envoyant l'arche incendie tu vas m'empêcher de tourner ? Tu t'es vraiment raconté ça ? Le beau geste ? Le sacrifice ? Elle va être contente ta maman directrice de thèse quand elle va savoir ça.

— Mon contrat.

— Tu imagines que les comédiens vont tenir bon et que je vais céder ? Qu'ils vont faire grève, tout ça ? Que je vais me coucher ?

J'ai bondi sur le contrat. Mes mains sont retombées sur le bureau mais n'ont touché que le verre ; elle avait été plus vite que moi.

Ça l'a fait rire.

— C'est important l'ambition. La subtilité aussi.

Elle a pris le contrat dans ses mains. Elle a lu les premières lignes. Elle a fait durer le silence, puis elle l'a retourné et, de ses deux mains, elle l'a tendu vers moi.

— Tiens. Il est à toi.

J'allais me pencher et elle allait le retirer, comme on appâte un chien avec de la viande. Elle ne tremblait pas, elle insistait, elle souriait.

— Il est à toi, tiens, je te dis.

Elle voulait me piéger, forcément.

— Je voulais juste te dire au revoir, a-t-elle dit. Et que tu vois ce geste, là, que je suis en train de faire.

Elle a posé ses coudes sur le bureau pour que le contrat se rapproche encore de moi.

— Que tu voies ce geste et que tu ne l'oublies pas.

Je me suis penchée. Sans la quitter des yeux, j'ai posé la main sur le contrat. Elle n'a pas résisté. J'ai senti le poids du contrat dans ma main. Ce n'était pas un piège, il était à moi.

— Beaucoup de succès à ton roman Sophie. Quant à nous, ici, ne t'inquiète pas. On ne va pas perdre un seul jour de tournage et les histoires vont se poursuivre exactement comme je l'ai décidé.

J'espère que tu étais sûre de ton choix, Sophie, parce que tu t'es sacrifiée pour rien.

J'ai déplié mon contrat, j'ai parcouru les premières lignes. *Flammarion. Au grenier. Sophie Lechat. 3000 exemplaires.* C'était bien ça.

J'ai posé la boîte à chaussures sur la chaise à côté de moi pour avoir les mains libres. J'ai plié le contrat en deux. J'ai pincé fort les feuilles en les faisant glisser entre mes doigts, que ce soit le plus net possible.

— Moi aussi, j'ai dit, il y a un geste que j'aimerais que vous n'oubliiez pas.

J'ai mis les pouces de chaque côté de la pliure. Je les ai positionnés, je faisais le geste que j'avais répété cent fois dans le TGV. J'ai saisi les feuilles en plaçant les index derrière les pouces, j'ai pincé fort, j'ai durci les poignets. J'avais passé la nuit et la matinée à visualiser ce geste, je l'avais refait mentalement des dizaines de fois.

Mais je n'avais pas prévu que Joyce, à cet instant, serait en face de moi.

Rien qu'à imaginer le geste, j'en avais tremblé. Là, maintenant, en vrai, mes muscles étaient tendus, mes nerfs étaient avec moi, mes gestes étaient solides, je ne tremblais pas.

Je l'ai vu, elle a sursauté. Ça ne se voyait presque pas, c'était un sursaut, au fond de ses yeux. Elle a voulu sourire, mais elle n'a réussi qu'à tendre ses lèvres. L'avais-je vue sincère ne serait-ce qu'une fois ? Là, je le savais, c'était un simulacre, une crispation. Ce n'était que ça : un vacillement. Je payais cher pour ce vacillement mais, à cet instant, j'ai éprouvé de la joie.

Il a suffi d'une pression, très ferme, très sèche, comme on embrase une allumette. Le reste a suivi. Mon cœur s'est serré quand j'ai entendu le bruit de la déchirure, qui fendait le contrat, qui était lancée, qui ne s'arrêtait pas. Elle résonnait dans mes bras, dans mon ventre, dans mes oreilles. Mes mains ne tremblaient toujours pas. Elles s'éloignaient de plus en plus, une dernière pression, puis elles n'étaient plus tenues par rien. De chaque côté, dans chaque main, il y avait la moitié de mon contrat.

J'ai posé les feuilles déchirées sur le bureau de Joyce. Je me suis penchée, j'ai pris la boîte à chaussures. Et je suis partie. Comme ça.

25

Mohamed m'attendait à la sortie du bureau. Je n'avais pas vu qu'il était là. Il avait forcément assisté à tout. Il a évité mon regard, il a fermé le bureau de Joyce derrière moi et il a écarté son bras vers l'ascenseur. J'ai salué d'un geste les gens de l'open-space, la plupart m'ont répondu, sans avoir l'air de me détester. Juste de me trouver bizarre. Ma prédécesseur s'était fait recruter par Endemol. Moi... on ne pourrait pas m'accuser de m'être servie du poste comme d'un tremplin. Mohamed a appelé l'ascenseur, les portes se sont ouvertes, je lui ai tendu la main pour lui dire au revoir. Il l'a ignorée. J'ai repris ma main pour appuyer sur le bouton rez-de-chaussée. J'ai cru qu'il me laissait là, mais avant que les portes se referment, il est monté à côté de moi.

— Pourquoi t'as déchiré ton contrat ?

— Tu t'intéresses vraiment à moi ?

— Faut toujours que tu répondes aux questions par une question.

— Tu me détestes vraiment, hein ?

Il a baissé les yeux.

— Non je te déteste pas.

J'ai relevé les yeux pour voir s'il se moquait de moi. En tout cas il ne souriait pas.

— J'ai même...

J'ai cru qu'il allait terminer sa phrase, mais il en est resté là.

La cabine s'est immobilisée. Les portes allaient s'ouvrir. J'étais dehors. C'était terminé. Je ne reviendrai pas.

— Sérieusement, a dit Mohamed à l'instant où j'ai posé le pied dehors, t'aurais pas dû déchirer ton contrat.

— T'as lu mon roman ?

Les portes voulaient se refermer. Elles se cognaient contre ma jambe et s'ouvraient à nouveau.

— Non… Mais ce roman, tu le dois à personne, c'est toi qui l'as écrit.

— Pas pour les bonnes raisons.

— C'est quoi une bonne raison ?

— Une histoire sincère à raconter.

J'ai reculé.

— Pas juste l'orgueil d'être publiée.

Mohamed a levé son bras pour bloquer les portes. Il m'a appelée. Je me suis retournée. Il m'a fait signe de revenir vers lui. La bouche serrée, il a tendu la main vers moi.

J'ai failli tendre ma main pour serrer la sienne, mais je me suis retenue quand j'ai vu que sa paume était ouverte vers le haut.

— Ton iPhone, a-t-il dit.

Je voulais réfléchir à une insulte, mais je me suis retenue, il ne faisait qu'exécuter les ordres. J'ai plongé la main dans mon sac, j'ai sorti le téléphone, j'ai pensé à toutes les adresses et aux numéros qui y étaient enregistrés. À tous les coups, à l'heure qu'il était, je ne pouvais déjà plus me connecter à ma messagerie Azur Productions.

J'ai posé le téléphone dans la main de Mohamed. À cet instant, ça a vibré, l'écran s'est allumé, j'avais reçu un SMS. Mohamed a levé le visage vers moi : il m'autorisait à lire mon dernier message.

C'était Joseph :

Merci Princesse de t'être battue pour nous.

J'ai repensé au soir où j'avais vu Joseph pour la première fois, dans la salle de boxe à Aubervilliers, il était monté sur le ring, il m'avait fait un clin d'œil, pour se donner l'air fort alors qu'à l'intérieur il tremblait. Aujourd'hui, on parlait de lui dans les journaux, son nom était connu, il était comédien. Du tout au tout, ça s'était joué à rien.

J'allais reposer l'iPhone dans la main de Mohamed, quand il a vibré de nouveau. Un autre message. Et il a vibré encore. Et encore. Et encore. J'ai tourné l'écran vers moi : six nouveaux messages.

Mohamed bloquait les portes de l'ascenseur. Il m'a fait un signe de la tête : je pouvais lire mes messages.

Ils venaient de six personnes différentes : Amélie qui jouait Soraya, Jérôme qui jouait Clément, Ludivine qui jouait Léa, Jean-Michel qui jouait le père de Léa, Laurence qui jouait Rosalie, et Vincent qui jouait Théo alors qu'il ne me connaissait pas. Les autres non plus, je ne les connaissais pas vraiment. On s'était salués dans les studios, je les avais eus au téléphone une ou deux fois, pour des détails, je n'étais pas sûre qu'ils se souviennent de moi. À l'instant même où je lisais les messages, ils devaient être ensemble sur le plateau. Ils venaient de se mettre d'accord pour un message commun. Joseph aussi était avec eux, il leur avait dicté mon numéro, et ils avaient synchronisé leur envoi.

Merci Sophie d'avoir fait ça pour nous.

Mohamed a vu mon émotion, mais je n'ai rien dit – de toute manière, il lirait mes messages dès que les portes de l'ascenseur se seraient refermées.

J'ai reposé l'iPhone dans sa main, il l'a fait disparaître dans sa poche. Je me suis retournée, j'ai fait quelques pas, et à nouveau il m'a appelée. Je me suis retournée, il m'a fait signe pour que je revienne vers lui. L'ascenseur continuait, toutes les cinq secondes, de vouloir se refermer, et venait se cogner contre la jambe de Mohamed. Je n'étais pas loin pourtant, il pouvait encore me parler. Il a vu que j'hésitais, il a insisté, il a fait les gros yeux, tandis qu'il se battait avec les portes qui voulaient se fermer.

— Qu'est-ce qu'il y a ? j'ai dit.

— Juste que je… tu…

Il a passé la tête hors de la cabine. Il a aperçu les hôtesses du bureau-bulle.

— Rien, laisse tomber.

— Qu'est-ce qui t'arrive ?

— Je veux pas que tu croies que…

— Que quoi ?

— Rien. C'est rien.

Il réussissait à m'attendrir.

Il a regardé à nouveau vers les hôtesses et m'a fait signe de me rapprocher encore. Il a pris une grande inspiration.

— Joyce Verneuil…

— Je connais, oui.

— Ben Joyce, en vrai…

Il a avalé sa salive.

— Elle s'appelle Jocelyne Varnouille et elle a soixante-dix-sept ans.

Son regard était solennel.

— On est les deux seules personnes en France à savoir ça.

Il a baissé la tête et reculé jusqu'au fond de l'ascenseur. Je n'ai rien pu répondre, les portes ont été plus rapides que moi.

*

J'avais juste envie de courir, d'oublier Azur Productions, la place du Marché-Saint-Honoré, je voulais disparaître dans une salle de cinéma, choisir le film d'action le plus spectaculaire qui m'absorberait tout entière, et pendant deux heures je ne penserais à rien. J'ai traversé les trois portes coulissantes, il y avait de l'air frais et du soleil pour me consoler. Je me suis engouffrée dans la première rue, je voulais quitter la place, Joyce pouvait encore me voir derrière la fenêtre de son bureau, je n'aimais pas l'idée de son regard sur moi. Je ne voulais pas penser à ma vie, à mon avenir, je voulais marcher jusqu'au cinéma, ou jusqu'à un musée, voir des belles choses et me laisser porter. Pas d'obligations, pas de rendez-vous, pas d'échéance, je n'étais responsable de rien, je ferais le vide, je me laisserais voguer.

Il m'a fallu plusieurs regards pour comprendre que c'était bien elle. Elle avait l'air en forme, comme quand on revient de vacances au soleil.

On était à l'angle de la rue Étienne-Marcel et de la rue Jean-Jacques-Rousseau.

— Sophie ! Eh oh ! Sophie !

Françoise a traversé la rue pour me rejoindre.

Elle ne portait que des habits neufs – en tout cas que je n'avais jamais vus sur elle – et elle sortait de chez le coiffeur. Elle faisait toujours plus que son âge mais, à sa manière, elle resplendissait.

— T'as un sacré problème de mailing-list, dis donc.

N'était-elle pas surprise qu'on se croise ici ?

— Tu habites dans le quartier ? j'ai dit.

— Tu sais bien que j'habite dans le XIe.

J'ai voulu comprendre, mais elle a allumé une cigarette et elle a enchaîné.

— Ben alors, qu'est-ce qui t'a pris ?

J'ai haussé les épaules. Il y a dix minutes, j'étais dans le bureau de Joyce. Ça me paraissait déjà loin.

— Tu sais, j'ai dit, que c'est un peu pour toi que j'ai fait ça...

— Ah, les remords... T'encombre pas, on voyage mieux léger.

Elle a fait un geste avec ses mains, comme un papillon qui s'envole. Je savais qu'elle réservait ses émotions pour la fiction, mais je me suis quand même sentie déçue qu'elle ne me remercie pas.

Le feu est passé au vert, les voitures ont accéléré, on est montées sur le trottoir pour les laisser passer.

— Je croyais que t'avais arrêté de fumer ?

Elle m'a regardée d'un air étrange et elle a souri.

— J'aurai jamais compris qui tu étais.

Elle a aspiré une longue bouffée.

— J'imagine que tu vas pas à l'atelier... Pour une fois, je crois qu'à la place de Joyce, moi non plus je n'aurais pas pu te garder...

Elle parlait avec sa légèreté habituelle, curieusement enthousiaste, comme lorsqu'elle inventait ses histoires pendant les ateliers. La vie était une histoire. La tranquillité n'avait pas d'intérêt. Il n'y avait que le destin, les dilemmes tragiques et les révélations – et mieux valait un drame poignant qu'un bonheur mal raconté.

Elle a regardé sa montre.

— C'est bien pour toi, t'es lancée, surtout ne t'arrête pas. Mais n'oublie pas de te faire plaisir. Ton défaut, c'est que tu réfléchis trop. Quand on écrit, du moment qu'on est sincère, on sait qu'on se trompe pas.

— Mais et toi, j'ai dit, qu'est-ce que tu fais dans le quartier ?

Elle a ri. Elle croyait que je plaisantais.

— Tu veux pas marcher avec moi ? Je vais être en retard.

— En retard où ?

À ma tête, elle a compris que je n'étais pas au courant. Elle a pris une voix plus douce, celle qu'on prend pour les mauvaises nouvelles.

— Réunion du mardi matin sur les séquenciers V2.

J'ai eu un mouvement de recul.

— Avance, a-t-elle dit, je suis à la bourre.

— Je comprends pas...

Elle a pris la rue Jean-Jacques-Rousseau

— Elle t'a fait revenir ? j'ai dit.

Elle a fait un soupir qui voulait dire oui.

— Et Nicolas ?

— Ton mail, Sophie, tu l'as envoyé pour rien. Joyce a fait recruter Oscar chez Gaumont, il est leur nouveau directeur marketing. Ça a été annoncé hier en début d'après-midi.

— Il travaille plus à RFT ?

— Déjà, dimanche, elle m'avait demandé de rentrer à Paris. Hier soir, elle a remercié Nicolas. Et me revoilà.

On arrivait au numéro 66. Elle a eu un rire étrange – plein de soulagement et de résignation.

— En tout cas, tu vois, j'aurai pas écrit mon arche pour rien.

J'ai vérifié derrière Françoise que Joyce n'était pas en train d'arriver.

— Mais l'arche incendie ?

— Poubelle.

Dans le désordre de mes émotions, j'avais au moins cette joie à laquelle me raccrocher.

— Vous la jetez entièrement ? Ça veut dire que Soraya, Théo, Clément...

Elle a souri.

— Oui, ils sont sauvés.

J'ai pensé à Adrien et ses posters au-dessus de son lit.

— Et les comédiens, j'ai dit, ils sont au courant ?

— À cause de toi, je crois qu'ils n'ont pas passé une très bonne soirée… Au moins ils savent à quoi ils ont échappé.

Merci Sophie d'avoir fait ça pour nous.

Françoise a écrasé sa cigarette sur le trottoir. Elle a tapé le code et elle a poussé la porte de l'immeuble. Joyce n'était pas en vue. J'ai suivi Françoise à l'intérieur, je voulais la fin de l'histoire.

— Joyce a contacté les comédiens un par un, elle leur a dit que l'arche incendie que tu as envoyée était inacceptable, elle a dit que c'était Nicolas qui l'avait écrite et que quand elle avait vu ça, elle l'avait immédiatement renvoyé.

— Elle a tout mis sur le dos de Nicolas ?

— Alors me revoilà. Qu'est-ce que tu veux que je fasse d'autre ? C'est ma vie cette série.

— Après tout ce qu'elle t'a fait ?

— Après tout ce qu'elle m'a fait.

— Sans qu'elle te demande pardon ?

— Ça fait longtemps que j'ai arrêté de lui pardonner.

Je m'étais sabordée quand la guerre était gagnée. Tous les autres continuaient d'avancer.

Devant l'ascenseur, Françoise s'est mise à jouer avec son collier.

— J'en ai testé des choses dans ma vie… J'ai jamais rien connu de plus intense, de plus total, que le lien que j'ai avec le public de *La Vie la Vraie*. Tous les soirs, ils vivent avec leurs personnages…

Elle a réfléchi.

—… Et moi, j'ai la responsabilité de ça.

Elle a approché son oreille de la porte de l'ascenseur. Elle a eu un geste d'impatience et elle a pris l'escalier.

— T'es sûre que tu veux pas monter dire au revoir aux auteurs. Tu vas leur manquer.

— Joyce va arriver, je peux pas…

— T'es sûre ?

— Françoise, je...

— Mais tu nous donneras des nouvelles, hein ? Et il faut que tu lui dises, au neveu de ton copain – Julien c'est ça ? – pour l'arche qu'on va écrire... C'est pas tout le monde qui sert d'inspiration à toute une arche de *La Vie la Vraie* !

Je suivais Françoise quelques marches derrière elle dans l'escalier. J'ai hoché la tête sans vraiment réfléchir à ce qu'elle disait. Elle s'est arrêtée sur le palier pour allumer une cigarette.

— Au fait, Joyce m'avait dit que tu devais t'occuper des intrigues C ? J'aurais bien aimé t'avoir dans l'équipe. Elle trouvait que tu avais du talent.

— Du talent ? Tu parles. Mon roman, en fait, elle l'a jamais lu.

— Elle ne m'a pas parlé de ton roman... Mais elle m'a parlé de ton blog. Elle le lit régulièrement. Il paraît que c'est très bien.

Mon blog ? Je ne me souvenais pas que Joyce le connaissait... À part cette première fois, peut-être, où on s'était rencontrées... Mais on n'en avait jamais reparlé.

— Elle me dit que t'as un vrai truc pour déchiffrer les petits gestes du quotidien. Je te promets qu'elle le lit, elle était très précise, elle m'a parlé d'un sens de l'humour *juste ce qu'il faut de provocateur mais très tendre au fond*. Ce sont ses mots, je t'assure.

Joyce aimait mon blog...

— Alors il faut que tu continues d'écrire ! Quand on a ça en soi, on n'a pas le droit d'abandonner. D'accord ?

On était arrivées devant la porte de l'appartement. Françoise était essoufflée. Elle a tiré sur sa cigarette.

— Et appelle-moi. Je peux te mettre en contact avec des producteurs qui cherchent des jeunes auteurs. Des séries jeunesse, des dessins animés, c'est super pour commencer. T'hésites pas, hein, tu promets !

Elle m'a fait la bise. Elle m'a tenue dans ses bras. Puis elle m'a lancé un dernier regard, plein de son mystère désinvolte. Dans la vie comme dans la fiction, les joies valaient les malheurs, les drames valaient les joies, et les cœurs vibraient dans la grande roue et ne souhaitaient rien d'autre que de continuer de tourner.

Avant d'appuyer sur la sonnette, elle m'a laissé le temps de m'éclipser.

— Elle croyait vraiment en toi, tu sais.

*

Françoise a refermé la porte, j'ai couru dans l'escalier, il était étroit, j'en avais la tête qui tournait. Je suis arrivée à l'entresol, plus que quelques marches, je voyais la lumière de la rue. Personne en vue, j'ai accéléré.

J'ai sauté les trois dernières marches, j'ai atterri sur les carreaux noirs et blancs, et j'ai été stoppée dans mon élan. J'ai mis plusieurs instants à la reconnaître, elle était assise sur la marche devant la loge de la gardienne, recroquevillée contre le mur. Elle avait les pieds nus, et il y avait trois chaussures éparpillées sur les carreaux : deux baskets blanches et un escarpin.

La quatrième chaussure était dans sa main, elle essayait d'y faire entrer son pied mais elle n'y arrivait pas. J'ai eu peur de sa réaction quand elle m'a reconnue, j'ai failli faire comme si je ne l'avais pas vue, mais à cet instant elle a levé la tête. Elle n'a rien dit, elle a recommencé à forcer son pied dans l'escarpin doré. Ça n'avait duré qu'une demi-seconde, mais j'avais vu son visage – je crois qu'elle avait pleuré. Elle avait les talons recouverts de pansements. Les orteils aussi ; ils étaient tout enflés. Sur la tranche, les blessures étaient à vif. Un peu de sang coulait. Je suis restée quelques secondes interdite. Elle voulait mettre son pied dans la chaussure. Elle forçait sa peau contre le cuir, j'ai eu mal pour elle.

Soudain, je me suis précipitée. Je lui ai dit que j'allais l'aider.

Je ne lui ai pas proposé de remettre ses baskets, je savais qu'elle aurait refusé. J'ai lâché mon sac sur le carrelage, je me suis mise à genoux, j'ai soulevé son pied et je l'ai posé sur ma jambe. Le plus délicatement possible, j'y ai fait glisser l'escarpin. En tendant bien sa jambe et en pliant légèrement la semelle, ça pouvait passer sans trop frotter. La bordure du cuir a touché ses blessures, elle a contracté son pied, mais d'un regard elle m'a interdit de le lui faire remarquer. J'ai tendu le bras pour attraper son autre chaussure tout en gardant ses jambes appuyées sur les miennes. Puis j'ai recommencé avec l'autre pied. Le sang allait tacher l'intérieur de la chaussure, mais elle m'a fait signe de continuer.

Lentement, j'ai reposé ses jambes sur les carreaux, et je lui ai tendu la main pour la relever. Elle s'est redressée sans faire un bruit. Je lui ai tenu la porte de l'ascenseur. Entre la loge et la cabine, il n'y avait que quelques pas – cinq, je les ai comptés – et elle les a faits d'une allure qui dissimulait parfaitement sa douleur. Je lui ai tendu ses baskets, elle les a fait disparaître dans son grand sac. Quand elle a appuyé sur le bouton dans l'ascenseur, elle n'avait toujours pas dit un mot. Mais avant que les portes ne se ferment, juste avant, elle a penché la tête vers moi et elle m'a dit : « Merci, Sophie. » Je me souviens, j'en aurais pleuré.

La lumière de la cabine a disparu vers les étages. J'ai ramassé mon sac. J'ai marché jusqu'à la porte.

Elle était lourde, elle bloquait un peu. J'ai tiré, j'ai senti un courant d'air. J'ai inspiré un grand coup. Il faisait toujours beau dehors. L'air était toujours frais.

26

Une dame manifestement accro à la chirurgie esthétique se fait ausculter par un médecin.

— Docteur, j'ai trente-neuf ans.

— Très bien. Et depuis combien d'années ?

Je ne m'habituais pas à l'odeur du RER. Le métro, ça allait, mais le RER, le matin Châtelet, le soir Drancy ou Aulnay-sous-Bois, je ne m'y faisais pas. À chaque fois, l'odeur se rappelait à moi et me disait que ce n'était pas ma vie, que quelque chose n'allait pas.

Je me suis assise près de la vitre, la sirène a retenti, les portes se sont fermées et le train s'est remis à rouler vers Paris. J'ai voulu appuyer ma tête contre la vitre, mais il y avait des tags et des traces de gras. Ce n'était pas l'heure de pointe, je pouvais poser mon sac sur le siège à côté de moi. J'ai sorti les vingt-cinq copies que les 4e B m'avaient rendues aujourd'hui.

Mes vacances ne se sont pas passées comme prévu. Sentez-vous libre d'inventer.

En tant que vacataire, je ne faisais que des remplacements, je n'avais pas le temps de m'inscrire dans le programme de l'année. J'avais commencé en septembre, ça faisait bientôt deux mois. En moyenne, je passais une à deux semaines par classe, je me fixais comme objectif de les encourager à lire et à écrire – c'était déjà du boulot.

Abstraction faite des fautes d'orthographe, j'étais contente des premières copies que je lisais. Le sujet les avait inspirés. Ce n'était pas un sujet original, mais il y avait quand même un twist : j'aurais pu choisir simplement *Racontez vos vacances*. Mais le sujet aurait manqué de ce qui est le plus important quand on raconte une histoire : le conflit. En préférant demander aux élèves d'imaginer des vacances qui ne s'étaient pas passées comme prévu, je les avais obligés à raconter un décalage entre leurs désirs et la réalité, et j'étais contente de lire qu'ils avaient écrit en effet de vraies histoires, amusantes, parfois émouvantes ; ça avait marché.

J'en étais à ma onzième copie quand on est arrivé à Châtelet. En centre-ville, quelle que soit l'heure, le RER était bondé. J'ai remis les copies dans mon sac et je me suis laissé porter par la foule qui descendait.

Dans les escalators, au-dessus de ma tête, j'ai vu une publicité pour un magazine télé.

Margot et Joseph : le mariage, c'est confirmé !

J'ai souri : ils posaient sur le balcon d'un appartement à Nice. Ils avaient l'air heureux. Margot aurait du mal pour entrer dans sa robe de mariée : Joseph posait la main sur son ventre, ils attendaient un enfant.

*

— Coucou…

Julien m'a accueillie avec une tasse de thé. J'aimais les soirs où il était à l'appartement quand je rentrais. D'un coup, j'oubliais le RER, et tout ce qui n'allait pas dans ma journée.

— C'est gentil, j'ai dit, mais je dois filer, j'ai mon train dans trois quarts d'heure…

J'ai bu une gorgée et j'ai posé la tasse sur ma table de chevet. J'ai sorti les copies de ma sacoche, je les ai mises dans mon sac de voyage.

— Mélanie est là ?

Julien a fait non de la tête.

— Elle a cours ce soir à 19 heures.

Mon sac était prêt. Je l'avais préparé avant de partir travailler. J'ai vérifié autour du lit que je n'avais rien oublié.

Désormais, mon lit était dans le salon – ou plutôt : le salon était devenu ma chambre. Après mon départ d'Azur Productions, Julien avait laissé une annonce sur Internet. Mélanie était la première personne qui y avait répondu. On l'avait invitée à dîner pour lui montrer l'appartement, elle l'avait bien aimé. Nous aussi, on l'avait bien aimée. Elle avait quatre ans de plus que Julien, elle venait de Montélimar, elle était en dernière année au Centre de Formation des Journalistes. Deux semaines plus tard, elle avait quitté son foyer de bonnes sœurs et elle s'était installée avec nous. Je lui avais laissé ma chambre. Depuis, on n'avait plus de problème pour payer le loyer.

L'été prochain, j'allais devoir recruter un autre colocataire car Julien partirait faire son année à l'étranger. Les dix mois où il serait absent, il allait bien falloir le remplacer. Le projet de Julien n'était pas arrêté ; il avait encore quelques mois pour réfléchir. Pour l'instant, il faisait même le grand écart : il hésitait entre un stage à la mission économique de l'ambassade de France en Érythrée, ou une année d'études à Cornell, dans la tradition des grands campus américains. Il avait rempli des dossiers, écrit des lettres de motivation, passé des entretiens téléphoniques et des tests en anglais. Je n'avais pas pu m'empêcher de lui dire que Cornell me paraissait la meilleure idée ; pourtant, je le savais, c'est l'Afrique qui le tentait. Il rêvait d'une carrière dans le développement et l'aide humanitaire. Alors, au fond de moi, malgré mon conseil, j'avais fait un vœu : j'espérais que son CV serait retenu à l'ambassade de France en Érythrée et que ce serait son premier choix – l'aventure – qui allait marcher.

Julien, c'était sûr, allait partir un an à l'étranger. Forcément, il rentrerait changé. Quand Xavier l'avait compris, il avait pris peur, la vie de Julien était encore un chantier, il allait finir par lui échapper. Il avait préféré en rester là. Le départ n'était que dans six mois, mais Julien ne pensait plus qu'à ça. Il commençait à oublier Xavier.

— Tiens, regarde ce que j'ai reçu.

Il a déposé son ordinateur portable sur mon lit et il a redressé l'écran.

— C'était dans ma boîte ce matin. T'es en copie aussi.

— C'est long ? j'ai dit, parce que je dois vraiment y aller…

Il s'est assis à côté de moi et il a cliqué sur la pièce jointe. J'ai à peine eu le temps de voir que le mail venait d'Annie, le lecteur vidéo s'est enclenché. Julien a monté le son.

L'image est restée noire quelques secondes, puis le visage de Joseph est apparu. Il était filmé en contre-plongée – en fait, il se filmait lui-même : il avait retourné la caméra et la tenait vers lui à bout de bras.

« En direct de *La Vie la Vraie*, épisode 133 200. »

Puis il posait la caméra sur une table, en cadrant pour que le comptoir et la porte d'entrée soient dans le champ. On reconnaissait la place centrale et le café. Mon cœur s'est serré quand j'ai reconnu le décor. J'y avais été, je l'avais traversé quelques mois plus tôt ; maintenant je doutais même qu'il eut existé. Joseph avait dû filmer entre deux prises car tout était éclairé et on voyait une caméra sur pied à l'extérieur du café. Il marchait jusqu'à l'évier et il commençait à essuyer des verres. À ce moment, on voyait deux enfants pousser la porte. Annie venait d'abord, puis Adrien. Ils marchaient jusqu'au bar et grimpaient sur les tabourets.

— Bonjour, monsieur, on voudrait un renseignement s'il vous plaît.

— On est nouveaux dans le quartier, continuait Adrien, on cherche un appartement où habiter.

— Mais vous êtes jeunes quand même, pour habiter tout seuls, non ? répondait Joseph qui jouait Abdou.

Ils poursuivaient leur improvisation, Annie et Adrien prenaient leur rôle au sérieux. Abdou leur demandait s'ils comptaient aller à l'école. Annie lui répondait qu'ils n'étaient pas encore inscrits mais qu'ils connaissaient déjà quelqu'un, qui était prof de français et qui s'appelait Rosalie.

Soudain, Annie descend de son tabouret et fait des signes : elle demande à quelqu'un d'approcher mais on ne voit pas à qui elle s'adresse. Elle insiste, elle fait des gestes, mais personne ne vient. Alors elle sort de l'image, Adrien et Joseph se retournent et sourient, puis Annie revient, le bras tendu, traînant derrière elle une main, puis un bras, puis une épaule, puis Marc, qui résiste, qui ne veut pas.

— Mets-toi au moins là, regarde, assieds-toi, tu fais le figurant.

Annie court vers le bar, attrape un verre, ouvre le robinet derrière le comptoir, et sourit jusqu'aux oreilles.

— Oh là là, ça coule vraiment !

Puis elle apporte le verre jusqu'à Marc, qui est le seul à avoir gardé son manteau.

— Tiens, mais t'es pas obligé d'avaler, tu peux faire comme ça, tu fais semblant.

Elle montre à Marc comment il doit faire semblant de boire, puis elle retourne sur son tabouret, et reprend la scène là où elle l'avait laissée.

— Et sinon, disait-elle à Abdou, il paraît qu'il y a un meurtrier qui rôde dans le quartier ?

*

Je suis descendue sur le quai, il faisait nuit. Ma mère n'était pas là, pourtant je lui avais envoyé par SMS le numéro de mon wagon. On avait pris l'habitude de se retrouver directement à la sortie du TGV. J'ai fait quelques pas pour avoir une meilleure vue sur la profondeur du quai, et j'ai posé mon sac.

Avec mes vacations, je ne pouvais pas m'organiser à l'avance. Depuis la rentrée, j'avais réussi à aller à Bordeaux un week-end sur trois. C'était ma mère qui payait mes billets et qui venait me chercher à la gare. Je dormais chez mes parents – en fait on se voyait plus souvent que lorsque j'habitais à Bordeaux et que je faisais ma thèse. Je restais une ou deux nuits – plus souvent une que deux. J'arrivais le vendredi ou le samedi en fin de journée. Le lendemain, ma mère allait chercher Annie et on passait la journée ensemble. On allait au cinéma, au parc. Pendant l'été, on avait souvent pris la voiture pour aller à l'océan. Ce week-end, j'avais l'idée d'emmener Annie à la Serre aux Papillons.

Toujours personne, ni à droite, ni à gauche, et aucun message sur mon portable. J'étais sûre de moi, on avait dit qu'on se retrouverait à la sortie du train sur le quai. Je lui avais envoyé un message pour lui dire que j'étais en voiture 8, et elle avait confirmé qu'elle y serait. J'avais froid, j'ai relevé le col de mon manteau.

Ce soir, ma mère aurait peut-être des nouvelles pour moi. Elle avait utilisé son influence pour appuyer ma candidature à un poste de professeur de français dans un lycée privé du centre-ville. Ce n'était pas exactement dans mes principes, ni le lycée privé, ni le piston de ma mère, mais j'avais tellement envie de revenir habiter près d'Annie que je n'avais pas protesté. En vérité, j'avais même envoyé à ma mère tous les signaux pour qu'elle prenne l'initiative de me trouver un poste sans que j'aie à le lui demander.

D'après ce qu'elle avait suggéré, il était probable que j'aie une réponse cette semaine. C'était pour remplacer quelqu'un qui partait à la retraite en janvier.

Le quai commençait à se vider. Le contrôleur a sifflé, les portes se sont refermées et le train a redémarré. Il continuait vers Toulouse.

J'ai sorti mon téléphone pour appeler ma mère, j'ai appuyé sur la touche rapide, j'ai posé l'appareil contre mon oreille, lorsque, soudain, en haut des escaliers, j'ai vu Annie.

Les marches étaient hautes pour elle, mais elle courait, elle était essoufflée. Quand elle m'a vue, elle a souri et elle a accéléré. J'ai laissé tomber le téléphone dans la poche de mon manteau. Elle a sauté dans mes bras. Elle a glissé son visage dans mon cou.

— Surprise ! a-t-elle dit.

Je l'ai serrée contre moi.

Par-dessus son épaule, j'ai vu que Marc était là.

Il a marché jusqu'à nous. Il a soulevé mon sac. Il a souri, il a baissé les yeux, et il a dit on y va.

Il a ouvert la porte et Annie m'a attrapé la main. Ses yeux pétillaient – dans la voiture déjà elle m'avait semblé impatiente mais elle n'avait pas voulu me dire de quoi. Marc a posé mon sac dans un coin. Puis il s'est glissé derrière moi et il a posé ses mains sur mes yeux.

— On a une surprise pour toi.

— C'est la vidéo avec Joseph ? Parce que Julien me l'a montrée...

— Ferme les yeux, a-t-il murmuré. Avance. Et tais-toi...

J'ai tendu les bras devant moi.

— Elle est très bien cette vidéo. Vous l'avez faite avec la caméra d'Adrien ?

— Chut Sophie ! a dit Annie. Tu dois juste avancer comme on t'a dit.

Si ce n'était pas la vidéo, qu'avaient-ils pu préparer ? Ils avaient visité les plateaux la veille, Annie et Adrien avaient manqué un jour d'école, ils étaient rentrés de Nice ce matin, ils m'avaient sans doute rapporté quelque chose de là-bas.

— Vous me dites quand je peux ouvrir, hein ?

Je sentais le poids des mains de Marc sur mon visage. Ça faisait des mois qu'on ne s'était pas touchés.

— Laisse-toi faire, s'il te plaît...

J'ai baissé mes bras, je me suis forcée à les tenir le long de mon corps. Je me suis appuyée contre le torse de Marc, et je me suis laissé guider.

Dans la voiture, il n'avait pas parlé. J'avais deviné, ce n'était pas dur, que c'était ma mère qui lui avait donné l'horaire de mon train. Pour le reste, j'avais eu beau insister, il avait juste dit : « Tu verras. »

On a traversé l'entrée, il m'a semblé qu'on dépassait l'escalier, on est entrés dans le salon et on a continué jusqu'à ce qui ne pouvait être que la porte vers le jardin. J'ai senti Annie passer devant moi, je l'ai entendue ouvrir la porte. De l'air frais a glissé sur mes joues.

Il y avait un peu de lumière qui arrivait à travers mes paupières. Peut-être que j'aurais pu apercevoir à travers les doigts de Marc des indices de ce qu'il avait préparé. Mais je n'ai pas ouvert les yeux, je ne voulais pas tricher.

— Je continue d'avancer ?

Annie a rigolé.

— On t'a pas encore dit de t'arrêter !

J'ai fait encore quelques pas sur le plancher, puis j'ai senti l'encadrement de la porte du jardin. J'y suis allée plus doucement, j'ai avancé mon pied jusqu'à sentir le vide, puis j'ai commencé, doucement, à le baisser jusqu'à retrouver un point d'appui dans l'herbe un peu plus bas. Mais le sol n'était pas là où je l'attendais. Il n'avait pas non plus la même consistance. Au lieu de sentir un sol en terre, j'ai senti un sol en dur.

— Mais qu'est-ce que…

— Annie, tu allumes ?

Alors Marc a retiré ses mains. Il était censé faire nuit dehors, mais j'ai été éblouie par deux grosses lumières de chantier. J'ai regardé mes pieds : ils reposaient sur une dalle de béton. J'ai levé la tête : on était dans le jardin et pourtant il y avait un plafond. Et tout autour de moi, trois grandes baies vitrées ; elles étaient recouvertes d'un film protecteur. Au milieu de la dalle, Marc avait installé mon bureau. À gauche, dans un coin, je ne comprenais pas, il y avait toujours mon rosier. J'ai eu un pincement au cœur en réalisant qu'il avait dû être déraciné. Puis j'ai mieux regardé, et j'ai vu qu'il jaillissait d'un trou dans le sol. Il avait toujours les pieds dans la terre, la dalle avait été coulée autour, Marc l'avait gardé.

— Il faut imaginer le plancher, les rideaux et tout, mais voilà, c'est ton bureau...

Sa voix a tremblé.

— Si tu veux bien.

Je me suis retournée, j'ai regardé Marc, ses yeux brillaient.

— Il te plaît ? a dit Annie. C'est un bureau-véranda.

Je me suis assise sur la chaise, le rosier à portée de la main, les quelques mètres carrés qui restaient du jardin devant moi. J'ai senti l'odeur des cheveux d'Annie qui avait grimpé sur mes genoux, et la chaleur de Marc derrière moi.

Annie a regardé sa montre et elle a sursauté.

— Il est vingt heures dix !

Elle a couru vers le salon.

Marc s'est accroupi. Il a passé ses bras autour de moi.

— Ta mère m'a dit que tu cherchais un poste à Bordeaux, je me suis senti vraiment con. Ça faisait longtemps que j'y pensais, je savais pas comment m'y prendre, je m'en suis voulu... et... voilà... ce bureau, il est pour toi – j'espère. Pardonne-moi.

Il m'a pris la main. Il s'est relevé, il m'a embrassée derrière l'oreille, doucement. Il a dit qu'il ne m'obligeait à rien. Quoi que je choisisse, il comprenait. Il m'a serrée contre son ventre, j'étais tout ce qui comptait, il avait cent choses à me dire, mais l'instant était trop précieux ; s'il en disait plus, il risquait d'être ému. Il m'a gardée contre lui, il n'osait plus parler.

Puis il a reculé, il a dit que tout ça devait me sembler rapide, que j'avais besoin de réfléchir, c'était normal, et qu'il serait déjà heureux que j'accepte de rester dîner. Il avait préparé quelque chose – et il espérait que ça n'avait pas brûlé...

J'ai posé mes mains devant moi et j'ai caressé le bois du bureau.

Je ne voyais pas le jardin, j'étais éblouie par les lampes de chantier qui se reflétaient dans les baies vitrées. Entre les lampes, j'ai vu mon reflet. J'ai vu aussi Marc qui traversait le salon, et Annie devant la télé.

Et là, soudain, ça m'est venu, mon roman : le début, la fin, j'avais tout, c'était évident.

27

Dans le TGV, une jeune femme qui travaille sur un ordinateur répond à une vieille dame assise en face d'elle :
— Je suis romancière.
— Et comme métier, vous voulez faire quoi ?

thom.raphael@gmail.com

Remerciements

Merci à mes amis et premiers lecteurs, Adrien, Antoine, Audrey, Claire, David, Lionel, Ludovic, Marie, Sophie D, Sophie L – vous m'avez tellement aidé !

Un merci tout spécial à Élodie.

Merci à Laurence, ma mère, pour son travail et pour son regard – ta contribution à ce texte dépasse ce que tu peux imaginer.

Merci à Claire et Florence qui ont accepté que je m'inspire d'elles.

Merci – et pardon – à Catherine…

Merci à mes joyeux collègues qui passent leurs journées à raconter des histoires – votre soutien si chaleureux est inestimable.

Merci à Cécile – par qui tout a commencé.

Et merci à Guillaume – quel bonheur de t'avoir rencontré !

Merci à Olivier, mon père, à Clément et Adrien, mes frères.

Merci à Damien – pour ta patience et pour tout le reste.

9983

Composition
NORD COMPO

Achevé d'imprimer en Slovaquie
par NOVOPRINT SLK
le 18 juillet 2014.

Dépôt légal mai 2012
EAN 9782290023860
L21EPLN000430C005

ÉDITIONS J'AI LU
87, quai Panhard-et-Levassor, 75013 Paris

Diffusion France et étranger : Flammarion